चंद

लम्हे...

कलाक्षी केशव शर्मा

Made with ♥ on the Notion Press Platform
www.notionpress.com

उन पुरुषों के लिए जो काल्पनिक महिलाओं की चाहत रखते थे और उन महिलाओं के लिए जो न्यूनतम चाहती थीं।

क्रम-सूची

प्रस्तावना

'इंद्रजीत' शहर का सबसे कुख़्यात गैंगस्टर है. उससे सभी लोग डरते है. अपने सालों से खून में सने हाथो को साफ़ करने उसने अचल संपत्ति का व्यवसाय शुरू करता है. 15 साल की उम्र अपना परिवार खो देने के बाद उसका यही मकसद था कि वो शहर को अपने अधीन करे. निर्दयता, रूखेपन और अकेलेपन से भरे उसके जीवन में अब कोई रोमांच नहीं है.

'हर्षा' एक अनाड़ी, मन मौजी और खुशमिज़ाज़ लड़की है. वो उस ईमारत के पास की ईमारत में काम करती है जहाँ इंद्रजीत काम करता है. एक दिन अप्रत्याशित रूप से उसकी मुलाकात इंद्र से होती है. जिसका फ़िलहाल शौक हर चीज़ को करीने से रखना है.

कहते हैं विपरीत आकर्षित करता है. क्या ऐसा होगा? उन दोनों की मुलाकातों का क्या नतीजा निकलेगा ? क्या वो एक दूसरे के राज़ सही वक़्त पर जान पाएंगे?

आभार

मैं इस पुस्तक की पूर्णता के लिए अपनी माता श्रीमती अरुणा शर्मा और पिता श्री कैलाश कुमार शर्मा की आभारी हूँ जिन्होंने मुझे इस पुस्तक को पूरा करने के लिए प्रोत्साहित किया साथ ही इसमें आई गलतियों को भी सुधारा. मैं अपने दोनों भाइयों कलादित्य केशव शर्मा और कौतुकादित्य केशव शर्मा की भी आभारी हूँ जिन्होंने एक अच्छे श्रोता की तरह मेरी इस कहानी को सुना. मैं उन परिस्थितियों की भी आभारी हूँ जिनके कारण इसका सफल समापन हो सका. साथ ही में उन सभी लोगों की आभारी हूँ जिन्होंने प्रत्यक्ष या अप्रत्यक्ष रूप से इस पुस्तक की सफलता में अपना योगदान दिया.

गाने के सुझाव

(slowed+reverb)
Shayad - Chaahat Kasam Nahi Hai
Ishq Official Lyrical Video
Akshath - Nadaaniyan
Kaifi Khalil - Kahani Suno 2.0
Toh Phir Aao X Labon Ko
Mann Mera (Reprise) | JalRaj
Zara Zara Bahekta Hai | JalRaj
Heri Sakhi Mangal Gao Ri:
Tera Mera Rishta
Tu Har Lamha
Tum Hi Ho
Labon Ko
Hale Dil tujhko Sunata
KAHO NA KAHO
Ae Dil Hai Mushkil
Tu Hi Haqeeqat
Banjara Ek Villain
Baatein Ye Kabhi Na
Sanam Teri Kasam
Kaun Tujhe
Sun Saathiya
O Re Piya | Aaja nachle
Chal Wahan jaate hai
Iss darde dil ki sifarish
Juda hoke bhi
Woh Lamhe
Wajah Tum Ho
Pal ek pal mein
Teri Galliyan

Aaj Se Teri
Dil Sambhal Jaa Zara
Phir Bhi Tumko Chaahunga
Deewana Kar Raha Hai
Malang | Dhoom-3
Maine Rooyan
Jo bheji thi duaa -
Saanson Ko | ZiD
Jee Le Zara | Talaash
Shiddat
Saiyyan - Kailash Kher
Teri Deewani - Kailash Kher
Mere Rahein Tere Tak Hai
ISHQ MUBARAK
Hasrate Baar Baar
Pehle Bhi Main
Tujhe Bhula Diya
Jeena Sikha Diya
Oonchi Oonchi Deewarein
Murder 2: Aye Khuda Video
Playlist on Channel:-
KALAKSHI KESHAV SHARMA- "INDRAHARSHA"

गाने के सुझाव

गाने के सुझाव

लेखिका की ओर से

मैंने पहले एक दुखद अंत के बारे में सोचा था, जहाँ दोनों की मृत्यु हो जाती और मेरा दिल टूट जाता था। लेकिन जब मैंने प्रूफरीडिंग की, तो मुझे एहसास हुआ कि वे दोनों इतने कठिनाइयों का सामना करने के बाद एक खुशहाल अंत के हकदार हैं। उनकी प्रेम कहानी मेरे दिल को छू गई और मैंने सोचा कि उन्हें एक खुशहाल अंत मिलना चाहिए। इसलिए, मैं आपके लिए एक खुशहाल अंत लेकर आई हूँ, जो मेरे दिल की गहराइयों से निकला है।

1

"पंद्रह साल का लड़का अपने घर की ओर बढ़ता हुआ सोच रहा था। घर में अजीब सी शांति थी, जिसे देखकर उसने सामने के दरवाजे से जाने की बजाए पीछे के दरवाजे से जाने का फैसला किया। शाम का धुंधलका छा रहा था, लेकिन उसके घर में हमेशा जल्दी लाइट जल जाती थी। उसकी माँ हमेशा कहती थी कि शाम होते ही संध्या-बाती कर देनी चाहिए, ताकि देवताओं को पता चल जाए कि इस घर में लोग रहते हैं।

पर आज उसके घर में सब कुछ शांत था। कोई आवाज नहीं थी। आमतौर पर इस समय दादा-दादी बाहर बगीचे में बैठ कर हँसते हुए बातें कर रहे होते थे, कोई ना कोई समाचार देख रहा होता था, बातें कर रहा होता था। मगर ऐसा कुछ नजर नहीं आ रहा था। वह बेहद आहिस्ता से बिना आवाज के दरवाजे से अंदर की तरफ दाखिल हुआ। उसे कोई नजर नहीं आया।

जब वो बैठक के पास पहुंचा तो अचानक उसके पैर से कुछ टकराया और जब उसने उस चीज़ की तरफ मुड़कर देखा तो उसके होश उड़ गए। उसे ऐसा लगा जैसे उसके पैरों तले जमीन खिसक गई। उसके पिता वहाँ पड़े थे, खून से लथपथ। वह घबरा कर पहले तो पीछे हटा फिर उनके करीब जा अपने पिता को ज़ोर-ज़ोर से हिलाते हुए पूछने लगा,

“पिताजी! पिताजी! उठो... आपको क्या हुआ है?”

उसने उनकी नब्ज़ देखी मगर उसके हाथ डर के मारे कांप रहे थे इसलिए नब्ज़ भी सही से पकड़ में नहीं आई। उसने घबराकर जोर से चिल्लाते हुए माँ, बड़ी बहन और जुड़वा भाइयों को आवाज लगाई। मगर

किसी ने जवाब नहीं दिया। वो दौड़ कर रसोई में जाने लगा तो अचनाक फिसल कर कलाई के बल गिर पड़ा। वहां कुछ तरल पदार्थ बिखरा हुआ था जिससे उसका हाथ जल गया। शायद वह किसी प्रकार का एसिड था। उसके कपड़े भी जलने लगे थे। अच्छा हुआ जो उसके जूते पहने हुए थे वरना उसके पैर बुरी तरह से जल जाते। पर ये उसके लिए चिंता का विषय नहीं था। उसे पहले अपनी माँ को ढूँढना था। वो रसोई के अंदर गया दरवाजे पर अटका एक नुकीला हिस्सा जो दरवाजे से टूट गया था वो उसके उसके जले हुए हाथ से टकराया और उसे गहरी चोट दे दी। वो दर्द से कराह उठा मगर उसने जल्दी अपनी माँ को ढूंढने की कोशिश की।

रसोई में जाते ही उसने देखा तो उसकी माँ का भी शरीर उन्हीं खून से लथपथ पड़ा था। उनका खून रसोई के फर्श पर फैला हुआ है। वो लड़खड़ाते हुए अपनी माँ के करीब पहुंचा और उन्हें अपनी बाहों में लेकर उठाने की कोशिश करते हुए बोला

"उठो माँ! माँ!!!"

मगर माँ तो पहले ही बेजान हो गई थी। उसकी पुकार पर क्या उत्तर देती? उसकी आँखें छलक आई। उसके कपड़े अपनी माँ के खून से सन्न गए थे। वो बदहवास हुआ बाहर आया और बगीचे में पहुंचा। उसका दिल जोर से धड़क रहा था। सांसें ऊपर-नीचे हो रही थी। बाहर उसके दादा-दादी बैठे नजर आए। उसके मन में एक आस जगी कि शायद वो ठीक है। वह दौड़ कर उनके पास गया मगर जब वहाँ पहुंचा तो उसने देखा उन्हें भी गला काट कर मार दिया गया था।

शायद दादा-दादी बैठे होंगे और किसी ने पीछे से आकर उन्हें मार दिया इसलिए वे अपना बचाव नहीं कर पाये। फिर वह दौड़ कर अंदर अपने 11 साल के जुड़वां भाइयों के कमरे में गया। जहाँ उसने उनके शरीर को क्षत-विक्षत हालत में देखा जैसे किसी ने मारने से पहले उन्हें बहुत पीटा हो। उसे अहसास हुआ कि वैसी ही कुछ हालत उसके पिता की भी है।

मगर उसकी हिम्मत अपनी बहन के कमरे में जाने की नहीं हुई क्योंकि वो नहीं जानना चाहता था कि उसकी 16 वर्षीय बहन किस हालत में होगी और वह अपनी बहन की हालत देखकर और भी बुरी तरह

से टूटना नहीं चाहता था इसलिए वो तेजी से घर से निकाला ताकि उसे पता चल सके... ये सब किसने किया है और उसका अंदाजा कुछ ठीक रहा क्योंकि जैसे बाहर निकला उसने कुछ लोगों को कार से निकल कर जाते हुए देखा। मगर इससे पहले कि वो जा पाता वो फिर से अपने ही परिवार के खून से जो फर्श पर फैला हुआ था फिसल कर गिर गया...।"

तभी अचानक इंद्रजीत हांफते हुए उठ खड़ा हुआ। वो 15 साल का लड़का और कोई नहीं बल्कि इंद्रजीत ही था, जो अब 30 साल का हो चुका है। उस घटना को 15 साल बीत गए हैं मगर वो अभी तक इस सबसे बाहर नहीं आ पाया। वो पसीने से पूरा तरबतर था और हांफ रहा था। उसने जैसे-तैसे अपने आपको शांत किया। उसके दिल की धड़कन अभी बहुत तेज़ चल रही थी।

उस दिन ने उसकी जिंदगी को पूरी तरह से बदल दिया। उस दिन को नहीं भूल पा रहा था और हर बार थोड़े समय के अंतराल के बाद यह बुरा सपना बार-बार आने लगता है जहाँ उसे अपने परिवार की मौत बार-बार देखनी पड़ती है। वो नहीं जानता था कि वो इन सबसे कब बच कर निकल पाएगा। इंद्रजीत उठा और पास ही रखें जग से पानी लेकर जल्दी से अपने चेहरे पर डाला फिर गटागट पी गया। पानी पीने के बाद उसे कुछ राहत मिली है और वो हाथ फैला कर बिस्तर पर लेट गया।

इंद्रजीत ने अब अपना एक अलग ही साम्राज्य खड़ा किया है। उस दिन के बाद उसे यह समझ आ गया था कि दुनिया में कोई अच्छा नहीं होता और ना ही लोग ईमानदारी और न्याय पर भरोसा करते हैं। इसलिए उसके बाद से उसने अपने आपको एक बुरे इंसान में परिवर्तित कर लिया। वो शहर का एक नामी गैंगस्टर है और हर कोई उसे जानता है। लोग उसके नाम से डरते हैं क्योंकि वो बहुत निर्दयी और क्रूर है। उसने अपने इसी कारोबार से कई गैर कानूनी काम धंधे शुरू किए थे मगर अब काली कमाई के पैसों को सफ़ेद करने के लिए एक कंपनी खोली 'अमायरा रियल एस्टेट' जिसमें वह जमीन की खरीद फरोख्त करता है।

मगर कहते है आदत वाले की आदत नहीं जाती। इसी वजह से जो लोग धोखाधड़ी करने की कोशिश करते हैं, समय पर कीमत नहीं चुकाते, उनकी जमीन हड़प लिया करता है।

वो दिल से कभी बुरा नहीं था मगर उस घटना ने उसे ऐसा बना दिया था कि वह किसी के साथ अच्छा करने के बारे में सोच भी नहीं सकता। उसने अपने फैसले या काली कमाई के दम पर बहुत-सी संपत्ति खड़ी कर ली है।

उसके पास पैसा तो बहुत है मगर खर्च करने वाला कोई नहीं है। बेहद मामूली और न्यूनतम चीजों के साथ वो जीवन जी रहा है। उसकी रोज़ यही दिनचर्या हो गई थी कि वो सुबह उठता है, नहा धो कर तैयार हो, रियल एस्टेट के अपने ऑफिस में जाकर अपने कैबिन में बैठता है। वहाँ उस कंपनी और अपने काम धंधे से जुड़े काम पूरे करते हैं। दोपहर में कभी कभार खाना खा लेता है और फिर सीधे घर पहुँचकर खाना खाकर सो जाता है।

वो उस जगह को अपना घर नहीं बल्कि अपना मकान कहना ज्यादा पसंद करता है क्योंकि वहाँ घर कहलाने लायक कोई भी नहीं है। यह सिर्फ उसकी चल-संपत्ति थी जिसका उपयोग नाम मात्र के लिए करता था। उसने ये बड़ा-सा बंगला बनाया था जिसके चारों तरफ़ उसने बाग बगीचे आदि बनाए थे मगर उसने कभी भी फूल-पौधे आदि लगाने की जहमत नहीं उठाई। बस नाम के लिए उसमें घास थी और कुछ एक बड़े पेड़ थे। बंगला काफी बड़ा था मगर उस बड़े बंगले में इंद्रजीत के अलावा एक रसोईया, दो नौकरानी और ड्राइवर के अलावा एक नौकर और था जो घर की देखभाल किया करता था। इसके अलावा उसने एक माली भी रखा था जो हर 2 दिन में आकर बगीचे की थोड़ी काट छांट कर दिया करता है। उसने उन सभी से भी कभी ज्यादा बात नहीं की। इसी वजह से वो कई बार उनके नाम भी भूल जाता है। अगर ड्राइवर राम की रोज जरुरत ना होती तो वो उसे भी भूल जाता।

इसके अलावा सिर्फ हाश्मी था जो उसके घर में रहता था। हाश्मी इंद्रजीत का दायां हाथ है और उसके हर गैर-कानूनी-कानूनी काम में उसने उसका पूरा सहयोग किया है। एक मध्यम कदकाठी का दृढ निश्चय का व्यक्ति है। वो भी उसी की तरह एक भयानक अपराध का शिकार हुआ था। जब अपने एक गैर मुस्लिम दोस्त को बचाने की कोशिश में उसी की बिरादरी वालों ने उसका घर जला दिया था जिसमें

उसका परिवार भी जल कर मर गया था। उन्होंने उसे ये सब देखने पर भी मजबूर कर दिया था। उसके परिवार की दर्दभरी चीख अभी भी उसके कानों में गूंजती है पर वो अपने आप को उस दर्द से बाहर निकाल चुका है। उसने उन लोगों को चुन चुन कर मारा था और फिर सरेंडर कर दिया था। शायद यही कारण था कि वो इंद्रजीत को अच्छे से समझता है।

"क्या हालचाल है?"

इंद्रजीत जब नीचे आया तो उसे हाश्मी दिखाई दिया। हाश्मी ने इतने सालों में बहुत कोशिश की कि वो इंद्रजीत के गम को भुला सके। वो तो जैसे-तैसे अपने गम से बाहर आ गया था मगर इंद्रजीत अभी भी 15 साल पहले हुए हादसे के बीच फंसा हुआ था। वो ऊपर से बिल्कुल बदल चुका था पर अंदर से अभी भी वो एक ऐसा शख्स था जिसे जरूरत थी किसी के सहारे की, किसी के प्यार की और किसी ऐसे की जो उसे यह तसल्ली दिला सके कि उसका अकेलापन अब ज्यादा देर तक नहीं रहेगा। उसने बहुत सी लड़कियों को भी इंद्रजीत की जिंदगी में भेजने की कोशिश की। भले ही वो उनसे कोई भावनात्मक संबंध न बनाए मगर कम से कम थोड़ा सुकून तो मिले मगर ऐसा भी नहीं हो पाया क्योंकि उसने कभी किसी लड़की को अपने करीब ही नहीं आने दिया।

इंद्रजीत ने यह खास तौर पर तय किया था कि वो अपने आपको शहर का सबसे ताकतवर आदमी बनाने में झोंक देगा। तब से उसने इन सब चीजों के बारे में सोचना छोड़ दिया था। उसका बस एक ही लक्ष्य था कैसे भी अपने आपको स्थापित कर इतना ताकतवर बनाना कि कोई उसे कभी उलझने की गलती ना करें और आज वैसा बन भी गया था। उसके अंदर धीरे-धीरे भावना खत्म हो रही थी। उसे किसी पर भी दया नहीं आती थी और वो बहुत क्रूर और निर्दयी बन चुका था हालांकि अपने द्वारा सताए गए लोगों को कभी-कभी थोड़ी छूट दे दिया करता था। जब वो उनके प्रति कोई सहानुभूति व्यक्त करता तो हाश्मी को उम्मीद जागती कि पुराना भोला-भाला इंद्रजीत लौट आएगा। हालांकि वो नहीं चाहता कि इंद्रजीत फिर से वैसे ही दुख से गुजरे।

फिर भी हर किसी को जिंदगी में एक तूफान की जरूरत होती है। भले ही वो कैसे भी तकलीफ से या कैसे भी संघर्ष से गुजरा हों उसे कोई ना

कोई ऐसा शख्स जरूर चाहिए होता है जो उसे ये अहसास दिलाए कि उसके सारे दुख, दर्द, संघर्ष सब जाया नहीं गए है। उसके साथ तो ऐसा हो चुका है इसलिए वह जानता है कि क्या अनुभव होता है जब आपको लगे कि आप बिल्कुल खत्म से हो गए हो या मर से गए हो फिर अचानक एक दिन आप की जिंदगी में कोई तूफान आ आपको जीना सीखा दें। और वो तूफान था उसकी "नुसरत" उसकी मंगेतर।

******

'वो नुसरत से तीन महीने पहले ही मिला था। जहाँ एक कत्लेआम के दौरान उनके दुश्मन कालू खां ने नुसरत को बंदी बना लिया था। वो उनकी कोई पहचान वाली नहीं थी। नुसरत घबराई आँखों से चारों तरफ देख रही थी। उसकी गोरी कलाई कालू खां के हाथ में थी जिसे हाश्मी ने काट दिया था। उसने एक गहरा नीला कुर्ता पहना था। और वो कानों के झुमके जिन पर हाश्मी अपना दिल हार बैठा था।

उस दिन उसने कालू खां और उसके लोगों/गुंडों को मार दिया था। और नुसरत को बचा लिया था। असमंजस में उलझी नुसरत ने उसे धन्यवाद दिया था और चली गई थी मगर बाद में उनकी फिर से एक जगह मुलाकात हुई।

जब हाश्मी दरगाह पर चादर चढ़ाने गया था तब नुसरत उससे फिर टकरा गई थी। वो वहां मन्नत का धागा बांधने आई थी। वहां कुछ बेसहारा लोगों को देख उसने उन्हें खाना खिलाया था बिना ये सोचे कि इसके बाद उसकी जेब में धेला भी नहीं बचेगा।

हाश्मी, नुसरत के कोमल स्वाभाव को देखकर बहुत प्रभावित हुआ था और उसी वक्त उसने एक फैसला कर लिया था। उसने नुसरत का पीछा करना शुरू किया था। वो जहाँ पर जाती, जिससे भी मिलती उन पर नज़र रखता। अगर वो किसी लड़के से बात करती दिखती तो उसे बहुत गुस्सा आता। वो उसकी उसका बात करने का तरीका देखकर मुस्कराता रहता।

ऐसे ही एक दिन नुसरत को भी अहसास हुआ कि कोई उसका पीछा कर रहा है और उसने डंडे से हाश्मी पर हमला कर दिया। हाश्मी चोट लगने के कारण नीचे गिर गया। तब नुसरत ने उसका चेहरा देखा और

उसे पहचान लिया कि हाश्मी वही है जिसने उसकी जान बचाई थी तो उसे बहुत ग्लानि हुई।

नुसरत, हाश्मी को अपने साथ घर ले गयी। घर पहुँचकर हाश्मी ने जब वहाँ के पारिवारिक वातावरण को देखा तो उसे समझ आया कि नुसरत परिवार के बीच पली बढ़ी इसलिए उसे ज़िंदगी की अहमियत पता है। नुसरत ने हाश्मी का परिचय अपने परिवार से करवाया। उसके परिवार ने भी नुसरत को बचाने के लिए उसके प्रति कृतज्ञता व्यक्त की।

उस दिन से हाश्मी, नुसरत को और पसंद करने लगा। धीरे-धीरे उनकी मुलाकातें बढ़ने लगीं और उनमें प्यार हो गया। उन्होंने नुसरत के परिवारवालों को अपनी भावनाओं के बारे में बताया और साथ ही हाश्मी ने बता दिया कि उसका कोई परिवार नहीं है, वह अनाथ है। नुसरत के परिवार ने थोड़ी आनाकानी के बाद उनके रिश्ते को स्वीकृति दे दी। नुसरत का कहना था कि वो के परिवार की अनुमति के बिना उसके साथ रिश्ते में नहीं रहेगी। अनुमति मिलने के बाद दोनों की कुछ ही समय में सगाई कर दी गई।'

*****

अपनी बीती हुई यादों को याद कर हाश्मी बहुत मुस्कुरा रहा था।

"क्या बात है इतना मुस्कुरा रहा है तू?"

इंद्रजीत की आवाज से हाश्मी वापस वर्तमान में आया।

"कुछ नहीं यार। मैं सोच रहा था... तुम्हें भी किसी अच्छी लड़की को ढूंढ लेना चाहिए जो तुम्हें संभाल लें।"

इंद्रजीत ने कोई प्रतिक्रिया नहीं दी। वो देना भी नहीं चाहता था। हाश्मी उसका शुभचिंतक है पर वो उसके निजी मामले में टांग अड़ा रहा है जो उसे पसंद नहीं आ रहा। जल्दी से नाश्ता कर वो हाश्मी को कुछ और बोलने का मौका दिए बगैर ही निकल गया। हाश्मी भी उसके जाने के कुछ देर बाद ही बाहर निकला तो देखा इंद्रजीत कार में उसका इंतज़ार कर रहा है। वो मुस्कुराते हुए उसके पास जाकर बैठ गया। उनके बैठते ही ड्राइवर ने गाड़ी चला दी।

उसके बाद वो लोग अपने रोज़मर्रा के काम के लिए 'अमायरा रियल एस्टेट' ऑफिस जा पहुंचे। एक सेठ दयानंद बहुत समय से अपनी जमीन

को बिकवाना चाह रहा था मगर जब बेचने की बारी आई तो वो पैसे को लेकर मुकर गया। पहले सौदा कुछ और रकम के लिए हुआ था और अब वो ज्यादा मांग रहा है क्योंकि उसने देखा कि उसका सौदा करवाने वाले खुद इंद्रजीत और हाश्मी है तो उसने अपनी रकम बढ़ा दी है।

इंद्रजीत और हाश्मी को वो जमीन बहुत अच्छी लगी थी और वो उस पर एक आलीशान मॉल बनवाना चाह रहे थे इसलिए दयानंद ने अपनी कीमतें बढ़ा दी थी। इंद्रजीत को बिलकुल पसंद नहीं कोई सौदे से मुकर जाए इसलिए नियमानुसार दयानंद को उठवा लिया और उसे उनके ऑफिस में ला प्रताड़ित कर अपनी मांगों को मनवा लिया गया। ये कोई नया दृश्य नहीं था। बाहर से किसी सभ्य सी दिखने वाली ईमारत में ऐसा कुछ चल रहा होगा इसकी किसी को कल्पना भी नहीं थी।

इंद्रजीत अपना सब काम समेट कर बाहर आया। जिस भी रात उसे वो दुःस्वप्न आता था उस दिन उसे एक अलग तरह की थकान महसूस होने लगती है। उसने घड़ी की तरफ देखा। समय कब निकल गया उसे पता ही नहीं चला था। हाश्मी की चिंता लाजमी थी क्योंकि इंद्रजीत खुद पर जरा भी ध्यान नहीं देता। वो व्यायाम करता है पर सिर्फ इतना कि जरुरत पड़ने पर शरीर मजबूत रहे। खाता है पर सिर्फ इतना कि पेट भरा जा सके। सोता है पर बुरे सपने सोने नहीं देते। उसे बदलाव की जरुरत है। सख्त जरुरत।

इंद्रजीत ने पार्किंग में जाने के बजाय अपने ड्राइवर राम को जो उसके यहाँ सात-आठ सालों से काम कर रहा है कार बाहर ही लेकर आने के लिए कह दिया।

"सिर्फ 15 मिनट रुकिए। कार लेकर आता हूँ।"

चूँकि राम पास की थड़ी पर चला गया था और उसे उम्मीद नहीं थी कि इंद्रजीत इतनी जल्दी बाहर आ जाएगा। अभी तो रोज का समय भी नहीं हुआ था। इंद्रजीत के बेहद करीबी ही ये बात जानते हैं कि वो किस तरह की मानसिक पीड़ा से हर रात गुजरता है। शायद वो उसकी जल्दबाजी की वजह समझ गया था।

इधर इंद्रजीत अपने महंगे अरमानी सूट में वहाँ खड़ा था। आसपास की लड़कियां उसे ताड़ते हुए जा रही थी मगर ज़ाहिर तौर पर उसके चेहरे

पर छाये अकल्पनीय भावों को देखकर कोई लड़की उसकी ओर कदम बढ़ाने का नहीं सोचती थी। कुछ लड़कियां हैं जो उसे जानती थी। वो उसे उसकी छवि के कारण पसंद करती थी। बहुत लड़कियां होती हैं जिन्हें वो लड़के पसंद है जो शांत या विनम्र होने की बजाय गुस्सैल और मनमानी करते हो। उन्हीं में से कुछ लड़कियां इंद्रजीत की और आगे बढ़ रही थी। क्या पता उनका मौका लग जाए... उन्होंने अक्सर कहानियों में देखा था जो ऐसे बुरे लड़के होते है, उन्हें वो लड़की अच्छी लगती है जो मासूम-सी हो या कम से कम मासूम दिखे मगर इससे पहले कि वह इंद्रजीत के करीब पहुँच पाती इंद्रजीत का आभामंडल उनसे टकराया और उन्होंने अनजाने में ही कदम पीछे खींच लिए।

इंद्रजीत वहाँ खड़ा अपने फ़ोन पर कुछ काम कर रहा था। अचानक उसे एक आवाज आई

"हेई! देख नहीं सकते! हटा सामने से!"

इंद्रजीत ने नज़रे उठाकर देखा तो एक लड़की जिसका हुलिया बड़ा अजीब सा था। उसके बाल जूड़े में बंधे थे मगर काफी उलझे और बिखरे हुए लग रहे थे, आँखों पर गोल चश्मा था हालांकि वो भद्दा नहीं लग रहा था मगर उसने उसे भी टेढ़ा मेढ़ा लगा रखा था। उसने एक ढ़ीला-सा कुर्ता पहने थे जिसकी एक बाँह नीचे हो रही थी। उसने जो जीन्स पहनी थी वो थोड़ी सलीकेदार थी। उसका बैग पकड़ने का तरीका बहुत अजीब-सा था उसने अपने बैग को इस तरह से पकड़ रखा था मानो संभल नहीं रहा है फिर भी वो बड़ी ही आसानी से उठाकर सड़क पार कर इंद्रजीत के पास आकर खड़ी हो गयी।

"आजकल के लोग भी ना..."

वो थोड़ी अनाड़ी जैसी लग रही थी और उसकी ये हरकत इंद्रजीत को पसंद नहीं आई। उसे वैसे भी अभी सब चीज़ सलीके से पसंद है। वो हमेशा कुछ ना कुछ ऐसा साधन ढूँढता है जो उसे व्यस्त रखे, उसके अकेलापन का एहसास ना होने दे। इंद्रजीत बिना कुछ कहे वहीं खड़ा रहा और अपने फ़ोन में व्यस्त रहा।

"ओह!"

उसकी आवाज सुन कर इंद्रजीत ने उसकी तरफ देखा तो तुरंत ही पछताया क्योंकि वो उसी को देखकर वो बोली थी।

"मेरा नाम हर्षा है। तुम्हारा नाम क्या है?"

इंद्रजीत हैरान हुआ। शहर के सब लोग उसे जानते हैं और ऐसा तो हो ही नहीं सकता ये लड़की उसको ना जानती हो। उसने कुछ देर उसे घूरा मगर बिना कोई जवाब दिया और यूँही खड़ा रहा।

"कितनी गर्मी है ना आज?"

हर्षा अपने हाथ से पंखा बना कर खुद को हवा करने लगी।

"भगवान! बारिश हो जाती... कितना अच्छा होता है ... तुम्हें गर्मी नहीं लग रही है सूट में?"

हर्षा ने जैसे ही इंद्रजीत को छूने की कोशिश की उनसे अपना हाथ दूर हटा लिया

"ओह! तो तुम्हें भी गर्मी लग रही है। मैं समझ गयी।"

हर्षा अपना सामान ठीक से संभालने की कोशिश करती तो कभी कुर्ता ऊंचा हो जाता, अपने बाल संभालने की कोशिश करती है तो लैपटॉप बैग टेढ़ा हो जाता। उसको इस तरह अनाड़ियों की तरह व्यवहार करता देख इंद्रजीत उससे कुछ कदम पीछे हट गया।

"लगता है मेरी बस आ गयी।"

वो लोग कहाँ खड़े थे वहाँ से थोड़ी ही दूर पर बस स्टॉप था। हर्षा थोड़ी तेज गति चली इस वजह से उसके पैर आपस में उलझ गए और वो लड़खड़ा कर गिर गई

"बच गई... बच गई..."

अपने हाथ पैर झाड़ते हुए उठ खड़ी हुई

"शुक्र है भगवान का! ज्यादा लगी नहीं.."

ये कहकर उसने दौड़ कर बस पकड़ी।

इंद्रजीत के लिए ये काफी नया अनुभव था क्योंकि उसने इस तरह की अनाड़ी लड़की कभी नहीं देखी थी जिसे ये भी परवाह नहीं हो वो कैसी दिख रही है? वो क्या कर रही है? या लोग उसके बारे में क्या सोच रहे हैं? आमतौर पर लड़कियां अपने आप को लेकर बहुत सजग होती है। हर्षा बस में बैठ कर चली गयी।

थोड़ी देर बाद राम वहाँ पर आया और उसने इंद्रजीत से माफी मांगते हुए जल्दी से उसे कार में बैठाया और फिर वो लोग घर पहुँच गए। हमेशा की तरह इंद्रजीत खाना खाने के बाद अपने कमरे में जाकर सो गया उसे कुछ कुछ अंदाज़ा था कि उसे आज फिर से वैसे ही अपने परिवार का सपना आएगा। ऐसा पहली बार नहीं था इसलिए वो जाकर बिस्तर पर लेट गया। उसका मन एक बार हर्षा की ओर गया। उसने बिना उससे डरें या कोई परवाह किये कि वो वास्तविकता में कौन है उससे बात की थी।

सही मायने में देखा जाए तो इंद्रजीत किसी के ऐसे ही बेबाक होने का इंतजार कर रहा था जो उसकी पहचान से अवगत ना हो या उसे ना जानता हो और उससे एक आम इंसान की तरह मिले। कहीं ना कहीं उसके मन में ये बात जरूर आई

"ठीक है! वो लड़की हर्षा बाकी सबसे थोड़ी अलग है..."

वो यही सब सोचते-सोचते अपने परिवार के बारे में सोचने लगा और फिर सो गया। सोने के कुछ देर बाद ही उसे फिर से अपने परिवार का हादसे वाले दिन याद आया। जहाँ पहले सब कुछ बहुत अच्छा चल रहा था, अचानक से दृश्य बदलते हैं और उसे सबकी लाश देखनी पड़ती है। फिर उसे एक लड़की नजर आई जो बिल्कुल अनाड़ी जैसी थी। वो अचानक ही उठ गया पर बेचैनी से नहीं असमंजस से। हाश्मी उसके साथ तो रहता था पर इंद्रजीत ने उसे कहा हुआ था अगर वो कभी भी रात में उसकी चीख सुने तो उसके कमरे में ना आए। वो नहीं चाहता था कि कोई उसे कमजोर स्थिति में देखे। पर हर्षा के ख्यालों का क्या जो बिना अनुमति उसके मन में प्रवेश कर गए हैं। उसने सिर झटका। वो भी भला क्या क्या सोचने लगा है।

कहते हैं विपरीत आकर्षित करता है।

शायद इसी वजह से इंद्रजीत को सपने में हर्षा नजर आई थीं जो उसके बिल्कुल विपरीत है। वो एक खुशमिजाज और हर लम्हे को जीने वाली लड़की लगती है। उसके मन में हर्षा के लिए एक दिलचस्पी-सी आ गई।

*****

अगले दिन इंद्रजीत रोज़मर्रा की तरह अपने काम पर गया। काम पूरा होने के बाद इंद्रजीत ना जाने क्या सोचकर पार्किंग में जाने की जगह वहीं आकर खड़ा हुआ जहाँ कल खड़ा था, जहाँ उसे कल हर्षा मिली थी।

अजीब बात तो ये थी कि उसे पहली बार अपने करीबियों के अलावा किसी का नाम याद हुआ था। वो पहली ऐसी थी जिसकी हरकते पसंद ना आने के बावजूद इंद्रजीत ने उसके साथ कुछ नहीं किया था। या तो वो दिलचस्पी नहीं ले रहा था या उसे मारना नहीं चाहता था। वो वहीं खड़ा था कि उसे एक फ़ोन आया और वो बात करने लगा।

"देखकर नहीं चल सकते...."

उसे फिर से हर्षा की आवाज़ सुनाई दी। हालांकि उसकी आवाज़ बहुत अच्छी नहीं कही जा सकती है मगर उसमें एक अलग तरह के खनक थी जो किसी को भी अपनी ओर आकर्षित करने के लिए काफी थी। वो बच्चों की सी हरकतें कर रही है मगर उसमें एक अलग तरह का खिंचाव था।

हर्षा इंद्रजीत के पास आकर खड़ी हो गयी। वो बिना कोई प्रतिक्रिया लिए ही इंद्रजीत को अपने पूरे दिन का वृतांत सुनाने लगी। इंद्रजीत इस बात को नहीं जानता था या शायद कोई भी इस बात को नहीं जानता था पहली मुलाकात के दौरान ही हर्षा इंद्रजीत से बेहद आकर्षित हुई थी। वो कोई अपवाद नहीं है जो इंद्रजीत के रूप को देखकर आकर्षित ना हो।

वो अपने आपको उसके बारे में सोचने से रोक ही नहीं पा रही थी। उसका वो आकर्षक चेहरा, हल्की दाढ़ी, खोई खोई ख़ामोश अनंत आँखें जो अपने अंदर बहुत से रहस्यों को छिपाए लगती है, उसके घने काले बाल जिनमें एक बार तो हाथ फिराने की इच्छा होती है।

बीते दिन जब हर्षा अपने घर पहुंची तो मैयाजी और बाबा ने उसका स्वागत किया। वो लोग खाना बनाने की तैयारी कर रहे थे। अक्सर ये एक तरह का रिवाज़ सा बन गया था। मैयाजी की सहायता हेतु कभी उनका बेटा, उनकी बेटी या फिर उनके पति रसोई में उनकी मदद किया करते थे। यह तब से शुरू हुआ था जब एक बार मैयाजी की तबियत खराब हो गई थी और वो रसोई में लड़खड़ाकर गिर गई थी। उसके बाद से पूरा परिवार हर समय उनकी मदद करने के लिए तैयार रहता था।

"तुम्हारा दिन कैसा गया?"

रसोई से पानी लाते समय मैयाजी ने हर्षा से पूछा।

"ठीक ही था। हमेशा की तरह था।"

वो पानी पी अपने कमरे में जा रही थी तब मैयाजी बोली

"जल्दी नीचे आ जाना। खाना खा लेना फिर अपना काम करने लगना।"

"हाँ हाँ मैं आ जाउंगी।"

ये कह कर हर्षा वापस अपने कमरे की ओर चली गयी। कमरे में जाकर उसने अपने सामान को ही इधर उधर पटका। जैसा उसका व्यक्तित्व वैसा उसका कमरा, पूरा मेल खाता था। वो भी बिल्कुल बिखरा हुआ था और चीजें इधर उधर पड़ी थी। कोई भी सामान ठीक स्थान पर नहीं था और कपड़ों का तो बुरा हाल था। उसने अपना सिर पकड़ लिया।

"अब ये भी मुझे समेटना पड़ेगा. तुम....."

वो अपने बिस्तर पर सामान पटकते हुए लेट गयी और इंद्रजीत का सोचकर मुस्कुराने लगी। फिर वो उठ और अपने बिस्तर के पास रखी हुई दराज़ से एक डायरी और पेन निकाला। ये काफी पुरानी लगती है कि उसने उस डायरी के कुछ पन्नों को पलट कर नया पन्ना खोला और उसमें आज के बारे में लिखते हुए कहा

"प्रिय डायरी,

आज मैं एक ऐसे शख्स से मिली जिसने मेरा दिल चुरा लिया. उसने एक अरमानी सूट पहन रखा था। फिर भी मैं उसकी ताकत और मज़बूत शरीर को महसूस कर सकती थी। उसका गठीला शरीर इतना आकर्षक था कि उसके कपड़े उसके साथ गठीले शरीर को छुपा नहीं सकते। मैं सच कहूँ तो मैंने पहली बार इतने आकर्षक लड़के को देखा था जिसके लिए मेरे दिल में कुछ हो रहा था। वो बहुत अच्छा लग रहा था।"

यह लिखने के बाद वो नीचे और खाना खाकर सोने चले गई।

*****

अगले दिन काम करने के दौरान वो इंद्रजीत के बारे में सोच रही थी

"क्या आज भी मेरी मुलाकात उससे हो सकती है?"

और जब वह बाहर आई तो इंद्रजीत को देखकर उसकी खुशी की सीमा ही नहीं रही इसलिए वह थोड़ी हड़बड़ी में आ रही थी। पर एक निकलते

हुए गाड़ी से टकराते-टकराते बचे। वह सड़क के बीच में बने एक चौड़े रास्ते से दूसरी तरफ से आती है जहाँ बीच में पार्किंग से निकलने वालों का रास्ता था। हर्षा इंद्रजीत के पास आकर खड़ी हो गई और उसकी तरफ मुस्कुराते हुए देखकर बोली

"कैसे हो तुम? क्या हाल चाल है तुम्हारा? बढ़िया... मैं बढ़िया हूँ."

हर्षा आज भी कल जैसे ही लग रही थी। बस कपड़े थोड़े बदले में थे। बाकी बिल्कुल वैसा ही था जैसा पिछले दिन था। हर्षा ने इंद्रजीत के सामने वाली इमारत की ओर इशारा करते हुए कहा

"वह सामने इमारत देख रहे हो। यहाँ चौथे माले पर मेरा ऑफिस है। आनंद एडिटर्स! हालांकि काम मजेदार नहीं है पर ठीक है।"

इसके साथ ही फिर हर्षा अपने दिन भर की भड़ास इंद्रजीत के सामने निकालने लगी। इंद्रजीत को समझ नहीं आ रहा था कि आखिर हर्षा उसके सामने इतनी सहज कैसे रह सकती है। अब तक जो कोई भी लड़की उसके आस-पास आती थी वो या तो फायदे के लिए आती थी या उसकी पहचान से पूरी तरह अवगत होने के बाद मगर हर्षा पहली थी जो बिना कुछ जान पहचान के उसके पास आई थी या शायद वो जानती थी उसे मगर ऐसा दिखा रही थी कि उसे उसके बारे में कुछ भी नहीं पता।

खैर जो भी हो मगर वो उससे ना तो डरी हुई लग रही थी, ना घबराई शायद उसकी वास्तविक पहचान के बारे में नहीं जानती होंगी। दो दिन इसी तरह से उनकी संयोग से मुलाकात हुई।

दरअसल इसमें कुछ-कुछ हाथ राम का भी है। राम ने दूसरे दिन ही निकलते हुए देख लिया था कि इंद्रजीत हर्षा के साथ खड़ा है। उस के चेहरे पर भाव थोड़े चिढ़चिढ़े से लगे मगर फिर भी वो उसे सहन कर रहा था।

इसका मतलब है कि हो सकता है उसकी जिंदगी में एक नई दस्तक हो जाये जो शायद अच्छी रहे इसलिए वो जानबूझकर देर से निकलता या कभी पास की थड़ी पर चाय पीने चला जाता ताकि इंद्रजीत को बाहर वही खड़ा होना पड़े जहाँ से बस स्टैंड पास पड़ता है और फिर हर्षा उससे मिल पाएगी।

*****

ऐसे ही तीसरे दिन भी इंद्रजीत खड़ा था। वो थोड़ा परेशान सा था क्योंकि उसे जल्दी घर जाना था। उसे कुछ काम था और हाश्मी से उसे कोई जरूरी बात करनी थी। तभी उसे एक चहकती हुई आवाज सुनाई दी। उसने मन ही मन अपनी आँखें घूमा ली क्योंकि उसकी चेतना बता रही थी कि अब क्या होने वाला है। वो बुदबुदाया

"आज नहीं..."

हर्षा उसकी ओर हाथ हिलाते हुए आई

"हाय! कैसे हो तुम? अरे वाह! तुम दूसरों से इतने अच्छे कैसे दिख लेते हो? पता है मेरे को तो बहुत ज़ोर आता है। बहुत आलसी हूँ मैं! कौन करे, कौन तैयार होए और वैसे भी क्या तैयार होना हम जैसे हैं वैसे ही रहेंगे ना.... अगर मान लो हम सामने से अच्छे बने हैं और फिर बाद में पीछे से कुछ और हो तो.... लोगों को तो यही लगेगा ना हम दोगले हैं और दोगले बनने से अच्छा है कि हम एक अच्छे इंसान बनकर सामने ही दिखे! जैसे भी हमारी खूबियाँ खामियां एक साथ दिखती रहेंगी! खैर चलो तुम्हें एक अजब किस्सा सुनाती हूँ! तुम्हें पता है हमारे एक रेवती है तो...."

ये कहते हुए हर्षा ने अपने बैग से एक डेरी मिल्क सिल्क चॉकलेट निकाली। उसने बड़े ही उटपटांग तरीके से रैपर हटाया और चॉकलेट खाते हुए किस्सा सुनाना शुरू किया

"हाँ... पता है जो रेवती है वो हमारी बॉस है... मैंने तुम्हें बताया था... सुनो वो हमें काम देती है, हमें क्या क्या ऐड करना है पर क्या उसका एक शिवांश नाम के लड़के से चक्कर चल रहा है। तुम्हें यकीन है ना... ऐसा हो सकता है.. तो क्या हुआ उसने मुझे काम दे दिया। इस बात का उस बात से कोई लेना देना नहीं है फिर भी मैं बता रही हूँ। क्या हम बैठ कर बात करें? पैर दुःख रहे है, आओ।"

ये कह कर उसने इंद्रजीत का हाथ पकड़ कर पीछे खींचने की कोशिश की जहाँ बेंच थी मगर इंद्रजीत अपनी जगह से ज़रा सा भी नहीं हिला

"तो तुम खड़े रह कर बात करना चाहते हो... ठीक है... कोई परेशानी नहीं.."

वो रेवती से जुड़े अपने किस्से सुनाने लगी और अपने बॉस की बुराइयाँ इंद्रजीत के सामने करने लगी। इंद्रजीत हैरान हो कर उसे देख रहा था। तभी उसने देखा हर्षा के होठों से चॉकलेट पिघलकर टपकते हुए नीचे ठोड़ी तक आ गई है तो उसने हाथ से इशारा किया।

"क्या?"

हर्षा ने हैरान होते हुए इंद्रजीत को देखा। आज तक उसने कोई सकारात्मक प्रतिक्रिया नहीं दी है। बस उसने कभी आँखें घूमा कर उसकी ओर देखा, कंधे उचकाकर कर प्रतिक्रिया दी। पहली बार उसने उसके चेहरे की तरफ देखा था।

"क्या हुआ?"

हर्षा ने बड़ी मासूमियत से पूछा। उसका चश्मा भी टेढ़ा मेढ़ा हो रहा था। उसने अपने चश्मे को ठीक किया। शायद वो चश्मा के लिए कह रहा होगा। इंद्रजीत थोड़ा चिढ़ते हुए बोला

"तुम्हारे चेहरे पर चॉकलेट लगी है!"

"ओह!"

हर्षा इंद्रजीत की बात सुनने की बजाय उसकी मर्दानी आवाज़ सुनकर उसमें खो गई। वो इतनी आकर्षक लग रही थी कि वह उस आवाज को बार-बार सुनना चाहती थी। फिर अचानक वो होश में आई और बोली

"हाँ... हाँ... क्या कह रहे हो?"

"तुम्हारे चेहरे पर चॉकलेट लगी है उससे साफ कर लो।"

हालांकि उसने ये एक तरह से उस पर टिप्पणी की थी मगर हर्षा को कोई फर्क नहीं पड़ता। उसने उसके हाथ जिसमें उसकी चॉकलेट थी अपने चेहरे को साफ़ करते हुए पूछा

"अभी भी है क्या?"

चॉकलेट उसके गालों पर भी लग गयी थी। इंद्रजीत ने दोबारा बताया तो उसने फिर से वही हाथ उठाया इसलिए इंद्रजीत ने ही उसे रोकते हुए, गहरी सांस ली और फिर अपनी जेब से रूमाल निकाला। फिर वो उसके गाल और होंठों को पोछने लगा। अनजाने में ही उसकी उंगलीयां हर्षा के गालों से टकराई। हर्षा के गाल कोमल थे। उसे यकीन ही नहीं हो रहा था उस जैसी अनाड़ी के गाल ऐसे मखमली महसूस हो सकते है।

“ओह! होंठों पर लगी है?”

यह कह कर हर्षा ने अपनी जीभ से होंठो को साफ किया। तभी पास से जा रही कार में गाना बजने लगा

"पहली बार है जी पहली बार है.... "

ना जाने क्यों हर्षा को ऐसा करते देखकर इंद्रजीत के दिल की धड़कन तेज हो गई। उसके कान लाल हो गए और उसको अपने आपको संयमित करने में परेशानी होने लगी। उसे डर था कि कोई(हर्षा) उसकी प्रतिक्रिया ना देख ले, उसकी भावना ना देख मगर हर्षा को कुछ पता नहीं चला था। या शायद वो खुद भी इस भाव में खो गई थी।

“ओह! मेरी बस आ गयी।”

हर्षा ने पलटकर देखते हुए कहा। इंद्रजीत का हाथ आधा हवा में ही था क्योंकि हर्षा ने जल्दी-जल्दी अपनी ही कमीज की बाजू से अपना चेहरा साफ कर लिया था। जैसे ही वो बस की ओर बढ़ी अचानक उसने इंद्रजीत की तरफ देखकर

“तुम खाओगे चॉकलेट।”

इंद्रजीत ने विस्मय से हर्षा को देखा। हर्षा ने उसकी प्रतिक्रिया देखी तो मुँह बिचकाते हुए बोली

“ठीक है... पता है... नहीं खाओगे...”

हर्षा दौड़कर बस में चढ़ने लगी वो फिर से गिरते गिरते बची मगर बस के कंडक्टर ने उसका हाथ पकड़ा और अंदर खींचते हुए कहा

“तुम जैसी लापरवाह अनाड़ी लड़की मैंने आज तक नहीं देखी।”

हर्षा हंसती हुई अपनी जगह पर जाकर बैठ गई। उसने पीछे पलटकर इंद्रजीत को देखा और उसको हाथ के इशारे से अलविदा कहा। अनजाने में ही इंद्रजीत का हाथ जो हवा में ठहरा था उसने अपने आप ही प्रतिक्रिया दी मानो उसमें अपना खुद का दिमाग हो।

जब इंद्रजीत को एहसास हुआ कि वो क्या कर रहा है तो उसने तुरंत अपने आपको सम्भाला और अपने हाथ से जेब में डाल लिया। राम भी अचानक से ही उसके सामने गाड़ी लेकर आ गया। इंद्रजीत की दिल की बढ़ी हुई धड़कनें और तेज हो गई।

हालांकि राम ने दृश्य देख लिया था मगर फिर भी वो समझदार था। आखिर बड़ी उम्र का जो है और वो चुप रहा। जो कुछ भी हो इंद्रजीत उसका मालिक है और वह उसकी खुशी ही चाहता है। उसने देखा है इंद्रजीत को अकेलेपन में 7 साल से ज्यादा वक्त गुजारते हुए। और क्या पता उसके आने से पहले भी इसी तरह से अकेला जीवन जीता हो। हाश्मी है उसके साथ, नुसरत है मगर उनका रिश्ता वैसा नहीं हो सकता है जैसे कोई परिवार घर का या करीबी का हो सकता है।

इंद्रजीत को वाकई किसी ऐसे शख्स की जरूरत थी जो सिर्फ उसके बारे में सोचे। शायद उसे अब तक जो भी मिले वो सब स्वार्थी या पीठ में छुरा घोंपने वाले लोग थे इसलिए उसने किसी पर भरोसा करना सीखा ही नहीं। या वो डरता है किसी को अपने करीब आने देने में। कहीं वो भी उससे दूर ना हो जाए। इंद्रजीत कार में बैठकर इस घटना के बारे में सोच रहा था।

'क्यों मैंने ऐसी प्रतिक्रिया दी? वो बस एक अनाड़ी लड़की ही तो है... पागल है... वो आकर मुझसे अपनी बातें करती है... मेरा थोड़ा समय निकल जाता है। इसमें ज्यादा कुछ सोचने वाली और उत्तेजित होने वाली तो कोई बात ही नहीं है। फिर मैं तरह से क्यों सोच रहा हूँ? मेरे दिल की धड़कन शांत क्यों नहीं हो रहा है? ऐसा पहली बार है मगर ये क्या एहसास है? इसे क्या कहते हैं?'

उसे इस एहसास का नाम नहीं पता था और उसने उससे पहले इसे कभी अनुभव नहीं किया था। उसे पता नहीं की ये क्या है पर रेडियो पर गाना बज रहा था 'प्यार नहीं तो क्या है' मगर वो इस बात से अंजान था। राम ने जब उसके भाव देखे तो असहायता भरी आह भरी और फिर रेडियो का स्टेशन बदल दिया जिसपर ट्रैफिक से जुड़ी जानकारियां दी जा रही थी।

घर पहुँचकर अपने रोज़मर्रा की दिनचर्या के अनुसार नहाकर बाहर आया, रात का खाना खाया और फिर सोने के लिए चला गया।

*****

रात को उसे एक अजीब सा सपना जिसमें वो अपने कमरे में है और हड़बड़ा कर उठता है। उसके पूरे शरीर उस पर खून ही खून है मगर वो

उसका खून नहीं है। वो उठकर जब बाथरूम में जाकर अपने आपको धोने की कोशिश करता है तो खून बढ़ता ही जाता है। फिर उसे बाहर से किसी के चीखने की आवाज आती है और वह बाहर निकल कर आकर देखता है तो फर्श पर बहुत सा खून है। फिर अचानक से पूरे दृश्य बदल जाता है और हर्षा का अपनी जीभ को होठों पर फेरने का दृश्य सामने आ जाता है।

*****

इंद्रजीत एक झटके से उठ बैठा। पहले उसे डरावने सपने सोने नहीं देते थे और अब उसे हर्षा नहीं सोने दे रही है। आखिर तीन दिन पहले ही तो मिली है वो।

वो उसे इतना प्रभावित कैसे कर सकती है। नीचे नुसरत आई हुई थी। वो और हाश्मी एक प्यार भरी फ़िल्म सोफे पर बैठ कर देख रहे थे। उनके सामने टेबल पर नाश्ता और कोल्ड ड्रिंक रखे हुए थे और एक ही चादर ओढ़े बैठे थे। बीच-बीच में मुस्करा कर एक दूसरे की तरफ देखते। इस बात को भुला बैठा इंद्रजीत हाश्मी के लिए नीचे आया। उसे अचानक ध्यान आया

"आज तो नुसरत घर पर है।"

इसलिए उसने अपना इरादा बदल लिया। बाद में समय मिलने पर मिलने का सोच सोने चला गया।

*****

अगले दिन हाश्मी खाने के बाद उसके कैबिन में आया।

"ये देखो!"

उसने एक फाइल इंद्रजीत के सामने रखते हुए कहा

"ये लोग सुधरने वाले नहीं हमें कुछ ना कुछ अलग करना पड़ेगा वरना.."

हाश्मी ने गहरी सांस ली क्योंकि वो इंद्रजीत के चेहरे पर आये भावों को देखकर तुरंत समझ गया कि इंद्रजीत अब आगे क्या करने वाला है।

"क्या हम लोग आज ही निकलेंगे?"

"देखते हैं!"

"ठीक है।"

इंद्रजीत थोड़ा जल्दी निकलकर आ गया। उसे उम्मीद नहीं थी मगर आश्चर्यजनक रूप से हर्षा भी आज जल्दी निकलकर आई थी।

"हे!"

हर्षा फिर से उसके पास पहुँच गई।

"देखा आज तुम कुछ भी नाटक नहीं कर सकते। तुम जल्दी हो और मैं भी जल्दी हूँ।"

यह कहकर उसने अपना पूरे दिन का किस्सा सुना दिया हालांकि इंद्रजीत रत्तीभर भी इस बात में दिलचस्पी नहीं ले रहा था। फिर अचानक हर्षा उसके करीब आकर बोलीं

"मुझे तुम्हारा नाम तो पता होना चाहिए है ना? नाम बताओ अपना?"

इंद्रजीत ने कुछ देर मिश्रित भावों से हर्षा को देखा।

'क्या यह सचमुच मेरा नाम नहीं जानती। पूरा शहर मेरे नाम से डरता है। रात को बच्चों को डराने के लिए माएं कहानियों में मेरी निर्दयता सुनाया करती है। पुलिस तक जानती है और ये लड़की कह रहे है ये मुझे नहीं जानती है। असंभव ऐसा हो ही नहीं सकता।'

"तुम सच में मुझे नहीं जानती या ना जानने का दिखावा कर रही हो?"

ये कहकर वो उसके चेहरे के करीब आया और उसकी आँखों में झांकते हुए उसे धमकाने की कोशिश करने लगा।

"नहीं जानतीं।"

उसने बिना पीछे हटे उसे चुनौती भरे अंदाज़ में देखा।

"तुम्हें पता है मेरे आस पास कोई और क्यों नहीं दिखाई देता?"

इंद्रजीत ने उसे डराने का सोचा। अब वो इससे ज्यादा नहीं झेल सकता। हर्षा उसे बहुत ही चिड़चिड़ा बना रही है और उसको प्रभावित कर रही है। उसे वो लोग बिल्कुल पसंद नहीं है जो उसे प्रभावित करें। खास कर ऐसे लोग तो बिलकुल भी नहीं जिनके बारे में वो कुछ भी न जानता हो।

"मैं समझी नहीं!"

"वहाँ देख रही हो। वो लड़कियां निश्चित तौर पर मेरे शरीर को या मेरे चेहरे को देखकर आकर्षित हो रही है मगर क्या उनमें से किसी को

भी तुमने मेरे तरफ आते देखा? मुझसे बात करते देखा? लड़कियां छोड़ो लड़के या कोई भी, किसी को कभी मेरे आस पास खड़े देखा?"

हर्षा ने चारों तरफ नज़रें घुमाई और फिर पूरा घूम कर देखने के बाद बोली

"नहीं! तुम क्या पुलिस वाले हो?"

उसकी ये बात सुनकर अचानक उसे एक बात याद आ गई। अक्सर उसके दादा कहते थे कि वो बड़ा होकर एक पुलिस वाला बनेगा। इंद्रजीत कुंठित हँसी हंसते हुए बोला

"अगर मैं कहूँ कि मैं पुलिस वाला नहीं मगर कुछ और हूँ... सामान्य से भी ज्यादा बदतर हूँ तो तुम क्या करोगी? हम्म... हर्षा.."

"तुम्हारे नाम के लिए इतना लम्बा-चौड़ा परिचय बताना जरूरी है?"

हर्षा कमर पर हाथ रख उसकी आँखों में आंखें डालते हुए बोली

"तुम नाम नहीं बता रहे? ठीक है पर क्योंकि अब हम तीन-चार दिन से लगातार मिल रहे हैं! मुझे लगता है कि अगर हम किसी से पहली बार मिलते हैं तो इत्तेफ़ाक हो सकता है, तो दूसरी बार मिलते हैं तो वो बस एक अजीब इशारा हो सकता है या कुछ भी है और अगर वो तीसरी बार मिलते हैं यानी उनका मिलना किस्मत में लिखा है और आगे भी मिलते रहेंगे इसलिए आज से हम दोनों दोस्त।"

इंद्रजीत हक्का बक्का रह गया मगर उसने तुरंत ही अपने आपको सयंमित किया और उसको बड़ी ही अजीब नज़रों से घूरने लगा। ये देखकर हर्षा ने मुँह बनाते हुए पूछा

"क्या? ऐसे क्या घूर रहे हो?"

इंद्रजीत कुछ नहीं बोला। फिर भी क्योंकि उसने इनकार नहीं किया है हर्षा की हिम्मत बढ़ी और उसने उसका हाथ पकड़ कर अपनी ओर खींचा और हाथ मिलते हुए बोली

"आज से हम दोस्त है। मैं हर्षा हूँ और तुम?"

आखिर किसी वशीकृत व्यक्ति की तरह उसने अपना नाम बता दिया।

"इंद्रजीत!!!"

"इंद्रजीत... ठीक है।"

वो लोग बातें कर रहे थे कि उन्हें पीछे से शोर सुनाई दिया।

"क्या हो रहा है?"

वो पीछे मुड़कर देखने लगी। दरअसल इंद्रजीत के ऑफिस इमारत के ठीक सामने काफी बड़ा बगीचा था। उस बगीचे में छतरीनुमा स्थान बना हुआ था। वहाँ कुछ लोग अपना संगीत का सामान सजा रहे थे।

"चलो चलो देखते है।"

इंद्रजीत नहीं हिला तो हर्षा वहाँ गयी।

*****

दरअसल आज यहाँ "आज़ाद परिंदे" नाम का एक म्यूजिक बैंड अपने अभ्यास के लिए जगह किराये पर ली थी। इंद्रजीत को तेज शोर बिल्कुल पसंद नहीं था मगर फिर भी वो अभी कुछ नहीं बोल सकता था क्योंकि उन लोगों के अभ्यास का समय शाम का है जब इंद्रजीत यहाँ से चला जाएगा तो वो बेवजह में किसी के लिए परेशानी खड़ा नहीं करना चाहता।

अगर उसे उन्हें डराकर भगाना ही होगा तो उसके लिए वो हाश्मी को बता देगा। वो काफी रहेगा इसलिए उसने इस बारे में ज़्यादा सोचा नहीं और संयोग की बात ऐसी थी जो आगे भी होने वाली थी। जिस गाने का वो अभ्यास करते वो उन दोनों की स्थिति पर सटीक बैठता था।

"कितना मज़ा आ रहा है।"

कुछ देर बाद हर्षा इंद्रजीत के पास वापस आ गयी। इंद्रजीत बार-बार अपनी घड़ी को अधीरता से देख रहा था

"क्या तुम्हे कहीं जाना हैं? तुम बस से क्यों नहीं जाते? गाड़ी लेने की क्या जरूरत है? पैदल चलना पसंद नहीं है? तुम्हारा घर कितनी दूर है? ओह तुम्हारा घर तो दूर होगा इसलिए तुम कार में जाते हो। हाँ! पर मैं तो बस में जाती हूँ। अच्छा मैं तुम्हें एक किस्सा सुनाती हूँ. सुनोगे....? जिस बस में मैं हमेशा जाती हूँ ना वहाँ एक लड़की आती है। जो यहीं आस पास कहीं पर काम करती है। उसका और मेरा रास्ता और लगभग एक दूरी का है तो हम लोग लगभग इसी टाइम पर मिल जाते हैं... तो पता है उसका नाम पल्लवी* है। वो बहुत प्यारी लड़की है, पतली है, लंबे बाल है और जो हर लड़की की छवि होती है ना उसका बिल्कुल प्रतिरूप है वो! पता है उसे प्यार कैसे हुआ?"

हालांकि इंद्रजीत को इस बारे में ज़रा भी दिलचस्पी नहीं थी। वहीं हर्षा अपने ही सवालों का खुद ही जवाब दे रही थी। वो बोली

“हाँ... तो दिलचस्पी जरूर होगी ना? प्यार कितना खूबसूरत अहसास है ना! अगर हम प्यार करेंगे तो हमें खुशियाँ ही खुशियाँ, रंग में रंगी दुनिया दिखाई देती है। उसको विराज* नाम के एक लड़के से प्यार हुआ। वो भी इसी बस स्टैंड से बस में चढ़ा था। एक दिन जब रात के समय पल्लवी आ रही थी तो उस दिन मैं साथ नहीं थी। बस में यात्री भी कम थे तो कुछ बदमाश लड़के चढ़े... उन्होंने पल्लवी को छेड़ने की कोशिश की तो विराज ने उनको खूब डांटा... ओके... पीटा.... पर खैर उस दिन से उसमें और पल्लवी में दोस्ती हुई फिर वो लोग काम और बस स्टैंड के चलते मिलने लगे... फिर धीरे-धीरे दोनों में प्यार हो गया। है ना प्यारी कहानी... उनके प्यार की.... काश ऐसी प्यार की कहानी सबकी हो.... दुनिया में हर किसी को प्यार मिलना चाहिए.... कम से कम मेरी जिंदगी में एक बार तो ऐसा होना चाहिए... किसी के द्वारा प्यार किया जाना कैसा महसूस होता है...”

इंद्रजीत अब उसकी बातों पर ज़रा भी ध्यान नहीं दे रहा था। उसका चेहरा भावहीन हो गया था क्योंकि उसे हाश्मी का मैसेज आया था। वो लोग अब वसीम से निपटने के लिए जाने वाले। शायद वो उसके भावों को समझ गई थी। उसने आगे कुछ भी नहीं कहा और बस स्टैंड पर जाकर खड़ी हो गई।

*****

कुछ ही देर में हर्षा वहाँ से चली गई। तब इंद्रजीत को लेने राम नहीं बल्कि हाश्मी आया और वो लोग सीधे शहर के दक्षिणी इलाके में गए। ये इलाका वसीम भाई का है। वसीम भाई ने हाल ही में फिर से उपद्रव फैलाना शुरू कर दिया था। वो इंद्रजीत को उकसा रहा था।

इंद्रजीत जिसका नियंत्रण शहर के अन्य सभी इलाकों में था और वो सारे अपराधियों को अपने नियंत्रण में रखता था। उसने किसी की कोई आपराधिक गतिविधियों पर रोक नहीं लगाई थी। वो जो मर्जी चाहे वो कर सकते हैं सिर्फ अनैतिक अपराध करने से उसने मना किया था। अर्थात वो लोग गलत अपराध नहीं करेंगे मगर इसके अलावा वो अपनी

मर्जी से जैसे चाहे पैसे कमा सकते उन्हें उन पैसों का एक हिस्सा इंद्रजीत को देना होगा। जमीन की खरीद फरोख्त के अलावा ये भी उसका पैसे कमाने का एक जरिया था।

मगर वसीम पिछले दिनों से कुछ ज्यादा ही फुदक रहा था तो उसको शांत करना ज़रूरी था। अचानक ही बादल गड़गड़ाने लगे। वैसे तो बादल कई बार आते जाते रहते थे मगर बारिश कम ही हुआ करती थी। मगर आज बारिश होती लग रही थी और धीरे धीरे पानी की बूंदें गिरने लगी। पहले रिमझिम बारिश हुई फिर झमाझम बारिश शुरू हो गई।

दोनों पुराने बड़े गैराज में पहुँच गए। यहाँ सेकंड हैंड गाड़ियों की खरीद फरोख्त होती है। यहाँ काम करने वाले ज्यादातर लोग वसीम के गुंडे हैं और वो हर स्थिति में वसीम के लिए तैयार रहते हैं। हाश्मी और वसीम की नहीं बनती।

जितनी बार भी वो लोग सहमति और संधि के लिए एक दूसरे के आमने-सामने आए हैं, बात एक-दूसरे से विवाद पर खत्म हुई है। हाश्मी अब वसीम से छुटकारा पाना चाहता है और वसीम भी ऐसा ही चाहता है। उसको सबसे ज्यादा चिढ़ इस बात है कि इंद्रजीत इतनी कम उम्र का होते हुए भी शहर पर नियंत्रण कर रहा है।

उसे ही ये भी पता है कि इंद्रजीत एक समय जेल में रह कर आया है। उसके जेल में संपर्क काफी तगड़े है और वहाँ रहने के दौरान ही उसने उन सभी को अपने साथ मिला लिया था। उनसे अपने संबंध बनाए थे। उसके वो सभी अपराधी साथी ताकतवर है इसलिए वो इंद्रजीत को मार कर उसका स्थान हासिल करना चाहता है, ताकि उसे अथाह संपत्ति, ताकत, बेशुमार दौलत के साथ साथ अन्य संसाधन भी मिल सके।

अफ़सोस हर बार इंद्रजीत उसके वार से बचने के साथ-साथ और दुगनी गति से उस पर वार करता है। इसलिए इस बार वो कोई मौका नहीं छोड़ना चाहता।

"देखो-देखो हमारे यहाँ मेहमान है।"

वसीम की आवाज़ से हाश्मी की तंद्रा भंग हुई। उसने देखा इंद्रजीत पहले ही गाड़ी से निकल कर बाहर जा खड़ा है। वो भी बाहर आकर खड़ा हो गया।

"सिर्फ़ दो आये हो! तुम अपने सारे गुंडे और लड़के नहीं लेकर आये.... मेरे लड़कों से कैसे लड़ोगे?"

इंद्रजीत कुछ नहीं बोला और वहाँ खड़ा रहा। वो बेवजह में दिखावा नहीं करता। बारिश तेज हो गई थी। वसीम के गुंडों ने उसे चारों तरफ घेरने लगे। इंद्रजीत के चेहरे पर कोई खास भाव नहीं थे। वसीम आगे आकर बोला

"तुम्हें पता है मैं कितने दिनों से इस मौके का इंतज़ार कर रहा था, जब तुम अकेले उत्तेजना में यहाँ आओ और मैं तुम्हें खत्म कर दूँ! आखिर एक छोटा लड़का मेरी बराबरी कैसे कर सकता है? हम्म... पता है मैं 20 साल से इस माफिया वाले धंधे में हूँ... कितनी मुश्किल से अपना नाम जमाया था... इस इलाके से लेकर शहर के बाकी इलाकों तक मेरा नेटवर्क था... तुमने... तुमने... उसका सत्यानाश कर दिया... तुम्हारी हिम्मत कैसे हुई... यह सब करने की... इतने दिनों में शांत रहा क्योंकि मुझे तुम्हारे संबंधों के बारे में पता चला था... मगर अब सभी लोग कहीं ना कहीं व्यस्त है... और मैं अब इस धंधे में और कोई नुकसान नहीं झेलना चाहता हूँ..."

इंद्रजीत ने बहुत देर तक वसीम की बकवास सुनने के बाद पूछा

"तुम ऐसा क्यों करना चाहते? क्यों अपनी जान को जोखिम में डाल रहे हो? जब मैंने ये साफ तौर पर कह दिया था कि तुम जो मर्जी चाहे कर सकते हो... मगर कोई अनैतिक अपराध नहीं करोगे... और तुमने हाल ही में एक बुजुर्ग दंपत्ति की यूंहीं हत्या कर दी... सिर्फ़ इसलिए क्योंकि उन्होंने तुम्हें उनकी कार और घर छिनने से रोकने की कोशिश की..."

हालांकि ये अकेला कारण नहीं था इंद्रजीत का वसीम पर निशाना साधने का मगर ये एक बहाना था। वसीम गुस्से में बोला

"तुम होते कौन हो जो मुझे बताओ मैं क्या करूँ या क्या नहीं? मेरी मर्जी में जो आएगा वो करूँगा... और इसलिए मैं तुम्हें खत्म कर देना चाहता हूँ ताकि मैं अपने मन से इस पूरे शहर पर राज़ करूँ... फिर धीरे धीरे मैं तुम्हारे संपर्क... तुम्हारे बनाए रिश्तों का फायदा उठाकर पूरे देश में अपना नेटवर्क फैलाऊंगा और फिर देखना..."

"तो क्यों ना ऐसा करते हैं हम एक दूसरे से लड़कर देखते है।"

ये सब सुन कर सभी लोग ज़ोर ज़ोर से हंसने लगे। वसीम खिलखिला कर हंसते हुए बोला

"द्वंद! तुम्हें लगता है कि तुम मुझसे दो दो हाथ कर लोगे और जिंदा बच जाओगे। बच्चे तुम भले ही न जानते हों पर मैं बता दूँ... एक समय कसाई खाने में काम किया है मैंने... मेरी बहुत छोटी उम्र थी... आदमियों को काटना मेरे बाएं हाथ का खेल है... और फिर पहलवानी सीखी थी... इतने सारे गुंडे मैंने यूं ही नहीं पाल रखे... इनको काबू करना आता है... उसके लिए दम होना चाहिए... ये सब चेहरा... शरीर... बना लेने से कोई फर्क नहीं पड़ता... जब तक वो तुम्हारी ताकत नहीं देखेंगे तुम्हारे आगे नहीं झुकेंगे... और तुम्हारे पास ताकत कहाँ है... तुम बस अपने छलावे में लोगों को फंसाते हो... और अपना फायदा निकाल पाते हों... इसके अलावा तुम कुछ भी नहीं हो..."

यह सब सुनकर हाश्मी को बड़ा गुस्सा आया। वसीम जानता ही क्या है उन लोगों के बारे में... और वैसे भी वो केंद्रीय कारागार में रह कर आए थे... हाँ किशोर कारागार छोड़ने के बाद वो लोग बीच में 2 साल के लिए जेल गए थे। और इस बारे में किसी को पता नहीं है। इंद्रजीत ने अपने सिर ऊँचा रखते हुए कहा

"वसीम! मुझे लगता है कि तुम सिर्फ बहाने बना रहे हो... और तुम में हिम्मत नहीं है... अगर तुम्हें लगता है वाकई मैं एक छोटा लड़का हूँ... तो आओ मुझे द्वंद में हरा दो तो मैं तुम्हारी बात मान जाऊंगा...जैसा कहोगे वैसा ही करूँगा...."

वसीम जो अपने अहंकार में चूर था ये सुनकर बहुत खुश हुआ। उसे ये मौका बड़ा अच्छा लगा। वो जानता था इंद्रजीत उस की बराबरी नहीं कर सकता इसलिए वो भी तैयार हो गया। इंद्रजीत के चेहरे पर एक कुटिल मुस्कान थी। दोनों में द्वंद शुरू हुआ। बिना मौका गंवाए इंद्रजीत ने अपना कोट कार की तरफ उछाल दिया और फिर लगातार वसीम पर वार करने लगा। वसीम बचाव करने के साथ पलटवार भी कर रहा था मगर जब वसीम को लगने लगा कि इंद्रजीत के पास से एक अतिरिक्त खूबी है, जो है कम उम्र के कारण लचीलापन और फुर्ती तो उसने अपने मन में एक कुटिल योजना बनाई है। उसने अपने जूते में छुपाया हुआ चाकू

निकालकर इंद्रजीत पर हमला करने की कोशिश की। इंद्रजीत को थोड़ी चोट आई मगर फिर उसे गुस्सा आया और उसने बिना समय गंवाते हुए अपनी कमर में अटकाई हुई पिस्तौल निकाली और सीधा वसीम के सिर पर गोली मार दी। उसका भेजा उड़ गया जिससे वह सभी लोग सकते में आ गए। कुछ लोग इंद्रजीत की ओर बढ़े मगर इंद्रजीत ने बिना उन लोगों की ओर नजरें उठाकर देखे कुछ ही बार में उसकी तरफ बढ़ने वाले कदमों को रोक दिया।

"कोई और है? जो मेरा विरोध करना चाहता है..."

हाश्मी मुस्कुरा रहा था। उसके इस रवैये को देखकर वो सब समझ गए कि वो लोग चाहता है कि वो लोग अच्छे से समझ जाएं कि इंद्रजीत किस काबिल है और वो किस चीज़ के जरिए स्थिति को नियंत्रित करेगा। उनके पास कोई और चारा नहीं था। वो सब लोग अपने घुटनों पर आ गए और उसके अधिसत्ता को स्वीकार करने के लिए तैयार हो गए। एक संतुष्टिभरी मुस्कान के साथ इंद्रजीत कार की ओर बढ़ा और हाश्मी से बोला

"कचरा साफ कर देना! मुझे पुलिस या मीडिया इस खबर के साथ इधर उधर घूमते हुए नहीं दिखना चाहिए और इन लोगों को सख्त चेतावनी दे देना अगर उन्होंने मुझे धोखा देने की कोशिश की तो क्या हो सकता है..."

हाश्मी अपना सिर हिलाया और बुदबुदाया

"हर बार मुझे कचरा साफ करना पड़ता है।"

उसकी बड़बड़ाहट इंद्रजीत ने सुन ली थी। उसने उससे पूछा

"तुमने कुछ कहा?"

"नहीं... नहीं..."

हाश्मी घबराते हुए बोला

"तो जाओ!"

हाश्मी ने तेजी से सिर हिलाया। वो उसके कोप का भागी नहीं बनना चाहता!

*****

इंद्रजीत घर आया और अपने कपड़े बदल कर खाना खाने के लिए नीचे आया तब तक हाश्मी भी घर आ गया था। दोनों ने खाना खाया। वो हाश्मी के साथ एक दूसरे कमरे में गया। वहाँ उन्होंने चर्चा की कि उन्हें अब आगे क्या करना चाहिए। वसीम के मरने के साथ ही बाकी लोगों का विरोध जो धीरे धीरे बगावत का रूप लेने वाला था वो दब गया। कम से कम अभी के लिए तो....

वो नहीं जानते अगले हमला कब हो इसलिए उन्होंने एक बैठक आयोजित करने का निश्चय किया। इंद्रजीत कुछ कागजों को देखते हुए बोला

"मैं चाहता हूँ कि तुम इन सभी गैंग और उनके सरगनाओं को बुलाओ जो इस शहर में सक्रिय हैं और जिनसे हमारा संपर्क शहर के बाहर भी है। उन सबसे बुलवाओ मैं जानना चाहता हूँ वसीम में इतनी हिम्मत किसकी तरफ से आई... कोई तो है जिसने पीछे से उसका हाथ मिला कर मेरे पीठ में छुरा घोंप ने की कोशिश की..."

उसकी आवाज़ ठंडी, कठोर और निर्दयी सुनाई दे रही थी। हाश्मी के शरीर में सिहरन से दौड़ गयी। इंद्रजीत वैसे ठीक है भले ही भावहीन रहे मगर जब वो बुरा बनता है निर्दयी बनता है तो वो सच में बहुत खौफनाक होता है। वो जानना भी नहीं चाहता कि वो क्या हाल करेगा अगर कोई उसे धोखा देने की कोशिश कर रहा होगा तो!

कुछ करने के बाद इंद्रजीत सोने चला गया। हैरानी की बात ये थी कि उसे इतने दिनों बाद किसी को मार कर बड़ा मज़ा आया था। उसकी आत्मा को संतुष्टि हुई थी। मानो उसे तृप्ति हो गयी हो। उसको भेंट मिली हो या उसे भोग लगा हो, शायद इसी वजह से इंद्रजीत अच्छी नींद सोया।

*****

अगले दिन उठ कर नाश्ते के समय इंद्रजीत ने हाश्मी से पूछा

"बैठक का आयोजन कब तय हुआ है?"

"होलिका के दिन... होली आने वाली है ..."

उसके ऐसा बोलते ही इंद्रजीत का हाथ ठहर गया और उसकी मुट्ठियां भिंच गई। उसने दांत पीसते हुए कहा

“ठीक है।”

हाश्मी समझाते हुए बोला

“होली आने में भी 4 दिन बाकी है... तो इस दौरान जो कोई भी शहर से बाहर गया होगा वो शहर के अंदर लौट कर आ सकता है और वह बैठक में शामिल हो सकता है... इसलिए उन्हें कुछ दिन का समय दिया गया है।”

इंद्रजीत ने बस सिर हिलाकर प्रतिक्रिया दी और तैयार होने के लिए अपने कमरे में चला गया। उसके जाते ही हाश्मी ने अपनी सांस जो इतने समय से रोकी हुई थी वो छोड़ते हुए बोला

"बस इस बार कुछ गड़बड़ ना हो !"

*****

हमेशा की तरह इंद्रजीत अपना काम कर रहा था। उसे कहीं ना कहीं शाम होने का इंतज़ार था यानी उसके मन में एक इच्छा थी कि वो हर्षा से मिले। इसलिए वो बाहर आकर खड़ा हो गया। पीछे बैंड अपना अभ्यास शुरू कर चुका था। हर्षा जब नीचे आ रही थी तो ऊपर की मंजिल पर कुछ सामान जा रहा था। उससे दूर हटने की चक्कर में हर शख्स का हाथ वहाँ सजावटी दीवार से रगड़ खा गया और उसकी कोहनी से थोड़ी दूरी तक छिल गई। हर्षा अपने हाथ पर फूंक मारते हुए बाहर आई। बाहर इंद्रजीत को देख वो मुस्कुरा उठी और उसकी तरफ हाथ हिलाते हुए आई। हर्षा उसके पास जाकर बोली

“कैसे हो? मैं तो बहुत अच्छी हूँ... पता है हमें अच्छे खासे पैसे मिलेंगे... काफी सारा मैटर था जो हमें एडिट करना था... मगर समस्या ये थी कि वो बहुत आसान था और मैंने इसे पहले भी कर रखा था... तो बस थोड़ा इधर से उठाया, थोड़ा उधर से उठाया किसी को पता नहीं चलेगा... पता है मैं कभी-कभी ऐसा काम करती हूँ... तो किसी को पता ही नहीं चलता कि मैंने कुछ ऊटपटांग हरकत की है... चलो...”

मगर जैसे ही उसका बैग उसकी चोट से रगड़ खाया उसने एक हिस्स की आवाज निकाली।

“क्या हुआ?”

इंद्रजीत थोड़ा चिंतित हुआ मगर अपनी आवाज़ को संयमित रखते हुए पूछा तो हर्षा उसके भाव तुरंत ही भांप गई पर ये जताया नहीं। वो एक गहरी सांस लेते हुए बोली

"ये..."

उसने झांक कर अपनी चोट को देखा। हालांकि उसकी जीभ चोट तक नहीं पहुँच रही थी तो उसने अपने हाथ को अपनी जींस पर रगड़ा और फिर थूक हाथ में लेकर अपनी चोट पर लगाने लगी

"ये क्या कर रही हो?"

इंद्रजीत ने उसका हाथ पकड़ लिया

"क्या? चोट लग जाती है तो थूक लगाना चाहिए ना..."

"ऐसे गंदे हाथों से ही लगा लोगी। पीछे घूमो..."

उसे समझ तो नहीं आया कि इंद्रजीत क्या करना चाहता है पर उसने कहा तो हर्षा भी पलट गयी। फिर इंद्रजीत ने उसके बैग से पानी की बोतल निकाली और फिर अपनी जेब से रूमाल निकाल कर उसे भिगोया। फिर हर्षा को गमलों के पास ले जाकर उसके हाथ को तिरछा किया और उस पर ठंडा पानी डाला

"अगर इस तरह से तुम ऐसे गंदे हाथों से थूक लगाओगी तो इन्फेक्शन हो जायेगा... पहले अपने हाथों को धो लो।"

इंद्रजीत ने उसे इस बात को समझाया। हर्षा ने दिल पर नहीं लिया और वह मुस्कुराते हुए बोली

"हाँ ठीक है। अगली बार मैं कोशिश करूँगी।"

ये कहकर हर्षा हाथ पीछे खींचने लगी तो इंद्रजीत ने उसे रोका

"क्या?"

उसने इंद्रजीत से पूछा मगर इंद्रजीत ने आगे कुछ नहीं बोला और अपने रूमाल की त्रिकोणी पट्टी बनाई उसे हर्षा की चोट पर लपेटते हुए कहा

"इससे तुम्हारे हाथ की चोट में इन्फेक्शन नहीं होगा और घर जाकर इस पर दवा जरूर लगा लेना... पहले डिटॉल से धो लेना।"

"ओह! ठीक है।"

हर्षा थोड़ा हड़बड़ाते हुए बोली। तभी बस का हॉर्न सुनाई दिया

"मैं चलती हूँ..."

हर्षा ने पहले ध्यान नहीं दिया मगर जब उसने इंद्रजीत के स्पर्श को अपने हाथों पर महसूस किया तो उसके दिल की धड़कन तेज हो गई थी।

*****

हर्षा जल्दी से आकर खिड़की के पास बैठी और उसने तिरछी नज़र से इंद्रजीत की तरफ देखा जो उसकी ओर देख रहा था। उसने हाथ हिला कर इंद्रजीत को बाय किया और फिर दूसरी तरफ मुँह कर के बैठ गयी। पीछे से किसी के गाने की आवाज आई 'धड़कने मेरी बस में रही ना सनम...' हर्षा ने पलट कर देखा तो पल्लवी थी और वो मुस्कुराते हुए हर्षा की तरफ देखकर बोली

"क्या बात है लगता है धड़कनें तुम्हारी बस में नहीं है..."

"क्या बोल रही हो..."

थोड़ा हड़बड़ाते हुए हर्षा बोली तो पल्लवी ठोड़ी पर हाथ रखते हुए बोली

"मैंने भी देखा क्या हो रहा था... और बुराइ क्या है... वो देखने में अच्छा है... स्मार्ट है... सुन्दर है..."

"नहीं... नहीं... ऐसा कुछ भी नहीं है... हम सिर्फ दोस्त... सिर्फ दोस्त..."

हर्षा को बार बार मना करते देख पल्लवी उसके पास आकर बैठी और उसके भी कान में ईयरफोन घुसाते हुए बोली

"इस गाने को सुन और फिर बोल क्या तुम दोनों दोस्त हो..."

हर्षा ने ईयरफोन बाहर निकाल कान में हाथ लगाते हुए बोली

"हाँ हम सिर्फ दोस्त है..."

"तो फिर तुम्हारा चेहरे से टमाटर की तरह लाल क्यों हो गया है?"

हर्षा ने यह सुना तो अपने बाल पीछे अटकाने लगीं और चश्मा ठीक करने लगी।

"तुम्हें पता है तुम बिल्कुल अनाड़ी लगती हो पर कभी-कभी मन करता है कि तुम ठीक से तैयार हो..."

"मैंने कहा था ना... पहनावे पर कोई टिप्पणी नहीं..."

"ठीक है..."

पल्लवी ने हार मान ली। वो गाना गुनगुनाने लगी तो उसे एक मैसेज आया और उसके चेहरे पर एक बड़ी सी मुस्कान आ गयी। हर्षा ने उसे देखा तो कुछ समझते हुए मुस्कुराने लगी। उसने ख्वाबों में खोई पल्लवी के फ़ोन में झांक कर देखा उसमें लिखा था 'जब तुम इस तरह से अपना सिर हिलाते हुए गुनगुनाती हो तो दुनिया के सबसे खूबसूरत लड़की नजर आती हों।'

हर्षा ने अपनी आँखे गोल घूमा ली। अब उसे अपनी सहेली को छेड़ना था। उसने इधर उधर पलट कर देखा। बस में सबसे पीछे की सीट पर विराज बैठा था। उसने जैसे हर्षा को देखा तो पाया कि हर्षा उसे देखकर हमेशा वो की तरह मुस्कुरा रही है तो उसने अपना मुँह फ़ोन में घुसा लिया। हर्षा पल्लवी की सहयात्री है मगर फिर भी थोड़ा अजीब लगता है।

"कुछ बातें प्रेमियों की निजी होती है यार! किसी के फ़ोन में नहीं झांकना चाहिए."

उसके पास बैठे लड़के ने पूछा

"क्या तुम मुझसे कुछ कह रहे हो?"

"नहीं नहीं."

इधर पल्लवी बोली

"खैर मुझे लगता है मुझे तो इस मामले में कोई परेशानी नहीं है... मगर तुम्हारी धड़कनों का क्या..."

फिर इस तरह से दोनों एक दूसरे को छेड़ते हुए अपने घर पहुंची।

*****

इसी तरह से 2 दिन बड़ी जल्दी बीत गए हैं और होलिका का दिन आ गया। होलिका दहन की वजह से हर्षा को भी छुट्टी दे दी गई थी और इंद्रजीत ने भी आज अपने ऑफिस में अपने सभी कर्मचारियों को छुट्टी दे दी थी। मगर उससे पहले उसे अपनी बैठक खत्म करनी थी। वो कॉन्फ्रेंस रूम में पहुंचा जहाँ बैठक होनी थी। वहाँ शहर के सारे सरगना बैठे थे। इंद्रजीत मुखिया की कुर्सी पर जाकर बैठ गया। वसीम का स्थान खाली था और अभी इंद्रजीत ने किसी को उस स्थान के लिए नियुक्त नहीं किया था। वो सभी की ओर देखते हुए बोला

"मुझे लगता है कि आप सब लोग जानते हैं... हम लोग यहाँ क्यों इकट्ठा हुए!"

सभी ने सिर हिलाया तो इंद्रजीत गर्दन तिरछी करते हुए बोला

"जो कुछ भी वसीम ने किया... मैं समझता हूँ वसीम अकेला तो इतनी हिम्मत नहीं कर सकता है... पिछले 2 साल में वो मुझसे दब कर रह रहा था मगर अचानक से उसे मेरा विरोध करने का साहस मिल गया... और वो बेवजह तो नहीं हो सकता... क्यों मुझे ऐसा लग रहा है कि कोई तो है जो विभीषण बनने की कोशिश कर रहा है... जो यहां रह कर यहाँ की सूचना उसे दे रहा था... खैर वसीम की तो चिंता खत्म क्योंकि अब वो तो खत्म हो चुका है..."

कुछ लोगों को जिन्हें ये खबर नहीं पता थी... उन्होंने हैरान हो कर इंद्रजीत को देखा

"तुमने उसे ऐसे ही मार दिया..."

एक व्यक्ति बोला

"तो क्या करता उसे चेतावनी दे कर कहता... ऐसे फिर से मत करना... इस शहर में सिर्फ एक बाप है... और सबको ये बात पता होनी चाहिए... इस शहर पर मेरा राज़ चलता है और अगर किसी को मेरी अधिकारिता से परेशानी है तो स्पष्ट करता हूँ... मुझे पीठ में खंजर भोंकने वाले लोगों से इतनी ज्यादा नफरत है कि वो लोग अंदाजा भी नहीं लगा सकते कि मैं उनके साथ क्या करने वाला हूँ..."

कुछ लोग अपना पसीना पोछने लगे। वो लोग सकते में आ गए थे क्योंकि इंद्रजीत जो बोल रहा था, उसका एक छुपा हुआ मतलब है। निश्चित तौर पर कुछ हैं जिन्होंने वसीम को उकसाया था क्योंकि उनमें से सिर्फ उसी के पास इतना बाहुबल था कि वह इंद्रजीत को चुनौती दे सकें। मगर अब क्या करे इंद्रजीत ने तो उसे मार दिया! उनके मनोभाव समझते हुए इंद्रजीत कुर्सी का सहारा लेते हुए बोला

"मैं समझता हूँ कि यहाँ पर सभी लोग बहुत समझदार है... वो इतने लंबे समय से इस काली दुनिया में हैं तो उन्हें ये भी पता होगा... भले ही ये काम औरों की नजरों में गलत होता है मगर यह सारा काम बड़ी ईमानदारी से होता है... मैं उम्मीद करूँगा कि मुझे फिर से किसी तरह की

बगावत की बू ना आए हैं..."

वो एक नजर सबको देखने के बाद गंभीरता से बोला

"और हाँ एक और बात! मैं आप लोगों को आखिरी बार चेतावनी दे रहा हूँ कि कोई भी मेरे हिस्से को पहुंचाने में देर करेगा... मुझे मजबूरन अपने हाथ खोलने पड़ेंगे..."

सभी ने सकुचाते हुए नजरें नीचे कर हाँ में सिर हिलाया। कुछ और बातचीत के बाद कहाँ पर क्या काम चल रहा है? किस अपराध के लिये किसको कितना अधिकार क्षेत्र मिला है? कौन कितने पैसे किस चीज़ में लगा सकते हैं? शराब से कितनी कमाई हो रही है आदि मसलों पर चर्चा करने के बाद इंद्रजीत बोला

"मैं आप लोगों को फिर कह रहा हूँ कि हमें पुलिस के मसले में नहीं पड़ना है... अगर शहर में कोई नया पुलिसवाला आपको अपनी धौंस जमाता दिखा है... खुद पर थोड़ा नियंत्रण रखो... हम धीरे-धीरे उसे भी अपने तले दबा देंगे मगर यदि कोई बीच में उठा... तो हो सकता है कि वो उनके जरिए हम तक पहुँच जाये... और ऐसा होने से तुम्हें पता है मैं क्या करूँगा... मैं ना तो उन लोगों का पक्ष लूँगा... न उन्हें पहचानूंगा और मैं उन्हें खत्म कर दूंगा क्योंकि मैं अपनी अधिकारिता के लिए कोई खतरा नहीं चाहता हूँ... आप सभी लोग आराम से जा सकते हैं..."

दरअसल वसीम के स्थान पर जोरावर को सरगना बनाया है। वो वसीम का दायां हाथ हुआ करता था मगर वो वसीम स्थान पर इसलिए नहीं बैठा क्योंकि वो उसका सम्मान करता था। इंद्रजीत ने ही उसे हमले वाली रात और वसीम की हत्या वाली रात उस इलाके का नया सरगना बनाया था क्योंकि वो जानता था, उनकी गैंग में अभी कुछ लोग होंगे जो उसको पसंद नहीं करते होंगे और उसको धोखा देने की कोशिश करेंगे इसलिए उसे उन लोगों को बाहर लाना था। अब चूँकि आधे दिन के लिए ही काम हो गया था तो वो बाहर निकल कर आकर खड़ा हो गया। उसे हर्षा से मिलने का इंतज़ार था। आखिर अब उनकी दोस्ती थोड़ी अच्छी हो गयी थी क्योंकि हर शाम बहुत सी बातें किया करती थी और इंद्रजीत को कहीं ना कहीं उसका इस तरह से बचकानी हरकतें करना, उलटी सीधी बाते बोलना, बेवजह के सवाल करना ठीक-ठाक लगता था।

उसे एक अजीब सा आकर्षण हो रहा था और न चाहते हुए भी हर्षा उसके दिल में धीरे धीरे अपनी जगह बना रही है। वो वहाँ बाहर खड़ा था तभी उसे हर्षा की आवाज आयी

"हाँ ठीक है। मैं चलती हूँ, अलविदा!"

वो अपने फ़ोन में कुछ कर रहा था। उसने नजर उठाकर देखा तो सामने की ओर एक बड़ा ट्रक आ रहा था जिस वजह से वह हर्षा को देख नहीं पाया। हर्षा के ऑफिस में सभी ने एक दूसरे के साथ होली मनाई थी और एक दूसरे को मिठाई खिलाई थी। होलिका दहन से पहले उन्हें पूजा भी करनी थी इसलिए एक दूसरे से अलविदा लेते हुए बाहर निकले और एक दूसरे को बधाई दे कर अपने अपने स्थान पर चल दिए।

हर्षा रोज़मर्रा की तरह इंद्रजीत से मिलने की और आगे बढ़ी है। जब ट्रक हटा तो इंद्रजीत की नजर हर्षा पर पड़ी और पहली बार उसे हर्षा खूबसूरत नजर आईं। इंद्रजीत का कद 6 फिट से ऊपर है और हर्षा उससे थोड़ी छोटी 5.6-5.5 बस इतनी है। मगर चूंकि वो दुबली पतली है इसलिए लंबी लगती है। आम दिनों की तरह हो आज बेपरवाह नहीं लग रही।

इंद्रजीत की दिल की धड़कन इतनी तेज हो गई थी कि उसे अपने कानों में सुनाई दे रही थी। आज हर्षा का अलग ही रंग दिखाई दिया है। उसके बाल सुलझे और गूंथ की चोटी में अच्छे से बंधे है। इंद्रजीत को पहली बार अहसास कि हर्षा के बाल काफी लंबे शायद कमर से नीचे होंगे। तभी तो चोटी इतनी लंबी है। उसने चोटी को दायीं तरफ से आगे की ओर कर रखा है। उसने एक गुलाबी रंग का कुर्ता पहना है उस पर बेहद खूबसूरत कढ़ाई के फूल बने हुए उसने एक चुन्नी भी ले रखी है और आज तो हील्स भी पहने है। उसने जब इंद्रजीत के चेहरे की प्रतिक्रिया देखी तो मुस्कुरा उठीं।

दरअसल वो बीते दिनों इस बारे में सोच रही थी। हर दिन हर्षा इंद्रजीत से होने वाली मुलाकात को अपनी डायरी में लिखा करती थी। उसके साथ घटी हर एक घटना को अच्छे से अपनी डायरी में लिखी थी। कैसे क्या हुआ? उसे क्या महसूस हुआ?

उसे हमेशा इंद्रजीत एक आकर्षक सूर्य जैसा लगता था और वो खुद को एक पतंगें की जैसी जो ना चाहते हुए भी उसकी तरफ खींची जा रही थी। उसे इच्छा हो रही थी वो इंद्रजीत के इतनी करीब हो सके कि वो उसके दिल के भीतर छुपे राज़ जान सके, उसकी तकलीफ कम कर सके, अपनी हर बात साझा कर सकें, हर दुख हर पीड़ा हर खुशी हर्षा जान सके जो ना चाहते हुए भी उसकी तरफ खींची जा रही थी। अनजाने में ही हर्षा अपने आपको इंद्रजीत के साथ रिश्ते में बंधा हुआ महसूस करना चाहती थी।

इसलिए उसने तय किया कि वो सबसे पहले उसके भावहीन चेहरे पर प्रतिक्रिया लाने की कोशिश करेगी जो ना चाहते हुए भी उसकी तरफ खींची जा रही थी। कुछ भी हो जाता था, वो कहता

"मैं थका हुआ हूँ!"

उसका शरीर जरूर थकान दर्शा रहा होता था मगर उसका चेहरा भावहीन रहता था। मानो वो थकता ना हो या शायद वो किसी को अपनी कमजोरी या अपने भाव नहीं दिखाना चाहता हो। शायद उसे इस बात से परेशानी हो कि कोई अगर उसके वास्तविक भाव जान ले लेगा तो उन्हें उसके खिलाफ़ इस्तेमाल करेगा।

हर्षा, इंद्रजीत में इतनी दिलचस्पी पर मुस्कराते हुए इंद्रजीत की ओर बढ़ी। इंद्रजीत को पता नहीं चला कि कब उसके चेहरे पर भाव छा गए थे मगर जैसे ही उसे एहसास हुआ कि उसने उसने वास्तविक भाव हर्षा को दिखा दिए उसने तुरंत संयमित होते हुए कहा

"आज तुम रोज़ से ठीक लग रही हो।"

"सच्ची"

उसने इस ये बड़े ही उदासीन भाव से कहा था मगर हर्षा के लिए यही काफी था। उसने गौर किया यानी वो रोज़ उसे देखता है कि वो कैसी दिखती है। भले ही उसने उसे बड़े ही उदासीन भाव से कहा हो वो तो सकारात्मक रूप से ही लेगी।

"तुम्हारा दिन कैसा था आज?"

"ठीक-ठाक और एक मीटिंग थी।"

इंद्रजीत अब थोड़ा-थोड़ा खुलने लगा था क्योंकि हर्षा ने उसे अपने मन में काफी बातें बताई थी कि वो क्या करती है, कहाँ से उसने पढ़ाई की है, वगैरह वगैरह, कैसे वो मैयाजी और बाबा के साथ रहती है, भाई बहन है और हालांकि उसने अपना घर का पता नहीं बताया था मगर इंद्रजीत थोड़ा-थोड़ा अंदाजा लगा सकते हैं, आखिर वो जिस बस में जाती है उस पर लिखा आता है वो कहाँ से कहाँ तक जाएगी।

उसे इन सब बातों में ज्यादा दिलचस्पी नहीं थी। उसे बस हर्षा का किरदार थोड़ा सा अलग लगा। उससे उसका किरदार आकर्षित करता था क्योंकि वो और लड़कियों से अलग, शर्मीली बनने का दिखावा नहीं करती शायद इसलिए वो उसके साथ थोड़ा सहज होने लगा है। उसने गहरी सांस लें बोला

"क्या तुम्हारे यहाँ कोई आयोजन रखा गया था?"

हर्षा कंधे उचकाते हुए बोली

"नहीं! वैसे ही मिठाइयां बांटी और... चलो हम आइसक्रीम खाते कितनी गर्मी हो रही है ना... तुम्हारे लिए लेकर भी लेकर आती हूँ... तुम यहीं रहना... ठीक है... और तुम आइसक्रीम खाओगे ना तो थोड़ा अच्छा लगेगा... मैंने सुना है की आइसक्रीम खाते हैं तो मन में जब ठंडक पहुंचती है तो बहुत सुकून मिलता है... और वैसे भी घर जाके आराम करोगे तो उससे पहले भी तो शरीर थोड़ा रिलैक्स होना चाहिए ना..."

इससे पहले कि इंद्रजीत उसे मना कर पाता हर्षा आइसक्रीम वाले की तरफ गई। दरअसल हर्षा ने इस आइसक्रीम वाले को बाहर खड़े देख लिया था। उसने सोच लिया था कि वो इंद्रजीत को आज आइसक्रीम खिला कर रहेगी। वो उस आइसक्रीम वाले के पास गई और बोली

"अंकल अंकल आइसक्रीम।"

मगर आइसक्रीम वाले को अच्छा नहीं लगा कि हर्षा ने उसे अंकल कहा है। उसका बिगड़ा मुँह देख हर्षा समझ गई।

"अच्छा... ठीक है... आइसक्रीम देना।"

उसने कोई संबोधन न देने का फैसला किया। क्या पता भैया बोले तो चिढ़ जाए, अंकल बोले तो चिढ़ जाए। वो मन ही मन हंसने लगी,

'आजकल के लोग भी ना कितने बच्चों जैसी हरकतें करते है'

भले ही वो खुद बचकानी हरकतें करती हो। उसे दूसरे बच्चे नजर आएँगे पर वो खुद नहीं।

"हाँ बोलो कौन-सा?"

"2 चॉकलेट!"

उसने दो चॉकलेट आइसक्रीम ली और इंद्रजीत की ओर मुस्कुराते हुए बढ़ी। इंद्रजीत ने उसकी ओर देखा और फिर अपने फ़ोन में व्यस्त हो गया। वो हाश्मी से बात कर रहा था। मीटिंग के बाद कुछ लोग उससे बात करना चाहते थे तो उनके मसले के बारे में हाश्मी ने इंद्रजीत को मैसेज कर कुछ बात पूछी थी। उस दौरान इंद्रजीत का ध्यान फ़ोन पर था। हर्षा उसकी तरफ आ रही थी तभी उसने देखा कि कोई चाकू लेकर इंद्रजीत की ओर बढ़ रहा है।

"इंद्रजीत दाईं ओर हटो!!!"

वो एक दम से चिल्लाई प्रतिक्रियावश इंद्रजीत दाईं ओर हट गया। मगर एक गहरा घाव उसकी बाहँ पर हो गया। दरअसल हर्षा ने हटने के लिए इसलिए कहा था ताकि इंद्रजीत की पीठ पर वार नहीं हो और उसको ज्यादा चोट ना आए। इंद्रजीत थोड़ा सा डगमगा गया क्योंकि वह इस हमले के लिए तैयार नहीं था। मगर जैसे ही उस शख्स को पता चला कि उसे किसी ने देख लिया तो पीछे की ओर भागने लगा। इंद्रजीत ने उसे पकड़ने की कोशिश की तो उसने इंद्रजीत की उसी वहाँ पर फिर से वार कर दिया। दुबारा हाथ पर वार होने से उसे ज्यादा दर्द होने लगा। दर्द की वजह से इंद्रजीत हाथ को पकड़ कर बैठ गया। वो कमजोर नहीं था मगर थकान की वजह से उसे थोड़ी परेशानी हो रही थी। ऊपर से घाव गहरा था। हाथापाई के बीच हमलावर के चेहरे का नकाब हट गया और इंद्रजीत का चेहरा गहरा हो गया।

"जोरावर"

वो बुदबुदाया हर्षा ने उसे इंद्रजीत की ओर हत्या के उद्देश्य से देखते हुए पाया तो उसने तुरंत ही उसे पकड़ने का निश्चय किया। इंद्रजीत उसे पकड़ने की कोशिश कर रहा था। इसका मतलब कि कोई बात है जिस वजह से ये शख्स उसे मारने की कोशिश कर रहा है। हर्षा ने उसकी ओर आइसक्रीम फेंक कर मारी। जोरावर उसे बचाते हुए भागने लगा। हर्षा

ने तुरंत दिमाग लगाया और अपने हिल्स भी उसकी ओर फेंक कर मारे मगर कुछ फायदा नहीं हुआ क्योंकि वो उनसे आसानी से बच गया। वो सांप की तरह भाग रहा था। इंद्रजीत भी उठा और जोरावर को पकड़ने के लिए भगा। हर्षा ने तुरंत दौड़ लगाई और जोरावर के पीछे दौड़ने लगी। जोरावर ने जब हर्षा को अपने पीछे दौड़ते पाया तो उसे थोड़ी सी चिंता हुई।

"लड़की! इसमें तुम्हारा कोई काम नहीं है... दूर हटो..."

"तुम्हारी हिम्मत कैसे हुई उसे मारने की... अभी बताती हूँ..."

जोरावर ने हर्षा को करीब आते देखा तो उसे धक्का दे दिया। हर्षा थोड़ा लड़खड़ा गई और उसके पास से गुजर रहे एक ठेले से चोट भी लग गई मगर उसने उसका पीछा नहीं छोड़ा। इंद्रजीत भी उनके पीछे ही आ रहा था। तब तक उसने हाश्मी को इस बारे में खबर कर दी थी और हाश्मी नीचे उतर कर तेजी से आ रहा था।

हर्षा इस मौके को नहीं जाने देना चाहती थी। क्या पता ये शख्स इंद्रजीत पर अगला हमला कब करे। पता नहीं क्यों उसे इंद्रजीत की इतनी चिंता हो रही थी। वो उस पर कोई खतरा नहीं देखना चाह रही थी। आखिर उसने फिर अपने लैपटॉप के बैग को उठाया और उस घुमा कर जोरावर की ओर फेंका। जोरावर जो बस पीछे ये देखने के लिए मुड़ा था कि उसने हर्षा को कितना पीछे छोड़ा है। अचानक उसे अपनी और कुछ उड़ता हुआ दिखाई दिया। वो कुछ समझ पाता इससे पहले ही भारी लैपटॉप उसके चेहरे पर आकर पड़ा।

दरअसल हर्षा का लैपटॉप पुराने समय का था क्योंकि उसने ये काफी पहले लिया था और आज कल के लैपटॉप की तरह हल्का फुल्का नहीं होता था। उसमें अच्छा खासा वजन था। इसलिए उसके सिर पर पड़ते ही जोरावर का सिर घूम गया और उसे दिन में तारे नजर आने लगे। उसने हर्षा की ओर गुस्से में देखा जो घुटनों पर हाथ रख कर हफ्ते हुए उसे ही देख रही थी। तब तक हाश्मी और एक और शख्स 'रॉकी' वहाँ पहुँच गया था। उन्होंने जोरावर को कस के पकड़ लिया।

इंद्रजीत भी वहां आया। जोरावर उसे नफरत भरी निगाहों से घूर रहा था। इंद्रजीत ने उसे एक तमाचा लगाया और बोला

“मैंने कहा था ना... मुझे धोखा देने का बहुत बुरा अंजाम होगा तुम्हारा...”

जोरावर गुस्से में फुक्कारते हुए बोला

“बुरा अंजाम? क्या तुम इस लायक हो जो तुम अपने आपको शहर का बादशाह समझते हो... कोई तुम्हारे बारे में कुछ नहीं जानता... अभी तो ये पता चल जाएगा...”

“इसे लेकर जाओ... खास कमरे में!”

रॉकी और हाश्मी जोरावर को लेकर कंपनी के अंदर चले गए।

आसपास के लोग भीड़ लगाए इस तमाशे को देख रहे थे मगर किसी की कुछ बोलने की हिम्मत नहीं थी। जैसे ही इंद्रजीत की नजरें उन लोगों की ओर गई, उन्होंने इधर उधर नजर चुराकर तितरबितर होना शुरू कर दिया।

इंद्रजीत ने इधर-उधर देखा। तब उसे सड़क के किनारे फुटपाथ के पास बैग उठाते हुए हर्षा नजर आई। उसके चेहरे के भाव दयनीय लग रहे थे। ये वैसे नहीं थे जैसे वो रोज़ देखता है।

‘अचानक क्या हुआ...’

इंद्रजीत ने उसके करीब जाने की सोचने लगा। तभी उसने देखा कि हर्षा के हाथ में लैपटॉप का बैग था जिसमें से कुछ टुकड़े बाहर आ रहे। इंद्रजीत ने सोचा

‘कहीं उसका लैपटॉप तो नहीं टूट गया?’

वो पीछे आ रहा था इसलिए उसने देखा था कि हर्षा ने बिना झिझक के अपना लैपटॉप वाला बैग ज़ोरावर की ओर फेंका था। जैसे ही हर्षा को लगा कि इंद्रजीत उसे देख रहा है उसने अपने चेहरे पर वैसे ही पुराने भाव लाएं और उसके पास जाकर बोली

“ओह! तुम्हें तो काफी चोट आई है। इधर आओ!!”

उसने उसको पार्क की बेंच पर बैठाया। इस बार इंद्रजीत ने उसे नहीं रोका। शायद वो देखना चाहता था कि वो आगे क्या करती है। इंद्रजीत इंतज़ार कर रहा था, हर्षा के शिकायत करने का कि उसके कारण उसका लैपटॉप टूट गया और उसका लैपटॉप की मांग करने का। मगर हर्षा ने ऐसा कुछ भी नहीं कहा। उसने अपने लैपटॉप का बैग सावधानी से रखा।

फिर उसने इंद्रजीत के हाथ पर अपनी चुन्नी बांधते हुए पूछा

"क्या यहाँ पर बहुत दर्द होता है?"

इंद्रजीत को पता नहीं था हर्षा किस बारे में पूछ रही है। उसने कहा

"अभी इतना खास असर नहीं हो रहा है।"

"नहीं मेरा मतलब इससे है!"

इंद्रजीत ने देखा कि वो कहाँ देख रही है तो उसकी आंखें आश्चर्य से बड़ी हो गई। दरअसल जब उसे बचपन में चोट लगी थी और हाथ जल गया था, उसके बाद उसकी चोट को देखकर सब लोग बहुत डरते थे तो उसे और भी तकलीफ होने लगी इसलिए उसने अपने घाव पर टैटू बनवाने का निश्चय किया था। इसलिए उसने उन घावों पर बड़ी तकलीफ सह कर टैटू बनवाया।

उसे अपने परिवार के खोने की याद दिलाते ये टैटू उसे और भी ज्यादा भयानक बनाता है क्योंकि ये सांपों के घोंसलें जैसा था। आमतौर पर लड़कियां जब उससे पहली बार मिलती थी तो उसके टैटू को देखकर डर जाती थी। मगर हर्षा बेहद सावधानी से उसके टैटू वाले स्थान पर सहला रही थी। इंद्रजीत उसके चेहरे पर आने वाले भावों को बड़े गौर से देख रहा था। उसकी ऊपरी चोट का दर्द कब का गायब हो गया था।

"क्या इसमें अभी भी दर्द होता है?"

हर्षा ने थोड़ा झिझकते हुए इंद्रजीत की आँखों में देखा। इंद्रजीत को पहली बार किसी की आँखों में अपने लिए गुस्सा या तिरस्कार जैसे नकारात्मक भाव नहीं बल्कि अजीब से भाव दिखाई दिए। मानो वो उसके लिए कुछ भी कर गुजरेगी। उसके लिए किसी से भी लड़ जाएगी।

'आखिर वो ऐसा क्यों कर रही है? क्या रिश्ता है हमारा? कुछ भी तो नहीं? सिर्फ दोस्त है? क्या वो दोस्त के लिए चिंतित है? यही कारण हो सकता है.... मगर क्या सिर्फ यही कारण है...'

इंद्रजीत इस बात से अंजान था कि हर्षा वो सांपों का घोंसला नहीं बल्कि कुछ और देख रही थी। उसने सोचा शायद वो इस बारे में पूछ रही है कि उसे टैटू बनवाने के दौरान दर्द हुआ था। उसने एक गहरी साँस छोड़ते हुए कहा

"जब टैटू बनवाए थे तब सिर्फ थोड़ा सा दर्द हुआ था। उसके बाद दर्द नहीं होता है।"

"मैं टैटू के बारे में बात नहीं कर रही हूँ इसके अंदर छुपी इस चोट की बात कर रही हूँ!"

उसने थोड़ा झिझकते हुए इंद्रजीत को कहा

"जो तुम टैटू के पीछे छुपा रहे हो। क्या इसमें अभी भी दर्द होता है? या सिर्फ ही पुरानी दर्दनाक यादें याद दिलाता है..."

इंद्रजीत स्तब्ध रह गया। कुछ देर तक उसे समझ नहीं आया उसे क्या बोलना चाहिए मगर हर्षा ने एक अजीब सी मुस्कान के साथ खड़े होते हुए कहा

"मेरी बस आ गई है। मुझे जाना चाहिए!"

तब इंद्रजीत ने देखा कि हर्षा की बस आ चुकी है। उसकी चोट पर हर्षा की चुन्नी बंधी हुई है या स्कार्फ जो वो रोज़ लगाती थी। हर्षा बस में जाकर बैठ गई। मगर वह तिरछी नज़रों से इंद्रजीत को देख रही थी। इंद्रजीत को ऐसा लगा कि कोई उसकी आत्मा के अंदर झाँक कर उसे जानने की कोशिश कर रही है।

'मगर क्या?'

तब हाश्मी और राम गाड़ी लेकर आए। उन्होंने जल्दी से इंद्रजीत को कार में बैठाया और हॉस्पिटल की ओर चल दिए। हॉस्पिटल में जाकर मरहम पट्टी करवाने के दौरान वे इंद्रजीत चुप्प रहा। हाश्मी थोड़ा झिझकते हुए बोला

"जोरावर का क्या करना है?"

जोरावर का नाम सुन कर इंद्रजीत गुस्सा हुआ और बोला

"प्रताड़ित करो और उसका वीडियो पूरे शहर में फैला दो... उन्हें पता चलना चाहिए... मेरे साथ धोखा करने का क्या अंजाम होगा..."

हाश्मी ने तुरंत ही रॉकी और विजय को आदेश दिया। जोरावर को भयानक तरीके से प्रताड़ित किया और फिर उसका वीडियो बना कर कुछ ही देर में सारे अपराधियों के बीच फैला दिया। जो उसका विरोध करने की सोच रहे थे उनके हाथ पांव फूल गए। उनमें से एक जो काफी परेशान हो गया। उसने किसी को फ़ोन करते हुए कहा

"वीडियो मिला क्या?"

दूसरी तरफ से आवाज़ आई

"हाँ! यकीन नहीं होता वो ऐसा भी कर सकता है। कैसे बेचारे जोरवार का कन्धा तोड़ दिया है। ऐसा कौन करता है भला! खैर उससे कोई और उम्मीद भी नहीं है। कोई बात नहीं। अभी हमारे पास और भी रास्ते हैं। उन्हें जरा सतर्क कर दो कि अब कोई गलती नहीं चाहिए और इंद्रजीत पर करीब से नजर रखना। मुझे उसकी हर हरकत की खबर चाहिए!"

"पर..."

वो कुछ कह पाता कि उससे पहले ही दूसरी तरफ की लाइन बीच में ही कट गई।

*****

इंद्रजीत अस्पताल से लौट रहा था। तब उसकी नजर एक चीज़ या किसी पर गयी। दरअसल वो लोग रेड लाइट पर रुके हुए थे। उसने देखा कि पास की चौड़ी सड़क पर बहुत बड़ी सी होलिका बनी हुई है जहाँ लोग पूजा कर रहे वहाँ उसने हर्षा को देखा। हर्षा के कपड़े पहले वाले नहीं थे। वो वहाँ पूजाकर रही थी। सबसे पहले प्रहलाद स्वरूप डंडे का पूजन किया। टीका कर उसके सामने ज्योत जलाई, प्रसाद चढ़ाया और बड़कुलों और फूलों की माला बना कर चढ़ाई, फिर उसने जल भरा लोटा लेकर कच्चे सूत से चरों और चक्कर काटने लगी। फिर उसने एक छोटे बच्चे को बुलाया और उससे सूत तुड़वा कर उसे मिठाई और पैसे दिए इस वक्त के दौरान वह बहुत खुशी से भरी खिलखिलाती हुई लग रही थी। कहीं से भी ऐसा नहीं लग रहा था कि उसने अभी कुछ देर पहले ही उस घटना को देखा है। इंद्रजीत हर्षा को देख रहा था। ये उसका भ्रम नहीं है। यानि ये सच है कि वो आसपास ही कहीं रहती है।

हाश्मी जो काफी देर से कुछ बोल रहा था। जब उस पर प्रतिक्रिया नहीं मिली तो उसने इंद्रजीत की ओर देखा

“तुम सुन रहे हो?”

जब उसने देखा इंद्रजीत पहले ही खोया हुआ है तब उसने उसे पुकारा

“इंद्रजीत!”

तब तक हरी बत्ती हो चुकी थी इसलिए वो लोग भी आगे बढ़ गए।

"तुम सुन भी रहे हो?"

जब इंद्रजीत ने इस बार भी कोई जवाब नहीं दिया तो हाश्मी ने एक नजर उस तरफ देखा जहाँ इंद्रजीत देख रहा था। फिर उसने आगे कुछ नहीं पूछा।

****

खाना खाने के दौरान इंद्रजीत ने अचानक हाश्मी से पूछा

"जब तुम ने पहली बार मेरे हाथ पर टैटू देखा तो तुम्हे क्या महसूस हुआ था?"

इंद्रजीत के सवाल पर हाश्मी थोड़ा सकपकाया और बोला

"तुम अभी क्यों पूछ रहे हो?"

"मुझे सच बताना! मेरे टैटू को देखकर तुम्हें क्या लगा था?"

उसने अपने टैटू वाले हाथ को ऊँचा उठाया। इंद्रजीत के टैटू को देखकर उसे अभी भी सिहरन दौड़ गई। हाश्मी बोला

"ऐसा... सोचता हूँ... तो मुझे काफी डरावना लगा था... पहली बार मुझे तुम्हारे हाथ के टैटू देखते ही अहसास हो गया था तुमसे पंगा नहीं लेना चाहिए..."

"अच्छा!"

"क्यों? क्या हुआ? गहरी सोच में लग रहे हो? ज़ोरावर के लिए तो नहीं हो सकता..."

"मैंने तुम्हें बताया था ना एक लड़की है... हर्षा... जो हमारे सामने वाली इमारत में आनंद एडिटर्स के लिए काम करती है।"

"हाँ बताया था।"

हाश्मी ने आगे बढ़ते हुए कहा। उससे बड़ी दिलचस्पी हुई!

इंद्रजीत ने कभी लड़कियों के विषय में बात नहीं की है। ऐसा नहीं है कि उसे कोई लड़की पसंद नहीं थी मगर फिर भी उसने कभी खास दिलचस्पी नहीं दिखाई। उसका सिर्फ एक मकसद था इस शहर पर कब्जा करना और अपना अधिपत्य दिखाना। बचपन से ही उसने यही देखा था। उसके परिवार की हत्या के बाद उसे पता चला कि जिंदगी में कुछ मायने नहीं रखता, सिर्फ आपका रुतबा, आपका पैसा, आपकी दौलत मायने रखती है। हाश्मी अपने विचारों की रेलगाड़ी को थामते हुए

इंद्रजीत की ओर मुड़ा और बोला

"तो क्या हुआ? उसने क्या कहा?"

इंद्रजीत अपने हाथ को देखते हुए बोला

"तुमने मेरे टैटू के अंदर छिपे हुए घाव को को कितने समय बाद देखा था?"

"वैसे... सच कहूँ तो मुझे बहुत समय बाद समझ आया कि तुम्हारे इस टैटू के नीचे एक चोट है। मुझे तो लगता था वो सिर्फ इस टैटू का डिजाइन है। बताओ भी क्या हुआ? मुझसे रहा नहीं जा रहा!"

इंद्रजीत पर गंभीरता से बोला

"हर्षा ने पहली बार में पहचान लिया कि मैंने उस चोट को छुपाने के लिए टैटू बनवाया है..."

हाश्मी जो पानी पी रहा था, फुहार के साथ उसका सारा पानी मुँह से बाहर आ गया।

"क्या कहा तुमने?"

उसने अपनी पीठ थपथपाते हुए इंद्रजीत से पूछा। इंद्रजीत उसकी ओर मुड़ा और बोला

"उसने जैसे ही इस टैटू को देखा उसका पहला सवाल था कि क्या इसमें दर्द होता है? मुझे लगा कि वो टैटू के निर्माण की प्रक्रिया के बारे में बात कर रही होगी। मैंने उसे कहा कि इस टैटू को बनवाने में शुरुआत में दर्द हुआ था बाद में नहीं। तब उसने कहा कि वो टैटू के बारे में नहीं पूछ रही है वो मेरी चोट के बारे में पूछ रही है कि इसमें अभी भी दर्द होता है या यह सिर्फ पुरानी बुरी यादें याद करवाता है।"

अब तो हाश्मी की हालत भी खराब हो गई थी। वो बोला

"तुम्हें यकीन है वो तुम्हारे बारे में कुछ नहीं जानती... क्योंकि तुमने कहा था... वो तुम्हारी असली पहचान से वाकिफ नहीं हैं... सिर्फ तुम्हें तुम्हारे नाम इंद्रजीत से ही जानती है जो कि अमायरा रियल एस्टेट में काम करता है... सच में वो तुम्हारे बारे में कुछ नहीं जानती है... बड़ी दिलचस्प लड़की है..."

और वह मन ही मन मुस्कुराते हुए बोला

'ऐसी दिलचस्प लड़की जिसने इंद्रजीत का ध्यान आकर्षित किया... लगता है मुझे जल्दी इस खबर को नुसरत को बताना चाहिए!'

उनमें कुछ देर बात हुई और फिर इंद्रजीत अपने कमरे में सोने चला गया। उसने अपनी टीशर्ट खोली है और अपने आपको आईने में देखा। उसका आकर्षक नक्काशीदार शरीर बहुत अच्छा लग रहा था पर बहुत सी चोटों के निशान उसके संघर्ष को दर्शा रहे थे। फिर उसने हर्षा के स्कार्फ़ को अपने हाथ में लिया। वो अपने हाथ की चोट को देखकर अपने बीते हुए कल को याद करने लगा।

"क्यों तुमने अपने लैपटॉप के लिए कुछ नहीं पूछा? क्यों तुमने ये नहीं पूछा कि वो शख्स मुझे क्यों मारना चाहता था? क्यों तुमने रॉकी और हाश्मी के आक्रामक रवैये और अचानक वहां आ जाने का कारण नहीं पूछा? हर्षा...! तुम्हारा सवाल मेरी पुरानी चोट के लिए था... मानो तुम मेरी रग रग से वाकिफ हो? क्या सिर्फ ये मेरा वहम है? क्या मुझे इतनी तड़प है किसी को अपनी तरफ रखने की कि मैं तुम में उस शख्स को ढूंढ रहा हूँ? या वाकई तुम वो शख्स हो जो मुझे एहसास करा सकता है मेरे अकेलेपन के कम होने का..."

ये सब सोचते-सोचते वो बिस्तर पर लेट गया और कब सो गया उसे पता ही नहीं चला। मानों हर्षा उसकी नींद की दवाई बन रही है।

****

हाश्मी की तो हँसी ही नहीं रुक रही थी। उसने नुसरत को फ़ोन कर सारी घटना बताई और नुसरत का भी यही मानना था कि हर्षा ही वो सही लड़की है जो इंद्रजीत के अकेलापन को दूर कर सकती है। नुसरत ने प्यार से हाश्मी को कहा

"मैं इंद्रजीत को अपना भाई मानती हूँ और मैं उसका अच्छा चाहती हूँ पर हाश्मी कभी भी मुझसे कुछ छुपाना मत। मुझ पर विश्वास करते हुए मुझे सब बताना। "

हाश्मी गंभीर होते हुए बोला

"यकीन करो मैं तुमसे कभी कुछ नहीं छुपाऊंगा। "

फिर उसने फ़ोन रखते हुए छत कहा

"मैं तुम्हें अपने बारे में सब बताऊंगा !"

*****

इंद्रजीत सोया तो उसे अपने बचपन का एक सपना आया। वो अपने परिवार के साथ खुशी खुशी होलिका दहन देखने जा रहा था। वहाँ वहां उसने बड़े उत्साह से भुने हरे चने फेरा कर अपने परिवार के साथ खाया था। फिर अगले दिन उन्होंने धूम धाम से अगले दिन धुलण्डी मनाई थी। मगर फिर अचानक से दृश्य बदलता है और उसे अपने परिवार की मौत का दृश्य दिखने लगता है। वो अचानक उठ बैठा और अपने चेहरे को हाथ से रगड़ते हुए बोला

"ना जाने ये सब दृश्य मुझे दिखना कब बंद होंगे!"

उसने गहरी साँस ली और फिर सोने की कोशिश करने लगा। उसने कई बार थैरेपी लेने की भी कोशिश की पर कुछ असर ही नहीं करता। लगता है यही उसका भाग्य है। ये तड़प ही उसकी किस्मत में है। बस एक चीज जिस पर उसे गर्व है वो ये कि उसने कभी भी शराब या नशे को अपने गम का साथी नहीं बनाया।

*****

इधर हर्षा अपने घर पहुँची तो उसका उतरा हुआ चेहरा देखकर मैया जी ने पूछा

"क्या हुआ हर्षा? तुम परेशान हो?"

"कुछ नहीं वो थोड़ा लैपटॉप खराब हो गया था!"

"अगर तुम्हें जरूरत है तो तुम मेरा ले लो।"

"नहीं नहीं ऐसी कोई जरूरत नहीं है। मैंने बस थोड़ी लापरवाही दिखाई और उसका स्क्रीन थोड़ा टूट गया। वो ठीक करने के लिए ले जाना पड़ेगा।"

"ठीक है। राइसर प्लाज़ा नाम की एक जगह है। वहाँ चली जाना सस्ते में ठीक हो जाएगा।" "जी!"

वो उन्हें नहीं बताती कि उसका लैपटॉप बुरी तरह से टूट गया और ठीक नहीं हो सकता है। उसे एक नया लैपटॉप लेने की जरुरत है। मगर फिर भी उसने अपने चेहरे से निराशा और उदासी के भाव दूर हटाएँ और फिर अपनी डायरी में आज की घटना के बारे में लिखा

"डायरी,

आज अजीब-सी घटना हुई। मुझे यकीन है कि इंद्रजीत मुझे देखकर थोड़ा सकपकाया था। मुझे खुशी है कि मैंने कम से कम उसकी खोई-खोई अंतहीन आँखों में कोई जगह पायी। मुझे लगता है मैं धीरे-धीरे राज़ की एक परत खोल पाऊँगी फिर मैं उसके और करीब हो पाऊंगी। इंद्रजीत एक पहेली की तरह है। एक रोमांचक सफर। क्या पता एक दिन मैं उसकी सहयात्री बन जाऊं? मैं किसी और कारण से उसको पसंद करने लगी हूँ क्या? या सिर्फ आकर्षित हूँ. खैर...”

उसने दिन में घटी घटना का वर्णन किया और सोने चली गई।

*****

अगले दिन ऑफिस पहुंच अपने काम में लग गई। काम ख़त्म होने के बाद इंद्रजीत आज बाहर बगीचे में ही खड़ा था। वहाँ आज़ाद परिंदे बैंड अभ्यास कर रहा था। वो लोग होली के बहुत से गाने बजा रहे थे

“होली खेले रघुबीरा बिरज में.... बलम पिचकारी जो तूने मारी...”

बहुत युवा लोग इकट्ठे होकर होली मानते हुए शोर मचा रहे थे। कोई भाग रहा था, कोई गुंजिए खा रहा था, कोई एक दूसरे को गुलाल लगा रहा था, तो कोई पिचकारी से किसी को रंग रहा था। और तो और कई लोग तो अपने साथियों को पकड़ कर उन पर पक्का रंग इस तरह से मल रहे थे मानो साबुन से कपड़े धो रहे हो और काफी उत्साहित लग रहे थे। मगर इंद्रजीत उन सबसे थोड़ा दूर खड़ा था। अपने आदमी से बात पूरी करने के बाद वो रोज़ वाली जगह पर आकर खड़ा हुआ। आज हर्षा के ऑफिस में कोई खास काम था नहीं और उन्हें एक घंटे बाद ही होली मनाने के लिए छुट्टी दे दी गई। सभी अपने साथियों के साथ होली मनाकर बाहर निकलें। हर्षा जब बाहर जा रही थी। तब उसकी एक दोस्त माही ने रोक लिया

“अच्छा चलो...”

“रुको हर्षा ...”

माही की आवाज सुनकर हर्षा रुक गयी।

“हाँ बोलो माही!”

“मैंने तुम्हें पिछले कुछ समय से देखा। तुम एक शख्स से बाहर मिलती हो।”

"हाँ!"

हर्षा ना तो असहज लग रही थी, ना ही इस बात से हैरान। चिंतित माही ने अपने होठ काटते हुए सोचा

'मुझे हर्षा को बताना चाहिए कि वो शख्स कौन है!'

"कुछ है जो मैं बताना चाहती हूँ?"

"हाँ बताओ!"

आज उसने हील्स नहीं पहनी थी क्योंकि पिछले दिन के सबक से वो समझ गयी थी हील्स में चलना आसान बात नहीं है। इसलिए आज वो अपने सफेद स्निकर्स में थी। आज वो एक नीली जींस और ऊपर सफेद कुरते के साथ रंग बिरंगी छपाई वाले दुपट्टे के साथ थी। उसके माथे में ही बिंदी दरअसल किसी को पता नहीं चला हों या शायद चला भी हो मगर उसने पिछले दिन से ही चोटी खोल के दोबारा बाल नहीं बनाए थे, बहुत आलसी जो ठहरी। अब तक वो लोग नीचे उतर कर आ गए थे।

"एक तरफ आओ।"

तो हर्षा एक तरफ हटते हुए बोली

"क्या बात है? तुम थोड़ी परेशान लग रही हो?"

"मैं... असल बात ये है कि ... हर्षा मैंने देखा तुम्हें..."

"महिमा सहगल!"

दरअसल माही का असली नाम महिमा सहगल था मगर वो अपने आपको माही कहलवाना ज्यादा पसंद करती है क्योंकि ये नाम अच्छा लगता है और उसका मंगेतर उसे माही बोलता है तो उसे बहुत अच्छा लगता है। उस ने एक लंबी सांस ली और बोलना शुरू किया

"हाँ... मैं ये कह रही थी... तुम एक शख्स से मिल रही हो... वो सही शख्स नहीं है... वो अच्छा नहीं है... और कम से कम तुम्हारे तो बिल्कुल नहीं... तुम्हारे..."

"इस बात से क्या मतलब है? क्यों वो मेरे लिए बिल्कुल ठीक नहीं है? वैसे भी वो और मैं सिर्फ एक दोस्त है... और मुझे नहीं लगता दोस्ती करने में कोई बुराई है...."

"क्या? नहीं नहीं..."

माही ने जल्दी से हाथ हिलाते हुए कहा

"ऐसी बात नहीं है। मैं ये नहीं कह रही... तुम दोस्ती मत करो... मगर कम से कम जिस शख्स से दोस्ती कर रही हो उसके बारे में कुछ तो पता होना चाहिए... मैं बस यही कहूँगी कि वो शख्स खतरनाक है... तो तुम्हें उससे दूर रहना चाहिए... हो सके तो काफी दूर... वो तुम्हें नुकसान पहुंचा सकता है..."

तब तक हर्षा वहाँ आ गई थी जहाँ उसे इंद्रजीत खड़ा दिखाई दे रहा था। उधर इंद्रजीत ने हर्षा की ओर एक नज़र उठाकर देखा और वो बेहद हल्का सा मुस्कुराया

"लेकिन वो मुझे कभी नुकसान नहीं पहुंचाएगा!"

महिमा मन ही मन बुदबुदाई

'ये सिर्फ तुम्हारा वहम है। जब यह वहम दूर होगा, तब तुम्हे पता चलेगा'

"क्या बात है?"

हर्षा ने माही से पूछा। माही ना में सिर हिलाया। वो उसे इंद्रजीत के पास जाते देख रही थी

"ये लड़की नहीं जानती कि वो शेर के मुँह में हाथ डाल रही है। वो शख्स बस अब तक इसे अनदेखा कर रहा है और जिस दिन उससे पूरी तरह से चिढ़ जाएगा। उसे नुकसान पहुंचा देगा..."

हर्षा ने देखा इस समय तक इंद्रजीत के शरीर पर ज़रा सा भी रंग नहीं लगा है तो उसे एक शरारत सूझी। इंद्रजीत जो अपने फ़ोन में किसी से बात करने पर व्यस्त था। उसने इस बात पर ध्यान नहीं दिया कि हर्षा आ रही है। हर्षा वह बगीचे में रखी गुलाल की थालियों के पास गई और लाल रंग का गुलाल दोनों मुट्ठियों में भर लिया। माही ने ये देखा तो उसकी आंखें आश्चर्य से बड़ी हो गई और उसे पक्का यकीन था कि अब कुछ बुरा होने वाला है क्योंकि शरारती और बचकानी हर्षा जो करने जा रही है वो खतरनाक है। हर्षा एक बड़ी गलती करने जा रही है।

इंद्रजीत ने आज सफेद शर्ट पहनी थी। उसकी मजबूत और ताकतवर भुजाएँ आराम से दिखाई दे रही थी। पहले हर्षा ने इंद्रजीत को देखा। इससे पहले कि माही उसे रोक पाती हर्षा ने

'होली है'

कह कर ज़ोर से चिल्ला कर इंद्रजीत के चेहरे पर रंग लगा दिया। माही को लगा पूरी दुनिया ठहर सी गई हो। इंद्रजीत ने अपनी आंखें बंद की। उसका जबड़ा कस गया और मुट्ठियाँ भिंच गई। तब हर्षा को अहसास हुआ कि उसने कुछ गडबड कर दी। उसका ध्यान गया कि इंद्रजीत ने दूसरे हाथ से उसका हाथ कस कर पकड़ लिया था। वो काफी घबरा गई। उसके दिल की धड़कन तेज हो गई। उसे समझ नहीं आ रहा था कि उसने कहाँ गलती कर दी। इंद्रजीत को होली पसंद नहीं थी।

हर्षा उसके भाव देखे तो उसे समझ आया उसने उसे नाराज कर दिया है। इंद्रजीत ने जब अपनी आँखें खोली तो उनमें गुस्सा, नफरत और भी बहुत तेज नकारात्मक भाव भरे हुए थे जिन्हें देखकर हर्षा सकपका गई। इंद्रजीत ने अपने दांत पीसते हुए उसे धक्का दिया। हर्षा एक झटके के साथ जमीन पर गिर गई। उसे ज़ोर से लगी मगर उसने असमंजस में इंद्रजीत की ओर देखा। इंद्रजीत ने उसे पलट कर नहीं देखा और उसे गुस्से में घूर कर बस ऊँगली दिखाते हुए वहाँ से चला गया। राम जो अपनी कार के साथ तैयार खड़ा था, इंद्रजीत को इतनी खराब मूड में देखा तो बिना कुछ बोले ही चुपचाप उसे घर की ओर ले चला। माही दौड़ते हुए हर्षा के पास आई

“हर्षा... हर्षा... तुम ठीक हो... मैंने कहा था ना... वो तुम्हें नुकसान पहुंचा सकता है... देखा उसने क्या किया...”

मगर हर्षा तो हैरान हो कर उस दिशा में देख रही थी जहाँ से इंद्रजीत गया था। वो मन ही मन बोली

‘होली... क्योंकि इंद्रजीत के चेहरे के भाव से साफ पता लग रहा था कि वो होली से नफरत करता है... मुझे... क्या कारण हो सकता है? जो भी कारण हो मैंने अच्छा नहीं किया...’

हर्षा ने गहरी सांस ली और उठ कर अपने घर आई। उसका मन अब कुछ करने को नहीं कर रहा था।

*****

इंद्रजीत के घर में बेहद शांति थी। कोई भी किसी तरह से भी शोर नहीं मच रहा था। होली के बावजूद इंद्रजीत के घर में ना तो कोई मिठाई बनी थी, ना ही गुलाल आए थे। कारण था उसे होली ज़रा भी पसंद नहीं

थी। शायद इसी वजह से वो अभी तक ऑफिस में ही है। दरअसल उसके परिवार की मौत होली के अगले दिन ही हुई थी। वो लोग जिन्होंने उसके पिता को मारा था, वो होली पर मिलने आए थे और अगले दिन उन्होंने उसके पूरे परिवार को खत्म कर दिया इसलिए उसे होली से नफरत है और जो कोई भी उसे रंग लगाते है वो उसे बुरी तरह से पीटता था।

पहले उसे लगा किसी ने उसके साथ मजाक कर के उसके रंग लगाया है। उसने उसे मारने के लिए उसका हाथ पकड़ कर और दूसरे हाथ से वार करने ही वाला था मगर तभी उसकी नजर हर्षा पर पड़ गई। उसने अपने गुस्से को काबू करने की कोशिश की मगर उसे धक्का दिए बगैर नहीं रह पाया। परिवार हमेशा से उसके लिए संवेदनशील विषय रहा है।

अब जब वो खाना खा रहा था तो उसे अंदर ही अंदर अहसास हुआ कि उसे ऐसा नहीं करना चाहिए था। हर्षा को इस बारे में कुछ भी नहीं पता कि वो कौन है या उसे क्या चीज़ बुरी लगती है। उसके लिए तो वो बस एक आम इंसान की तरह है। वो तो उसके साथ होली खेलना चाह रही थी।

'बुरा ना मानो होली है'

उसने कुछ ऐसे ही कहा था। वो बुरा कैसे ना माने। होली पर उसके साथ कितना कुछ हुआ था।

"इंद्रजीत मैं तुम्हारे साथ इतने लंबे समय से हूँ... तो दूसरे भले ही कुछ और समझ न पाए... मगर मैं तुम्हारे बारे में काफी कुछ बातें अच्छे से समझ सकता हूँ... मैं अच्छे से देख पा रहा हूँ... कोई बात तो बहुत परेशान कर रही है... क्या तुम्हें किसी चीज़ के लिए ग्लानि हो रही है... मगर मुझे नहीं लगता कि तुमने ऐसा कुछ किया होगा जिस वजह से तुम्हें ग्लानि हो और होनी भी नहीं चाहिए।"

"मैंने कुछ ऐसा किया... मुझे लग रहा है शायद मुझे नहीं करना चाहिए था... इसमें मेरी पूरी तरह से गलती नहीं थी..."

उसे पहली बार इस तरह से असमंजस में देखकर हाश्मी को थोड़ी चिंता हुई और वो उसके पास गया। उसने उसके कंधे पर हाथ रख कर बोला

"तुम मुझे बता सकते हो। तुम्हें पता है ना कि उस लड़की के लिए.... हर्षा के लिए..."

इंद्रजीत ने गहरी सांस ली। कभी-कभी ऐसा लगता है वो क्यों बहुत आसानी से अपने भाव दूसरों के सामने व्यक्त कर देता है।

"क्या हुआ तुम कुछ परेशान लग रहे हो?"

"हाँ दरअसल बात यह है कि होली वाले दिन उसने मुझ पर रंग डाला।"

काफी परेशान से भरा लग रहा था। हाश्मी का चेहरा हैरानी से भरा था। वो कल्पना भी नहीं कर सकता हर्षा की इस गलती से इंद्रजीत की हालत कितनी बुरी हुई होगी। खैर इंद्रजीत अपने बुरे सपनों के बारे में काफी पहले ही बात करना छोड़ चुका है मगर कभी-कभी उसकी रात में बेचैनी भरी आवाज पूरे घर की सुनसनीयत और खालीपन के कारण गूंजती है तो उसे अच्छे से पता है। हाश्मी ने उससे इस बारे में पूछा तो इंद्रजीत ने अपने आपको सँभालते हुए कहा

"हर्षा... फिर मैंने उसके हाथ को कस के पकड़ लिया और उसे धक्का दे दिया।"

वो खिड़की से बाहर आजाद परिंदे बैंड को अभ्यास करते हुए देख रहा था।

"क्या उसे चोट आई थी?"

हाश्मी ने धीमी आवाज में पूछा और इंद्रजीत सोचते हुए बोला

"देखो... मुझे पता नहीं है... हालांकि उसके चेहरे पर एक बार दर्द दिखा तो था... जब वह नीचे गिर गई थी। उसकी आँखें कंपकपाई मगर शायद नफरत या डर से नहीं बल्कि वो थोड़ी असमंजस में लग रही थी... मतलब उसे पता नहीं चल रहा था कि क्या हुआ... मुझे यकीन है उसे मेरी नाराज़गी का अहसास होगा... क्या वह मुझसे नाराज हो गयी?"

हाश्मी अचरज में पड़ गया। आज तक कभी इंद्रजीत ने कोई परवाह नहीं की कि कौन उससे नाराज हो रहा है, कौन नहीं या कौन उसके साथ कैसा व्यवहार कर रहा है। वो हर्षा के लिए ही अलग था। उसे हर्षा की बातों से, उसकी उपस्थिति से फर्क पड़ रहा था और यह बात शायद अच्छी थी। हाश्मी की नजरों में तो ये अच्छा था। इंद्रजीत को पहली बार किसी का

साथ अच्छा लग रहा था तो उसके मुताबिक तो ये अच्छा है।

"घबराओ मत! वो एक अलग लड़की है जो बाकी लड़कियों की तरह तुम्हारी छवि से डरी नहीं। ना ही तुम्हारे बारे में जानने की कोशिश की। शायद वो तुम से तुम जैसे हो उसके लिए दोस्ती करना चाह रही होगी।"

"तुम ठीक कह रहे हो।"

*****

दो दिन बाद इंद्रजीत काम खत्म करके नीचे आया तो रोज़मर्रा की जग़ह खड़ा हो गया। उसे पता था कि कई बार हर्षा उसे देखती है तो वहाँ से सीधे निकल जाती है शायद उसे भी अब इंद्रजीत को दोस्त के रूप में स्वीकार करना अच्छा नहीं लग रहा होगा। उसे उससे माफी तो मांगनी है फिर चाहे उनकी दोस्ती खत्म हो जाए मगर कहीं न कहीं उसके मन में उसे बुरा लग रहा था कि उसे हर्षा के साथ अपनी दोस्ती खत्म करनी होगी।

तभी उसे रॉकी का फ़ोन आया जो उसे कुछ बात बताना चाह रहा था। इंद्रजीत उस जगह से हट कर दीवार के पीछे की तरफ गया और फ़ोन पर बात करने लगा। तभी हर्षा वहाँ आकर खड़ी हो गई। उसने दो तीन बार गहरी सांस ली

"तुम कर सकती हो... तुम कर सकती हो... इतनी घबराने की बात नहीं है... वो और कुछ नहीं करेगा।"

तब माही उसके पास पहुँची

"तुम क्या कर रही हो? हर्षा! तुम यहाँ किस लिए खड़ी हो?"

"कुछ नहीं। तुम जाओ तुम्हें जल्दी जाना है ना।"

मगर माही वहाँ से हिली भी नहीं। भले ही उसने उसे कितना भी कुछ कहा या बहाना बनाने की कोशिश की। आखिर यह देखने के बाद कि माही उसे ऐसे नहीं छोड़ेगी और उसकी बात सुने बगैर वो यहाँ से नहीं जाने वाली है तो हर्षा ने गहरी सांस लेते हुए कहा

"मैं यहाँ उससे माफी मांगने के लिए आई हूँ!"

"क्या?"

हर्षा की बात सुन कर महिमा ज़ोर से बोली

"तुम उससे माफी मांगने के लिए आई... क्यूँ?"

"क्यूँ का क्या मतलब है?"

"तुमने उसका चेहरा नहीं देखा था!"

"उसे जाहिरा तौर पर होली पसंद नहीं है... और मैंने बिना कुछ सोचे समझे उसके ऊपर रंग डाल दिया... हो सकता है उसकी ज़िन्दगी से जुड़ी कोई बहुत बुरी याद हो... इसलिए उसे होली इतनी पसंद न हो।"

"क्या पता? तुम उससे क्यों माफी मांगी रही हो?"

फिर से हर्षा ने माही को समझाते हुए कहा

"वो मेरा दोस्त है। मुझे उससे माफी मांगनी होगी! मैं गलत थी। मुझे ऐसे ही लापरवाही में कुछ भी नहीं करते रहना चाहिए!"

"हर्षा! तुम समझने की कोशिश करो.... तुम्हें समझ नहीं आ रहा कि वो शख्स तुम्हारी दोस्ती के काबिल नहीं है। वो अच्छा लड़का नहीं है।"

"तुम कैसे कह सकती हो कि वो अच्छा लड़का नहीं है? और..."

"क्योंकि.... मुझे लगता है तुम्हें सब कुछ बताना पड़ेगा। रुको!"

यह कहकर उसने अपने बैग से अपना लैपटॉप कम टैबलेट निकाला। उसने उस पर कुछ तस्वीरें निकाली और बोली

"तुम जानती हो वो कौन हैं? वो शहर का सबसे बड़ा गैंगस्टर है। डॉन है डॉन! शहर में उसके ईशारे पर अपराध होते मतलब समझती हो...? वो लोगों की हत्याएं करवाता है, पैसे लूटता है और ना जाने क्या-क्या..."

मगर जब उसने हर्षा के चेहरे के भाव ना बदलते देखा तो बोली

"तुम्हें यकीन नहीं है?"

"क्या तुम यकीन कर सकती हो उसके जैसा कोई अपराध कर सकता है और वो ..."

हर्षा की बात सुन माही का दिमाग घूम गया,

"हर्षा!! अंधी हो क्या? या बहरी हों? तुम्हें दिखाई नहीं दे रहा है!"

"क्या?"

"जो मैं दिखाने की कोशिश कर रही हूँ। ये देखो जरा, ये खबर देखो। तुम्हें पता है 15 साल पहले क्या हुआ था?"

"या तो तुम मुझे सीधे सीधे बताओ या सिर्फ सवाल पूछते रहो? अगर तुम मुझसे सवाल पूछोगी तो मैं कहूँगी नहीं... नहीं... और मुझे फर्क नहीं पड़ता वो कौन है... मेरी गलती है इसलिए मुझे उससे माफी मांगनी

चाहिए!"

"उसने तुम्हें धक्का दिया। वो तुम्हें और भी नुकसान पहुंचा सकता है। हो सकता है तुम माफी मांगने लगो तो तुम पर और भड़क जाये... तुम्हारे साथ कुछ बुरा कर दे तो..."

"तुम्हारे कहने का मतलब है वो मेरे साथ कुछ बुरा कर सकता है? वो किसी लड़की के साथ क्या कुछ बुरा कर सकता है?"

"तुम क्या करोगी अगर वो किसी दिन तुम्हें अपनी कार में खींच के सुनसान जगह पर ले जाये और..."

"महिमा बस करो! तुमने उसके बारे में मुझ से ज्यादा सुना हो सकता है... और मैं यह सब नहीं जानती कि पहले वो क्या काम करता था मगर सच में तुम इस तरह से मुझे डरा दोगी... मैंने भी दुनिया देखी है!"

"मगर तुमने जो दुनिया देखी है वो एक अलग चश्मे से देखी है। एक अलग नज़रिए से देखी है। तुम दुनिया में हर चीज़ को खुशी से, खूबसूरती से देखती हो? तुम्हें उनके पीछे छिपे काले चेहरे नहीं दिखाई देते... 15 साल पहले जब वो काफी छोटा था उसने अपने पूरे परिवार का क़त्ल कर दिया था!"

हर्षा बहुत हैरानी हुई। महिमा ने जब उसके चेहरे पर ये भाव देखे तो मन ही मन थोड़ी संतुष्टि हुई। शायद उसने यकीन कर लिया है। उसने पुरानी खबरें दिखाते हुए कहा

"ये देखो, उसे गिरफ्तार करते हुए! किसी ने भी उसे अपने परिवार की हत्या करते नहीं देखा मगर ये घर में खून से लथपथ निकल कर भागा और उसने दो लोगों को सड़क के बीचोबीच मारा था। पता है वो लोग उससे बच कर भाग रहे थे। उसने उनको बड़ी बेरहमी से पकड़ा और पत्थर से उनका सिर कुचल दिया था और इतनी बुरी तरह से मारा था कि देखने वालों की रूह तक कांप गई थी। उसके बाद उसे किशोर कारागार में भेज दिया गया था... वहाँ से निकल के आने के बाद कई और भी अपराध करने लगा। उसने अपने परिवार को मारा है... सोचो... और... अपने आसपास के लोगों को मारा है... जब तक वो आपराधिक कारोबार में रहा था तब तक बहुत से लोगों को मारा था... तुम खबरें नहीं पढ़ती हो क्या? खबर अच्छे से पढ़ो... पुलिस ने अच्छे से छानबीन की और उनके

अनुसार मुख्य आरोपी यही था...."

हर्षा ने कुछ पल माही की ओर देखा और फिर उसने थोड़ी गंभीर आवाज में कहा

"अगर सबको ये लगता है कि उसने अपने परिवार को मारा था है तो इसका मतलब यह होगा कि उसने परिवार को मारा था?"

माही चौंक कर पीछे हटी और बोली

"तुम... तुम... उसका बचाव कर रही हो? उसका पक्ष ले रही हो? तुम्हें सबूत दिखाई नहीं दे रहे... साक्ष्य दिखाई नहीं दे रहे... तुम्हें ये लिखा दिखाई नहीं दे रहा क्या? साफ़ साफ़ लिखा है वो जेल गया है..."

"इस बात से साबित नहीं होता कि वो एक अपराधी है?"

"उसके अलावा उसने और भी न जाने कितने अपराध करें.... और अब जब उसने हाल ही में एक शख्स को मारा उसकी वीडियो तो तुमने भी देखा है ना? वो मुझे बस हमारे किसी दोस्त ने ऐसे ही दिखाई थी... एक आदमी ने उसे धोखा देने की कोशिश की और उसने उसे इतनी बुरी तरह से प्रताड़ित किया था कि वह तड़प-तड़प कर मरा है... सोचो उसकी क्या हालत हुई होगी... इतना जल्लाद, निर्दयी किस्म का आदमी है। वो..."

हर्षा तेज आवाज में बोली

"बस करो बहुत हुआ! हो सकता है वो तुम्हारे कहने के अनुसार है.... मगर मैं नहीं मानती हूँ कि उसने अपने परिवार को कोई नुकसान पहुंचाया होगा... मैं नहीं मानती कि वह अपने परिवार को मार सकता है..."

"तुम... सच में इस तरह से अपनी आँखों पर पट्टी बांध कर कैसे रह सकती हो? तुम्हें दिखाई नहीं दे रहा वो खतरनाक है... एक बार भी उसने तुम से मुस्कुरा कर बात की या किसी और लड़के की तरह तुम से बात की..."

"मुझे फर्क नहीं पड़ता कि वो और लड़कों की तरह है या नहीं... मगर तुम मेरी बात कान खोल कर सुन लो, उसने ना तो अपने परिवार को मारा है और ना ही उसने अपने करीबी को नुकसान पहुंचाया... और उसके बाद उसने जो जनता के सामने हत्या की होगी... उसके पास कोई ठोस वजह रही होगी... कोई भी यूं ही अपराधी नहीं बन जाता है... उसे हालात

अपराधी बनाते है... और मुझे नहीं लगता कोई भी बेवजह इस तरह के आरोपों में घिर जाएगा... किसी ने उसे फंसाया होगा... ये किसी की चाल होगी... वो अपने परिवार को कुछ नहीं कर सकता..."

"मुझे लगता है कि तुम्हें कुछ समझ नहीं आ रहा है। तुम ना तो स्थिति समझने की कोशिश कर रही हो, ना ही ये जानने की कोशिश कर रही हो तुम किस से दोस्ती कर रही हो... कम से कम जिससे दोस्ती कर रही हो उसके साथ आने वाले खतरों से तो अवगत रहो... अगर कल को उसने तुम से दोस्ती करने के बाद तुम्हें कहीं एक जगह मार के डाल दिया तो कौन होगा जो तुम्हें पहचानेगा.... वो तुम्हारे शरीर का ऐसा हाल करेगा कि किसी को...."

"महिमा मैं तुम से फिर कह रही हूँ! मेरा मूड खराब मत करो। मैंने जब कहा कि वो ऐसा नहीं है तो वो नहीं है। वो कुछ काम निर्दयता से कर सकता है। वो... हो सकता है दूसरे लोगों के लिए अलग हों मगर वो दिल का बुरा नहीं है... और खास करके उसके परिवार के बारे में कहना बंद करो! उसने अपने परिवार को नहीं मारा है.."

"तुम तो ऐसे बोल रही हो मानो उस वक़्त तुम वहाँ खड़ी थी और तुम ने देखा था कि उसके परिवार को कोई और मार गया था!"

"हाँ! ये हो सकता है। सोचो वो अचानक कहीं बाहर से आया और उसे अपने पूरे परिवार मरा हुआ मिला हो! हो सकता है वो भी उस घटना का एक शिकार हो। मगर वो संयोगवश वहाँ नहीं हो, इस वजह से वो उन हत्याओं का मुख्य आरोपी बन गया हो? हो सकता है जिन लोगों ने उसके परिवार की हत्या की, वो उनमें से एक शख्स को हो जिसका उसने भरे बाजार क़त्ल किया था!"

"सच में हर्षा? क्या तुम एक लड़की हो? तुम इस तरह से कैसे सोच सकती हो?"

"मैं बस वो नजरिया, वो पहलू सोचने की कोशिश कर रही हूँ जिस की वजह से जिस पर लोग ध्यान नहीं देते! हम क्यों पहले से ही ये मान लेते हैं कि सामने वाला अपराधी है। हम क्यों उसका पक्ष सुनने की कोशिश नहीं करते... हमेशा 4 पक्ष होते पहला जो आरोपी होता है उसका पक्ष, दूसरा अपराध पीड़ित, तीसरा जो सच है और चौथा जो लोगों को दिखाई

देता है। मुझे लगता है कि जो सच है वही जानना ज्यादा जरूरी है... और मेरे मुताबिक उसने अपने परिवार को नुकसान नहीं पहुंचाया है.. जिस शख्स को उसने सब के सामने मारा है वो भी बेवज़ह नहीं मारा होगा..."

"मुझे लगता है तुम वाकई ना तो सुनना चाहती हो, ना कुछ समझना चाहती हो।"

"और मुझे तुमसे इस बारे में, इस तरह की कोई बात नहीं करनी है।"

"अगर कल को तुम्हारी लाश पड़ी मिली और तुम अचानक से गायब हो जाओ तो फिर ये मत कहना कि तुम्हें किसी ने सावधान नहीं किया था!"

"चिंता मत करो महिमा! वो चाहे लोगों के लिए कैसा भी हो मगर वो मुझे कुछ नहीं करेगा... वो बहुत अच्छा है। मैं जानती हूँ!"

"मुझे लगता है तुम्हें ना तो सुनना है ना कुछ समझना है। मेरी बला से... मैंने तुम्हें सब सच्चाई बता दी है। अगर तुम अभी भी अपनी आँखें बंद कर उस पर यकीन करना चाहती हो, करो... मगर मैं तुम्हारे फ़ोन का इंतजार करूँगी, जब तुम घबराते हुए मुझे फ़ोन करो... उसने कभी भी तुम्हारे साथ कुछ करने की कोशिश की तो मुझे फ़ोन करना, मुझे बता देना कि उसने तुम्हारे साथ क्या किया है। कम से कम मैं तुम्हें उससे बचा ना पाऊं तो यहाँ से दूर तो कुछ कर पाऊं..."

"तुम्हारी सोच अच्छी है महिमा! पर मुझे लगता है कि तुम्हें अपना सोच का दायरा फैलाने की जरूरत है। हमेशा वो सच नहीं होता है जो सब के सामने होता है।"

"सुनो ही मत!"

माही पैर पटक कर चली गयीं

"इस लड़की को जब वो किसी दिन अपने परिवार की तरह मार देगा ना जब इसे समझ आएगा कि मैं किस बारे में बात कर रही थी। अपने आपको बहुत समझती है। पता नहीं कैसे वो इंद्रजीत पर भरोसा कर सकती है। इंद्रजीत शहर का गैंगस्टर है। वो हर्षा की जान ले सकता है। मगर नहीं इसे तो उसका पक्ष लेना है। खैर छोड़ो मुझे क्या? मेरी बला से समझाना मेरा फर्ज था समझा दिया। अब चाहे वो कुएं में पड़े..."

वो बड़बड़ाते हुए उस दीवार के पास से निकली! उसे पता नहीं था कि इंद्रजीत वहीं खड़ा था। उसका फ़ोन काफी देर पहले ही खत्म हो गया था और जब उसने हर्षा के मुँह से यह सुना था कि वो माफी मांगने आई है, तब से वो फ़ोन बंद कर उसके पास जाने का मौका ढूंढ रहा था। जब माही के मुँह से उसने अपने परिवार की हत्या के खुद के आरोपी होने की बात सुनी तो न जाने क्यों रुक गया। वो दरअसल जानना चाहता था कि हर्षा उसके बारे में क्या सोच रखती है।

ये सच है कि काफी समय से लोग उसको ही उसके परिवार की हत्या का मुख्य आरोपी माने जा रहे थे। उनका यह मानना था कि जिस शख्स को उसने मारा था वो उसकी हत्या का प्रमुख गवाह होगा या प्रत्यक्षदर्शी होगा। इसी वजह से इंद्रजीत ने उसे भी मार दिया। उसने अपने परिवार को खत्म कर दिया था जिस वजह से उसे कारागार में जाना पड़ा मगर आश्चर्य की बात ये थी कि हर्षा जो उसे पूरी तरह से समझ में नहीं पाई, उसकी की पहचान के बारे में पूरी तरह से अनजान है और जो अभी हाल ही में उसके गुस्से का शिकार हुई हैं, उसका पक्ष ले रही थी।

और वो भी ऐसे ही नहीं बल्कि पूरी दृढ़ता के साथ. उसका बचाव इतना सहज और दृढ़तापूर्वक था कि इंद्रजीत मन ही मन यह महसूस कर पा रहा था कि हर्षा उसे बहुत अच्छे से जानती है या सिर्फ ये उसके मन की काल्पनिक इच्छा है।

हर्षा खड़ी थी। इंद्रजीत ने देखा कि उसने अचानक से अपनी आँखों के कोने पोंछ लिए और बुदबुदाई

“क्यों तुम्हें ऐसी तकलीफ से गुजरना पड़ा?”

इंद्रजीत अपने पैरों से जानबूझ कर आवाज़ करते हुए हर्षा के पास आया। हर्षा इंद्रजीत की ओर देखकर वही बस हमेशा वाली मुस्कान के साथ बोली

“कैसे हो? मैं तो बहुत अच्छी हूँ!”

वो हमेशा खुद से ही सवाल कर खुद ही जवाब दे देती है क्योंकि इंद्रजीत उससे ज्यादा खुल के बात नहीं करता हालांकि वह कभी-कभी अपने काम के बारे में उससे जिक्र करता है। हर्षा अपनी उँगलियों से खेलती हुई नज़रे चुराती हुई बोली

"मैं तुम से माफी मांगना चाहती हूँ... मैं बेवजह में तुम्हारे ऊपर रंग नहीं डालना चाहती थी। तुम्हारा खुद का कोई कारण होगा होली को पसंद ना करने का... और मैंने बिना सोचे समझे तुम पर रंग डाल दिया। मैं तहेदिल से माफी मांगती हूँ.... मुझे माफ़ कर दो इंद्रजीत।"

उसने एक बार इंद्रजीत की तरफ देखा और फिर नजरें झुका ली। इंद्रजीत ने गहरी साँस ली और कहा

"वैसे मैंने कभी किसी से कहा नहीं है मगर मैं भी तुम से माफी चाहता हूँ। मुझे तुम्हें धक्का नहीं देना चाहिए था... भले ही तुम ने जो किया वो तुमने बिना सोचे समझे किया मगर इसमें मेरी भी गलती थी। तुम मेरे बारे में कुछ नहीं जानती थी और फिर भी मैंने ऐसी प्रतिक्रिया दी मानो तुमने जानबूझ कर ये सब किया हो..."

"नहीं... नहीं... तुम्हारी कोई गलती नहीं है।"

हर्षा हंसते हुए बोलीं

"दरअसल मुझे इस बात का पहले अंदाजा होना चाहिए था कि क्या सही है और क्या नहीं। तो तुम दोस्ती तो नहीं तोड़ोगे ना?"

"नहीं।"

इंद्रजीत के चेहरे पर पहली बार हर्षा ने एक मुस्कान देखी। वो उसकी महमोहक मुस्कान को देखते हुए मन ही मन बोली

'शायद तुम्हें पता नहीं तुम्हारी मुस्कान बहुत सुन्दर है।'

इंद्रजीत के मन की ख़ुशी उसके होठों से इसलिए झलक आई थी। उसे संतोष था कि हर्षा से उसकी दोस्ती ख़त्म नहीं होगी। उसे अपने उदासीन और अंधकारमय जीवन में हर्षा के रूप में एक उम्मीद की किरण नज़र आई थी। जो उसका पक्ष ले रही थी, जो उसका सहयोग कर रही थी, जिसके लिए वो सिर्फ एक आम इंसान था, कोई अपराधी खौफनाक गैंगस्टर या डॉन नहीं।

हर्षा के चेहरे पर ख़ुशी की लहर थी। वो पास की बैंच पर आलथी पालथी मार के बैठ गई। इंद्रजीत भी अपने आप ही उसके पास आकर बैठ गया। उसके लंबे पैर आगे की तरफ खींचे हुए थे। उसके दोनों हाथ बैंच पर टिके हुए थे। हर्षा की नज़र में वो एक मैगज़ीन से निकले मॉडल की तरह लग रहा था। आजाद परिंदे बैंड ने एक बहुत खूबसूरत सा गाना बजाया

था। हर्षा को काफी अच्छा लग रहा था। उसने कुछ देर अपनी आँखें बंद की और फिर बोली

"सच कहूँ तो मैं बहुत घबराई हुई थी। मैं एक दोस्त के रूप में तुम्हें खोना नहीं चाहती.... इसलिए मुझे लगा था। तुम शायद मेरी माफी स्वीकार नहीं करोगे या मुझसे ज्यादा नाराज हो जाओगे... फिर भी अच्छा था... 2 दिन से मैं बहुत कोशिश कर रही थी... सोच रही थी मुझे क्या बोलना चाहिए तुमसे माफी के लिए... और तुम्हें पता है ना मैं एक नंबर की अनाड़ी हूँ... मुझे समझ में नहीं आया मुझे माफी में क्या बोलना चाहिए... या तो मैं आम तौर पर उसी वक्त माफी मांग लेती हूँ या फिर नहीं मांगती... मगर तुम्हारे साथ ऐसा नहीं था... और तुम तो बिना कुछ कहे गुस्से में निकल गए थे तो.... मैं कैसे कुछ कह पाती है.."

वो अपनी मासूम आवाज में बोली। इंद्रजीत ये देख खिलखिला उठा। उसे याद नहीं आखिरी बार वो कब इस तरह से हल्का महसूस कर रहा था। हर्षा एक उम्मीद की किरण है। शायद वो इसलिए उसके साथ दोस्ती तोड़ना नहीं चाहता था वरना अब तक वो किसी और के होने पर उसे बुरी तरह से पीट चुका होता।

"तुम्हें लगता है हमें आइसक्रीम खानी चाहिए?"

हर्षा इंद्रजीत की ओर मुड़ी ओर उसके हाथ को अपने हाथ में ले गहरी सांस लेकर बोली

"तुमने मुझे माफ़ किया... मैं तुम्हारे लिए आइसक्रीम लेकर आती हूँ। उससे हम दोनों को ही अच्छा लगेगा। ठीक है?"

वो उठ कर आइसक्रीम खाने चली गई। पर वो इस बात से अनजान थी कि उसकी इस हरकत ने इंद्रजीत को सकते में डाल दिया था। वो बस वैसे ही स्थिर सा हो गया। वो हर्षा को जाते देखने लगा। उसका दिल ज़ोर से धड़क रहा था।

"ठप... ठप... ठप..."

उसे बकायदा अपनी धड़कन कानों में सुनाई दे रही थी।

"ये लड़की मेरे साथ क्या कर रही है?"

वो अपना सिर मसलने लगा। दोनों ने आइसक्रीम खा ली और कुछ देर में बस आने पर हर्षा वहाँ से चली गई। उसके चेहरे की मुस्कान

देखकर पल्लवी उसे छेड़ने का कोई मौका नहीं छोड़ रही थी।

*****

अगले दिन इंद्रजीत हर्षा से मिलने के लिए थोड़ा बेताब था। वो फिर उसकी बचकानी बातें सुनना चाहता था। शायद उसे उसकी आदत पड़ गयी थी। वो ये सोचकर हंसने लगा। उसे इस तरह मुस्कुराते हुए देखकर हाश्मी ने नजरें उठाकर पूछा

"क्या सोच रहे हो?"

"कुछ... कुछ नहीं!"

उसकी जबान लड़खड़ा गई। उसे इस तरह देख हाश्मी को बड़ी हैरानी हुई। इंद्रजीत फिर से अपने भावहीन चेहरे के साथ काम पर लग गया।

शाम को वो रोज़ वाली जगह पर आकर खड़ा हो गया। पीछे आजाद परिंदे बैंड एक गाना बजा रहा था जो इन की स्थिति पर बिल्कुल सटीक बैठता है।

'कोई डोर मुझे खींचे तेरी ओर तेरी ओर तेरी ओर...'

तभी उसे हर्षा की आवाज़ सुनाई दी जो फिर अपनी दोस्त माही से बात कर रही थी। जैसे ही उसकी नज़र इंद्रजीत पर पड़ी वो मुस्कुरा उठी। ये उसकी स्वाभाविक मुस्कान थी। इंद्रजीत की आँखों में भी नरमाई आ गई

"कैसे हो तुम?"

"हम्म... तुम?"

"मैं?"

"कुछ हुआ है क्या?"

"हुंह... कुछ खास नहीं! मैंने तुम्हें रेवती और शिवांश के बारे में बताया था ना। याद है तुम्हें?"

"हम्म."

"तो हुआ ये कि उन दोनों ने साथ समय बिताने के लिए एक योजना बनाई..."

इंद्रजीत को कुछ याद नहीं था मगर वो बीच में कुछ नहीं बोला। हर्षा ने बोलना ज़ारी रखा

“रेवती है ना... वो अक्सर शिवांश के काम किसी न किसी से करवाती थी। इस बार उसने काम करने के लिए मुझे चुना, पता है मैं काम पूरा कर चुकी थी। इतने में उसने मुझे बुलाया और शिवांश का काम करने को कहा। पहले तो मैंने मना कर दिया ये कहकर कि मुझसे कुछ गलती हो जाएगी। तो शिवांश बड़े ही विनम्र स्वर में बोला, मेरा काम बहुत साफ़ सुथरा और बिना गलतियों के होता है, स्थानीय भाषाओं के साथ साथ मुझे इंग्लिश के अलावा कुछ विदेशी भाषाएं भी आती है। इसलिए उन्होंने मुझे ज़बरदस्ती काम थमा दिया। मैं उसे मना तो कर नहीं सकती थी तो अपना गुस्सा निकालने का माध्यम ढूंढने लगी। यह काम किस के पास आया, मेरे पास! मतलब क्या बात होती है भाई! वो सारा काम 3 दिन में करके देना है। जो शिवांश कुछ करना था और फिर क्या था फिर मुझे करने के लिए जाना पड़ा पर मैंने अपना बदला लिया...”

“क्या?”

हर्षा शरारती मुस्कान के साथ बोली

“...उसकी टेबल पर कोई उसका जरुरी दस्तावेज़ पड़ा था तो मैं चुपके से वहाँ गयी और उसकी कॉफी कैन को इस तरह से तिरछा किया कि कुछ देर में वो लुढ़क जाए और कॉफ़ी बिखरने से उसके दस्तावेज़ ख़राब हो जाए... किसी को पता नहीं चला क्योंकि वो बस ऐसे ही ये हादसा लगेगा। अभी देखना वो चीखते चिल्लाते बाहर आएगा!”

हर्षा की बात पूरी भी नहीं हुई थी कि शिवांश वाकई बदहवास सा रेवती के साथ बाहर निकला। रेवती और शिवांश बड़े ही हड़बड़ाए हुए थे। उसे नौकरी के लिए उस दस्तावेज की जरूरत है मगर अब वो तो खराब हो चुका था। इंद्रजीत ने हर्षा के चेहरे की शैतानी मुस्कान देखी तो पूछा

“तुम्हें बुरा नहीं लग रहा है तुमने उस का मौका खराब कर दिया है?”

“मैं उन लोगों से अपना बदला लेती हूँ जिन्होंने मेरे साथ कुछ गलत किया और.... और इसके लिए मैं किसी भी हद तक जाने को तैयार रहती हूँ। मुझे कोई फर्क नहीं पड़ता फिर मैंने क्या किया, कैसे किया, किसे क्या फर्क पड़ रहा है!”

हर्षा की आँखों में कुछ अलग ही भाव थे।

“तुम बहुत अलग हो।”

इंद्रजीत ने तथ्य की पुष्टि की।

"हाँ वो तो मैं हूँ। "

कुछ और बातचीत के बात इंद्रजीत अपना गला साफ़ करते हुए बोला

"मुझे तुम्हें कुछ देना है।"

हर्षा ने इधर उधर देखा और अपनी ओर इशारा करते हुए पूछा

"मुझे?"

"हाँ... ये देखो!"

उसने एक नई मैकबुक उसके सामने करते हुए कहा

"तुम्हारा लैपटॉप टूट गया था ना मेरी वजह से.... उसकी भरपाई के लिए।"

हर्षा के दिल की धड़कनें अचानक ही बहुत बढ़ गई। वो हड़बड़ाते हुए बोली

"ये.... क्या.... अरे इस की क्या जरूरत थी। मैं नया ले लूँगी!"

दरअसल इंद्रजीत ने माही हर्षा की उस दिन की बातचीत को सुना था जब माही हर्षा को उसके बारे में बता रही थी। उसी दिन उसने हर्षा के टूटे लैपटॉप को बदलवाने की मांग की थी और ये कहा था कि इंद्रजीत की वजह से उसका लैपटॉप टूटा है तो उसे इस की भरपाई करनी चाहिए।

हर्षा ने एक दुकान वाले से बात की थी जो उसे सेकंड हैंड लैपटॉप देने के लिए तैयार था मगर उस वो 15,000 लेगा। अगर उससे अच्छा लैपटॉप चाहिए तो समय लगेगा उसने अभी लैपटॉप ना लेने का फैसला बदल लिया। यही सब याद करते हुए उसने कहा

"मैं... मैं ये कैसे ले सकती हूँ?"

"तुम ने मेरी मदद की। मैं... आग्रह कर रहा हूँ। ले लो।"

"ठीक है अगर तुम इतना कह रहे हो तो..."

उसने थोड़ा हिचकिचाते हुए मैकबुक ले लिया। वो बहुत सावधानी से उसे अपने बैग में रख रखने लगी। ये देख इंद्रजीत ने सिर हिलाते हुए कहा

"तुम घबराओ मत! ये गलती से गिर भी जाए तो इस की एक साल की वारंटी है तो उसे बदलवा सकती हो या ठीक करवा सकती हो और अगर ये बीच में चलना बंद हो जाए तो मैं इसे बदलवा दूंगा!"

ये देख इंद्रजीत ने सिर हिलाते हुए कहा

"नहीं मैं इसे हमेशा संभाल के रखूंगी!"

वो नहीं जानती कि अगर ये टूट फूट गया तो इसे ठीक करवाने कहाँ जाएगी। रायसर प्लाजा* में सारा सामान ऐसा बनता है जो दूसरे दर्जे का होता है और उसे नहीं पता है उसे एप्पल की मैकबुक का कोई ऐसा पार्ट मिल जाएगा। उसे रिस्क नहीं लेना चाहिए इसलिए उसने इंद्रजीत को धन्यवाद दिया और बोली

"चलो! अब तुम ने मुझे एक तोहफा दिया तो मेरा भी फर्ज बनता है कि मैं तुम्हें इस के बदले कुछ दूँ।"

"मुझे कुछ नहीं चाहिए।"

इंद्रजीत नज़रें नीचे कर बोला तो हर्षा ने एक दबी हुई मुस्कान के साथ कहा

"पर मैं तुम्हें कुछ देना चाहती हूँ।"

इंद्रजीत सिर हिलाते हुए बोला

"नहीं... नहीं... तुम्हें किसी चीज़ की कोई जरूरत नहीं है तो तुम्हें मुझे कुछ बदले में देने की जरूरत नहीं है। मैं ऐसे ही ठीक हूँ। "

"तुम घबराओ मत। मैं कोई बहुत बड़ी चीज़ नहीं दे सकती। मैं तुम्हें बस कहीं लेकर जाउंगी। चलोगे... मेरे साथ..."

इंद्रजीत को नहीं पता हर्षा उसे कहाँ ले जाएगी मगर फिर भी उसने कुछ सोचकर हामी भर दी

"ठीक है।"

हर्षा हाथ मिलाते हुए बोली

"ठीक है! तो तय रहा कल हम शाम के 4:30 बजे मिलते है।"

"ठीक है।"

उसकी बस आ गई थी तो वहाँ से चली गयी। घर पहुंचकर उसने वो सब अपनी डायरी में लिखा।

*****

अगले दिन दोनों तय समय पर उसी जगह मिले जहाँ वो रोज़ मिलते थे। हर्षा को आते देख इंद्रजीत ने फ़ोन निकालते हुए कहा

"मैं राम को आने का कह देता हूँ!"

"क्यों?"

हर्षा ने असमंजस से पूछा क्योंकि वो राम को नहीं जानती थी। इंद्रजीत ने फ़ोन अनलॉक करते हुए कहा

"मेरी कार में चलेंगे ना।"

"नहीं।"

उसने तुरंत ही मना कर दिया तो इंद्रजीत सिर तिरछा करते हुए बोला

"फिर क्या बस में चलेंगे?"

हर्षा मुस्कुराते हुए सिर हिलाकर बोली

"हाँ बिलकुल!"

ये कहकर उसने इद्रजीत का हाथ पकड़ा और उसे बस स्टैंड तक लेकर आई। कुछ देर में उसने इंद्रजीत के चेहरे पर असजहता देखी तो अहसास हुआ शायद उसे भीड़भाड़ वाली जगह पसंद नहीं

"क्या तुम्हे क्लौस्ट्रफ़ोबिया है?"

वो कुछ नहीं बोला। राम जो कुछ देर से उनके पीछे खड़ा था कुछ बोलने के लिए आगे बढ़ा तो इंद्रजीत ने उसे हाथ के इशारे से रोक दिया और उसकी और देखा। राम इशारा समझ गया। इंद्रजीत ने जेल में रहते हुए कुछ ऐसा झेला था जिससे उससे भीड़ में रहते हुए घबराहट होती है। ये राज उसने अपने सीने में कहीं गहराई में छुपाया हुआ है पर राम ने एक दिन उसे पैनिक अटैक के समय देख लिया था। उसे कुछ कुछ अंदाजा भी हो गया था।

*****

18 साल का इंद्रजीत किशोर कारागार में बेबस सा खड़ा था। उसके शरीर पर एक भी कपड़ा नहीं था। वहां कुछ गुंडे लड़के थे जो बस रिहा होने वाले थे पर उन्होंने तीन साल में इंद्रजीत के दर्द का जो मजाक बनाया था उसने उसे इतना कमजोर कर दिया था कि वो कुछ कह भी नहीं पाता था। उन्होंने हँसते हुए गटर से गंदगी उठाकर उसे नग्न इंद्रजीत के ऊपर डाल दी थी और फिर भीड़ लगा कर उसे छेड़ने लगे थे। धीरे धीरे उन्होंने उसे पीटना भी शुरू कर दिया था। उसे अच्छे से पीटने के बाद उन्होंने उसके चारों तरफ भीड़ लगा कर उस पर पेशाब करना शुरू कर दिया था। फिर उसे वैसी ही हालत में छोड़ कर चले गए थे। शायद वो दिन था जिसने

भले ही इंद्रजीत को पूरी तरह से बदल दिया पर जिंदगी भर का ट्रॉमा दे दिया था।

*****

हर्षा ने ये आँखों ही आँखों का वार्तालाप देखा। वो कुछ कह पाती इससे पहले ही बस आ गई। इंद्रजीत को देख ड्राइवर और कंडक्टर हड़बड़ा गए। इंद्रजीत देखकर समझ गया कि ये दोनों जानते है कि इंद्रजीत कौन है।

कंडक्टर जो हर्षा को बड़ी बेपरवाही से इंद्रजीत के साथ खड़े देख रहा था, हैरान रह गया। इंद्रजीत भी हैरान है कि हर्षा ने अपनी दोस्त, क्या नाम है उसका, माही के इतना समझाने के बावजूद भी, उससे उसके बारे में इतना कुछ सुनने के बाद भी कुछ पूछा क्यों नहीं कि वो कौन है। उसने एक तरफ देखते हुए सोचा

'क्या वो मेरे बारे में जानना नहीं चाहती... शायद मुझे उसे आज अपने बारे में बता देना चाहिए... कहीं वो ये ना सोचे कि मैं उससे सब कुछ छुपाना चाह रहा हूँ... वो मुझसे दोस्ती खत्म क्यों नहीं करना चाहती... माही द्वारा मेरी असलियत जानने के बाद भी ये इतनी सहज कैसे हो सकती है?'

दोनों बस में सवार हो गए। हर्षा ने देखा एक आदमी ने अपना सामान बहुत आसपास फैला रखा था। वो उसके पास गई और बोली

"आप अपना सामान समेट लेंगे।"

पहले तो वो हर्षा से बहस करना चाह रहा था पर तभी उसकी नज़र इंद्रजीत पर पड़ी। वो उसे पहचान गया और चुपचाप एक ओर हो तुरंत जगह खाली कर दी।

"वाह! लगता है सब लोग तुम्हें जानते!"

हर्षा ने उसे बैठने के लिए कहा और फिर उसके पास बैठते हुए बोली

"तुम चिंता मत करो। हम बहुत अच्छी जगह जाने वाले और तुम बिल्कुल भी बोर नहीं होगे।"

"अच्छा..."

इंद्रजीत ने फ़ोन से हाश्मी को बताया कि वो कहाँ पर जा रहा है। हर्षा और इंद्रजीत एक बड़ी जगह पर पहुंचे। बस स्टैंड पर भी काफी लोग खड़े थे। हर्षा ने इंद्रजीत का हाथ पकड़ा और उसकी उतरने में मदद की है।

इंद्रजीत उसकी इस हरकत पर मुस्कुरा रहा था। उसने देखा इतनी ज्यादा भीड़ है और उसके कपड़े शायद उस हिसाब से ठीक नहीं है। मगर हर्षा शायद इस सबकी परवाह नहीं करती।

"जल्दी आओ... नहीं तो टिकट नहीं मिलेगा..."

"टिकट?"

उसने हैरान हो कर हर्षा की ओर देखा। तब उसकी नजर वहाँ लगे बड़े-से बोर्ड पर गई और उसका मुँह खुला का खुला रह गया। उसने अपना चेहरा रगड़ा, गहरी सांस ली और हर्षा की तरफ देखा। वो मन ही मन बोला

'इस छोटी बच्ची उम्मीद भी क्या कर सकते हैं... सच में!!"

हर्षा उसे मेले में लेकर आई है। हर्षा जल्दी गयी और टिकट की खिड़की पर से दो टिकट मांगी। टिकट वाला देर लगा रहा था तो इंद्रजीत आगे आया। इंद्रजीत को देखते ही उसने तुरंत पैसे वापस कर दिए और बोला

"ये.... ये लो टिकट ले लो..."

"अरे! पर पैसे तो लो?"

"पैसे की क्या जरूरत है... तुम हमारी 1000वीं ग्राहक हो इसलिए तुम्हें फ्री में ही..."

"क्या?"

टिकट वाला अजीब तरीके से हंसने लगा और इंद्रजीत को देखने लगा

"ठीक है।"

हर्षा ने ज्यादा ज़ोर नहीं दिया और पैसे वापस अपने बैग में रख दिए।

"चलो..."

"तुम यह सब लटका के घूमोगी।"

उसने लैपटॉप के बैग और अन्य सामान की ओर देखकर कहा। हर्षा ने हंसते हुए मैकबुक को बैग में रखा और बोली

"अब कोई चिंता नहीं। मैकबुक खराब नहीं होगा। चलो..."

उसने उसका हाथ पकड़ा। इंद्रजीत को याद नहीं आखिरी बार मेले में कब आया था। शायद अपने परिवार के साथ दिवाली की खरीदारी करने। रंगबिरंगी मोमबत्तियां, दीपक, सजावटी लाइट, रंगोली और भी बहुत सी

चीजें खरीदी थी। मगर उसके बाद अपने परिवार को खोने के बाद इंद्रजीत किसी मेले जैसी जगह पर नहीं गया है। हर्षा के कारण वो इतने सालों बाद इस जगह पर वापस आया था। इंद्रजीत, हर्षा को ही देख रहा था।

'इस लड़की को कोई परवाह नहीं है कि इनके आसपास के लोग अपने आप ही मेरे आभामंडल से घबरा कर इधर-उधर हो रहे ये तो बस बेफिक्र सी है'

वो असहज होने की जगह उसके हाथों में हाथ डाले ऐसे चल रही है जैसे ये बहुत ही मामूली बात हो। अचानक इंद्रजीत सजग हुआ कि उसके और हर्षा के हाथ आपस में जुड़े हुए हैं और लोग उन्हें ही देख रहे है। उसने पहले अपनी अपने और हर्षा के जुड़े हाथ की तरफ देखा और फिर हर्षा के चेहरे की तरफ। वो बेपरवाह सी लग रही है।

"वहाँ देखो तीन डोम है..."

हर्षा ने समझाते हुए उसे एक जगह खड़ा किया मानो किसी छोटे बच्चे को समझा रही हो कि मेले में क्या क्या होता है। उसने अपनी कमर पर एक हाथ रखा और दूसरे हाथ की पांचों उंगलियां फैलाकर समझाते हुए बताया

"देखो पहले डोम में देख लेंगे क्या क्या है। मुझे पता नहीं पर दूसरे में कपड़े वगैरह होंगे... तीसरे में अन्य यानी थोड़ी सजावटी वगैरह चीज़ है या ज्वेलरी वगैरह... उधर सामने की तरफ फर्नीचर है... ठीक है... और फर्निचर की तरफ तो जरूर चलेंगें... मैं तुम्हें बताऊँगी कि कितना मज़ा आता है और देखो उस तरफ वहाँ फूड काउंटर है। तो हम पहले वहाँ चलेंगे।"

इंद्रजीत कुछ बोल पाता इससे पहले वो उसे फूड काउंटर की तरफ लेकर गई। कुछ स्टॉल आगे की तरफ लगी हुई थी। वहाँ जाकर उसने एक स्टॉल वाले से कहा

"भैया दो आलू टिकिया बनाना।"

"हरी चटनी डालनी है क्या?"

उसने हर्षा से पूछा

"हम्म!"

हर्षा ने इंद्रजीत की तरफ देखा और फिर आलू टिकिया वाले से बोली

"आप ऐसा करो, एक तेज़ मसालेदार बनाना और दूसरी में तीखा कम रखना।"

"ठीक है।"

"हाँ।"

आलू टिकिया वाले ने कुछ ही देर में दो आलू टिकिया बना कर दे दी। हर्षा ने कम तीखी इंद्रजीत को दी और ज्यादा तीखी खुद खाने लगी। इंद्रजीत उसे ही देख रहा था तो हर्षा बोली

"देखो ऐसे धीरे धीरे खाओ।"

हर्षा ने उसकी प्लेट से एक चम्मच में थोड़ी आलू टिकिया ली और इंद्रजीत के मुँह के आगे की। इंद्रजीत ने भी ना जाने कैसे उस गास को खा लिया, हर्षा भी मुस्कुरा दी। वो अपनी आलू टिकिया खाने लगी। जब उसने देखा इंद्रजीत कुछ खा नहीं रहा तो वो बोली

"पहले थोड़ा खालो। थोड़ी एनर्जी मिलेगी। मुझे पता है तुमने शायद दोपहर में खाना भी नहीं खाया होगा और घर जाके खाने वाले होंगे ना! पर सच बता रही हूँ मेले में घूमना बहुत थकाने वाला है।"

"अच्छा! ऐसी बात है।"

"हाँ। ठीक है तो जल्दी तैयार हो जाओ। खाओ पीओ और फिर हम घूमेंगे।"

ये कह कर उसने अपने बालों को जुड़े में बांध लिया मानो किसी अभियान में जाने को तैयार हो रही हो। फिर उसने अपनी आलू टिकिया को भी इतनी जल्दी खत्म कर लिया कि इंद्रजीत उसे बस देखता रह गया।

"अरे तुम ने तो अभी आधी भी नहीं खायी।"

इंद्रजीत ने काफी समय बाद इस तरह आम लोगों की तरह कहीं स्टॉल से कुछ खाया था। उसके लिए ये काफी नया अनुभव था क्योंकि अब उसके चारों तरफ ना तो हाश्मी था, ना ही उसके लोग थे जो उसकी सुरक्षा करते, ना ही उसका परिवार उसके आसपास था। उसके परिवार के जाने से उसके दिल में खोखलापन आ गया था और वो कभी नहीं भर पाया या कहे उसका दिल कठोर हो गया था, जहाँ कोई भी कभी प्रवेश नहीं कर पाता था। हाश्मी बड़ी मुश्किल से उस दिल की ऊपरी परत तक

पहुँच पाया था मगर हर्षा उसके दिल में जमी बर्फ की हर परत को तोड़ने के लिए बेताब लग रही है। जब तक इंद्रजीत ने आलू टिकिया खत्म की उसने देखा हर्षा मीठी पपड़ी खा रही थी। इंद्रजीत को अपनी तरफ देखते देख हर्षा ने उसके मुँह में मीठी पपड़ी दी।

"इसे खालो अगर तुम मिर्ची लग रही होगी तो इससे ठीक हो जाएगी।"

इंद्रजीत को कुछ अजीब सा महसूस हुआ जिसे शायद पेट में तितलियाँ उड़ना कहते हैं। वो गाला साफ़ करते हुए बोला

"ठीक है। हम चलते है।"

"ठीक है।"

हर्षा ने आगे की ओर बढ़ते हुए फिर से उसका हाथ थाम लिया और पहले डोम में प्रवेश किया। जैसा कि उसे अंदाजा ही था, यहाँ सब बिल्डिंग, मॉडर्न किचन और अन्य चीजों की जगह थी।

"मुझे नहीं लगता कि मुझे घर की किसी चीज़ की जरूरत है? यहाँ पर सारा घर से जुड़ा सामान... मतलब ये इलेक्ट्रॉनिक्स का, रसोई का और जमीन का इन सब का सामान है। मुझे नहीं लगता तुम्हें इस सब चीज़ की जरूरत होगी?"

"हम्म!"

"अच्छा तो शिक्षा वगैरह उसकी जरूरत नहीं है ना?"

उस डोम में भीड़ भी कम थी। टीवी की भी एक बड़ी सी दुकान थी।

"अरे वाह! ये तो बड़ा अच्छा गाना है। कैसे करते हैं इस पर डांस?"

वहाँ बज रहा था

"बाला शैतान का साला"

हर्षा उस पर डांस करने लगी।

"कैसे करते हैं... मुझे अभी तक समझ नहीं आता... ये लोग कैसे कर लेते हैं... खैर..."

उसकी अजीब हरकतें देखकर इंद्रजीत अपना सिर मसलने लगा। उसे अभी से ही अहसास हो रहा है कि उसने शायद गलत फैसला कर दिया है हर्षा के साथ आने का। खैर अब क्योंकि वो फैसला कर चुका है इसलिए पीछे नहीं हट सकता।

"चलो!"

हर्षा थक जाने पर इधर उधर देखने लगी।

"तुम्हें कुछ चाहिए क्या?"

वहाँ एक फ़ोन की दुकान थी।

"वो..."

उसने चारों तरफ नजर उठाकर देखा।

"तुम्हें कोई फ़ोन चाहिए?"

इंद्रजीत ने धीमी आवाज में पूछा तो उसने कंधे उचकाते हुए कहा

"मेरे पास पहले से है। तुम्हें चिंता करने की जरूरत नहीं है... और तुम्हें पता नहीं है ये कितने महंगे लगाते हैं..."

उस डोम से बाहर आने के बाद हर्षा ने गहरी सांस ली और बोली

"अब हम अगले डोम में चलते यहाँ कपड़े की दुकान है।"

"ठीक है चलो!!!"

डोम की शुरुआत में ही चादरों और बिछौनों की दुकानें थी।

"इनमें मुझे दिलचस्पी नहीं है। थोड़ा आगे चले?"

आगे चलने पर दुपट्टे, साड़ी, महिलाओं के कुर्ते आदि की फिर आगे आदमियों के शर्ट और कपड़ों के थान की दुकानें थी। हर्षा, इंद्रजीत का हाथ थामें अजीब-अजीब सी आवाज़ें निकाल रही थी। मानो उसकी नज़र कुछ ढूंढ रही हो। वो एक दुकान के पास पहुंची। उस दुकान ने काफी बड़ा स्थान घेर रखा था और उसमें तरह-तरह की टी-शर्ट, पैंट, शर्ट, पजामे, जींस, स्नीकर आदि कपड़ों की भरमार थी।

"तुम क्या कर रही हो?"

"कुछ नहीं। मैं बस... मुझे एक-दो टॉपर लेने थे... तो मैंने सोचा यहीं से ले लूँगी... अगर बड़ी दुकानों से लूँगी तो थोड़ा महंगा पड़ता है ना... इसलिए मैंने सोचा यहाँ सस्ता पड़ेगा।"

ये कह कर उसने उसे दुकान में खींच लिया। उसके आसपास के लोग प्राकृतिक तौर पर ही उन से थोड़ा दूर हट गए। दुकान में काम करने वाला लड़का सामने आया और बोला

"बताओ बहन जी क्या दिखाऊ?"

"बहन जी?"

फिर धीरे से बुदबुदाई

"मैं बहन जी जैसी दिखती हूँ क्या ?"

फिर सिर झटकते हुए बोली

" चलो छोड़ो! मुझे ना कुर्ती और टी शर्ट दिखाओ।"

"कुर्ती तो हमारे पास नहीं है... टी शर्ट देख लो... वो देखो... वो लगे हुए हैं... उन के साथ में देख लो आप..."

"ठीक है।"

हर्षा टी-शर्ट देखने लगी

"ये नहीं... नहीं है... ये भी नहीं... ये भी नहीं... तुम्हें भी कुछ लेनी है?"

इंद्रजीत ने सिर्फ ना में हल्का सा सिर हिलाया। वो कभी भी ऐसी जगह से कुछ भी नहीं लेता या कहे उसे आदत ही नहीं रही। अब इतने दिनों में उसने पैसा भी बहुत कमाया था और वो बहुत ज्यादा शौकीन आदमी नहीं था इसलिए जो कुछ भी होता था वो हाश्मी उसके लिए सबसे बेहतरीन दुकानों से लेकर आता था। रेमंड, वेस्टलैंड जैसी दुकानों से मगर उसे इस तरह की दुकानों का कोई खास तजुर्बा नहीं था। हर्षा ने गहरी सांस ली और फिर दो-तीन टॉपर देखें

"ये मुझे ठीक लग रहा है।"

उसने इंद्रजीत की ओर पलट कर देखा। इंद्रजीत को समझ नहीं आया उसे क्या बोलना चाहिए मगर हर्षा उसके जवाब का इंतज़ार कर रही थी और धीरे धीरे उसकी भौहें चढ़ने लगी

"तुम ऐसे मदद नहीं कर रहे हो।"

"और क्या मदद करते है?"

"दोस्त क्या मदद करते हैं ये भी मुझे ही सिखाना पड़ेगा? सुनो, मेरा टॉपर चुनने में मेरी मदद करो! ये वाली बहुत ऊंची रहेंगी, ये वाली ऑफशोल्डर... अच्छा नहीं लगेगा, इसके ऊपर श्रग लेना पड़ेगा...."

हर्षा अपनी जीभ बाहर निकालते हुए बड़ी ही गहनता से सोच रही थी। उसकी ये अदाएं इंद्रजीत को रिझाने के लिए काफी थी। ये सच था कि वो इन सब अप्राकृतिक हरकतों के कारण ही हर्षा से आकर्षित हो रहा था। हालाँकि उसके मन में ये भी आया कि ये सामान्य नहीं है कि हर्षा अचानक ही उसके इतना करीब आ रही है। आखिर हर्षा ने कुछ और

टॉपर देखने के बाद कहा

"चलो ठीक है। ये तीन देखते है। ये ठीक है ना इंद्रजीत?"

"हम्म!"

"सच्ची!"

हर्षा इंद्रजीत की मामूली प्रतिक्रिया पर भी बहुत खुश थी। वो दुकानदार की तरफ मुड़ते हुए बोली

"हाँ भैया कितने लगाओगे।"

"पहले से ही लिखा है 100-100 का एक है। 300 लगेंगे।"

"300... देखो तो भैया मैंने फैंसी वाले नहीं लिए हैं नार्मल वाले ही है।"

"देखो 300 ही लगेंगे।"

"300 कैसे लगेंगे। मैं 250 ही दूंगी।"

"ऐसे क्या कह रही हो आप। 250 में तो कैसे होगा?"

"नहीं मैं 250 ही दूंगी।"

"अच्छा ठीक है 290 देना।"

"250 में दो।"

"अरे बहनजी क्या बात कर रही हो। चलो आप 280 देना। इस से कम में नहीं कर सकता हूँ। "

"270। मैं तो 270 ही दूंगी।"

हर्षा ने अपनी जेब से 270 निकाले और उसके सामने रख दिए। दुकानदार भी मुँह बाए हर्षा को देख रहा था। हर्षा ने थैली उठाई और उसने अपने तीनों टॉपर अच्छे से जांच-परख करने के बाद वो आगे बढ़ी।

"वहाँ देखो..."

इंद्रजीत भी काफी हैरान था। वो उसकी अभी की गई मोल-भाव वाली हरकत से उबरा भी नहीं था कि तभी वो उसे एक दूसरी दुकान में ले गयी जहाँ शर्ट मिल रही थी।

"जी, बताइए कैसी शर्ट दिखाएं आप के दोस्त के लिए।"

"अरे वाह आपको कैसे पता पता चला कि ये मेरे दोस्त हैं?"

वो बेचारा दुकानदार थोड़ा सकपका गया। उसने तो बस यूँ ही बोल दिया था।

"खैर मुझे इनके लिए अच्छी शर्ट दिखाइए। "

"रंग बताइए?"

हर्षा ने इंद्रजीत की ओर देखा। इंद्रजीत गोरा है मगर उसका रंग हल्का गेरुआ लगता हालांकि जब वो सफेद रौशनी के नीचे होता है तब तो ज्यादा गोरा लगता है।

"ऐसा रंग दिखाइए जो उसकी गोरी त्वचा को परावर्तित करे और उसे अभी से ज्यादा आकर्षित और सुंदर दिखाए। उसके बाल रात से काले हम्म?"

दुकानदार इस अवलोकन को सुन हैरान था। हर्षा ने आगे बोलना जारी रखा

"वो कभी कभी दाढ़ी-मूछ बढ़ाता है... तो कुछ ऐसा होना चाहिए जो उसके रोज़मर्रा के जीवन में पहनने में ज्यादा तड़कीला-भड़कीला भी ना लगे और भुझा हुआ भी ना लगे।"

दुकानदार बोला

"जी बिलकुल। मैं कुछ बेहतरीन लाता हूँ। "

इंद्रजीत हर्षा को आश्चर्यचकित होकर देख रहा था। हर्षा का अवलोकन बारीक था। उसे अच्छा लगा कि कोई उसकी इतनी बारीकी को जनता है। फिर भी उसने अपने भावों को छिपाया और फुसफुसाया

"देखो, मुझे जरूरत नहीं है। मेरे पास बहुत सारी चीजें...."

हर्षा ने मुँह बनाते हुए कहा

"तुम से पूछा? यहाँ चुपचाप खड़े रहो।"

इंद्रजीत ने दूसरी बार बोलने की जहमत नहीं उठाई क्योंकि उसे पता है हर्षा फिर कुछ उलटी-सीधी हरकत करने लगेगी और वो बेबस सा ये सोचता रहेगा कि उसे क्या करना चाहिए। वो चुपचाप उसे देखने लगा। दुकानदार बहुत सुंदर सुंदर शर्ट के लेकर आया। हर्षा ने शर्ट के कपड़े को अपनी उँगलियों के बीच में लिया और मसलकर देखा। जब उसे संतुष्टि हो गई कि कपड़ा अच्छा है तो वो दुकानदार से बोली

"मुझे नीले और क्रीम रंग में दिखाइए। "

"कोई प्रिंट वाली दिखाऊं?"

"नहीं बस प्लेन दिखाइएगा या बहुत छोटा प्रिंट हो वो दिखाइए। "

जब दुकानदार ने कुछ अच्छी गुणवत्ता वाली शर्ट उसके सामने रखी तो उसने कहा

"अच्छे हैं... अच्छा कितने की लगाओगे!"

"400।"

"400? ठीक है। मुझे ये वाली दीजिए। "

उसने मैरून शर्ट ली और वहाँ लगे बड़े से आईने की तरफ इंद्रजीत को खड़ा किया। पहले उसने पीछे से उसके कंधे नापे फिर सामने की तरफ लगते हुए उससे पूछा

"ये कैसी लग रही है? तुम पर जँच रही है क्या?"

इंद्रजीत ने इशारा करते हुए बताया कि उसे नहीं पता। सच में उसने आज तक अपने पहनावे की कभी फिक्र नहीं की थी। उसने दुकानदार से पूछा

"ये अच्छी लग रही है! और कोई?"

दुकानदार ने और रंग दिखाए।

हर्षा भी बहुत देर तक अलग-अलग शर्ट देखती रही जो इंद्रजीत पर अच्छी लग सकती थी।

"ये वाली दिखाइए, ये चेक्स वाली नहीं, वो हाँ... अरे वो छोटा प्रिंट, नहीं... ये रंग से नहीं ज़म रही... वो बताइये... बीचवाली... जो पीछे टांग रखी है हाँ वो ही।"

आख़िरकार उसके एक हल्की सुनहरी आभा वाली मैरून शर्ट चुनी

"इंद्रजीत ज़रा सा झुकना। ये तुम पर कैसी लगती है देखूं तो!"

इंद्रजीत कुछ सोच पता इससे पहले ही उसके शरीर ने प्रतिक्रिया दी और वो हल्का सा झुक गया। इस प्रतिकिया ने हर्षा को खुश और इंद्रजीत को हैरान किया। वो आजतक किसी के आगे नहीं झुका, वो किसी का कहा नहीं मानता, पर जैसे हर्षा ने उसके शरीर पर किसी तरह का जादू किया हो जिससे वो उसकी बात मान रहा हो।

"फिर भी लगता है कि मैरून वाली ही अच्छी लगती है... मैरून में और डिजाइन दिखाई है कोई... छोटा प्रिंट हो या कुछ..."

दुकानदार ने प्रिंट वगैरह दिखाए मगर हर्षा को बाकी सब पसंद नहीं आया है

"ये अच्छे से पैक कर दीजिए। और ये लो 350 रुपए!"

"400 की बात हुई थी ना।"

इंद्रजीत ने हैरान हो कर हर्षा को देखा। उसने सुना था दुकानदार ने 400 बोला था और प्राइसटैग तो 450 का लगा हुआ है।

"नहीं... नहीं... क्या बात कर रहे हो... मैंने तो 400 बोला था!"

"आपने 350 बोला था।"

दुकानदार भी सकपका गया

"नहीं, नहीं 400 बोला था।"

"अभी आपने बोला 350।"

"अरे नहीं बहनजी क्या बात कर रहे हैं... देखिए इस के ऊपर कीमत 450 लिखी हुई है।"

"पहले आप 400 का लगा रहे थे..."

"इतना तो नुकसान मत करो...."

"कितना नुकसान होगा आपको?"

दुकानदार ने ये सुना तो वो सकपका के बोला

"जी... देखिये... 350 में तो हम लेकर आते है 50- 60 का मार्जिन हमें लगता है... बस इतना ही तो ले पाते हम..."

"अच्छा ठीक है।"

हर्षा ने उससे ज्यादा बहस नहीं की उसको 400 दिए और शर्ट लेकर चल दी। इंद्रजीत उसे देखते हुए बोला

"तुम ने पहले की तरह यहाँ मोलभाव क्यों नहीं किया। जब तुम ने टॉपर लिए थे... तब वो तीन थे और तुम ने उसके बदले पैसे कम कराए थे फिर यहाँ क्यों नहीं कराए? जब कि यहाँ तो एक ही शर्ट थी?"

"क्या है ना इंद्रजीत... ये मैंने तुम्हारे लिए ली है। मैं मेरे लिए कुछ भी लूँ उसमें मैं अपने हिसाब से उसकी गुणवत्ता कम ज्यादा कर सकती हूँ, कितना लेना है कितना देना है ये अपने हिसाब से तय कर सकते हूँ मगर तुम्हारे लिए मैं गुणवत्ता में कमी बिल्कुल नहीं कर सकती... इस शर्ट का कपड़ा... तुमने देखा कितना अच्छा कपड़ा है... और तुम्हारे लिए तो सब चीज़ अच्छी होनी चाहिए ना..."

उसने इंद्रजीत की ओर एक मासूम मुस्कान के साथ देखा है। मगर उसे नहीं पता था, उसकी बात सुन कर इंद्रजीत रुक सा गया था। ऐसा लग रहा था जैसे किसी ने उसके दिल पर वाइब्रेटर रख दिया और वह ज़ोरज़ोर से आवाज कर रहा है। उसने अपने सीने को रगड़ा और आगे की ओर बढ़ा। आगे कुछ दुकानें जुराबें, रुमाल और छोटे कपड़ों की थी। जैसे पोछने वाले कपड़े या कुशन कवर आदि फिर आगे कुछ दुकानें छोटे बच्चों के कपड़ों की थी जिनमें उन्हें दिलचस्पी नहीं थी। फिर आगे वो लोग तीसरे डोम में पहुंचे।

"मुझे लगता है तीसरे डोम में घुसने से पहले जूस पी लेना चाहिए..."

"मगर..."

इंद्रजीत कुछ बोल पाता इससे पहले उसने उसका हाथ पकड़ा और वहीं पास की बीच में लगी हुई एक स्टॉल के पास गई।

"दो लीची जूस!"

उसने एक खुद लिया और दूसरा इंद्रजीत को दिया

"लीची वाला ही पीना चाहिए... बहुत अच्छा लगता है। तुम अगर पॉपकॉर्न वगैरह कुछ खाना चाहो तो बता देना!"

"वैसे... तुम इतना खर्चा क्यों कर रही हो और जहाँ तक मुझे पता है... मैं अपना खर्चा कर सकता हूँ..."

"मेरे ख्याल से हम ने बस में बैठने के बाद इस बारे में बात की थी।"

"हमने की थी?"

"लो तुम भूल भी गए। "

दरसअल जब इंद्रजीत फ़ोन पर हाश्मी से बात कर रहा था। उस दौरान ही हर्षा ने उससे कह दिया था कि वो जहाँ जा रहे है, वहाँ पर सब खर्चा वो करेगी और इंद्रजीत को बस उसके साथ चलना है। मैसेज करने के दौरान इंद्रजीत ने इस बात पर ध्यान नहीं दिया और हामी भर दी।

"कुछ तो बोल रही थी...."

"चलो।"

वो तीसरे डोम में घुसे। वहाँ घुसते ही घर के सजावटी सामान की एक बड़ी सी होम-डेकोर की दुकान थी। वहाँ तरह-तरह की सजावटी चीजें थीं जो आँखों को लुभावनी तो लग ही रही थीं साथ ही यहाँ हर आने-जाने

वाले व्यक्ति को आकर्षित कर रही थी।

तभी उसने देखा कि दुकान पर एक व्यक्ति कुछ बहस कर रहा है। वो दरअसल होमडेकोर की दुकान के ठीक पास वाली एक दूसरी दुकान थी जिस पर काफी कीमती सजावटी चीजें रखी हुई थी। वो आदमी बहस करने में लगा हुआ था कि उसने जो सामान लिया है उसके दाम काफी कम है और दुकानदार ज्यादा लगा रहा आसपास कुछ लोग भी जमा हुए थे। इंद्रजीत तो आगे बढ़ता रहा मगर उसे थोड़ी देर में अहसास हुआ हर्षा उसके पास नहीं है। हर्षा वहाँ खड़ी थीं मगर वो उस ओर देख रही थी जहाँ लड़ाई हो रही थी। उसकी नजर एक-दूसरे आदमी पर थी जो दुकानदार की नजरों से बचाकर वहाँ से कीमती सामान चुराने वाला था। वो आदमी सामान उठाकर निकलने वाला था कि हर्षा एक दम से तेज आवाज में बोलीं

"अरे अंकल!"

दुकानदार उसकी ओर देखने लगे और साथ ही आसपास के लोग भी

"आपने इनसे पैसे ले लिए हैं?"

वो आदमी एक दम से हड़बड़ा गया और हर्षा की ओर देखा।

"कैसे पैसे?"

हर्षा ने उसके हाथ की ओर इशारा कर कहा

"इनके पास अभी एक सामान था। मुझे लगा अपने पैसे ले लिए मगर आप लोग व्यस्त लग रहा है। इन्होंने पैसे रखे हैं?"

"देखो ज़रा..."

उस दुकानदार ने इधर-उधर देखा तो पैसे नहीं थे। जिस आदमी ने वो सामान चुराया था वो हर्षा को घूर कर देखने लगा। इतने में दुकानदार ने उसके हाथ से सामान छीन कर वापस रखा और उसको पकड़कर मारने के लिए बढ़ा। उसने हर्षा को घूर कर देखा और उसको आंख दिखाकर बोला

"तुम्हें देख लूँगा!"

हर्षा ने मुस्कुरा कर उसकी ओर देखा। तब तक दुकानदार दुकान से बाहर आ गया था और उसने उस आदमी को पकड़ने की कोशिश की मगर वो सरपट दौड़ गया। इंद्रजीत ने हर्षा को अजीब नज़रों से देखा फिर

वो लोग आगे बढ़ गए। वहाँ गहनों की, अंगूठियों की, लॉकेट की, घड़ियों की और भी बहुत सी दुकानें थे। इंद्रजीत के पास तब हाश्मी का फ़ोन आया जो उसे किसी काम के लिए बात करना चाहता था। इंद्रजीत हर्षा से थोड़ा दूर जाकर खड़ा हुआ। एक जगह पर थोड़ी खाली जगह थी। वहाँ खड़ा हो कर वो हाश्मी से बात करने लगा।

हर्षा कुछ झुमके और हार वगैरह देखने लगी, उनके दाम पूछ कर आगे बढ़ जाती है फिर उसने एक श्रृंगार के सामान वाली दुकान के पास जाकर दो तीन रबर बैंड खरीदे। इंद्रजीत की उड़ती हुई नजर उसके पर्स पर गई। जहाँ उसने देखा कि हर्षा के पास बहुत ज्यादा पैसे नहीं है। शायद इस वजह से वो उन से बहस कर रही थी। खैर हर्षा ने इंद्रजीत की ओर देखा तो उसने तुरंत नज़र फेर ली। इससे पहले कि इंद्रजीत को कुछ दिखाई दें हर्षा ने जल्दी से अपना पर्स उठा के अंदर रखा। फिर इंद्रजीत के पास आई। तब तक हाश्मी का फ़ोन भी खत्म हो गया था इसलिए इंद्रजीत और हर्षा वहाँ से आगे बढ़ें। हर्षा एक दुकान के पास ठिठक गई। यह एक सोने, चांदी और रत्नों की दुकान थी। वहाँ उसकी नजर एक लॉकेट पर अटक गई। दरअसल ये लॉकेट खास पद्धति से तैयार किया गया था। वैज्ञानिकों ने एक विशेष तरह उपकरण बनाया था जिसके जरिये कुछ रत्नों को पिघलाकर उनको मनचाहे आकार में बदला जा सकता है। हर्षा वैसे ही एक लॉकेट को देख रही थी जो बेहद खूबसूरत-सा था। ये हर्षा को कुछ याद दिला रहा था। 10 वर्षीया हर्षा ने ऐसे ही एक लॉकेट को देखकर उसे खरीदने की जिद की थी जिसे उसके माता पिता अगली बार पूरी करने का वादा करते हैं पर.... हर्षा पहले तो दो कदम आगे बढ़ी मगर फिर उसने कुछ सोचकर पीछे मुड़ कर उस लॉकेट के दाम पूछे

" ₹4350"

हर्षा ने कुछ देर उस लॉकेट की ओर देखा और फिर ना में सिर हिलाकर आगे बढ़ गयी। इंद्रजीत ने भी उस लॉकेट की ओर देखा और कुछ सोचने लगा। पास में ही स्टेशनरी और खिलौनों के भी दुकानें थीं, जहाँ पर बच्चों की बहुत भीड़ हो रही थी। हर्षा ने देखा कि इंद्रजीत वहाँ से कुछ ले रहा है। शायद उसे किसी के लिए कुछ जरूरत हो। फिर हर्षा को

याद आया कि असल में वो इंद्रजीत के बारे में अभी कुछ भी नहीं जानती है। क्या पता उसकी कोई और प्रेमिका हो? यह सोचकर उसका दिल थोड़ा धक से रह गया। उसने जल्दी से इन ख्यालों को अपने मन से निकाला और खुद को समझाया

"अगर ऐसा कुछ होता तो उसकी आंखें इतनी रहस्यों से भरी और खाली नजर नहीं आती..."

वो खिलौने की दुकान में गई और उसने वहाँ से कुछ चीज़े देखी। अगली दुकान से उसने कुछ पैन वगैरह खरीदे जो उसके काम के थे। हर्षा को इंद्रजीत की आवाज़ सुनाई दी

"मुझे लगता है कि तुम यहाँ खरीदारी करने आई हो।"

इंद्रजीत जेब में हाथ डाले वहाँ पर आया

"ऐसा नहीं है... पर मैंने सोचा जब यहाँ आयी हूँ तो खरीददारी कर ही लेती हूँ। चलो अब मैं तुम्हें मजेदार चीज़ बताती हूँ?"

"ठीक है... ठीक है... बताओ..."

इंद्रजीत, हर्षा को देखकर काफी शांति महसूस कर रहा था। उसे ऐसा लग रहा था कि हर्षा की खुशियां, उसका खुशमिजाज अंदाज, उसका बेपरवाह रहना एक तरह से संक्रामक है। उसे याद नहीं कि उसने हाश्मी का फ़ोन आने से पहले एक बार भी अपने काम के बारे में या अपने आसपास के बारे में सोचा था। हो सकता है उसका कोई दुश्मन उसका पीछा कर रहा हो और उसके इस तरह से लापरवाह हो जाने का फायदा उठाकर उसे नुक्सान पहुंचाए ये लापरवाही उसे अच्छी लगी। कम से कम तब जब उसकी अभी वर्तमान में तीव्र इच्छा हर चीज़ को सटीक जगह से रखने की और सब चीज़ो को संतुलित रखने की होती है। उसे ये सब बहुत पसंद आ रहा था। वो चीनी मिट्टी के बर्तनों और फिर बहुत-सी चीजों को उसे दिखा रही थी।

"देखो ये लेते है.... ना... पता है ये दिखने में ही अच्छे लगते है। या सजावटी घरों में अच्छे लगते है। आम घरों में टूट जाते है... पता है कितनी बुरी हालत होती हैं उनकी... देखो ये जो टी-पॉट वगैरह है ना... छोटे-छोटे खेलने में बहुत मज़ा आता है। मैंने भी बचपन में बहुत खेला है इनसे। मेरे पास एक भूरे रंग का और एक नीले रंग का था.... बहुत प्यारे

थे और... कभी मैं तुम्हे दिखाउंगी... ठीक है और ये देखो... तुम को कॉफी पीना पसंद है....? "

उसे चीनी मिट्टी के बर्तनों की दुकानों से होते हुए, दूसरी ओर ले जाने लगी, जहाँ सोफे, अलमारियां,घड़ियाँ और भी फर्नीचर आदि रखे हुए थे। टेबल-कुर्सियां भी थी। हर्षा ने उसको चुप रहने का इशारा किया और दुकानदार की नजरों से बचते हुए सोफे के पास ले जाकर उससे कहा

"यहाँ बैठ जाओ दो मिनिट... ठीक है..."

"क्यों?"

"तुम्हारे पैरों में दर्द नहीं... कितना लंबा डोम था... और हम लगातार चल रहे थे। अब ये मत कहना कि तुम्हें ज़रा- सी भी थकान महसूस नहीं हो रही है... और मुझे पता है तुम्हारे चेहरे पर दिख रहा है..."

इंद्रजीत ने हैरान होकर हर्षा को देखा। उसके चेहरे पर थकान दिख रही है? जिसके चेहरे पर किसी को कुछ नजर नहीं आता, हर्षा को थकान नजर आ रही है। वैसे ये झूठ नहीं था। वो वाकई में थोड़ी थकान महसूस कर रहा था मगर उसे समझ नहीं आया तो हर्षा को ये कैसे पता चला। उसने गाला साफ़ करते हुए पूछा

"यहाँ ऐसे बैठेंगे तो ये ख़राब नहीं हो जाएंगे?"

"ओए कौन हो तुम?"

एक आदमी की चिड़चिड़ी आवाज आई। आवाज सुनकर इंद्रजीत पीछे मुड़ने वाला था कि हर्षा ने उसके हाथ पर हाथ रखा और बोली

"पीछे मत मुड़ना... गहरी सांस ले लो... ठीक है... एक... दो..."

इंद्रजीत को कुछ समझ नहीं आया मगर उसने वैसा ही किया जैसा हर्षा ने कहा

"ठीक है। अब जब मैं कहूँ तब...."

वो आदमी अपने एक और सहयोगी को लेकर वहाँ तक आया। शायद ये उसकी दुकान थी और आमतौर पर ऐसे मेलों में बहुत से लोग ऐसे होते हैं जो फर्नीचर पर बैठ बैठ के उसका स्वरूप बिगाड़ देते हैं फिर खरीदार उन्हें खरीदते ही नहीं है। इस वजह से कोई उन्हें मेलों में इस तरह से बैठने नहीं देता। जैसे वो करीब आते महसूस हुए हर्षा ने इंद्रजीत का हाथ पकड़ा और बोली

"तीन.... भागो!"

इंद्रजीत जो अभी तक समझ नहीं पाया था कि उसे क्या करना चाहिए और सदमे में था, हर्षा ने उसके हाथ पकड़ा और खींचकर वहाँ से ले गई।

"लड़की!!!!"

एक गुस्सैल आवाज पीछे से आई पर वो रुके नहीं। वो लोग चीनी मिट्टी के बर्तनों की कतार के बीच में भाग रहे थे। इंद्रजीत हैरान था कि डगमगाते कदमों से भागने के बावजूद हर्षा इतना बेहतर कैसे भाग रही है।

"वैसे...."

अभी पहली बार उसने हर्षा को एक लड़की की तरह से देखा जिसने उसका हाथ थमा हुआ है। जब उसकी नज़र हर्षा के शरीर पर पड़ी तो उसके दिमाग में मानो कुछ ख्याल आया। क्या हो अगर वो एक बार उसे अपनी बाहों में भर ले और उसको महसूस करे मगर उसने जल्दी ही अपने आपको संयमित किया तो पाया वो दोनों फूड कोर्ट के सामने खड़े थे। हर्षा ने गहरी सांस ली और पानी की बोतल निकाल कर थोड़ा पानी खुद पीया और फिर इंद्रजीत को भी देते हुए बोली

"अच्छा पानी है पीलो, पीलो मटके का है।"

इंद्रजीत को इस बात से कोई खास फर्क नहीं पड़ता था कि पानी फिल्टर है, ऑफिस का है, मटके का है या नल का है मगर सही बात तो ये थी कि अभी उसके रहन-सहन का ढंग, जीवन स्तर पहले से बहुत अलग हो गया था तो वो थोड़ा बहुत अमीर लोगों की तरह जीने का आदी हो गया था। वैसे हकीकत में वो वाकई अमीर था। उसकी रईसी का अंदाज़ा इसी बात से ही लगाया जा सकता है कि उसका एक बंगला है शहर में है तो चार बंगले शहर से बाहर और उसके अलावा भी बहुत चल अचल संपत्ति है जो उसके कारोबार से बिल्कुल अलग है। हर्षा ने गहरी सांस ली और फिर फूड कोर्ट के मैन्यू पर नजर दौड़ाते हुए टोकन काउंटर के पास पहुंची।

"तो तुम क्या खाओगे?"

हर्षा अपने आप से बात करने लगी।

"देखो छोले टिक्की तो खा लिए थे... तो वो तो खाऊंगी नहीं.... तो फिर छोले भटूरे... पिज़्ज़ा वो तो फ़ास्ट फ़ूड की कैटगरी में आ गए तो वो भी नहीं.... पावभाजी देखते है.... भेल को... कौन खाता है.... फिर गोलगप्पे खाओ... गोभी के पकौड़े या फिर डोसा इडली... मुझे नहीं लगता इडली सांभर अच्छा होगा तो...."

वो इंद्रजीत की और मुड़ी जो उसी की ओर देख रहा था।

"क्या??"

उसने अपने चश्मे को ठीक किया और फिर दोबारा से सारे दाम पढ़े। कोई भी प्लेट 60 से कम की नहीं थी। हर्षा ने धीरे से अपनी गर्दन झुकाई और इंद्रजीत की ओर देखते हुए पूछा

"तुम क्या खाओगे?"

इंद्रजीत ने दाम को अनदेखा कर कंधे उचकाकर इशारा किया कि उसे कोई फर्क नहीं पड़ता कि वो लोग क्या खाएँगे। क्या उसे बुरा लग रहा है कि हर्षा सारा खर्चा कर रही है? ना बिलकुल नहीं। वो बराबरी में विश्वास रखता है। जब वो डेट पर हैं तो वो खर्चा क्यों करे!

'जरा रुको! डेट!!!!'

इंद्रजीत के दिमाग में एक बिजली सी कौंधी।

'नहीं नहीं मुझे ऐसा नहीं सोचना चाहिए।'

हर्षा की आवाज से उसका आत्ममंथन खत्म हुआ।

"ठीक है तो हम पहले गोलगप्पे खाएँगे।"

यह सुन कर इंद्रजीत के चेहरे पर अजीब भाव थे। उसे याद था कि जब भी उसकी मम्मी और बहन गोलगप्पे खाने जाते थे वो भी जिदद्कर उनके साथ ही जाता था। हर बार गोलगप्पे खाने के बाद वो मीठी पतासी जल्दी खाकर, अपनी बहन से भी उसकी मीठी पतासी छीनकर भाग जाता था। ये उसके कुछ खूबसूरत लम्हों का हिस्सा था मगर उन्हें याद करते ही उसे अपने परिवार की मौत का याद आ जाता था। हर्षा जिसे कुछ अलग महसूस हुआ था। उसने इंद्रजीत की ओर देखा और फिर टोकन काउंटर की ओर मुड़ते हुए वहां बैठे व्यक्ति से बोली

"2 पावभाजी।"

"ठीक है।"

"और हम किस तरफ बैठें?"

"पांवभाजी वाले स्टॉल के पीछे की तरफ जो जगह है, वहाँ बैठ जाओ और ये पावभाजी वाले काउंटर पर दे दो।"

हर्षा ने अपने पर्स से पैसे निकाले और दुकानदार को देते हुए पूछा

"अच्छा और अगर हमें और प्लेट लेनी होगी तो क्या फिर से काउंटर पर आना पड़ेगा या फिर अगर मुझे एक्स्ट्रा पाव लेना हुआ तो?"

"तो आप डायरेक्ट वहीं पर बोल देना वो लोग वहीं से दे देंगे।"

"ठीक है।"

हर्षा ने इंद्रजीत का हाथ पकड़ा और फिर उसे लेकर पावभाजी की स्टॉल के पीछे जाकर एक एकान्त कुर्सी पर बैठाया। फिर उसने टेबल उठाकर अपने और इंद्रजीत के सामने रखी। इंद्रजीत अभी भी ख्यालों में खोया हुआ था। उसे पता ही नहीं चल रहा था कि हर्षा उसे कहाँ लेकर आ गयी है। उसने टोकन दिया तो पाव भाजी बनाने वाला बोला

"15 मिनट इंतज़ार कीजिए। अभी लाइन लगी हुई है। वो देखिए अभी एक परिवार आया हुआ पहले उनकी पावभाजी तैयार होगी।"

"ठीक है, कोई प्रॉब्लम नहीं है। आप जब तैयार हो जाए तो वहां पीछे वाली सीट पर भिजवा दीजिएगा।"

"हाँ हाँ कोई दिक्कत नहीं है।"

"जी शुक्रिया।"

हर्षा फिर कुर्सी लेकर इंद्रजीत के पास जाकर बैठ गयीं। इंद्रजीत अभी गहरी सोच में लग रहा था और उसका चेहरा फिर से भावहीन हो गया था। मानो वो फिर से अपने सुरक्षा कवच के पीछे जाकर छुप गया हो। हर्षा ने देखा उसकी मुट्ठी तनाव से कसी जा रही है। इतनी कि उसकी चमड़ी सफ़ेद पड़ने लगी है। हर्षा को बहुत अफ़सोस हुआ शायद उसने गोलगप्पों के जरिए इंद्रजीत की कोई ऐसी याद ताज़ा कर दी जो उसे तकलीफ देती है। हर्षा ने उसके हाथ पर धीरे से अपना हाथ रखा। इंद्रजीत को जब एक कोमल हाथ का स्पर्श महसूस हुआ तो उसने हर्षा की ओर देखा। हर्षा उसकी ओर बड़े ही अलग भावों से देख रही थी। जब हर्षा को महसूस हुआ कि इंद्रजीत ने अपनी मुट्ठी कसना कम कर दिया है तो उसने अपने हाथ से उसके हाथ पकड़ मजबूत करनी शुरू की। इस दौरान उसने इंद्रजीत से

नज़रें मिलाए रखी। इंद्रजीत धीरे-धीरे तनाव रहित होने लगा और उसकी मुट्ठी जो पहले भिंची हुई थी वो भी ढीली हो गयी। हर्षा का स्पर्श एक जादू की तरह था।

“तुम माफी नहीं मांग रही हो?”

उसने भारी आवाज़ में हर्षा से पूछा। मानो जानना चाह रहा हो आखिर उसने बिना कुछ कहे ही उसके उत्तेजित मन को कैसे शांत किया जबकि उसने कोई माफ़ी भी नहीं मांगी। हर्षा की आँखों में कुछ बदला और फिर वो पलकें झपकते हुए गंभीरता से बोली

“मुझे लगता है कि तुम्हें अपने बारे में मुझे कुछ बताना चाहिए ताकि मुझे पता चल सकें कौन कौन सी चीज़ें है जो तुम्हें, तुम्हारी बीती यादों में ले जाकर तुम्हें आहात करती।”

ये सुनकर इंद्रजीत ने हैरान होकर हर्षा की तरफ देखा

"तुम्हें कैसे पता कि मुझे किसी बीती याद की वजह से बुरा लगा था?"

उसने एक बार फिर हर्षा के सामने अपने भाव प्रकट किए। वो मुस्कुराई, मगर ये मुस्कान खोखली थी। वो बोली

"कभी कभी जो जख्म शरीर पर होते हैं वो इतने नहीं दुःखते जितना यादें तकलीफ देती और यादें वैसी ही जख्म होती है जो बिन कहे कहीं भी दस्तक दे देती है। खैर हम कुछ बात कर रहे थे। मैं समझ गई तुम्हें कौन सी बात से बुरा लगा था। मैं कोशिश करूँगी आज के बाद, उस बात का जिक्र कभी ना करूँ।"

इंद्रजीत ने गहरी सांस ली और बोला

“मुझे लगता है मुझे अपने बारे में वाकई तुम्हें कुछ बताना चाहिए। ”

“नहीं!”

“तुम नहीं जानना है कि मेरी वास्तविक पहचान क्या है?"

उसे लगा हर्षा कहीं ना कहीं सच्चाई से डर रही है मगर बात कुछ और ही थी। हर्षा बोली

“बिल्कुल मैं जानना चाहती हूँ और मैं ये जानना चाहती हूँ कि तुम ये सब मुझे कब बताओगे मगर अभी नहीं! अभी हम यहाँ मज़े करने आये में सारी गंभीर बातें याद दिला कर तुम्हें परेशान नहीं करना चाहती। वैसे ही माहौल अच्छा है चलो इसे बिगाड़ते नहीं है। ठीक है।”

हर्षा ने एक बार फिर से उसके हाथों को अपने हाथ में लिया और बोली "अगर कभी भी तुम्हें ऐसा लगे कि कोई चाहिए जो तुम्हारी बात को बिना कोई निर्णय सुनाए या नतीजे पर पहुंचे तुम्हारी बात सुने और तुम्हारे साथ रहे तो तुम मेरे पास आ सकते हो... मुझे बुला सकते हो... मैं तुम्हारे पास आ जाउंगी मैं तुम्हारी वो दोस्त हूँ जो तुम्हारे हर भाव को समझेगी और कोई निर्णय नहीं देगी।"

इंद्रजीत ये बात सुन कर काफी हैरान था। उससे ऐसी बातें किसी ने नहीं कही थी, हाश्मी ने भी नहीं। हाश्मी उस पर भरोसा करता हैं मगर हाश्मी ने उसे कभी शाब्दिक सांत्वना नहीं दी। उसके क्रियाकलाप उसके भाव दर्शाते हैं। उसे उसके शब्द याद आए

"हमें कभी-कभी कोई ऐसा शख्स चाहिए होता है जो धीरे-धीरे हमें ऐसे सांत्वना भरे मीठे शब्द बोले और हमारे दिल को सुकून दे।"

इस वक्त इंद्रजीत को ऐसा ही महसूस हो रहा था। हर्षा ने अपना हाथ उसके हाथ से हटा लिया। उनकी दो पावभाजी की प्लेट आ गई थी। इंद्रजीत अभी भी हर्षा को देख रहा था। हर्षा ऐसी इंसान थी जिसे खाने के सामने उसे कुछ और दिखाई नहीं देता। फिर चाहे उसके पैरों में घूम रही बिल्ली क्यों ना हो। इंद्रजीत को समझ नहीं आ रहा था कि ये लड़की आखिर ऐसा क्यों कर रही है। ज़ाहिर तौर पर वो जानना चाहती है कि वो कौन है। उसे याद है उसकी दोस्त महिमा या माही जो भी उसका नाम था ने उसके बारे में जो कुछ कहा था हर्षा ने बिना कुछ जाने समझे, बिना उससे इस बारे में कुछ भी बात पूछे इंद्रजीत पर अपना अटूट विश्वास दिखाया था। ऐसा कौन करता है आजकल? आखिर ऐसा क्या है जो उसे हर्षा की तरफ आकर्षित करता है। तभी उसके दिमाग में एक संभावना आई

'कहीं ऐसा तो नहीं वो मेरे बारे में सब कुछ जानती हो, नहीं! नहीं!! अगर ऐसा होता तो उसे और भी बातें पता होती कि मेरे पसंद नापसंद क्या है। मगर जिस तरह से थोड़े देर पहले उसने व्यवहार किया उससे तो यही लगता है उसे कुछ पता नहीं है।'

खैर ये और लड़कियों की तरह भी नहीं है। उसने अपने आपको संयमित किया और जैसे ही खाने के लिए हाथ बढ़ाया वैसे से ही एक हाथ

तेज़ी से आया और उसकी भाजी में रखे मक्खन को ले उड़ा। इंद्रजीत ने गहरी सांस लेकर हर्षा की तरफ देखा जो वही गास उसे चिढ़ा-चिढ़ाकर खा रही थी और फिर मुँह बनाते हुए बोली

"अगर तुम सतर्क नहीं रहोगे तो तुम्हारा खाना चिड़िया ले उड़ेगी। और वैसे भी मक्खन पिघल रहा था। मेरे उसे खा लेने से फायदा ही हुआ ना!"

इंद्रजीत के उसे खा जाने वाली निगाहो से घूरने पर वो खिलखिलाकर हंस पड़ी। ये देख इंद्रजीत की आँखों में एक नरमाई आ गई। हर्षा की हंसी किसी मधुर संगीत जैसी लग रही थी। फिर अचानक खुद को मन ही मन डांटा

'आखिर मैं भी क्या सोचने लगा हूँ। मुझे इन सब बातों को अपने दिमाग से निकालना होगा।'

पावभाजी खा लेने के बाद वो लोग झूलों की तरफ आये। इंद्रजीत ने देखा कि हर्षा के इरादे कुछ नेक नहीं लग रहें हैं तो वो बोला

"मुझे ऐसा क्यों लग रहा है कि तुम कप-प्लेट या जॉइंट व्हील पर चढ़ने की सोच रही हो? क्या ऐसा कुछ है?"

"हाँ बिलकुल मगर सिर्फ वही नहीं और भी बहुत कुछ। चलोगे ना?"

"नहीं! अभी हम ने खाया है।"

"नहीं? तुम्हें उल्टी आती है?"

हर्षा ने उसे छेड़ते हुए पूछा। इंद्रजीत को तो यकीन ही नहीं हो रहा है कि उसकी जिंदगी में कोई उसे छेड़ भी सकता है। हाँ उसके छोटे भाई उसे छेड़ा करते थे मगर ये बात बहुत पुरानी हो चुकी है। इसलिए उसे याद ही नहीं 15 साल में किसी ने उसके साथ ऐसा मजाक करने की कोशिश भी की होगी। यहाँ तक कि हाश्मी भी जब उससे गलती से कोई ऐसा मजाक कर देता है तो तुरंत माफी मांग लेता है।

"क्यों?"

हर्षा ने उसे हल्के से ऊंगली मारते हुए पूछा

"उल्टी आती है ना?"

उसके चेहरे की मुस्कान धीरे-धीरे बड़ी हो रही थी। इंद्रजीत ने मुँह बनाया और बोला

"चलते है!"

हर्षा खुश होते हुए बोली

"चलो"

और अपनी ऐनक ठीक की। तब जाकर कहीं इंद्रजीत ने देखा उसकी ऐनक का आकार जरुरत से ज्यादा बड़ा है। वो दोनों काउंटर के पास पहुंचे, वहां एक तरफ सामान रखने की भी जगह थी। अभी तक जो भी खरीददारी हर्षा ने की थी उसने एक भी चीज़ इंद्रजीत को नहीं पकड़ने दी थी। भले ही कायदे से वो ऐसा करना चाहता था। वहाँ एक काउंटर था जहाँ से वो लोग झूलों के लिए टिकट लेते। हर्षा टिकट लेने वाली थी तभी उसकी नजर शूटबैलून खेल पर गयी।

"अरे वाह!"

हर्षा ने तुरंत सारा सामान अपने बैग से निकाले थैले में ठूंस दिया जो वो हमेशा अपने साथ रखती है। उसने इंद्रजीत को एक भी बार कुछ भी पकड़ने नहीं दिया था। इंद्रजीत को अब गर्मी लग रही थी, उसने कोट पहना हुआ था। उसने अपना कोट निकाल कर अपने हाथ में ले लिया।

"चलो हम ये खेलेंगे।"

इंद्रजीत के पास मानने के अलावा कोई और चारा ही नहीं था। वो भी हर्षा के साथ दुकान पर पहुँच गया। हर्षा ने दुकानदार से पूछा

"कैसे खेलना है?"

दुकानदार के समझाने पर वो बोली

"मैं पहले करुँगी।"

और फिर उसने अपने हाथ का सामान इंद्रजीत को पकड़ा दिया। दुकानदार ने उसे बंदूक पकड़ा दी तो हर्षा ने पहले राउंड के पैसे दिए और फिर शूट बैलून पर बड़ी मुश्किल से संभलते हुए गोलियां चलाने लगी। दरअसल वो रबड़ की गोलियां थी जो गुब्बारों पर लगती है और गुब्बारे फूट जाते। जो 10 से ज्यादा गुब्बारे फोड़ देता है या सारी गोलियों का इस्तेमाल गुब्बारे फोड़ने में कर देता उसे कोई इनाम मिलता था मगर हर्षा... उसका सिर्फ एक गुब्बारा फूटा। वो मुँह बना कर पैर पटकने लगी। इंद्रजीत ने उसकी हरकत देखी तो उसकी बचकानी हरकत पर मन ही मन खिलखिलाते कुछ सोचने लगा पर फिर सिर हिला गंभीर चेहरा

बनाया और गला साफ करते हुए बोला

"अगर तुम चाहो तो तुम्हारे लिए मैं कुछ कर सकता हूँ। "

"सच्ची!"

हर्षा ने जल्दी से अपना सारा सामान और इंद्रजीत का कोट अपने पास लिया। इंद्रजीत ने पैसे देने के लिए अपना वॉलेट निकला तो हर्षा ने उसके हाथ पर मारते हुए कहा

"मैंने मना किया था ना। पैसे मैं दूंगी। "

"मगर ये तो खेल है.... ठीक है..."

उसने अपना वॉलेट वापस रखा और दुकानदार उन दोनों को देखकर मुस्कुरा उठा

"एक और प्रेमीयुगल!"

दरअसल प्रेमी युगल इस तरह का व्यवहार किया करतें है और लड़के अपनी शेख़ी बघारने के बंदूकों को हाथ में तो ले लेते हैं मगर ज्यादा कुछ नहीं कर पाते। इंद्रजीत ने बंदूक को इस तरह से हाथों में लिया मानो वो इन्हें सालों से चला रहा हो, उसे बहुत समय से अभ्यास है। हर्षा प्रशंसनीय भावों से उसे देख रही थी। इंद्रजीत ने एक एक कर सारी बुलेट बंदूक में डाली और फिर निशाना लगाना शुरू किया। दुकानदार को लगा था इंद्रजीत के एक या दो निशाने लगेंगे मगर बीच के सारे गुब्बारे फूट चूके थे मतलब गोलियां सिर्फ 10 थी और इंद्रजीत ने 16 गुब्बारे फोड़ दिए थे। दुकानदार हैरान हो कर मुँह बाए इंद्रजीत कर देख रहा था। इंद्रजीत के भाव गंभीर थे तो हर्षा के अच्छे और प्रशंसा से भरे भाव थे। उसने दुकानदार की ओर देखा और बोली

"देखा मेरा दोस्त कितना कमाल है।"

ये कहते हुए उसने इंद्रजीत के हाथ पर मारा जिसपर उसके लगी हुई थी। इंद्रजीत ने अपनी आँखें दर्द के कारण बंद की तो हर्षा को अहसास हुआ और उसने बड़बड़ाते हुए कहा

"अरे माफ़ करना! मैं भी कितनी पागल हूँ। तुम्हारे जिस हाथ पर लगी हुई है उसी पर मार रही हूँ। बुद्धू!!!!"

उसने अपने सिर पर हाथ मारा। उसके हाथों में अभी भी इंद्रजीत का कोट था जिसे उसने अपने कन्धों पर डाल लिया वो काफी अजीब दिख

रही थी। इंद्रजीत आज कई बार मुस्कुराया। इंद्रजीत ने अपना कोट उसके हाथ लिया और सामान लेने लगा तो हर्षा बोली

"जरूरत नहीं है। वैसे भी बैग काफी बड़ा है।"

दुकानदार ने उसे एक प्यारा सा गुड्डा दिया।

"थैंकयू!"

वो दुकानदार मुस्कुराया तो हर्षा ने भी मुस्कुराते हुए कहा। इंद्रजीत ने उसे घूरकर देखा। हर्षा ने गुड्डा भी थैले में डाला और बाकी बचे पैसे देकर अगले खेल पर बढ़े। आगे रिंग थ्रो का खेल था। हर्षा ने बड़ी उम्मीदभरी नजरों से इंद्रजीत को देखा। इंद्रजीत उसकी नजरें देखकर मन ही मन बुदबुदाया

'अभी ये मत कहना कि ये भी तुम्हे खेलना है।'

हर्षा ने उसके आंख खोलने से पहले ही पैसे दुकानदार को दे दिए थे। दुकानदार ने उन्हें सात रिंग पकड़ा दिए और कहा

"जिस चीज़ पर रिंग में आप डालोगे वो आप का!"

"मुझे क्या चाहिए?"

हर्षा ने चारों तरफ नजर दौड़ाई। हालांकि सारी चीजें छोटी मोटी थी मगर उसे एक कप बड़ा सुन्दर लगा। उसकी आकृति काफी अलग थी और वो कांच का बना हुआ था।

"वो टूट तो नहीं जाएगा?"

हर्षा ने दुकानदार से पूछा। दुकानदार बोला

"आप चिंता मत कीजिए ये मजबूत है।"

हर्षा ने मासूम नज़रें बना कर इंद्रजीत की ओर देखा। इंद्रजीत को न जाने क्यों ये नज़रें ऐसी लग रही थी जिन्हें वो कभी इनकार नहीं कर पाएगा। इंद्रजीत ने बड़ी ही आसानी से रिंग फेंक कर वो कप हर्षा के लिए जीत दिया। ये देख हर्षा किसी छोटी बच्ची की तरह उछली। फिर उसके अलावा एक पानी की बॉटल, एक टिफिन बॉक्स और एक चूड़ियों का सेट जीत दिया।

"और बाकी मैं क्या लूँ?"

हर्षा यही सोचने लगी। वो और कुछ भी लेना चाह रही थी क्योंकि अभी भी उनके पास तीन रिंग बची थी। हर्षा ने दुकानदार से पूछा

"क्या इन तीन के बदले हम पैसे ले सकते है?"

दुकानदार ने ना में सिर हिलाया। हर्षा ने मुँह बनाया और इधर उधर देखने लगी। इसी दौरान उसकी नजर एक ब्रेसलेट पर गयी। दरअसल ये ब्रेसलेट आदमियों का था। इंद्रजीत को लगा कि वो इस को अपने हाथ में पहनेगी क्योंकि उसकी वैसे ही कुछ आदतें बहुत अजीब है। तो उसने उसे वो भी जीत के दे दिया। फिर उसने दो खिलौने और जीत लिए। इंद्रजीत ने उसके हाथों में देखा काफी खिलौने है तो खुद को पूछने से रोक नहीं पाया

"तुम इनका क्या करोगी?"

हर्षा ने फिलहाल कोई जवाब नहीं दिया और वो लोग आगे बढे। कुछ आगे बढ़ने पर उन्हें कूदने वाले झूले केपास बैठे कुछ गरीब बच्चों को देखा जो शायद ही झूले लगाने वालों के होंगे। हर्षा ने इंद्रजीत को अपना बाकी सामान पकड़ाया और वह खिलौने लेकर उनके पास गई। उनके पास जाकर वो कार्टूनी आवाज़ में बोली

"कैसे हो बच्चा पार्टी?"

बच्चे उसे हैरान हो कर देख रहे थे मगर उसके चेहरे के बचकाने भाव देखकर उन्हें तुरंत ही सहजता महसूस हो गई।

"कितने बच्चे छोटे है.... 1,2,3,4,5... 5 बच्चे। ठीक है... और तुम्हारी मम्मी कहाँ है?"

एक बच्चे ने पीछे की तरफ इशारा किया तो हर्षा बोली

"जरा उन्हें बुलाकर लाना।"

एक बच्चा दौड़ कर अपनी मम्मी को बुला लाया जो पीछे तंबू में बैठी थी। उनकी पायल की आवाज़ सुन हर्षा ने उस तरफ देखा तो मुस्कुराकर बोली

"अरे वाह! तुम तो बहुत सुन्दर हो!"

दरअसल उनकी उम्र ज्यादा नहीं थी। उसकी मम्मी गाड़िया लुहार थी जो एक बंजारन जाति होती है। सच्चाई ये थी कि बंजारे और गाड़िया लुहार महिलाएं बेहद सुन्दर होती उनकी आंखें नीली या फिरोज़ी होती है और उस बच्चे की माँ भी बहुत सुन्दर थी।

"अच्छा तो देखो... मुझे पता नहीं है कि मैं सब को क्या क्या दूँ तो इसलिए मैं आपको देती हूँ... ठीक है... और... ये टिफिन है... यह बॉटल है... ये चूड़ियों का सेट है... ये आप रख लीजिए और मुझे उम्मीद है ये आपके किसी न किसी काम आएगी।"

हालांकि वो मेटल वाली थी। धातुवाली चूड़ियां तो आमतौर पर ज्यादातर महिलाएं पहनना पसंद नहीं करती है मगर शायद इन्हें कहीं जरूरत पड़ जाए।

"और ये गुड्डा.... ये झुनझुना और यह रेलगाड़ी..."

ऐसे करके हर्षा ने जो भी खिलौने जीते थे वो सब उन बच्चों को बांट दिए। वो महिला गदगद हुई बोली

"आप का बहुत बहुत शुक्रिया!"

"शुक्रिया की क्या जरूरत है। हमारे आसपास के सब बच्चे हमेशा खुश रहने चाहिए। "

इंद्रजीत उसकी इन हरकतों को देख रहा था। मगर उसे एक बचकानी हर्षा के पीछे एक दयालु और मददगार हर्षा दिखाई दी। अब तक उसे लगता था कि वो एक लापरवाह या बेपरवाह लड़की है मगर अब उसे लग रहा है की वो शायद काफी सोचती भी है और उसकी सोचने समझने की क्षमता बिल्कुल अलग है। शायद इसी वजह से वो उसके बारे में इतना कुछ जानती है। वो उसके पास आयी और बोली

"अपना हाथ आगे करो।"

इंद्रजीत ने जब थोड़ी देर तक कुछ नहीं किया तो उसने अपने बैग उससे वापस लिए और उसका कोट भी अपने कंधे पर टांगकर हाथ आगे करने को कहा। इस बार उसने अपना हाथ आगे कर दिया। हर्षा ने उसे जो ब्रेसलेट अभी जीता था पहना दिया। इंद्रजीत ने उसकी ओर आंखें ऊंची कर पूछा

"ये मेरे लिए?"

हर्षा के हाँ भरने पर उसने पूछा

"और तुम्हारे लिए क्या? सब कुछ जो मैंने जीतकर दिया था वो तो तुमने बच्चों में बाँट दिया। तुम अपने लिए क्या रखोगी?"

वो दिखा नहीं रहा था पर वो खुश था। वो अपने हाथ में पहने उस ब्रेसलेट को देखने लगा। वो कोई बहुत अच्छा या बहुत खूबसूरत नहीं लग रहा था। वो एक मामूली सा ब्रेसलेट था मगर इंद्रजीत को ना जाने क्यों अपने हाथ पर अच्छा लग रहा था। हालांकि उसे यकीन है कि वो घर जाते ही इसे खोलने वाला है। हर्षा की आवाज़ ने उसे वर्तमान में खींचा

"उसकी चिंता मत करो!"

उसने अपने थैले से सबसे पहला गुड्डा निकाल कर दिखाया

"ये देखो ये पहला तोहफा है जो तुमने मुझे जीतकर दिया है इसे भला मैं कैसे किसी को दे सकती हूँ। "

वो अपनी बचकानी से आवाज में बोली। इंद्रजीत उसकी बात सुन कर सिर हिलाने लगा।

'अविश्वसनीय!!'

हर्षा ने उसे जॉइंट व्हील की तरफ चलने को कहा। ना चाहते हुए भी इंद्रजीत को उसकी बात माननी पड़ी। टिकट लेने के बाद दोनों जॉइंट व्हील पर बैठ गए। अब तक वो काफी थक गए थे इसलिए जब वो सीट पर बैठे तो तुरंत ही पैरों को आराम मिला। हर्षा ने कुछ लम्बी सांसें लेने के बाद बुदबुदाते हुए कहा

"चलो समय देख लिया जाए।"

ये कहकर उसने अपने फ़ोन निकाला तो उसकी आंखें आश्चर्य से बड़ी हो गई।

"8 बज चुके थे। घर पहुँचते पहुँचते लगभग 9 बज जाएंगे। और मेरे घर से लगातार फ़ोन आ रहा है..."

इंद्रजीत पूछना चाह रहा था कि क्या वो उसे उसके घर छोड़ दे मगर हर्षा ने इस के आगे कोई बात नहीं कही और फटाफट अपने फ़ोन में एक मैसेज टाइप कर भेज दिया। जब वो लोग सबसे ऊपर पहुँच गए हैं तब हर्षा ने इंद्रजीत को अपने हाथ आगे करने के लिए कहा

"अपने हाथ आगे करो!"

इंद्रजीत ने वैसा ही किया। दरअसल वो लोग जहाँ बैठे थे उस से एक तरफ से वहाँ की एक झील का नजारा दिखाई देता था और दूसरी तरफ मेले की रौनक दिखाई दे रही थी। जहाँ तरह तरह की रंग बिरंगी लाइट

जल चुकी थी। इंद्रजीत ने सोचा कि हर्षा शायद उसे शर्ट देगी। हर्षा ने सबसे पहले अपने थैले से शर्ट निकाली और उसे देते हुए कहा

"अहम... इंद्रजीत ये हमारी दोस्ती का पहला तोहफा"

"पर पहला तो वो ब्रेसलेट था ना "

हर्षा ने ना में सिर हिलाते हुए कहा

"वो नहीं था क्योंकि उसे तो तुमने ही जीता था ना तो उसे मैं कैसे तोहफे के रूप में दे सकती हूँ... अब अपनी आँखें बंद करो!"

इंद्रजीत ने अपनी आँखें बंद की। उसे हाथ पर तो तीन बार वजन बढ़ता महसूस हुआ।

"अब अपनी आँखें खोलो।"

इंद्रजीत ने आँखें खोली तो उसने देखा कि हर्षा ने उसके लिए घड़ी ली है। उसे याद नहीं हर्षा ने ये कब खरीदी होगी क्योंकि वो तो किसी घड़ी की दुकान के पास रुकी ही नहीं थी तो कब? वो वैसे घड़ियों का शौक़ीन नहीं है मगर उसके पास कुछ ख़ास घड़ियाँ है और उनके अनुभव से वो बता सकता है कि ये महंगी ही होगी। कम से कम हर्षा के स्तर से तो.. शायद कुछ पांच हज़ार की।

"तुम्हें नहीं लगता कि ये व्यर्थ का खर्च था... तुमने इसे कब खरीदा?"

हर्षा ने उसका कोई जवाब नहीं दिया और बोली

"तुम ये बताओ, ये कैसी लग रही है?"

इंद्रजीत ने पहले हर्षा के चेहरे की तरफ देखा। उसके चेहरे पर अपने पैसे खोने का कोई गम नज़र नहीं आ रहा था। हर्षा ने घड़ी को डिब्बे से बाहर निकाला और सावधानी से इंद्रजीत को दिया। इंद्रजीत ने उस घड़ी को ध्यान से देखा। मेले की रंग बिरंगी रौशनी में वो घड़ी कुछ अलग ही नज़र आ रही थी। वैसे वो भूरे सुनहरे रंग के पट्टे वाली की थी। उसका डाइल इंद्रजीत की कलाई पर खूब फबेगा। उसके डाइल के बीच में एक मोर पंख भी बना हुआ था। हर्षा उंगलियों से खेलते हुए बोली

"बताओ ना कैसी लगी? क्या ये तुम्हारे हाथ पर ठीक आएगी? रंग तो ज्यादा तड़कीला नहीं है? ये तुम्हारी पसंद जैसी तो है ना?"

शायद हर्षा ने इंद्रजीत की चुप्पी को उसकी नापसंदी समझ लिया था मगर वो अलग ही सोच में था। उसे कुछ समझ नहीं आया कि उसे क्या

करना चाहिए। जहाँ तक उसे याद है किसी ने भी उसे इस तरह का तोहफा नहीं दिया। कम से कम उसके परिवार के जाने के बाद तो नहीं। जो दूसरों से मिला वो था बस धोखा पीड़ा या प्रताड़ना और अब बस कुछ लोगों की वफ़ादारी। उसने जो कुछ भी लिया वो सब अपनी मर्जी से, अपनी इच्छा से खुद के लिए खरीदा है। किसी ने उसे तोहफा दिया हो उसे याद नहीं आता। हर्षा उसे प्रतिक्रिया ना देते देख कुछ देर के लिए शांत हो गई। उसने हर्षा की तरफ कई भाव भरी नज़रों से देखा। हर्षा उसकी तरफ ही देख रही थी जो खुद भी अपनी आँखें में कई भाव लिए थी। फिर उसने कहा

"और वो पसंद आया?"

तब इंद्रजीत की नजर एक दूसरे डिब्बे पर गई जो शायद एक पैन का डिब्बा था। उसने उसे खोल कर देखा तो उसमें एक को खूबसूरत ग्लासपेन था। दरअसल ग्लासपेन बहुत महंगे आते उनकी कीमत ही 150 से 750 होती है और हर्षा ने जिस खूबसूरती वाला ग्लासपेन उसे दिया है वो महंगा ही होगा।

"मुझे लगता है तुमने आज मेरे ऊपर कुछ ज्यादा ही खर्चा कर दिया है। इतनी मेहरबानी करोगी तो तुम्हारा क्या होगा?"

हालांकि इंद्रजीत मन ही मन बहुत खुश था। उसकी आँखों में उसकी खुशी झलक रही है और हर्षा के लिए यही संतोष की बात थी। वो जानती थी कि उसके लिए पैसा जरूरी है मगर उसकी अहमियत इंद्रजीत आँखों से झलक रही ख़ुशी से बहुत कम है। उसे याद है अब उसके पास पैसे नहीं बचे है। शायद उसे घर भी पैदल ही जाना पड़ेगा। हर्षा का यह सोचना था कि उसके लिए वो जो ले उसमें वो अपने हिसाब से गुणवत्ता में कम ज्यादा कर सकती है मगर वो इंद्रजीत के लिए कभी भी ऐसा नहीं करेगी। उसने यह सब चुपचाप ख़रीदा था। कुछ देर इंद्रजीत के चेहरे पर आए भावों को समझने के बाद उसने एक और चीज़ निकाली और उसे देते हुए बोली

"ये भी मैंने तुम्हारे लिए ही बनाया है ज्यादा खास तो नहीं है मगर शायद तुम्हें पसंद आएगा।'

इंद्रजीत ने देखा ये एक खूबसूरत थैला था। हर्षा उसे मामूली बता रही थी पर इंद्रजीत के लिए यह मामूली नहीं था। ये घर पर तैयार किया गया था। इस थैले पर बहुत खूबसूरत तस्वीरें उकेरी गई थी। साथ ही कुछ बारीक कढ़ाई के नमूने बनाए गए थे। उसे समझ नहीं आ रहा था उसे क्या कहना चाहिए। हर्षा के तोहफे उसे ललचा रहे थे। किसी ऐसी भावना के लिए जो वो महसूस नहीं करना चाहता था। उसने एक गहरी साँस ली और हर्षा को बोलते सुना

"....मजबूत है और... इसमें कई जेब भी है.... लम्बा चलेगा..."

इंद्रजीत ने हाँ में सिर हिलाया और एक फैसला किया। अगर वो उसे अपना इतना करीबी दोस्त मानती है कि उसके लिए कुछ तैयार करे तो उसकी भी जिम्मेदारी है उसे सच बता देने की। जब झूला कुछ ऊपर पहुंचा तो वो बोला

"मैं एक गैंगस्टर हूँ। "

हर्षा ने ये सुना तो इंद्रजीत की तरफ था तरफ देखा वो झील की तरफ देख रहा था। हर्षा भी झील की तरफ देखने लगी। झील का पानी तारों के जलमिलाहट और मेले में लगी लाइटों के साथ अलग सा दिखाई दे रहा था। हर्षा ने कोई जवाब नहीं दिया। इंद्रजीत ने बिना हर्षा की ओर मुड़े झील की ओर देखते हुए कहा

"मैं शहर का सबसे बड़ा डॉन हूँ। मेरे इशारे पर बहुत से अपराध होते लूटपाट... चोरी... हफ्ता वसूली... तस्करी... मैं कोई भला या नेक इंसान नहीं हूँ... अमायरा रियल एस्टेट मेरी इन्हीं सब गतिविधियों को छिपाने के लिए तैयार किया गया था..."

"अच्छा!"

इंद्रजीत ने उसका जवाब सुना तो उसकी तरफ देखा। वो निश्छल भावों से झील में देख रही थी मानों उसकी गहराई यहीं से नाप लेगी। इंद्रजीत ने भी झील की तरफ देखा। हर्षा को ये बात पहले से ही पता थी। महिमा ने उसे जब बताया तब उसकी धड़कने एक बार को रूक गई मगर अब जब ये बात वो खुद इंद्रजीत के मुँह से सुन रही है तो उसे एक सुकून सा मिल रहा है।

"मैं जेल भी गया था..."

हर्षा ने बिना फिर से उसकी उसकी तरफ देख कर कहा

"...मगर उसमें तुम्हारी गलती नहीं थी इंद्रजीत। और ना ही अभी है..."

इंद्रजीत ने हैरान होकर उसकी तरफ देखा। जब उसने पहले दिन यह सुना था तो उसे लगा कि शायद यह उसका भ्रम था। हर्षा उसकी ओर मुड़ी और उसके हाथों को अपने हाथ में लिया

"मैं जानती हूँ कि तुम्हें लग रहा होगा कि मैं तुम्हारे बारे में कुछ भी नहीं जानती थी... और... मैं सब कुछ जान कर तुम्हें अपने साथ फंसा रही थी मगर ऐसा नहीं है.... मैं तुम्हारे बारे में नहीं जानती थी जब तक कि मेरे दोस्त ने मुझे नहीं बताया।"

इंद्रजीत को पता है उसकी दोस्त माही ने उसके बारे में क्या क्या कहा था फिर भी वो हर्षा से उसके विचार सुनना चाहता है। हर्षा ने उसकी आँखों में देखते हुए कहा

"मुझे ये पता है कि लोग जैसे तुम्हें समझते है या तुम्हारे बारे में धारणा बनाते है! तुम वैसे नहीं हो इंद्रजीत!"

इंद्रजीत को अपने दिल की धड़कन तेज होती महसूस हुई। वो उसके कानों में बज रही थी। आज से पहले उसने उसके कभी किसी की राय के बारे में परवाह नहीं की पर वो हर्षा की राय सुनना चाहता है। थोड़ा हिचकिचाते हुए हर्षा ने झील की ओर देखा मगर उसके हाथ को अभी भी नहीं छोड़ा था।

"...मैंने तुम्हारे साथ हुए हादसे के बारे में सुना... और लोगों की अफवाहों के बारे में सुना.... समझ नहीं आता कोई किसी के बारे में ऐसे कैसे बात कर सकता है..."

इंद्रजीत ने उसे बीच में ही टोकते हुए कहा

"तुम्हें क्या पता मैं कैसा इंसान हूँ? तुम्हें क्या पता मैं बुरा नहीं हूँ और जो लोगों की मेरे लिए धारणा है वो सच नहीं है?"

हर्षा उसके तरफ जाकर बैठ गई और एक रहस्यमय मुस्कान के साथ कहा

"तुम्हें क्या लगता है कि मुझे लोगों की परख नहीं है? तुम्हें देख कर ही मैं बता सकती हूँ कि तुम जैसे दिखाई देते हैं अंदर से वैसे नहीं हो..."

मगर उसने इस से ज्यादा कुछ नहीं कहा और फिर चुप हो गयी। इंद्रजीत सोच रहा था, उसे क्या करना चाहिए। ये लड़की उसकी दोस्ती है, जैसा वो है वैसे ही स्वीकार कर रही है, उसे तोहफा दे रही है, उसे भी तो उसके बदले में कुछ करना चाहिए, तोहफा देना चाहिए, कुछ देना चाहिए।

'मगर क्या?'

उसके पास कोई सुझाव नहीं है और वो उस भावना से भी बेखबर है जो उसके दिल में हर्षा के लिए पनप रही है। वो हर्षा को कुछ देना चाहता है। उसके पास सिर्फ पैसा है और तोहफों के बदले पैसे देना तो सौदा करने जैसा होगा। यह हर्षा की भावनाओं को चोट पहुंचाएगा। कुछ देर में झूला फिर से शुरू हुआ और हर्षा का पुराना अंदाज लौट आया। हर्षा झूले पर बैठे रहने के दौरान काफी शांत लग रही थी। बिलकुल ऐसे मानो झील का पानी बिल्कुल शांत हो कर बैठ गया हो और जैसे वो लोग झूले से बाहर निकलें मानो किसी ने उस में पत्थर मार कर तरंगें उत्पन्न कर दी हो। इंद्रजीत अपनी इस कल्पना पर मन ही मन हँस पड़ा। वो लोग कुछ और चीजें देखते हुए वहाँ से बाहर निकलें। इंद्रजीत और हर्षा ने देखा कि उनके ठीक सामने से आखिरी बस निकल गई है

"अरे रुको!"

हर्षा चिल्लाते हुए सड़क पर हाथ बांध कर खड़ी हो गयी और पैर पटकते हुए बोली

"मैं घर कैसे जाऊंगी? शायद यह आखिरी बस थी।"

इंद्रजीत उसे फुँकारते हुए देख रहा था। वो पैर पटकते हुए बस स्टैंड पर आ बैठी। इंद्रजीत अपनी जेब में हाथ डालते हुए उसके पास तक आया। वो उसकी तरफ झुकते हुए बोला

"वैसे मेरे पास एक सुझाव है। बाकि फैसला तुम्हें ही करना है। क्या तुम मेरे साथ कार में चलना चाहोगी?"

हर्षा को कोई जवाब ना देते देखकर वो बोला

"शायद यह आखिरी फैसला हो। तुम मेरे साथ कार में चलना चाहोगी या...."

"तुम्हें डर तो नहीं लगेगा मेरे साथ?"

हर्षा ने भी उससे यह पूछा तो इंद्रजीत ने एक व्यंगात्मक मुस्कान उसे देखते हुए उस से पूछा

"क्या ये सवाल तुमसे नहीं होना चाहिए?"

तो हर्षा भी बोली

“सुनो मिस्टर इंद्रजीत! मैंने तुम से पहले ही कहा मुझे तुम्हारी दोस्ती से मतलब है.. इस बात से मतलब नहीं है कि तुम कौन हो? मुझे मालूम है कि तुम अच्छे इंसान हो। तुम मेरे साथ कुछ भी ऐसा नहीं करोगे जिससे मुझे तकलीफ हो।"

कुछ देर के लिए दोनों के बीच सन्नाटा पसर गया। वो अभी भी बसस्टैंड पर बैठे थे। इंद्रजीत, हर्षा के करीब आया। हर्षा को अपने दिल की धड़कन तेज होती महसूस हुई मगर उसने इंद्रजीत के इस धमकाने वाले अंदाज़ को देखकर पीछे हटने की जगह से उसकी ओर बढ़ना शुरू किया। इंद्रजीत ने अपने दोनों हाथ उसके कंधों पर रखे, जिससे वो सिर्फ़ उसकी ओर देख सके। फिर वो बोला

"तुम्हें नहीं पता कि एक आदमी एक लड़की के साथ क्या कुछ कर सकता है। तुम्हें डर नहीं लगता। तुम मेरे साथ अकेली हो। अभी और यहाँ आसपास कोई और नहीं है। खबरों में तो देखा होगा?"

हर्षा ने चारों तरफ देखा वो वाकई उसके साथ अकेली थी। उसने फिर इंद्रजीत की तरफ देखा जो उसे डराने की पूरी कोशिश कर रहा था। उसने अपना हाथ उठाया और उसकी नाक पर मारते हुए बोली

"मुझे सब पता है कि तुम क्या करने की कोशिश कर रहे हो इंद्रजीत।"

इंद्रजीत उसकी इस हरकत से थोड़ा सकपका गया। वो उस से पीछे हट गया। हर्षा ने अपनी जेब से पेपर स्प्रे निकाल कर दिखाते हुए कहा

"ये देख रहे हो। कोई भी आसानी से मेरा फायदा नहीं उठा सकता। मैं जैसी दिखती हूँ वैसी हूँ नहीं। मुझे पता है आजकल का ज़माना कैसा है... और अगर किसी ने मेरे साथ उलटी सीधी हरकत करने की कोशिश की ना तो सबसे पहले मैं इस पेपर स्प्रे को उसकी आँखों में डालूंगी..."

उसने उसकी आंख में डालने का इशारा किया। अब इंद्रजीत भी सोचने लगा

"...फिर मैं एक मुक्का उसकी नाक पर मारूंगी और फिर..."

दो कदम पीछे हट, घुटना उठाते हुए कहा

"...फिर मैं अपना घुटना उठाऊंगी और उसे ऐसी जगह मारूंगी जहाँ उसे सूरज की रोशनी भी दिखाई ना देगी... वो तो तुम समझ ही गए होंगे ना... अब बताओ क्या होगा उस बेचारा का? क्या करेगा वो? जब तक वह अपने दर्द से संभालेगा तब तक तो मैं वहाँ से निकल जाउंगी।"

इंद्रजीत हैरान हो कर उसे देख रहा था। यह सच में लड़की है तो... वो उसे डराने की कोशिश कर रहा था पर... संयोग से उस वक्त एक बस आ गयी। शायद वो आखरी बस नहीं थी। हर्षा का अंदाजा सही था या गलत ये सोचने का समय नहीं था। वो दोनों जल्दी से बस में चढ़े और सबसे पीछे की सीट पर जाकर बैठ गए। इंद्रजीत जो काफी समय बाद इस तरह की गतिविधियों में लिप्त हुआ था, जहाँ उसे इतना मज़ा आया था और जहाँ उस का मन शांत हुआ था। वो कुछ खुला महसूस कर रहा था। वो हर्षा के साथ बेपरवाह था। उसे हर समय चिंता करने की जरूरत नहीं थी कि लोग उसका पीछा कर रहे हो या कोई उसे कुछ कर देंगे। जब उसे ये सब करने की जरुरत नहीं थी तो उसे थकान महसूस होने लगी और वो हर्षा के कंधे पर सिर रख कर ही सो गया। हर्षा अपने फ़ोन में मैसेज करने में व्यस्त की थी। उसने इस बात पर ध्यान नहीं दिया। अचानक उसे एक सिर अपने कंधे पर महसूस हुआ। उसने चौंक कर इंद्रजीत की ओर देखा। इंद्रजीत सो चुका था। ये देखकर उस के चेहरे पर मुस्कान आ गई। उसने अपने फ़ोन के जरिए एक सेल्फी वैसे ही खींच ली और धीरे से एक वीडियो बनाते हुए कहा

"देखो! इस शहर का डॉन मेरा दोस्त है। ये कैसे सो रहा है..."

उसने प्यार से उसके सिर पर हाथ फेरा।

“काश! हमारी दोस्ती से थोड़ा सा आगे हो जाती है मगर अभी मैं इतने में ही खुश हूँ। .. मुझे और कुछ नहीं चाहिए।"

ये कह कर वो अपने फ़ोन में कुछ देखने लगी। जब इंद्रजीत सो रहा था तब कुछ समय तक तो उसे सुकून मिला मगर थोड़ी देर बाद ही उसे एक अजीब सी तीव्र असहजता महसूस हो रही थी।

अचानक उसे एक सपना दिखाई दिया, जहाँ वो किसी और घर में है। एक छोटा सा घर। यह इसके अभी के घर सा बहुत बड़ा नहीं है मगर एक

ऐसा घर जहाँ उसे घर का अहसास हो रहा था। पर इस घर में अजीब सी शांति थी। वो थोड़ा असहज महसूस कर रहा था। वो ऊपर के कमरे में था। वो सीढ़ियों से नीचे उतर कर आया। उसे सब कुछ स्पष्ट दिखाई नहीं देर हा था मगर कुछ कुछ चीजें साफ थीं। जैसे टेबल कहाँ पर है, सजावट की चीजें क्या क्या लगी हुई है। वो मन ही मन सोचने लगा ये किस का घर हैं। अचानक उसे ख्याल आया कि उसे पानी पीना चाहिए। वो रसोई में गया। जब वो रसोई में गया तो उसने किसी के शरीर को जमीन पर पड़े देखा। कोई नीचे खून से लथपथ पड़ा था। इंद्रजीत कुछ और समझ पाता इससे पहले उसने अपने आपको कहीं और पाया। जहाँ उसका पूरा शरीर खून से लथपथ है, उसके नहीं किसी और का। उसका माथा पसीने से भर गया था।

और सच में ही इंद्रजीत का माथा पसीने से भर गया था। वो गहरी सांस लेने लगा। हर्षा जो अपने फ़ोन में व्यस्त थी अचानक उसे एहसास हुआ कि उसके कंधे पर पड़ने वाली सांसें सामान्य या लगातार नहीं होकर तेज हो गई है। उसने इंद्रजीत की ओर देखा जिसके सीना तेज़ से ऊपर नीचे हो रहा था। हर्षा ये देखकर थोड़ा घबरा गई। उसने इंद्रजीत के सिर पर हाथ फेरा और उसके माथे से पसीना पोछने लगी मगर जैसे ही वो उसके बाल पीछे रखने वाली थी कि अचानक से वो उठ बैठा। वो बुरी तरह से हाँफ रहा था

"इंद्रजीत तुम ठीक तो हो?.... ठीक हो?"

हर्षा का हाथ जब उसके सामने आया तो इंद्रजीत को कुछ चमका मगर वो कुछ और समझ पाता इस से पहले हर्षा ने अपनी पानी की बोतल निकाल कर उसे देते हुए कहा

"तुम्हें पानी पीना चाहिए। शायद तुम्हें डिहाइड्रेशन हो गया होगा।"

इंद्रजीत ने हां में सिर हिलाया और पानी पी लिया। जब उसने हर्षा की ओर देखा तो उसकी आँखों में अपने लिए चिंता देखी। वैसे चिंता नहीं जैसी से हाश्मी करता है बल्कि वैसी जैसी उसका परिवार उसके लिए किया करता था।

'क्या वो हर्षा को अपना परिवार मानने लगा है?'

उसे नहीं पता हर्षा उसके लिए काफी परेशान हो गई थी। वो उसे ऐसे नहीं छोड़ना चाहती मगर उसका स्टॉप जल्दी आने वाला था। इंद्रजीत ने भी उसकी नजरों में चल रही ऊहपोह को महसूस किया। उसने हाश्मी को फ़ोन किया। हाश्मी ने दो घंटी के बाद ही फ़ोन उठा लिया। इंद्रजीत ने उसे जगह का नाम बताते हुए कहा

"यहां मुझे लेने आ जाना।"

"ठीक है।"

हर्षा अपने स्टॉप की ओर बेचैनी से देख रही थी।

"क्या हुआ? कुछ परेशानी है?"

बस खाली थी। इंद्रजीत को लगा वो शायद इस वजह से थोड़ा घबरा रही होगी।

"नहीं ऐसी बात नहीं है। मेरा स्टॉप आने वाला है।"

'पर मैं तुम्हारे पास रुकना चाहती हूँ ताकि तसल्ली हो जाए कि तुम ठीक हो।'

हर्षा ने मन ही मन कहा। इंद्रजीत ने थोड़ा मन हल्का करने के लिए कहा

"तुम्हें क्या लगता है तुम्हारा स्टॉप आ जाएगा तो मैं तुम्हारा पीछा करके तुम्हारे घर के बारे में जान लूंगा और फिर तुम्हारे घर में घुस कर तुम्हें डरा दूंगा।"

हर्षा ने उसकी तरफ गंभीरता से देखा और फिर थोड़ा मुस्कराते हुए बोली

"नहीं! मुझे इस बात के कोई डर नहीं है। मगर...."

"मगर?"

हर्षा ने थोड़ा सकुचाते हुए कहा

"तुम ठीक तो हो? तुम काफी परेशान लग रहे हो। कोई बुरा सपना देखा क्या?"

इंद्रजीत ने हाँ में सिर हिलाया।

"क्या... क्या वो तुम्हारा परिवार था?"

उसने धीमी आवाज में पूछा। इंद्रजीत ने याद करने की कोशिश की पर नहीं ये उसके परिवार वाला हादसा नहीं था। उसे अपने परिवार का

हादसा इतने अच्छे से याद है और इतनी बार उस हादसे को अपने बुरे सपनों में देखा है कि वो एक पल के लिए भी उस हादसे के दृश्यों को भूल नहीं सकता। उसने इस बार कोई और घर देखा था। पर उसे ऐसा लगा कि मानो वो उसका घर था। वहां उसका कोई और करीबी ऐसा था जो मरा हुआ था। उसे अपने परिवार की यादों के कारण ठीक से याद नहीं कि वो हादसा किसके साथ हुआ था। हर्षा ने उसके चेहरे पर विचलित से भाव देखे तो उसके कंधे को थपथपाया जैसे वो छोटा बच्चा हो और उदास हो रहा हो। एक बार भी उसे ख्याल नहीं आया कि हर्षा ने उससे ऐसा कुछ क्यों पूछा है।

"मेरा स्टॉप आ गया है। क्या मैं तुम्हारे साथ रुकूं?"

इंद्रजीत बोला

"नहीं। क्या मैं तुम्हें छोड़ने चलूं? अंधेरा हो रहा है।"

हर्षा बोली

"नहीं तुम जाओ। जो मैने दिया है वो सब घर जाकर जरुर देखना। कुछ पसंद नहीं आया तो मुझे बता देना।"

ये कहकर वो उठी और अपने स्टॉप पर उतर कर इंद्रजीत को हाथ हिलाकर विदा करने के बाद अपने घर को चल पड़ी। जब बस चलने वाली थी तब इंद्रजीत भी बस से उतर गया। हालांकि हर्षा ने इस बात पर ध्यान नहीं दिया। इंद्रजीत जानना चाहता था कि हर्षा कहां रहती है। नहीं! उसे हर्षा को लेकर कोई शक नहीं है बल्कि उसके मन में हर्षा को लेकर एक अजीब सी उथलपुथल हो रही थी। ना जाने उसे ऐसा लगा कि सपने में उसने जिस घर और मृत शरीर को देखा था वो हर्षा से जुड़ा हुआ था। वो हर्षा जैसा अहसास दे रहा था। क्या उसकी जिंदगी में कोई और भी आने वाला है या कोई था? उसके बारे में उसे पता नहीं है। हर्षा बिना एक बार भी पीछे मुड़े तेज़ कदमों से आगे बढ़ रही थी। इंद्रजीत कुछ कदम पीछे चलते हुए उसे देख रहा था।

दरअसल उसकी गली में पूरी तरह से सुरक्षित नहीं थी हालांकि रात के समय सारी गालियां और रास्ते थोड़े खाली नजर आते हैं। इक्का दुक्का लोग रात को टहल रहे थे इसलिए हर्षा का ध्यान इंद्रजीत की उपस्थिति पर गौर नहीं किया। हर्षा, इंद्रजीत के साथ काफी सहज थी

मगर अब वो काफी सतर्क होकर चल रही थी। इंद्रजीत ने देखा उसके हाथ उसकी जेब में ही घूम रहे हैं। वो शायद उस पेपर स्प्रे पर अपना हाथ रखे हुए है। उसे डर था कि कहीं कोई उसे पकड़ कर ना ले जाए। फिर वो एक गली की ओर मुड़ गई। उसकी चाल थोड़ी तेज हो गई थी। इंद्रजीत ने अभी अपनी गति बढ़ा दी और सोचने लगा

'क्या उसे अहसास हो गया है कि मैं उसके पीछे आ रहा हूँ?'

उसने दबे कदमों से उसका पीछा जारी रखा। हर्षा ने इंद्रजीत के पीछा करने का सोचा नहीं था मगर वो वैसे ही थोड़ी चिंतित थी। घर पहुंच उसने राहत की सांस ली। हर्षा फिर जल्दी से दरवाजा खोल के अंदर चली गई। इंद्रजीत ने दूर खड़े हो कर उसके घर को देख लिया था। उसका घर एक सामान्य मध्यमवर्गीय परिवार जैसा था। अब उसे समझ में आया कि वो मेले में खरीदारी करने में ज्यादा दिलचस्पी क्यों ले रही थी? उसने देखा कि उस घर में कार और एक स्कूटर खड़ा है। अंदर से किसी महिला की आवाज आई

"तुम देर से आई हो।"

"मैं जानती हूँ।"

“कपड़े बदलकर आओ। खाना खालो।"

"हाँ आ जाउंगी। आप सबने खाना खा लिया?"

"हाँ हम ने खा लिया। कम से कम ख़बर तो कर दिया करो तुम किस दिन लेट हो रही हो?"

"हाँ अगली बार ध्यान रखूँगा।"

"अगली बार? मतलब तुम्हारा फिर से लेट होने का इरादा है?"

तभी पीछे से किसी लड़की की आवाजा आई

"क्या तुम किसी लड़के के साथ थी?"

हर्षा ने क्या जवाब दिया इंद्रजीत को सुनाई नहीं दिया। वो सोच में पड़ गया

'क्या उसके घर वाले उसे किसी लड़के के साथ इतने समय तक बाहर रहने पर डांट रहे होंगे? क्या वो अगली बार कहीं नहीं जाएगी? क्या उसका घर से निकलना बंद हो जाएगा?'

उसने गौर नहीं किया कि वो उसके साथ जाने की उम्मीद कर रहा है। उसे नहीं पता। कुछ समय बाद उसने देखा कि ऊपर के कमरे की लाइट जल गई है और हर्षा उसे खिड़की में दिखाई दी जिसने गुनगुनाते अपनी खिड़की के पलड़े खोल दिए। उसकी खिड़की की चौखट काफी बड़ी थी। फिर उसने कपड़े बदले और उस खिड़की में आकर बैठ गयी। उसने अपना सामान इधर उधर रख दिया था जिसे देखकर ही तुरंत अंदाजा लगा सकते हैं की उसका कमरा उसके व्यक्तित्व से कितना मिलता है। फिर उसने अचानक से अपने पास की टेबल से कुछ उठाया और मुस्कुराते हुए कुछ लिखने लगी। शायद वो डायरी लिख रही हैं। इंद्रजीत ने मन ही मन सोचा और वो वापस मुख्य सड़क पर आ गया। वहाँ इंद्रजीत का इंतज़ार हाश्मी कर रहा था। वो उसके साथ घर आ गया। वो उसे कुछ कहना चाहता था उसके चेहरे पर सुकून देखकर हाश्मी को अच्छा लगा। उसने उस से पूछा

"तो कहाँ गए थे?"

इंद्रजीत अपना बैग एक तरफ रखते हुए बोला

"हर्षा मुझे मेले में ले गई थी।"

"मेले में?"

"हाँ!"

"अच्छा तो..."

पर इंद्रजीत ने इससे ज्यादा कुछ नहीं कहा। इंद्रजीत कपड़े बदल कर अपने बिस्तर पर लेट गया। उसने अपने कमरे में सामान्य तौर पर ऊपर कुछ भी नहीं पहना था। वो सो ही रहा था कि अचानक उसे कुछ याद आया। उसने दरअसल सपने में निश्चित तौर पर हर्षा की लाश को देखा था। उसका पूरा शरीर उसको दिखाई नहीं दे रहा था पर उसका एक हाथ दिखाई दे रहा था। और उसके हाथ में वैसी एक जोड़ी चूड़ी थी जो उसने हर्षा के हाथ में दिखी थीं। इस वजह से वो एक दम से उठ बैठा।

"नहीं ऐसा नहीं हो सकता।"

उसे यकीन ही नहीं हो रहा कि जो कुछ दिखाई दिया वो हर्षा के बारे में हो होगा। वो तो सही सलामत है उसे जो भी बुरे सपने आते है, वो सब तो पहले हो चुकी घटनाओं के आते है। उसने इसको नज़र अन्दाज़

किया और सोचा कि उसका मन शायद उसे संभावनाओं के बारे में डराने की कोशिश कर रहा होगा जो उसके दिल में पनप रही हैं या फिर उसके परिवार के सपने हर्षा की उपस्थिति से मिश्रित हो रहे होंगे। वो फिर सोने चला गया।

*****

अगले दिन उस का मन काफी अच्छा रहा। उसके घर के नौकर उसके भाव महसूस कर पा रहे थे। हाश्मी भी उस के भावों को पहचान रहा थे हालांकि उसने चेहरा भाव हीन रखा हुआ था मगर कोई भी उसके शरीर से झलकती खुशी को और सुकून को महसूस कर सकता था।

"तो आज हमें क्या क्या काम करना है?"

इंद्रजीत ने हाश्मी से पूछा। वो ऑफिस जा रहा था। आज वो किसी से मिलने वाला था। हाश्मी बोला

"दरअसल वो एक सर्कस वाले .. और सर्कस वाले ने हमारी एक प्रॉपर्टी खरीदी है मगर वो लोग अभी डाउन पेमेंट पूरा नहीं दे रहे हैं और वो लोग किश्तें भी छोटी रख रहे हैं। उनका कहना है कि सर्कस अभी ज्यादा नहीं चलती इसलिए वो लोग एक साथ ज्यादा पैसे नहीं देसकते हैं।"

"तो उन्हें वह प्रॉपर्टी क्यों चाहिए जब वो एक साथ पैसा नहीं दे सकते हैं?"

इंद्रजीत बोला। हाश्मी ने उसे समझाते हुए कहा

"दरअसल वो लोग बहुत लंबे समय से इधर उधर भटक रहे थे तो उनका कहना है कि वो लोग एक जगह स्थायित्व पाना चाहते हैं इसलिए वो इस प्रॉपर्टी को खरीदेंगे। उसके पास काफी बड़ा मैदान है तो वहां सर्कस के लिए सब तैयारियां कर सकते हैं और..."

"अच्छा ऐसी बात है मुझे लगता है हमें जाकर देखना चाहिए।"

"हाँ मुझे भी लगता है कि वो लोग शायद दिखावा कर रहे हैं कि उनकी सर्कस नहीं चल रही है या उन के पास अच्छे पैसे नहीं है। कब जाने का सोच रहे हो?"

उसने थोड़ा बहाना किया और बोला

"दरअसल मैं और नुसरत साथ कहीं जा रहे।"

इंद्रजीत तुरंत समझ गया। जब भी वो ऐसे बहाने बनाते हैं तब कहीं न कहीं नुसरत इस सब में शामिल होती है। हर तरह से।

"क्या है कि मैंने सर्कस वालों को कल का समय दिया है।"

"ठीक है..."

"और मैं... मैं... जाना चाह रहा था मगर इस से पहले कि सब कुछ तय हो पाता... मेरी मंगेतर ने मुझसे कहा कि हमें साथ में फ़िल्म देखने जाना चाहिए और मैंने भी हाँ कर दी तो मैं देर से घर आऊंगा।"

"ठीक है।"

हाश्मी ने मन में गहरी सांस ली और बोला

"उनसे जाकर क्या बात करने वाले हैं ?"

"वैसे ज्यादा कुछ नहीं.. बस हम लोग चुपचाप अचानक से जाएंगे... और उनकी आर्थिक स्थिति का पता लगाएंगे और जो कुछ भी स्थिति होगी हम उसे देखकर उसके हिसाब से काम कर लेंगे।"

"तो अब अपनी जगह किसको भेज रहे हो?"

हाश्मी मन ही मन बोला 'हर्षा को' मगर सामने बोला

"दरअसल मैंने रॉकी से इस बारे में बात की...और सबसे बात की... सबका कुछ न कुछ प्रोग्राम हैं। वो वीकेंड पर फ़िल्म देखने का सब का प्लान होता है, किसी का पार्टी में जाने का प्लान है, किसी का दारू लेने का है.. तो थोड़ा मुश्किल है।"

"और तुम चाहते हो मैं जाऊं?"

इंद्रजीत ने तुरंत ही अंदाजा लगाया। उसकी हरकतों से साफ पता लगा है कि वो क्या चाह रहे हैं।

"अच्छा रहेगा ना तुम जाओगे तो... और हर्षा को अपने साथ ले जाना..."

इंद्रजीत ने रुक कर हाश्मी की ओर देखा। उसकी हिम्मत कुछ ज्यादा बढ़ गई है। वो मन ही मन बुदबुदाया तो हाश्मी अपने दाँत निकालते हुए बोला

"क्या है ना मुझे लगा कि वो तुम्हें.... वो कल तुम्हारे साथ मेले गई थी... तो तुम उसे एक दिन सर्कस दिखाने ले जाओ। तुम्हीं ने कहा था ना कि वो छोटे बच्चे की तरह है। छोटे बच्चों को सर्कस बहुत पसंद होती है।"

'और मेरे अपने कारण भी हैं।' हालांकि इंद्रजीत सहमत नहीं था और मगर...

"ठीक है।"

ये एक तरह से लेनदेन का अच्छा तरीका हो जाएगा। वो उसे सर्कस में जायेगा तो ठीक है। उसने तो हर्षा के चेहरे के भावों की कल्पना भी कर ली है जब वह उसे इस बारे में बताएगा मगर अभी उसके पास एक दूसरी समस्या में आ गई।

जिस दिन उनका जाना तय हुआ था इस दिन समस्या हो जाने के कारण वह नहीं जा पाए। मगर अफसोस वो लोग उस दिन कहीं नहीं जा पाए क्योंकि इंद्रजीत को एक जरूरी काम आ गया। वो लोग दो दिनों तक शहर से बाहर चले गए। दरअसल उन के कुछ ट्रक को नाके बंदी के दौरान पकड़ लिया गया था और उसके लिए इंद्रजीत का वहाँ होना बहुत जरूरी था क्योंकि वो पुलिसवाला उन्हें छोड़ने के लिए तैयार नहीं था। उस पुलिसवाले का कहना था कि वह ट्रकवाले बहाना बना इंद्रजीत का सिर्फ नाम ले रहे हैं और वो तब तक उन्हें नहीं छोड़ेगा जब तक इंद्रजीत खुद आकर ये ऩा कहे कि वो ट्रक उसके हैं। हालांकि उस पुलिसवाले की योजना यह थी कि इंद्रजीत के आने पर वो उसे गिरफ्तार कर लेगा मगर इंद्रजीत उसे दो कदम आगे था। वह जानता था अक्सर कुछ पुलिसवाले इस तरह की छोटी मोटी चाल चलते हैं ताकि वह बड़ा हाथ मार कर उसे गिरफ्तार कर सके पर वह कोई कच्चा खिलाड़ी नहीं है। उसने पहले ही कई दस्तावेज तैयार करवा रखे थे। जब वो पुलिस स्टेशन में पहुंचा तो पुलिस वाले की आँखों में चमक आ गई। उसे लगा कि अब तो सब अच्छा होगा। उसको पदोन्नति मिल जाएगी तनख्वाह बढ़ जाएगी। उसके घर वाले भी खुश और सब बढ़िया मगर अगले पल उसकी सारी कामना के ऊपर पानी फिर गया, जब इंद्रजीत ने उसे सारे दस्तावेज दिखाते हुए कहा

"हमारे जो ट्रक तुमने पकड़े हैं उसमें कुछ भी गैरकानूनी तरीके से नहीं ले जाया जा रहा है। सभी दस्तावेजों में चालक के नाम, उनका पहचान पत्र साथ ही क्या सामान कितनी मात्रा में ले जाए जाना है इसकी सूचना हमने पहले से ही दे रखी है। साथ ही जिस चंदन की लकड़ी के नाम पर तुम उन्हें गिरफ्तार कर रहे हो वह तो इसमें मौजूद ही नहीं है।"

"क्या?"

पुलिस वाले के पास यही तो सबसे बड़ा सबूत था। वह चंदन की लकड़ी। जो उसे सामान्य लकड़ियों के बीच में छुपी हुई मिली थी। उसने तुरंत अपने हवलदार को ट्रक की जांच करने भेजा। हवलदार ने जब ट्रक की दोबारा से जांच की तब उसे पता चला कि बाकी जिन लकड़ियों को उन्होंने चंदन की समझा था वह तो मामूली लकड़ियां है बस उन पर रंग गिर गया था। उसने आकर जब यह बात पुलिस वाले को बताई तो उसका पारा सातवें आसमान पर चढ़ गया। अब उसके पास कोई ऐसा सबूत नहीं था जिसके आधार पर वह इंद्रजीत को या उसके ट्रक चालकों को गिरफ्तार कर सके तो उसे मजबूरन उन सभी को छोड़ना पड़ा। उस पुलिसवाले की योजना विफल हो गयी। पर उसे नहीं पता था कि वहां हर्षा भी थी। उसने इंद्रजीत को उन ट्रकों की जांच कराते देख लिया था। हर्षा एक ऑटो में बैठी थी। उसने अपना सिर सीट पर टिकाया और अपनी आँखों में आये अनचाहे आंसुओं को पोंछते हुए बोली

"ये बहुत.... बहुत मुश्किल है माँ ! क्या मैं आपके पास नहीं आ सकती?"

*****

3 दिन बाद मंगलवार के दिन हर्षा इंद्रजीत से वापस मिली

"तो क्या हाल है तुम्हारे?"

हर्षा ने हमेशा की तरह पूछा। इंद्रजीत उससे खुल गया था फिर भी उसने उसे ट्रैक वाली बात बताना ठीक नही समझा।

"कुछ नहीं... काम वही हमेशा की तरह..."

हर्षा ज्यादा कुछ पूछा भी नही और उसे फिर से अपने दिनभर में हुए घटनाक्रम के बारे में बताने लगी। इधर आजाद परिंदे बैंड ने एक गाना बजाया

"थोड़ा थोड़ा प्यार हुआ.... तुमसे..."

इंद्रजीत ने अचानक ही हर्षा से पूछा

"हम... कल.... तुम.... मुझे एक आखिरी बार तुम मुझे एक जगह लेकर गयी थी। मैं तुम्हें आज एक जगह लेकर जाना चाहता हूँ।"

हर्षा ने इंद्रजीत की तरफ देखा। फिर ऊपर से नीचे बैठ कर बोली

"मुझे कहीं ले जाना चाहते हो?"

"हाँ !"

"अच्छा कहाँ ले जाओगे?"

"पता चल जाएगा बस मेरे साथ चलना होगा। मेरी गाड़ी में।"

हर्षा ने एक पल रुककर कुछ सोचा और फिर बोली

"ठीक है।"

"हमें देर हो सकती है।"

उसने चेतावनी दी। हर्षा ने तुरंत अपना फ़ोन निकाला और अपने घर पर मैसेज किया

"मुझे आज भी देर हो सकती है। काम से बाहर जा रहे हूं।"

इंद्रजीत ने उसे हैरान हो कर देखा

"तुम्हें अपनी मम्मी पापा की कोई परवाह नहीं है?"

ये सुनते ही हर्षा के चेहरे पर अजीब से भाव आए। बस कुछ देर के लिए और फिर गायब हो गए। हर्षा ने गहरी सांस ली और बोली

"वो लोग चिंता नहीं करेंगे तो परेशान मत हो। उन्हें बस इस बात की फिक्र है मैं कहीं भटक ना जाऊं इसलिए कह रखा है कि मैं उन्हें बता कर जाऊं।"

"अच्छा!"

“और....?"

"और तुम्हारे घर में और कौन कौन है?"

“भाई बहन।"

"ठीक है तो चलो चलते .."

तब तक राम गाड़ी लेकर आ गया था तो वो दोनों गाड़ी में बैठ कर सर्कस वाली जगह पर पहुंचे।

*****

गाड़ी से सर्कस वाले स्थान पर पहुंचे तो पाया कि वहां बहुत है रंग-बिरंगे तंबू लगे हुए हैं। साथ ही अलग-अलग तरह की सजावट भी हुई है। इंद्रजीत ने पूरे सफर के दौरान एक बात गौर की थी। हर्षा कार में बैठने के बाद उतना नहीं बोल रही थी जितना वह आम दिनों में बोला करती है। उसने अपने सैंडल खोले और अपने दोनों पैर ऊपर रखकर घुटनों को

सीने से चिपका लिया था। हाथ बांधकर वह बाहर की तरफ देख रही थी। उसकी नजरों में एक अलग सी कशिश थी जिसे इंद्रजीत चाह कर भी समझ नहीं पा रहा था। वो अपनी मंजिल पर पहुंचे तो इंद्रजीत ने हर्षा को उतरने को कहा। हर्षा बिना कुछ बोले पहले ही उतर चुकी थी और वो खुश हो कर छोटे बच्चे की तरह कूदते हुए बोली

"तुम बोले मुझे कहीं लेकर जा रहे हो मगर वो जगह सर्कस होगी ये मैंने सोचा भी नहीं था। मैं सर्कस कितने समय से देखना चाह रही थी पर अफसोस मैं नहीं देख पा रही थी।"

"अच्छा क्यूँ?"

"दरअसल काफी समय से सर्कस को उतना अच्छा समर्थन नहीं मिल रहा है... हालांकि सर्कस में काम करने वाले सभी लोग परंपरागत कलाओं को विरासत से आगे बढ़ाते हुए आ रहे हैं तो इनका सच में समर्थन होना चाहिए मगर आजकल लोग इन्हें देखना इतना पसंद नहीं करते... इसलिए इनकी लोकप्रियता कम हो गई है... जिस कारण इन्हें बहुत सी परेशानियों का सामना करना पड़ता है.... कई बार जगह नहीं मिलती तो कई बार उचित संसाधन नहीं मिलते।"

"ऐसी बात है?"

"हाँ तुम्हें पता नहीं आजकल सरकार ने कितने नियम बना दिए हैं। जानवर नहीं रखोगे, जानवर रखोगे तो इतने से ही रखोगे, आदमियों से, जानवर से यह काम नहीं कर सकते हैं, वो काम नहीं कर सकते हैं, जानवरों का विकल्प क्या होगा और क्या प्रक्रिया से होगा?"

वो लोग अंदर घुसे और पहले तंबू में पहुंचे। वहाँ नट और नटी अपनी कला का प्रदर्शन कर रहे थे। वो डंडों के सहारे बंधी रस्सी पर एक लड़की लंबे डंडे का संतुलन बना कर चल रही थी। उसके सिर पर तीन मटके रखे हुए थे। हर्षा छोटे बच्चे की तरह आँखों में चमक ले इस खेल को देख रही थी। पर ध्यान से देखने पर पता चलता है कि वो कहीं खोई हुई है। इंद्रजीत ने उससे पूछा

"क्या तुम ने पहले इस सब को नहीं देखा?"

हर्षा मानो किसी तरह की तंद्रा में थी और उसने पहली बार कुछ अलग जवाब दिया

"मेरे दादा दादी के साथ देखा था। तब मैं बहुत छोटी थी।"

इंद्रजीत को थोड़ा आश्चर्य हुआ। ऐसा पहली बार था जब हर्षा का जवाब थोड़ा अलग हो।

"तुम्हारे दादा दादी... तुम ने कभी उनका जिक्र नहीं किया?"

मगर हर्षा को को तुरंत अहसास हो गया कि वो कुछ और ही बोल गई है। हर्षा नज़रे सीधी कर बोली

"उनका..... क्या जिक्र करना था उनका? वो.... उनकी तो मौत हो चुकी है ना.... तो.. ."

"ओह! माफ़ करना।"

इंद्रजीत ने तुरंत माफी मांगी फिर उसने इस बात पर भी गौर किया कि हर्षा अपने दादा दादी के बारे में बात नहीं करना चाह रही थी। ऐसा क्या हुआ होगा कि वो उनका ज़िक्र भी नहीं नहीं करती। तभी उसके मन में एक बात आई

'हो सकता है वो उनको याद कर दुःखी हो जाती हो।'

नट का खेल खत्म हुआ तो हर्षा ने ताली बजाकर उनका उत्साहवर्धन किया। उसके बाद वो लोग दूसरे नंबर के तंबू में पहुँच गए हैं। वहाँ छोटी छोटी लड़कियां कूदते हुए करतब दिखा रही थी। कुछ देर तब देखने के बाद वो लोग अगले समूह में पहुंचे। जहाँ पर एक मदारी रीछ और बंदर का खेल दिखा रहा था। वो कभी बंदर को कुछ करने के लिए कहता तो कभी बंदरया निकाल कर ले आता जिससे दुल्हन की तरह कपड़े पहने हुए थे। फिर बंदर और बंदरिया साथ में नाचने लगते। इंद्रजीत को नहीं पता क्यों वो यह काम करने यहां आया है। उसे कुछ ख़ास पसंद नहीं आ रहा था। हर्षा के साथ वो अपना काम कैसे कर पाएगा जो उसके वहां आने का कारण है।

पर उसको तो बड़ा अच्छा लग रहा था। शायद यही वजह है कि वो हर्षा के साथ एक बहुत सहज महसूस करता था। मानो वो अपनी हो कोई करीबी हो। और जब से उसे वो सपना आया है तब से उसे ऐसा लग रहा है कि वो हर्षा से पहले शायद कहीं मिला है पर....

खैर यह सिर्फ उसका अंदाजा भी हो सकता है। हो सकता है वो कभी कहीं टकराए हो मगर कोई ऐसी महत्वपूर्ण घटना न हो इस वजह से

इंद्रजीत को उनकी मुलाकात याद रहे। उसके बाद वो लोग करतब में पहुंचे हैं जहाँ कुछ जोकर एकल पहिए वाली साइकिल पर चलते हुए गेंदों का संतुलन बनाए हुए थे और अपने हाथों से उन्हें गोल गोल घूमा रहे थे फिर एक जगह जाने पर छोटे छोटे लोग जिमनास्टिक का करतब दिखा रहे थे। फिर आगे जाने पर कुछ लोग झूला झूलते हुए तरह तरह के करतब दिखा रहे थे। आगे एक हाथी फुटबॉल खेलते हुए आया था और घोड़े नाचते हुए आए। सभी समूहों में घूमने के दौरान इंद्रजीत, हर्षा के साथ साथ वहाँ की स्थिति पर भी गौर कर रहा था। ये सच बात थी कि उनकी वर्तमान स्थिति से यही लग रहा था कि सर्कसवालों का समय ज्यादा अच्छा नहीं चल रहा है। दर्शक बहुत कम थे। बेचारे सारे जोकर और कलाकार बहुत अच्छे से तैयार हो कर अपने अनुभव अपनी कला का प्रदर्शन कर रहे थे मगर शायद वो नाकाफी था क्योंकि लोग वहाँ पर कम ही आ रहे थे और जो कुछ आ रहे थे उनमें से कुछ लोग अपने फ़ोन में व्यस्त थे। मानो यहां समय बिताने आए हो और कलाकारों पर ज्यादा ध्यान नहीं दे रहे थे। इंद्रजीत ने यह भी गौर किया कि उन कलाकारों के चेहरे पर भले ही बनावटी मुस्कान हो मगर उनकी आँखों में निराशा साफ दिखाई दे रही थी।

तभी अचानक जब वो सर्कस के मुख्य समूह से होते हुए निकल रहे थे जिस के पीछे सारे कलाकारों के ठहर ने की जगह थी तो सर्कस का मालिक वहाँ दौड़ते हुए आया। दरअसल एक कलाकार ने इंद्रजीत को पहचान लिया था और उसने तुरंत अपने मालिक को खबर कर दी थी। सर्कस का मालिक दौड़कर इंद्रजीत के पास आया और हाथ जोड़ कर विनती करते हुए बोला

"नमस्ते साहब! हम जानते हैं हम कीमत नहीं चुका सकते उस जगह की... मगर यकीन मानिए हमें उस जगह की सख्त जरूरत है।"

हर्षा ये सुन कर थोड़ी हैरान हुई। उसे लगा था कि इंद्रजीत उसे यहां लेकर आया है तो उसका कोई काम नहीं होगा। पर सर्कस वाले की बात सुनकर हर्षा को थोड़ा सा दुख हुआ मगर वो ज्यादा परेशानी नहीं हुई। उसने कहा

"तुम बात करो मैं ज़रा इधर उधर देखती हूं।"

ये कहकर वो उसे कुछ दूर चली गई। इंद्रजीत तुरंत समझ गया कि हर्षा उसे निजता दे रही है ताकि वो सर्कस के मालिक के साथ बात कर सके। सर्कस का मालिक विनती करते हुए बोला

"हम आप के आगे हाथ जोड़ते हैं हमें उस जमीन के लिए अनुमति दे दीजिए क्योंकि हमारे लिए और सर्कस के लिए वो काफी कीमती है। जिस जगह पर हम ने अभी ये लगा रखी है वो काफ़ी दूर पड़ती है। और सरकार द्वारा आवंटित ज़मीन बहुत महंगी है और वो लोग बहुत ज्यादा किराया ले रहे हैं। इसका किराया ज्यादा निकल जाएगा तो हमारे लोगों का खर्च कैसे निकलेगा? जैसा कि आप देख पा रहे हैं, यहां बहुत कम लोग आते हैं। आजकल के बच्चे सर्कस देखना पसंद ही नहीं करते हैं। उन के पास मोबाइल फ़ोन हो गए हैं तो अपनी मर्जी से जो चाहे वो फ़ोन पर देख लेते... और अगर किसी को कुछ देखना भी होता है तो टीवी पर देख लेते हैं। वीडियो चला लेते हैं। आजकल के लोगों को ही सर्कस अच्छी नहीं लगती... आप ने ये... लड़की देखी। ये कठपुतली का खेल दिखा रही है। ये राजस्थान का विशेष कठपुतलियों का खेल है। आइए...."

वो बड़ा ही उतारू दिख रहा था। कहते हैं गरीबी विनम्रता सिख देती है। इंद्रजीत ने गौर किया कि उसके कदम भी यह दर्शा रहे थे कि वो किसी भी तरह से इंद्रजीत को मानना चाहता है। शायद उसकी स्थिति बहुत खराब है।

*****

हर्षा हर एक समूह में फिर से गयी है और वहाँ का सबसे खूबसूरत वीडियो बनाया और उसको इंटरनेट पर डालते हुए बोली

"जानते हैं! बहुत से लोगों को यह अजीब लगेगा कि मैं एक सर्कस का वीडियो डाल रही हूँ क्योंकि हम तो आसानी से उसको कहीं भी देख सकते हैं। आप फ़ोन पर वीडियो पर कहीं भी मगर माननीय जो लोग इस सर्कस के लिए मेहनत करते ... उनको इसकी बहुत ज्यादा कीमत चुकानी पड़ती है... कई बार वो इतने ज्यादा घायल हो जाते हैं कि उन्हें इलाज के लिए बड़े अस्पताल जाना पड़ता है.... मगर क्योंकि उनकी कमाई ज्यादा नहीं होती तो अपना इलाज नहीं करवा पाते और जिंदगी भर के लिए अपाहिज हो कर रह जाते ... आग के करतब दिखाने वाले कई बार झुलस जाते

हैं और उन का इलाज समय पर न होने के कारण वो मर भी जाते ... यह जो जिम्नास्टिक दिखा रही हैं ये लड़कियां बहुत कठनाई का करतब करती... कई बार गिरने पर इन के पांव की हड्डियों तक टूट जाती है फिर भी ये सभी लोग अपनी सभी कमियों को या अपनी तकलीफों को भुला कर हमारे लिए चेहरे पर मुस्कान रख कर करतब दिखाते हैं और हम लोग क्या करते हैं? ये देखिये कुछ लोग फ़ोन चलाने में व्यस्त... और बस कुछ ही लोग दिलचस्पी से देख रहे हैं मगर बाकी सब ऊब रहे... हमें ज़िंदगी की छोटी छोटी चीजों में खुशियां ढूंढनी चाहिए.... हमें यह जानना होगा कि हम जब तक उन लोगों की कद्र नहीं करेंगे जिन्होंने कभी हमारे बचपन को संवारा है.... तब तक हमारा भविष्य सुखद नहीं हो सकता... हम आजकल की तकनीक की दौड़ में इतने आगे निकल चूके हैं कि हम अपनी जड़ों को, परंपराओं को भूल चूके हैं। ये देख रहे हैं यह नट नटनी का खेल है। ये लोग बहुत मेहनत करते हैं और इनका संतुलन लाजवाब होता है। इनकी एकाग्रता सीखने लायक है... अगर आप सोच रहे होंगे सीखें किससे ये कौन है.... ज्यादातर किसी ने इन्हें देखा ही नहीं... बहुत से लोगों को तो इनका नाम भी नहीं पता होगा और ये जो उपकरण काम में लेते हैं उनका नाम भी नहीं पता होगा। हमें यह पता होना चाहिए और यह देखिए यह मदारी का खेल बहुत से लोग कहेंगे जानवरों पर अत्याचार है... अगर आप गौर से देखें तो आपको मालूम चलेगा कि ये जानवरों पर अत्याचार नहीं है बल्कि एक जानवर और मनुष्य के बीच का अनोखा रिश्ता है। इन बंदरों को... या यहाँ सर्कस में काम करने वाले जानवरों को प्रताड़ित नहीं किया जाता है... जैसा कि हमें अक्सर बताया जाता है... सर्कस के जानवरों का प्रयोग एक ऐसी कला है... जहाँ हमें थोड़ी सख्ती दिखानी पड़ती है मगर एक बार जब रिश्ता स्थापित हो जाता है तो उसके बाद सभी को समान रूप से रख देते है... और हम क्या करते है वैसे बहुत से लोगों को इस छोटे लोगों से दिक्कत है मगर क्या वो ऐसा नहीं करते की कोई भी चीज़ का काम हो जाने के बाद उसे रख देते हैं और फिर काम में नहीं लेते। तकनीक ने हमें आलसी बना दिया है... आखिरकार हमें कभी ना कभी तो इन तकनीकियों का खामियाजा भुगतना पड़ेगा। आजकल बच्चे बचपन में ही मोटे हो रहे हैं... अगर हम

उन्हें सर्कस में जाये तो उनके शरीर में बहुत से रसायनों का स्राव होगा जो शायद उन के लिए अच्छे रहेंगे... मैं हर्षा आप लोगों से इतनी विनती करती हूँ कि यदि आप के शहर में कभी सर्कस लगे... तो एक में एक बार समय निकाल कर... अपने बच्चों को वहाँ जरूर ले जाये.... वरना ऐसा ना हो कि भविष्य में कोई उन से पूछे कि सर्कस क्या होता है तो उन्हें मालूम ही ना हो ... और उन्हें बस उतना ही पता हो जो हम विदेशी लोगों के बीच देखा करते हैं... उन्हें जो हमने टीवी और वीडियो में देखा है...."

हर्षा ने वीडियो वहीं के एक कर्मचारी के फ़ोन से यूट्यूब पर डाल दिया और अपने फ़ोन द्वारा भी इस को बहुत लोगों के साथ शेयर कर दिया।

"आप यह सब काम क्यों कर रही है?"

उस कर्मचारी ने हर्षा से पूछा तो उसने कर्मचारी की ओर देखा और बोली

"कई बार हम लोग सोचते है कि ये तो बहुत छोटी छोटी चीजें है... इससे क्या होगा पर मुझे लगता है आप लोगों को अपनी जिंदगी से जुड़े पहलुओं को सभी के साथ साझा करना चाहिए। लोग जब आपकी कला के महत्त्व को समझेंगे, उसके पीछे के संघर्ष को, इसके पीछे की कड़ी मेहनत को जानेंगे तब उन्हें मालूम चलेगा कि वो लोग क्या खो रहे हैं। कितनी बेशकीमती चीज़ को वो लोग नज़रअन्दाज़ कर रहे हैं। हम अक्सर बहाना बना देते हैं कि हमारे पास समय नहीं है... मगर हमारे पास इतना समय है कि हम बेवजह मोबाइल पर कुछ भी देखें। किसी को परवाह नहीं हम मोबाइल पर कितना समय बिता देते हैं तो क्यों ना थोड़ा समय निकाल कर हम लोग आप सबकी कद्र करें।"

हर्षा ने एक गहरी मुस्कराहट से कहा तो वो कर्मचारी भी मुस्कुराने लगा। उसकी आंखें भीग गई। उसने सुबकी लेते हुए कहा

"काश आप लोगों जैसी सोच सबकी हो!"

हर्षा की बातों से प्रभावित हो कर्मचारी ने ये सब सर्कस के मालिक को भी बताया। मालिक ने खुद कठपुतली का अद्भुत नाच इंद्रजीत को दिखाया। वो एक तरह से कठपुतली को नाचने के जरिए अपना दर्द बयां करना चाहता था कि लोग अब उन्हें नहीं जानते। उनकी कला को कैसे इस्तेमाल किया जाता है, ये नहीं जानते हैं और उनकी कद्र नहीं करते।

तब तक हर्षा भी वहाँ आ गई। उसने अपना फ़ोन चालू कर रखा था और कठपुतली के खुबसूरत नाच को रिकॉर्ड कर आधा ही यूट्यूब पर डाला और बोली

"आपको ये अद्‌भुत कठपुतली नाच पसंद आया? आगे की कहानी जानना चाहते हैं तो मैं नहीं डालूंगी आपको खुद आकर तंबोला सर्कस पर देखनी होगी। यहाँ के कलाकारों द्‌वारा की जाने वाली हैरतंगेज और अद्‌भुत कलाकारी को दिखिए और समझिए कि वो लोग कैसे यह सब करते हैं। यहां ऐसे चमत्कार है जो अक्सर हमने किस्से कहानियों में सुने होते हैं..."

इंद्रजीत हर्षा को देख रहा था। हर्षा मुस्कुराकर खेल खत्म होने का इंतजार करने लगी। कठपुतलियों को चक्कर काटने के साथ ही नाच का खेल खत्म हो गया तो मालिक आतुर हो बाहर आया और उसने कातरता भरी निगाहों से इंद्रजीत को देखा फिर हाथ जोड़ कर कहा

"आप देख रहे हैं ना... हमारे हालात... हमारी स्थिति वाकई अच्छे नहीं है। अब यहां लोग नहीं आते हैं। अगर लोग आने लगे और अच्छी कमाई होने लग जाएगी तो तुरंत ही हम किश्त जमा करा देंगे। साथ ही हमने कुछ लोगों को उधार दिया था। वो जल्दी ही लौटाने का कह रहे थे। वो जल्दी दे देंगे या ज्यादा दे देंगे तो हम.... आप हम लोगों को जमीन दे दीजिये।"

हर्षा ने इंद्रजीत की ओर देखा मगर यह उसका कार्यक्षेत्र नहीं है इसलिए वो इसमें किसी भी तरह का हस्तक्षेप नहीं कर सकती। इसलिए मन में ढेरों विचार होने पर भी उसने उन्हें व्यक्त नहीं किया और चुप रही। इंद्रजीत कुछ देर वहीं खड़ा रहा फिर उसने सिर्फ सिर हिलाया और बगैर कुछ कहे सर्कस से बाहर निकल गया। हर्षा को थोड़ा बुरा लगा। उसने एक क्षण विचार किया सर्कस का मालिक हताश हो गया। उसके कंधे नीचे गिर गए।

"लगता है यहाँ से भी जाना पड़ेगा..."

हर्षा को यह सुन कर दुख हुआ। उसने अपने पर्स में चेक किया तो उसके पास 3000 थे जो उसने कुछ खरीदने के लिए थे। वो खरीदना भी जरुरी था मगर इतना भी नहीं। इसलिए उसने चुपचाप कुछ तय कर उस

सर्कस के मालिक से कहा

"क्या मैं आपके गले लग सकती हूं?"

उस सर्कस मालिक ने उसे नम आँखों से देखा तो वो बोली

"आप गलत मत समझिए। दरअसल मुझे आप का खेल बहुत अच्छा लगा..."

"अच्छा हाँ...!!"

वो हिचकिचाते हुए हर्षा के गले लगा। हर्षा ने गले लगने के दौरान ही उसने उसकी पैंट की जेब में एक लिफाफा डाल दिया। उसमे तीन हज़ार रुपए थे। और उसे एक खूबसूरत है छोटा सा लॉकेट देते हुए बोली

"यह लॉकेट खुशी, सौभाग्य और शांति के लिए है। यह हमेशा मेरे पास रहता है। इसे आप रख लीजिए। अब क्या पता आप की किस्मत इसी से अच्छी हो जाए। या कहें किस्मत बदल जाए। लीजिए..."

ये कह कर उसने वो लॉकेट उसकी जेब में खिसका दिया। मालिक ने गहरी सांस ली। वो भावुक हो गया। उसने अपना हाथ अपनी अपनी पैंट की जेब में रखा है और मुस्कराते हुए हर्षा को विदा किया। वो उसकी सोच को सराहते हुए सोचने लगा

'अक्सर ऐसे लोग कम आते हैं जो हमारे लिए स्वाभाविक तौर पर खुश होते है। हमारी कद्र करते हैं। साथ ही दिल से हमारे लिए दुआ भी करते हैं। ईश्वर ऐसे लोगों का भला करें।'

वो तो संतुष्टि के भाव लिए हर्षा को जाते देख रहा था, वहीं इंद्रजीत ने जब हर्षा को उस सर्कस मालिक के गले लगते देखा तो ना जाने क्यों उसे बहुत बुरा लगा। उसे अपने सीने में जलन सी महसूस हुई। मगर क्यों? वो ऐसा महसूस क्यों कर रहा है? वो अपने आपको को समझ नहीं पा रहा था। खैर उसने देखा कि हर्षा ने उस सर्कस मालिक की जेब में कुछ रखा था और अब वो दान पेटी की ओर जा रही थी। दरअसल उस सर्कस मालिक के हावभाव से हर्षा समझ गई थी कि अगर वो उसे पैसे जेब में देगी तो स्वाभिमान के चलते वो उन्हें वापस कर देगा इसलिए उसने उस लिफाफे को निकाल लिया था और अब वो उसे दान पेटी में डालने वाली थी। मगर अंत में उसने पहले वाले निर्णय पर ही अमल किया। उसकी हरकतें देख इंद्रजीत को उसके इरादों पर थोड़ा शक हुआ

मगर हर्षा ने ज्यादा कुछ नहीं किया और चुपचाप उसके पैसों को धीरे से बहाना करते हुए सर्कस मालिक की जेब में रख दिया। वहाँ से बाहर आ गई। उसने इंद्रजीत को पहले ही कार में सवार हो गया है। वो अपने सामने के आकर्षक दृश्य को एक पल रुककर देखने लगी। निर्विकार भाव वाला इंद्रजीत और एक शानदार, आकर्षक कार। वो कार में जल्दी से बैठ गयी।

"चले?"

"हाँ!"

वो लोग जाने लगे तो उस सर्कस के मालिक ने देखा कि उसकी जेब में कुछ है। जब उसने निकाल कर देखा तो वो वही लिफाफा था। लिफाफे में 3000 थे। उसे याद आया कि हर्षा जब उस के गले लगी थी और तो उसने अपने हाथ नीचे किए थे।

“क्यों?”

ये समझते ही वो दौड़कर बाहर आया। पर तब तक कार बाहर निकलने ही वाली थी। वो उन्हें रुकने का इशारा करता रहा। इंद्रजीत ने ये देखा तो उसे लगा कि हर्षा का कुछ सामान वहां रह गया होगा। उसने राम को गाड़ी रोकने के लिए कहा। गाड़ी रुकते ही सर्कस का मालिक दौड़ा दौड़ा आया और हर्षा की तरफ वाले कांच के पास जाकर उसे खटखटाया। हर्षा ने ना चाहते हुए भी कांच नीचे किया। वो समझ तो गई थी कि वो क्या कहना चाहता है। सर्कस का मालिक गंभीरता से बोला

"ये क्या कर रही है आप? मुझे खैरात या भीख नहीं चाहिए जो मेरे दायरे में नहीं है..."

हर्षा को बुरा लगा। उसने एक फीकी मुस्कान से कहा

"ये आप लोगों के हुनर की कीमत है। आप नहीं जानते हैं कि मैं यह सब देखने को कब से इंतज़ार कर रही थी। आप नहीं जानते कौन कब ये देख पाएंगे।"

"फिर भी मैं ये स्वीकार नहीं कर सकता।"

"क्यों नहीं? आप अभी मुश्किल में है। चीज़े और कठिन हो सकती है। ये आप अपने पास रखिए हारी बीमारी में काम आ जायेंगे। आप वादा कीजिए। मुझे यकीन है कि आप इसका अच्छा इस्तेमाल करेंगे। वैसे मेरे

पास व्यर्थ होते।"

"अच्छा!!!"

सर्कस मालिक ने नज़र झुकाते हुए कहा तो हर्षा बोली

"वैसे भी मुझे कुछ दिनों में तनख्वाह मिल ही जाएगी।"

इंद्रजीत ने उसकी तरफ एक भौं ऊंची कर देखा और मन ही मन बुदबुदाया

"ये तो सफेद झूठ बोल रही है।"

उस ने आज सुबह ही उसे बताया था कि उसे यह तनख्वाह अभी मिली है तो यानी हर्षा ने अपनी तनखाह में से 3000 ऐसे ही सर्कस मालिक को को दे दिए। उसने हर्षा की ओर देखा जिसने आख़िर सर्कस मालिक को मना कर वापस भेज दिया था। वो नाममात्र का कमा कर भी दूसरों को दान दे सकती है तो क्या वो रहम नहीं कर सकता। उसने अपना फोन निकाला और हाश्मी को मैसेज कर कहा

"सर्कस वालों को जमीन दे दो। उन के ब्याज की कीमत को कम कर देना।"

हाश्मी को हैरानी हुई पर वो समझ गया कि कोई है जिसके कारण वो अपने फैसले को बदल रहा है। यहां वो कृतज्ञ महसूस कर रहा था और सर्कस के बाहर मालिक कृतज्ञता से उनकी ओर देख रहा था। हर्षा ने मुस्कुरा कर उसकी ओर देखा और चुपचाप सामने देखने लगी। वो लोग वहाँ से निकल गए इंद्रजीत ने हर्षा को बसस्टैंड के पास छोड़ा और गली में मुड़ गया मगर वो उसे ही देख रहा था। उसकी उपस्थिति में हर्षा के चेहरे पर मुस्कान थी। पर हर्षा के चेहरे पर जो खिली मुस्कान थी वो अकेले होने के बाद बदल गई। वो उसकी परेशानियों, दुख आदि को दिखा रही थी। हर्षा पास आने पर अपनी बस में चढ़ी तो उसे बाहर से ही अपनी सहेली पल्लवी दिखाई दी। काफी समय बाद अपनी सहेली से मिल कर वो बहुत खुश हुई

"पल्लवी कितने दिन बाद मिली हो तुम। कहां थी?"

"अरे कुछ नहीं... गांव से बुलावा आया सो जाना पड़ा।"

पल्लवी ने मुंह बनाते हुए कहा तो हर्षा हंसते हुए बस में सवार हो गई। पल्लवी ने सीट पर बैठते हुए पूछा

“और तेरा हाल बता? क्या चल रहा है ज़िंदगी में?"

"कुछ नहीं बस वही सब।"

"अरे हां! वो मैंने तुम्हारा वीडियो देखा।"

"मेरा कौन सा वीडियो?"

हर्षा ने बैग ठीक से रखते हुए पूछा

"अरे वही!"

"क्या?"

"वो तुम्हारा सर्कस वाला व्लॉग।"

“तुमने भी देख लिया?"

"हां। चैनल सब्सक्राइब कर रखा है।"

"सच्ची!"

हर्षा ने नज़र घुमाते हुए पूछा तो पल्लवी ने उसके कंधे पर मारते हुए सिर हिलाया। हर्षा को सुरक्षित बस में सवार होता देखकर इंद्रजीत ने गहरी सांस ली और राहत के साथ अपने घर आ गया।

*****

घर आ कर भी वो इसी बारें में सोच रहा था। उसके मन अभी भी हर्षा का व्यवहार ही चल रहा था। फिर उसने अपना फ़ोन उठाया और हर्षा द्वारा बनाया गया वीडियो देखने लगा। ये ढूंढने के लिए उसने अपने हैकर आदमी वरदान की मदद ली और उसे आदेश दिया वो इस वीडियो को ज्यादा से ज्यादा लोगों तक भेजे। वो ना चाहते हुए भी हर्षा के बारे में ही सोचता हुआ सोया।

*****

अगले दिन हर्षा और इंद्रजीत फिर से मिले दोनों ने काफी देर बैठ कर बात की। शायद कल वाली घटना से इंद्रजीत, हर्षा को ना सिर्फ़ और अच्छे से समझने लगा बल्कि उससे और सहज होने लगा क्योंकि अब इंद्रजीत उस से काफी खुशी से बात किया करता है। वो दोनों ही उन दोनों की दोस्ती को एक स्थायित्व दे चूके थे। वो भी धीरे धीरे अपने बारे में बताने लगा था। उसे क्या पसंद है, क्या ना पसंद है, वो क्या करता है आदि मगर हर्षा ने कभी आगे बढ़ कर उसके बारे में कुछ जानने की कोशिश नहीं की। इंद्रजीत ने कुछ बात करने के बाद पूछा

"कल सर्कसवाले को तुमने पैसे दिए थे।"

उसके वाक्य में प्रश्न कम तथ्य ज्यादा था। हर्षा ने स्पष्टता से जवाब दिया

"हां।"

इंद्रजीत अपने सामने देखते हुए बोला

"हमने उसकी मदद कर दी है।"

"सच में!!"

अचानक ये सुन हर्षा ने खुश हो कर उसकी ओर देखा। उसकी आँखों की चमक को अनदेखा करना किसी के बस में नहीं था। इंद्रजीत ने सहमति में सिर हिलाया और बोला

"शायद तुम्हारा कहना ठीक ही है। हमें हमारे आसपास के लोगों के हुनर की कद्र करनी चाहिए।"

हर्षा ये सुन चौंक गई क्योंकि ये उसने वीडियो में ये बात कही थी और उस वक्त इंद्रजीत काफ़ी दूर था। उसने कहा

"वोह! तो तुमने वीडियो देख लिया।"

"हां!"

हर्षा को मुंह बनाते देख उसने पूछा

"क्या तुम मुझ से नाराज हो?"

उसका चिंतित स्वर सुन वो बोली

"हम लोग दोस्त है और हमारे पास अभी तक एक दूसरे का नंबर नहीं है।"

इंद्रजीत ने कुछ सोचते हुए अपना फ़ोन निकाला और हर्षा से बोला

"अपना नंबर बताओ।"

हर्षा ने मुस्कराते हुए जल्दी से उसे अपना नंबर दिया

“9856452107”

इंद्रजीत ने उसके फोन पर अपने नंबर से घंटी दी। हर्षा ने उसका नंबर सेव कर लिया। इंद्रजीत ने हर्षा की ओर तिरछी नजरों से देखा। उसने उसे अपना निजी नंबर दिया था जो सिर्फ उसके कुछ चुनिंदा और भरोसेमंद लोगों के पास था। उसने वो नंबर हर्षा को दे दिया। उसे खुद नहीं पता कि उसके मुँह से अचानक वही वाला नंबर क्यों निकला मगर उसने इस बात

पर ज्यादा ध्यान नहीं दिया। तभी उसने देखा कि हर्षा ने जल्दी ही उसका नंबर भी सेव कर लिया है। पीछे एक गाना बज रहा था जो उसे देख इस वक्त की इंद्रजीत की मनोस्थिति को अच्छे से वर्णित करता था

"... मुझे कोई यूं मिला है जैसे बंजारे को घर...."

यह उसकी स्थिति पर सटीकता से बैठ रहे थे। हर्षा उसके लिए एक तरह का नया घर बन चुकी थी। उसने महसूस किया कि वह किसी और के साथ इतना सहज... इतना अच्छा महसूस नहीं करता था जितना वो हर्षा के साथ करता है। और शायद वो वाकई उसका घर है। वो तो इस बारे में सोचना भी लगा था कि क्या हुआ है... क्यों... क्यों वो ये सब सोचता है? क्या वो उसे पसंद करने लगा है?

"वो..."

कुछ आगे बात हो पाती उससे पहले ही हर्षा की बस आ गई। हर्षा तेज़ी से उससे हाथ मिलाकर विदा लेने के बाद भाग गई। इंद्रजीत अपने हाथ को देखने लगा और फिर हर्षा को। ये लड़की एक तूफ़ान है। वो तूफान तो उसकी जिंदगी में दस्तक दे चुका है।

*****

अगले दिन दोनों की फिर से मुलाकात हुई मगर हर्षा ना जानें किस बात को लेकर बहुत हंस रहे थे।

"क्या हुआ तुम को? ज्यादा ही हंस रही हो?"

इंद्रजीत ने रोज़ वाली बेंच पर बैठते हुए पूछा तो हर्षा भी उसके पास बैठ गई

"पूछो मत! मेरे ऑफिस में ना... एक लड़का है। वो थोड़ा मोटा या कहे तुम समझ रहे हो ना... थोड़ा वजन ज्यादा है उसका..."

"तो उसने क्या किया?"

"तुम सुनो तो!"

"ठीक है।"

इंद्रजीत ने हाथ बांध लिए। हर्षा में किसी भी किस्से को बड़ी रोचकता से सुनाने का हुनर है। वो आगे बोली

"वो अपने काम को कर रहा था।"

"ठीक है..."

"तो शायद वो थक गया होगा तो वो है ना अपनी कुर्सी पर ऐसे बैठे बैठे ही झपकी लेने लगा। जब इस तरह से झपकी लेंगे तो तुम्हे तो पता ही होगा क्या होगा।"

"तो हुआ क्या?"

हर्षा ने मुंह बनाते हुए कहा

"तुम... हुआ यह कि झपकी के दौरान उसने अपना सिर सांस लेने के लिए ऊपर किया होगा... और जैसे ही सिर ऊपर हुआ कुर्सी पर पर झटका लगा और वो पीछे की तरफ गिर गया। धड़ाम!!! कुर्सी का पाया टूट गया। और जानते हो हैरानी की बात क्या है?"

"क्या?"

"ये कि उस लड़के की नींद तब तक नहीं खुली जब तक लोगों ने आकर उसके चेहरे पर पानी नहीं मारा। हमें तो लगा वो तो बेहोश हो गया है। तुम्हें पता है वो तीन चार दिन से सोया नहीं था..."

यह कहकर वो हँसने लगी। इंद्रजीत को वैसे किसी की हँसी खासी बर्दास्त नहीं होती मगर हर्षा की हँसी उसके कानो में मीठी मिश्री सी घोल रही है।

"अरे हां! सोने से मुझे याद आया देखो..."

हर्षा ने अपना बैग टटोला और पर्स निकाला।

"क्या?"

उसने हर्षा की तरफ देखते हुए पूछा जो बड़े मनोयोग से कुछ ढूंढ रही थी।

"हां! मिल गया।"

उसने अपने फ़ोन से इंद्रजीत की फोटो निकाली जिसमें वो सो रहा था। उसने इंद्रजीत से कहा

"ज़रा अपनी आंखें बंद करो।"

“किसलिए?"

"करो तो।"

इंद्रजीत ने एक लंबी सांस लेने के बाद आँखें बंद कर ली। हर्षा ने उस फोटो को क्रॉप किया और उसकी तस्वीर दिखाते हुए उसे कहा

"अब आंखें खोलो।"

उसने आँखें खोली तो अपने आपको सुकून से सोता पाया। वो चौंक गया। हर्षा के फोन में उसकी तस्वीर थी। वो एक कंधे पर सिर रखे हुए था। वो कंधा थोड़ा अजीब लग रहा था। फिर उसने मुस्कुराते हुए कहा

"तुम वाकई चालाक हो। पूरी तस्वीर दिखाओ।"

हर्षा ने हंसते हुए उसे पूरी तस्वीर दिखा दी जिस में वो हर्षा के कंधे पर सिर रख के सो गया था

"हमारी ये तस्वीर इतनी प्यारी आई है।"

हर्षा ने तस्वीर देखते हुए कहा तो इंद्रजीत ने उसके हंसते हुए चेहरे को देखा। उसकी आँखें शरारत झलक रही थी। उसके गाल पर हल्का डिंपल पड़ रहा था। इंद्रजीत ने गंभीर होते हुए कहा

"इसे डिलीट करो।"

वो सोच भी नहीं सकता कि वो ऐसे ही बस में असतर्क सो कैसे सकता है मगर उसे याद आया कि उस दिन वो लोग घूम के बहुत थक गए थे। शायद इस वजह से ही वो सो गया मगर उसके अंतद्र्वंद से अनजान हर्षा ने अपना हाथ ऊपर उठाया और बोली

"मैं नहीं दूंगी..."

इंद्रजीत पहले ही उससे लंबा था तो उसका हाथ तो आसानी से पहुँच सकता था। हर्षा ने उससे बचने के लिए जिस हाथ में फ़ोन था उस को और ऊंचा किया और फिर कूदने लगी। इंद्रजीत उस से फ़ोन छीनने के लिए कोशिश करने लगा। चुलबुली होने के कारण वो इंद्रजीत से बच पा रही थी मगर वो भी उसे गंभीरता से नहीं ले रहा था। आस पास से जाते हुए लोग उन्हें ऐसा करता देख रहे थे। जो लोग इंद्रजीत को जानते थे वह हैरान थे, तो कुछ लोग तो यही सोचकर डर रहे थे कि अब बेचारी हर्षा का क्या होगा जिसने इंद्रजीत को नाराज कर दिया है। इधर अचानक ही पीछे आजाद परिंदे बैंड ने एक पुराने गाने का अभ्यास शुरू किया, एक नए अंदाज में

'तस्वीर तेरी दिल में... जिस दिन से उतारी है... फिर तुझे संग लेके, नए नए रंग लेके, सपनो की महफिल में...'

जैसे जैसे गाने के बोल आते जा रहे वो लोग एक दूसरे के साथ उस तस्वीर के लिए खेल रहे थे। आखिरकार इंद्रजीत ने उस तस्वीर को

हासिल कर लिया और उसे डिलीट कर दिया हर्षा फिर भी मुस्कुरा रही थीं। तभी उन्होंने देखा कि उनकी स्थिति कुछ अजीब है। हर्षा पूरी तरह से इंद्रजीत और दीवार के बीच में फंसी हुई है। इंद्रजीत का एक हाथ हर्षा के खाली हाथ को पकड़े हुए है और एक हाथ में फ़ोन है। हर्षा ने दो पल इंद्रजीत की आँखों में देखा फिर खांसकर उसे दूर होने के लिए कहा।

"ओह!"

इंद्रजीत जो तंद्रा में खो गया था वो थोड़ा सकपका गया मगर ये चेहरे पर जाहिर नहीं होने दिया। पर ये हैरानी की बात तो है कि हर्षा ने कुछ ही दिन उसकी ये क्या हालत कर दी मगर उसे उसकी बात समझने का समय नहीं था क्योंकि उसकी खुद की स्थिति बहुत खराब थी। उसका दिल इतना तेज़ धड़क रहा था। उसके मन में एक अजीब सी ख्याल आया। हर्षा को छूने का, उसे किसी प्रियसी की तरह छूने और.... उसने तुरंत एक झटके से हर्षा को खुद से दूर किया और अपने विचारों को पीछे धकेला। उसने दांत पीसते हुए खुद को डांटा। वो ऐसा सोच भी कैसे सकता है। तभी उन्हें बाहर गाने बजाने की आवाज सुनाई दी।

"ये अभ्यास आज़ाद परिंदे तो नहीं कर रहे हैं?"

"हम्म। पता नहीं।"

"ओके।"

"हर्षा!! क्या कर रही हो?"

हर्षा ने बिना कुछ जवाब दिए इंद्रजीत का हाथ पकड़ा और उसे सड़क की तरफ ले गई। सड़क पर एक बारात आ रही थी। इसी में गाने बज रहे थे। देखकर हर्षा ने खुश हो कर अपना बैग एक तरफ़ झाड़ियों में छुपा कर रखा ताकि किसी को दिखाई नहीं दे और अपने फ़ोन को अपनी जेब में रख बोली

"अरे! ये तो गिर जाएगा, तुम थोड़ी देर मेरा फ़ोन रख लोगे!"

उसने इंद्रजीत को अपना फ़ोन दे दिया। इंद्रजीत ने देखा उसके फ़ोन पर कोई लॉक नहीं है। उसकी प्रतिक्रिया देखकर हर्षा ने मुस्कुरा कर कहा

"मेरा फ़ोन देखना चाहो तो बाद में देखना पर पहले इधर आओ।"

इंद्रजीत ने उसे एक भौं ऊंची करते हुए हर्षा को देखा। हर्षा शायद पहली लड़की होगी जिसने अपना फ़ोन छुपाया नहीं। हर्षा ने उसका हाथ

पकड़ा और उसे बारात के बीच में ले गई। इंद्रजीत के लिए ये काफ़ी नई बात थी। वो काफ़ी समय बाद ऐसा कुछ करने का रहा था। बारात पर बैंड बाजे वाले गाने बजा रहे थे

"...इश्क तेरा तड़पावे.... दिल चोरी साडा हो गया..... तुनक तुनक...."

और भी बहुत से उर्जात्मक गाने बज रहे थे। हर्षा बारात के बीच गई और उन गानों पर अजीब तरीके से नाचने लगी। थोड़ी देर में उसने पाया कि इंद्रजीत उसे देख रहा था तो हर्षा ने उसके उससे कहा

"क्या हुआ?"

इंद्रजीत ने थोड़ा रुककर कहा

"मुझे ऐसा डांस नहीं आता।"

हर्षा ने ये सुन ना तो उसका मज़ाक उड़ाया और ना ही कोई टिप्पणी की, उसने उससे कहा

"कुछ मत सोचो। बस तुम्हारे मन में जो आ रहा है उसे अपने हाथ पैरों के जरिए निकाल दो।"

हर्षा की हरकते, उसकी मुस्कान, उसका खुशमिजाज अंदाज संक्रामक था और इंद्रजीत ना चाहते हुए भी बड़ी सी मुस्कान के साथ उसके कदमों की नकल करने लगा। अपनी नकल करते हर्षा ने देखा तो उसे रोकते हुए बोली

"ऐसे नहीं है... अपने हाथ हवा में उठाओ और बस मन में इन गानों को, इसके संगीत को समाने दो और जब ऐसा हो तो अपने आप तुम्हारे हाथ चलेंगे।"

इंद्रजीत को तो पहले ये बेमतलब का तर्क लगा। फिर भी उसका उम्मीद भरा चेहरा देख उसने हर्षा के कहे अनुसार किया। वाकई उसके हाथ पैर अपने आप चलने लगे हैं और वो एक बेहतरीन तरीके से अपने आप को एक नए मनोरंजन में महसूस करने लगा। उसने ध्यान ही नहीं दिया कि वो और हर्षा, बारात के काफी दूर जाने तक नाचते रहे।

अचानक हर्षा को याद आया कि उसने अपने बैग तो झाड़ियों में छुपाए थे। उसने इंद्रजीत का हाथ पकड़ा और पीछे की ओर भागने लगी। उसने जाते जाते अपनी जेब से 10 का नोट निकाला और बारात की ओर उछाल दिया जिसे बारात में बैंड लाइट उठाने वाले लोगों में से किसी ने

उठा लिया। हर्षा ने उनकी और हाथ हिला कर विदा ली। हालांकि कोई उसको देख नहीं रहा था। फिर वो इंद्रजीत को लेकर अपने बैग के पास आई । अपने सामान को सुरक्षित पा उसने लंबी सांस छोड़ी और बोली

"शुक्र है किसी ने चुराया नहीं।"

उसके मन में राहत भर गयी। फिर वो इंद्रजीत की तरफ मुड़ी और बोली

"पता है मेरे इस बैग को कोई चुरा लेता तो मेरी क्या हालत होती है? पता है कितना कीमती हैं ये?"

"क्यों? इसमें क्या है ऐसा?"

"इसमें तुम्हारे लिए.... कुछ भी कीमती नहीं है..."

हर्षा ने खोई खोई आँखों से बैग खोल कर दिखा दिया। वाकई हर्षा के उस बैग में लैपटॉप के सिवाय कुछ भी ऐसा नहीं था जो कोई चोर चुरा कर ले जा सके। बल्कि उसका बैग तो अव्यवस्थित लग रहा था।

"अच्छा है!"

इंद्रजीत को ना जाने क्यों ऐसा लगा कि अगर कोई बेचारा चोर हर्षा के बैग को चुरा लेता तो पछताकर खुद ही बता देता।

"ओह! बस आ गई। चलती हूं। बाय!!"

"बाय!"

इंद्रजीत ने उसे जाते देख रहा था। अक्सर वो बस में सवार होने के बाद भी उसे देखती है। फिर वो भी घर पहुंच गया।

*****

जब वो खाना खा रहा था तब वो अपनी तस्वीर के बारे में सोच रहा था। मगर हर्षा के चेहरे की हँसी याद कर वो अलग ख्यालों में खो गया। उसकी तस्वीर दिखाते समय उसके चेहरे के भाव उसे रह रह कर याद आ रहे थे। उसे यह भी समझ नहीं आ रहा कि वो हर्षा से गुस्सा क्यों नहीं है जबकि अगर उसकी जगह कोई और इंद्रजीत की फ़ोटो खींच लेता तो वो उस पर बरस पड़ता। उसे कभी भी तस्वीरें लेना पसंद नहीं ख़ासकर तब जब वो कोई उसकी मर्जी के खिलाफ़ उसकी तस्वीरें या उसकी निजी सूचना का इस्तेमाल करें।

"क्या बात है? गहरी सोच में लग रहे हो?"

हाश्मी ने उसके विचारों की रेलगाड़ी को विराम देते हुए उससे पूछा तो इंद्रजीत ने एक गहरी सांस छोड़ते हुए पूछा

"क्या मैं आजकल कुछ ज्यादा ही लापरवाह हो गया हूं?"

हाश्मी एक दम से खांसते हुए बोला

"तुम से किसने कह दिया? तुम और लापरवाह? सूरज पश्चिम से उग सकता है, तुम लापरवाह नहीं हो सकते। पर क्या हुआ है? तुम कुछ अलग लग रहे हो?"

इंद्रजीत ने कोई जवाब नहीं दिया फिर रुकते हुए कहा

"क्या मेरा व्यवहार या व्यक्तित्व बदल गया है?"

हाश्मी ने कुछ सोचते हुए कहा

"सभी के लिए, नहीं। हर्षा के लिए, हां। जरा रुको ये उसी के बारे में है ना?"

इंद्रजीत ने चम्मच नीचे रखी और अपना सिर सहलाते हुए कहा

"कुछ समझ नहीं आता। उसके साथ रहना अच्छा लगता है, उस की बातें अच्छी लगती है और उसका अंदाज अच्छा लगता है। ऐसा लगता है कि वो संक्रामक है, मुझे बदल रही। मेरे अंदर से किसी ऐसे व्यक्ति को बाहर ला रही है जिससे मैं अनजान हूं। मुझे शुरू में वो बिल्कुल पसंद नहीं थी। मुझे लगता था वो मुझसे डर जाएगी या मैं उससे जल्दी परेशान हो जाऊंगा। पता है मैंने उसे अपना रुतबा दिखाकर डराने की कोशिश की। पर वो लड़की डरती ही नहीं है। उसके पास होने पर मुझे अजीब महसूस होता है। ये मेरे साथ क्या हो रहा है?"

हाश्मी ने काफ़ी समय बाद उसे इतना बोलते देखा। वो वाकई हर्षा के प्रभाव से हैरान है वरना दो शब्द बोलने वाला, जिससे पूरा शहर डरता है, जो हमेशा स्पष्ट और विवेकपूर्ण निर्णय लेने वाला उसका दोस्त इंद्रजीत असमंजस में कैसे हो सकता है। फिर उसने दाल की घूंट लेते हुए कहा

"क्या ऐसा हो सकता है कि वो तुम्हें पहले से जानती हो?"

"वो मेरी वास्तविक पहचान तो जानती हैं। और वैसी भी मैंने तो कोई पहचान बदली नहीं है। जहाँ तक मुझे लगता है हम पहले कहीं नहीं मिले हैं।"

"फिर ये तो सोचने की बात है। उसका व्यवहार तुम्हारे साथ विशेष हैं क्या?"

"वो मेरे साथ वैसा ही व्यवहार करती है जैसा एक दोस्त दुसरे से करता है।"

हाश्मी बुदबुदया

"सिर्फ दोस्त।"

इंद्रजीत कुछ देर के लिए शांत हो गया। हाल में हो रही घटनाओं और इंद्रजीत के व्यवहार परिवर्तन के बारे में सोचकर कुछ सोचते हुए हाश्मी ने नज़रें उठाकर इंद्रजीत की ओर देखा। इंद्रजीत का पूरा ध्यान अपने खाने के ऊपर था। जैसे ही उसने चम्मच उठाकर अपने मुंह की ओर बढ़ाया, हाश्मी बोला

"कहीं ऐसा तो नहीं कि तुम्हें... उस हर्षा से प्यार तो नहीं हो गया है!"

"क्या!!!"

इंद्रजीत जिसने गास खाई ही थी कि उसे लगा खाना उसके गले में अटक गया था। हाश्मी जल्दी से उठकर उसके पास आया और फिर पीठ थपथपाई। उसने उसे पानी पीने को दिया।

"क्या मेरा सवाल इतना ज़्यादा अजीब था जो तुम्हें धांस ही चढ़ गयी। हुं?"

एक सांस लेने के बाद इंद्रजीत बोला

"देखो मजाक नहीं करना..."

"मगर सच कहूँ तो तुम समय बिलकुल ऐसे लग रहे हो जैसे कोई शख्स प्यार में होता है।"

"मगर ऐसा कैसे हो सकता?"

"क्यों नहीं हो सकता? तुम कोई प्यार करने से प्रतिबंधित थोड़ी हो। और हो सकता है कि जो तुम्हें उसके साथ अच्छा लगता है, वो इस वजह से ही अच्छा लगता कि तुम्हें उस से प्यार हो गया हो?"

"क्या मतलब?"

"देखो हो सकता है कि तुम उसके साथ महसूस करते हैं, वो भी तुम्हारे प्यार के कारण हो।"

इंद्रजीत ना में सिर हिलाते हुए बोला

"कुछ समझ नहीं आ रहा।"

ये कहकर वो चुप हो गया। हाश्मी ने एक चिनगारी लगा दी थी। अब उसने आगे कुछ बोलने की जरूरत नहीं थी। धीरे धीरे आग अपने आप बढ़ जाएगी। वो ये सोचते हुए मन ही मन मुस्कुराता हुआ अपने खाने में व्यस्त हो गया। दरअसल जब उसने नुसरत को इस बारे में बताया था तो उसी का यह सुझाव था कि वो इंद्रजीत को इस बारे में सुझाए और अगर उसकी प्रतिक्रिया उसके बताए अनुरूप हुई तो ये उनके लिए बहुत अच्छी सूचना होगी। और इंद्रजीत की प्रतिक्रिया देखकर हाश्मी को यकीन हो गया कि शायद धीरे धीरे ही सही वो अपने शैल से बाहर निकलकर हर्षा से प्यार करने लगा है। वो अपने दोस्त के लिए खुश हैं क्योंकि भले ही वो हमेशा उसके साथ है, पर फिर कभी-कभी ऐसी परिस्थितियां होती है जब वो अपने मन के विचार और भाव उसके साथ साझा नहीं कर सकता। उस वक्त परिवार के किसी ऐसे सदस्य की जरूरत होती है ज़ो बिना पूर्व धारणा के बात को सुने और समझे। कोई ऐसा जिससे मन की बात करने में कोई झिझक ना हो।

जहाँ तक वो हर्षा के बारे में जान पाया है उसकी बातें दिल को छू लेने वाली है जो उसे तसल्ली दे रहीं हैं कि इंद्रजीत भी अब उस अनुभव से ज्यादा दूर नहीं है। उसे पूरा यकीन है कि हर्षा इंद्रजीत को एक बेहतर इंसान के साथ एक खुशहाल इंसान में बदल देगी। इंद्रजीत ने हाश्मी के चेहरे पर छाई खुशी को महसूस कर लिया था मगर उसका कारण नहीं समझ पा रहा था।

कमरे में जाने के बाद, कपड़े बदलते समय भी वो उन्हीं सब बातों के बारे में सोच रहा था जो उससे हाश्मी ने कही थी। इन्हीं बातों को सोचते हुए वो सो गया। उसे एक अजीब सा सपना आया। इसमें उसने एक अजीब और अनजान घर देखा और फिर अगले दृश्य में किसी की लाश को पड़े देखा जिसका खून काफी फैला हुआ था। उसने खून में अपना प्रतिबिंब देखा तो वो काफी डरा हुआ लग रहा था मगर उसका रूप तो अभी वाला था यानी की 30 की उम्र का, तो फिर वो किसकी मौत देखकर डर गया या फिर..... उसके अंतर्मन की पुकार सुनकर वो उठ बैठा। वो बहुत विचित्र महसूस कर रहा था। उसने एक गहरा सांस ली मगर तभी

उसे अपने घर में किसी और की उपस्थिति महसूस हुई। उसने कड़क आवाज में पूछा

"कौन? कौन है यहां?"

मगर कोई प्रतिक्रिया नहीं आई। इंद्रजीत बिस्तर से उठ खड़ा हुआ और उसने अपनी बालकनी खोल कर देखा। उसे कोई दिखाई नहीं दिया। अपना भ्रम समझ वो सोने चला गया। मगर वो इस बात से अनजान था कि कोई पर्दे के पीछे छुपा उसे देख रहा था। शायद उसकी योजना इंद्रजीत की हत्या की थी मगर इंद्रजीत के जाग जाने की वजह से उस शख्स को अपनी योजना बदलनी पड़ी। फिर वो शख्स बालकनी से होते हुए बाहर निकल गया। उसके चेहरे पर निराशा और अपनी योजना विफल होने का गुस्सा साफ देखा जा सकता था।

"आज तुम बच गए हो पर देखता हूँ कब तक बचोगे!"

*****

इंद्रजीत और हर्षा हमेशा की तरह मिले। आज मौसम बहुत खुशनुमा था। काले बादल हो गए थे और बारिश आने की संभावना स्पष्ट दिखाई दे रही थी। हर्षा ने अपने हाथ आपस में रगड़ते हुए कहा

"मौसम काफी अच्छा हो रहा है। हैं ना?"

वो लोग अपनी दिनचर्या से सभी बातें कर रहे थे कि अचानक बरसात शुरू हो गई थी। वो धीरे धीरे तेज होने लगी। इंद्रजीत ने ज्यादा कुछ नहीं कहा मगर हर्षा ने कहा

"मुझे लगता है हमें छतरी के नीचे चलना चाहिए।"

वो लोग जल्दी से वहाँ गए, जहाँ आजाद परिंदे बैंड अपना अभ्यास कर रहा था। वो बारिश को होते देख कर काफ़ी उत्साहित हो गए। बारिश से भरे गाने का अभ्यास करने लगे। फिर उनमें से किसी ने हर्षा को देखकर उसे भी साथ गाने के लिए कहा। पहले तो हर्षा चौंकी फिर थोड़ी नानुकुर की मगर उनके ज्यादा प्रोत्साहित करने पर उसने मुस्कुरा कर आगे बढ़ी। हर्षा ने बैंड के सदस्यों की ओर मुस्कुराकर देखा। उन्होंने उससे पूछा

"तुम कौन सा गाना गाओगी?"

इंद्रजीत एक खंबे के सहारे हाथ बांधकर खड़ा हो गया। उसकी दमदार छवि के कारण कोई उसके आस पास नहीं आता था। आज भी ऐसा ही हुआ। सिर्फ़ हर्षा थी जिसने उससे नज़रें मिलाकर उसे मुस्कुराकर देखा। उसने बैंड के सदस्यों को जवाब दिया

"सेबस्टियन बेन का बारिश।"

हर्षा का चुनाव सुन बैंड सदस्य सीटी बजाते हुए बोले

"ओह हो! नाइस चॉइस!!"

उन्होंने अपने आप को तैयार किया और हर्षा को शुरु करने का इशारा किया।

"तुम्हें बारिश बड़ा याद करती है... आज भी तुमसे मेरी बात करती है...."

इंद्रजीत ने सोचा था कि हर्षा को गाना गाना नहीं आता मगर उसकी आवाज सुन उसकी मुस्कान ठहर सी गई। यहां तक कि आज़ाद परिंदे बैंड के सदस्यों को भी हर्षा की आवाज काफी अच्छी लगी। इसलिए उन्होंने उसे अपने साथ और भी गाना गाने के लिए कहा तो हर्षा ने फिर यारियां फिल्म का बारिश गाना शुरु किया।

"इस दर्द ए दिल की सिफ़ारिश अब कर दे कोई यहां... कि मिल जाए इसे वो बारिश जो भीगा दे पूरी तरह!!!"

इंद्रजीत उसे मंत्रमुग्ध सा देख रहा था। आसपास के लोग आराम से उसकी नजरें महसूस कर सकते थे। कुछ देर बाद बारिश थमने पर हर्षा ने बिना किसी की परवाह करते हुए वहां भरे पानी में कूदना शुरु कर दिया, छपक छई। उसकी हरकतें देख इंद्रजीत ने अपनी आंखें बंद कर ली। हर्षा खुश थी, वो वाकई किसी पर ध्यान नहीं दे रही थी, भले ही आते जाते लोग उसे अजीब नज़रों से देख रहे थे।

तभी अचानक बारिश शुरू हो गई। जो लोग बाहर निकले थे, वो तेज़ी से वापस छाया में आ गए। तब भी हर्षा वहीं बारिश में खड़ी थी। वो हाथ फैलाकर, आँखें बंद करके बारिश को महसूस कर रही होगी। इंद्रजीत उसे ही देख रहा था। उसकी आँखों में कुछ गहराई थी। वो अपनी भावनाओं के बारे में सोच रहा था। उसकी नज़रे सिर्फ़ हर्षा पर टिकी हुई थी। उसने वाकई उसके जैसी लड़की नहीं देखी। हर्षा थोड़ी थकी हुई नहीं लग रही

थी। आज़ाद परिंदे बैंड के सदस्यों ने उसे देखा और उनके जहन में एक ही गाना आया

"बरसो रे मेघा मेघा!"

उन्होंने जल्दी जल्दी अपने वाद्य यंत्र बैठाए और गाना गाना शुरु किया। हर्षा ने ये गाना सुना तो मुस्कुरा कर उनकी ओर देखा और धुन के साथ गाना नाचने लगी। वो बेतरतीब ढंग से ही नाच रही थी फिर भी उसके कदम, भाव किसी पेशेवर नर्तक से कम नहीं थे।

हर बीतते दिन के साथ इंद्रजीत को हर्षा का एक नया रुप देखने को मिलता है। अनायास ही वहां खड़े कई लोगों ने उसकी वीडियो बनानी शुरु कर दी। ये देखकर भी वो अपनी धुन पर नाची जा रही थी। इंद्रजीत ने भी वीडियो बना लिया क्योंकि हर्षा बारिश में भीगने के दौरान बेहद खुश नजर आ रही है। उसके साथ बारिश में भीगने कुछ बच्चे और आ गए। वो भी उसके साथ नाच रहे थे। थोड़ी देर में जब उसे लगा कि अब वो और ज्यादा नाच नहीं पाएगी और थक गयी है तो वो वापस से छाया में आ गई। उसने एक प्यारी सी मुस्कान इंद्रजीत को दी क्योंकि वो उसे ही देख रहा था।

मगर अब उसे ठंड लग रही थी और वो लगातार छींक रही थी। शायद उसे ज्यादा ही ठंड लग गई थी क्योंकि ये पहली बारिश थी और मौसम की पहली बारिश में भीगना, बीमारियों को आमंत्रण देने जैसा होता है। इंद्रजीत ने थोड़ी शांति के बाद कुछ चिंतित स्वर में पूछा

"क्या तुम्हें बारिश में भीगना इतना पसंद है कि भले ही तुम बीमार हो जाओ? हम्म?"

हर्षा ने बारिश की तरफ़ देखा और फिर हां में सिर हिलाते हुए बोली

"हाँ मुझे फिर भी अच्छा लगता है।"

मगर फिर वो इतना कहने के साथ ही छींकने लगी। आसपास के लोगों को थोड़ी चिंता हुई मगर उन्होंने कुछ किया नहीं। वो बुदबुदाए

"और नाचो पहली बारिश में।"

"और नहीं तो क्या?"

"अब घर वालों को परेशान करेगी।"

"हम्म कौन जानें बिगड़ैल हो।"

"हो सकता है मन मर्ज़ी करती हो।"

हर्षा को सबकी बातें सुन रही थी मगर उसने उन पर बिल्कुल भी ध्यान नहीं दिया। उसका ध्यान या तो बारिश पर था या इंद्रजीत पर। उसके लगातर छींकने से इंद्रजीत को चिंता हुई इसलिए उसने अपना कोट उतारा और हर्षा के कंधों पर अच्छे से डाल दिया। हर्षा ने भी तुंरत उस कोट की गर्मी को महसूस करने के लिए अपने शरीर से चिपका लिया। भले ही इंद्रजीत ने यह स्वाभाविक चिंता के कारण और अपनी बढ़ती हुई भावना के कारण किया था मगर हर्षा के दिल की धड़कन भी बेचैन हो दौड़ रही थी। इंद्रजीत की हालत भी ज्यादा अच्छी नहीं थी। हर्षा को अपना कोट पहने देखकर उसके दिल का हाल भी किसी प्यासे परिंदे जैसा था। वो दोनों एक दुसरे की तरफ देखने लगे और आसपास के लोग उन्हें। किसी ने भी इंद्रजीत को किसी की चिंता या परवाह करते नही देखा। पर मजाल किसी की जो कुछ कह दे। हर्षा ने अपनी हाथ घड़ी में समय देखा। वो बोली

"अरे! बस का समय हो गया। निकल गई तो स्टेट बैंक से पकड़नी पड़ेगी।"

ये कहकर वो उठने लगी तो उसका पांव फिसल गया। इंद्रजीत ने उसे थामते हुए उसकी खड़े होने में मदद की। उसने कहा कुछ भी नहीं पर उसकी क्रिया उसकी मंशा को साफ़ दर्शा रही थी। जब वो बस स्टैंड तक पहुंचे तभी बस आती दिखाई दी। बस रुकने पर इंद्रजीत ने हर्षा की बस में चढ़ने में मदद की। हर्षा ने मुस्कुरा कर उसकी तरफ़ देखा और बोली

"तुम अच्छे हो, इंद्र।"

इंद्रजीत ये सुनकर रुक सा गया। क्या ये पहली बार नहीं था कि किसी ने उसे अच्छा कहा है। कुछ प्रतिक्रिया मिलने से पहले बस चल पड़ी। जहाँ ज्यादातर लोग इंद्रजीत की तरफ सीधे तरह से देखते भी नहीं है वहीं हर्षा उसके नज़रों से ओझल होने तक उसे देखती रही। हर्षा अपने कंधे पर रखे कोट की गरमाहट को महसूस किया। अगर इंद्रजीत उसकी परवाह नहीं करता तो वो उसे अपना कोट नही देता। अगर ये प्यार नहीं है तो भी हर्षा के लिए जो वो अभी महसूस कर रहा है वो काफी खुबसूरत अहसास है। वो नज़रे नीचे कर अपनी ही सोच पर हंसने लगी। फिर उसने चारों

तरफ देखा। कुछ लोग उसे उत्सुकता से देख रहे थे तो कुछ का अपने में ही ध्यान था। उसकी नज़र खोई खोई पल्लवी पर गई। पल्लवी अपनी डायरी में कुछ पढ़ रही थी। हर्षा चुपचाप उसके पीछे खड़ी हो डायरी पढ़ने लगी। पल्लवी अपनी अब तक की जिंदगी के बारे में अपने द्वारा लिखी बातें पढ़ रही थी। कैसे वो शहर आई , उसका काम को लेकर सन्देश और फिर उसे कैसे प्यार हो गया। हर्षा उसके उस प्यार के किस्से को बड़े ध्यान से देखने लगी। फिर वो अपने गीले बालों को एक तरफ कर नीचे झुकी और पल्लवी के कान में बोली

"वैल वैल मुझे नहीं पता था कि तुम भी इस तरह की बातें लिख सकती हो?"

हर्षा की बात सुन पल्लवी ने शर्म से लाल हुए गाल संभाले और फिर एकदम से डायरी बंद की और फिर उसकी तरफ़ घूरते हुए बोली

"प्राइवेसी के बारे में कुछ सुना है या नही?"

"नहीं!!"

हर्षा हंसते हुए उसके पास बैठ गई। पल्लवी ने देखा उसका मूड आज अच्छा है तो उसकी इस बात को दिल पर नहीं लिया और बोली

"वैसे आज हुआ क्या है जो तुम्हारा मूड इतना अच्छा है?"

हर्षा के चेहरे पर एक मद्धम हंसी थी। उसने पल्लवी को कोई जवाब नही दिया और बस बाहर हो रही रिमझिम को देखने लगी।

वो घर पहुंचने के बाद भी ऐसे ही शांत थी। वो खिड़की की चौखट पर बैठी बाहर देख रही थी। कपड़े बदलने के बाद भी उसने इंद्रजीत के कोट को हाथ में लिया हुआ था। उसका शरीर बुखार से तप रहा था। क्या वो जो अनुभव कर रही है वो किसी भी लिहाज से सही है या

*****

अगले दिन हर्षा को कुछ दस्तावेज़ गोदाम से ऊपर लाने के लिए बोला गया। चूंकि वो थोड़ा ज्यादा सामान था इसलिए वो लिफ्ट में तेज़ी से घुस गई। तभी उसकी मुलाकात किसी अनजान से हुई। वो शख़्स उसे ही देख रहा था। हर्षा ने तिरछी निगाहों से उसकी तरफ़ देखा। वो उसे पहचानने की कोशिश कर रही थी।

'ये मुझे इस तरह से क्यों देख रहा है क्या ये मुझे जानता है?'

वो उसी के कद का आर्कषक व्यक्ति था। वो दिखने में कुछ अलग सा था। उसने धीरे से कहा

"क्या मुझे पहचाना नहीं?"

हर्षा ने एक तिरछी नज़र से उसे देखा और बोली

"नहीं!!"

उसने अपना काम संभाला और दुसरी तरफ मुंह कर लिया। वो शख्स उसकी तरफ हाथ बढ़ाते हुए बोला

"ये सामान भारी लग रहा है। कहो तो मैं तुम्हारी इस सामान को सही जगह ले जाने में मदद करूं?"

हर्षा बोली

"कोई जरुरत नहीं!!"

"छोड़ो भी ये कैसी फार्मल्टी!!"

'अजीब चिपकू है!'

ऐसे किसी से मिलने की उसने कल्पना नहीं की थी। शायद ये आदमी ऑफिस में पहले काम किया करता था। उसके आने के कुछ समय बाद ही उसने वहाँ काम करना छोड़ दिया था। वो आदमी अब बोला

"हर्षा!! कैसी हो तुम?"

उसने उसकी बात पर चौंक कर उसे देखा। हर्षा को समझ नहीं आया कि उसे उसका नाम कैसे मालूम है। फिर उसका ध्यान अपने आईडी कार्ड पर गया।

'ओह तो ऐसे उसे मेरा नाम पता चला।'

उसने सच में उसे नहीं पहचाना। वो तो छोड़ों उसे उसका नाम भी याद नहीं है।

"माफ करना मैं अभी भी इस बारे में कुछ याद नहीं कर पा रही।"

"चलो कोई बात नहीं। खैर लाओ मैं मदद करवा दूं।"

"मैंने कहा ना कोई जरुरत नहीं।"

उस शख्स ने आगे कुछ भी नहीं कहा। लिफ्ट रुकने की आवाज आई। उस आदमी ने एक सरसरी निगाहों से हर्षा को देखा फिर वहाँ से चला गया। हर्षा ने इस बारे में ज्यादा कुछ नहीं सोचा और फिर अपने काम पर लौट गई।

*****

शाम होते होते ये घटना उसके जहन से बाहर हो गई। काम खत्म कर वो वहां खड़ी हो गई जहाँ वो हमेशा इंद्रजीत का इंतजार करती है। वो बोर हुई तो फोन देखने लगी। तभी उसे किसी की आवाज आई। उसने इधर उधर देखा। कोई उसे वहीं पास से दीवार के पीछे बुला रहा था। हर्षा ने इधर उधर देखा मगर कोई नज़र नहीं आ रहा था। वो जानती थी उसे इंद्रजीत तो नहीं बुला रहा होगा क्योंकि वो आज थोड़ा जल्दी छूट गई थी और इंद्रजीत को आने में अभी काफी वक्त है। उसने एक भौं ऊंची कर उस तरफ देखा। कोई सच में उसे ही बुला रहा था। उसने अपना फोन जेब में रखा और उस तरफ गई। जब उसने वहाँ जाकर देखा तो वहां वही लड़का था जो उसे लिफ्ट में मिला था। हर्षा ठहर गई। उसने हाथ बढ़ाते हुए कहा

"तुम?"

उस व्यक्ति ने हर्षा को एक बार फिर अपनी सरसरी निगाह से उसे देखा। उसके हाथ में एक आधी जली सिगरेट थी। उसने एक कश लेते हुए कहा

"क्या मुझे अभी भी नही पहचाना?"

हर्षा ने अपने हाथ बांध लिए और बहुत गौर से उसका चेहरा देखा मगर उसका नाम तक उसे याद नही आया। उसने ना में सिर हिलाया तो लड़का हँसने लगा और बोला

"कितनी अजीब बात है ना? मैंने अपने प्यार का इजहार तो किया था। तुम्हें पता भी नहीं है...याद भी नहीं है..."

हर्षा को अभी भी कुछ याद नहीं आया। वो मन ही मन बोली

'कौन है ये पागल! अजीब ही बात कर रहा है।'

वो एक लंबी साँस लेकर बोली

"देख भाई! मुझे नहीं पता तुम ये क्या कह रहे हो? क्यों ये बोल रहे हो? कौन हो तुम?"

"सच में!!"

हर्षा ने उस पर आगे ध्यान नहीं दिया और पलट कर जानें लगी। वो आदमी चिढ़ गया और उसका हाथ पकड़ते हुए बोला

"तुम!!!! तुम सचमुच बहुत अजीब लड़की हो? क्या तुम्हें कोई और ऐसा मिल गया जिस की वजह से तुम मेरी बात और मेरे इज़हार को भूल गई।"

हर्षा ने अपना हाथ छुड़ाने की कोशिश की। वो दांत पीसते हुए बोली

"देखो! मुझे नहीं पता तुम किस बारे में बात कर रहे हो। हो सकता है ये गलत फहमी हो। वैसे भी मैं तुम्हें नहीं जानती।"

वो व्यक्ति अपनी आंखें घुमाते हुए बोला

"अच्छा एक साल जब तुम यहाँ काम करने नई आई थी... उस वक्त मैंने अपने प्यार का इजहार तुम से किया था... और तुम मुझे ही भूल गयी। एहसान फरामोश कहीं की। मैंने उस समय तुम्हारी बहुत मदद की थी।"

"मुझे तो कुछ भी याद नहीं आ रहा है।"

हर्षा को वाकई कुछ भी याद नहीं था। उसे नहीं पता कि ये शख्स किस बारे में बात कर रहा है। उसने जब देखा कि वो अभी भी उसे छोड़ नहीं रहा है तो वो झुंझलाते हुए बोली

"मुझे नहीं पता!!"

वो व्यक्ति एक तिरछी मुस्कान देते हुए बोला

"लेकिन मुझे नहीं लगता है कि ऐसा कुछ है?"

हर्षा ने एक गहरी सांस ली और बोली

"मुझे नहीं पता कि तुम ये सब क्यों कह रहे हो मगर यकीन मानो जब मैंने कहा कि मुझे कुछ भी याद नहीं है तो इसका मतलब है मुझे कुछ भी याद नहीं है।"

"अच्छा!! तो तुम अभी भी यह दिखावा करने वाली हो। ठीक है!! देखते हैं कब तक तुम ऐसा करती हो।"

उसने उसे जबरदस्ती अपने करीब खींचा और फिर उसके बालों को खोलते हुए बोला

"क्या तुम्हें अभी भी याद नहीं है? मैंने तुम्हें पहली मुलाकात में ही कहा था कि तुम अपने बाल खुले रखा करो।"

हर्षा के बाल भले ही रूखे लग रहे थे मगर वो काफी सुंदर और रेशमी थे। उसने उसे धक्का दिया और खुद को दूर करते हुए बोली

"मैं तुम्हें आखिरी चेतावनी दे रही हूँ। आइन्दा मेरा हाथ पकड़ने की कोशिश की या मुझे अपने पास खींचा तो तुम पछताओगे!!"

"वरना क्या? क्या कर लोगी तुम?"

"मैं....!!!"

उस शख्स ने उसे हँसी में उड़ा दिया और ताली बजाई। वहीं पास से चार पांच आदमी निकलकर उनके सामने आ गए। वो चेहरे से ही गुंडे लग रहे थे। बेढबा शरीर और शराब की गंध उनके बारे में बहुत कुछ बयां कर रही थी। हर्षा उन्हें देख घबरा गई। पर फिर जल्दी ही उसने अपना मन शांत किया। उसने खुद से ही कहा

'मैं ना तो इनसे डरूंगी ना भागूंगी!'

आजकल वो काफी बदल गई है और बहुत साहसी बन गई है। हर्षा उस शख्स को देखने लगी। इस से ना तो पहले वो मिली है और ना ही उसने उसके इज़हार को सुना है। ऊपर से इसने अभी तक अपना नाम भी नहीं बताया। वो हाथ बांध कर बोली

"अगर तुम्हें ये लग रहा है कि मैं नाटक कर रही हूँ तो ये तुम्हारी गलतफहमी है। मैं फिर से कहती हूँ मैं तुम्हें नहीं जानती। और इन लोगों को यहां बुला लेने से तुम मुझे डरा नहीं सकते। ये चुप हूँ इसका ये मतलब कतई ही नही है कि मैं नाजुक या कमज़ोर हूं।"

वो हंसा और बोला

"मगर ये तो सच है ना! खैर तुम!! भाई!!! देख रहे हो इस लड़की को!! इस लड़की ने मुझसे कहा था कि जब मैं लौटूंगा तो ये मेरा इंतज़ार कर रही होंगी... मगर मैंने तो इसे किसी और लड़के के साथ हंस कर बातें करते देखा था। अब तुम्हीं बताओ मैं क्या करूं!"

वो आदमी एक दम से हर्षा को घूरते हुए देखने लगे। हर्षा ये देख सहम गई। फिर वो भी उन्हें घूरने लगी। उनमें से एक मोटा तगड़ा आदमी बोला

"अच्छा!!"

उसने हर्षा की ओर कदम बढ़ाए। हर्षा बोली

"देखो मुझे सच में लगता है कि तुम्हें कुछ गलत फहमी हुई है।"

"अच्छा ये गलत है कि तुम्हारे ज्यादा दोस्त नहीं है।"

हर्षा इस पर कुछ नहीं बोली

"क्या यह गलत फहमी है कि जब तुम यहाँ आई थी तब तुम इस जगह के बारे में कुछ भी नहीं जानती थी और तुम किसी से मदद चाहती थी।"

"नए शहर में आने वाला हर शख्स उस शहर के बारे में सब कुछ जानता हो यह जरूरी नहीं है।"

"ओह ऐसी बात है। अभी भी अनजान बन रही हो। ठीक है। देखते है तुम कब तक ऐसे व्यवहार करती हो और इसे तुम कितने आगे तक ले जाती हो?"

वो शख्स हाथ बांधते हुए बोला तो उसका साथी आँखें तरेरते हुए बोला

"लगता है इसे सबक सीखाना पड़ेगा।"

वो शख़्स ये सुन हंसते हुए बोला

"कहो! ठीक है अगर तुम मेरा इंतजार नहीं करती तो... थोड़ी समय मज़े तो कर लेने दो!!!"

वो उसके करीब आया। हर्षा पीछे हटती उससे पहले ही दो लोगों ने उसे घेर लिया। वो शख़्स उसके चेहरे पर उंगली फिराते हुए बोला

"तुमने भी मुझसे कहा था कि तुम मुझे बहुत पसंद करती हो। तो चलो उस चाहत को महसूस करते हैं।"

हर्षा ने अपनी कमर पर हाथ रखा। जैसे ही एक शख्स उसके करीब पहुंचा उसने अपना दायां हाथ उठाया। उस शख्स ने प्रतिक्रियावश अपना दायां हाथ उसके हाथ को पकड़ने के लिए उठाया मगर इतने में ही उसने अपने बाएं हाथ से चटाक की आवाज के साथ उस शख्स के चांटा मारा। वो लोग हैरान रह गए। हर्षा ने फिर उन लोगों की तरफ मुड़ कर जोर देकर कहा

"तुम्हें गलतफहमी हुई है.. मैं कोई ऐसी लड़की नहीं हूँ जिसे तुम जानते हो। मैंने तुम्हें कभी नहीं देखा और ना ही कभी तुम से ये कहा कि तुम मुझे पसंद हो... और रही बात मज़े करने की! तुम भूल जाओ तुम्हारी शक्ल देखी तुमने।"

"अच्छा!! तुम अभी इतना मना क्यों कर रही हो? क्या वो नया लड़का मुझसे ज्यादा अच्छा है? क्या वह तुम्हें मुझसे ज्यादा मज़े करवा सकता है? एक..."

"जबान को लगाम दो! तुम्हारे ऐसा करने से तुम अपनी ही कब्र खोदते जा रहे हो!"

"हाय! ये तेज़ तर्रार और तीखी जुबान! मुझे यह भी बहुत पसंद है। तुम्हारी पहले वाली मीठी मीठी बातें और वो मासूम सा चेहरा इतना मज़ा नहीं देता था जितना ये तुम्हारा तीखा स्वाद दे रहा है।"

वो अपने लोगों की तरफ़ देख बोला

"देख क्या रहे हो? उसके दोनों हाथ पकड़ लो! इस को सबक सीखाना पड़ेगा।"

"ऐसी बात है!"

हर्षा ने आगे कुछ भी नहीं कहा और फिर सीधे अपना घुटना उस शख्स की दोनों टांगों के बीच दे मारा। वो आदमी चोट के कारण कराह उठा और चिल्लाया

"मारो साली को!"

हर्षा ये सुन अपने आपको बचाने की कोशिश करने लगी मगर बाकी लोग उसे पकड़ रहे थे। आखिरकार वो अपने आप को छुड़ा कर बाहर की ओर भागने लगी। वो जा पाती उससे पहले ही एक शख्स ने उसके बाल पकड़ कर खींच लिए। हर्षा मन में गाली देते हुए सोचने लगी

'कमबख्त कहीं के। चाहते क्या है ये लोग?'

उसके बाल जिन्हें उसने दुबारा बाँधा था, खुल गए। इसका उसे जल्दी अहसास क्यों नहीं हुआ? हर्षा में अपने दाँत भींच लिए और फिर मुक्का उस शख्स के मुँह पर मारने की कोशिश की मगर इतने में ही उसने उसके हाथ को पकड़ लिया। उसने बचने की कोशिश की मगर उन्होंने उसको कस के बाजू से पकड़ लिया था। वो उसकी बाहें मोड़ने लगे। पर वो अभी भी अपने हाथ पैर चला चला रही थी। वही शख्स उसके सामने आया जिसकी टांगो के बीच उसने मारा था। उसका चेहरा गुस्से से तमतमा रहा था। उसने उसकी ठोडी पकड़कर ऊंची की और फिर एक झटके से छोड़ दिया और उसके पेट पर एक जोरदार मुक्का मारा।

"ओह!!"

हर्षा को दर्द हुआ पर फिर भी वो थोड़ा शांत हो गयी। वो शख्स सनकी की तरफ हंसते हुए बोला

"ऐसे!! ऐसे!!! तुम मुझे शांत पसंद हो। मुझे पता नहीं किसने तुम्हें इस तरह से जंगली बना दिया है। कोई बात नहीं। मैं तुम्हें फिर से पहले जैसे शांत बना दूंगा।"

हर्षा उसके मुंह पर थूकते हुए बोली

"घटिया आदमी!! मैं तुम्हें नहीं जानती और तुम भी मुझे नहीं जानते हो!! फिर क्यों ऐसा कर रहे हो !!"

"तुम्हें अभी भी ये लगता है कि हम एक दूसरे को नहीं जानते। ये बहुत बड़ी बात है। खैर! कोई बात नहीं लगता है किसी ने तुम्हारे दिमाग के साथ छेड़छाड़ कर दी है। अभी तुम्हें सब याद दिलाता हूँ।"

यह कह कर उसने हर्षा के चांटा मारने के लिए अपना हाथ उठाया। हर्षा ने अपनी आँखें बंद कर ली क्योंकि उसे पता था कि जितना बड़ा उसका हाथ दिखाई दे रहा है उससे हर्षा का गोरे गाल पर चांटे का छप जाना तय है। इसलिए उसने दर्द से थोड़ा बचने के लिए अपनी आँखें बंद कर लेते हैं।

पर कुछ देर हो जाने के बाद भी जब उसे दर्द महसूस नहीं हुआ तो उसने अपनी आंखें खोल कर देखी तो वहां गुस्से में लाल इंद्रजीत खड़ा था। उस ही उस शख्स की राह पकड़ रखी थी। वो शख्स छटपटाते हुए बोला

"कौन हो तुम! छोड़ो मुझे! क्या कर रहे हो?"

इंद्रजीत ने उसके हाथ को मरोड़ा और फिर उसके कस के चांटा मारते हुए कहा

"जब वो कह रही कि वो तुम्हें नहीं जानती तो फिर तुम क्यों उसके उसकी बातों को ना मान कर परेशान कर रहे हो, हूं?"

"भई तू कौन है? बड़ा डेढ़ श्याना बन रहे हो?"

तभी उनमें से एक आदमी ने इंद्रजीत को पहचान लिया और वो अपने मालिक से बोला

"बॉस!"

"हां!"

"ये तो शहर का डॉन है।"

"ओह!"

वो लड़का कुछ लड़खड़ाते हुए समझकर रुक गया और बोला

"देखो भाई तुम जो कोई भी हो हमारे बीच कोई दुश्मनी नहीं है मगर ये लड़की है जो मेरे बारे में भूल गयी है। मैं उसका मंगेतर था। मैं कुछ समय के लिए बाहर क्या गया ये किसी और के साथ अय्याशी कर रही है। और ऐसे... मैं बस इसे याद दिलाना चाह रहा था..."

"अच्छा किस तरह से याद दिलाओगे? और तुम हो कौन?"

"मैं इस शहर के विधायक का बेटा हूँ।"

"अच्छा! चलो तो वो तुम्हारी लड़की तुम्हारी मंगेतर थी और तुम इस को छोड़ के गए थे। उसी दौरान ये.... ये मज़े करने के लिए दूसरे आदमी के पास चली गई। क्या यही बात है?"

इंद्रजीत ने दांत पीसते हुए कहा तो वो बोला

"हाँ! बिल्कुल ऐसा ही है।"

इंद्रजीत उसे घूरते हुए बोला

"तो क्या करोगे तुम अगर मैं कहूँ कि वो दूसरा आदमी मैं था।"

उस लड़के का मुंह खुला का खुला रह गया और वो बस

"मैं... मैं..."

ही कह पाया। इंद्रजीत ने अपनी जेब में हाथ डाले और पूछा

"हां, तुम। क्या करोगे तुम?"

उस लड़के को कुछ समझ नहीं आया कि वो क्या कहे क्योंकि उसे निश्चित तौर पर गलत फहमी हुई थी। उसने एक नजर में ही पहचान लिया था कि हर्षा वो लड़की नहीं है। उसको तो हर्षा भी पसंद आई थी। वो तो ऐसा ही लड़का था जो हर सुंदर लड़की पर इसी तरह से डोरे डालता रहता था। जो लड़की उसे पसंद आती है उसे अपनी बातों में फंसाकर उस के साथ मज़े करता और फिर उसे छोड़ देता। उसे कोई फर्क नहीं पड़ता था कि बाद में उस लड़की का क्या होता है इसलिए वो अपनी जिंदगी को ऐश से जी रहा है। जैसे तैसे उसने खुद को संभाला और बोला

"देखो भाई मुझे लगता है... तुम्हें पता नहीं है ये कैसी लड़की है। इसने गलत किया है। इसने जरूर तुम्हें पटाया होगा। इसके लिए उसने ना जानें कैसी कैसी उलटी सीधी हरकतें की होंगी। मैं जानता हूँ कि ये कैसी है। वैसे जैसी भी हो, है तो मेरी मंगेतर ही। मैं इसे अभी यहां से लिए जाता

हूं। वो मैं तो इस को यहां से ले जाना चाहता था मगर ये जिद कर रही थी।"

इंद्रजीत का गुस्सा अब उसके चेहरे से झलक रहा था। उसकी क्रोध भरी आँखों को देखकर रख जिन लोगों ने हर्षा के हाथ पकड़े थे उन्होंने अनजाने में ही हर्षा के हाथ छोड़ कर पीछे कदम ले लिए। एक आदमी फुसफुसाते हुए उस शख्स से समझाने भरे लहजे में बोला

"सुन जो उस लड़की के पास खड़ा है ना वो खतरनाक आदमी है। उसकी डील डौल तो देखो जरा! मैं कह रहा हूँ भाई अगर तुम उस से ज्यादा उलझोगे तो तुम्हारे लिए अच्छा नहीं होगा। चुपचाप यहां से खिसक लो। होगा तुम्हारा बाप विधायक! पर ये आदमी डॉन है। अगर इसने एक बार तुम्हे उठवा लिया तो खाने वाने गए समझो।"

"मतलब?"

"मतलब ये कि फिर तुम्हारा बाप कैसा भी आदेश पारित कर दे। तुम भूल जाओ कि तुम इस शहर तो क्या है इस राज्य के आसपास भी अच्छे से जी पाओगे। ये अपनी निर्दयता के लिए जाना जाता है। तुम ने वो वीडियो नहीं देखी।"

"कौ.. कौन सी?"

"वही जिसके बारे में थोड़ी देर पहले बताया था।"

ये सुनते ही वो लड़का कांपने लगा मगर इंद्रजीत का कोई इरादा नहीं था उसे छोड़ने का।

इंद्रजीत थोड़ी देर पहले ही रोज़ वाली जगह पर पहुंचा था। उसे वहां हर्षा दिखाई नहीं दी तो वो अपना मोबाइल देखने लगा तभी उसे कुछ हलचल सुनाई दी थी। वो उस तरफ आया तो पाया कि इस विधायक के बेटे ने हर्षा के पेट पर ज़ोरदार मुक्का मारा है। उसका खून खौल उठा। वो हर्षा को तकलीफ में नहीं देख सकता। अभी जब वो शख़्स उसके चांटा मारना चाहता था तब उसे ऐसे लगा जैसे कोई उसके, इंद्रजीत के कीमती खजाने को नुकसान पहुंचाना चाहता है। पता नहीं क्यों पर ये विचार आते ही उसके मन में क्रोध का ज्वालामुखी धधकने लगा। मानो चोट हर्षा को नहीं बल्कि उसे लगी हो और उस पर नजर पड़ते ही उसका क्रोध चरम सीमा पर पहुँच जाए। उसने अपना गुस्सा उतारने के लिए उस शख्स

को जम कर पीटा। उस शख्स के साथी भी बच नहीं पाए और उन्हें भी इंद्रजीत के हाथों पिटना पड़ा। फिर उसे एक नाजुक हाथ अपने कंधे पर महसूस हुआ। वो पीछे मुड़ा तो उसके सामने हर्षा थी। वो बोली

"चलो! कुछ घटिया लोग इस लायक नहीं होते कि हम उन पर ध्यान दें। वैसे भी ऐसे नीचे गिरे हुए कुत्ते लोगों को हमें नज़रअन्दाज़ करना चाहिए। ऐसे कीड़े तो गटर में रेंगते रहते हैं। उनके के लिए हम गटर में जा के अपना हाथ को गंदा नहीं करेंगे ना!"

यह कह कर उसने अपनी जेब से रुमाल निकाला और इंद्रजीत की तरफ़ बढ़ाते हुए बोली

"लो अपना हाथ साफ़ कर लो।"

इंद्रजीत भी एक कुटिल मुस्कान के साथ रुमाल से अपना हाथ पोंछने लगा। फिर उसने वो रुमाल वहीं विधायक के बेटे के पास गिरा दिया। अपनी बेइज्जती पर उसे गुस्सा तो बहुत आ रहा था पर वो खून का घूंट पी कर रह गया। अब क्योंकि इस लड़की को शहर के डॉन का संरक्षण प्राप्त है वो कुछ भी नहीं कर सकता। हालांकि उसे हर्षा बहुत खूबसूरत लगी थी। इस वजह से वो उसे अपनी पुरानी बातों में उलझाना चाहता था। उसने अपने एक दोस्त से ये बात पता लगाई थी कि ये लड़की कुछ समय से ही यहाँ काम कर रही है और इस कारण उसके ज्यादा दोस्त नहीं है, तो उसने इस सूचना का इस्तेमाल कर हर्षा का फायदा उठाने की कोशिश की। मगर पहला उसने सोचा नहीं वो उसे इतनी दृढ़ता से मना कर देगी और दूसरा उसने ये नहीं सोचा था कि उसका सहयोग करने के लिए शहर का डॉन होगा। वो अपनी जान बचाकर जैसे तैसे अपने साथियों के साथ रेंगते हुए वहाँ से निकल लिया।

*****

"मुझे नहीं पता था, तुम इस तरह की भाषा भी बोल सकती हो!"

जब उनके जाने के बाद वो दोनो अकेले बचे तो इंद्रजीत ने अपना रूमाल निकाला और हाथ से खून साफ़ करते हुए पूछा। हर्षा अपने कपड़े झाड़ते हुए बोली

"हां बोल सकती हूं। और इससे भी बुरी बोल सकती हूँ मगर ये कोई बड़ी बात नहीं है। कुछ ऐसे घटिया लोग होते हैं जिन के साथ गाली

गलौच करना या असभ्य भाषा का इस्तेमाल करना ज्यादा अच्छा होता है बजाय उन को सीधी बातों से, विनम्रता से समझाने के..."

वो दोनों बमुश्किल कुछ कदम चले थे कि अचानक हर्षा को पेट में वहीं तेज़ दर्द उठा जहाँ उस शख़्स ने मुक्का मारा था। उस ने दीवार का सहारा लिया और अपना पेट पकड़ कर होठों को दबा लिया।

"तुम ठीक तो हो?"

इंद्रजीत को उसकी बहुत चिंता हुई। हर्षा कुछ नहीं बोली मगर इंद्रजीत समझ गया। उस शख़्स ने हर्षा के पेट पर काफ़ी जोर से मुक्का मारा था। ऐसा तो है नहीं कि हर्षा इस तरह के अभ्यास की आदि हो तो उसे चोट ना लगे। कुछ भी हो वो कैसे भी रहती हो मगर है तो एक लड़की। कोई माने ना माने मगर लड़कियों का शरीर लड़कों से अलग होता है। वो उसके करीब पहुंचा और बोला

"मैं तुम्हें हॉस्पिटल ले चलता हूँ..."

"नहीं नहीं!"

"अगर कोई परेशानी हो गयी तो!!"

हर्षा ने मुस्कान के साथ ना में सिर हिलाया और आगे बढ़ गई। पर थोड़ी दूर जाने के बाद ही वो एक बेंच पर अपना पेट पकड़ कर बैठ गयी। इंद्रजीत गंभीरता से बोला

"मुझे तुम्हें हॉस्पिटल लेकर जाने दो।"

हर्षा ने हां में सिर हिलाया और ज्यादा नानुकर नहीं की क्योंकि उसके पेट में दर्द धीरे धीरे बढ़ रहा था। उसके आँखों में आंसू आ गए थे लेकिन उसके मुँह से आवाज नहीं निकली क्योंकि वो इंद्रजीत को परेशान नहीं करना चाह रही थी। इंद्रजीत ने तुरंत राम को बुलाया। जब राम वहाँ पर आया तो उसने देखा कि इंद्रजीत ने हर्षा को सहारा दे रखा है और हर्षा के चेहरे पर दर्द साफ दिख रहा है। उसने जल्दी से दरवाजा खोला। इंद्रजीत ने सावधानी से हर्षा को बैठाया फिर खुद भी बैठ गया। कार में बैठते ही इंद्रजीत बोला

"तुरंत हॉस्पिटल चलो।"

"जी।"

राम ने तेज़ी से कार आगे बढ़ा दी। हर्षा ने इंद्रजीत का हाथ कस के पकड़ रखा था जिससे उस के दिल की धड़कन तेज हो गई मगर इस बार चिंता से। हर्षा भले ही कोई आवाज ना निकाल रही हो मगर उसके हाथ धीरे धीरे कंपकंपा रहे थे और इंद्रजीत को लग रहा था कि कहीं कुछ बुरा ना हो जाये। शायद उस व्यक्ति का हाथ भारी होगा और हर्षा को उम्मीद से ज्यादा लग गई होगी। उसने गहरी सांस ली और अपने आपको शांत किया। वो उसको पकड़ के जरूर पीटने वाला है। अगर हर्षा के कुछ भी हो गया तो फिर वो.... वो अचानक खुद के ही विचारों से चौंक गया। हाँ ये ठीक है कि वो सही समय पर पहुँच गया और हर्षा के साथ कुछ गलत होने से पहले ही उसने हर्षा को बचा लिया। मगर वो उसके लिए इतना परेशान क्यों हो रहा है कि वो एक दूसरे शख्स के पास जाकर उसे पिट देगा। उसने तुरंत हाश्मी को फ़ोन कर अपने डॉक्टर, डॉक्टर कौशल से संपर्क करने के लिए कहा और बोला कि वो इस काम किसी तरह की बाधा नहीं चाहता। डॉक्टर कौशल खबर मिलते ही तुरंत वहां आ गया। हर्षा को स्ट्रेचर पर लेटाकर अंदर ले जाया गया। उसकी जरूरी जांच की जांच करने के बाद उसने हर्षा को कुछ देर देखने के लिए कहा और उसे एक पेन किलर दिया। वो इंद्रजीत से बोला

"जांच की रिपोर्ट आने तक आप लोग को थोड़ा रुकना पड़ेगा।"

"कितनी देर लगेंगी?"

इंद्रजीत ने अपनी कड़क आवाज में उससे पूछा तो कौशल सकपकाते हुए बोला

"सर थोड़ी सी देर तो लगेंगी। रिपोर्ट बनाने में थोड़ा टाइम लगता हैं। आधे घंटे रुकिए। तब तक आप मैम के पास वेट लीजिए।"

इंद्रजीत पहले तो चौंका फिर धीरे से सिर हिलाते हुए बोला

"ठीक हैं!"

ये डॉक्टर भी इंद्रजीत के गिने चुने दोस्तों में से है जो उसके साथ लंबे समय से है। वो भी उसकी परेशानियों से वाकिफ है। उस ने भी देखा कि इंद्रजीत कभी किसी के लिए हॉस्पिटल नहीं आया क्योंकि वो इंद्रजीत के लिए काफी सालों से काम कर रहा है इसलिए अगर कोई परेशानी होती है तो डॉक्टर कौशल उस के पास ही आता था। इसलिए इंद्रजीत और कौशल

को काफी अच्छे से जानता है। वो ये देख खुश है कि इंद्रजीत के पास कोई है। और अगर इनका रिश्ता दोस्ती से कुछ ज्यादा का हो सकता है तो वो उनकी मदद करेगा। हर्षा को दो तीन अन्य लोगों के साथ देख उसने कुछ सोचा और फिर किसी को फोन किया। इंद्रजीत ने हर्षा के लिए पूरा कमरा ही बुक करवा लिया था। जब वो अंदर आया तो हर्षा उसकी इस हरकत से हंस रही थीं मगर वो कुछ बोली नहीं क्योंकि उसके सच में काफी दर्द हो रहा था। वो वैसे अपना मन हल्का करने के लिए हंस रही थी। जब वो अपने खयालों से बाहर आई तो इंद्रजीत कमरे में प्रवेश कर उसके पास आ रहा था। हर्षा ने उसे देखा और मुस्कराते हुए बोली

"ये कमरा!"

"हम्म्म!"

"ये कमरा बहुत खाली खाली सा है। इसमें ना तुम रंग करवाना। तुम ना उस दीवार पर पीला रंग कराना। इधर वाली पे लाल। ठीक है! फिर है ना मरीज को बहुत अच्छा लगेगा तो वो जल्दी ठीक हो जाएगा। तुम उसके लिए ना ऊपर खिलौने का स्थान देना। इस वजह से वो समझते रहेंगे कि वो अकेले नहीं हैं। एक टीवी भी लगवा देना। वो मरीज ठीक हो जाएगा, अपने आप।"

इंद्रजीत उसकी बात सुन कर मुस्कुरा उठा। उसे मुस्कुराते देख हर्षा बोली

"देखा तुम अभी काफी चिंता में लग रहे थे।"

इंद्रजीत बस मुस्कुराकर उसे देखने लगा। उसकी मुस्कान हल्की थी। हर्षा ने मुस्कराते हुए उसे धन्यवाद कहा। फिर उसने हल्की सी आह भरी और अपने पेट पर हल्का सा हाथ रखा और फिर एक गाना गुनगुनाने लगी

"मुस्कुराने की वजह तुम हो... गुनगुनाने की वजह तुम हो..."

इंद्रजीत उसके पास आया और बोला

"क्या तुम्हें ज्यादा दर्द हो रहा है?"

"ना!"

उसने देखा था वो कितना ज्यादा परेशान हो गया था। यह सोचकर हर्षा का दिल टूटता है कि इतने लंबे समय तक उसके आसपास कोई भी

नहीं था जो उसे सांत्वना दे सकता है और अब उसके खुद के चोट लग गयी। हर्षा ने गहरी सांस ली और बोली

"थोड़ी थोड़ी तकलीफ तो हो रही है मगर उतनी नहीं जितनी पहले हो रही थी। अगर वो मुझे फिर से मिला ना तो मैं ना एक लोहे का कड़ा पहन के ना उसके पेट में मुक्का मारूंगी।"

"क्या ऐसा दर्द हो रहा है? मैं उसको छोड़ूंगा नहीं। उसे ठीक करना होगा।"

इंद्रजीत वहां से जानें लगा तो हर्षा बोली

"अरे ठहरो!"

उसने इंद्रजीत के हाथ को अपने हाथ में लिया और मुस्कुराते हुए बोली

"यहां बैठो।"

उसने इंद्रजीत को अपने करीब बैठाया और फिर बोली

"पता है तुम्हारे जैसे लोग बहुत बेशकीमती और अद्भुत होते हैं।"

इंद्रजीत थोड़ा चौकन्ना हो गया। ये किस दिशा में उनकी बातचीत जा रही है! उसने उसकी आँखों में देखते हुए पूछा

"तुम क्या कहना चाहती हो?"

"मेरे कहने का मतलब यह है कि भले ही तुम्हें पता नहीं चला मगर तुम दुनिया के सबसे अच्छे दिलवाले और सबसे प्यारे इंसान हो। तुम्हारे जैसा इंसान कभी कभार ही किसी की जिंदगी में आता है और मैं खुशनसीब हूँ कि तुम मेरी ज़िंदगी में हो। बस बात ये है कि शायद ज़िंदगी ने तुम्हारे साथ इंसाफ नहीं किया इसलिए तुम जैसे अभी हो वैसे बन गए हो। मगर चिंता मत करो एक दिन ऐसा आएगा जब तुम बहुत खुश होगे, जब तुम्हें ज़िंदगी से कोई शिकवा नहीं होगा।"

इंद्रजीत ने उसकी बात सुनी तो ख्याल में खो गया और अनजाने में उसके चेहरे पर एक दुखद मुस्कान आ गयी। वो हर्षा के चेहरे की तरफ़ देखते हुए बोला

"काश जैसा तुम कह रही हो, ऐसा हो पाता पर शायद मेरी जिंदगी अब एक ऐसा रास्ता चुन चुकी है जहाँ पर भविष्य में मुझे शायद कुछ भी अच्छा ना मिले।"

"तुम इतने निराशावादी क्यों हो रहे हो? क्या पता भगवान ने तुम्हारे लिए कुछ बहुत अच्छा चुन रखा हो। जैसे कि मैं!"

वो हंसते हुए बोली

"जैसे कि मैं तुम से मिली तो तुम्हें फिर से खुशहाल और रंगीन जिंदगी जीने का मतलब समझ आया। है ना? तो हो सकता है ना भविष्य में तुम बहुत खुश रहो और अभी तुम जो कुछ सह रहे हो वो सब भगवान की परीक्षा हो।"

यह सुन कर इंद्रजीत हँसने लगा मगर उसकी हँसी खुशी वाली नहीं थी बल्कि ऐसी थी उसमें बहुत गहरा दर्द छुपा था। ये देख हर्षा ने उसकी आँखों में देखते हुए पूछा

"क्या तुम मुझे बताना चाहोगे कि क्या चीज़ तुम्हें परेशान करती है!"

हर्षा हॉस्पिटल के बिस्तर पर लेटी हुई थी पर उसे ऐसा लग रहा था कि इलाज की जरूरत इंद्रजीत को है। इसलिए वो बैठी और उसने इंद्रजीत के हाथ को अपने हाथों में लिया। उसने अपने सिरहाने को थोड़ा तिरछा कर लिया ता कि उसके पेट में दर्द ना हो और बैठने पर जोर ना पड़े। डॉक्टर ने उसे खींचाव देने के लिए मना किया था। इंद्रजीत ने कुछ देर तक अपने हाथों को देखा जिन्हें हर्षा के हाथों ने थाम रखा था। आकार में छोटे और नरम हर्षा के हाथों की तुलना में इंद्रजीत के खुद के हाथ बड़े सख्त और कठोर थे। वो ये देखकर मुस्कुरा उठा कि कैसे एक लड़की जिसको अपने कदम संभालकर चलना नहीं आता, अपने कपड़े संभालना नहीं आता, वो उस से कितनी आसानी से भावनात्मकरूप से प्रभावित कर रही है। वो भरे लहजे में बोला

"जब मेरे परिवार की हत्या हुई थी.... शायद तुम्हें पता होगा!"

हर्षा ने जब कुछ नहीं कहा तो इंद्रजीत आगे बोला

"एक दिन.... जब मैं 15 साल का था.... वो... मुझे मम्मी ने कुछ सामान लाने के लिए बाहर भेजा..... जब मैं घर लौटा तो मुझे घर पर शांति महसूस हुई... मैं चौंक कर आगे वाले दरवाजे से जाने के बजाय मैंने पीछे वाले दरवाजे से गया... एक एक कर के मैंने मेरे परिवार की लाश देखी... वो लोग खून में लथपथ थे... मैं... बहुत घबरा गया था... तभी मैंने घर से किसी को निकल कर भागते देखा... उनके हाथ में हथियार थे....

जो खून से सने हुए थे... मैं समझ गया कि वो लोग वही हैं जिन्होंने मेरे परिवार का खून किया है.... मेरा पूरा शरीर क्रोध और बदले की भावना से भर उठा था.... इसलिए मैंने उसे बीच सड़क में मार दिया.... उस घटना के गवाह बहुत से लोग थे.... और... उस घटना के कारण मुझे मेरे परिवार का भी कातिल समझा जाने लगा.... मगर किसी ने भी इस बात के बारे में नहीं सोचा कि.... मैं अपने परिवार को क्यों मारूँगा? मेरे परिवार में..... मेरा बहुत अच्छा परिवार था.... हम सब लोग मिल जुल कर रहते थे.... हम हम सभी एक दूसरे से बहुत प्यार करते थे... और ऐसी कोई वजह नहीं थी कि मैं उन्हें मारता भले ही मैं कितना भी गुस्सा हो जाऊं.... मगर हमेशा परिवार का कोई ना कोई सदस्य मेरे पास होता था... तो मुझे किसी से नाराज होने की क्या जरूरत थी...वो भी इतनी कि मैं उन्हें मारता..."

ये कहते कहते उसकी आवाज धीमी हो गई। उसने कभी किसी को इतना सब नहीं बताया था। ऐसा लग रहा था मानो वो खुद को यह सफाई दे रहा हो। इंद्रजीत की नज़रे नेपथ्य में देख रही थी। हर्षा को ना जाने क्या सूझा और उसने प्यार से उसके चेहरे पर हाथ फेरा और बोली

"मैं जानती हूँ... तुम ने ये नहीं किया... बस परिस्थितियां ऐसी थीं जिन्होंने तुम्हें गुनहगार साबित कर दिया।"

इंद्रजीत ने हर्षा की आँखों में देखते हुए कहा

"तुम्हें लगता है कि मैं गुनहगार नहीं था।"

"नहीं!"

"पर मैंने बहुत सी हत्या की है।"

"ऐसा कुछ नहीं...."

इंद्रजीत गहरी सांस ली और बताया

"दरअसल जब मैंने पहले शख्स को मारा था.. मुझे खुद भी पता नहीं था कि मेरे परिवार की हत्या क्यों हुई है.... जब मैं जेल गया तो वहाँ पर वहाँ के अन्य बच्चों ने मेरे साथ दुर्व्यवहार करना शुरू किया... शायद बात उन तक भी पहुँच गई थी कि मैं अपने परिवार की हत्या कर भाग जाऊं... वो मुझसे उल्टे सीधे सवाल पूछते रहते... और मैंने वहाँ पर बहुत से लोगों को पीटा.. वहाँ से निकलने के बाद मैं पूरी तरह से बदल गया

था.... मेरा एक ही मकसद था कि इतनी शक्ति अर्जित कर लूँगा कि कोई मुझे छू भी ना पाए।"

हर्षा ने उस के आगे बोलने का इंतजार किया। इंद्रजीत भी एक गहरी सांस लेकर बोला

"मगर सब कुछ हासिल करने के बाद भी मुझे ऐसा लगता है की मैंने सब कुछ खो दिया।"

हर्षा ने उसे पानी पीने को दिया और बोली

"सब कुछ नहीं। कभी-कभी हमें ऐसा लगता है कि हम जीवन में सब कुछ खो चूके हैं मगर शायद जो कुछ हुआ हो वो जिंदगी का एक पहलू हो! तुम ने शायद सुना होगा कि खुशी और गम साथ आते रहते हैं। अगर खुशी है तो वो कुछ समय बाद गम में बदल जाएगी और गम है तो वो कुछ समय बाद खुशी में बदल जाएगा। इसलिए कहते हैं हमेशा इस बात पर ध्यान देना चाहिए, ये वक्त भी बीत जाएगा!"

इंद्रजीत एक व्यंग्यात्मक मुस्कान के साथ हर्षा को देखने लगा और बोला

"तुम्हारे लिए यह कहना आसान है मगर जो अनुभव करता है उसकी स्थिति को कोई और नहीं समझ सकता।"

ये सुनकर हर्षा के चेहरे से गरमाई गायब हो गयी और उसके चेहरे पर गंभीरता आ गई और वो बोली

"यकीन मानो इंद्रजीत! अगर मैं कहूँ कि मैं यह सब महसूस कर सकती हूँ तो मैं कर सकती हूँ और मैंने तुमसे ज्यादा देख..."

उसकी आवाज में गंभीरता देखकर इंद्रजीत ने हैरान हो कर हर्षा को देखा। मगर फिर हर्षा ने उसको नहीं देखा और दरवाजे की ओर देखने लगी। इंद्रजीत को ना जाने क्यों अभी अभी ऐसा लगा कि सिर्फ वही नहीं है जिसने उन दोनों में से राज़ छुपाए हैं। क्या हर्षा भी कुछ छुपा रही है? मगर क्या? उसकी जिंदगी तो एक खुली किताब है जो इंद्रजीत ने कई बार पढ़ी है। हाश्मी उसे हर्षा के बारे में बताता रहता है। उसके जीवन का कोई भी ऐसा पहलू नहीं है जो अति विशेष या रोमांचक हो। उसके साथ ना ही कोई त्रासदी भरा वाकिया हुआ है। तो फिर वो इस बारे में कैसे बात कर रही है? क्या कुछ ऐसा है जो उसकी आंखें छुपाए हुए हैं। हर्षा ने एक

गहरी सांस ली। उसके अंदर एक ऐसा तूफान है जिसकी खबर वो कभी किसी को नहीं होने देती। सिर्फ़ वो ही जानती है कि उसने क्या कुछ टूटा समेटकर अपने भीतर रखा हुआ है। इंद्रजीत उसके ऐसे भावों का मतलब पूछ पाता तब तक डॉक्टर भी आ गए तो हर्षा जो कहने वाली थी वो बीच में रुक गयी। कौशल ने उससे पूछा

"अब कैसा लग रहा है?"

"बहुत बढ़िया!"

इंद्रजीत उसे ही देख रहा था कैसे वो फिर से अपने खुशमिजाज और बचकाने अंदाज में लौट गयी। मगर अभी अभी जो इंद्रजीत ने सुना उससे ऐसा लग रहा था की ये सब सिर्फ एक मुखौटा है, कुछ और छुपाने के लिए। हालांकि हर्षा की आंखें सब कुछ बयां करती हैं। उनमें कुछ भी ऐसा नहीं है जो छुपाने लायक हो मगर फिर भी उसने लड़कियों के बारे में इतनी जानकारी नहीं है। वो या तो अपनी माँ के बारे में जानता था या अपनी बहन या अपनी दादी उनमें से कोई भी ऐसा नहीं था जिस की आंखें हर्षा जैसी हो। तभी कौशल ने कुछ रिपोर्ट देखते हुए पूछा

"कोई परेशानी तो नहीं?"

"नहीं!"

"तो फिर आप घर जा सकती है। कोई ऐसी परेशानी नहीं है जो मुश्किल खड़ी करे। बस वो थोड़ी खिंचाव के कारण तकलीफ थी। और मैंने दवा दे दी है। अब 2 दिन दवाई लोगी बिल्कुल ठीक हो जाएगी।"

"शुक्रिया! तो क्या मैं अभी जा सकती हूँ? वो क्या है ना हॉस्पिटल में रह कर बीमार बीमार महसूस होता है। ऐसा होता रहता है तो अच्छा नहीं लगता।"

ये सुनकर डॉक्टर कौशल हँसने लगा और बोला

"आपकी दोस्त भी मजाक किया करती है सर!"

जैसे ही उसकी नजरें हैं इंद्रजीत से मिली, इंद्रजीत की गंभीर नज़र को देखकर वह तुरन्त चुप हो गया और खांसते हुए बोला

"हाँ हाँ तैयार हो कर जा सकती हो।"

ये सुनकर हर्षा तुरंत खड़ी हुई और तैयार होने लगी। इंद्रजीत और कौशल कुछ देर और करते रहे। वो बोला

"हर्षा! कोई करीबी है?"

इंद्रजीत ने कोई जवाब नही दिया तो वो फिर बोला

"उसके अंदर सुसाइडल टेंडेंसी है।"

"क्या?"

इंद्रजीत ने चौंक कर उसकी तरफ़ देखा तो कौशल हां में सिर हिलाते हुए बोला

"वो ये दिखाती नहीं है पर एक मनोचिकित्सक होने के नाते मैंने ये महसूस कर लिया था और तुमने उसके बाएं हाथ में बंधा वो खास धागा देखा। वो मन्नत के हिसाब से कुछ ज्यादा मोटा नहीं लगा।"

ये सुन इंद्रजीत सोच में पड़ गया। अब तक कि उनकी दोस्ती में उसे एक बार भी ऐसा नहीं लगा। वो इसे नकारते हुए बोला

"ऐसा कुछ नहीं है। वो बस थोड़ी पागल सी है।"

कौशल ने हां में सिर हिलाया और आगे कुछ नहीं बोला। पर वो हर्षा की आँखें देखते ही पहचान गया कि वो एक पल भी नहीं लगाएगी अपनी जिंदगी ख़त्म करने में बस वो किसी कारण से रुकी हुई है। हर्षा तैयार होकर आई और बोली

"चलें!"

हर्षा ने बाहर देखा। अंधेरा हो चुका था। वो बस की तरफ देख रही थी। तभी इंद्रजीत बोला

"मैं छोड़ दूंगा।"

हर्षा ने ये सुनकर इंद्रजीत की तरफ़ देखा जिसने राम को फ़ोन लगा दिया था। ये देख उसने कहा

"कोई बात नहीं। मैं चली जाऊंगी।"

इंद्रजीत ने एक नजर भर उसे देखा पर जवाब नही दिया। हर्षा समझ गई वो मानेगा नहीं। कुछ ही देर में राम गाड़ी लेकर आ गया और वो हर्षा के घर की तरफ़ चल दिए। घर से कुछ दूर ही उतरने के बाद उसने इंद्रजीत की तरफ़ आकर उसके कांच को खटखटाया। इंद्रजीत ने कांच नीचे किया तो हर्षा ने वहां अपनी कोहनी टीका दी और इंद्रजीत को खोई आँखों से देखने लगी। इंद्रजीत ने एक भौं ऊंची कर पूछा

"क्या हुआ?"

हर्षा ने ना में सिर हिलाया और बोली

"कुछ नहीं। बस आज जो कुछ महसूस हुआ वो यहां... सीधे दिल पर लगा है। मुझे बहुत खुशी हुई ये देख कि कोई है जो मेरे लिए खड़ा है। धन्यवाद!"

इंद्रजीत ने कुछ नहीं कहा पर ये बात उसे कुछ महसूस करवा रही थी। हर्षा ने एक रहस्यमय मुस्कान के साथ उसकी तरफ देखा और बिना पलटे पीछे चलते हुए हाथ हिलाकर चली गई।

*****

इंद्रजीत कुछ देर वहीं रहा। राम ने तक तक गाड़ी नहीं चलाई जब तक इंद्रजीत ने उसे नहीं कहा। हर्षा अपने घर आई। मैया जी उसका इंतजार जरूर कर रही थी मगर कुछ बोली नहीं। हर्षा अपने कमरे में आई। उसने एक नज़र टेबल पर रखी तस्वीर को देखा। फिर वो हाथ मुंह धोकर कपड़े बदलकर बिस्तर पर बैठी और उस तस्वीर को हाथ में लेकर कुछ सोचने लगी। उसने एक नज़र अपने बांए हाथ को देखा और फिर तस्वीर वापस टेबल पर रख दी। उसने अपने आज के अनुभव के बारे में डायरी में लिखा। फिर अंत में उसने खुद से सवाल पूछा

"क्या मुझे उसे सब कुछ बता देना चाहिए या इंतज़ार करना चाहिए.... सही समय का?"

पर ना डायरी से कोई जवाब आया ना किसी और से तो वो सोने चली गई।

*****

कुछ दिनों तक हर्षा और इंद्रजीत की यूंही मुलाकात होती रही। अब उनकी दोस्ती और भी गहरी होती जा रही थी। इंद्रजीत अब और भी खुल कर बात किया करता था। उसके इस व्यवहारगत परिवर्तन से हाश्मी और नुसरत बहुत ज्यादा खुश थे। शायद हर्षा का खुशमिजाज, उल्लास और पागलपन संक्रामक था जिसकी वजह से इंद्रजीत भी उस से संक्रमित हो खुशमिजाज हो गया था।

अब वह फैसले लेते समय गुस्सा भी कम होता था और काफी लोगों पर मेहरबानी भी कर दिया करता था। सभी इससे खुश थे। अब शहर अधिक नियंत्रण में रहता था। इसी तरह से दिन बीतने लगे।

*****

एक दिन हर्षा सड़क के दूसरी तरफ कुछ काम से गई थी। जब वो लौटने लगी तब उसने इंद्रजीत को दूसरी तरफ़ खड़े देखा जो फ़ोन पर बात करते करते थोड़ा सड़क की तरफ आ गया था। इंद्रजीत को देखकर हर्षा उसकी ओर बढ़ने लगी। तभी अचानक उसकी गर्दन के पीछे के बाल खड़े हो गए। उसने चिंतित हो दाएं बाएं तेजी से देखा तो उसकी नजर एक ट्रक पड़ गई जो बिना कुछ देखे समझे उसी तरफ जा रहा था जहाँ इंद्रजीत था। यह साफ अंदाजा लगाया जा सकता है कि वो ट्रक इंद्रजीत को टक्कर मारने के लिए विशेष रूप से आ रहा है क्योंकि उस ट्रक ड्राइवर की नजरें इंद्रजीत पर टिकी हुई है। वो मानो इंतज़ार कर रहा हो, इंद्रजीत के थोड़ा सड़क की तरफ और आने का। हर्षा ने ये देखा तो ज़ोर से चिल्लाई

"इंद्रजीत!!!"

वो अपने हाथ हिला कर उसे इशारा कर रही थी मगर इंद्रजीत जिसे इशारा समझ नहीं आया, उसने सोचा हर्षा उसे बस हाय कर रही है। इसलिए उसने भी हाथ हिला कर उस से हाय किया और अपने फ़ोन में फिर से व्यस्त हो गया। पर ये देख कि वो स्थिति समझ नहीं रहा है हर्षा अपने कदम तेज़ी से इंद्रजीत की ओर बढ़ा दिए।

"हैं! ये लड़की क्या कर रही है?"

"पागल हो गई है क्या?"

गाड़ियों से लगभग टकराते हुए बचने के बाद हर्षा इंद्रजीत के पास तेजी से बढ़ी। वो ट्रक इंद्रजीत के पास टक्कर मारने वाला था कि हर्षा ने उसे तुरंत धक्का दे दिया और वो दोनों ही सड़क किनारे के फुटपाथ पर जा गिरे। ड्राइवर यह देखने के लिए थोड़ा रुका कि इंद्रजीत कुचला गया या नहीं है मगर जैसे ही उसने देखा कि इंद्रजीत बच गया है और इंद्रजीत की नजर उस ट्रक ड्राइवर पर भी है वो तुरंत ट्रक लेकर फरार हो गया। इंद्रजीत ने तुरंत अपने फ़ोन को उठाया और हाश्मी को ट्रक का पीछा करने के लिए कहा। हाश्मी जो उसी की तरफ़ आ रहा था उसने तुरंत स्थिति देखी तो समझ गया

"रॉकी जल्दी उसका पीछा करो..."

वो गाड़ी में सवार हो ट्रक का पीछा करने लगा। उसके बाद इंद्रजीत ने हर्षा को देखा। वो उठा और उस पर चिल्लाते हुए बोला

"तुम पागल हो क्या? क्या कर रही थी तुम? तुम्हें कुछ हो जाता तो..."

एक पल के लिए उसे ऐसा लगा कि मानो उसकी दुनिया ही ठहर गई है। जब उसने हर्षा को अपनी ओर आते देखा तो उसे समझ नहीं आया मगर तभी उसकी तिरछी नज़र तेज़ी से आ रहे ट्रक की ओर गई तो उसकी आंखें हैरानी से बड़ी हो गई थी। उसने हर्षा को हटने का इशारा किया मगर हर्षा ने उसे पहले ही धक्का दे दिया। वो नहीं जानती कि इंद्रजीत की दिल की धड़कनें भी कितनी तेज थी। हर्षा को खोने के डर से वो कांप रहा था इसलिए उसकी आवाज जरुरत से ज्यादा तीखी हो गई

"तुम सच में पागल हो!"

उसके गुस्से और क्षमतावाली आवाज को सुन कर हर्षा कुछ देर उसे घूर कर देखती रही। उसे भी अहसास हुआ कि शायद इंद्रजीत उसकी जिंदगी में कुछ ज्यादा ही अहमियत लेने लगा है क्योंकि उसके खोने के विचारभर से ही वो कांप उठी और उसे बचाने के लिए कुछ भी करने को तैयार थे। भले ही इसमें उसकी जान भी खतरे में हो। हर्षा ने कुछ नहीं कहा और हां में सिर हिला कर बिना कुछ बोले चुपचाप खड़ी हुई। उसने अपने कपड़े झाड़े और अपने ऑफिस की फाइलें जल्दी से कंपकपाते हाथों से उठाकर अपने ऑफिस के अंदर चली गयी। हर्षा कब वहाँ से चली गई इंद्रजीत को इसका पता नहीं चला क्योंकि हाश्मी और बाकी लोग उसका हाल चाल पूछने वहाँ पर आ गए थे। इंद्रजीत को ज्यादा कुछ चोट नहीं आई थी क्योंकि हर्षा नीचे की तरफ थी। उसे समझ नहीं आया कि वो क्या कहे? वो लोग अपने कंधों की तरफ से गिरे थे फिर भी हर्षा को ज्यादा चोट लगनी चाहिए थी क्योंकि वह तेज गति से आ रही थी। उसने ये बात जब हाश्मी को बताई तो वो बोला

"अच्छा पर हर्षा है कहां? तुमने पूछा कि कहीं उसे कोई चोट तो नहीं!"

इंद्रजीत ये सुन कर कुछ देर ठहर गया। उसने तो पूछा ही नहीं बल्कि उसने गुस्से में उसे चिल्ला कर पागल भी कहा। हालांकि वो ऐसी बात तेज नहीं बोलना चाहता था वो तो बस उसके मुँह से निकल गयी। जब उसने पलट कर देखा तो हर्षा वहाँ नहीं थी। वो उसको सीढ़ियों से ऊपर

चढ़ते हुए देखने लगा। वो उसके पीछे जाने ही वाला था कि तभी उसके और साथी आ गए। उन्होंने उसे बताया कि ट्रक ड्राइवर अपने ट्रक को छोड़ कर भाग गया है। जब तक उन्होंने जाकर ट्रक में देखा तो वहां कुछ भी नहीं था। शायद किसी ने इंद्रजीत को मारने की योजना बनाई थी। इंद्रजीत ने हामी भरी और फिर अपने ऑफिस आ गया। शाम को उसने रोज वाली जगह आकर हर्षा का इंतजार किया मगर हर्षा नहीं आई। वो कुछ देर फोन करने के बहाने उसे देख रहा था मगर वो कहीं नजर नहीं आई। आख़िर उसने राम को बुला लिया। वो भी इंद्रजीत के चेहरे पर छाई अजीब खामोशी को देख सकता था।

*****

जब वह घर पहुंचा तो हाश्मी नुसरत के साथ बैठा था। उसे देख नुसरत हड़बड़ा कर पूछा

"मुझे पता लगा कि तुम्हारा एक्सीडेंट होते होते बचा है तुम ठीक तो हो?"

नुसरत के लिए इंद्रजीत एक भाई जैसा था। ज्यादा ठीक कहे तो एक बड़े भाई जिस के संरक्षण में वो बहुत सहज महसूस करती थी। इंद्रजीत उसकी आँखों में फिक्र साफ देख सकता था वो हाथ हिलाते हुए बोला

"मैं ठीक हूँ!"

"हूँ!"

नुसरत को उसके इस तरह से कम शब्दों में जवाब देने वाली आदत का पता का पता था। उसने सिर्फ हां में सिर हिलाया और खाने के लिए कहा। जब वो लोग खाना खा चूके थे तो नुसरत ने इंद्रजीत को अपने पास बैठने के लिए कहा। हाश्मी ने उसे बताया था कि इंद्रजीत ने गुस्से में हर्षा को चिल्ला कर कहा था कि वो पागल है। नुसरत ने सारी घटना को समझा और इंद्रजीत से पूछा

"क्या तुम्हें उस पल ऐसा लगा कि अगर तुम उसे खो दोगे तो तुम्हारी जिंदगी बिखर जाएगी?"

इंद्रजीत इस बात को मानना तो नहीं चाहता था मगर उसने नुसरत और हाश्मी पर पूरा भरोसा किया था इसलिए उसने हाँ में सिर हिलाया और बोला

"हाँ उस समय जब मैंने हर्षा को अपने तरफ से आते और ट्रक को मेरी तरफ टक्कर मारने के इरादे से आते देख तो मैं बहुत घबरा गया था। उसे खो देने के विचार भर से मेरी सांसें ठहर सी गई थी और जब उसे सुरक्षित देखा तो मुझे राहत की सांस आई थी इसलिए मैं उस पर गुस्से में चिल्लाया भी था। वो इतनी लापरवाह कैसे हो सकती है कि यूं ही मुझे बचाने के लिए ट्रक के सामने आ गई है। अगर ज़रा सी देर हो जाती है और मुझे धक्का देते समय वो वही अटक कर गिर जाती है तो ट्रकों उसे कुचल देता।"

ये सोचकर उसने अपना सिर पकड़ लिया। नुसरत ने उसके कंधे पर हाथ रखा और बोली

"तुम हर्षा से प्यार करने लगे हो!"

"क्या?"

इंद्रजीत ने चौंक कर नुसरत की ओर देखा तो उसने हां में सिर हिलाया। हाश्मी भी उसके पास आया और उसके कंधे पर हाथ रख दिया। नुसरत आगे बोली

"यह सच है। हाश्मी ने मुझे तुम्हारी स्थिति के बारे में बताया और हर्षा के साथ तुम्हारे होने वाले व्यवहार के बारे में बताया... जिस सबसे यही मतलब निकलता है कि तुम हर्षा के साथ प्यार में हो और वो भी इतने गहरे कि तुम उसे खोने के विचारभर से इस तरह से कांप गए हो। देखो तुम अभी भी कांप रहे हो!"

इंद्रजीत ने अपने हाथों को देखा जो वाकई कांप रहे थे। बहुत ज्यादा नहीं मगर देखने वाले को महसूस हो जाए। इंद्रजीत ने अपने हाथों को पकड़ा और धीमी आवाज़ में कहा

"मुझे क्या करना चाहिए? मुझे नहीं पता कि वो क्या सोचती होगी!"

उसकी अविश्वास भरी बातें सुन नुसरत बोली

"हाश्मी के विवरण के अनुसार हर्षा आम लड़कियों की तरफ बिल्कुल नहीं है... तो ये अंदाजा लगाना मुश्किल है कि जो एक आम लड़की के दिमाग में जो चल रहा होगा वहीं हर्षा के दिमाग में चल रहा होगा क्या? पर वो तुम्हें बचाने के लिए ट्रक के आगे आने के बारे में भी बिना सोचे कूद पड़ी तो शायद वो भी तुम से प्यार करती होगी!"

“क्या?"

"तुम पूरी तरह से इस बात को लेकर नहीं पक्का नहीं हो ना? तुम्हें इस के लिए खुद के मन को टटोलना होगा..."

नुसरत ने इंद्रजीत को समझाते हुए कहा

"तुम्हारा मन ही तुम्हें बेहतर बता पाएगा। अगर तुम्हें अपने मन से जवाब नहीं मिल रहे हैं तो अपने दिल पर हाथ रखो और आँखें बंद कर कल्पना करो कि हर्षा के बारे में तुम क्या सोचते हो। अगर तुम्हारे दिल की धड़कन तेज हो जाए तो, उसके साथ बिताया वक्त एक अच्छी याद के रुप में आए, तो यह समझ लेना कि वो तुम्हारे मुस्कुराने की वजह है और तुम उसके प्यार में हो।"

इंद्रजीत ने वैसा ही करने का सोचा मगर फिर वो तुरंत बोला

"मुझे सिर्फ़ सोना है। तुम लोग ज्यादा सोचना बंद करो।"

हाश्मी और नुसरत ने उसे देखा और बोली

"ठीक है।"

वो अपने कमरे में आया। फिर कपड़े बदल कर उसने अपने घर के कपड़े पहने। उसने ऊपर कुछ पहना। वो अपने बिस्तर पर बैठ गया। उसने हाश्मी और नुसरत की बातों के बारे में सोचा और अपने हाथ को अपने सिर पर रखा। फिर आंखें बंद की और हर्षा के बारे में सोचने लगा। फिर उसने अपने सीने पर हाथ रखा और आँखें बंद की। उसे अपने दिल की धड़कन तेज होती हुई महसूस हो रही थी। इतनी कि उसे अपना दिल हाथ पर महसूस हो रहा था और उसे ऐसा लग रहा था कि उसके रोम रोम में नया उत्साह, नई ऊर्जा दौड़ रही हो।

उस के साथ मन में बदलाव हो रहा था और एक नया भाव उसके दिल में जन्म ले रहा था। ये ऐसा नहीं है जो उसने अभी तक महसूस नहीं किया है। प्यार वैसा नहीं जैसा कोई परिवार से करता है, वैसा नहीं है जो दोस्तों से किया जाता है और वैसा भी नहीं है जो अपनी प्रिय वस्तुओं से किया जाता है। बल्कि ऐसा प्यार जो किसी ऐसे इंसान से किया जाता है, जो ना आपका परिवार होता है ना आपका मित्र होता है पर वो आप की जिंदगी में सबसे अहम है, अहम जगह रखता है। इंद्रजीत के चेहरे पर एक असहायता भरी मुस्कान फैल गयी

"तो मैंने सच में ये महसूस किया है। हर्षा मैं तुम से प्यार करने लगा हूँ।"

वो अविश्वास के साथ हंसने लगा और बिस्तर पर लेट गया। उस रात उसे अच्छी नींद आयी। शायद हादसे के बाद की सबसे अच्छी नींद।

*****

इधर हर्षा जब घर पहुंचे तो उसका इस तरह उतरा चेहरा देखकर मैयाजी ने उससे पूछा

"तुम परेशान लग रही हो? क्या बात हो गयी है?"

हर्षा धीरे से बोली

"क्या मैं आप से कुछ देर बात कर सकती हूं?"

"हाँ!"

वो मैयाजी को अपने कमरे में ले गयी। बिस्तर पर थोड़ी ठीक जगह देखकर मैयाजी बैठ गईं। उन्होंने काफी लंबे समय पहले से ही हर्षा को अपना कमरा जमाने का कहना छोड़ दिया था क्योंकि वो सुधारने वाली तो थी ही नहीं। हर्षा थोड़ा ठहर कर बोली

"आज किसी को बचाने के लिए.... मैंने अपनी जान की परवाह नहीं की... उसके साथ मुझे अच्छा लगता है... सुरक्षित महसूस होता है... लोगों के लिए वो अच्छा शख्स नहीं है...पर मेरे लिए... जो भी है जैसा भी यह सबसे अच्छा है। इस सब का क्या मतलब है? उससे मिलती हूँ तो मेरा मन खुश होता है। नहीं मिलती हूँ तो उससे मिलने को बेताब रहती हूँ। जब हम साथ कुछ करते हैं तो बहुत अच्छा लगता है। जब वो व्यस्त होता है और मैं आसपास होती हूँ तो दुख होता है। ये क्या अहसास है? बताइए मुझे मैया?"

मैया जी मुस्करा कर बोली

"इसे प्यार कहते हैं!"

ये सुन हर्षा डरती हुई खड़ी हुई हकलाते हुए बोली

"क्या?"

इंद्रजीत को यकीन नहीं हुआ था तो हर्षा को तो झटका ही लग गया था।

वो खड़ी हो इधर उधर टहलते हुए बोली

"ये क्या बोल रही है आप? क्या? ऐसा थोड़ी होता है? बी पॉज़िटिव! मुझे प्यार कैसे हो सकता है?"

"प्यार का मतलब ये नहीं होता कि हम एक दूसरे को फूल दे... या तोहफा दे... या उन के जन्मदिन या शुभ अवसरों पर उन्हें बेहतरीन पार्टी दे..."

मैयाजी ने ना में सिर हिलाया और बोली

"प्यार का मतलब होता है... एक दूसरे को समझना... उन के एहसासों को खुद महसूस करना... उन्हें सांत्वना देना... उनका साथ देना... और उन्हें ये महसूस करवाना कि वो उनकी बाहों में सुरक्षित .. उन के भाव सुरक्षित .. उन के राज़ सुरक्षित है... वो जैसे भी है... जो भी है... उसे वैसा ही स्वीकार करना... यही सब तो प्यार है मेरी बच्ची! तुम इंद्रजीत से प्यार करने लगी हो।"

मैया जी ने हर्षा की तरफ देखा उन्हें काफी हैरानी हुई क्योंकि आमतौर पर हर्षा अपने मामले खुद ही निपटा लेता है। वो उसके मसलों में दखल नहीं देती है। एक भौं ऊंची चढ़ाते हुए मैयाजी ने पूछा

"क्या तुम्हें इसका अहसास पहले से नहीं था? बोलो, था ना? तुम्हें पता था कि तुम उससे प्यार करती हो?"

हर्षा के चेहरे पर एक बड़ी रहस्यमय मुस्कान आ गई। उस ने बिना झिझक के हां में सिर हिलाया। ये देख मैयाजी खड़ी हुई और बोली

"तो तुम्हें पहले से अपनी भावनाओं के बारे में पता है। तो फिर तुम ने मुझसे क्यों पूछा?"

हर्षा बेपरवाही से बिस्तर पर लेटते हुए बाहर पंछियों को उड़ते हुए देखकर बोली

"मैं बस एक बार पुष्टि करना चाहती थी कि मैं जो सोच रही हूँ। .. वो सही है या मेरा दिल भी..."

"हर्षा!!!"

मैयाजी ने उसे टोकते हुए कहा

"तुम इन सब बातों के बारे में बाद में सोचना। अब जल्दी से तैयार हो कर नीचे आ जाओ। खाना खाओ और सो जाओ।"

हर्षा ने हां में सिर हिलाया और उन्हें जानें का इशारा किया। फिर अकेली होने पर वो उसी तस्वीर को देखने लगी। वो तस्वीर एक परिवार की तस्वीर है मगर उस पर धूल जमी हुई है।

हर्षा फिर नीचे आई और चुपचाप खाना खाकर कमरे वापस आ गई। आज इतनी अच्छी बात की पुष्टि होने पर भी उसकी आँखों में एक अलग ही खामोशी है जो किसी गहरी उदासी को दर्शा रही है। आज वो अपना कमरा साफ़ कर रही थी। फिर खिड़की की चौड़ी चौखट में सिर रखकर तारे देखते हुए बोली

"देखा दादी! आपकी पोती ने पूरा कमरा जमा दिया..."

ये कहकर उसने अपना बायां हाथ हवा में उठाया तो उसमें पहने डोरे पर नजर गई। वो मुस्कुरा कर उसे सहलाकर बोली

"अब आपकी पोती को नजर नहीं लगेगी।"

हर्षा वहीं सो गई।

*****

अगले दिन हर्षा को समझ नहीं आया कि इंद्रजीत का इंतज़ार कर उसे सब बता देना चाहिए या खुद को और उसको समय देखा चाहिए। अंत में उसने दूसरा विकल्प चुना और इसलिए उसने तय किया कि वह दो दिनों तक इंद्रजीत से नहीं मिलेंगी और ये पहले तय करेगी की उसकी भावना पक्की है और जब उसे यह यकीन हो जाएगा तब वो इंद्रजीत से मिलेगी। 2 दिन तक यही सोच के इंद्रजीत भी हर्षा से नहीं मिला मगर कहीं ना कहीं उन दोनों को यकीन हो गया था कि उन दोनों का एक दूसरे के लिए प्यार कहीं ज्यादा है। इंद्रजीत ने आखिर अपनी भावनाओं की पुष्टि होने पर तय किया कि वो हर्षा से मिलेगा। अब शायद दोनों ही एक दुसरे की भावनाओं को समझना चाहते थे। जानना चाहते थे कि वो एक दूसरे को लेकर क्या महसूस करते है। कहीं उनकी भावनाएं एक तरफा तो नहीं है? अपना काम खत्म करने के बाद इंद्रजीत ने एक गहरी सांस ली। उसके दिल में नई भावनाएं करवटें ले रही थी। एक तूफान था जो उसे हिलाने के लिए काफी थी। ना चाहते हुए भी उसके चेहरे पर एक हल्की सी मुस्कान तैर गई जो उसके सुदर्शन रूप को और भी आकर्षक बना रही थीं। हाश्मी भी अपने दोस्त के लिए खुश था। इंद्रजीत को पता

था कि उसके अंदर ये बदलाव हर्षा के कारण ही आया है। उसे अंदर से ही ये महसूस हो रहा था कि हर्षा भी उसके लिए ऐसा ही महसूस करती है। वो तेज़ कदमों से हर्षा से मिलने के लिए नीचे पहुँच गया। वो आज देर से आया था मगर उसे पता है हर्षा हमेशा इंतज़ार करते हुए मिलती है तो आज भी वहीं होगी। मगर वो वहां पहुंचा तो आज उसे वो नहीं दिखाई दी।

"हो सकता है उसका काम अभी पूरा नहीं हुआ हो।"

ये सोचकर उसने इंतजार करने का सोचा। 10 मिनट.... 30 मिनट.... 50 मिनट। इंद्रजीत का सब्र टूटने लगा था। उसे लगा कुछ तो गलत है फिर ना में सिर हिलाया। वो थोड़ी चहल कदमी करने के बाद ख़ुद से बोला

"आज हर्षा इतनी देर क्यों लगा रही है? रोज़ के अनुसार अनुसार तो वो जल्दी छूट जाती है! उसे तो काम भी कम मिलता है। फिर क्या हुआ? हो सकता है आज शायद ज्यादा काम मिला हो! ठीक है कुछ देर और रुककर देखते हैं।"

वो वहीं बेंच पर बैठ गया। उसने राम से कहा था कि आज उसे थोड़ी देर हो सकती है और शायद इस के बाद वो किसी अच्छी जगह पर जाये। ये सुनकर राम भी काफ़ी खुश हुआ था क्योंकि वो इंद्रजीत के मुस्कुराते चेहरे को देख पा रहा था। उसे यकीन है कि हर्षा अगर उसके मुस्कुराते चेहरे को उन के सामने ला सकती है तो उसके व्यवहार में परिवर्तन भी कर सकती है।

समय बीतता जा रहा था। डेढ़ घंटा हो गया था। अब अंधेरा भी इंद्रजीत के चेहरे के गहरे भावों की तरह बढ़ता ही जा रहा था। कहीं ना कहीं उसके मन में एक बैचेनी थी। हर्षा के ऑफिस से लोग निकल कर जाने लगे। उन्हें देख इंद्रजीत ने सोचा

"शायद वो अभी भी वहाँ है !"

उसने एक लड़के को रोक कर पूछा

"क्या आनंद एडिटर्स में अभी भी लोग काम कर रहे हैं?"

उस शख्स ने पहले ऊपर से नीचे तक इंद्रजीत को देखा और फिर हां में सिर हिला कर कहा

"कुछ लोग देर तक काम करते हैं!"

"ठीक है!"

वो लड़का वहां से चला गया। इंद्रजीत जेब में हाथ डाल सोचा

"हो सकता है, हर्षा अभी वहीं हो या उसे किसी भी काम की वजह से रेवती ने रोक लिया।"

उसे याद है कि रेवती और शिवांश का चक्कर चल रहा था। इस वजह से शायद उसने शिवांश का काम हर्षा को दे दिया हो। कुछ देर और रुकने के बाद उसने हाश्मी को फ़ोन लगाया और बोला

"बाहर आओ हम हर्षा के ऑफिस जा रहे है।"

हाश्मी अपनी घड़ी ठीक करते हुए बोला

"हर्षा के ऑफिस में... ठीक है मैं किसी से कहता हूँ वहां जाने के लिए पास बनवाता हूं।"

हाश्मी के फोन रखते ही इंद्रजीत ने सोचा

"मुझे जरूरत नहीं है।"

हाश्मी का तुंरत ही फोन आया और वो बोला

"वैसे तुम्हें पास की क्या जरूरत है? तुम वहाँ जाओ और जो पूछना है पूछ लो! कोई तुम्हें नहीं रोकेगा। वहाँ के लोग तुम्हारे बारे में जानते हैं।"

*****

इंद्रजीत हर्षा के ऑफिस पहुंचा और रिसेप्शन पर जाकर उसने हर्षा के बारे में पूछा। पहले तो रिसेप्शन पर बैठी औरत उसे देख डर गई। फिर उसे समझ आया कि वो क्या जानना चाहता है तो वो धीरे से बोली

"वो तो करीब डेढ़ घंटे पहले ही निकल चुकी है।"

"डेढ़ घंटे पहले?"

उसे कुछ अजीब लगा तो उसने पूछा

"आपको कुछ काम था, सर? मैं उसके लिए मैसेज छोड़ दूँ?"

"नहीं उसका फ़ोन नहीं लग रहा है!"

"ये कोई नई बात नहीं है सर। शायद आपको पता नहीं या आपको कोई ज़रूरी काम होगा मगर उसका फ़ोन अक्सर इसी तरह से रहता है। वो कभी उठा लेती है कभी नहीं उठाती है। खास कर छूटने के बाद तो बहुत सारे फ़ोन उठाती ही नहीं हैं।"

"ठीक है!"

ऑफिस में पूछताछ करने के बाद वो वहां के दरवाजे पर गया। वहाँ उसने चौकीदार से इस बारे में पूछा। वो बोला

"मैं ये तो नहीं कह सकता क्योंकि मैं इतनी देर बीड़ी लेने गया था तो उसे निकलते हुए नहीं देखा। शायद वो निकल गयी हो!"

"तो क्या तुम्हें इसलिए चौकीदारी पर रखा हुआ है?"

उसका गुस्सा देख वो सकपका गया। इंद्रजीत ने एक गहरी सांस ली और वहां से चला गया। उसके जाते ही चौकीदार ने पसीना पौंछते हुए कहा

"हे भगवान कितना भयानक आदमी है।"

फिर इंद्रजीत बस स्टैंड के चौकीदार के पास पहुंचा और बस स्टैंड का चौकीदार इंद्रजीत और हर्षा को अच्छे से पहचानता था। उसे अपने पास आता देख वो खड़ा हुआ। इंद्रजीत ने तुरंत ही उससे पूछा

"क्या हर्षा बस में गयी है?"

उसने ना में सिर हिलाया और बोला

"नहीं अभी तो नहीं गयी। क्यों क्या हुआ?"

इंद्रजीत एक गहरी सांस लें अपनी झुंझलाहट कम करते हुए बोला

"कुछ नहीं हुआ! वो मिल नहीं रही!"

"मुझे लगता है कि शायद वो घर चली गई होगी... वो ऑटो कर जा सकती है... ऐसा हो सकता है... मैंने एक या दो बार उसे ऑटो से भी जाते देखा है... शायद उसे.... उसे जरूरी काम होगा..."

पर ना जाने क्यों इंद्रजीत का मन ये मानने को तैयार नहीं था कि वो घर चली गई होगी। वो सिर झटकते हुए बोला

"ठीक है!"

उसने दूर आकर कुछ देर नीचे देखा और फिर हाश्मी को फ़ोन कर कहा

"हाश्मी! तुम किसी को हर्षा के घर भेजो और पता लगवाओ कि क्या वह घर पर है?"

"ठीक है।"

हाश्मी ने सौरभ नाम के एक लड़के को हर्षा के घर भेजा

"सौरभ जल्दी जाओ। हर्षा घर पहुंची है या नहीं जल्दी से बताना। और हां अपनी बहन को अपने साथ ले जाओ!"

सौरभ तुंरत अपनी बहन के साथ हर्षा के घर पहुंचा। सौरभ उसकी बहन ने बहाना बनाते हुए कहा कि वो हर्षा कि दोस्त है और उस से कुछ काम है। वो उससे अभी मिलना चाहती है मगर मैयाजी ने कहा

"हर्षा अभी तक घर नहीं आई है और उसका कोई मैसेज नहीं है कि वो कितने बजे तक लौटेगी। शायद उसे देर हो जाए।"

ये जान कर कि हर्षा घर पर भी नहीं है, इंद्रजीत को ना जाने क्यों और बेचैनी सी होने लगी। किसी अनहोनी की आशंका से उसका दिल बैठने लगा।

"कहीं हर्षा के साथ कुछ हो ना गया हो।"

ये सोचकर वो मन ही मन घबराने लगा हालांकि उसने ये अपने चेहरे पर जाहिर नहीं होने दिया। वो ये नहीं जानता था कि सड़क के पार कोई कार में से उसे देख रहा है। वो शख्स इंद्रजीत को इस तरह ख़ामोशी से बेचैन हुए देख रहा था। उसकी आँखों में एक संतुष्टि थी। वो सिगरेट पी रहा था इसलिए धुआं उसके चारों तरफ़ फैला हुआ था। इसी कारण उसका चेहरा ठीक से दिखाई नहीं दे रहा था। फिर वो शख्स मुस्कुराते हुए वहाँ से चला गया। इंद्रजीत ने अपने सारे आदमियों को जो वहाँ पर मौजूद थे उन्हें बुलाया और हर्षा की खोज करने के लिए कहा। उस का मन कह रहा था कि कुछ तो ठीक नहीं है और हर्षा किसी मुसीबत में है। हाश्मी भी तब तक वहां आ गया था। उस ने तुरंत स्थिति की गंभीरता समझते हुए सभी को हर्षा की तस्वीर दिखाकर चारों तरफ ढूंढने के लिए कहा। उसने ये तक कहा

"अगर कोई भी लड़की बचकानी हरकतें करती दिखे जिसने चश्मा लगा रखा है... बाल लंबे हो तो तुम उसे तुरंत यहाँ लेकर आना.."

मगर 15 मिनट तक उसके आदमियों से कोई सूचना ना मिलने पर इंद्रजीत और भी बेचैन होने लगा। उसका जी सा घबरा रहा था और उसने खुद ही उसे ढूंढने का तय किया है। कोई मोटरसाइकिल से उसे ढूंढ रहा था तो कोई बिल्डिंग के ऊपर, कोई अलग अलग मंजिलें पर कोई पार्किंग में तो कोई सड़क के दूसरी तरफ तो कोई कहीं। सब लोग उसे ढूंढने में

लगे थे। कुछ लोगों को उसने हर्षा के घर के आस पास भी खड़ा कर दिया था ताकि अगर हर्षा घर आती है तो उसे तुरंत सूचना दे दी जाए। अब जब से उसे एहसास हुआ कि वो हर्षा से प्यार करने लगा है तब से उसका ये भाव और भी ज्यादा तीव्र हो गया है। अब उसे हर्षा की चिंता होने लगी है। देखते ही देखते 2 घंटे बीत गए। हर्षा 2 घंटे से गायब थी।

इंद्रजीत जानता था कि पुलिसवाले 24 घंटे से पहले सिर्फ एफआईआर दर्ज नहीं करेंगे। उसे जरूरत भी नहीं थी, उसके आदमी काफी थे

"मगर हर्षा तुम हो कहाँ.......कहां हो तुम?"

उसने आसमान की ओर देखा और बुदबुदाया। फिर वो वहाँ से निकल कर पास की गलियों में हर्षा को ढूंढने लगा। तभी उसकी नजर एक गली पर गयी जहाँ की ज्यादातर लाइट बंद थी और कुछ गाड़ियां खड़ी थी। केवल सड़क की लाइट जल रही थी और उसी रोशनी में उसने किसी को जमीन पर पड़े देखा। पता नहीं क्यों उसके कदम अपने आप उस शख्स की ओर बढ़ने लगे और धीरे धीरे तेज हो गए। वो जब वहाँ पहुंचा तो कुछ कदम दूर ही ठिठक गया। उसका दिल ज़ोर से धड़कने लगा क्योंकि ये और कोई नहीं बल्कि हर्षा थी। वो सिर्फ बेहोश नहीं थी।

उसकी स्थिति बहुत खराब लग रही थी। शायद किसी ने उसे पकड़ कर बुरी तरह से पीटा था। उसका पूरा शरीर खून से लथपथ था। उसे बहुत चोट आई थी। उसकी आंखें बंद सी हो रही थी, मगर ऐसा लग रहा था कि वो खुद को जगाए रखने की कोशिश कर रही हो और हल्के से कुछ बुदबुदा भी रही थी। शायद वो मदद की गुहार लगाना चाहती हो पर इतनी हिम्मत नहीं होगी और शरीर में ताकत भी नहीं बची होगी, कुछ भी करने की। उसका फ़ोन और लैपटॉप एक तरफ टूटे पड़े थे। उसके बैग में कुछ भी ऐसा नहीं था जो कोई ले जाना चाहे। पर इंद्रजीत के पास ये बात सोचने के लिए समय नहीं था। वो लड़खड़ाते हुए हर्षा के पास पहुंचा और उसके सिर को अपनी गोदी में रख लिया। वो उसके करीब होकर बोला

"हर्षा आँखें खोलो! देखो मैं यहाँ पर हूँ..."

हर्षा से कोई प्रतिक्रिया ना पाकर वो फिर से बोला

"हर्षा तुम... ऐसा... ऐसा नहीं कर सकती... देखो.... मैं यहाँ पर हूँ... तो तुम्हारा ख्याल रखूँगा.... मैं तुम्हें कुछ नहीं होने दूंगा.... ऐम्ब्युलन्स बस आ ही रही है... तुम कुछ देर संभालो.... चिंता मत करो... सब कुछ ठीक होगा... एक बार मैं बुरे लोगों को पकड़ लूं... फिर हम लोग अच्छे से छानबीन करेंगे कि तुम्हे किसने पकड़ा था या... तुम्हारा ये हाल किसने किया... मैं उस इंसान को बहुत बुरी मौत देने वाला हूँ..."

हर्षा बस कराह रही थी। इंद्रजीत ने उसके चेहरे को करीब किया और कहा

"तुम एक बार आँखें खोलो... हर्षा... आँखें खोलो प्लीज़!!!"

वो गिड़गिड़ा कर विनती कर रहा था। उसके आंसू हर्षा के चेहरे पर गिर रहे थे। उसका चेहरा सूजा हुआ था शायद किसी ने उसे बहुत थप्पड़ मारे थे। उसके सिर पर भी चोट आई थी जिन से खून लगातार बह रहा था। जैसे ही इंद्रजीत अपना रूमाल निकाला और उसके सिर पर रखने लगा कि हर्षा ने आँखें खोल दी। मानो हर्षा को दर्द के कारण अचानक से होश आया।

उसने अपने सामने इंद्रजीत को देखा तो उसके होंठ कांपने लगे। उसने अपना खून से लथपथ हाथ हल्के से उठाया और इंद्रजीत के चेहरे को छुआ तो इंद्रजीत को लगा मानो उसका पूरा शरीर जकड़ सा गया हो। वो कांपते होठों से बोला

"हर्षा कुछ देर संभालो!"

उसने तब तक अपने फ़ोन से हाश्मी को फ़ोन किया और जल्दी से अपनी लोकेशन बताकर कुछ निर्देश दिए। फिर हर्षा की तरफ देखते हुए कहा

"हाश्मी यहाँ आता ही होगा... मैंने उसे ऐम्ब्युलन्स साथ लेकर आने के लिए कहा है... तुम चिंता मत करो... सब कुछ ठीक होगा... मैं तुम्हें कुछ नहीं होने दूंगा... मैं वादा करता हूँ... मैं तुम्हें कहीं नहीं जाने दूंगा... मैं तुम्हें अपनी ज़िंदगी से कहीं नहीं जाने दूंगा... हर्षा मैं तुम से बहुत प्यार करता हूँ.... मैं तुम्हें कुछ नहीं होने दूंगा...अगर तुम्हें कुछ हो गया तो मेरे जीने का मकसद ही चला जाएगा। तुम मेरी उम्मीद की किरण हो। और तुम इस तरह से खत्म नहीं हो सकती है... तुम ठीक रहना... हां... बस

होश में रहो..."

हर्षा के चेहरे पर एक दुखद मुस्कान आ गई। उसे नहीं पता वो कब तक जिंदा रहेंगी मगर ये सुन कर के इंद्रजीत भी उस से प्यार करता है वह मुस्कुराते हुए बोलीं

"मैं भी!!"

उसकी आवाज़ फुसफुसाहट से ज्यादा नहीं निकल रही थी। इंद्रजीत ने उसके माथे को आहिस्ता से छुआ और अपने माथे से छूकर बोला

"तुम्हें चिंता करने की जरूरत नहीं है... मैं तुम्हारा ख्याल रखूंगा..."

हर्षा ने मुस्कुराकर कहा "मैं.. भी... तुम से... बहुत प्यार... करती हूँ... इंद्रजीत...!"

ये कहते कहते उसकी सांसे अटकी तो वो खांसने लगी। मगर खांसने के साथ ही उसके मुँह से थोड़ा खून निकल आया। ये देखकर इंद्रजीत को काफी गुस्सा आया। वो गुस्से में हर्षा पर अपनी पकड़ मजबूत करते हुए बोला

"कौन है वो कमीना जिसने मेरी हर्षा की ऐसी हालत की है... मैं उसे छोड़ूंगा नहीं।"

इंद्रजीत इस बारे में सोच रहा था कि अचानक उससे पीछे कुछ हलचल सुनाई दी। उसने देखा कि कुछ लोग वहाँ से भागने की कोशिश कर रहे हैं और बार-बार पलट कर उसकी ओर ही देख रहे हैं। शायद यही वो लोग हैं जिन्होंने हर्षा का ऐसा हाल किया है। ये महसूस होते ही वो गुस्से से भर उठा और उसने अपनी मुट्ठी कस के भींच ली। उसके व्यवहार में परिवर्तन के कारण हर्षा ने बड़ी मुश्किल से अपनी आंखें खोल कर इंद्रजीत की तरफ देखा और बोली

"बाद में..."

वो जानती थी कि इंद्रजीत उन लोगों के पीछे जाएगा। कहीं ना कहीं उसे ऐसा लग रहा था कि वो इस के बाद पछताएगा। उसने अपने एहसासों पर भरोसा किया और कमज़ोरी से कहा

"मत जाओ!!!"

पर इंद्रजीत तो गुस्से में उबल रहा था। वो अपनी गुस्से से लाल आँखों से भागते हुए लोगों को देखते हुए बोला

"मैं उन्हें छोड़ूंगा नहीं!! उनकी हिम्मत कैसे हुई तुम्हें चोट पहुंचाने की... मैं उनकी वो हालत करूँगा कि बाकी सबकी रूह तक कांप जाएगी... तुम्हारे बारे में कुछ ऐसा सोचने से भी पहले वो लाख बार सोचेंगे!"

ये कहकर वो उठने लगा तो हर्षा ने बड़ी कमजोरी से उसकी बांह पकड़ ली और विनती करते हुए बोली

"मुझे छोड़... कर मत... जाओ... मेरे साथ रहो... मुझे तुम्हारी... जरूरत है..."

अब उसके शब्द टूटे फूटे आ रहे थे। उसके शरीर में कहीं भी जान नहीं बची थी। तब तक उसे हाश्मी दिखाई दिया। उसे खाली हाथ देख इंद्रजीत गुस्से में बोला

"ऐम्ब्युलन्स कहां है?"

हाश्मी उसके खौफनाक रुप से डर गया और हकलाते हुए कहा

"वो ऐम्ब्युलन्स रास्ते में ही है... और..."

"तुम हर्षा का ध्यान रखना। मैं उन लोगों को पकड़ने जा रहा हूँ..."

उसके गुस्से को देखकर हाश्मी तुरंत समझ गया कि वो लोग वही मूर्ख हैं जिन्होंने हर्षा पर हमला किया था। इंद्रजीत वहाँ से उठ कर लोगों के पीछे दौड़ पड़ा। उसका गुस्सा काफी तेज और सातवें आसमान पर पहुंचने के कारण उसे कुछ भी ठीक से समझ नहीं आ रहा था और वो हर्षा को पीछे छोड़ गया। वो उसे पकड़ती रह गई थी मगर इंद्रजीत दूर जा चुका था।

तभी हाश्मी ने देखा कि कुछ लोग इंद्रजीत पर भी हमला करने के लिए तैयार है और उन के हाथ में लोहे की रॉड है। वो उन्हें लेकर बढ़ रहे थे। हाश्मी ने घबराते हुए हर्षा को तसल्ली देते हुए कहा

"ढांढस रखना... हर्षा... ऐम्ब्युलन्स बस आती ही होगी।"

ये कहकर उसने एक नज़र उसे देखा और वो इंद्रजीत की सहायता के लिए गया। हर्षा बस ये होते हुए देखती रही। वो ना जाने क्यों यही सब दुबारा देख वो हारा हुआ महसूस कर रही थी। उसने अपनी आंखें निराशा से बंद कर ली। हाश्मी को देखकर इंद्रजीत को बहुत गुस्सा आया। उसने चीखती आँखों से उसे वापस जाने के लिए कहा

"यहां क्या कर रहे हो? मैंने कहा था ना कि तुम वहां रुकना।"

हाश्मी घबराते हुए बोला

"ऐम्ब्युलन्स पहुंचने वाली है... इसलिए तुम्हें चिंता करने की जरूरत नहीं है..."

इंद्रजीत ने दांत पीसते हुए गहरी सांस ली। फिर वो दोनों गली के मोड़ से दाईं तरफ मुड़े और उन लोगों को पीछा कर पकड़ लिया। उनमें से तीन लोग तो मौके पर ही मारे गए क्योंकि इंद्रजीत का गुस्सा बहुत तेज था और वो उनपर ताबड़तोड़ वार कर रहा था। बाकी बचे दो लोगों को इंद्रजीत ने कैद कर लिया और अपने हाथ से खून झटकते हुए आँखों में अंगारे लेकर हाश्मी से कहा

"इन्हें यहाँ से ले जाओ...."

तब तक दूसरी तरफ से रॉकी भी गाड़ी लेकर वहाँ आ गया और उसने हाश्मी की मदद की उन लोगों को पकड़ने में। ये सब होने के बाद इंद्रजीत बिना समय गवाएं दौड़ कर वहाँ गया जहाँ हर्षा थी मगर.... अब हर्षा वहाँ नहीं थी। वो घबरा कर इधर उधर देखने लगा।

"हर्षा.... हर्षा... हर्षा... कहां हो तुम...."

वो ज़ोर ज़ोर से पागलों की तरह चिल्लाने लगा। पर उसे कोई जवाब नहीं मिला। उसने अपने बालों को कस कर पकड़ लिया और उन्हें खींचने लगा

"कहाँ पर हो तुम हर्षा????"

एक गहरी सांस ले उसने देखा कि जहाँ हर्षा का शरीर पड़ा था वहाँ से खून लकीरें दूसरी तरफ जा रही है। शायद कोई उसे घसीट कर ले गया। इंद्रजीत ख़ुद को गाली देते हुए ख़ून के निशानों का पीछा करने लगा मगर कुछ दूर जाकर वह ख़ून की रेखा गायब हो गयी। वो गुस्से में गरजा

"सत्यानाश!!!"

उसने अपने आप को संयमित करने की कोशिश की और इधर उधर देखा। हर्षा का सारा सामान यहां वहां बिखरा पड़ा है पर कोई ऐसा सुराग नहीं मिला जिससे पता चल पार कि हर्षा को कौन ले गया? आख़िर वो अपने भावों को काबू में नहीं कर पाया और एक बेबस आवाज़ में बोला

"हर्षा कहाँ हो तुम?"

मगर उसकी आवाज़ की प्रतिक्रिया देने वाला कोई नहीं था। ये गली ऐसी नहीं थी जहाँ कोई सीसीटीवी हो जो इंद्रजीत ये पता लगा सके कि हर्षा कहाँ चली गयी। इंद्रजीत वहीं असहाय हो कर बैठ गया पर अनजाने में ही उसकी आँखों से आंसू बह निकले।

"ह...र्षा..."

उसे याद आया कि वो उसे रुकने का कह रही थी। उसे ना जाने का कह रही थी। वो उन लोगों को पकड़ने गया इसलिए वो गायब हुई। अगर वो उन्हें पकड़ने नहीं जाता तो... मगर शायद उसका उत्तेजना में लिया हुआ फैसला गलत साबित हुआ और अब वो लोग शायद हर्षा को हमेशा के लिए ले गए।

"आखिर क्या चाहते हो तुम मुझसे!!"

उसने आसमान की तरफ देखकर भगवान से कहा

"...क्या यही कि मैं पूरी जिंदगी बस यूंही तड़पता रहूँ... इतने लंबे समय बाद मुझे किसी के रूप में उम्मीद नजर आई थीं... मगर तुम ने वो भी छीन ली...."

वो भगवान को कोसने लगा मगर अंत में वो अपने आपको कोसने पर आ गया

"शायद मेरी ही खराब किस्मत है जिसमें मैंने तुम्हें भी घसीट लिया हर्षा... और हर्षा..."

वो उसका नाम इस तरह से लेने लगा मानों उसका नाम लेने से वो वापस आ जाएगी। जब हाश्मी वहां आया तो उसे इस तरह देख उसके पास आया। वो जैसे ही उसे संभालने लगा इंद्रजीत का पारा उसे देख और चिढ़ गया। उसने उसकी कॉलर पकड़ कर उसके मुँह पर एक मुक्का मारा और बोला

"मैंने तुम्हें रुकने के लिए कहा था... तुम मेरे पीछे क्यों आये..."

हाश्मी ज़रा सा भी गुस्सा नहीं हुआ क्योंकि वो भी अपने आपको दोष दे रहा था बल्कि वो तो डर गया था। आते समय ही इंद्रजीत को बातों से उसे अंदेशा हो गया था कि हर्षा गायब हो गई है। शायद वो इंद्रजीत को बचाने ना जाता तो इंद्रजीत को खतरा होता है मगर हर्षा गायब हो गई तो उसे यकीन है इंद्रजीत पूरा रौद्र रूप धारण कर लेगा और अब उसे कोई

रोकने वाला नहीं है। उसे तो भविष्य में उन बिचारे लोगों का सोच कर तरस आ रहा है जिन्होंने हर्षा को नुकसान पहुंचाने की सोची।

मगर क्या यह सब जान बूझ कर किया गया था या यह सिर्फ एक संयोग था? क्या हर्षा को इसलिए निशाना बनाया गया क्योंकि किसी को पता चल गया कि इंद्रजीत की दोस्ती हर्षा से हो रही है। इंद्रजीत ने उसे दो तीन मुक्के और मारे मगर फिर अचानक उसका शरीर कमजोर सा हो गया तो वो रोने लगा। उसको अपने परिवार की मौत के बाद अब रोते देखकर हाश्मी को समझ नहीं आया कि उसे क्या बोलना चाहिए। उसमें थोड़ी देर रुककर हुए कहा

"हमें... हमें उन हमलावारों से पूछ्ताछ करनी चाहिए... क्या पता उन्हें पता हो वो हर्षा को कहां ले गए... और हो सकता है... हम देर कर रहे हैं... तो हमेशा को हमेशा के लिए उसे खो दे... अभी तो हर्षा के खून के छींटे देखकर लग रहा है कि वो जिंदा होगी..."

हालांकि संभावना बहुत कम थी कि हर्षा बच जाए मगर फिर भी उन्होंने उम्मीद लगाई। इंद्रजीत ने अपने आपको कुछ संयमित किया और एक उम्मीद के साथ उठ खड़ा हुआ। उसे हर्षा को जल्द से जल्द ढूंढना ही होगा। इससे पहले कि और देर हो जाए। उसे कोई अंदाज़ा नहीं है कि हर्षा इस जगह पर कितनी देर तक पड़ी रही होगी। इंद्रजीत ने हाश्मी से कहा

"डॉक्टर कौशल से कहो अपने बेहतरीन फोरेंसिक एक्स्पर्ट को लेकर आए... और मैं जानना चाहता हूँ कि हर्षा यहाँ कितनी देर तक थी... हां... पुलिस को इस की कोई जानकारी नहीं होनी चाहिए जब तक कि मैं खुद एक एफआईआर लिखवाने ना जाऊं..."

"ठीक है!"

हाश्मी ने राहत की सांस ली। हाश्मी कम से कम पहले की तरह वापस तो हो रहा है मगर उसे डर है कि अगर हर्षा को कुछ हुआ तो इंद्रजीत पहले से भी बुरी स्थिति में आ जायेगा। कुछ समय में ही हर्षा ने उसके दिल के सारे घाव भर दिए थे। अगर उसे कुछ हुआ तो उसका दिल चकना चूर हो जाएगा और इंद्रजीत.... वो सोचना भी नहीं चाहता कि वो इतना विध्वंसक होगा कि उसकी बदलें और क्रोध की आग में कौन कौन चलेगा,

उसे खुद नहीं पता। वो ये सब सोच ही रहा था कि तभी उसे नुसरत का फ़ोन आया। फ़ोन उठाते ही वो बोला

"आज मुझे कुछ अजीब सा लग रहा है। शायद कुछ हो रहा है या होने वाला है? तुम ठीक तो हो???"

हाश्मी एक गहरी सांस लेकर बोला

"बुरा होने वाला नहीं है... बुरा हो गया..."

नुसरत जो सोफे पर बैठी थी हड़बड़ा कर खड़ी हो गई।

"क्या हुआ? तुम ठीक हो? इंद्रजीत? क्या वो ठीक है?"

हाश्मी ने इंद्रजीत को देखा जो अपनी कार की तरफ जा रहा था। भले ही वो शांत लग रहा था मगर उसका आभामंडल उसके मन में छाई कालीमा को दर्शा रहा था। हाश्मी बोला

"मुझे लगता है कि वो पहले से भी बुरी स्थिति में है।"

"क्यों? क्या हुआ है?"

संक्षेप में हाश्मी ने हर्षा की स्थिति नुसरत को बता दी। ये सुनकर नुसरत धम्म से बैठ गई। वो हैरान हो चीखी

"कौन नीच आदमी है जो हर्षा जैसी लड़की के साथ ऐसा कर सकता है?"

"कहना मुश्किल है!"

वो बोला

"मुझे जल्दी करना होगा!"

इससे पहले कि वो पूरी तरह से अपना आपा खो दे कुछ करना ही होगा। वो अंधेरे में देखते हुए बोला

"हर्षा!! तुम बस जहाँ भी हो!! ठीक रहना!!"

फिर उसने दोनों हाथ हवा में उठाए और बुदबुदाते हुए आसमान की ओर देखा और बोला

"हे भोलेनाथ! हर्षा को कुछ मत होने देना। नहीं तो मेरा ये जो दोस्त हैं... जो बड़ी मुश्किल से अपने बिखरे हुए हाल को समेटने लगा था और वो अब ऐसा बिखरेगा कि कुछ उसे समेट नहीं पायेगा..."

फिर वो इंद्रजीत के पीछे गया। इंद्रजीत हर्षा के घर गया। अब उसे कोई फर्क नहीं पड़ता कि क्या वो लोग उसके बारे में क्या सोचते हैं?

वो वहां पंहुचा तो सीधा अंदर घूस गया। घर के सदस्य उसे और उसके आभामंडल को देख हड़बड़ा गए। हाश्मी ने तुरंत ही उनसे हर्षा का पूछा तो उसे पता चला कि हर्षा घर पर नहीं है। मैयाजी ने इंद्रजीत को देखा और उसे पहचान लिया मगर कुछ खास बोली नहीं। उनसे कोई सकारात्मक प्रतिक्रिया नहीं मिली तो इंद्रजीत बाहर आया और उसने अपने सभी आदमियों को हर्षा को शहर के कोने कोने में ढूंढने के लिए कहा। उन्हें उसने ये तक कह दिया तो हर हॉस्पिटल छोटे मोटे क्लिनिक से लेकर हर ऐसी जगह की छानबीन करे जहाँ उन्हें हर्षा के होने की संभावना महसूस हो। उसे कोई चिंता नहीं है की वो कितना समय लगा दें इसमें। उसे खर्चे की भी कोई चिंता नहीं है।

बस उसे हर्षा वापस चाहिए सही सलामत। हाश्मी ने एक और आदेश भी दिया कि वो हर कब्रिस्तान, श्मशान घाट और मोक्षधाम जाये ताकि अगर किसी ने अचानक किसी का अंतिम संस्कार कराया हो तो इस बारे में पता चल जाए। उसने अपने कुछ आदमियों को अलग से इस की जांच करने के लिए भेजा क्योंकि वो नहीं चाहता था कि इंद्रजीत को इस संभावना के बारे में पता चले और वो और बौखला जाएं। इंद्रजीत बहुत गुस्से में था। उसका वो शांत और खुशमिजाज अंदाज काफी पहले गायब हो गया था। अब वो पहले वाला ही निर्दयी और आक्रामक इंद्रजीत लग रहा था। वो अपने ऑफिस गया और उसने तेज आवाज के साथ दरवाजा खोल दिया।

"धड़ाम!!!"

वो उस विशेष कक्ष में गया। जहाँ वो अपने धोखेबाज़ साथियों या गद्दारों को प्रताड़ित किया करता था, वहाँ वो दोनों आदमी कैद किए हुए थे। उन दोनों आदमियों को नंगा कर उल्टा लटका रखा था। मगर उन्होंने जैसे ही इंद्रजीत को देखा वो ज़ोर ज़ोर से हंसने लगे

"ओ हो! देखो तो ये कौन आया है!"

"हां हां!"

इंद्रजीत के चेहरे पर कठोरता छाई हुई थीं। उसने उनमें से एक के पास जाकर कहा

"वो कहां है?"

फिर तेज़ आवाज़ में बोला

"हर्षा कहां है?"

"वो तो गायब ही हो गयी!"

ये सुन कर वो दोनों हंस ने लगे। इंद्रजीत ने कुछ नहीं कहा। उसने वहाँ से एक तीखा चाकू उठाया और उसे उस शख्स के पेट में घुसा दिया। फिर वो उस चाकू को आड़े तिरछे तरीके से मोड़ने लगा। ऐसा करने पर उसके खून के छींटे इंद्रजीत के चेहरे पर भी लगे मगर उस इससे कोई फर्क नहीं पड़ता। वो आदमी दर्द के मारे चिल्ला उठा मगर कुछ नहीं बोला। इंद्रजीत ने एक भयानक आवाज़ में पूछा

"हर्षा कहां है?"

दूसरा आदमी व्यंग्य के साथ बोला

"तुम उसे कभी नहीं ढूंढ पाओगे।"

मगर ये कहना दूसरे वाले शख्स की सबसे बड़ी गलती साबित हुई क्योंकि इंद्रजीत ने उसको बिजली के झटके देना शुरू कर दिया। मगर वो उसके सामने कुछ भी नहीं बोला तो इंद्रजीत अपनी टेबल पर आकर बैठ गया। अब उसका मन थोड़ा शांत था। जब उसने उन लोगों को जी भर कर आधे घंटे तक प्रताड़ित कर लिया तब भी उन्होंने उसके सामने कुछ नहीं कहा तो उसने अपने लोगों के साथ उन्हें प्रताड़ित करने के लिए छोड़ दिया और उन से कुछ भी जानकारी निकालने के लिए कहा। उन लोगों ने बस इतना ही उसे बताया है कि ये सब उसके कर्मों का फल है। उसने जो बोया है वही वो काट रहा है। उसने बहुत सारे लोगों के करीबी लोगों को छीना है इसलिए अब उसकी सबसे करीबी शख्स उस से छीन ली गई है। और फिर वो पागलों की तरह हंसने लगे यह देखकर भी कि उनकी दर्दनाक मौत सामने है उन्होंने एक भी बार उस शख्स का नाम नहीं लिया जिसने उन्हें ये सब करने के लिए कहा था। पर उन दोनों को खुद का मतलब नहीं था। किसी और ने उन से काम कराया था मगर निश्चित तौर पर वो दोनों भी इंद्रजीत से गहरी शत्रुता रखते हैं। इंद्रजीत जब कमरे में बैठा था तो वो हर्षा की मुस्कान के बारे में सोचने लगा। वो दर्द में होने के बाद भी मुस्कुरा रही थी। कितना खूबसूरत इजहार होता अगर वो हर्षा को किसी बेहतर जगह ले जाता। शायद उसने 2 दिन इंजतार कर सबसे

बड़ी गलती की थी और अब उसे नहीं पता कि हर्षा कहां है? जिंदा है भी या नहीं....?

'नहीं वो जिंदा होगी! उसे जिंदा रहना ही होगा... वो मुझे छोड़ कर नहीं जा सकती है...'

अब तक जो कुछ भी हुआ मौसम भी उसे जाहिर कर रहा था। बाहर रिमझिम बारिश होने लगे। इंद्रजीत अपने दांत पीसने लगा। इधर बाहर आजाद बैंड बैंड को मानो उसकी परिस्थिति का पता चल गया और वो

"मैं अधूरा जी रहा हूं... हर पल ये कह रहा हूं... मुझे तेरी जरूरत है..." और "खैर मंगदी!"

गाना बजाने लगे। उसके हर एक शब्द इंद्रजीत की छाती छलनी कर रहे थे। क्यों उसे ही ये सब देखना पड़ रहा है? क्यों उसकी हर्षा को कोई नुकसान पहुंचा रहा है? ये तो सच है कि जो कुछ हुआ है उसमें कहीं ना कहीं इंद्रजीत के कर्मों का हाथ है। इंद्रजीत ने शायद किसी के साथ कुछ ऐसा किया होगा जिसका बदला लेने के लिए उन्होंने हर्षा का वो हाल किया मगर वो अभी भी नहीं सोच सकता कि कोई इतना निर्दयी कैसे हो सकता है जो एक लड़की को इतनी बुरी तरह से पीटे।

तभी जोसेफ नाम का एक लड़का उसके सामने आया और उसने उन दोनों लड़कों से मिली चीजें उसके सामने रख दी। तब हाश्मी भी वहां आया। उसने सभी सामान को अच्छे से जांचने के बाद ही इंद्रजीत के सामने रखने का कहा था। इंद्रजीत सामान को ऐसे देख रहा था मानो वो उसके जानी दुश्मन है। हाश्मी ने उसे पानी पीने के लिए दिया और उसे को थोड़ा शांत रहने का कहा। फिर वो बोला

"मुझे उन के फ़ोन से कुछ मिला है... शायद तुम्हे देखना चाहिए..."

उसने इंद्रजीत की टेबल के आगे लगे बड़े से एलईडी टीवी पर एक पेन ड्राइव जोड़ा और कुछ अन्य बटन दबाने के बाद उसने एक वीडियो चालू किया। वीडियो में उन्होंने देखा कि ये शाम का समय है। अंधेरा भी नहीं हुआ यानी कि इंद्रजीत अभी तक अपने ऑफिस से बाहर नहीं निकला था। शायद जब हर्षा वहाँ उसका इंतजार कर रही होगी। तभी उन्होंने उसे अगवा कर लिया था। मगर हैरानी की बात यह है कि वो लोग उस से ज्यादा दूर नहीं लेकर गए। मानों चाह रहे हो कि इंद्रजीत हर्षा को ढूंढें है

और उसकी स्थिति देखकर फिर से अपना आपा खोदें। ऐसा कर के वो पहले वाला इंद्रजीत बन जाये जिस के आसपास कोई भी उसका अपना नहीं था। ऐसा कोई नहीं है जिसके सानिध्य में वो सुकून प्राप्त कर सके। इंद्रजीत ये सब सोच असहज हो वीडियो रोककर बोला

"क्या है ये सब..?"

"इसमें क्या है एक बार देख लेना चाहिए!"

"ठीक है।"

उसने हाँ में सिर हिलाया तो हाश्मी ने वीडियो प्ले कर दिया।

"... छोड़ो मुझे ...."

हर्षा की मासूम आवाज इंद्रजीत को सुनाई दी तो अचानक ही उसकी छाती में दर्द होने लगा

" हर्षा..."

वो कंपकंपाती आवाज़ में बोला और टीवी की तरफ मोड़कर अच्छे से देखा। हर्षा को कुछ लोगों ने पकड़ रखा था और वो वीडियो बनाने वाले शख्स की ओर मुँह करे हुए थे। हर्षा फिर बोली

"...छोड़ दो मुझे..."

"तुम्हें क्या लगता है.. मैं तुम्हें ऐसे ही छोड़ दूंगा..."

"क्या तुम आवाज़ को पहचानते हो?"

वीडियो को बीच में रोककर हाश्मी ने इंद्रजीत से पूछा इंद्रजीत ने ना में सिर हिलाया और बोला

"मैं ये आज पहली बार सुन रहा हूँ।"

"अपनी याददाश्त पर जोर डाल के देखो... क्या ये आवाज़ किसी भी पुराने शख्स से मिलती है? कोई पुराना दुश्मन जो ये हो सकता है? मैंने इस शख्स की आवाज को नहीं सुना है।"

इंद्रजीत ने बहुत सोचा मगर उसे कुछ भी याद नहीं आया। एक बार को उसे लगा था कि ये उस विधायक के बेटे का काम होगा पर वो इतना बेवकूफ नहीं हो सकता। कल शाम ही तो विधायक ने उससे माफ़ी मांगी थी कि उसके बेटे से गलती हो गई तो वो ऐसा क्यों करेगा। हाश्मी गहरी सांस छोड़ते हुए बोला

"ठीक है... तुम आगे देखो... क्या पता तुम्हें कुछ याद आ जाये..."

और उसने देखा कि उस शख्स ने कैमरा किसी और को पकड़ा दिया है और हर्षा के करीब गया है। उसकी कोई भी पहचान उजागर नहीं हो पाई मगर हर्षा शायद उसकी पहचान जानती थी। वो गुस्से और नफरत से अपने सामने खड़े शख्स को देख रही थी।

"अरे अरे इस तरह से मत देखो मेरी प्यारी जान... तुम जानती नहीं मैं तुम्हारे साथ क्या करने वाला हूँ..."

"तुम ऐसे क्यूँ कर रहे हो? छोड़ दो मुझे... तुम्हारे लिए यही अच्छा होगा कि तुम मेरे साथ कुछ ना करो..."

"क्यों? क्या तुम्हें डर है कि तुम्हारा वो तथाकथित प्रेमी इंद्रजीत हम तक पहुँच जाएगा..."

हर्षा इस वक्त ज़मीन पर पड़ी थी उसने जलती आँखों से उसे देखा और फिर पूछा

"तुम ये सब... सब क्यों कर रहे हो?"

वो व्यक्ति जोर से हंसने लगा और फिर बोला

"क्यों कर रहा हूँ... तुम तो अच्छे से जानती हो ना..."

हर्षा की आँखों के कोने से एक आंसू बह गया। वो एक दृढ़ आवाज़ में बोली

"तुमने.... उसके परिवार को पहले ही खत्म कर दिया था..."

ये सुन वहां कुछ पल की शांति छा गई। वो शांति हर्षा के ही आगे बोलने से टूटी

"हर शख्स को यहाँ खुश रहने का अधिकार होता है... तुम उसे क्यों खुश नहीं रहने देना चाहते..."

वो हाथ जोड़ते हुए बोली

"अगर उसकी खुशी मेरे साथ है तो तुम मुझे क्यों नुकसान पहुंचा रहे हो... मुझे कुछ हुआ तो वो टूट जाएगा..."

"टूट जाता है तो टूट जाने दो..."

और शख्स ने बड़ी बेरहमी से उसकी ठोड़ी को पकड़ा और वो उसकी कान को मरोड़ते हुए बोला

"तुम्हें क्या लगता है मुझे फ़र्क पड़ता है कि उसे क्या महसूस हो रहा है? नहीं! मैं उसे अहसास दिलाना चाहता हूँ कि अगर तुम यहाँ से गायब

हो जाओगी तो उसके साथ क्या होगा!"

"नहीं!!!"

हर्षा डर के मारे चीखी। उसका डर इसलिए नहीं था कि कोई उसे चोट पहुंचाने वाला था। वो उसको अभी भी यही बोल रही थी

"मुझे कुछ भी हुआ तो इंद्रजीत... इंद्रजीत टूट जाएगा। ऐसा मत करो..."

अब उसकी आँखों में आंसू भर आए थे।

"वैसे अजीब है ना ये। देखो... देखो... देखो.. ये एक बेवकूफ सी लड़की किसके लिए पक्ष ले रही है... जबकि तुम तो उसकी सच्चाई जानती भी हो..."

हर्षा तुंरत बोली

"मुझे फर्क नहीं पड़ता... वो कौन है? कैसा है? तुम मुझे कुछ मत करना..."

"अफसोस की बात है... मैंने तो तय कर लिया है कि मैं तुम्हें ऐसी हालत में पहुंचा दूंगा कि वो तुम्हें अपनी बाहों में दम तोड़ते देखे.... और जब ऐसा होगा तब मेरी आत्मा को सुकून मिलेंगा..."

"ऐसा मत करो..."

इससे पहले कि हर्षा उसका नाम ले पाती, एक दूसरे शख्स ने हर्षा के गाल पर जोरदार तमाचा जड़ दिया। हर्षा को अब गुस्सा आ गय। उसने उंगली दिखाते हुए कहा

"तुम्हें क्या लगता है... अगर तुम मुझे कुछ कर दोगे तो वो तुम लोगो को छोड़ देगा... वो तुम्हें ढूंढेगा और तुम्हें बुरी तरह से मारेगा। उसे एक बार में सच्चाई पता चल जाये!"

एक शख्स ने उसके दूसरे गाल पर भी जोरदार थप्पड़ मारा और वो इतना तेज़ था कि हर्षा के गोरे गाल पर वह छप गया। उसका चश्मा भी नीचे गिर गया था और पीछे से किसी शख्स ने उसके बाल पकड़े और फिर तीन चार और चांटे मारने के बाद उनका मुखिया बोला

"एक छोटे परिंदे के तौर पर तुम कुछ ज्यादा ही फुदक रही हो तुम्हारे पर काटने जरूरी है... तुम्हारे अंदर इतना आत्म विश्वास कैसे है!"

हर्षा ने सिर ऊंचा किया और गर्व से कहा

"इसी वजह से कि इंद्रजीत मेरे साथ है। मेरे साथ कुछ करो और फिर देखना वो तुम्हारी क्या हालत करता है!"

उसके होठों से खून आ रहा था मगर फिर उस शख्स ने हाथ से कुछ इशारा किया और बाकी सब लोग हर्षा की तरफ बढ़े। कैमरेवाले शख्स ने कैमरा सड़क की ओर मोड़ दिया।

"छोड़...दो... मुझे... आह... आ!!!"

हर्षा की दर्दनाक चीख उस वीडियो में आगे सुनाई देने लगी और कुछ ही देर में वीडियो बंद हो गया। हाश्मी ने इंद्रजीत की तरफ देखा तो उसकी आँखों में खून उतर आया था। इस स्थिति में भी जब वो खुद मौत के कगार पर है वो इंद्रजीत का सोच रही थी। वो ये सोच रही थी कि क्या चीज़ है जो उस को दुख पहुंचाती है! वो और भी बहुत कुछ सोच रहा था। वो कौन था? उसने उसे कैसे नुकसान पहुंचाया था? और सबसे जरुरी बात, हर्षा उस शख्स को कैसे जानती है? और यह कैसे जानती है कि वो उसके परिवार के कत्ल में किसी तरह शामिल था। हाश्मी ने गहरी सांस ली और बोला

"इसलिए मैं तुम्हें दिखाना चाहता था।"

इंद्रजीत ने टेबल पर रखा कांच का पेपरवेट कस के पकड़ रखा था पर उसकी हथेली सफेद पड़ रही थी क्योंकि वो कुछ ज्यादा ही ज़ोर लगा रहा था। फिर अचानक उसने वो पेपरवेट उठाकर खिड़की पर दे मारा। खिड़की कांच की थी इसलिए एक ज़ोर की आवाज के साथ कांच के टुकड़े टूट कर गिर गए। हाश्मी ने उसे कंधे से पकड़ा और सभी को जानें का इशारा किया। सब बहुत तेज़ी से निकल गए। इंद्रजीत से उन्हें खतरनाक वाइब महसूस हो रही थी। वो यहां रुककर इसके गुस्से का शिकार नहीं होना चाहते। कौन बेवकूफ था जिसने हर्षा की ऐसी हालात करने की हिमाकत की है? शायद वो जीवन जीने से ऊब गया है। हाश्मी कसी हुई आवाज़ में बोला

"होश में आओ इंद्रजीत!"

इंद्रजीत ने अपने दाँत पीस लिए। हाश्मी ने फिर से कहा

"ठंडे दिमाग से सोचो! क्या तुम्हारे परिवार की हत्या के दौरान कोई ऐसा शख्स था जो अभी तक जिन्दा हो?"

इंद्रजीत ने खुद को हाश्मी की पकड़ से छुड़ाया और दूर हट गया। हाश्मी जनता है की इस वक्त इंद्रजीत का होश में आना काफी जरूरी है। वो एक चलता फिरता एटम बॉम्ब है। इंद्रजीत कई तरफ की युद्ध शैलियों में निपुण है। हाश्मी अपने दोस्त को देखने लगा जो इधर उधर चक्कर काटने लगा। वो अभी भी उन आवाज़ों को अपने दिमाग से नहीं निकाल पा रहा है जो वीडियो के अंत में उसे सुनाई दी थी।

हर्षा के दर्दनाक आवाज़। उसने देखा कि वीडियो दूसरी ओर घूमने से पहले एक शख्स को जो लोहे की किसी चीज़ को लेकर हर्षा की ओर बढ़ा था। उन्होंने उसे कितनी चोट पहुंचाई होगी! यह सोचकर उसका दिल टुकड़े टुकड़े हो जा रहा था। उसे समझ नहीं आ रहा था उसे क्या करना चाहिए। वो खुद से बोला

'मुझे माफ़ कर दो हर्षा! मेरे कारण तुम इस समय घसीट ली गयी।'

इंद्रजीत को इस तरह खुद से बातें करते देखकर हाश्मी ने गहरी सांस ली और बोला

"मुझे कुछ गडबड लग रही है!"

इंद्रजीत ने कमजोर नजरों से हाश्मी को देखा। हाश्मी उसे इस तरह टूटा हुआ देखकर बहुत दुखी हुआ और वो बोला

"तुम.... ऐसा नहीं लगा... वह जानती थी कि वो शख्स तुम्हारे परिवार की हत्या में शामिल था... उसने ये क्यों कहा कि उसने तुम्हारे परिवार को खत्म कर दिया था... क्या ये तुमने उसे बताया था?"

इंद्रजीत ने ना में सिर हिलाया और बोला

"नहीं! उनमें से कोई जिंदा नहीं है जो मेरे परिवार की हत्या के लिए जिम्मेदार थे!"

"क्या उनके परिवार का ज़िंदा है? कोई सदस्य? शायद कोई ऐसा इंसान जो बच गया हो? और तुम्हें पता न हो?"

"नहीं!!"

इंद्रजीत ने अपने सभी प्रमुख अभियुक्तों को मार दिया था।

"उसके बाद मैंने बहुत से लोगों को मारा है..."

"मुझे वो थोड़ी अजीब लग रही थी... जब उसने ये कहा कि तुम उसे ढूंढ लोगे और वो आदमी इतने आत्मविश्वास से कैसे कह सकता है कि

हम उसे ढूंढ नहीं सकते।"

"शायद वो नकली पहचान के साथ यहाँ आया हो और हम उसका चेहरा नहीं जानते..."

अचानक उन्होंने कुछ सोचा

"फंगरप्रिंट!!"

जिस पेनड्राइव से उन्हें वीडियो मिला था उसमें कोई जानकारी जरूर होगी। ये सोच दोनो वहां जाने लगे कि एक धमाका हुआ। दोनो ने अपने चेहरे को बचाया और पलट कर उस तरफ देखा तो पाया कि वो पेनड्राइव अचानक से फट गया है। यानी कि एक मात्र सबूत जो ये वीडियो था वो भी नष्ट हो गया। इंद्रजीत और हाश्मी एक दूसरे को देखने लगे। हाश्मी गुस्से में बोला

"कमीने लोग!! जरूर किसी ने इसे इस तरह से तैयार किया होगा कि इस वीडियो को दो बार से ज्यादा कोई नहीं देख पाए... और उन्हें यकीन था कि हम में से सबसे पहले उन सामान की जांच करेगा और फिर तुम्हारे पास लेकर जाएंगे। शायद इसी वजह से उन्होंने उसे छिपाने की या छीनने की कोशिश नहीं की बल्कि तुम्हें यह पता लगने दिया कि हर्षा किस हालत में थी और आखिरी जो तस्वीर वीडियो खत्म होने से पहले आई थी।"

उसमें हर्षा खून से लथपथ दिखाई दे रही थी और तब तक अंधेरा होना शुरू हुआ था। यानी जब इंद्रजीत नीचे उसका इंतजार कर रहा था तब तक हर्षा के साथ यह सब हो चुका था। तो उसे नहीं पता हर्षा के साथ और क्या क्या हुआ होगा क्योंकि वीडियो में आगे कुछ भी दिखाई नहीं दे रहा था। हाश्मी धीमी आवाज़ में बोला

"तुम्हें लगता है कि हमें पुलिस के पास जाना चाहिए?"

इंद्रजीत से कोई जवाब पाकर हाश्मी ने उसे हिलाते हुए फिर पूछा

"इंद्रजीत! क्या तुम्हें लगता है कि हमें पुलिस के पास जाना चाहिए!"

हाश्मी की आवाज सुन कर इंद्रजीत अपनी तंद्रा से बाहर आया। उसे अभी भी ऐसा लग रहा था कि हर्षा हमेशा वाली जगह पर ही समय के अनुसार उसका इंतजार कर रही होंगी। जब वो जाएगा तो हर्षा फिर से अपनी बचकानी बातें खुल के उसे बताएगी और बेवजह से हंसेगी और

अपने ऑफिस के किस्से सुनाएगी। ये सोचकर उसके चेहरे पर एक दर्द भरी मुस्कान आ गई। अब उसकी हर्षा उसके आसपास नहीं है।

"क्या तुमने पता लगाया? कुछ और पता चला क्या?"

हाश्मी ना में सिर हिलाते हुए बोला

"रॉकी, अश्विनी, शास्त्री और गुलाम समेत हमारे लड़के शहर में अभी ढूंढ रहे हैं। किसी भी बड़े निजी और सरकारी अस्पतालों में कोई ऐसा केस नहीं आया है.. और कोई छोटी बड़ी क्लीनिक में भी ऐसा कोई केस नहीं है... अब छोटे क्लीनिक की खोज जारी है और उसके अलावा मैंने किसी भी ऐसे संदिग्ध व्यक्ति के बारे में पता लगाने के लिए बोला था जो कुछ अजीब हो... मगर मुझे लगता है पुलिस के पास जाना ज्यादा ठीक रहेगा... क्योंकि उन के पास जितने संसाधन हैं उतने फिलहाल हमारे पास नहीं होते..."

*****

इंद्रजीत इसके लिए पहले तो तैयार नहीं था मगर फिर कुछ सोचकर मान गया। वो लोग कुछ देर बाद पास के पुलिस थाने पहुंचे हैं। उस पुलिस थाने का इंचार्ज था अभय। अभय उन्हें अच्छे जानता था। उसे देखकर वो चौकन्ना हो गया। इंद्रजीत ने एक नज़र सबको देखा। थाने में मौजूद हर व्यक्ति परेशान नजर आ रहा था। वो सभी उससे डर रहे थे। इंद्रजीत ने उनकी असहजता को अनदेखा करते हुए कहा

"मैं यहाँ पर धमकाने नहीं आया ना किसी को कोई धमकी देने या डराने आया हूँ... मैं सिर्फ एक शिकायत दर्ज कराना चाहता हूँ..."

सारे पुलिसवाले हैरान होकर इंद्रजीत को देखने लगे। उन्हें अपने कानों पर यकीन ही नहीं हो रहा था। भला ये आदमी ऐसा क्यों कह रहा है। जितना इसका खौफ है उससे तो लगता नही किसी ने उसे सताया होगा। हाश्मी उनकी मनोस्थिति बिगड़ने से पहले बोला

"दरअसल हमारी एक बेहद करीबी दोस्त हैं, हर्षा। वो गायब हो गई है... और हमें शक है कि किसी ने उसकी हत्या... करने की कोशिश की है। कुछ देर पहले हमें इस तरह का एक संदेश आया था। मगर.. जिस पेनड्राइव में वो वीडियो संदेश था वो धमाके के साथ फट गया। अभी हमारे पास ऐसा कुछ नहीं है जिससे उसका पता लगा सके।"

हाश्मी ये कहकर चुप हो अभय की तरफ देखने लगा जो इंद्रजीत के चेहरे की तरफ हो देख रहा था। हालांकि अभय इंद्रजीत को पसंद नहीं करता मगर ना जाने क्यों उसके भाव देखकर उसे कुछ अजीब सा लगा और उसने कॉन्स्टेबल से एफआईआर लिखने के लिए कहा

"मैं देखता हूँ! मैं क्या कर सकता हूँ!"

"शुक्रिया!"

इंद्रजीत बिना और कुछ कहे वहाँ से बाहर निकल गया। हाश्मी ने इंद्रजीत को जाते देख एक गहरी सांस ली और अभय को अकेले में ले जाकर स्थिति समझाई

"सुनो इंस्पेक्टर!! जो लड़की गायब हुई है वो इंद्रजीत की प्रेमिका है। वो उससे बहुत प्यार करता है और अंतर तो देख ही लिया होगा। अगर उसे वो लड़की नहीं मिली है और खास कर जिंदा नहीं मिली तो मुझे भी नहीं पता कि वो शहर में कैसा कोहराम मचा देगा। वो शांत है, सिर्फ इस उम्मीद में कि शायद वो लड़की जिंदा हो और उसे मिल जाये.. बस उम्मीद करनी चाहिए कि हर्षा ठीक हो और जल्द से जल्द मिल जाये!"

बात ऐसी होगी इसकी अभय को उम्मीद नहीं थी। स्थिति की गंभीरता को देखते हुए उस ने भी तुरंत हामी भर दी। अपनी बात खत्म कर वो बाहर आया तो उसने इंद्रजीत की तरफ देखा है जो आकाश की ओर घूर रहा था। ना जाने क्यों उसे अचानक ही यह शहर का सबसे बड़ा डॉन एक असहाय प्रेमी नजर आया जिस के अपने गुनाह उसकी प्रेमिका को ले गए। पता नहीं क्यों उसे इंद्रजीत से सहानुभूति महसूस हुई।

शायद वो उसके दर्द को समझ पा रहा है। उसे भी इस तरह किसी को खोने का एहसास था। पुलिस की नौकरी भी आसान नहीं होती है। कई गुंडे अपना फायदा निकलवाने के लिए पुलिस के परिवार को निशाना बनाते है। उसने भी ऐसे ही एक हमले में अपने किसी करीबी को खोया था तो वो उसकी भावनाएं काफी कुछ समझ सकता था। हालांकि उसे ज्यादा कुछ अनुभूति इसलिए नहीं थी क्योंकि इंद्रजीत खुद भी एक बहुत बड़ा अपराधी है। शायद उसने अब तक जितनी हत्याएं की हैं, उसके बाद भगवान उसे उसके कर्मों का फल दे रहे थे। इंद्रजीत को किसी की नज़रे खुद पर महसूस हुई, उसने उस तरफ देखा तो अभय को अपनी तरफ

देखते हुए पाया। दोनों की नज़रे कुछ देर के लिए मिली। फिर अभय वहां से निकल गया।

इंद्रजीत भी हाश्मी के साथ घर लौट आया। इंद्रजीत ने लौटने के बाद एक प्राइवेट डिटेक्टिव विशाल वहाँ आया। उसे देख इंद्रजीत बोला

"तुम यहाँ पर क्यों हो?"

विशाल ने थोड़ा असहज हो गया। उसने इधर उधर देखा क्योंकि इंद्रजीत की नजरें बहुत पैनी थी। उसकी ऐसी हालत देख ना में सिर हिलाते हुए हाश्मी बोला

"इसे मैंने बुलाया है। हमें हर्षा के बारे में और भी जानकारी ढूंढनी होगी। क्या पता उसकी जानकारी से ही हमें कोई ऐसा सुराग मिल जाए जो हमें उस तक ले जाएं.. क्योंकि हमें खुद नहीं पता वो अभी कहाँ पर है.."

इंद्रजीत भी बस उसे आखिरकार ढूंढना ही चाहता है। उसने हां में सिर हिला कर अनुमति दे दी। उसे ज्यादा कुछ नहीं चाहिए था बस उसे अब हर्षा चाहिए थी। जो कुछ भी हुआ हो उसके बाद अब वो वापस इस दुनिया में नहीं लौटना चाहता था पर शायद नियति को कुछ और ही मंजूर था इसलिए उसे फिर से वही श्याम हथकंडे अपनाने पड़ेंगे। विशाल कुछ मामूली जानकारी इकट्ठा करने के बाद वहाँ से चला गया। पूरा दिन सबका बेचैनी में बीता था। उन्हें पता ही नहीं चला कि रात के साढ़े तीन बज चुके हैं।

वहीं इंद्रजीत हर्षा का सोच सोचकर अपना आपा खोने की कगार पर था। वो कभी इधर उधर चक्कर काटता, कभी बैठ जाता। ना वो कुछ खा रहा था, ना आराम कर रहा था। नींद तो उसकी आँखों से कोसो दूर थी। बाकी लोगों की आखों में भी नींद नहीं थी पर किसी और कारण से। हर्षा का गायब होना वो अप्रत्याशित घटना थी जैसी किसी ने परमाणु बॉम्ब के बटन पर कबूतर बैठा दिया है। जिसकी एक हरकत धमाका कर सकती है। हाश्मी को ये देख कर चिंता हुई। वो भी एक पल के लिए चैन से नहीं था। कुछ घंटे बीते और सुबह के सात बजे हाश्मी ने एक बार फिर इंद्रजीत को देखा। इंद्रजीत अब बस टूटी खिड़की से बाहर आसमान को तल्लीनता से देख रहा था। उसकी आंखें किसी उम्मीद को खोज रही थी।

हाश्मी समझता है कि वो फिर से उसी दर्द से गुजरना नहीं चाहता। वो लोगों के लिए खतरनाक हो सकता है मगर हकीकत में तो वो भी एक ऐसा व्यक्ति है जिसे प्यार की जरूरत है। उसने एक गहरी सांस ली और एक फोन लगाया। दूसरी तरफ से एक चिंतित आवाज आई

"हेलो!! हाश्मी मैं कब से फोन कर रही हूँ उठा क्यों नही रहे। क्या हुआ है? क्या हर्षा का कुछ पता चला। वो कहां है? और इंद्रजीत! वो कैसा है?"

हाश्मी ने ज्यादा कुछ नहीं कहा और नुसरत को वहाँ बुला लिया। उसने नुसरत के आते ही उस से कहा

"तुम्हीं हो जो उसे थोड़ा संभाल सकती हो! जाओ उस से कहो कुछ खा ले..."

नुसरत ने एक गहरी सांस ली और हां में सिर हिलाते हुए कहा

"मैं उस से मिल कर आती हूं।"

वो इंद्रजीत के पास पहुंची। उसकी हाथ में खाने की प्लेट थी। उसने एक कुर्सी उसके करीब खिसकाई और वहां बैठ गई। इंद्रजीत ने बिना उसकी तरफ देखे कहा

"नुसरत! मेरा अभी बिल्कुल मन नहीं है बात करने का... तुम चली जाओ..."

नुसरत बोली

"ठीक है मैं चली जाऊंगी मगर तुम्हें कुछ तो खाना पड़ेगा ना... इंद्रजीत! तुम ऐसे ही तो उसे नहीं ढूंढ सकते हो। कुछ खा लो!!"

इंद्रजीत ने आसमान की तरफ देखा और बोला

"मैं कह रहा हूँ... मुझे भूख नहीं है... पता नहीं क्यों सब लोग मुझे खाना खिलाने पर तुले हुए हैं।"

इंद्रजीत ने बीती दोपहर के बाद से कुछ नहीं खाया था। सभी गाहे बगाहे उसे कुछ खाने को कह रहे थे। वैसे भी वो बिना खाए रह सकता है मगर उसने पानी भी नहीं पिया था। नुसरत ने थोड़ा कड़क होते हुए कहा

"क्योंकि तुम ने कल दोपहर से कुछ भी नहीं खा रखा है... और अब शाम होने को आ रही है... तुम सोचो इस बारे में... हम सब को तुम्हारी चिंता है... इसलिए हम तुम्हे खाने के लिए कह रहे है..."

"क्या मैं ऐसी स्थिति में खा सकता हूँ? मुझे नहीं पता हर्षा किस स्थिति में होगी और अब...."

"इसलिए हम कह रहे है..."

उसने उसके कंधे पर हाथ रखा और बोली

"देखो! मैं जानती हूँ तुम किस परिस्थिति से गुजर रहे हो.... वो किसी तरह से तुम्हारे ना खाने से तो सुलझने नहीं वाली ना... तुम्हें खा पी कर अपनी शक्ति अर्जित करते रहना होगा... क्या पता तुम्हें कहा जाना पड़े हर्षा से मिलने के लिए... क्या पता वो कहाँ पर हो... और हो सकता है.... वो बिल्कुल सुरक्षित है और कहीं उसका इलाज चल रहा हो... सकारात्मक सोच के साथ तुम इंतज़ार करो ना... और हर्षा को अच्छा लगेगा... अगर तुम उसे इस तरह से टूटे बिखरे हुए मिलोगे तो? क्या हुआ अगर कुछ समय बाद वो अचानक ही ख़ुश होते हुए तुम्हारे पास वापस आए तो क्या तुम अंदाजा लगा सकते हो कि कब तुम उसके साथ अच्छे से समय बिता पाओगे? पर तुम्हें फिर से लगता है ये सही है तो ऐसा ही ठीक है।"

इंद्रजीत आखिरकार मान गया और उसने बेमन से खाना खाया। उसे खाना बिल्कुल बेस्वाद लग रहा था। उसे समझ नहीं आ रहा उसे क्या करना चाहिए। एक तरफ उसे हर्षा की चिंता थी तो दूसरी तरफ़ उसे नुसरत की बात बिल्कुल ठीक लग रही थी। अगर उसमें खुद में ही ताकत नहीं रहेंगी तो वो हर्षा को ढूंढने पर उसका ख्याल कैसे रखेगा और हो सकता है, क्या पता वो कुछ समय बाद उन को मिल जाये और उसे उसका ध्यान रखने के लिए और भी ज्यादा ध्यान देने की जरूरत पड़े।

*****

2 दिन और बीत गए। इंद्रजीत जैसे तैसे नुसरत की उपस्थिति के कारण शांत था। मगर उसके लोगों को नहीं पता वो कितनी देर इंद्रजीत को रोक पाएगी। एक समय बाद उसका सब्र का बांध टूट जाएगा। अभय भी खाली हाथ आया। उसका कहना था कि उसने टोल नाके और शहर से बाहर जाने वाले हर राष्ट्रीय राजमार्ग पर नाकाबंदी करवादी थी। सिर्फ इसलिए क्योंकि वह डर रहा था कि इंद्रजीत अगर एक बार नियंत्रण से बाहर हुआ तो वो किसी की नहीं सुनेगा। अचानक कितनी मासूमों की

जान ले लेगा। इसलिए वो अपनी तरफ से पूरी कोशिश कर रहा था। मगर ना किसी सीसीटीवी में उन्हें कोई ऐसा संदिग्ध जाता दिखाई दिया और ना ही कोई ऐसा शख्स मिला जिसने किसी तरह की ऐसी गतिविधि की हो। उन्होंने आसपास के स्थानीय गिरोह को भी उठाकर जेल में डाल दिया था और उन से पूछताछ कर रहे थे। मगर किसी ने भी हर्षा को नहीं देखा था। उनका कहना था कि वह पहली बार हर्षा के बारे में सुनते हैं और उनका दिमाग खराब नहीं है जो इंद्रजीत से पंगा लेने के लिए हर्षा को नुकसान पहुंचाएंगे। क्योंकि उन्हें पता है इंद्रजीत वाकई में अगर हर्षा की खोज कर रहा है तो निश्चित तौर पर हर्षा उसकी कोई करीबी है और वो पागल नहीं है जो उसके करीबी को नुकसान पहुंचाकर इंद्रजीत को उकसा दें। उन्हें अपनी जान भी प्यारी है।

इंस्पेक्टर से निराशा हाथ लगने के बाद इंद्रजीत ने विनम्रता बड़े अंदाज में अभय से जांच जारी रखने के लिए कहा। अभय ने इंद्रजीत के इस रुप को पहली बार देखा था मगर वो जानता था ये तूफान से पहले की शांति है और वो इस तूफान को किसी भी कीमत पर आने नहीं सकता था। इसलिए वो भी बिना किसी विवाद के हामी भर वहाँ से चला गया। उसे हर्षा को किसी भी हाल में ढूंढना ही होगा। उसने चार पुलिसवाले तैनात कर दिए जो हर्षा की जानकारी ढूंढने में लगे हुए थे। उसने अपनी खबरियों से भी इस मामले की जानकारी जुटाने के लिए कहा। जब उन्होंने इस मामले की गंभीरता के बारे में पूछा तो उसने उन्हें कहा

"ये लड़की हर्षा! जो कोई भी है वो इंद्रजीत के करीबी हैं और अगर उसे कुछ हुआ तो इंद्रजीत सच में... इस शहर में कोहराम मचा देगा... और ऐसा हम किसी हाल में होने नहीं दे सकते।"

यह सुन कर तो सारी खबरी हड़बड़ी में अपने अपने काम पर लग गए और अपनी अपनी अपनी तरह से सूचना निकालने लगे। जिस गली में हर्षा मिली थी उस गली में बहुत कम लोग रहते थे। और जो भी रहते थे वो रात के 10 बजे घर लौटते थे। सारे मजदूरो के से घर थे या फिर किराये पर दिए हुए घर थे। वहां पर ना तो किसी गाड़ी में कैमरा था ना ही घरों में सीसीटीवी लगे हुए थे। आखिरी सीसीटीवी उस बिल्डिंग में था जिस

में इंद्रजीत का ऑफिस था। उसके अलावा कोई और ऐसा स्थान नहीं था जहाँ सीसीटीवी हो। इसके अलावा वो इलाका वैसे भी बहुत शांत और सुनसान था तो लोगों की आवाजाही भी कम थी। ऐसे में किसी चश्मदीद के होने की संभावना भी कम ही थी। हर्षा को ढूंढना खांडे की धार होने वाली थी।

*****

एक दिन डिटेक्टिव विशाल इंद्रजीत के ऑफिस में पहुंचा। उसके चेहरे पर अजीब से भाव थे मानों उसे कुछ मिला हो और कुछ ना मिला हो। इस समय इंद्रजीत और हाश्मी अपने काम को वापस से पटरी पर लाने के लिए कुछ बातचीत कर रहे थे। सभी लोग अभी भी तनाव में थे। उन्हें कहीं से भी राहत की उम्मीद नहीं दिखाई दी थी। इसलिए डिटेक्टिव के आने पर उन्होंने उसे आने दिया और वह दोनों शांत हो कर बैठ गए। डिटेक्टिव ने बैठते ही एक गहरी सांस छोड़ी और अपनी आँखें मसली। वो शायद पिछले 2 दिन से सोया भी नहीं था। वो डरते हुए बोला

"वैसे आप मुझे कुछ करेंगे तो नहीं ना?"

इंद्रजीत ने उसे घूर कर देखा। हश्मी उसकी ऐसी अटपटी बात सुनकर हैरान था। उसने उसको आंखें दिखाकर कहा

"तुम ऐसी उल्टी सीधी बातें मत करो, विशाल!"

विशाल ने अपना सिर खुजाया और बजरंग बली का नाम लेकर बोला

"सर बात यह है कि हर्षा के बारे में कोई जानकारी नहीं है।"

"क्या?"

इंद्रजीत और हाश्मी दोनों ने एक स्वर में पूछा। वो हैरान थे। विशाल ने हां में सिर हिलाया और बोला

"हर्षा के स्कूल और कॉलेज का पता... जो उसने दस्तावेजों के तौर पर जमा कराए कागजों में था... उसका पता भी उसी जगह का है जहाँ वो अभी रहा करती थीं मगर...."

इंद्रजीत अधीर होते हुए बोला

"क्या?"

विशाल कांपते हुए बोला

"इससे ज्यादा कुछ भी नहीं पता... वो पहले कहाँ रहती थी? यहाँ काम करने से पहले उसने कहां कहां काम किया है? या वो वाकई किस शहर की है? कुछ नहीं पता!"

"उसके दादा दादी के बारे में कुछ पता चला?"

इंद्रजीत को याद आया कि हर्षा ने एक बार अपने दादा दादी का जिक्र किया था मगर जहाँ तक उसे पता है कि मैयाजी और बाबा के माता पिता यहाँ नहीं रहते हैं।

"और एक और बात जो मैं आपको बताना चाहूंगा। वो बहुत अजीब थी। किसी भी अन्य जगह पर उसे नहीं देखा गया। वो बस घर से ऑफिस ही सफर करती थी। मुझे लगता है आपको उसके परिवार से एक बार मिलना चाहिए।"

हाश्मी ने हां में सिर हिलाया

"ठीक है! क्या कुछ ऐसा है जो तुम नहीं बता रहे हो?"

विशाल ना में सिर हिला कर बोला

"कुछ ऐसा है जो आपको उन से ही जान कर अच्छा लगेगा। बस मैं ये कहना चाहूंगा कि हर्षा की कोई भी ऐसी जानकारी उपलब्ध नहीं है जिससे हमें यह पता चल सके कि वो वाकई में अस्तित्व में थी।"

हाश्मी ने हैरान हो कर उससे पूछा

"तुम्हारे कहने का मतलब है कि उसके जिंदा होने के सबूत ही नहीं है... पर वो तो हमारे सामने ही थी। क्या उसका नाम झूठा था?"

"ये... ये तो मुझे नहीं लगता कि उसने झूठा नाम इस्तेमाल किया मगर उसने अपना पुराना सारा रिकॉर्ड गायब कर रखा है... या शायद किसी और ने किया हो... उसके लिए... मगर मुझे इसका कुछ समझ नहीं आता..."

"वो कोई ऐसी जासूस वगैरह तो नहीं?"

"मैंने इस संभावना के बारे में भी जानकारी निकलवाई मगर न तो हर्षा जैसी कोई लड़की कभी जासूस थी और न ही वो किसी के लिए खुफिया तौर पर काम करती थी जिस वजह से उसके सबूत मिटाए जाये।"

"तुम्हें यकीन है?"

"मैं तो बस आपको सुझाव दूंगा आप उसके परिवार से मिल ले।"

"एक बार क्या... चलो अभी चलते हैं..."

हाश्मी को लेकर इंद्रजीत उनके घर पहुंचा। उसके साथ तीन गाड़ियां और वहां आकर रूकी।

*****

एक मध्यमवर्गीय घर पर एक बड़ी खूबसूरत सी गाड़ी को देखकर आसपास के लोग हैरान हो कर बातें बनाने लगे।

"देखे तो..."

"देखो!! ये किसकी गाड़ी है?"

"कौन आया है?"

माहौल से बेखबर, इंद्रजीत बाहर निकला। उसके निकलते ही वो लोग उसके आभामंडल से डर कर इधर से उधर, इधर से उधर हो गए। इंद्रजीत ने बिना उनकी तरफ ध्यान दिए। उसने दरवाजा खटखटाया तो बाबा ने दरवाजा खोला। इंद्रजीत ने उससे पूछा

"क्या मैं अंदर आ सकता हूँ?"

"आइए!"

वो तो उसको देखकर थोड़ा घबरा गया। सोफे पर बैठने के बाद इंद्रजीत ने मैयाजी और बाबा यानी श्रीमान और श्रीमती पांडेय की तरफ देखा जो जाहिर और पर उससे डर रहे थे। उसने हाश्मी की तरफ देख जो उसके पास खड़ा था। इंद्रजीत ने पांडेय दंपत्ति को भी बैठने का इशारा किया। वो डरते हुए बैठे। इंद्रजीत ने सीधे ही पूछा

"मुझे तो पहचान ही लिया होगा। मैं इंद्रजीत भारद्वाज हूं।"

वो लोग अब और डर गए। वो आगे बोला

"आप अपने बारे में मुझे बताइए। और साथ ही हर्षा के बारे में भी। आपका नाम क्या है?"

उन दोनों ने एक दूसरे की तरफ देखा और श्रीमान बोले

"मेरा नाम मनोहर पांडेय है और यह मेरी पत्नी लता पांडेय हैं।"

"क्या आप लोग हर्षा के असली माता पिता हैं? दरअसल हर्षा... मेरी दोस्त है और वो गायब है... आपको इस बारे में पता चल गया होगा..."

उन्होंने हां में सिर हिलाया तो उसने एक भौं ऊंची चढ़ाते हुए पूछा

"आप लोगों ने पुलिस में शिकायत नहीं की?"

जब उन्होंने पता लगाया था तो मालूम चला कि पुलिसवालों ने कहा था कि पहले ही उसकी गायब होने की शिकायत दर्ज है। उन्होंने साफ शब्दों में कहा

"पहले भी वो ऐसे ही गायब रही थी तो इसलिए हमने शिकायत को रजिस्टर नहीं करवाया।"

तभी हर्षा के भाई बहन भी वहाँ आ गए। पांडेय दंपत्ति ने उनका परिचय करवाया

"ये आयुष पांडेय और ये अनुश्री पांडेय हैं। ये हमारे बच्चे हैं।"

"हर्षा के बारे में मुझे कुछ बताएंगे!!"

हाश्मी ने इंद्रजीत के तरफ़ से बातचीत जारी रखी मगर वो लोग शायद थोड़ा हिचकिचा रहे थे। इंद्रजीत ने उनकी ओर देखा और फिर भारी आवाज में बोला

"मैं हर्षा के बारे में जानना चाहता हूँ। क्या पता आप लोगों की सूचना से हमें पता चल सके कि वो कहां गयी?"

उसने यह नहीं बताया कि हर्षा उन्हें किस स्थिति में मिली थी और किन परिस्थितियों में वो गायब हुई थी। वो लोग उसकी चिंता करते। मगर उसकी सोच के उलट उन्होंने एक दूसरे की तरफ देखा और अनुश्री और आयुष को हर्षा के कमरे में जाने के लिए कहा

"जी बात ऐसी है कि हर्षा हमारी बेटी नहीं है।"

आखिरकार मनोहर ने बोला तो इंद्रजीत चौंककर बोला

"क्या?"

"क्या?"

इंद्रजीत और हाश्मी ने एक दूसरे की तरफ देखा। लता ने जोर देकर कहा

"हर्षा हमारी बेटी नहीं है।"

"सच में!"

हाश्मी ने उनकी ओर देखा

"मगर वो तो आपको बाबा बोलती थी और लता जी को मैयाजी बोल रही थी।"

"मगर वो हमारी बेटी नहीं थी। वो सिर्फ एक किरायेदार थी।"

ये सुन कर वो और भी हैरान रह गए। इंद्रजीत गहरी सोच में फस गया। हर्षा की बातों से तो इंद्रजीत को कभी अहसास नहीं हुआ कि उस घर में वो एक किराएदार थी। लता जी ने बताया

"वो हमारे पास तब आई थी जब हमारे यहां कुछ सामान शिफ्ट कराया जा रहा था । किसी ने उसे बताया था कि हम कमरा किराए पर देते हैं। पर उस समय कोई और लड़की किराये पर रह रही थी। पर उसने हमसे बहुत बातें कही थी। उसने ये भी कहा था कि वो काम में अपना हाथ बटाएगी। वो हमसे थोड़ी घुल मिल गई थी। वो खाना भी हमारे साथ ही खाती थी तो ऐसा थोड़ा लगता था कि वो हमारे परिवार की सदस्या थी।"

"तो आप लोगों के कहने का मतलब ये है कि वो अकेली थी?"

वो दोनों कुछ जवाब देते उससे पहले ही अनुश्री और आयुष हर्षा का कुछ सामान लेकर नीचे आए तो उनके पिता बोले

"ये इन को दे दो।"

लता ने उनसे लेकर वो सामान इंद्रजीत और हाश्मी के आगे रख दिया। वो कुछ खास सामान नहीं था। बस एक डिब्बे में कुछ मामुली सी चीजें थी।

"दरअसल ये हर्षा का सामान है। उसने हम से कहा था कि अगर कभी ऐसा हो वो 2 दिन तक घर नहीं आए और कुछ संदेश नहीं दे तो उसका सामान पैक कर के रखें क्योंकि फिर उस सामान को लेने कोई आएगा।"

यह सुन कर उन दोनों का माथा ठनका। उन्होंने आँखों ही आँखों से वार्तालाप किया

'हर्षा ये बात क्यों कहेगी?'

'शायद उसे पता होगा कि उसके साथ ये हादसा होने वाला है। वरना फिर उसने ऐसी बात क्यों कही?'

लता ने यादों में खोते हुए बताया

"जब वह यहाँ आई थी तो शहर में ज्यादा लोगों को नहीं जानती थी... मगर ना जाने क्यों हमारे घर पर ही किराये पर कमरा लेने के लिए बड़ी जिद कर रही थी। उसने हम से ये भी कहा कि वह घर के काम में

मदद कर देगी। इसलिए हम आखिरकार मान गए और उसे ऊपर का कमरा दे दिया। हमें उससे कोई परेशानी नहीं थी। वो घर साफ रखने में हमारी मदद किया करती थी और उसने एक दिन हम से कहा कि उसके माता पिता नहीं है... वो मुझे और मेरे पति को अपने माँ बाप की तरह देखती थी। उसने हमें मैयाजी और बाबा कहने की अनुमति मांगी थी। उसने यही दो शब्द क्यों चुने हमें नहीं पता... हालांकि अनुश्री और आयुष को अच्छा नहीं लगा इसलिए उसने अकेले में ही हमें बाबा और मैयाजी बोलना शुरू किया जिससे ज़ाहिर तौर पर हम लोगो को उसके माता पिता भी नहीं कहलवाना होगा और वो मन ही मन हमें हमारे माता पिता के रूप में देख लेगी.."

"तो आप जानते हैं वो कहां से आई थी? उसने अपनी कोई जानकारी दी होगी?"

हाश्मी ने बड़ी उम्मीद से पूछा तो लता ने एक झटके में मना किया और बोली

"उसने अपने बारे में कभी कुछ खास चीज़ नहीं बताई.. उसने बस ये कहा कि वो इस शहर की नहीं है और पास के एक गांव की है.. मगर उसने कभी गांव के बारे में कुछ भी नहीं बताया... ये जिक्र तक नहीं किया कि वह गांव कैसा है या वहाँ पर उसके परिवार में कौन कौन है? उसने बस ये कहा था कि उसके माता पिता नहीं है... पर हमने कई बार उसे जानने की कोशिश की कि उसके चाचा चाची दादा दादी कोई तो होगा उसके परिवार में पर उसने कभी इस बारे में कुछ भी नहीं बताया... वो अपने में ही रहती थी... बस ऐसा लगता था जैसे वो इस शहर में किसी खास कारण से आई हो। उसने एडिटर में काम शुरू किया था तो तनख्वाह ज़्यादा नहीं होने पर भी वहाँ काम करती थी।"

"अच्छा!!!"

"इस दौरान उसने कभी हमें परेशान नहीं किया... बस हमने ये नियम बना रखा था कि वो कब क्या कर रही है, कब जल्दी कब देर से आएगी.. इस बारे में जानकारी देती रहे जो वो बिना किसी भूल के दे दिया करती थी।"

"अच्छा!!"

इंद्रजीत और हाश्मी ने हर्षा का सामान लिया और ज्यादा बातचीत न करते हुए उन लोगों की विनती पर चाय पीकर वहाँ से चले गए।

*****

इंद्रजीत और हाश्मी दोनों ही किसी गहरी सोच में डूबे थे। इंद्रजीत बोला

"वो हर्षा की एक दोस्त है ना... माही उसके पास चलो!"

फिर वो लोग माही से मिलने गए। महिमा या माही अभी भी काम ख़त्म कर अलसा रही थी कि उसे चपरासी ने बताया

"माही! कोई तुमसे मिलने आया है!"

"मुझसे?"

उसे थोड़ी हैरानी हुई

"हां! वो प्राइवेट रूम में है!"

"ठीक है।"

माही प्राइवेट रूम कि तरफ बढ़ी। वो खुद से ही बोली

"प्राइवेट रूम!! ये तो हमारे एक्सक्लूसिव गेस्ट के लिए है ना?"

जब वो वहां पहुंची तो डर के मारे कांपने लगी। वहां इंद्रजीत और हाश्मी बैठे थे। उनके आगे रेवती भी बड़ी विनम्रता से खड़ी थी। उसने जैसे ही माही को देखा वो बोली

"अरे महिमा आओ आओ। इन्हें कुछ बात करनी है तुमसे। ठीक है!"

ये कहकर वो वहां से निकलने लगी। वो एक पल और यहां रुकना नही चाहती। इंद्रजीत का औरा बहुत खतरनाक था और उसे डर लग रहा था। जब वो माही के करीब आई तो वो धीमी आवाज़ में बोली

"कुछ गड़बड़ मत करना।"

दरवाज़ा बंद होने की आवाज ने उसकी तंद्रा को भंग किया। वो डरती हुई इंद्रजीत को देखने लगी। इंद्रजीत ने उसे देख और फिर बोला

"हर्षा के बारे में जो जानती हो वो सब बता दो..."

माही को बहुत हैरानी हुई। उसने मन ही मन कहा

"कहीं ये उसके गायब होने के बारे में तो नहीं जानना चाह रहे?"

उसने एक गहरी सांस ली और बोली

"क्या जानना है आपको?"

हाश्मी बोला

"जो तुम्हें पता है!"

उसने बताना शुरू किया

"हर्षा काम के दौरान ही मेरी दोस्त बनी थी। उसके ज्यादा दोस्त नहीं थे। वो किसी से ज्यादा बात नहीं करती थी। हालांकि उसका अंदाज़ मस्तमौला और खुशमिज़ाज था मगर वो कभी अपनी निजी बातें बाहर जाहिर नहीं करती थी। उसकी बातें हाजिर जवाब होती थी पर ऐसी नहीं जो उसके बारे में किसी को कुछ पता चलने दे। वो सिर्फ मुझसे थोड़ा करीब थी। मगर जब से मैंने..."

वो थोड़ा हिचकिचाते हुए बोली

"मगर जब से मैंने आपकी खबरें उसे दिखाई तब से उसने मुझसे भी ठीक से बात नहीं की है... उसका कहना था कि मैं किसी पर बेवजह के आरोप नहीं लगा सकती। मैंने ऐसा कुछ नहीं कहा था... मेरा इरादा यह नहीं था कि मैं आप की बुराइ करूँ या ऐसा कुछ... बस मैंने तो वो उसे बताया था जो लोग आप के बारे में जानते हैं..."

इंद्रजीत महिमा से कुछ नहीं कहा मगर उसे ये सब बातें बहुत अजीब लग रही थी। महिमा या कहें माही से भी उसे कुछ खास अच्छी जानकारी मालूम नहीं हुई तो उसने थकान भरी आह भरी। अपनी सीट पर सिर रखकर सोचने लगा

"आखिर तुम हो कौन हो और तुम क्या कर रही थी?"

"ये!!!"

हाश्मी ने कार के पास देखते हुए कहा

"मुझे लगता है ये हर्षा की दोस्त पल्लवी है!"

इंद्रजीत ने इस तरफ देखा तो बस में पल्लवी दिखाई दी। उसने देखा आज वो बस खराब हो गई थी। पल्लवी भी अन्य यात्रियों के साथ बाहर खड़ी थी। इंद्रजीत ने कुछ देर उसे देखा। उसे अचानक याद आया कि पल्लवी तो हर्षा को जानती है। वो तेज़ी से कार से निकला तो हाश्मी भी उसके पीछे आया। थोड़े दिन पहले हुआ हमला वो नहीं भुला था इसलिए कोई जोखिम मोल नहीं लेना चाहता था। ऊपर से अभी इंद्रजीत अधीर और असतर्क है।

“सुनो!!!"

इंद्रजीत ने पल्लवी को आवाज़ दी तो वो पीछे पलटी। कुछ देर देखते हुए उसे पहचानने की कोशिश करने लगी। फिर जैसे ही उसे पहचाना वो बोली

"अरे आप!!"

वो जानती है कि वो कौन है। इंद्रजीत की शहर के डॉन की पहचान से भी वो अवगत थी। इंद्रजीत ने उसे अकेले में आने का इशारा किया। वो थोड़ा डर रही थी। भले ही वो शांत दिखता है पर है तो वो एक गुंडा ही। वो उसके अस्थिर भावों से डर उसके पास आई और बोली

"जी कहिए।"

इंद्रजीत ने सीधे ही उससे पूछा

"हर्षा के बारे में क्या जानती हो?"

पल्लवी पहले तो सकपकाई मगर फिर बोली

"वो.... ज्यादा कुछ नहीं। हम बस साथ में सफर करते थे। बातचीत में अक्सर मैं ही अपनी बातें बताया करती थी। वो कभी भी कुछ नहीं बताती थी। पर एक बात है!"

"क्या?"

इंद्रजीत ने एक भौं ऊंची चढ़ाते हुए पूछा तो वो बोली

"जब से आप ने उसके हाथ पर वो रुमाल से बांधा था... वो तब से आपको अलग ही नजर से देखती थी... क्या आप ने महसूस नहीं किया?"

ये सुन इंद्रजीत ने हैरान हो कर पल्लवी की तरफ देखा और ना में सिर हिलाया। वो बोली

"वो उन लोगों में से नहीं को अपने मन की बात मन में ही छुपाकर रखे। वो गाहे बागाहे उन्हें ज़ाहिर कर ही देती है। हम बस में सफर के दौरान मिल गई थी। पर क्या हुआ है? आप उसके बारे में क्यों पूछ रहे हैं?"

इंद्रजीत ने एक गहरी सास ली और बोला

"वो गायब है!"

पल्लवी को ये जान कर बहुत हैरानी हुई कि हर्षा गायब है मगर वो कुछ नहीं बोली। फिर कुछ देर बाद उसने बस इतना बताया

"हम लोग सहयात्री थे और हर्षा का नाम भी मुझे बहुत लंबे अरसे बाद पता चला था। हम बस सफर के दौरान बातें किया करते थे और अपने ऑफिस की खट्टी मीठी यादें साझा करते थे। ज्यादातर मैं ही अपनी प्यार की कहानी सुनाया करती थीं। मगर मैं एक बात यकीन से कह सकती हूँ..."

उसने इंद्रजीत की तरफ देखा और बोली

"भले ही उसका व्यवहार अनाडियों सा हो मगर उसके दिल में सिर्फ आप थे। वो रहस्यमय थी। शायद उसने कभी ना कभी इस बारे में जिक्र किया हो।"

इंद्रजीत ने ना में सिर हिलाया तो उसने भी सांस छोड़ते हुए कहा

"पता नहीं। हो सकता है मुझे कुछ गलत महसूस हुआ हो। क्या मैं जा सकती हूं? मैं उसके बारे में इससे ज्यादा नहीं जानती।"

इंद्रजीत ने हां में सिर हिलाया और कुछ सोचने के बाद वापस कार में आकर बैठ गया। हाश्मी जो उसके पीछे ही था उसने भी सब सुन लिया था। उसके मन में बहुत सी शंकाएं थी। वो कुछ देर की शांति के बाद बोला

"इंद्र!!"

"हम्म्.."

"कुछ गड़बड़ है!"

"मतलब?"

"मतलब ये कि ऐसा क्यों लग रहा है कि वो सिर्फ़ तुम्हारे लिए आई थी।"

इंद्रजीत ने हाश्मी की तरफ देखा। हाश्मी बोला

"अब तक की हमारी जांच से यह पता चलता है कि हर्षा बहुत रहस्यमय है.. वाकई उसने अपने अस्तित्व के सबूत मिटाए है... उसने किसी को अपने बारे में कुछ नहीं बताया... उसने कोई भी ऐसी जानकारी साझा नहीं की जो उसके बारे में कुछ बता सके। यहाँ तक कि उसने अपने मरे हुए माता पिता का नाम भी, अपने मकान मालिक को नहीं बताया... उसने जो कुछ भी दस्तावेज दिए वो यहाँ रह कर तैयार किए हुए थे... तुम्हें नहीं लगता ये सब कुछ अजीब है। जैसे वो यहां सिर्फ एक मकसद से आई हो..."

"और वो मकसद था मुझसे दोस्ती!! ये कुछ अजीब है?"

इंद्रजीत ने हाश्मी को घूरकर देखा तो वो चुप हो गया। कुछ देर बाद वो फिर बोला

"ये इतना अजीब नहीं है। तुम सोचो तो क्यों नहीं है..."

"अगर उसे मुझसे दोस्ती करनी होती तो वो पहले से ही दिखाती कि वो मेरा सब कुछ जानती है।"

"क्या पता वो चाहती हो कि वो बस तुम्हारे मुँह से सब कुछ सुने। कहीं ऐसा तो नहीं!!!"

उसने इंद्रजीत की तरफ मुंह करके कहा

"उसे हमारे किसी दुश्मन ने भेजा हो... तुम्हारी जासूसी करने के लिए...."

"नहीं..."

इंद्रजीत ने तुरंत इस संभावना को नकारते हुए कहा

"ऐसा नहीं हो सकता!"

"क्यों नहीं। क्या उसकी जानकारी गलत नहीं थी मगर कुछ तो था उसके बारे में जो मुझे हमेशा से खटकता रहा... वो तुम से नहीं डरती थी..."

"वो किसी से भी नहीं डरती है..."

"मगर वो इतनी साहसी कैसे हो सकती है।"

इंद्रजीत ने इसका कोई जवाब नहीं दिया। अब उसे भी दाल में कुछ काला नज़र आ रहा था। उसने हाश्मी से कौशल को बुलाने का कहा। थोड़ी ही देर बाद कौशल वहां आया

"क्या कुछ मिला?"

"नहीं!"

इंद्रजीत ने उसे ठंडी आँखों से देखा तो वो बोला

"ब्लड सैंपल ले लिए थे मगर किसी और के कोई संकेत नहीं मिले। जो भी थे वो इतने अस्पष्ट थे कि उन्हें समझा नहीं जा सकता।"

"ठीक है।"

इंद्रजीत ने कौशल को जानें का इशारा किया मगर वो खड़ा रहा। हाश्मी ने उसकी तरफ देखते हुए पूछा

"कुछ बात हुई है क्या कौशल?"

कौशल झिझकने लगा तो इंद्रजीत बोला

"बोलो!"

उसकी आवाज से कौशल डर गया पर वो हिम्मत जुटाकर बोला

"मुझे कुछ अजीब बात पता चली है!"

"क्या?"

"वो..."

"अब बोलो भी!"

"हर्षा काफी वक्त पहले हॉस्पिटल आई थी।"

"किसलिए?"

"अभी वो तो पता लगा रहा हूँ क्योंकि ये बात तुम्हारी उससे मुलाकात के पहले की है। वहां से मिली शुरुआत जानकारी में पता चला है वो किसी के इलाज के पैसे देने आई थी।"

इंद्रजीत और हाश्मी ने एक दूसरे को देखा और पूछा

"और कुछ? क्या वो कोई पुराना मरीज था?"

"पता नहीं।"

कौशल ये बात बताकर वहां से चला गया और दोनों को सोच में मग्न छोड़ गया।

*****

7 दिन बीत चूके थे मगर हर्षा का कुछ भी नहीं पता था। इंद्रजीत बड़ी मुश्किल से खुद पर नियंत्रण रख रहा था। वो अपने आपको पूरे दिन जिम में उलझाए रखता था ताकि उसका गुस्सा किसी गलत शख्स पर ना निकल जाए। उसने उम्मीद नहीं छोड़ी थी, हर्षा के ठीक होने की। उसे भी पता है कि एक समय बाद उसकी सीमा आ जाएगी और उस वक्त वो क्या करेगा, इसका उसे खुद नहीं पता। उसे रात में अजीब सपने आते थे। ऐसे जहाँ उसे सिर्फ अंधकार दिखाई देता था और जब वो उस से निकलने की कोशिश करता था तो कोई उसका पैर पकड़ लेता था और उसे वहीं अटका के रखता था।

"हर्षा!"

कई बार ऐसे वो रात में उसका नाम पुकार कर उठाता। प्यार में पड़ने का एक नुकसान होता है कि आप अक्सर उस शख्स के बारे में सोचते रहते हो और जब उसके साथ कुछ हादसा हो जाए तो आप ज्यादा ही सोचते हो। उससे जुड़ी हर खबर बहुत अहम हो जाती है।

*****

एक दिन नुसरत, हाश्मी और इंद्रजीत बैठे खाना खा रहे थे। पीछे रेडियो पर कोई कहानी का कार्यक्रम चल रहा था। उसे सुन नुसरत को कुछ याद आया और वो नजरें उठाकर दोनों को देखते हुए बोली

"इंद्रजीत तुम्हारी एक दोस्त थी ना.... क्या नाम था उसका.... हां मिहिका!"

इंद्रजीत और हाश्मी दोनों रुक गए। दरअसल उन्होंने मिहिका के बारे में किसी को कभी कुछ नहीं बताने का फैसला किया था। इंद्रजीत ने घूर कर हाश्मी को देखा। हाश्मी अपने खाने में चम्मच मार कर नज़रें चुराने लगा। नुसरत उसकी नजरों को नज़रअन्दाज़ करते हुए बोली

"क्या ऐसा हो सकता है कि वो तुम्हारी वही दोस्त मिहिका हो और शायद तुम उसे भूल गए हो.... इसलिए ये सोचकर वो किसी और नाम से तुम्हारी जिंदगी में आई हो... और उसके माता पिता...."

"उसके माँ बाप थे।"

इंद्रजीत बुदबुदाते हुए बोला। हाश्मी को भी नुसरत की बात में दम लगा। नुसरत ने आगे कहा

"हाँ! और हो सकता है वो इसी वजह से तुम पर इतना भरोसा करती हो।"

हाश्मी बोला

"ये भी तो हो सकता है कि वो इस वजह से तुम से अलग तरह से मिली हो जिससे तुम्हे सब कुछ याद आ जाए... और हो सकता है बीच में... मेरा मतलब है कि जिस दौरान तुम उसके साथ नहीं थे... तब कोई हादसा हुआ हो... और वो तुमसे जल्दी संपर्क ना कर पाई हो..."

इंद्रजीत ने शून्य में ताकना शुरु किया। ऐसा लग रहा है वो कोई फिल्म देख रहे हैं। ये विचार करने के बाद इस संभावना को नकारा नहीं जा सकता था कि हर्षा शायद मिहिका हो सकती थी क्योंकि मिहिका उस

वक्त भी इंद्रजीत को पसंद किया करती थी।

हाश्मी और इंद्रजीत ने बिना किसी देर के मिहिका के बारे में पता लगवाना शुरू किया। जल्दी ही उन्हें मिहिका का एक पता मिल गया। वो दोनों पता निकलवा कर डिटेक्टिव विशाल के साथ उस जगह जाने के लिए निकले जहाँ उन्हें मिहिका के होने का पता चला था। वहां जानें के दौरान इंद्रजीत पुरानी यादों को याद कर रहा था।

उसका वो बचपन जहाँ मिहिका उसके साथ खेलती थी, उसका हर कदम पर साथ देती थी और समय समय पर उसके साथ छेड़खानी भी किया करती थी। अगर हर्षा वाकई में मिहिका है तो.... वो नहीं जानता कि वो करेगा। उसे एक अजीब ख़बर मिली थी।

डिटेक्टिव विशाल के अनुसार मिहिका अभी हॉस्पिटल से घर आई थी। दरअसल उसके परिवार ने उसके घर पर ही हॉस्पिटल बना लिया था क्योंकि वो काफी लंबे समय से कोमा में थी। हाश्मी ने जब ये सुना तो वो बोला

"हो सकता है कि वो लोग उसे अभी लेकर आए हों और किसी से उन्हें पता चला कि वह यहाँ है। हो सकता है कि वो नहीं चाहते हो कि कोई उनकी बेटी के बारे में जाने इसलिए उन्होंने उसे यहाँ रखा हो।"

विशाल गाड़ी में ड्राइवर के पास वाली सीट पर बैठा था। वो फाइल से कुछ देखते हुए बोला

"ये जगह शहर से बाहर है। काफी हरा भरा इलाका है और मन को सुकून देने वाला है।"

इंद्रजीत का मन इस बात की संभावना से डांवाडोल हो रहा था कि हर्षा ही मिहिका है। हाश्मी और विशाल अपनी बातचीत में व्यस्त थे। इंद्रजीत खिड़की से बाहर देखते हुए कुछ सोचने लगा

"क्या मिहिका मुझे याद रख पाएगी? क्या मिहिका ही मेरे लिए इतनी दूर तक आई है और मेरे लिए खुद में सब कुछ बदल दिया? अपना नाम तक बदल दिया?"

मगर इंद्रजीत कितनी भी कोशिश कर ले, उसकी जिन भी धुंधली यादों में मिहिका थी, उनमें उसका चेहरा और हर्षा से ज़रा भी मेलखाता नहीं लग रहा था। हाँ! हो सकता है उसके बाल बाद में लंबे हो गए हो,

उसके चश्मा बाद में चढ़ गया हो मगर चेहरे की बनावट नहीं बदल सकती। क्या ऐसा हो सकता है कि उसका कोई एक्सीडेंट हुआ हो और उसने प्लास्टिक सर्जरी करवाई हो। केवल यही तर्क उसे समझ आया कि प्लास्टिक सर्जरी से उसका चेहरा बदल गया हो। हाश्मी ने अपने आधार पर एक सिद्धांत बताया

"तो मुझे लगता है तुम्हें टीवी सीरियल कम देखना चाहिए।"

डिटेक्टिव विशाल बुदबुदाते हुए बोला

"तुम अपना मुँह बंद रखो। क्या पता अब आगे क्या हो?"

इंद्रजीत उस समय के बारे में एक बार फिर सोचने लगा जब वह 15 साल का था। तब मिहिका उन के पड़ोस में रहा करती थी। जब उसके परिवार की हत्या हुई उसके बाद भी मिहिका उन चुनिंदा लोगों में से एक थी जिन्हें यकीन था कि इंद्रजीत अपने परिवार की हत्या के पीछे नहीं है और उसने कुछ भी गलत नहीं किया है। तभी उसे हाश्मी का हाथ अपने कंधे पर महसूस हुआ। उसने उसकी तरफ देखा तो वो बोला

"इंद्रजीत! तुम सुन रहे हो। हमें कुछ फल फूल वगैरह ले जानें चाहिए या गुलदस्ता ले जाना चाहिए।"

इंद्रजीत ने हां में सिर हिलाया। थोड़ी देर बाद वो लोग उस जगह पर पहुँच गए। दरअसल ये मिहिका के परिवार का फार्म हाउस था। उसका परिवार एक अच्छा परिवार था और उनका व्यापार पिछले कई सालों में अच्छा चल रहा था। उसे विशाल की मदद से इस बारे में पता चला कि उन्होंने एक अपने घर का पूरा हिस्सा अलग से तैयार कर लिया है और वो उसके हॉस्पिटल की तरह काम में लिया जाता है। इंद्रजीत ने खुद से ही पूछा

"हर्षा क्या तुम ही मिहिका हो? क्या तुम हो मेरे पास आई थी।"

उसके हाथ में एक फ़ोटो थी। दरअसल हर्षा ने उसे बाद में चिढ़ाने के लिए वो फोटो फिर से भेज दी थी जो उसने डिलीट की थी। यानी उसने पहले ही वो कहीं और भी सेव की थी। इंद्रजीत ने वो फोटो निकलवा कर अपने पर्स में लगा रखी थी जिस में हर्षा मुस्कराते हुए इंद्रजीत के सोते हुए सिर को देख रही है और अजीब अजीब से चेहरे बना रही है। इंद्रजीत ने उसे एक थ्रीडी फोटो की तरह बनाया था जिस में थोड़ा सा हिलाने पर

उसके चेहरे के भाव बदलते दिखाई दे रहे थे। उसके चेहरे पर एक मुस्कान आ गई। हाश्मी और इंद्रजीत वहां आए। हाश्मी एक नर्स से पूछा

"यहां हर्षा है?"

"जी??"

"वो मिहिका!"

"ओह! आप अंदर जा सकते हैं।"

इंद्रजीत बस चुप चाप खड़ा था और चारों तरफ़ देख रहा था। ये पूरा इलाका हॉस्पिटल जैसा ही लग रहा था। हाश्मी ने उसे आगे अकेले जाने का कहा। इंद्रजीत फूलों का गुलदस्ता लेकर मिहिका के कमरे में गया। उसके दिल की धड़कन समय के साथ बढ़ रही थी।

एक गहरी सांस लेकर दरवाजा खोला तो उसने देखा कि कमरा काफी रोशनीदार है। बिस्तर पर लेटी एक लड़की को देखा। वो दिल थाम कर उसके करीब गया मगर उसका दुर्भाग्य मिहिका हर्षा नहीं थी। उसके सारे अनुमान, सारी उम्मीदें टूट कर बिखर गई। वो ख़ुद से बोला

"तो फिर हर्षा कौन... कौन हो तुम?"

मिहिका के बिस्तर के पास उसने गुलदस्ता रखा। नर्स भी वहाँ पर आ गई तो इंद्रजीत ने नर्स से मिहिका की स्थिति के बारे में पूछा। नर्स समझाते हुए बोली

"दरअसल वो काफी समय से कोमा में है... कोमा रहने के कारण शरीर काफी कमजोर हो गया है... और इस वजह से हम मिहिका यहाँ पर काफी सुरक्षा और ध्यान से इलाज के साथ रहे हैं क्योंकि हमें पता नहीं वो कब होश में आए!"

"तुम!!!"

एक लड़के की आवाज सुनकर इंद्रजीत ने मुड़ कर देखा तो जितेंद्र वहाँ खड़ा था। उसने गुस्से में इंद्रजीत को देखा और उसकी कॉलर पकड़ कर उसे उस कमरे से बाहर ले गया। फिर उसे पास के कमरे में ले जाकर उसके मुँह पर जोरदार तमाचा मारा। फिर वो गुस्से में बोला

"तुम यहाँ क्या कर रहे हो? मेरी बहन की जिंदगी बर्बाद करने के बाद अब तुम यहाँ किसलिए आये हो!"

इंद्रजीत हैरान था मगर उसने कोई प्रतिक्रिया नहीं दी। वो जितेन्द्र को पहचान गया था। दरअसल मिहिका के दो जुड़वा भाई हैं। जितेंद्र और सतेंद्र। दोनों उसके लिए काफी ज्यादा सुरक्षात्मक रवैया अपनाते थे और किसी को भी उसके करीब नहीं जाने देते थे। जब मिहिका ने शुरुआत में उस से दोस्ती की थी तब भी वो लोग इस दोस्ती के खिलाफ़ थे और उन्होंने उसकी एक दिन जम कर धुनाई भी कर दी थीं। वो फिर उससे दोस्ती करने के लिए आ गया था और बाद में उन्हें पता चला कि वो लोग तो पड़ोस में ही रहते है तो उसके दोनों भाइयों ने उस पर कड़ी नजर रखी थी और बाद में और उस से दोस्ती करने दी।

"जितेंद्र!!"

सतेंद्र की आवाज आई है तो जितेंद्र रुक गया जो अपना मुक्का इंद्रजीत के चेहरे पर मार ने वाला था मगर इंद्रजीत ना तो पीछे हटा ना उसके चेहरे पर किसी तरह के भाव आए।

"क्या कर रहे हो तुम? और तुम इंद्रजीत?"

सतेन्द्र कुछ समय बाद से ही इंद्रजीत का अच्छा दोस्त बन गया था मगर जितेंद्र हमेशा उसे घूर कर देखा करता था।

"जितेन्द्र बाहर जाओ!"

अपने भाई की बात सुनकर जितेंद्र गुस्से में बड़बड़ाता बाहर चला गया।

"उसकी बातें का बुरा मत मानना। उसने तुम्हे ज्यादा चोट तो नहीं पहुंचाई।"

इंद्रजीत ने ना में सिर हिलाया तो सतेंद्र एक मेज पर सहारा लेते हुए बोला

"वो तब से ऐसा है जब से मिहिका कोमा में गई है।"

सतेंद्र के शांत होते ही इंद्रजीत ने अपना मुंह पोंछते हुए पूछा

"क्या.... क्या हुआ था उसे?"

"तुम्हें नहीं पता?"

सतेंद्र ने हैरान हो कर इंद्रजीत को देखा। इंद्रजीत को ऐसा लगा कि वो उस से जवाब की उम्मीद कर रहा है पर उसने ना में सिर हिलाया और बोला

"क्या हुआ था! मुझे तो कुछ याद नहीं है! हम तो शायद 15 साल पहले ही जुदा हो गए थे... उसके बाद तो मैं उस से मिला ही नहीं।"

"तुम्हें याद नहीं 4 साल पहले क्या हुआ था?"

"4 साल पहले! नहीं..."

इंद्रजीत ने ना में सिर हिलाया तो सतेंद्र ने गहरी सांस ली और उसे साथ चलने का कहा। वो उसे बाहर बगीचे में ले आया और उसे बैठने का इशारा किया। उसने नौकरों से चाय लाने के लिए कहा। चाय आने तक दोनों के बीच ख़ामोशी थी मगर इंद्रजीत देख सकता था कि ये जगह कितनी अच्छी है। चाय पीते पीते उसने बताना शुरू किया

"जब से तुम्हें पुलिस लेकर गयी थी और तुम किशोर कारागृह में गए थे तब से मिहिका बहुत खराब हालत में थी। वो सबसे यही कह रही थी कि तुम ने ऐसा कुछ नहीं किया... हम लोग तुम्हें बचाने की पूरी कोशिश कर रहे थे मगर हम चाह कर भी कुछ नहीं कर सकते थे... क्योंकि हमारे पास कोई भी ऐसा जरिया नहीं था जिससे हम तुम्हारी सहायता कर सकते हैं... और इस वजह से वो धीरे धीरे चिड़चिड़ी हो गई थी... मगर उसने अपने आपको संभाला और फिर एक अच्छी लड़की में बड़ी होने लगी... 4 साल पहले तक वो बहुत अच्छे से अपनी पढ़ाई पूरी कर चुकी थी... और वो इस पूरे वक्त के दौरान यानी 10 साल तक वो तुम्हारे प्यार में थी... और इतने गहरे प्यार में की वो तुम्हे और खुद को शादीशुदा जीवन में भी सोचने लगी थी... उसने ये तक सोचा था की एक दिन वो तुम्हारे पास जाएगी और तुम से तुम्हारा हाथ मांगेंगी... तुम अगर ना भी करते हो तो भी वो तुम से जबरदस्ती शादी कर लेगी.... भले ही हम या बाकी सब कुछ भी कहें मगर उसे कोई फर्क नहीं पड़ता... इस वजह से बहुत बड़ा झगड़ा हुआ था क्योंकि तुम ने 15 साल पहले जाने के बाद कभी पलट कर नहीं देखा... उससे मिलने की कोशिश नहीं की..."

इंद्रजीत ने ग्लानि से अपना सिर झुका लिया। फिर उसने एक गहरी सांस लेकर कहा

"ऐसा नहीं था कि मैं आना नहीं चाहता था मगर मैं ये भी जानता था कि मैं एक अपराधी बन चुका था मगर मैं अपने कारण किसी को प्रभावित नहीं करना चाहता था... शायद मेरे लौटने से आप लोगों की

जिंदगी में भी परेशानी आ जाती और ऐसा मैं नहीं चाहता था इसलिए मैंने तय किया था कि मैं आप में से किसी से नहीं मिलूंगा, जो कोई मेरी पिछली जिंदगी का हिस्सा था और उन्हें अपने वर्तमान से प्रभावित नहीं होने दूंगा।"

सतेंद्र ने सिर हिलाया। उसने मानो कुछ सोचा और फिर वो बोला

"तुम्हारा ये सोचना सही था मगर शायद तुम्हें यह सब पहले बताना चाहिए था। सभी ने तुम्हें गलत समझा। मिहिका तुम्हारा बहुत पक्ष लेती थी जिससे मम्मी पापा नाराज रहते थे। फिर 4 साल पहले तुम्हारे एक्सीडेंट की खबर आई है। मिहिका ने तुम्हारे ज़िंदा होने पर ज़ोर देने की कोशिश की मगर उसे तब सदमा लगा जब गाड़ी से तुम्हारे जैसे कपड़े पहने एक व्यक्ति की लाश निकली। उसे पहचाना नहीं जा सकता था मगर सभी कह रहे थे कि वो तुम्हीं थे। आखिर क्या हुआ था?"

इंद्रजीत ने दिमाग पर जोर देने की कोशिश करते हुए कहा

"मुझे नहीं पता मेरे साथ क्या हुआ था?"

सतेंद्र आगे बोला

"पर शायद जब तक तुम एक गैंगस्टर बन चूके थे, माफिया! इस वजह से तुम्हारी खबरें अक्सर न्यूज़ में आया करती थी... वो दिन भर बैठ कर समाचार देखा करती थी.... इस उम्मीद में कि तुम्हारी झलक मिल जाये... उसने नौकरी करनी शुरू कर दी थी क्योंकि उसका कहना था कि वो अभी जीतने पैसे कमा सकती हैं वो कमा ले फिर वो तुम्हें एक खुशहाल जीवन देगी।"

इंद्रजीत को यह सुन कर और भी ग्लानि हो रही थी। मिहिका उससे इतने लंबे समय तक प्यार करती रही... उसके लिए इतना कुछ करती रही मगर उसे कुछ पता ही नहीं था। और आज जब वो लौटा है तब किसी और को अपने दिल में लेकर लौटा है। उसने हर्षा के बारे में कुछ ना बताने का निर्णय लिया। हर्षा के बारे में इनमें से किसी को कुछ पता नहीं चलना चाहिए। उसकी मनोदशा से अनजान सतेंद्र एक गहरी सांस लेकर आगे बोला

"तो 4 साल पहले जब एक खबर आई कि तुम्हारी एक कार दुर्घटना में मौत हो गई है तो वो पूरी तरह से टूट गयी। उस का मानसिक संतुलन

बिगड़ गया और उसने सभी पर चीखना चिल्लाना शुरू कर दिया... वो हम में से किसी की भी बात नहीं सुनती थी और बस चीजों को तोड़फोड़ देती थी... और जिस पुलिस ने इस बात की पुष्टि की कि उन्हें कार में एक डेड बॉडी मिली थी जो पूरी तरह से जल गई थी और उस कार में सिर्फ तुम थे तो उसे यकीन हो गया कि तुम मर चुके हो... और उसदिन उसे इतना गहरा सदमा लगा कि वो कोमा में चली गयी।"

इंद्रजीत की आँखों से आंसू बह निकले। उसे नहीं पता था कि उसकी मौत की एक खबर मिहिका को इस तरह तोड़ देगी। वो कोमा में चली जाएगी इसलिए उसके लिए इससे आगे सुनना बर्दाश्त के बाहर था पर सतेंद्र रुका नहीं।

"कोमा के शुरुआती दिन उसके लिए बहुत बुरे थे... और उसे लगातार दौरे पड़ते थे.. कोई नहीं जानता कि हम लोगों ने उसको ठीक करने की कितनी कोशिश की... महंगे से महंगे डॉक्टरों का इलाज कराया, विदेशी डॉक्टरों से संपर्क किया मगर सब का कहना था कि यह सब सिर्फ भगवान पर निर्भर करता है कि कोमा में गया हुआ व्यक्ति कब बाहर आए... और इसमें वो लोग कुछ भी नहीं कर सकते हैं इसलिए हमारे पास भी कोई और रास्ता नहीं था... सिवाय इंतज़ार करने के समय बीतने लगा मगर मिहिका... उसका स्वास्थ्य बिल्कुल नहीं सुधर रहा था... हम बस उसे ये उम्मीद दिलाते हैं कि तुम वापस आओगे तब तक उसकी धड़कनें चलती रही थी पर सिर्फ तुम्हारे लिए ये नियम सा बन गया था कि हर दिन कोई न कोई उसे ये अहसास कराए कि उसे ठीक होना होगा तुम्हारे लिए.... क्योंकि और किसी के बारे में तो कुछ सोचती ही नहीं थी इस वजह से मम्मी पापा तुमसे भी बहुत नाराज है। वो लोग एक तरह से तुम से नफरत करते हैं। उनकी बेटी को हमेशा के लिए छीनने के लिए...मैं जानता हूँ यह तर्क गलत है और मिहिका का तुम्हारे प्रति अति प्यार ही उसकी इस स्थिति का कारण है। तुम्हारा इससे कुछ लेना देना नहीं है मगर इस बात को और कोई नहीं समझ सकता इसलिए मैं तुम्हें बता रहा हूँ। अगर तुम मिहिका से कुछ बात करना चाहते हो तो उस से जल्दी ही मिल कर यहाँ से चले जाओ। मैं नहीं चाहता कि मेरे परिवार के लोग तुम्हें देखें और उनका दिल टूट जाए!"

हालांकि सतेंद्र को भी बहुत गुस्सा आ रहा था। वो ख़ुद को नियंत्रित कर रहा था। एक गहरी सांस लेकर इंद्रजीत बोला

"शुक्रिया! मुझे ये सब बताने के लिए।"

इंद्रजीत वहाँ से उठ खड़ा हुआ और सतेंद्र को देखा। वो दूसरी तरफ़ देख रहा था। वो उससे अनुमति लेकर हल्का सकुचाकर मिहिका के कमरे की ओर गया। वहां पहुंच उसने नर्स से थोड़ा समय अकेले मांगा और फिर मिहिका के पास बैठ गया। उसने उसके हाथ को अपने हाथ में लिया जो बड़ा बेजान सा बन चुका नजर आ रहा था। वो ख़ुद को शांत करते हुए बोला

"मिहिका! मैं जानता हूँ मैंने आने में बहुत देर कर दी। 4 साल एक लंबा अरसा होता है और तुम इस पूरे वक्त तक पिछले 15 साल तक रहे इंतजार करती रही। मैं बहुत बदकिस्मत हूँ कि तुम्हारे जैसे दोस्त को कद्र नहीं कर पाया। तुम्हारे जैसा प्यार करना मुश्किल है। काश मुझे तुम्हारे बारे में और जल्दी पता चल जाता तो शायद मेरी ज़िंदगी कुछ और होती है। शायद मेरी जिंदगी में खुशियां काफी पहले आ जाती। अगर मुझे पता होता की कोई मेरा इंतज़ार इतनी शिद्दत से कर रहा है तो मैं खुद भी जल्दी सब ख़त्म कर देता पर अब ये सब रोकना संभव नहीं है।"

इंद्रजीत ने देखा वो काफी कमजोर से भी हो गई थी। वो उससे बोला

"मगर तुम्हें होश में आना होगा। अपने परिवार के लिए। मैं लौट आया हूँ... मगर तुम्हारे दोस्त के रूप में! मैं माफ़ी चाहता हूँ मगर मैं शायद तुम से प्यार नहीं कर पाऊंगा.... या शायद कर भी लूं मगर तुम्हें पहले होश में आना होगा। तुम्हारे होश में आने पर सब कुछ निर्भर करता है तो होश में आ जाओ!"

ये कह कर वो वहाँ से उठ कर जाने लगा, तभी उसकी नजर वहाँ एक पुराने छल्ले पर गयी।

"ये तो?"

वो एक एक पर्स पर लगा हुआ था हैं। उसे लगा कि उसने वो छल्ला पहले कहीं तो देखा था। फिर उसे कुछ खास याद नहीं आया तो उसने इस बात को नज़रअन्दाज़ किया। वो कमरे से बाहर जाने लगा कि मशीन तेज आवाज करने लगी।

इंद्रजीत घबरा गया और उसने तुरंत नर्स को बुलाया। नर्स ने आते ही उसे कमरे से भेजा और थोड़ी देर में ही एक चमत्कार हुआ। मिहिका को होश आ गया। हालांकि वो बहुत कमज़ोर थी। उसका परिवार भी उसके होश में आने का सुनकर दौड़ा आया था। मिहिका ने सबसे पहले अपने माता पिता को देखा जो उसका बेचैनी से इंतज़ार कर रहे थे। उसने धीरे से इधर उधर देखा। उसके मन में अभी भी इंद्रजीत का ही ख्याल था। वो उसी की आवाज़ सुनकर जागी थी यानी वो आस पास है। वो धीरे से बोली

"प... पानी..."

नर्स ने उसे तुरंत पानी पिलाया। उसने इस बात का ध्यान रखा कि पानी उसके गले में तेजी से ना जाए। उसकी हालत सामान्य होने पर मिहिका की माँ ने भावुक हो डॉक्टर से पूछा

"मेरी बच्ची अब कैसी है? इसे होश कैसे आया।"

डॉक्टर ने बताया

"अब ये ठीक है। चिंता की कोई बात नहीं।"

नर्स ने भी सहमति में सिर हिलाते हुए कहा

"अभी एक लड़का इन से मिल कर गया था और उसके बाद ही इन के शरीर में हरकत हुई और होश आया।"

"सच में!!"

मिहिका के पिता को थोड़ा अविश्वास था। जब उसके पिता ने बाहर आकर देखा तो वहाँ इंद्रजीत को एक कोने में खड़े पाया जो सत्येंद्र से बात कर रहा था। उसे देखकर उनका पारा चढ़ गया। वो तेज़ कदमों से उसकी तरफ बढ़े। उन्होंने उसकी कॉलर पकड़ ली। इंद्रजीत कुछ भी नहीं बोला। वो बस नजरें नीचे कर खड़ा रहा। वो जानता है, इन लोगों का गुस्सा होना लाजमी है। उसी के कारण उनकी इकलौती बेटी की ऐसी हालत है। नर्स ने आकर उन्हें बताया कि

"मिहिका इंद्रजीत का इंतज़ार कर रही है। वो उससे मिलना चाहती हैं।"

इंद्रजीत ये सुन कर हैरान हो गया और सतेंद्र के प्रोत्साहित करने पर वह कमरे में गया। मिहिका के पास उसकी माँ बैठी थी और इंद्रजीत को देखकर वह बड़बड़ाते हुए खड़ी हुई और कुछ कहते हुए अपनी बेटी के

सामने आकर खड़ी हो गयी। अपने पूरे परिवार को साथ देखकर मिहिका के चेहरे पर मुस्कान दौड़ गई और उसने आखिर इंद्रजीत की ओर देखा। इंद्रजीत को देखकर उसके चेहरे पर संतोष आ गया और वो मुस्कुरा कर बोली

"…. मुझे पता था आखिरकार…. तुम मेरे पास आओगे ही…."

इंद्रजीत ने भी नम आँखों से उसे देखा और कहा

"मैं माफी चाहता हूँ… इतने लंबे समय तक तुम्हें इंतजार कराने के लिए…. अगर मुझे पता होता कि कोई मेरा इंतज़ार कर रहा है तो मैं बहुत जल्दी लौट आता… मगर अफसोस… मुझे नहीं पता था कि कोई मेरा इंतज़ार कर रहा है… पर"

वो थोड़ा रुका और फिर बोला

"… पर मैं इतना आगे बढ़ चुका हूँ कि शायद मैं वापस कदम नहीं खींच सकता हूँ…. अब मैं पूरी तरह से एक अपराधी हूँ…. मैं अपना साया तुम्हारे या तुम्हारे परिवार के ऊपर नहीं डालना चाहता हूँ…"

मिहिका ने ना में सिर हिलाया और बोली

"तुम्हें चिंता करने की जरूरत नहीं है वैसे भी मेरे पास ज्यादा समय बाकी नहीं है…."

ये सुन कर जितेन्द्र ने गुस्से में इंद्रजीत की ओर देखा और बोला

"ये तुम क्या कह रही हो मीका?"

मिहिका जितेंद्र की ओर मुड़ी और अहिस्ता से अपना हाथ उसके हाथ रख कर बोली

"शुक्र है इंद्रजीत का…. कि वो यहाँ आया और इस ने मुझे गहरी नींद से उठाया… मगर अफसोस मैं शायद इससे भी गहरी नींद में जाने वाली हूँ… मुझे मेरा शरीर कमजोर.. और कमजोर होता महसुस हो रहा है… मुझे मेरी चेतना धीरे धीरे जाती महसूस हो रही है… मैं अभी इसलिए सब बातें कह देना चाहती हूँ क्योंकि… मुझे पता नहीं मैं अगले पल रहूंगी भी या शायद नहीं।"

उसकी माँ ज़ोर से चिल्लायी

"अब ऐसी बातें क्यों कर रही हो?"

उनकी आँखों में आंसू आ गए जिसे देखकर इंद्रजीत को काफी बुरा लगा। मिहिका ने मुस्कुरा कर अपनी माँ की ओर देखा और भरे गले से बोली

"माँ! मुझे माफ़ करना... मैं अच्छी बेटी नहीं थी... मैंने आपको हमेशा तकलीफ दी... इंद्रजीत की वजह से... मैंने आपको और पिताजी को बहुत तंग किया है... सतेन्द्र! जितेन्द्र! मैं आप दोनों से माफी मांगना चाहती हूँ.... मैं अच्छी बहन नहीं थी.... मैं सिर्फ इंद्रजीत को लेकर इतनी ज्यादा.... सनकी हो गई थी..... कि मैंने किसी और के बारे में....किसी और की भावना के बारे में.... कुछ सोचा ही नहीं.... अब मुझे लगता है कि शायद... अगर मैंने इंद्रजीत को उस वक्त जाने दिया होता... और अपने आपको आगे बढ़ने का मौका दिया होता तो..... शायद आप लोगों की जिंदगी बेहतर होती.... मेरी ज़िंदगी बेहतर होती.... मुझे माफ़ करना.... ये मेरी गलती है...."

इंद्रजीत धीरे से बोला

"नहीं! इसमें तुम्हारी गलती नहीं है..."

उसकी बात को बीच में काटते हुए वो फिर बोली

"यह मेरी गलती ही थी.... यह उम्मीद करना है कि तुम पहले जैसे रहोगे.... मगर तुम्हारे उस दर्द की कोई तुलना नहीं कर सकता... जो तुम ने अपने परिवार को खोने के बाद महसूस किया था.... फिर तुम जेल चले गए... वहाँ 7 साल रहने के बाद.... तुमने जो कुछ वहां झेला.... तुम वहां से निकल कर एक अच्छा शख्स बनने की तो नहीं सोचोगे.... जब मैं यहाँ कोमा में रहीं तो..... जब भी मुझे होश आया... मैं अपने इन्हीं भावों के बारे में सोचती थी... और मेरी सोच को बदलने में किसी ने मदद की..."

उसने एक गहरी सांस ली और बोली

"दरअसल मुझे जब... तुम्हारे हादसे का पता चला था.... और तुम्हारी जान बचने की संभावना कम थी... तो मैंने उम्मीद छोड़ दी थी.... और मेरा शरीर और दिमाग ये सब मेरे को झेलने नहीं पाया... मैं... और मैं अस्पताल में भर्ती हो गयी... उस वक्त सब कुछ निराशामय लग रहा था..."

फिर वो सांस लेने के लिए रुकी। सिर्फ वो ही जानती है कि वो कैसे इतनी बातें कर रही है.... पर कम से कम उसके मन का बोझ तो कम हो रहा है। वो आगे बोली

"उस समय... एक लड़की मुझसे मिलने आई थी... उसने मुझे बताया कि तुम भी मेरी दोस्ती की बहुत कद्र करते हो... उसने मुझे हिम्मत बंधाई साथ ही उसने मुझे समाज के बारे में बहुत सी बातें समझाई... उसने मुझे बताया क्यों मैं अपना जीवन तुम्हारे पीछे बर्बाद नहीं कर सकती हूँ... मुझे ठीक होना होगा अपने परिवार के लिए.... पर अगर मुझे तुम सें वापस भी मिलना है तो भी.... मुझे पहले पूरी तरह से खुद को संभालना होगा... ताकि मैं तुम्हारे पास जाऊं तो एक कमजोर और लाचार लड़की की जगह ऐसी बनू जो तुम्हारी हिम्मत बने.... उसने मुझे समझाया कि मैंने अपने परिवार के साथ कितनी नाइंसाफी की है... अपना जीवन तुम्हारे लिए समर्पित कर के... मेरा तुम्हारे साथ कोई भविष्य नहीं था... या अगर होता तो उसके प्रयास गलत दिशा में आगे बढ़ नहीं सकते... क्योंकि मुझे उस लड़की की बातें बहुत अच्छी लगी थी... मुझे वो तुमसे दूर होने का नहीं कह रही थी बल्कि खुद को काबिल बनाने का कह रही थी... और इसी वजह से मैंने उसका दिया हुआ है ये किचेन अभी तक संभाल के रखा है।"

उसने उस किचेन की तरफ इशारा किया। इंद्रजीत को अचानक याद आया कि उसने एक ऐसा कीचेन कहीं देखा है। थोड़ा सोचने पर उसे अहसास हुआ कि उसने वो कहीं और नहीं बल्कि हर्षा के पास देखा था। ये समझ आते ही उसकी आँखें आश्चर्य से बड़ी हो गयी। वो धीरे से बुदबुदया

"क्या तुम उसका नाम जानती हो?"

मिहिका ने हां में सिर हिलाया और थोड़ी लड़खड़ाती आवाज में उससे कहा

"हाँ! उसका नाम था... हर्षा। उसी मुझे बताया इतना सब बताया था। वो बहुत अच्छी लड़की थी... उसने मुझे हिम्मत दी... मुझे बताया कि मुझे जल्द से जल्द ठीक हो कर तुम्हारे पास लौटना चाहिए और उसने मुझे तुम्हारे बारे में बताया था कि तुम कहाँ पर हो... मुझे सच में बहुत अच्छा लगा था मगर अगले ही दिन मुझे तुम्हारी मौत की खबर मिली

... मैंने कोशिश तो की मगर मैंने उसकी बात पर यकीन करने की बजाय उस ख़बर पर यकीन किया.... और मेरे शरीर ने दूसरा सदमा आने की वजह से मुझे कोमा में पहुंचा दिया..."

वो गहरी सांस लेकर बोली

"मैं अपने परिवार के लिए शर्मिंदा हूँ... मैं उन के लिए ना तो अच्छी बेटी बन पाई... ना अच्छी बहन और तुम्हारे लिए ना एक अच्छी दोस्त मगर.... फिर भी मुझे उम्मीद है कि आप लोग मुझे माफ़ कर देंगे...."

धीरे धीरे उसकी नब्ज कमजोर होती जा रही थी। इंद्रजीत ने ये महसूस किया तो वहाँ से हट गया। उसने उसके माता पिता को उस से बात करने के लिए आगे बैठा दिया। वो उन लोगों की भावनात्मक बातों के बीच नहीं आना चाहता था। वो समझ रहा था कि मिहिका के पास ज्यादा समय नहीं है। वहाँ उसे उस के परिवारवालों के पास छोड़ कर इंद्रजीत तो वहाँ से बाहर निकल आया। वो उसे और उसके परिवारवालों को कुछ समय अकेले बिताने देना चाहता था क्योंकि उन्हें भी मिहिका की स्थिति अच्छी नहीं लग रही थी। उसने नर्स से डॉक्टर के बारे में पूछा जो मिहिका को देख रहे थे। वो सीधा डॉक्टर के कमरे के अंदर गया। उसने डॉक्टर को पकड़ा एक और ले जाते हुए उस से पूछा

"मिहिका की हालत कैसी है? वो कोमा से बाहर आ गई है तो वो जल्दी ठीक हो जाएगी ना?"

डॉक्टरों ने पहले उसे देखा और उससे पूछा

"तुम कौन हो?"

इंद्रजीत बोला

"मैं उसका दोस्त हूं।"

वो बोला

"मैं परिवार के अलावा किसी को कोई जानकारी नहीं दूंगा।"

यह सुन कर इंद्रजीत के चेहरे के भाव बदल गए। वो उसे गंभीर आवाज़ में बोला

"तुम मुझे अभी बताओगे!!!"

पहले तो डॉक्टर नहीं माना। बाद में उसे एहसास हुआ कि उसने इंद्रजीत को कहीं तो देखा है। अचानक उसे उसके जूनियर द्वारा बतायी

गयी बात और दिखाई गई एक फोटो याद आ गई। ये याद आते ही वो पसीने पसीने हो गया और उसने अपने हाथों से पसीना पोछ कर उन्हें पीछे बांध लिया और वो बोला

"वो... मिहिका का शरीर कोमा में जाने से पहले ही काफी कमजोर था... वो कई बार अस्पताल आई थी... दिमाग और उसका शरीर बहुत बार किसी ना किसी वजह से प्रभावित हो रहा था। वो मनोवैज्ञानिक परेशानी से जूझ रही थी।"

"वो सही है?"

"आखिरी बार होश में उसे काफ़ी पहले देखा था। कोमा में लगातार रहने के कारण, उसे दवाइयां और सारे पोषण के लगातार देने के बाद भी उसका शरीर सब कुछ ग्रहण नहीं कर रहा था... और ज्यादातर चीजें बर्बाद हो रही थी... एक तरह से उसके शरीर से बाहर से किसी भी चीज़ को स्वीकार करना छोड़ दिया था। शायद उसने अपने मन में किसी तरह की कोई धारणा बना कर रखी जिस वजह से उसका शरीर इन चीजों को स्वीकार नहीं कर रहा था... और उस वजह से मैंने अभी जो उसके होश में आने के बाद जांच की है... उस हिसाब से मुझे उसके जीवित रहने की संभावना थोड़ी कम लग रही है... ज्यादा नहीं होगी..."

इंद्रजीत कुछ सोचते हुए बोला

"मगर मैंने तो सुना है कि अगर कोई कोमा से बाहर आ जाता है तो वो बहुत जल्दी ठीक हो जाता है! वो क्यों नहीं हो सकती?"

डॉक्टर कुछ समझाते हुए बोला

"वो अलग अलग स्थितियों पर निर्भर करता है। आमतौर पर जो लोग कोमा बाहर आ जाते है। वो किसी हादसे के दौरान कोमा में गए होते हैं। किसी हादसे के दौरान जाने वाले व्यक्ति के पास इतना समय नहीं होता कि वो कुछ और सोच सके तो दिमाग सीधा सब कुछ बंद कर देता है मगर मिहिका के साथ ऐसा नहीं था। वो शायद किसी बात को लेकर बहुत ज्यादा परेशान थी और उसी से उसे सदमा लगा था।"

इंद्राजीत थोड़ा परेशान हो गया। शायद मिहिका के परिवारवालों को भी अहसास है कि वो किस हालत में है और उसे बचा नहीं पाएंगे। ये सोचकर इंद्रजीत को बहुत दुःख हुआ। वो बाहर आ मिहिका के कमरे के

पास आकर खड़ा हो गया। शायद वो जिंदा रह कर भी जिंदा नहीं थी। वो अभी परिवार के साथ है। वो शायद अपने अंत के करीब है। जैसा कि अंदेशा था थोड़ी देर बाद एक करुणा भरी आवाज़ सुनाई दी। मिहिका की आँखें हमेशा के लिए बंद हो गई थी।

उसके चेहरे पर एक सुकून था क्योंकि मरने से पहले वो अपने मन की बात कह कर गई थी। उसके आस पास के लोग फूट फूट कर रो पड़े। उसके दोनों भाइयों की आंखें भी नम थीं। उसके पिता तो अपनी पत्नी को संभाले हुए थे। उनकी भी आँखों में आंसू थे। इंद्रजीत वही कोने में खड़ा ये सब देख रहा था।

हाश्मी किसी काम से इंद्रजीत को यहाँ छोड़ने के बाद चला गया था। आगे का सब कुछ बहुत तेजी से हुआ। मिहिका के अंतिम संस्कार की तैयारी में इंद्रजीत ने भी उनकी मदद की और खुशकिस्मती से किसी ने उसे रोका नहीं। मिहिका के पिता उसके पास आए तो वो तुरंत नज़र नीचे कर ली। मगर उनके अगले शब्द सुनकर उसने हैरान होकर उन्हें देखा। उन्होंने कहा

"मुझे तो तुम्हें तो तुम्हें शुक्रिया कहना चाहिए। हमारी बेटी कैसी तकलीफभरी जिंदगी जी रही थी जिसका कोई अंत नहीं था... तुम ने आकर उसे इस दर्द से मुक्त किया... हालांकि हम हमारी बेटी के जाने से दुःखी तो हैं मगर ये तसल्ली है कि वो नहीं रही है। उसे और परेशानी नहीं उठानी होगी। मैं तुम्हें दोष नहीं दूंगा... तुम्हारे हम से दूर जाने के लिए। क्योंकि मैं जानता हूँ परिस्थितियां तुम्हें वापस लौटने नहीं देती और अगर तुम लौट गए होते तो शायद हम से रिश्ता कायम नहीं रख पाते... मैं भी तुम्हें शायद उसके पास नहीं जाने देता। अब तुम्हे आगे बढ़ना चाहिए... वो भी यही चाहती थी कि तुम आगे बढ़ो और खुश रहो!"

इंद्रजीत ने हां में सिर हिलाया और फिर अंतिम संस्कार पूरा होने के बाद वापस वहाँ आया जहाँ उसे हाश्मी मिलने वाला था। हाश्मी अपना काम खत्म कर के इंद्रजीत के पास लौट रहा था। तब तक बारिश शुरू हो गई थी। उसने नुसरत से इंद्रजीत की हालत के बारे में बात की थी। नुसरत का कहना था कि अब चूंकि हर्षा को गायब हुए दो महीने बीत चूके हैं और इंद्रजीत को उन्हें शायद किसी ऐसी जगह ले जाना चाहिए जहाँ

उसका मन शांत हो सके।

कुछ एक आंतरिक शांति वाली जगह हो इसलिए उसने उन्हें उनके रामपुर के फार्म हाउस में ले जाने के लिए कहा जहाँ काफी हरे भरे पेड़ पौधे और प्रकृति के बीच एक बँगला था। ये उनके लिए सुरक्षित भी था। हाश्मी ने निकलने के दौरान ही नौकरों को उस बंगले में भेज कर साफ सफाई शुरू करवा दी थी। वो चाहता था कि इंद्रजीत कुछ समय वहाँ अकेले में बिताए। वो ऐसा करेगा तो उस का मन थोड़ा शांत हो जाएगा और वो अपने आपको किसी और चीज़ में व्यस्त कर सकेगा। इसी दौरान वो विशाल से सुराग मिलने को लेकर संपर्क में था कि उन्हें कोई भी जरिया मिले जिससे उन्हें पता चल सके कि हर्षा कहां है या उसकी स्थिति क्या है? यहाँ आकर उसे मिहिका के बारे में पता चला तो उसने इंद्रजीत को सांत्वना दी और अपनी श्रद्धांजलि दी। इस के बाद उन लोगों ने सभी से विदा ली और वो दोनों क्रियाक्रम पूरा होने के बाद वहाँ से निकल गए।

*****

इंद्रजीत किसी गहरी सोच में खोया हुआ था। कार तेज़ रफ्तार से चल रही थी। इंद्रजीत खिड़की से बाहर बारिश होते हुए देख रहा था। उसके दिमाग में अजीब उथल पुथल मची हुई थी। अभी तक उसे हर्षा को लेकर कोई जवाब या सुराग नहीं मिल थे उल्टा मिहिका से मिलकर वो और उलझन में पड़ गया था। उसे क्या करना चाहिए उसे समझ नहीं आ रहा था। कार राम ही चला रहा था और हाश्मी इंद्रजीत के पास बैठा था। इंद्रजीत ने खिड़की से बाहर आते जाते पेड़ों को देखते हुए उससे पूछा

"4 साल पहले मेरा एक्सीडेंट हुआ था? तुम्हें इस बारे में क्या याद है क्योंकि मेरी उस वक्त कि यादें ज्यादा अच्छी नहीं है।"

हाश्मी दरअसल उस वक्त किसी काम से कहीं और गया हुआ था इसलिए तब क्या हुआ था इस बारे में उसे नहीं पता था। वो उसे उस समय की बातें बताते हुए बोला

"दरअसल बात ये है कि इंद्रजीत... तुम तब अकेले किसी काम को निपटाने निकल गए थे और तुम्हारा एक भयानक एक्सीडेंट हुआ था... हमें एक लाश तुम्हारी कार में मिली थी और हम इसका पता नहीं लगा

पाए ... क्योंकि हमारे पास कोई ऐसा साधन नहीं था कि तुम कार में अकेले थे या नहीं... ज्यादातर का मानना था कि तुम कार में अकेले थे। सभी ने उस व्यक्ति की कदकाठी और उसके शरीर के रूप के अनुसार यही समझा कि वो तुम ही हो.... और तुम्हारे मरने की खबर साब तरफ़ आने लगी। इस दौरान बहुत से टटपूंजिए उछलने लगे थे। मगर बात क्या है?"

"तुम्हें उस एक्सीडेंट के दौरान हुई साजिश का कोई सुराग मिला है क्या?"

"अरे नहीं! फिर उस घटना के होने के कुछ समय बाद शायद महीने दो महीने बीत चूके थे तो हम लोग बस सब कुछ संभाल के रखने की कोशिश कर रहे थे कि तुम्हारा तैयार किया गया ये साम्राज्य नष्ट ना हो जाए... या कोई और उस पर कब्जा ना कर ले तभी अचानक किसी ने मुझसे संपर्क कर कहा कि तुम शायद जिंदा हो क्योंकि आज उस एक्सीडेंट के दौरान शायद तुम्हारी कार में कोई और भी था..."

इंद्रजीत को कुछ खास याद नहीं आया। उसने पूछा

".... फिर?"

"फिर हमने अपनी तरफ से खोज करवाई और हमें 15- 20 दिन के अंदर तुम्हारा पता चला कि तुम एक छोटे से हॉस्पिटल में भर्ती थे और काफी ठीक हो रहे थे। तुमने एक नज़र ही देखकर मुझे पहचान लिया और तुम ने कहा कि तुम्हें अम्नेशिया हुआ है जैसा कि डॉक्टर ने भी बताया था कि तुम कुछ यादें भूल गए थे... मगर समय के साथ तुम्हारी बाकी सारे यादें वापस आ गई थी। मगर तुम ने उस एक्सीडेंट के बारे में फिर कभी जिक्र नहीं किया तो मुझे लगा कि तुम्हे उसकी यादें वापस नहीं आई है। क्या हुआ तुम्हें कुछ याद आ रहा है क्या? तुम इस बारे में क्यों पूछ रहे हो? मुझे तो याद नहीं है कि इसका कोई विशेष महत्त्व है।"

"वो.. अभी से... दरअसल मिहिका पिछले 4 साल से कोमा में थी... जब से उसे खबर मिली कि मैं मर चुका हूँ..."

हाश्मी थोड़ा शांत हुआ।

"तुम्हें कुछ मिला क्या?"

हाश्मी इंद्रजीत की ओर मुड़ा। इंद्रजीत ने अपनी जेब से वो किचेन निकाला जो उसने मिहिका के पास देखा था।

"तुम्हें पता है ये कौन सा किचेन है?"

हाश्मी को कैसे पता होगा। उसने मन ही मन सोचा। इंद्रजीत उसके मनोभावों को अनदेखा करते हुए बोला

"दरअसल ये वैसा ही है जैसा हर्षा अपने बैग में लगाया करती थी!"

हाश्मी ने कंधे उचकाते हुए पूछा

"तो ये कौन सी बड़ी बात है? बहुत से लोगों के एक जैसे किचेन हो सकते हैं।"

इंद्रजीत असहमत होते हुए बोला

"नहीं ये अलग तरह का किचेन है। ये किसी के हाथ से बनाया हुआ था। इसमें देखो ये कंचा लगा हुआ है। आमतौर पर मैंने ऐसे किचेन कभी नहीं देखी... और हैरानी की बात तो यह है कि..."

एक गहरी सांस लेकर उसने बताया

"हर्षा महिका से मिली थी लेकिन..."

"क्या??"

हाश्मी हक्का बक्का रह गया और उसने इंद्रजीत की तरफ कान कर के पूछा

"मुझे ठीक से सुना नहीं! ज़रा फिर से तो कहना। तुम मजाक तो नहीं कर रहे है ना। हर्षा मिहिका से कहाँ पर मिली थी!"

"हाँ! हालांकि मुझे भी ये नहीं पता क्योंकि मिहिका के पास इतना समय नहीं था... वो जब होश में आई तब वो काफी कमजोर थी और ज्यादा कुछ बात नहीं कर पा रही थी तो मुझे नहीं पता कि उसने हर्षा से क्या बात की मगर उसका कहना था कि हर्षा ने उसे जीवन जीने के लिए प्रोत्साहित किया था... और वो उस समय कहा था जब मेरा एक्सीडेंट हुआ ही था... उसका कहना था कि तब तक मेरे मरने की खबर नहीं आई थी... बस मेरे गायब होने की खबर थी और उसे संदेह था मैं शायद मर चुका हूँ। मगर जब मेरी मरने की खबर की पुष्टि हुई तब..."

हाश्मी कुछ सोचते हुए बोला

"मतलब हर्षा मिहिका के पास गई और उसने उसे आगे बढ़ने के लिए कहा मगर वो ऐसा क्यों करेगी?"

"वो तो मुझे भी नहीं पता मगर ये तो सच है कि जैसा मुझे लगता था कि वो मुझे पहले से नहीं जानती वो सब झूठ है। मुझे पूरा यकीन है कि हर्षा मुझे जानती है... बस यह पक्का करना है कि वो मुझे कब से जानती थी... क्या वो मुझे उस घटना के दौरान मिली थी या उसका मुझ से मिलना एक संयोग मात्र था... या शायद उसे मेरे बारे में मिहिका से पता चला... वो जिसने उसे अपनी स्थिति के बारे में बताया और फिर हर्षा मेरे पास आई हो ताकि वो मिहिका की इच्छा पूरी कर सके..."

"ये तो समस्या है?"

इंद्रजीत की नज़र बाहर के रास्ते पर पड़ी। वहाँ मील के पत्थर पर दूसरी जगह का नाम लिखा था। उसने हाश्मी से पूछा

"ये बताओ हम लोग जा कहां रहे हैं?"

"रामपुर तुम्हारे बंगले में!"

"क्यों?"

"इंद्रजीत!! नुसरत कह रही है!"

इंद्रजीत को समझ नहीं आया उसे क्या कहना चाहिए इसलिए उसे समझ नहीं आया कि उसे हाश्मी को क्या कहना चाहिए। वो जानता था कि हाश्मी और नुसरत उसके लिए काफी परेशान हो रहे हैं मगर वो खुद नहीं जानता कि हर्षा के लिए उसकी भावना इतनी तीव्र कब हो गयी। शायद तब से जब से उसने उसका पक्ष लिया या फिर तब जब उसने उसे फिर से खुशियों भरी दुनिया में दाखिला दिलवाया या फिर कभी और। उसे ये नहीं पता मगर उसे हर पल ऐसा लगता है कि हर्षा अब कहीं से एक दम से कहीं से आएंगी और उससे मिल क उसका हाथ पकड़ कर उसे अपनी दिनभर की कथा सुनाएगी। उसने अपने आँखें बंद कर ली।

*****

वो लोग बंगले में पहुंचे तो नौकर पहले से ही तैयार थे। दोनों गाड़ी से उतरे और अंदर गए। थोड़ी देर बाद हाथ मुंह धोकर वो खाना खाने आ गए। हाश्मी वहां नहीं रहने वाले था। उसने उसे समझाया कि उसे अपने आपको समय देना चाहिए। सोचना चाहिए कि उसे भविष्य में

क्या करना है। वो अभी भी अभय और विशाल के साथ संपर्क में है और जैसे उसे कुछ भी पता चलता है वो उसे तुरंत बता देगा। उसने आसपास के और शहरों और गांवों में भी हर्षा की जानकारी निकलवाने के लिए खबरियों को भेज दिया है। फिर उसने उसका कंधा थपथपाते हुए कहा

"सब कुछ ठीक होगा!"

फिर थोड़ी देर में वो चला गया। हाश्मी के जाने के बाद इंद्रजीत घर में अकेला था। नौकर अपने अपने कमरों में चले गए थे जो उस बंगले से थोड़ा दूर बने हुए थे। मौसम खुशनुमा था और देखते देखते ही रात हो गई। रात के समय लाइट चली गयी और बारिश के कारण बिजली कड़क रही थी। इंद्रजीत को नींद नहीं आ रही थी मगर फिर भी वो अपने बिस्तर पर जाकर लेट गया। इस बंगले में उसका कमरा कांच की दीवारों से बना हुआ था जिस की वजह से उसे बाहर का नजारा खूब अच्छे से दिख रहा था। उसका बिस्तर भी उन दीवारों के करीब था। बिजली कड़कते ही उसकी चमक उसके ऊपर गिरती। इंद्रजीत सोने वाला था कि तब उसे अचानक ही याद आया कि उसे उस घटना के बारे में फिर से सोचना चाहिए। क्या पता वो अगर दिमाग पर ज़ोर दे तो उसे सब कुछ याद आ जाएगा। वो जब भी अपने दिमाग़ पर ज़ोर देने की कोशिश करता तो उसका सिर दुखने लगता है। शायद ये अम्नेशिया के या थकान के कारण था।

"शायद मुझे सो जाना चाहिए!!"

मगर वो इस बारे में ही सोच रहा था कि 4 साल पहले की उस घटना के दौरान आखिर हुआ क्या था? उसे कुछ याद क्यों नहीं है? यही सब सोचते सोचते वो मानसिक थकान के कारण सो गया। हर्षा के गायब होने के बाद से उसे अजीब से अंधेरे वाले सपने आ रहे थे मगर आज एक अजीब सा सपना आया जिस में वो खुद को गाड़ी में देख रहा था। उसके साथ उसका एक ड्राइवर था जिस की कद काठी उसके जैसी थी और वो भी एक पहलवान था। उसने ख़ुद को कहते सुना

"हम लोग कहाँ जा रहे हैं?"

इंद्रजीत को ऐसा लग रहा था जैसे वह अपने अपने ही मन के अंदर पीछे बैठ कर सब देख रहा है और उस समय का इंद्रजीत सब कुछ कर

रहा है। शायद ये वही 4 साल पहले की घटना होगी क्योंकि इंद्रजीत को ठीक से याद नहीं आ रहा कि उसके एक साथी का आखिर हुआ क्या था। उसका साथी लक्षित। वो काफी समय से उससे नहीं मिला था। वो उससे किशोर कारागृह में मिला था। इंद्रजीत ने उसे पिटने से बचाया था। लक्षित उसे उम्र में बड़ा था और वो अपने पिता की हत्या के आरोप में सजा काट रहा था। जब इंद्रजीत ने उसकी तरफ़ दोस्ती का हाथ बढ़ाया था तो लक्षित ने तय कर लिया था कि वो इंद्रजीत के लिए कुछ भी करेगा। हाश्मी से पहले वो ही उसका सबसे करीबी था। वैसे तो वो इंद्रजीत के लिए काम करता था मगर इंद्रजीत उसे अपना बड़ा भाई मानता था। हाश्मी उसे छेड़ता भी था कि उसने इंद्रजीत के साथ आने की विनती की थी इसलिए इंद्रजीत मान गया था और उसे अपने साथ काम करने दिया था। वो उसके प्रति बहुत ईमानदार था और उसने कभी उस से किसी तरह की धोखेबाजी नहीं की। वो हमेशा वही करता जो उसे इंद्रजीत करने के लिए कहता। हालांकि वो इंद्रजीत का भला हो सोचता था। लक्षित बोला

"कुछ नहीं बस ये वाला रास्ता सही था!"

उन के दोनों तरफ खेत थे। ये हाईवे जैसी बड़ी सड़क नहीं थी मगर ये कोई अच्छा रास्ता भी नहीं था। वो निश्चित तौर पर किसी गांव से होते हुए गुजर रहे थे।

"क्या आसपास कोई बड़े होटल या हाइवे के किनारे मिलने वाली दुकानें हैं?"

"वैसी दुकानें यहां मौजूद नहीं थी।"

"मुझे लगता है, जल्द से जल्द हमें लौटना चाहिए!"

लक्षित ने कुछ देर शांत रहने के बाद कहा

"न जाने क्यों मुझे कुछ अजीब लग रहा है।"

इंद्रजीत उसका इशारा समझते हुए बोला

"तुम्हें लगता है कि मैंने ये सौदा करने में कुछ गडबड कर दी। सच बताओ!"

"हाँ! मुझे लगता है कि हमें फंसाया गया है। ये सब... इसमें काम इतना बताया गया... दाम या जो रकम हमें मिली है या फिर जो भी अग्रीमेंट हुआ है उसमें सब कुछ बहुत आसानी से हो गया। उन लोगों ने

आपको इतना कुछ आराम से कैसे दे दिया। मुझे तो लगता है ये रोहित की चाल है। इस को छोड़ो वो पिछले काफी दिनों से शांत था।"

"मुझे नहीं लगता वो कुछ करेगा।"

इंद्रजीत को याद आया उसका एक रोहित नाम का प्रतिद्वंदी था जिस की शहर में अपनी बड़ी गैंग मगर इंद्रजीत ने उसकी गैंग को धीरे धीरे खत्म कर दिया था और उसके लोगों को अपने साथ मिला लिया था। इस वजह से रोहित बहुत गुस्सा हुआ था और उसने बदला लेने के लिए कसम भी खाई थी। उसने तो सामने से चेतावनी भी दी थी। वो शायद कोई सौदा करके आ रहे हैं जोकि इंद्रजीत को ठीक से याद नहीं कि उन्होंने कौन सा सौदा किया। तभी पीछे से तेज रफ्तार से आ रही गाड़ी का हॉर्न सुनाई दिया

"गाड़ी एक तरफ कर लो! शायद उस गाड़ी को जल्दी हो।"

"ठीक है!"

लक्षित ने सड़क की एक तरफ गाड़ी डालने की कोशिश की पर अचानक ही उस कार ने पीछे से टक्कर मारनी शुरू की। इंद्रजीत ने तुरंत अपनी रिवॉल्वर निकाली। सामने वाली गाड़ी से कोई लगातार उन पर गोलियां चलाने लगा। लक्षित तेजी से गाड़ी चलाते हुए वहां से निकालने की कोशिश करने लगा। इंद्रजीत भी पलट कर उनके ऊपर गोलियां चलाने लगा। उसे उन लोगों की शक्ल दिखाई नहीं दी क्योंकि उन्होंने अपने पूरे चेहरे को ढक रखा था। अचानक गाड़ी को दुसरी तरफ घुमाया मगर तब तक बहुत देर हो चुकी थी सामने से आ रही एक गाड़ी ने उनकी कार को टक्कर मार दी। शायद सामने वाली गाड़ी का चालक पहले ही कार से कूद गया था। पीछे वाली गाड़ी भी अचानक रुक गयी जो इंद्रजीत की कार की ज्यादा दूर थी। इस वजह से उनकी गाड़ी पलट गई और सड़क के किनारे पर आकर अटक गयी। तभी वो दूसरी कार इंद्रजीत की कार के पास आई। उसमें से एक आदमी निकला और उसने पेट्रोल की टंकी के पास गोली चलानी शुरू की है। लक्षित काफी जख्मी हो गया था। वो पूरी तरह से बेहोश नहीं हुआ था। इंद्रजीत का बेल्ट अटक गया था। शायद गाड़ी की टक्कर के प्रभाव के कारण उसका लॉक खराब हो गया था। इंद्रजीत ने दरवाजा खोलने की कोशिश की मगर दरवाजा अटक

गया था। तभी पीछे से आ रही है एक गाड़ी ने उनकी कार को टक्कर मार दी और कार पलट कर सड़क के बीचों बीच गिर गयी। कार पूरी तरह से उल्टी हो चुकी थी और लक्षित अब झटके से पूरी तरह से बेहोश हो गया था। इंद्रजीत जैसे तैसे अपने आपको खींचने की कोशिश करने लगा।

धीरे... धीरे... धीरे... उसकी चेतना खोती जा रही थी और वह बेहोश हो रहा था। उसे कुछ जलने को बू आ रही थी। कार में आग लग गई थी। उसने अपनी अधखुली आँखों से देखा कि कुछ लोगों ने कार को जलते हुए देखा तो उस से दूर चले गए। वो लोग एक दूसरे को हाथ मारते हुए जा रहे हैं। शायद उन्हें विशेषकर इंद्रजीत को मारने के लिए भेजा गया था। इंद्रजीत ने बड़ी मुश्किल से लक्षित की ओर हाथ बढ़ाया और उसे उठाने की कोशिश की मगर वो बेहोश था इस वजह से वह उठ नहीं पाया। इंद्रजीत जैसे जैसे बेल्ट खोलने में सफल हो गया क्योंकि उसकी जेब में एक चाकू हमेशा रहता था। बेल्ट से छूटते ही वो धड़ाम से कार की पलटी हुई छत पर आ गिरा। उसके हाथ पैरों में काफी चोट आई थी और गाड़ी के टूटे हुए कांच के टुकड़े उसके शरीर में बहुत जगह घुसे हुए थे। इस के अलावा बहुत सी चोट थी जो गाड़ी पलटने की वजह से उसे आई थी। तभी उसने महसूस किया कि टायर जलने की गंध आ रही है। शायद कुछ ही देर में गाड़ी में धमाका हो जाएगा। उसने एक नज़र लक्षित को देखा और मन ही मन उससे माफ़ी मांगी। उसकी हालात ऐसी नहीं थी कि वो ख़ुद को या उसको बचा सके।

उसकी आँखों के सामने अब तक की सारी जिंदगी घूम गई। वो मरने के लिए तैयार था कि अचानक उसे किसी के घुंघरुओं की आवाज सुनाई दी। उसने कमज़ोरी से सामने देखा तो एक लड़की उसकी तरफ आ रही थी। उसने उसे देखा तो तुरंत खड़ी हो गई

"कोई मदद करो..."

उसे उस लड़की की आवाज सुनाई दी और उस के साथ ही इंद्रजीत की चेतना पूरी तरह से गायब हो गई और वो बेहोश हो गया। थोड़ी थोड़ी देर में उसे हल्का होश आ रहा था जिसमें उसने अपने आसपास गांव के स्थानीय लोगों को देखा।

"... जल्दी रास्ता दो..."

उसे आवाजें गूंजती हुई सुनाई दे रही थी। शायद उसके सिर पर चोट लगने के कारण कोई नस दब गई थी। वो बड़ी मुश्किल से अपनी आँखें खुली छोड़ पा रहा था। उसने देखा कि एक लड़की है जिसने उसे निकाला था। वह चिल्ला कर बोल रही थी

"हाँ वहाँ... एक और आदमी हैं... जल्दी निकालो...उसे"

इंद्रजीत को ये आवाज भी गूंजती हुई और गायब होती हुई महसूस हुई।

"... सुनो बेहोश मत होना... जागे रहो..."

उसने उस लड़की की आँखों में देखा जो उसके गालों को लगातार थपथपा रही थी। अचानक ही पीछे बैठा इंद्रजीत झटके से उठ बैठा

"हर्षा!!!!"

उस दिन उसे जलती हुई कार से निकालने वाली और कोई नहीं बल्कि हर्षा थी यानी हर्षा ने ही इंद्रजीत की जान 4 साल पहले बचाई थी। उसने देखा वो अभी भी वही पर है। उसे अब याद आया कि उस दौरान लोगों ने उसके साथी लक्षित को कार से निकालने की कोशिश की थी मगर इतने में ही कार में धमाका हुआ और लक्षित उसमें जल कर मर गया। शायद उसका ही शरीर लोगों को मिला और उसकी कद काठी और शरीर इंद्रजीत की तरह होने के कारण उन्होंने इंद्रजीत को मरा हुआ मान लिया। वहीं उसे धीरे धीरे कुछ कुछ यादें याद आने लगी।

".... जल्दी जल्दी इसका इलाज करो..."

"हाँ... हाँ..."

कुछ डॉक्टर उसे ऑपरेशन थिएटर में लेकर आए थे और उसकी मरहम पट्टी कर रहे थे। उसे कोई भी दर्द महसूस नहीं हो रहा था मगर अभी का इंद्रजीत बड़ी ही बेसब्री से जानना चाहता था कि आगे क्या हुआ। फिर जब उसे पहली बार होश आया तो उसका पूरा शरीर पट्टियों से बंधा हुआ था। वह पूरी तरह से होश में भी नहीं था मगर उसकी चेतना में पीछे बैठा हुआ इंद्रजीत सब देख पा रहा था।

"तुम ठीक तो हो?"

"आप कैसा महसूस हो रहा है?"

"आँखें दिखाओ!!!"

जांच करने के बाद डॉक्टरों ने उसे बताया

"तुम्हारी किस्मत अच्छी है हर्षा सही समय पर वहाँ पहुँच गई... वरना पता नहीं तुम्हारी क्या हालत होती दरअसल तुम्हारे एक्सीडेंट के कारण तुम्हें अम्नेशिया हुआ है। तुम्हें अभी कुछ चीजें याद रहेंगी या हो सकता है इस घटना के बारे में तुम भूल जाओ मगर पुरानी यादों पर कोई फर्क नहीं पड़ेगा... और तुम्हें यहाँ काफी समय तक इंतजार करना होगा।"

इंद्रजीत ने इधर उधर नज़र उठा कर देखा तो पाया ये भी एक छोटा सा प्राथमिक स्वास्थ्य केंद्र था या कहें एक बहुत छोटा अस्पताल जो शायद किसी दूर दराज के गांव में किसी ने सामाजिक सेवा के चलते बनवा दिया था। तभी वहाँ पास ही के रिसेप्शन पर हर्षा आई। वहां बैठी लड़की ने उससे कहा

"हर्षा तुम ने इस लड़के के लिए साइन नहीं किया, है ना?"

हर्षा ने कंधे उचकाते हुए कहा

"हां मैंने की थे!"

"नहीं यार!! तुमने साइन क्यों किए? इस की जिम्मेदारी कौन लेगा कि..."

"मैं लूंगी!!"

हर्षा ने बेपरवाही से कहा तो लड़की भड़कते हुए बोली

"तुम पागल हो, हर्षा? तुम ऐसे ही किसी अनजान लड़के की जिम्मेदारी कैसे ले सकते हो? तुम्हारे दादा क्या कहेंगे?"

इंद्रजीत उसकी सारी बातें साफ सुन सकता था।

"दादाजी की तुम चिंता मत करो। वो दादी के साथ मस्त कंचे खेलने में व्यस्त हैं। छोड़ो ना!!!"

हर्षा बिल्कुल वैसी ही है जैसी इंद्रजीत को याद है। एक खुशमिजाज, मस्तमौला और बेपरवाह लड़की। फिर वो उसके पास आई और बोली

"कैसे हो तुम? ओह माफ़ करना मैंने अपना परिचय नहीं कराया। मेरा नाम हर्षा है और तुम्हारा नाम इंद्रजीत है ना!"

उसने इंद्रजीत के हाथ से हाथ मिलाया और फिर उसके पास बैठ उस से बातें करने लगी।

"तुम्हें पता है तुम्हारा एक्सीडेंट कितना खतरनाक था। अगर मैं समय पर नहीं पहुंचती... मेरी साइकिल की चेन नहीं उतरतीं ना तो फिर पता नहीं क्या हो जाता! शायद तुम्हारी जान तुम्हारे दोस्त के कारण चली जाती! तुम उसे बचाने की कोशिश कर रहे थे। मुझे अफसोस है तुम्हारा दोस्त... हम उसे बचा नहीं पाए। जब कार में धमाका हुआ तब हम लोग कुछ भी नहीं कर पाए। गांव वालों ने बहुत कोशिश की... उसको निकालने के मगर वो पूरी तरह से बेहोश था और उसकी सीट बेल्ट भी अटक गई थी... इसलिए हम लोग कुछ भी नहीं कर पाए। माफ़ करना!"

हर्षा ने उसे सांत्वना दी मगर धीरे धीरे इंद्रजीत को फिर से नींद आ गई। शायद दवाइयों की वजह से। अब उसे धीरे धीरे याद आ रहा है, हर्षा उस से हर रोज़ मिलने आती।

एक दिन ऐसा नहीं था जब वो उस से मिलने नहीं आई। वो उसके लिए कभी पोहा बना के लाती तो कभी खिचड़ी है तो कभी दलिया। उसके लिए पौष्टिक खाना लेकर आती और अपने हाथो से खिलाती क्योंकि इंद्रजीत के हाथों पर भी काफी चोट आई थी। इस वजह से वो कुछ नहीं कर पाता था। डॉक्टर हर दिन आ कर जांच करते तो हर्षा उन से पूरी जानकारी लेती और वो पूरी गंभीरता से इंद्रजीत की मदद किया करती। इंद्रजीत को हाश्मी और अन्य किसी के बारे में कुछ याद नहीं आया था। हर्षा ने उसका नाम भी उसके चाकू पर पढ़ा था। उसने उसे वो दिखाया पर सिर्फ़ उसकी यादें वापस लाने के लिए। इंद्रजीत ये सब गौर कर रहा था। हर्षा ने उसके चाकू को देखकर भी कोई नतीजा नहीं निकाला और उस पर सवाल नहीं उठाया। उसने सीधा उस से एक आम इंसान की तरह बात की है।

इंद्रजीत की आँखों में आंसू आ गए। हर्षा अभी भी वैसी ही थी। पहले भी उसने उस पर प्रश्न नहीं उठाया। इंद्रजीत को और ज्यादा कुछ तो याद नहीं कि उसने हर्षा को क्या बताया मगर उसे ऐसा लग रहा है कि शायद अम्नेशीया के कारण उसने अपने बारे में हर्षा कुछ तो बताया होगा। हर्षा रोज़ मुस्कराहट के साथ उसके सामने ही एक डायरी लिखती रहती थी। उसने एक दिन पूछा

"तुम क्या कर रही हो?"

हर्षा हंसते हुए बोलीं

"आज बाहर बारिश हो रही है ना!!! मुझे बारिश बहुत पसंद है। बारिश शुभसंकेत लेकर आती है। जब भी कुछ अच्छा होने वाला है तो तब बारिश हो जाती है। और पता है उस दिन भी बारिश हो रही थी जब तुम पहली बार इस गांव में आये थे। वैसे तुम्हारे लिए वो अच्छा नहीं था पर खैर.... अब तो हम दोस्त है ना तो तुम मेरे घर चलना मेरे घर में मेरे दादा है, मेरी दादी है। वो बहुत अच्छे हैं। हाँ मेरी तरह ही है.... थोड़े!!! मगर क्या बताऊँ..."

उसने अपने दादा दादी के बारे में बहुत से किस्से सुनाए कि कैसे उन्होंने उसका ध्यान रखा, कैसे वो उन लोगों के साथ रह कर उनकी खेती बाड़ी में मदद करती हैं, उनकी छोटी सी फूलों की दुकान है जो फूल शहर में भेजे जाते हैं क्योंकि वो विशेष किस्म के फूल उगाते हैं। उन के घर में आम का बड़ा सा पेड़ है जिस पर झूला लगा हुआ है। उनका घर एक ही मंजिल का है और उसमें सिर्फ तीन ही कमरे हैं जिनमें से एक कमरा भी सामान रखने के काम आता है। एक बार भी उसने अपने माता पिता का जिक्र नहीं किया। इंद्रजीत ने एक बार उस से पूछा

"तुम ने अपने दादा दादी के बारे में तो बताया मगर अपने माता पिता के बारे में कुछ नहीं बताया?"

हर्षा कुछ बोली नहीं मगर उसके चेहरे पर आई दुखद मुस्कान देखकर इंद्रजीत समझ गया कि कुछ तो गलत हुआ था। वो कुछ कहना चाहता था पर बोल नही पा रहा था। हर्षा कुछ देर चुप रही फिर बोली

"मुझे लगता है कि तुम्हें सब कुछ याद करने की जरूरत नहीं है। बस उन लोगों को याद करो जो तुम्हारी प्रतीक्षा कर रहे होंगे। शायद तुम्हारे घरवाले... मम्मी, पापा, भाई, बहन, प्रेमिका.."

हालांकि प्रेमिका बोलते समय उसकी आँखों में कुछ अलग भाव थे जिसे देखते ही वर्तमान इंद्रजीत तुरंत समझ गया कि हर्षा उस समय से इंद्रजीत को पसंद करती है। इंद्रजीत ने देखा उसके पुराने रुप ने ना में सिर हिलाया और बोला

"मेरे परिवार का कत्ल हो चुका है। मेरे परिवार में कोई बचा नहीं है। मैं भी एक गैंगस्टर हूँ।"

उसके आसपास के लोग ये सुन कर हैरान रह गए और कुछ घबरा कर पीछे भी हटे मगर हर्षा ने उसके हाथ पर हाथ रखा और बोली

"कोई भी जन्म से अपराधी नहीं होता.... हालात उसे अपराधी बनाते हैं। और मुझे यकीन है तुम्हारे भी इस धंधे में आने की कोई ठोस वजह रही होगी। तुम्हारी आँखों में देखकर मैं बता सकती हूँ कि तुम ये सब करना नहीं चाहते थे... मगर शायद मैं बदले के लिए इतना आगे बढ़ गए कि वापस पीछे लौटने का रास्ता ही नहीं था। अच्छा ठीक है तुम ये बताओ क्या तुम्हारी कोई गर्लफ्रेंड है? शायद तुम कभी किसी के साथ डेट पे गए हो? घूमने फिरने?"

हर्षा ने फिर से टोह लेने की कोशिश की तो इंद्रजीत ने हंसते हुए उसे मिहिका के बारे में बताया था। ये याद कर इंद्रजीत का सिर दर्द से फटने लगा यानी वो खुद था जिसने उसे मिहिका के बारे में बताया था।

"... मिहिका मेरी दोस्त थी... हम दोनों बहुत करीब थे... क्योंकि हम ने बचपन से साथ खेले थे मगर उस घटना के बाद मैं उसे नहीं मिला... मुझे शर्म आती थी... उसे अपना चेहरा दिखाने में... मैंने सब के सामने दो लोगों का कत्ल किया था... मुझे नहीं पता था वो मेरे बारे में क्या सोचती हैं... मगर मैं उस बचपन से बहुत पसंद करता हूँ... अभी भी... पसंद करता हूँ..."

"अच्छा ऐसी बात है। ठीक है।"

*****

अगले दिन जब वो आई तो वो अलग तरीके से तैयार हुई थी। वो अपने बाल ठीक करते हुए बोली

"सुनो इंद्रजीत मैं कल तुमसे नहीं मिल पाऊंगी क्योंकि कल मुझे किसी से मिलने जाना है।"

इंद्रजीत ने धीमी आवाज़ में कहा

"ठीक है!"

हर्षा उसकी आवाज़ की रुआंसी सुन बोली

"तुम बस कल कल मेरे बिना दिन बिता लेना। मुझे पता है... अगर कोई एक बार मुझसे दोस्ती कर ले तो मेरे पास रहे बिना रह नहीं पाता.. मगर तुम ऐसा कर लेना प्लीज़!"

हर्षा इंद्रजीत को काफी मनाने के बाद वहाँ से चली गई। इंद्रजीत को तुरंत समझ आ गया कि हर्षा के हाथ में जो किचेन था वो वही किचेन था जो उसने मिहिका को दिया था और मिहिका के बारे में जानने के लिए अगले दिन ही हर्षा मिहिका के पास पहुँच गई थी। मगर कैसे? मिहिका का परिवार पहले से ही एक समृद्ध और शक्तिशाली परिवार था। उन्होंने मिहिका की जानकारी सबसे छुपा कर रखी थी तो हर्षा ने उसके बारे में कैसे पता लगा लिया? क्या उसके पास कोई और स्त्रोत है जो उन के पास नहीं है? उसे ठीक से कुछ याद नहीं है मगर उसे अभी भी ऐसा लगता है कि हर्षा के पास कोई ऐसा संसाधन था जिस वजह से वो सब कुछ पता लगा लेती थी और अब उसे याद आ रहा है कि वो उस शख्स को भी जानती थी जिसने हर्षा पर हमला किया था। आखिर हर्षा की वास्तविक पहचान क्या थी?

*****

2 दिन बीते और हर्षा वापस आयी। पर उसके चेहरे पर थकान साफ झलक रही थी। इंद्रजीत ने सेब उठाते हुए उससे पूछा

"तुम ने लंबा सफर तय किया है ना?"

हर्षा ने कंधे चटकाए और बोली

"हाँ काफी लंबा सफर था... मगर... खैर अगर कुछ अच्छी चीज़ के लिए सफर किया जाये तो थकने का कोई अफसोस नहीं है..."

ये कह कर वो उसके पास बैठ गई और हाथ से सेब छीलकर उसे काटा और इंद्रजीत को अपने हाथों से खिलाने लगी। हर्षा की आँखों में उसके लिए बेशुमार प्यार था। हमेशा से उसकी आंखें सब कुछ बयां करती थी और अभी भी वो कर रही थी। इंद्रजीत को समझ नहीं आ रहा है उसका पुराना रुप इतना बेवकूफ कैसे हो सकता है। वो हर्षा की आँखों में आए भावों को क्यों नहीं पढ़ पा रहा था।

"बुद्धू इंद्रजीत अगर तुम उस समय इस बात को समझ जाते कि हर्षा के मन में क्या है तो शायद इतना कुछ गलत नहीं होता।"

वो उस वक्त भी पूरे समय उसके साथ रही। उसका मन हल्का किया। उसको सब कुछ याद करने में मदद की। धीरे धीरे इंद्रजीत को सब कुछ याद आने लगा। वो ख़ुद को कोसने के अलावा कुछ नहीं कर सकता था।

वो उसके पास होकर भी नहीं था।

मगर एक दिन अचानक जब हर्षा को उसने हॉस्पिटल में घुसते देखा तो रिसेप्शन पर बैठी लड़की ने बड़ी गंभीरता से हर्षा को कुछ कहा जिसे सुनते ही हर्षा बिना इंद्रजीत से मिले तुरंत वहाँ से दौड़ कर चली गयी थी। इंद्रजीत ने उसका इंतजार किया मगर वह फिर अगले तीन दिन तक दिखाई नहीं दी। तब तक इंद्रजीत को हाश्मी का नाम याद आ गया था और उसने अपने पास खड़ी नर्स को उस से संपर्क करने के लिए कहा। उस नर्स ने डॉक्टर की मदद से हाश्मी से संपर्क किया और तब जाके वो इंद्रजीत से मिला था। तभी अचानक उसे याद आया कि उस वक्त हाश्मी के साथ निकलने के दौरान हर्षा बदहाल स्थिति में हॉस्पिटल आई थी। उसे देख पता चल रहा था कि वो कई दिन से ठीक से सोई भी नहीं है। वो वहाँ से बस निकल रहा था कि उसने पास खड़े दो लोगों की बात सुनी

"अरे बेचारी, अकेली बच्ची! क्या हालत हो गई है अब इसकी..."

"हां भई सही कह रहे हो। इतना चाहने वाले उसके दादा दादी एक साथ कैसे मर गए, भगवान जाने।"

"अफसोस बेचारी पूरे घर में अकेली रह गयी।"

"धूप की गुनगुनी गर्माहट जैसी खुशमिजाज बच्ची से पूरा गांव खुश रहता था। अब मुझे नहीं पता वो अपने आपको कैसे संभल पाएंगी..."

इंद्रजीत को अब अफसोस हो रहा है कि उसने उस समय ध्यान क्यों नहीं दिया। उसे लगा वो लोग ऐसे ही किसी के बारे में बात कर रहे हैं। वो बार-बार अपने पुराने रूप से पलट कर पीछे देखने के लिए कह रहा था क्योंकि हाश्मी से बात करने के दौरान उसकी नजर जब एक बार पीछे के शीशे पर गई तो उसने हर्षा को वहाँ बेतहाशा दौड़ते हुए देखा था और फिर अंत में रोते हुए जमीन पर गिरते हुए भी देखा था।

*****

इन दृश्य याद करते ही अचानक इंद्रजीत एक झटके से उठ बैठा। वो हाँफ रहा था और उसकी आँखों में आंसू थे। अब उसे समझा आया कि हर्षा उस से पहले भी मिली थी इसलिए वह उसके प्रति इतनी संवेदनशील थी। हर बार उसका पक्ष लेना और हर बार उसके परिवार के नाम पर उसकी आंखें क्यों भर आती थी। क्या ऐसा हो सकता है कि उसके दादा

दादी का किसी ने कत्ल कर दिया हो? क्या इस वजह से क्योंकि वो इंद्रजीत के साथ थी किसी ने उसके दादा दादी को नुकसान पहुंचाया हो? ये संभावना सोचकर ही उसका सिर अब दुखने लगा। उसने तय कर लिया कि वो उस गांव में वापस जाएगा और हर्षा के बारे में जानकारी निकलवाएगा। उसने जैसे तैसे अपने आपको शांत किया और सो गया।

अगले दिन उठते ही उसने तुरंत हाश्मी को फ़ोन किया।

"हां इंद्रजीत बोलो!!"

उसने बिना देर किए उस गांव का पता लगाया और उस गांव में पहुँच गया।

*****

वो किसी भी कीमत पर हर्षा के बारे में सब कुछ जानना चाहता था। वो उस अस्पताल में पहुंचा तो उसे एक एक कर बाकी सारी बातें भी याद आ गई कि कैसे डॉक्टरों ने उसका इलाज किया, नर्स उसके रूप को देखकर थोड़ा डरती थी मगर हर्षा उन लोगों की मदद करती थी, जब उसके घाव साफ करने होते है तो नर्स के हाथ कांप रहे होते थे तब हर्षा उसकी मदद कर दिया करती थी। जब उसे दवाइयों और दर्द के कारण बुखार चढ़ता है तो वो पूरी पूरी रात वहीं बैठी रहती। ये सब याद कर वो और दुखी हो रहा था। हाश्मी को समझ नहीं आ रहा है कि इंद्रजीत इस गांव में क्यों आया है। उसने उसके कंधे पर हाथ रखते हुए कहा

"अगर तुम मुझे समझाओगे कि तुम्हें इस गांव की अचानक याद कैसे आ गई?"

"4 साल पहले हुए हादसे से!"

"तुम्हें कोई सुराग मिला है क्या?"

इंद्रजीत ने बड़ी मुश्किल से अपने आंसुओं को रोक कर अपनी भावनाओं पर संयम करते हुए उस को बताया

"हर्षा... पहली बार मुझसे ऑफिस के सामने नहीं मिली थी..."

"अच्छा! तो कहाँ मिली थी?"

उसने सड़क की ओर इशारा किया और कहा

"जहाँ वो एक्सीडेंट हुआ था।"

उसका इशारा देखकर हाश्मी के होश उड़ गए। वो हड़बड़ाते हुए बोला

“तुम्हारे कहने का मतलब है जिसने तुम्हें बचाया वो..."

इंद्रजीत ने उसकी बात को पूरा करते हुए कहा

"हाँ वो हर्षा ही थी। उसी ने मेरी जान बचाई थी और उसने पूरे वक्त मेरा ध्यान रखा था। मैं इतना बेवकूफ कैसे हो सकता हूँ.... इतनी छोटी सी बात समझने में मुझे इतनी देर लग गयी..."

"क्या? क्या तुम समझ नहीं पाए!"

"...."

इंद्रजीत बिना कुछ क्या करें हो रिसेप्शनिस्ट के पास गया। वो उसे देखते ही पहचान गयी। उसने कहा

"इंद्रजीत काफी अरसे बाद आए! तो हर्षा तुम्हारे साथ है ना! कहाँ है वो?"

इंद्रजीत ने इधर उधर देखा और नजर झुकाते हुए बोला

"वो मेरे साथ नहीं है! क्या उसने तुम्हें जाते समय कुछ कहा था?"

वो नर्स बुदबुदाते हुए बोली

"ऐसा कैसे हो सकता है? जब वो 4 साल पहले इस गांव से जा रही थी। तब उसने कहा था कि वह अगली बार अगर लौटेगी तो तुम्हारे साथ लौटेंगे। उसने कहा था कि उसने तुम्हारा पता ढूंढ लिया और तुम ने उसे बुलाया है।"

इंद्रजीत ने ना में सिर हिलाया और बोला

"अम्नेशीया के कारण मुझे इस घटना के बारे में कुछ याद नहीं था। मुझे बाकी सारी घटना याद आ गई थी और अब जाकर मुझे यहाँ की सब घटनाओं के बारे में याद आया है।"

"ओह!"

वो नर्स खड़ी हुई। उस ने अपना सिर मसला और बोली

"तो मैं क्या मदद कर सकती हूँ तुम्हारी?"

इंद्रजीत एक गहरी सांस ली और बोला

"देखो! हर्षा लापता है.... मैं नहीं जानता वो अभी कहां पर है?"

"क्या तुम उससे दोबारा मिले?"

इंद्रजीत को पता नहीं है कि उसे सच बोलना चाहिए या नहीं मगर उस नर्स उसे समझाते हुए बोली

"देखो अगर तुम उससे दुबारा मिले हो तो प्लीज़ उसे परेशान मत करना वो लड़की तुम्हारे प्यार में इतनी पागल थी कि उसने दिन रात एक कर दी तुम्हारी खोज खबर निकालने में। बस ये जानने के लिए कि तुम ठीक हो। वो हर रोज़ यहाँ आती।"

इंद्रजीत ने उसे टोकते हुए पूछा

"मगर उसके दादा दादी की मौत कैसे हुई थी?"

नर्स ने हैरान हो कर इंद्रजीत को देखा और बोली

"तुम्हें उसके दादा दादी की मौत का पता था?"

"अभी वो थोड़े समय पहले ही पता चला इसलिए मैं यहाँ आया था।"

उसने हां में सिर हिलाते हुए कहा

"उन्हें एक मौसमी बिमारी हुई थी और चूंकि हर्षा उस पूरे वक्त तुम्हारे साथ थी तो वो उन्हें बचा नहीं पाई और फिर एक दिन को अचानक ही चल बसे। हालांकि हम सभी ने जब उन के शरीर को देखा तो हमे ये बहुत अजीब लगा क्योंकि मौसमी बीमारी से कोई ऐसे नहीं मरता और वो लोग तो वैसे भी काफी ताकतवर थे। अच्छे खासे खाये पिये परिवार से थे तो उनका तो इस तरह मामूली बिमारी से चल बसना थोड़ा अजीब था।"

"क्या तुम मुझे उसके घर का पता दे सकते हो?"

"मुझे पता नहीं है ये ठीक होगा या नहीं... तुम सरपंचजी के कार्यालय से क्यों नहीं ले लेते!"

उसने सरपंच के कार्यालय की ओर इशारा किया जो वहाँ से थोड़ी दूर पर था। इंद्रजीत और हाश्मी उसे धन्यवाद देखकर सरपंच के कार्यालय में गए। सरपंच जो कि खुद भी शहर से ही आया था उसने इंद्रजीत को देखा तो तुरंत पहचान लिया और खड़ा होते हुए बोला

"आप यहाँ क्या कर रहे हैं?"

"मैं हर्षा के घर के बारे में जानना चाहता हूँ।"

"अच्छा! कौन हर्षा?"

"4 साल पहले यहाँ पर एक लड़की रहा करती थी, हर्षा!!"

कार्यालय का चपरासी सरपंच के पास आकर बोला

"अरे वो हर्षा वो जो एक छोटी बच्ची की तरह रहती थी। सब में खुशियां बांटती रहती थी। सबकी मदद करती रही थी। वो हर्षा जिसने आप के परिवार की मदद की थी।"

"...."

"एक बार जब आप लोगों की गाड़ी बारिश में फंस गई थी तो उसने कार निकालने में मदद की थी ना!!"

"वो!! अच्छा उस हर्षा को ढूंढ रहे हैं आप... वो तो 4 साल पहले ही यहां से चली गई थी।"

"मुझे उसके बारे में जानकारी चाहिए! मैं उसे ढूंढ रहा हूँ ताकि उसने जो मेरी मदद की है उस के प्रति कृतज्ञता व्यक्त कर सकूं!"

इंद्रजीत को ऐसा बोलते देखकर हाश्मी थोड़ा हैरान हुआ मगर वो समझ रहा था कि इंद्रजीत जैसे तैसे अपनी भावनाओं पर काबू पाने की कोशिश कर रहा है। वो बोला

"हम बस जानना चाहते हैं कि हर्षा यहाँ है क्या और वो क्या करती थी।"

"ठीक है। मेरे पास जो जानकारी है वो आपको दे देता हूँ।"

कई मोटी फ़ाइलों के बीच है उसने एक बिल्कुल पतली सी फाइल निकाली और इंद्रजीत को थमाते हुए कहा

"बस यही जानकारी है मेरे पास।"

इंद्रजीत ने तुरंत ही उस फाइल को खोला तो उसकी मुहैया करायी गयी जानकारी वैसी ही थी जैसी उसे पता थी। वो ख़ुद से बोला

"तुम अपने सबूत को मिटा रही थी!"

"क्या आप उसके बारे में कुछ ऐसा बता सकते हैं जो उन लोगों को नहीं पता!"

चपरासी ने उसकी ओर देखा और उसे बाहर आने का इशारा किया। उसने फाइल पढ़ते हुए बताया

“वो अपने दादा दादी के साथ रहती थी। दादा का नाम दीनानाथ था और दादी मालती थी। वो लोग इस गांव में काफी बरसों से रहते थे इसलिए सब लोग उन्हें जानते थे। वो अमीर भी थे मगर कभी अपनी अमीरी का दिखावा नहीं किया। हर्षा एक बहुत ही प्यारी बच्ची थी।

बचपन से ही उसने गांव में ही पली बढ़ी मगर बाद में शहर में चली गई थी तो वहाँ के तौर तरीके सीख के आने के बाद उसने गांव में किसी से भी दुर्व्यवहार नहीं किया बल्कि हमें नई नई तकनीक सिखाई... बहुत अच्छी लड़की थी। फिर उसने अपनी पढ़ाई पूरी करने के लिए फिर से शहर का रुख अपनाया... और फिर से अपने दादा दादी के पास आकर रहने लग गई थी। उनकी काम में मदद कर रही थी..."

"उसके माता पिता के बारे में आपको कुछ पता है? मुझे उन के बारे में कुछ भी पता नहीं चल रहा है। उनकी कहीं भी जानकारी नहीं है?"

उस चपरासी थोड़ा असहज होते हुए बोला

"वैसे तो किसी को भी नहीं पता उसके माता पिता के बारे में... क्योंकि उसने कभी उनका जिक्र नहीं किया था... किसी ने भी नहीं किया... मगर कुछ अफवाहें थी?"

"कैसी अफवाह?"

"किसी ने बड़ी बेरहमी से उसके माता पिता की हत्या कर दी थी... और उस हत्यारे का मकसद हर्षा का फायदा उठाना था... इसलिए हर्षा अपने आपको बचाने यहाँ आ गई थी।"

"अच्छा!"

ये बात इंद्रजीत को काफी अलग लगी।

"तो क्या पुलिस के पास कोई जानकारी होगी?"

"नहीं! ना तो कभी किसी ने उसके माता पिता के शरीर को देखा और ना ही कभी जीवित देखा। हमें तो ये भी नहीं पता कि जब उसके दादा दादी इतने वर्षों से यहाँ थे तो उसके माता पिता को हम ने कभी क्यों नहीं देखा था। कुछ लोगों का यह मानना था कि हर्षा उनकी सगी बेटी नहीं थी बल्कि गोद ली हुई थी। खैर हमें कुछ भी नहीं पता है और हम ने उन के निजी जीवन पर कोई सवाल नहीं उठाया। तुम चाहो तो उसके घर जाकर देख सकते हो।"

इंद्रजीत और हाश्मी भी इसी बारे में सोच रहे थे।

*****

वो लोग हर्षा के घर पहुँच गए। घर पहुंचने के बाद उन्होंने देखा आम का बड़ा सा पेड़ जिस पर एक झूला डला हुआ था। वो घर बहुत सुनसान

नजर आ रहा था। उसकी वीरानी के कारण वहाँ पर कबूतरों ने घोसला बना लिया था। सांय सांय कर हवाएं चल रही थी। कुछ छोटे बच्चे पेड़ के पास जरूर खेल रहे मगर उनके अलावा और कोई वहां नहीं था। इंद्रजीत और हाश्मी दरवाजा खोल कर अंदर गए। घर बस घर जैसा था। वहाँ कोई भी बहुत महंगी या आलीशान चीज़ नहीं थी मगर बाहर से आने में घर का अहसास हो रहा था। उसने रसोई में जाकर देखा तो बर्तन करीने से सजे हुए थे। सब कुछ तरीके से रखा हुआ था। मानो किसी ने अभी अभी इस घर का इस्तेमाल करना छोड़ दिया हो। बिस्तर पर चादर एक कोने से मुड़ी हुई थी जो कि एक पुराना रिवाज है कि घर में खाली बिस्तर बिछाया हुआ नहीं छोड़ते। बहुत जगह धूल और जाले पड़े हुए थे। वहाँ उन्हें कुछ तस्वीरें भी मिली मगर उन तस्वीरों में कौन कौन था वो पहचान नहीं सकते क्योंकि काफी तस्वीरें समूह की थी।

तभी उन्हें एक तस्वीर दिखाई दी है जिसे देखते ही इंद्रजीत ने तुरंत पहचान लिया कि वो हर्षा की तस्वीरें है। वो थोड़ी कम उम्र की लग रही थी। उसके बाल छोटे थे और उसका चेहरा बहुत प्यारा सा लग रहा था और अपने दांत दिखाते हुए कैमरे की ओर देख रही थी और शायद किसी ने तब ही ये फोटो खींच ली होगी। इंद्रजीत ने बड़े ही प्यार से उस तस्वीर पर अपना हाथ फेरा मानो उसके स्पर्श को महसूस करना चाह रहा हो।

"... हर्षा..."

हाश्मी ने उसे इस तरह से खोया खोया देखा तो बोला

"हम ये तस्वीर ले जा सकते हैं... तुम चाहो तो... तुम्हें कोई मना नहीं करेगा।"

"हाँ कोई मना नहीं करेगा... मगर मैं नहीं चाहता कि इस घर से कुछ भी गायब हो... भले ही वो मेरी हर्षा की तस्वीरें क्यों ना हो?"

वो वहां से निकल गया। वहीं हाश्मी ने उस पूरे घर की एक वीडियो बना ली। बैठक में सोफे लगे हुए थे। आसपास कुछ स्टूल वगैरह रखे हुए थे। बारिश के कारण हुआ थोड़ा सामान खराब हो गया था। इंद्रजीत काफी देर से घर में घूमता रहा। फिर अलमारी खोल कर देखने लगा तो उसमें कुछ कपड़े रखे हुए थे और भी बहुत छोटी मोटी चीजें रखी हुई थी। इंद्रजीत ने अलमारी को बंद कर के किसी को वहां का ध्यान रखने का

कहा। फिर वापिस अपने घर आ गए।

*****

इंद्रजीत इस पूरे वाकये के बारे में सोच रहा था।

"तुम कौन हो हर्षा? असल में तुम्हारा मुझसे मिलना क्या था? तुम क्यों मेरे पीछे आयी? क्यों अपनी जान को खतरे में डाला?"

वो मन ही मन बुदबुदा रहा था मगर शायद वहां से आने के बाद वो अच्छे से समझ पा रहा था। पहले की तरह इंद्रजीत भावहीन और कठोर नजर नहीं आ रहा था। वो अभी बेहद दयनीय और पीड़ित नजर आ रहा था।

"इंद्रजीत तुम्हें खुद को संभालना होगा। हर्षा के जीवित होने की संभावना बहुत कम है..."

"नहीं!"

इंद्रजीत ने उखड़ कर कहा

"हर्षा ठीक होगी... वो अभी भी जिंदा है... मुझे यकीन है..."

"तो कम से कम तुम्हें अपने आपको संभालना होगा ताकि जब अगली बार वो फिर से हमारे पास आए तो तुम्हें सब कुछ याद रहे!"

"याद?? क्या इससे कोई अंतर पड़ता?"

"क्या तुम्हें लगता है कि अगर तुम्हें सब कुछ याद रहता तो तुम हर्षा के साथ प्यार में पड़ते..."

इंद्रजीत खिड़की से बाहर देखकर इस के बारे में सोचने लगा। हाश्मी ने आगे कुछ नहीं कहा। वहीं राम भी इस पूरी घटना को गौर से देख रहा था। उसे इंद्रजीत के लिए भी और हर्षा के लिए भी बहुत बुरा लग रहा था। शायद उन दोनों की किस्मत अच्छी नहीं थी। उसने मन बदलने के लिए रेडियो चला दिया। उसमें एक गाना आ रहा था

"...बेख्याली में भी तेरा ख्याल आए..."

इंद्रजीत गहन चिंतन में खोया हुआ था मगर उसने तय किया कि वो अपने आपको संभालेगा ताकि जब हर्षा फिर से लौटे तो वो पहले से बेहतर इंसान बन चुका हो। अब शायद उस का मन या उसका दिमाग भी मान चुका था कि उसकी हर्षा के जीवित होने की संभावना सिर्फ 1% है। हालांकि वो 1% पर भी आगे बढ़ने के लिए तैयार था।

*****

इंद्रजीत अपने शहर वापस लौट आया और उसने अपने पुराने काम फिर से शुरू कर दिए। हालांकि शुरुआत में उसे थोड़ी तकलीफ हुई क्योंकि वो अपनी भावनाओं में बह रहा था मगर धीरे धीरे उसका दिल फिर से कठोर होता गया। हर्षा का प्यार उसमें सुरक्षित था बाकी सब के लिए कठोर और क्रूर हो गया था।

हर्षा को गायब हुए सात महीने से ज्यादा हो चूके थे और इंद्रजीत पहले से ज्यादा खूंखार, क्रूर और निर्दयी हो गया था। पुलिस ने आखिरकार जांच बंद कर दी क्योंकि उन्हें कहीं से भी हर्षा के मिलने का कोई सबूत नहीं मिला था। विशाल भी अपनी जी तोड़ कोशिश कर चुका था इसलिए जब उसे कोई और उम्मीद नहीं दिखाई दी तो उसने भी अपने कदम पीछे खींच लिए। इंद्रजीत इस वजह से और भी कठोर हो गया। अब वो हाश्मी और नुसरत से भी कम ही बात किया करता था। वो किसी से अपनी कोई बात साझा नहीं करता था और न ही उसके मन में कुछ और भाव आते थे। उसने एक तरह से अपने आपको बिल्कुल काट के रख लिया था।

नुसरत और हाश्मी की कुछ समय बाद शादी हो गई थी। हाश्मी की इच्छा नहीं थी इस स्थिति में शादी करने की मगर नुसरत के घर वाले और इंतज़ार करने को तैयार नहीं थे। उनकी सगाई को एक साल हो गया था और अब वो लोग शादी को और लंबा नहीं टालना चाहते थे। क्या पता हर्षा जिन्दा है भी या नहीं ?

*****

अब नुसरत उन्हीं के साथ उस घर में रहने लगी थी। हालांकि इंद्रजीत अब पहले से ज्यादा शांत और कठोर हो गया था मगर फिर भी वो नुसरत के कहने पर खाना समय पर खाया करता था। अब उसने अपना व्यापार आगे फैलाने का फैसला कर लिया था इसलिए वो धीरे धीरे आसपास के शहरों में अपना काम फैलाने लगा। वहाँ चल अचल संपत्ति बेचने लगा। वो रियल एस्टेट को अब दूसरे मुकाम पर पहुंचाना चाहता था। या कहें खुद को हर्षा की यादों से दूर रखने की हर संभव कोशिश कर रहा था।

*****

एक घर में हर्षा की आंख खुली।

"... पानी.... पानी!"

उसने धीमी आवाज में कहा तो एक आदमी तुरंत आया और उसे पानी देते हुए कहा

“भगवान का शुक्र है तुम होश में आ गई... तुम्हें पता है हम लोग इतने घबराए हुए थे।”

“कहाँ हूँ मैं? तुम..”

“घबराओ मत तुम मेरे साथ मेरे घर में हो।”

“तुम कौन हो? तुम...”

हर्षा ने परेशान पर नरम आवाज में पूछा। उसमें ज्यादा हिम्मत नहीं थी। उसका शरीर बुरी तरह से झनझना रहा था। वो आदमी एक हल्की मुस्कान के साथ बोला

“मैं मेरा नाम कुणाल है। मैं एक डॉक्टर हूँ और मैंने तुम्हे घायल अवस्था में सड़क पर देखा था... तुम्हें अभी ज्यादा बात नहीं करनी चाहिए। बाकी सब बात मैं तुम्हें बाद में बताऊँगा..."

होश में आने के बाद हर्षा के मुँह पर एक ही नाम था

"इंद्रजीत!!"

मगर उसका शरीर कमजोर था।

*****

एक हफ्ते बाद जब वो ठीक से चलने फिरने लगी तो कुणाल ने अपने परिवार का परिचय उस से कराया। उसके पिता राधेश्याम और उसका छोटा बेटा भास्कर उसके साथ रहते है। भास्कर अभी 4 साल का ही है मगर बहुत बोलता है। वो हर्षा से तुरंत ही घुल मिल गया हालांकि हर्षा कमजोर थी मगर उसके व्यवहार में परिवर्तन नहीं आया था।

एक दिन जब वो लोग बैठे थे तो कुणाल ने उसे बताना शुरू किया

"मैं, मेरे बेटे और मेरे पापा के साथ तुम्हारे शहर से निकल रहा था तब मैंने अचानक वहाँ खून से लथपथ तुम्हें देखा होगा... मैं तुरंत ही अस्पताल ले जाना चाह रहा था मगर मैंने पुलिस को इधर उधर दौड़ते देखा और पुलिस किसी भी अस्पताल में नई भर्ती नहीं लेने दे रही थी... इस वजह से मुझे मजबूरन तुम्हें मेरे घर यहाँ कोटा लाना पड़ा। तुम चिंता

मत करो... मैं खुद एक डॉक्टर हूँ और मैंने तुम्हारा सबसे बेहतरीन इलाज किया है... तुम्हारे शरीर पर बहुत गहरे घाव थे... और तुम पिछले 14 महीनों से बेहोश थी!!!"

"क्या?"

हर्षा चौंक गई। वो हकलाते हुए बोली

"मैं... मैं पिछले 14 महीनों से बेहोश थी। इंद्रजीत... इंद्रजीत कितना परेशान हो रहा होगा..."

हर्षा के मन में आए भावों को कुणाल तुरंत समझ गया कि वो किस बारे में सोच रही है। वो गहरी सांस लेकर बोला

"... देखो मैं जानता हूँ कि काफी लंबा अरसा बीत गया है... हो सकता है तुम्हारा परिवार तुम्हारा इंतज़ार कर रहा हों... मगर जब तक तुम पूरी तरह से ठीक नहीं हो जाती... चलने फिरने नहीं लग जाती... मैं तुम्हें कहीं नहीं जाने दे सकता...."

हर्षा ने उसे घूर कर देखा तो वो समझाते हुए बोला

"देखो मुझे गलत मत समझो। मगर मैं नहीं चाहता कि तुम ऐसी स्थिति में बाहर जाओ... जहाँ तुम बेहद नाजुक हो और बाहर के वातावरण से तुम संक्रमित हो कर बीमार हो जाओगी... तुम नहीं चाहोगी ना कि तुम्हारी हालत पहले से ज्यादा खराब हो जाए?"

आखिरकार हर्षा के पास और कोई रास्ता भी तो नहीं। उसने हां में सिर हिलाया तो कुणाल ने बात बदलते हुए कहा

"मेरी पत्नी और भास्कर की माँ की मौत हो गई थी और इसी वजह से हमारे परिवार में सिर्फ पुरुष वर्ग है...."

पर हर्षा तो उसकी कोई बात सुन ही नहीं रही थी। वो इसी स्थिति में वापस इंद्रजीत के बाद जाना चाहती थी। उससे संपर्क भी करना चाहती थी मगर कुणाल ने उसे मना कर दिया। अगर वो अपने किसी भी जान पहचान वालों से संपर्क करेगी तो वो लोग उसे तुरंत लेने आ जाएंगे और वो इस खतरे का जोखिम नहीं उठा सकता क्योंकि उसे शक है कि अगर ऐसा हुआ तो हर्षा की स्थिति बिगड़ सकती है। हर्षा ने बहुत मिन्नत की, उसके आगे हाथ पैर जोड़े मगर फिर भी वह नहीं माना। तब राधेश्याम आ गया और उसने हर्षा को एक पिता की तरह समझाते हुए कहा

"तुम्हें पहले ठीक होना होगा। तुम जिस के पास भी जाने के लिए उतावली हो रही हो, वो निश्चिततौर पर तुमसे बहुत प्यार करता है और तुम भी उस से बहुत प्यार करती होगी। तुम वहां जाओगी तो तुम्हे ऐसी हालत में पाकर वो तुम्हारी चिंता करेगा। वैसे भी तुम उस से काफी लंबे समय तक दूर रही हो। अगर थोड़े से दिन और तुम उस से दूर रह लोगी तो ज्यादा कुछ फर्क नहीं पड़ेगा मगर तुम्हारी स्थिति बिगड़ने पर हो सकता है स्थितियां और खराब हो जाए। मुझे यकीन है तुम ऐसा नहीं चाहती!"

एक बुजुर्ग के समझाने और एक बराबर के व्यक्ति के समझाने में अंतर होता है। राधेश्याम के समझाने पर हर्षा मान गयी। उसका कहना था कि जैसे ही वो चलने फिरने की स्थिति में हो उसे वापस लौटना चाहिए। उसने इंद्रजीत का नाम भी उन्हें बता दिया। वो लोग भले ही ज्यादा खबरें नहीं देखा करते थे मगर इंद्रजीत के नाम से वो भली भांति परिचित थे। उसने उसकी तस्वीर भी हर्षा ने उन्हें दिखाई और बोली

"यह शख्स वही है जो मेरा इंतज़ार कर रहा है... हम साथ में समय बिताया करते थे। अगर मैं उसे जल्दी नहीं मिली तो वो बुरी तरह से बौखला जाएंगा और हो सकता है वो दूसरों को नुकसान पहुंचाने लगे।"

उसकी बात की गंभीरता को समझते हुए कुणाल ने उसे बताया

"ठीक है। मैं समझ गया तुम क्या कहना चाहती हो। तुम अगले दो महीने के अंदर वापस लौट सकती हो। बस उसके लिए तुम्हे अपना अच्छे से ध्यान रखना होगा और ज्यादा से ज्यादा कसरत करनी होगी। ठीक होने की कोशिश करनी होगी!"

बस फिर क्या था हर्षा लग गई अपने आपको तुरंत ठीक करने में क्योंकि उसे इंद्रजीत के पास लौटना था। उसके दिमाग में अजीब अजीब सी शंका हो रही थी

"कहीं इंद्रजीत मुझे भूल तो नहीं गया होगा? क्या उसे ये लगा होगा कि मैं मर चुकी हूँ? क्या उसने मुझे ढूंढा होगा? क्या वो मुझसे प्यार करता होगा? या फिर जो मुझे सुनाई दिया वह सिर्फ मेरा भ्रम था। अगर वो सच में मुझे प्यार करता है तो फिर उसकी स्थिति बहुत खराब हो गयी होगी! मैं उसको और परेशानी में नहीं डालना चाहती।"

ये सब सोचते सोचते ही हर्षा वहां अपने दिन बिताने लगी। समय के साथ भास्कर के करीब हो गई। भास्कर हर्षा के साथ काफी घुल मिल कर रहता था। धीरे धीरे हर्षा कुणाल और उसके घर में मदद किया करती। जैसे खाना बनाना या बर्तन रखने आदि हैं। हालांकि वो लोग उस से ज्यादा काम नहीं कराते थे। वो उसको टहलने में मदद करते और कोशिश करते की वो जल्दी से ठीक हो जाए।

*****

एक दिन कुणाल ने उस से कहा

"मैं चाहता हूँ कि तुम मेरी बहन बन जाओ!"

हर्षा जो कुछ काम कर रही थी उस ने हैरान हो कर उसकी ओर देखा और बोली

"तुम ऐसा क्यों चाहते हो?"

हालांकि कई बार उसने कुणाल को अपनी तरफ अजीब नजरों से देखते हुए मगर फिर भी उसे लगा वो शायद उसे पसंद करने लगा मगर बहन का तो उसने नहीं सोचा था। वो फिर बोला

"क्या तुम मुझे राखी बांध सकती हो? मेरी कोई बहन नहीं है और जैसे कि तुम देख रही हो हमारे परिवार में कोई भी महिला नहीं है... मुझे खुशी होगी अगर मुझे तुम्हारे रूप में एक बहन मिले। मुझे कोई परेशानी नहीं होगी तुम्हारे वापस लौटने पर... बस हम से संपर्क कायम रखना होगा..."

हर्षा ने इस बारे में कुछ पल सोचा। उसके लिए ये काफ़ी नया अनुभव था। उसने थोड़ा सकुचाते हुए हामी भर दी। भास्कर तो बहुत खुश हुआ। उसे बुआ मिल गयी थी। अब वो अपनी बुआ से तरह तरह की जिद किया करता। हर्षा उस की जिद पूरी करती। हालांकि इस पर राधेश्याम और कुणाल हमेशा भास्कर व हर्षा दोनों को डांटते थे।

धीरे धीरे वो लोग एक अच्छे परिवार की तरह एक दूसरे के बेहद करीब आ गए थे। राधेश्याम एक अच्छे पिता की तरह हर्षा का ख्याल रखता और उसे अपनी बेटी की तरह मानता था। हर्षा इन सब को पा कर कृतज्ञ थी। उसे यकीन नहीं हो रहा था कि इस दुनिया में अभी भी अच्छे लोग जिंदा है।

एक दिन कुणाल उसके साथ टहल रहा था। उन्होंने खाना खा लिया था। दोनों इधर उधर की बातें कर रहे थे। आज दूज का चांद दिख रहा था। जब थोड़ी शांति हुई तो कुणाल ने अचानक रुकते हुए उससे पूछा

"तुमने अपने हाथ की नस क्यों काट ली थी?"

हर्षा का मुस्कुराता चेहरा जम गया। कुणाल उसके सामने आते ही बोला

"तुम्हें देखकर कोई ये कह नहीं सकता कि तुम्हें कभी सुसाइड अटेंप्ट किया होगा। मैंने तुम्हारे शरीर से ज़हर के ट्रेंस भी निकाले हैं। ये अभी किसी और को नहीं पता। क्या तुम मुझे बताना चाहोगी कि तुमने ऐसा क्यों किया था? क्या ये इंद्रजीत की वजह से था?"

हर्षा ने ना में सिर हिलाया और बोली

"हमेशा हमारी ज़िंदगी में कुछ ऐसे पल आते है जब हम ख़ुद को खत्म कर देना चाहते हैं। बस ये एक ऐसा ही लम्हा था जो बीत गया।"

कुणाल ने हां में सिर हिलाया और आगे कुछ नहीं कहा। हर्षा अपने बाएं हाथ को देख रही थी। उसे कुछ आवाज़ें सुनाई देने लगी।

"क्या कर रही हो तुम... तुमने ऐसा क्यों किया.... मत करो... रुक जाओ.... बस!!!"

हर्षा ने अपने कान पर हाथ रखा और तेज़ी से घर में चली गई। कुणाल कुछ देर वहीं खड़ा रहा। वो समझ गया था कि उसने अनजाने में ही हर्षा के कोई पुराने जख्म ताजा कर दिए हैं। हर्षा तेजी से अपने कमरे में गई। उसने भास्कर की भी आवाज का कोई जवाब नहीं दिया। वो बहुत ज्यादा दुखी हो गई थी। उसे वह सब याद आ रहा था। वो बिस्तर पर गिर गई। उसने अपना मुंह तकिए में दबाया और ज़ोर से चिल्लाई मगर उसकी आवाज वहीं दब गई। उसकी आँखों में आंसू भरे थे उसने अपने हाथ को खरोंचना शुरू कर दिया।

".... नहीं...!"

वो रो रही थी। तभी उसे किसी का हाथ अपने हाथ पर महसूस हुआ

"छोड़ दे इसे! ऐसा मत करो... तुम्हारी तकलीफ से मुझे तकलीफ होती है!!"

यह सुनकर हर्षा की आँखों से अपलक आंसू बहने लगे और वो ज़ोर से बोली

"इंद्र!!"

हर्षा को अचानक ही वो दूर जाता हुआ महसूस हुआ और उसने देखा वो मानसिक चिकित्सालय में है और उसे बिस्तर से बाँधा हुआ है। हर्षा बहुत डर गई और मदद के लिए चिल्लाने लगी पर वहां उसकी आवाज सुनने वाला कोई भी। तभी एक नर्स वहां आई और उसे शांत कराते हुए बोली

"सब ठीक हो जाएगा हर्षा! तुम मजबूत हो! ऐसे हार नहीं मान सकती तुम। अभी सब ख़त्म नहीं हुआ है। "

हर्षा छटपटाते हुए बोली

"नहीं!!! नहीं!! सब ख़त्म हो गया है। कोई नहीं है मेरा ! ना मेरे माँ बाप ना दादा दादी ! परिवार ने तो पीछा छुड़ाने के लिए मुझे यहाँ बंद करवा दिया है। आखिर क्या करूँ मैं जी कर?"

ये कहते ही उसने वहां सफाई कर रही बाई के पास से फिनाइल की बोतल उठाई और किसी के रोकने से पहले एक झटके में पी गई। कुछ ही पल में वो तड़पते हुए जमीन पर गिर गई।

ये सब याद आते ही हर्षा को पैनिक अटैक आने लगा। उसे साँस लेने में तकलीफ होने लगी। अचानक वो जोर से चिल्लाई

"इंद्र!!!!!"

और बेहोश हो गई।

*****

कुछ देर बाद कुणाल अंदर आया तो उसके पिता ने उससे इशारे में पूछा कि क्या हुआ है। कुणाल ने बस ना में सिर हिला दिया। अगले दिन वो पहले की तरह ही व्यवहार कर रही थी इसलिए कुणाल की हिम्मत नही हुई उसे दुबारा कुछ पूछने की। हर्षा जब भी घर में रहती तो उसे इंद्रजीत की याद सताती रहती है इसलिए कुणाल ने तय किया कि वो उसे चंबल घाट पर लेकर जाएंगा।

*****

एक दिन वो बोला

"चलो चलो चलो सब लोग तैयार हो जाओ! हम लोग चंबल घाट जा रहे हैं। कहीं गए काफी लंबा समय बीत चुका है।"

अब हर्षा भी काफ़ी ठीक हो चुकी थी। उसे लगभग डेढ़ साल होने को आए थे इंद्रजीत से जुदा हुए। हर्षा हर पल बस ये इंतज़ार करती रहती है कि कब वो पूरी तरह से ठीक हो और अपने इंद्रजीत के पास जाए। अब वो काफी चल फिर पा रही थी और उसकी चोट भी काफी ठीक हो गई थी। बस कुछ अंदरूनी चोटें थीं जिनका ठीक होना बाकी था। राधेश्याम और भास्कर की देखरेख में उसका स्वास्थ्य काफी जल्दी ही सुधर रहा था। हर्षा के लिए कुणाल काफी सारे कपड़े वगैरह भी लेकर आया था जिससे उसे परेशानी ना हो। वो जब भी बाजार जाता तो भास्कर उसके साथ जाता और अपनी पसंद की चीजें हर्षा के कारण लेकर आ जाता।

*****

इधर इंद्रजीत से पहले से ज्यादा कठोर हो चुका था। वो मुस्कुराना तो जैसे छोड़ हो चुका था। वो नुसरत से भी कटा कटा रहता था। हाश्मी तक उससे अब बात करने से थोड़ा हिचकिचाता था। मगर अंदर का हाल सिर्फ वो जानता है। हर्षा के बगैर एक एक पल वो कैसे काटता है वही जानता है। इसी दौरान बहुत से लोगों ने उसे समझाने की कोशिश की कि हर्षा मर चुकी है मगर उल्टे वो उससे पिट ही जाते थे। वो अब अपने काम में खुद को व्यस्त रखता था। वो लोग इस समय चंबल घाट पर जा रहे थे।

"तुम्हें यकीन है हमें यह सौदा करना चाहिए? मुझे तो शक है कि वो लोग गलत जमीन ना बेच दे।"

"अगर वो लोग ऐसा करते हैं तो उन्हें खामियाजा भुगतना पड़ेगा!!"

हाश्मी ने फिर अपने मन दांत पीसते हुए भगवान से कहा

"भगवान हर्षा को वापस जल्दी लौटा दो वरना मुझे यकीन है कि इंद्रजीत पूरी तरह से भावहीन मशीन बन कर रह जाएगा। हर्षा तुम कहाँ हो?"

*****

वहीं इंद्रजीत की उपस्थिति का अहसास हर्षा को हो गया और उसे ना जाने क्या सूझा कि उसने पहले की तरह अपने बालों को बांधा और वैसे ही कुर्ता पहना जैसा उसने इंद्रजीत के सामने पहली बार पहना था।

राधेश्याम ने हर्षा को अलग तरीके से तैयार हुए देखा तो बोले

"क्या हुआ बेटा?"

हर्षा अपने आप को देखते हुए बोली

"वो आज हम बाहर जा रहें है तो मैंने सोचा थोड़ा अलग तरीके से तैयार हो जाते हैं।"

"वाह बुआ! मुझे गोद में लो ना। मुझे गोदी में चढ़ना अच्छा लगता है।"

"भास्कर!! तुम्हारी बुआ की तबियत अच्छी नहीं है तो..."

वो हर्षा की गोद में जानें के लिए मचलते हुए बोला

"नहीं!! मुझे बुआ के साथ घाट पर गोद में घूमना है।"

वो जिद करने लगा तो हर्षा ने हंसते हुए उससे कहा

"ठीक है! पर हम जब घाट पर जाएंगे तब ही मैं तुम्हें अपनी गोदी में लूंगी।"

"ठीक है बुआ... चिंता मत करो मैं आपको नहीं परेशान करूँगा। सच्ची!!!"

उसने अपने हाथ उठाकर वादा किया। हर्षा हँस पड़ी उसके साथ कुणाल और राधेश्याम भी हंस पड़ें। फिर वो लोग तैयार हो कर घाट के लिए निकले तो ना जानें क्यूं हर्षा के दिल की धड़कनें तेज हो रही थी। वो धीमी आवाज़ में बोली

"इंद्रजीत!!"

*****

ऐसा लगा जैसे इंद्रजीत को ये पुकार सुनाई दी और उसके चेहरे पर हल्के से भाव आए। उसने इधर उधर देखा मानो हर्षा ने उसे बुलाया हो मगर फिर खुद ही अपना सिर झटकते हुए अपने टैब पर कुछ देखने लग गया। शाम का झुरमुटा और भी गहरा होता जा रहा था। इंद्रजीत का व्यक्तित्व ही ऐसा था कि हर कोई उसे पलटकर देख रहा था। इंद्रजीत को भी जल्दी ही अपने ऊपर पड़ रही नज़रों का आभास हुआ तो उसने सिर उठाकर चारों ओर देखा। वो थोड़ा असहज महसूस कर रहा था क्योंकि उसे हर्षा के यहां होने का आभास हो रहा था। फिर लोगों की पहुँच से दूर घाट के करीब गया। वहां पहुंचने के बाद इंद्रजीत इधर उधर टहलने

लगा। वो नदी के उलटे बहाव की दिशा को देखकर अपने जीवन के बारे में सोचने लगा। हर्षा के उसकी जिंदगी में आने के बाद उसे खुशियां मिली थी मगर उस के जाते ही वो फिर से उस अंधकार में लौट आया है। उसे उसकी जरूरत है। संयोग से दुकान के रेडियो स्टेशन पर

"मुझे तेरी जरूरत है!"

गाना ही बज रहा था।

*****

इधर हर्षा, राधेश्याम और कुणाल के साथ घाट पर आ गई थी। घाट पर टहलने के दौरान भास्कर ने हर्षा की गोद में चढ़ने की बात कही तो हर्षा ने भी उसे गोदी में ले लिया और उसे चुटकुला सुनाते हुए उसके साथ हंसने लगी। राधेश्याम उन लोगों के लिए कुछ लेने पास की दुकान पर गया। टहलते टहलते ही कुणाल ने भास्कर से कहा

"भास्कर आप नीचे उतरो तुम अपनी बुआ को परेशान नहीं करना. चाहते हो न!"

भास्कर ने अपनी बाहें हर्षा के गले में डाल कर कहा

"नहीं! मुझे नहीं नीचे नहीं उतरना। बुआ परेशान नहीं रही है।"

उसने अपनी मासूम आवाज़ में कहा। हर्षा ने कुछ भी नहीं कहा और उसके पेट पर गुदगुदी करने लगी जिससे वो हंस ने लगा। उसे हंसता देखकर हर्षा भी हंसने लगी है और फिर कुणाल भी हंसने लगा।

मगर अफसोस ये वो दृश्य था जो इंद्रजीत ने देखा। उसका तो ख़ून खौल उठा। कहां वो हर्षा के इंतजार में पिछले डेढ़ साल से तड़प रहा है और कहां हर्षा किसी और के साथ खुश है। वो एक नज़र में बता सकता है कि वो उसकी हर्षा ही है। वो जलती निगाहों से बोला

"मैं तो सोच रहा था कि तुम मुझे याद करती होगी मगर यह देखो। शायद मैं इसलिए उसके बारे में कुछ पता नहीं पाया क्योंकि उसका तो पहले से एक परिवार है। एक पति है। अच्छा है खामखा मैं उसे इधर उधर ढूंढ रहा था। अगर वो किसी और के साथ खुश है तो मैं भी उसे जाने दूंगा। शायद हमारी किस्मत में एक होना नही लिखा था हर्षा।"

*****

इधर हर्षा को इस बात का अंदेशा नहीं था। वह भी काफी समय बाद इतना हल्का महसूस कर रही थी और भास्कर के साथ हंस रही थीं मगर कुणाल को ऐसा महसूस हुआ कि कोई उसे खा जाने वाली नजरों से देख रहा है। उसने जब सामने की ओर देखा तो कुछ लोगों के सामने से हटने के बाद उसे इंद्रजीत दिखाई दिया। उसकी नजरें उन लोगों के ऊपर ही थी। वो जिस तरह से उन्हें देख रहा था उसे पहले तो इसका कारण समझ नही आया कि ये शख्स कौन है मगर अचानक उसे याद आया कि वही है जिस के बारे में हर्षा पूरे समय जिक्र करती रहती है और उसके लिए तड़पती रहती है। पर वो उन्हें ऐसे क्यों देख रहा है जैसे उसे कोई धोखा मिला हो। तब उसका ध्यान अपनी स्थिति पर गया। उसने आश्चर्य से कहा

"ओह नहीं कहीं वो गलत तो नहीं समझ रहा है। उसे कोई गलत फहमी तो नहीं हो गई।"

उसके भावों से तो यही लग रहा था। इंद्रजीत कुछ देर तक हर्षा को घूरता रहा, जैसे वो उसके एक एक भाव को अपनी आँखों से पी लेना चाहता है उसे अपने दिलोदिमाग में उतर लेना चाहता है। उसके दिल में तूफ़ान मचा हुआ था। जो दिल हर्षा के प्यार के साथ उसे संजोकर कठोर हो गया था उस में अचानक कुछ टूटा और उसमें भयानक तूफान उठा। उसने अपनी मुट्ठियां भींच ली। उसकी आँखों में गुस्सा तैर रहा था।

"तुम ने मुझे धोखा दिया है, हर्षा! तुम ऐसा कैसे कर सकती हो, मेरे साथ? मुझे लगा था कि तुम मुझसे प्यार करती हो मगर अब ऐसा लग रहा है कि तुम ने मुझे सिर्फ इस्तेमाल किया, मेरी भावनाओं के साथ खेला, मुझे तुम से नफरत है।"

*****

उसका इतना कहना था कि हर्षा के दिल में तेज दर्द उठा।

"आह!!!"

"क्या हुआ बुआ आप ठीक तो हो?"

भास्कर ये उसकी स्थिति को देखा तो उसने तुरंत नीचे उतर कर अपने पापा की ओर देखा मगर कुणाल तो इंद्रजीत की ओर जा रहा था क्योंकि इंद्रजीत पलट कर तेजी से पार्किंग की ओर जा रहा था। उसका

मन कह रहा था अगर आज वो यहां से निकल गया तो आगे बहुत बड़ी समस्या हो जाएगी। हाश्मी ने उसे तेजी से बाहर निकलते देखा तो वो भी हैरान हो गया। उसी ने ये बोला था कि वो कुछ देर घाट पर टहलेगा। वो भी दूसरों से बात करके क्या हटा ये बदलाव कैसे हो गया। वो बुदबुदाया

"अचानक ही ऐसा आ गया, क्या हो गया है इसे?"

इंद्रजीत दौड़ कर अपनी कार के पास आया और अपनी कार पर लात मारते हुए अपना गुस्सा निकालने लगा।

"क्यों? क्यों? क्यों तुम ने मुझे धोखा दिया? उसे मैंने आज यहां देखा वो भी किसी और के साथ खुश?"

उसे हर्षा से ज्यादा खुद पर गुस्सा आ रहा था कि उसने अपने आपको हर्षा के प्यार में गिरने दिया।

"क्या हुआ इंद्रजीत? क्या हुआ तुम परेशान लग रहे हो? मुझे बताओ क्या हुआ?"

हाश्मी उसे इतना तो समझता ही कि वो किसी बात को लेकर बहुत परेशान है। वो तुरंत उसके कंधे पर हाथ रखने लगा तो इंद्रजीत ने उसके हाथ को झटक दिया। वो कुछ सोच थोड़ा दूर गया। फिर तुरंत वहाँ आया और उसे पानी की बॉटल देते हुए बोला

"क्या हुआ..."

इंद्रजीत ने पानी की बोतल ली और उसे एक झटके में सड़क पर फेंक दिया। वो चिल्लाया

"क्या हुआ है तुम्हे?"

इंद्रजीत कार का सहारा लेकर आसमान को देखते हुए बोला

"वो खुश है। उसका एक परिवार है। बच्चा भी है। अच्छा है! वह खुश है और मैं इतने समय तक तड़प रहा था यह जानने के लिए कि वो किस हाल में होगी, कहां होगी और क्या ... पर वो किसी और के साथ खुश है। मुझे यकीन नहीं होता मैंने अपने आपको इस तरह से से बना लिया!"

हाश्मी को कुछ समझ नहीं आ रहा था।

"क्या कह रहे हो तुम? कौन खुश है? किस का बच्चा है?"

"हर्षा का!!"

"क्या???"

इंद्रजीत से ज्यादा तो हाश्मी हैरान दिख रहा था। इंद्रजीत नकारते हुए ना में सिर हिलाते हुए बोला

"अच्छा ही है। वो यहाँ है और उसका पति है। बच्चा है। वो यहाँ खुश हैं। और वो मेरे बारे में सब भूल चुकी होंगी।"

"रुको!! रुको!! रुको!! क्या कह रहे हो तुम?"

वो जब गाड़ी का दरवाजा खोल ने लगा तो उस का हाथ हाश्मी ने पकड़ा और बोला

"ऐसा कैसे हो सकता है?"

इंद्रजीत दुःख भरी मुस्कान के साथ बोला

"तुम्हें यकीन नहीं है?"

"नहीं!! तुम्हें यकीन है कि वो हर्षा ही थी? वो कोई और लड़की नहीं थी? या शायद तुम्हें देखने में कोई भ्रम हुआ हो!!"

"कोई और?"

वो हाश्मी की ओर एक अनकही बातों भरी नजरों से देखने के बाद आसमान की ओर देखने लगा। उसने असहायता भरी आह भरते हुए कहा

"काश मैंने गलती की होती!! काश वो कोई और होती!!! मगर नहीं! मैं हर्षा को एक पल में पहचान सकता हूँ। मैं जानता हूँ वो वही थी। वो तो खुश लग रही थी। उसके शरीर पर तो चोट का कोई नामो निशान भी नहीं था। मैं भी कितना बड़ा बेवकूफ था उसके लिए पागलों की तरह यहाँ वहाँ घूम रहा था और..."

"तुम इंद्रजीत हो?"

एक दूसरी आवाज ने उनका ध्यान भटकाया और उन्होंने पलट कर देखा तो कुणाल वहां खड़ा था। कुणाल को देखते ही इंद्रजीत की आँखों में कठोरता छा गई और उसने नफरत भरी नजरों से उसकी ओर देखकर कहा

"हां तो! तुम कौन हो?"

"तुम... तुम इंद्रजीत!! तुम ही हो ना? वो... वो डॉन??"

इंद्रजीत अपनी पेंट की जेब में हाथ डाल कर उसके सामने आया और बोला

"तुम्हें क्या काम है?"

कुणाल ने हड़बड़ाते हुए उससे फिर पूछा

"पहले मुझे बताओ! तुम इंद्रजीत हो?"

इंद्रजीत के लिए उसे सहन करना मुश्किल था। उसे नही पता वो क्यों उसकी पहचान जानना चाहता है पर वो उसे अपनी कमजोरी नहीं दिखने देगा

"हाँ हूँ तो सही। तो? तुम्हें क्या चाहिए?"

ये सुनकर कुणाल ने राहत की सांस ली और बोला

"मुझे तुम्हें किसी से मिलवाना है। जल्द मेरे साथ आओ!"

वो मुड़ कर जाने लगा तो उसने देखा कि उसकी मंशा उसके पीछे आने की नहीं है और ना ही वो उसके साथ आ रहा है। वो गहरी सांस लेते हुए बोला

"मैं यकीन दिलाता हूँ कि तुम उस से मिल कर सच में बहुत खुश होगे। मेरे साथ चलो प्लीज़!"

उसने आँखों ही आँखों में विनती की तो हाश्मी ने गहरी सांस ली और इंद्रजीत से बोला

"एक बार चल कर देखने में क्या हर्ज है कि वो क्या चाहता है? और हमें सच्चाई पता लग जाएगी।"

लेकिन इंद्रजीत शायद जाना नहीं चाहता था मगर उसके दिल ने एक बार फिर से मरोड़ लिया और उसे उम्मीद की किरण दिखाते हुए कहा

"शायद मैंने जो देखा वो एक गलत फहमी हो..."

मगर उसके दिमाग ने उससे कहा

"हो सकता है कि हर्षा ने तुम्हें बेवक़ूफ़ नहीं बनाया!!"

एक गहरी सांस लेकर उसने हां में सिर हिलाया।

*****

हर्षा के दिल का दर्द अभी भी कम नहीं हो रहा था तो वो राधेश्याम के पास जाकर खड़ी हो गई। राधेश्याम ने जल्दी से उसे पानी दिया। हर्षा बड़ी मुश्किल से दो घूंट पानी पी पाई। वो परेशान हो कर हर्षा को देख रहा था। तब तक कुणाल वहां इंद्रजीत और हाश्मी को लेकर वहाँ तक पहुँच गई। हर्षा ने दीवार के सहारे सिर टीका रखा था। उसकी सांसे ऊंची नीची हो रही थी। उसकी ऐसी हालत देखकर वो हैरान हुआ और बोला

"तुम्हें क्या हुआ?"

भास्कर उसकी पैंट पकड़ते हुए बोला

"पापा!! पापा!! बुआ को देखो क्या हुआ? उन के दिल में दर्द हो रहा था!! अचानक से ही हुआ!!"

कुणाल ने जल्दी से हर्षा के कंधे पकड़ते हुए पूछा

"हर्षा क्या हुआ तुम्हें बताओ मुझे!!"

"मुझे नहीं पता!! मुझे नहीं पता भाई!!!"

हर्षा की आदत बन गई थी जब कि उसे ज्यादा तकलीफ होती है और ज्यादा परेशान हो जाती है तो उसके होठों पर कुणाल के लिए हमेशा भाई निकलता है। वो टूटी आवाज में आगे बोली

"भाई!! मुझे नहीं पता। ऐसा लगता है कि मेरा दिल टूट जाएगा! कुछ बुरा हुआ.... कुछ गलत हुआ है..."

उसकी आंखें बंद थी। उसे अपने सामने खड़े दूसरे को नहीं देख पाई थी। इंद्रजीत तो स्तब्ध खड़ा था। वो पहले वाले शब्द को अनदेखा कर सकता है जो बच्चा हर्षा को बुआ बोल रहा है पर हर्षा भी तो इस शख्स को अपना भाई बोल रही है। निश्चित तौर पर ये उसके सगे भाई भतीजे तो नहीं है मगर क्या पता कोई दूर के रिश्तेदार हो। वो अपने आप को कोसने लगा अभी एक गलतफहमी के चलते वो अपनी हर्षा को हमेशा के लिए को देने वाला था। हर्षा की बातें सुनकर कुणाल ने नजरें सिकोड़ कर उसकी ओर देखा और फिर हर्षा के कंधे पर हाथ रख कर बोला

"मुझे लगता है तुम्हें अपनी आंखें खोलनी चाहिए?"

हर्षा ने बड़ी कमजोरी से आंखें खोली। जब उसने कुणाल और हाशमी के साथ में इंद्रजीत को देखा तो मानो एक पल में उसकी सारी दुनिया ठहर सी गयी हो। तब उसे एहसास हुआ कि उसे जो एक जानी पहचानी खुशबू आ रही थी, उसका स्त्रोत तो उसकी प्रिय चीज उसका प्रीतम था जो उसके आसपास ही था। हर्षा एक दम से खड़ी हुई है उसके पैर लड़खड़ाने लगे। वो नम आँखों से इंद्रजीत के पास गई। उसने देखा उसकी आंखो में आंसू आ रहे थे।

"हर्षा!!"

उसके मुँह से इस से ज्यादा कुछ निकल नहीं पा रहा था। हाशमी जो अभी तुरंत समझ गया था कि क्या होगा उसने इंद्रजीत को देखा और उसके कान में फुसफुसाते हुए कहा

"कहा था ना हर्षा तुम्हें धोखा नहीं दे सकती! वो कैसे किसी और के साथ घर बसा सकती है जब तुमने उसकी सांसों पर अधिकार किया हुआ है। वही हुआ जो मुझे लग रहा था। वैसे तुम ने जो सोचा था सोचो उसी विचार से आगे बढ़ते तो क्या होता? तुम बहुत पछतावा करते। तुमने हर्षा के भाई और भतीजे को उसका परिवार समझा!!! मुझे लगा ही था कि तुम ने जो देखा वो सही नही था। अच्छा हुआ ये हमारे पास आ गया!!"

भास्कर हाथ बांधते हुए बोला

"बुआ!! ये तो वही है ना जिन के लिए आप रोती हो!"

हाश्मी ने उस बच्चे भास्कर को देखा। पर हर्षा को तो जैसे कुछ सुन ही नहीं रहा था। उसका सारा ध्यान इंद्रजीत पर था इसलिए उसने अपने आप को उसकी खुशबू में लिपटा महसूस किया और फिर उसके करीब जाकर सबसे पहले उसके हाथ को छुआ। इंद्रजीत ने इस अहसास को महसूस करने के लिए अपनी आँखें बंद कर दी गई। उसकी आँखों से लगा तार आंसू बह रहे थे। इंद्रजीत कुछ देर तो वैसे ही खड़ा रहा मगर जब उनकी तंद्रा टूटी तो उसने हर्षा हो अचानक गोद में उठा लिया और गले से लगा लिया।

"ओह हर्षा!! जान!"

उसे ऐसा लग रहा था जैसे उसके रोम रोम में आनंद समा गया हो। हर्षा ठीक है। वो सही सलामत है। उराके सामने है। उसे हर्षा के आंसू अपने कंधे पर महसूस हुए जैसे उसके आंसू हर्षा के कंधे पर गिर रहे थे। वो रोते हुए बोली

"तुम नहीं जानते हो मैं तुम्हें कितना याद करती थी।"

उसने और कस कर हर्षा को गले से लगा लिया। हाश्मी भी भावुक हो गया और उसकी आंखो में भी थोड़े आंसू आ गए। जब इस मिलन को राधेश्याम और कुणाल ने देखा तो उन की भी आंखें हल्की सी नम हो गईं। उन्होंने एक दूसरे को देखा फिर सहमति में सिर हिलाया शायद यही वो शख्स है जिस के लिए हर्षा तड़पती थी। भले ही वो उन से कुछ ना कहे

मगर जब वो रात को रोती थी तो वो लोग अच्छे से सब जानते थे इसलिए उन्होंने उससे इंद्रजीत की तस्वीरें मांगी थी और वो लोग बेवकूफ थोड़ी है जो उन्हें पता नहीं चला कि इंद्रजीत शहर का एक गैंगस्टर है।

"और मैं तुम से बहुत प्यार करती हूँ।"

ये सुनकर इंद्रजीत और भी आह्लादित हो उठा और उसमें भी आंखो में आंसू बहते हुए हर्षा के आंसुओं से जा मिले। इस के साथ ही उसके होंठ से अपने होठ को नरमी पर शिद्दत से टकराया और वह लोग एक दूसरे के प्रेम में सराबोर होने लगे। हाश्मी ने खखारा किया मगर इंद्रजीत हर्षा अपने प्रेम लोक से बाहर आने की स्थिति में नहीं लग रहे हैं। वो लोग तो एक दूसरे से समा जाना चाहते थे।

"ओ इंद्रजीत!!"

जब थोड़ा ज़ोर दे कर हाश्मी ने बोला तब जाकर उन्हें कुछ कुछ अहसास हुआ कि वो लोग अभी अकेले नहीं हैं। तब तक भास्कर की आँखों पर उसके दादा ने हाथ रखा था। भास्कर छटपटाते हुए बोला

"क्या हो रहा है, दादा? मुझे देखने तो दो मुझे क्या हो रहा है? क्या कर रही है बुआ? अरे कितनी देर हो गई!!"

ये सुन कर कुणाल के भी कान खड़े हो गए और थोड़ा खांसते हुए वो बोला

"मुझे लगता है कि हमें घर चलना चाहिए।"

फिर हाश्मी को देखते हुए कहा

"शायद तुम और इंद्रजीत बहुत कुछ जानना चाहते होंगे है ना!!"

तभी भास्कर की आवाज फिर से आई

"पापा मुझे बताओ ना बुआ क्या कर रही है?"

कुणाल ने अपना चेहरा मसला मगर जैसे हर्षा को अब एहसास हुआ हो कि वो और इंद्रजीत क्या कर रहे थे। उसके भी गाल शर्म से लाल हो गए। इंद्रजीत को हर्षा का ये रूप पहली बार दिखाई दिया। उसे तो हर्षा का वही रूप याद था जिस में वो बड़ी बेपरवाही से दुनिया में हो रही चीजों को देखा करती थी।

"ठीक है चलो चलते हैं!"

इंद्रजीत ने उसकी असहजता को भांपते हुए कहा। उसने हर्षा को अपनी बाहों में उठाया और उसके माथे को चुम लिया। हर्षा ने अपना चेहरा इंद्रजीत के सीने में छुपाते हुए अपनी बाहों को उसकी गर्दन पर लपेट लिया। वो और हर्षा अब एक पल के लिए भी एक दूसरे से अलग नहीं होना चाहते थे इसलिए वो दोनों हाश्मी के साथ गाड़ी में आए और कुणाल, राधेश्याम और भास्कर अपनी गाड़ी में आए। भास्कर तो मुँह फुलाए बैठा था।

"मुझे बुआ के पास वापस जाना है!"

राधेश्याम समझाने के लहज़े में बोले

"भास्कर बेटा! क्या है कि वो जो शख्स कभी बुआ को मिला है वो उसी का इंतजार कर रही थी।"

मगर नन्हा भास्कर तो भी अपनी हाथ बांधे, मुँह फुलाए बैठा रहा। वो बार-बार ये बोल रहा था

"मुझे बुआ के पास जाना है!"

कुणाल ने उसकी बात ना सुनने के लिए अपने कानों पर हाथ रख लिया। जल्द ही वह सब लोग घर पहुँच गए।

*****

घर पहुँचकर हर्षा और इंद्रजीत एक सोफे पर बैठ गए। हर्षा के शरीर में दर्द हो रहा था। वो उसके करीब हो उसके शरीर से लिपट रही थी। इंद्रजीत को यह देखकर कुछ समझ नहीं आया। कुणाल उन लोगों के लिए चाय नाश्ता लेकर आया। अब चूंकि इंद्रजीत ने कुछ नहीं पूछा तो हाश्मी ने ही उन लोगों से पूछने का तय किया। उसने कुणाल से पूछा

"क्या आप बता सकते हैं कि क्या हो रहा है?"

कुणाल ने अपने बेटे को देखते हुए कहा

"भास्कर मेटा तुम जा के टीवी देखो।"

"मुझे वो नहीं चाहिए।"

उस छोटे से बच्चे ने त्योरियां चढ़ाकर हाथ कमर पर रख कर कहा तो सभी उसने देखने लगे। सबका ध्यान खुद पर पाकर भास्कर बोला

"मुझे बुआ चाहिए!!! चाहिए चाहिए!!!"

फिर वो इंद्रजीत की तरफ इशारा करते हुए बोला

"उनसे दूर हो जाओ। आपने मेरी बुआ को बहुत रुलाया है। अब वो मेरी हैं।"

कुणाल ने अपने चेहरे पर हाथ फेरा। लगता है उसका बेटा उसकी बेइज्जती करवाए बिना मानेगा नहीं। वो कुछ बोलने वाला था कि तब हाश्मी ने अपना फ़ोन निकाल कर उसमें एक गेम चला कर भास्कर को दिया

"बेटा तुम ये गेम खेलो। हम लोग थोड़ी बात करते हैं फिर तुम बुआ को रख लेना।"

"सच्ची!!"

बस हाश्मी के सिर हिलाते ही बच्चे की आँखों में चमक आ गई। उसने जैसे ही फ़ोन लिया। वो वहाँ से रफूचक्कर हो गया और अपने कमरे में जाकर गेम खेलने लगा। उस के जाने के बाद राधेश्याम और कुणाल के चेहरे से मुस्कान गायब हो गईं। उन्होंने हाश्मी की ओर गंभीरता से देखा। इंद्रजीत जिस की नजरें हर्षा पर ही थी वो बड़े ही आहिस्ता से हर्षा के पैरों को दबा रहा था। हर्षा शर्म के मारे उसे बार-बार रोकने के लिए कह रही थी क्योंकि कुणाल, राधेश्याम और हाश्मी उन्हें ही देख रहे थे।

मगर उसे कोई फर्क नहीं पड़ता कि कौन देख रहा है। उसे उसकी हर्षा मिल गई। वो उसे वापस मिल गई। वो भी सही सलामत। एक लंबे अरसे बाद उसका दिल फिर से धड़कने लगा है। सच में उसे कुछ नहीं अब बेजान या बेमतलब महसूस नहीं हो रहा है। सब कुछ बहुत रंगीन लग रहा है और उसकी छोटी से छोटी बात भी उसका ध्यान अपनी तरफ खींच रही है। कुणाल की आवाज से उसकी कल्पना की तंद्रा टूटी

"उसकी हालत अच्छी नहीं है। वो काफी कमजोर है।"

हाश्मी ने उसका ध्यान रखते हुए पूर्ण रूप से पूछा

"क्या बताना चाहेंगे कि क्या हुआ था? असल में हम काफी समय से हर्षा को ढूंढ रहे थे।"

कुणाल ने हां में सिर हिलाया और कहा

"दरअसल हुआ ये था कि जब हम लोग आप लोगों के शहर से जा रहे थे तब हमें हर्षा घायल मिली थी। हमने आसपास देखा मगर कोई भी दिखाई नहीं देर हा था। उसकी स्थिति बहुत खराब थी। हम समिट से

अपने घर जा रहें थे और हमें उसे अपने साथ ले जाने से पहले सभी तरफ देखा था पर वहां कोई भी नजर नहीं आ रहा था तो मुझे और कोई रास्ता नजर नहीं आया इसलिए मैं उसे अपने साथ ले आया। उस समय काफी हड़कंप मचा हुआ था। मुझे पता नहीं क्या कारण था इसलिए हम अपने रास्ते चल दिया। पुलिस ने हमें रोका नहीं था शायद कोई बड़ी घटना हो गई थी। हर्षा को यहाँ लाने के बाद मुझे पता चला कि उसके घाव काफी गहरे थे। मुझे ऐसा लग रहा था कि जो कुछ भी इस के साथ हुआ था वो किसी तरह की दुश्मनी का नतीजा था इसलिए मैं उसे अस्पताल ले जाने की गलती नहीं कर सकता था। मैं खुद को एक डॉक्टर हूँ इसलिए मैंने उसका घर पर रह कर ही इलाज शुरू किया था मगर उसके शरीर की चोट बहुत गहरी थी।"

हर्षा इस सब बात के दौरान चुप थीं मानो पूरी तरह से महसूस कर लेना चाहती हो कि इंद्रजीत उसके साथ है, उसके पास है। कुणाल ने अपनी बात जारी रखते हुए कहा

"लगातार उसके कई ऑपरेशन करने पड़े थे। कई कई घंटे बीत जाते थे। ऊपर से उसका काफी खून भी बह गया था। जब इसे पहली बार होश आया तब भी ये बहुत कमजोर थी। उठ कर चल भी नहीं पाती थी। तब भी पहली चीज़ जो उसकी ज़ुबान पर थीं वो तुम्हारा नाम था इंद्रजीत!"

इंद्रजीत ये सुन कर हैरान रह गया और उसने हर्षा को देखा जो उसे ही देख रही थी। कुणाल ने आगे कहा

"वो तो तुम्हारे पास जाना चाहती थी मगर एक डॉक्टर होने के नाते मैं अपने मरीज को ऐसे बीच रास्ते में नहीं जाने दे सकता था। मैंने उस से कहा कि कुछ महीने और लगेंगे इसे ठीक होने के लिए। इस वजह से वो होश में आने के बाद से हर दिन पूरी मेहनत करती थी। शायद इस की दृढ़ता का ही नतीजा था कि वो काफी जल्दी ठीक हो गई। सामान्यतः ऐसे केस में मरीज को काफी समय लगता है। पर तुम्हारे प्यार के कारण काफी जल्दी ठीक हो गई।"

सारी जानकारी देने के बाद कुणाल चुप हो गया। इंद्रजीत ने उन का तहे दिल से धन्यवाद दिया, हर्षा का ध्यान रखने के लिए और उसका इलाज करने के लिए। अच्छा ही हुआ जो वो यहां थी। यहां वो अनजान

जगह पर सुरक्षित थी वरना क्या पता जिसने पहले उस पर हमला किया था वो फिर कुछ कर देता।

*****

कुछ देर में भास्कर भी वहां आया और उसने सभी से कुछ बात की। साथ ही उसने हाश्मी का फोन भी वापस दे दिया जिसमें अब बस 10% ही बैटरी बची थी। हाश्मी ने हंसते हुए ना में सिर हिलाया

"तो इन्होंने इसलिए फोन वापस कर दिया!!"

ये सुनकर सभी हंसने लगे। भास्कर भी खिसियाते हुए उसे ही देख रहा था। कुणाल और राधेश्याम के कहने पर वो आज रात वहीं रुक गए। हाश्मी भी उनके साथ खाने की तैयारी करवाने लगा। इंद्रजीत हर्षा के कमरे में पहुंचा। सामान्य परिवार होने के बावजूद इस परिवार ने हर्षा का बहुत ध्यान रखा था। कुछ देर में इंद्रजीत और हर्षा खाना खाकर कमरे में चले गए। वो दोनो एक दूसरे की बाहों में बिना किसी वार्तालाप के लेटे रहे। वो बिना एक दूसरे को गहराई से छुए एक दूसरे के सांनिध्य का अहसास ले रहे थे। कब दोनो को नींद आई पता ही नही चला।

*****

वादे के मुताबिक अगली सुबह हर्षा जाने को तैयार थी। उसका नया परिवार दुःखी लग रहा था। भास्कर ने रोते हुए कहा

"बुआ! आप क्यों जा रहे हो? मत जाओ ना। मेरे साथ रहो।"

हर्षा की भी आंखें नम थी। उसने सिर हिलाया और नन्हे भास्कर के माथे को चूमते हुए बोली

"मुझे जाना ही होगा। जैसे ये मेरा परिवार है वो भी मेरा परिवार है। पर तुम चिंता मत करो। रक्षाबंधन, दिवाली आदि त्योहारों पर मैं जरूर मिलने आया करूंगी। और अगर तुम मुझसे मिलना चाहो तो तुम भी मुझसे मिलने आ सकते हो। मैं भी मौका मिलने पर सब से मिलने जरूर आऊंगी।"

भास्कर सहमत तो नही था पर फिर भी उसने हां में सिर हिलाया। कुणाल भी हर्षा के गले लगा और उसको ध्यान रखने के लिए कहा। उससे ज्यादा कुछ कहा ही नहीं गया क्योंकि वो भावुक हो रहा था। साथ ही उसने सारी दवाइयों और जो कुछ भी जांच भविष्य में करवाने होंगे इस के

बारे में हाश्मी को लिख कर दे दिया था। राधेश्याम ने भी वात्सल्य भाव से उसे विदा किया और भावी जीवन के लिए शुभकामनाएं दी। उसने हर्षा का ध्यान रखने के लिए इंद्रजीत को सख्ती से कहा। ये देख कर इंद्रजीत भी हल्का सा मुस्कुरा दिया। ये सच में सच्चा स्नेह है। हर्षा खट्टी मीठी यादों के साथ उसके घर से विदा हुई जो पिछले डेढ़ साल से उसका अपना घर बना हुआ था। उसने वादा किया कि उन लोगों के साथ संपर्क में रहेगी।

*****

कुछ देर के सफर के बाद वो एक होटल में रुके। अंदर आकर वो एक कोने वाली वी आई पी टेबल पर आकर बैठ गया। कुछ देर में उनका खाना भी आ गया। उन दोनो ने एक दूसरे की पसंद का खाना बनाया था। इंद्रजीत और हर्षा चुपचाप एक दूसरे के खाने का आनंद उठा रहे थे। कुछ देर बाद वो वहां से रवाना हुए। इस पूरे समय हर्षा ही थी जो कुछ ना कुछ कह रही थी नहीं तो इंद्रजीत तो बस चुप ही था। हाश्मी और राम आगे बैठे उन दोनों को सरसरी निगाहों से देख रहे थे। काफी देर के सफर के बाद इंद्रजीत आहिस्ता से उसके हाथ सहलाते हुए बोला

"मुझे माफ़ करना हर्षा!"

हर्षा ने अचानक उसकी आवाज सुनकर उसे चौंक कर देखा। वो आगे बोला

"मैं नहीं जानता मैं इतने गुस्से में क्यों आया कि मेरे सोचने समझने की क्षमता, मेरा विवेक नष्ट हो गया और मैं तुम्हें उस हालत में छोड़ कर भाग गया। मुझे माफ़ कर दो!"

हर्षा ने उस के हाथ को अपने मुँह के करीब किया और चूमते हुए बोली

"बिल्कुल नहीं। तुम्हें मुझसे माफी मांग ने की जरूरत नहीं है। अगर तुम्हारी जगह मैं भी होती है और किसी ने तुम्हारा ये हाल क्या होता है तो मैं भी पहले उस शख्स को पकड़ कर सजा देने का सोच रही होती क्योंकि उस समय मेरा मकसद गुनहगारों को पकड़ना होता। मैं तुम से नाराज नहीं हूँ। सच में।"

इंद्रजीत ने अपनी आंखें बंद की और गहरी सांस लेकर हर्षा की ओर देखने लगा। तभी हाश्मी ने कहा

"हमें जाने में थोड़ा समय लगेगा तुम चाहो तो कुछ देर सो सकते हो।"

हर्षा को काफी थकान महसूस हो रही थी। उसने आवश्यकता में सिर हिलाया और आँखें बंद कर फिर इंद्रजीत की गोद में सिर रखकर लेट गयी। पर काफी देर कोशिश करने के बाद भी उसे कोई आरामदायक स्थान नहीं मिल रही थी। उसे इस तरह कसमसाते देख इंद्रजीत ने उस से कहा

"तुम ठहरो!"

इंद्रजीत ने अपने पांव सीट पर फैला लिए क्योंकि वो लम्बा चौड़ा है इसलिए वो पीछे की पूरी सीट को घेरे हुए था। हर्षा सीट से थोड़ा ऊंचा उठकर उसकी क्रियाओं को देख रही थी। इंद्रजीत ने अपने जूते भी खोल दिए थे। उसने अपना बेल्ट भी खोल दिया। फिर उसने हर्षा को अपनी गोद में चढ़ने के लिए कहा। हर्षा भी मुस्कुराते हुए उसकी गोद में चढ़ गई। दरअसल चोटिल होने के बाद उसका वजन भी काफी कम हो गया था। उसके अपने ऊपर लेटते ही इंद्रजीत ने बाहों में भरते हुए उसके माथे को चूम लिया। हर्षा के चेहरे पर मुस्कान तैर गई। उसने धीरे से उसके सीने को चूम लिया और फिर उसकी धड़कन को सुनते हुए अपना सिर वहां टीका लिया। ये पहली बार था जब वो किसी पुरुष के स्पर्श को इतनी नजदीकी से महसूस कर रही थी। उसे ऐसा लगा जैसे इंद्रजीत उसे हर परेशानी से सुरक्षित कर लेना चाहता था। ऐसा था भी। इंद्रजीत अब यही सोच रहा था कि कैसे वो हर्षा को हमेशा सुरक्षित रखेगा। साथ ही इंद्रजीत को ये भी संतुष्टि करनी थी कि वाकई हर्षा उसके पास है और उसकी हर्षा, उसका प्यार भी उससे प्यार करती है। इन्ही सब ख्यालों में खोया इंद्रजीत भी हर्षा के साथ ही नींद के आगोश में चला गया। उसे याद नहीं आखिरी बार वो कब अच्छे से सोया था मगर आज से बेहद सुकून महसूस हो रहा था।

करीब डेढ़ घंटे बाद उसे जाग आ गई। हालांकि ये स्थिति सहज नहीं थी फिर भी उसके शरीर में आराम था। उसने हर्षा को देखा जो हल्का मुंह खोलकर सो रही थी। कभी कभी वो नींद में हरकत करती और इंद्रजीत की कमर पर अपनी पकड़ कस देती। अवचेतन मन में भी उसके यही बात चल रही थी। शायद किस्मत ही उसे आज कोटा लेकर आई थी।

चंबल घाट पर उसने हर्षा को देखा था तो सिर्फ वही जानता है कि उसकी मनोदशा क्या थी। सब नियति का खेल होता है। अगर उनकी मुलाकात नहीं होती या वो अपनी ही अवधारणा पर चलते हुए वापस लौट आता तो वो सब कुछ खो देता। या अगर वो इधर उधर हो गई होती तो वो कभी उसे ढूंढ ही नही पाता। मगर शायद नियति को यही मंजूर था कि वो दोनों मिल जाएं। इंद्रजीत का दिल हर्षा की स्थिति देखकर टूट रहा था। निश्चित तौर पर उस परिवार में हर्षा का बहुत ध्यान रखा गया था वरना वो इतनी जल्दी ठीक नहीं हो पाती। उन के कहने के मुताबिक हर्षा इंद्रजीत को याद किया करती थीं। वो धीरे से बुदबुदाया

"आखिरी ये लड़की मुझसे कितना प्यार करती है?"

उसने उसके माथे को चूम लिया। उसके मन में हर्षा के लिए चिंता थी पर बेहिसाब प्यार भी था जो हिलोरे मार रहा था। वो किसी प्यासे पथिक की तरह शीतल जल से भरे कुएं को देख रहा था। पहले उसे सिर्फ 1% अंदेशा था कि हर्षा जीवित होगी मगर अब जब वो उसके ठीक सामने है तो वो उसकी स्थिति को नज़रअन्दाज़ नहीं कर सकता। हर्षा के सो जाने की पुष्टि होने के बाद इंद्रजीत हाश्मी की तरफ मुड़ा और बोला

"हाश्मी तुम ने हर्षा की रिपोर्ट देखी! क्या कुणाल ने कुछ महत्वपूर्ण बात बताई है जो हमें पता होना चाहिए!"

हाश्मी ने रिपोर्ट को खोल कर पढ़ना शुरू किया

"हर्षा के शरीर में कमजोरी है और उसे कुछ हल्का उठाने की जरूरत पड़ेगी! इस के अलावा इसका ज्यादा देर तक चलने फिरने से मना किया है। रिपोर्ट्स का कहना है कि इसे कुछ हल्की फुल्की एक्सरसाइज भी करवानी है पर ज्यादा चलवाना नहीं है ज्यादा चलने से इस की हड्डियों के जोड़ पर दबाव पड़ेगा। हर्षा की काफी हड्डियों में फ्रैक्चर हो गया है।"

इंद्रजीत ने अपनी आंखें बंद कर ली। वो समझ नही पा रहा था कि आख़िर उसने ये दर्द कैसे सहा होगा। उसे अभी तक ये नहीं पता चला है कि उन लोगों ने हर्षा साथ इस तरह की दुश्मनी क्यों निकाली या ये सब किसके कहने से किया गया है। वो इस बात को नकार नहीं सकता कि हर्षा के नए परिवार ने ख़ासकर कुणाल ने उसका बहुत ख़्याल रखा है। शायद वो इतनी अच्छे से उसकी देखभाल नहीं कर सकता था। हाश्मी

ने उसे हर्षा की अंदरूनी चोटों के बारे में भी बताया। इंद्रजीत ने सीट के सहारे अपना सिर टिका दिया। हाश्मी उसे ही देख रहा था। वो कल्पना भी नहीं करना चाहता अगर कुणाल और उसका परिवार हर्षा का ध्यान नहीं रखते तो फिर हर्षा....

"नहीं नहीं!"

उसने ना में सिर हिलाया। वो कुछ नकारात्मक नहीं सोचना चाहता। हर्षा इलाज के अभाव में दम तोड़ चुकी होती तो इंद्रजीत पक्का पागल हो चुका होता। खैर जो होता है अच्छे के लिए होता है। वो भगवान का लाख लाख धन्यवाद देता है कि हर्षा बिलकुल ठीक है।

*****

रात के करीब 11:30 बज रहे थे। इंद्रजीत ने अपने फ़ोन को देखा। फिर उसने एक नजर अपनी बाहों में सो रही जान को देखा। उसने हाश्मी से पूछा

"जयपुर पहुंचने में और कितना समय लगेगा?"

हाश्मी ने राम को देखा और फिर घड़ी देखते हुए कहा

"अभी घंटाभर और लगेगा!"

इंद्रजीत हां में सिर हिलाते हुए बोला

"ठीक है तो यहां के किसी अच्छे और सुरक्षित होटल में रुको!"

हाश्मी ने मुड़कर उसे देखा तो इंद्रजीत ने हां में सिर हिलाया। कुछ समय में वो द फर्न होटल में पहुंचे। ये जयपुर कोटा हाइवे पर था। उनकी रेंज रोवर अंदर आई। हाश्मी पहले अंदर गया। दरअसल थोड़े दिन पहले ही एक मीटिंग के लिए वो यहां आया था और यहां के मालिक के साथ उसने एक डील की थी। उसी का एक हिस्सा ये भी था कि इंद्रजीत यहां कभी भी आ सकता है और उसे पूरी सुरक्षा दी जाएगी। हाश्मी ने आकर बताया कि सब ठीक है तो इंद्रजीत सावधानी से हर्षा को बैठाकर बाहर निकला। फिर उसने उठाने की कोशिश की

"हर्षा! जान! उठो!"

हर्षा ने अलसाई आँखें खोली। फिर वो कसमसाई और अपनी बाहें फैलाए हुए उसे गोद लेने का इशारा किया। उसके इशारा करते ही इंद्रजीत मुस्कुराते हुए आगे आया। उसने हर्षा को अपनी गोद में उठा लिया। हर्षा

ने मुस्कुराते हुए अपना चेहरा इंद्रजीत के सीने में छुपा लिया। हाश्मी और राम तो मुंह खोले उसे देख रहे थे। ये इंद्रजीत का स्टाइल नही था। जैसे ही वो दरवाजे पर पहुंचे द फर्न का मैनेजर वहां अपने कुछ लोगों के साथ स्वागत के लिए खड़ा था। वो लोग भी हैरानी से इंद्रजीत को देख रहे थे।

आजतक जिसने भी उसे करीब से देखा था उसे इंद्रजीत के हाथों में बंदूक ही दिखाई दी थी। आज पहली बार उसकी बाहों में एक लड़की थी। हो ना हो ये लड़की उसकी कोई बेहद करीबी है। वहां स्टाफ की लड़कियां तो आहें भरते हुए इंद्रजीत को देख रही थी। ये सच है कि इंद्रजीत का जितना खौफ है, जितना वो अपनी निर्दयता के लिए जाना जाता है उतना ही वो लड़कियों में प्रसिद्ध था। लड़कियों के लिए वो वाटपैड के फिक्शनल मैन की तरह ही था।

लंबा, ताकतवर, एक दुःख भरा इतिहास, पैसा, शोहरत, ताकत, भावहीन चेहरा, माफिया और सबसे बड़ी बात वो लड़कियों को देखता तक नहीं था ना अपनी शारीरिक जरूरतों के लिए उनका इस्तेमाल करता था। उसकी यही खूबियां उसे मोस्ट एलिजिबल बैचलर ऑफ इंडिया की सूची में स्थान देती है।

सभी को उसके परिवार से जुड़े हादसे के बारे में पता था तो ये उसकी बहन तो हो नहीं सकती। क्या ये उसकी प्रेमिका है? उनके मन में यही बात चल रही थी। मैनेजर ने जल्दी से उसका स्वागत किया और खुद उसे अपने सबसे शानदार सुइट में ले गया। हाश्मी और राम भी उससे विदा लेकर अपने कमरे में चले गए।

*****

इंद्रजीत ने प्यार से हर्षा को बिस्तर पर लेटाया फिर उसने अपने जूते खोले और सिर्फ़ पैंट में आकर हर्षा के पास लेट गया। उसने पिस्तौल अपने सिहराने रख ली थी। उसने हर्षा को देखा जो छोटे बच्चों की तरह सो रही थी। उसने अपने हाथ को उसके चेहरे के करीब किया फिर प्यार से उसके बाल सहलाने लगा। उसे अचानक ही वो घटना याद आने लगी।

करीब 6 साल पहले जब वो उस छोटे से गांव के अस्पताल में था तब उसका जन्मदिन आया था। 16 मई। वो बहुत उदास था। एक तो उसे वैसे ही अपना जन्मदिन पसंद नही था ऊपर से तब उसने अपने एक करीबी

दोस्त लक्षित को भी खो दिया था। फिर उसे अपने परिवार की भी याद आ रही थी। बचपन में उसका पूरा परिवार इकट्ठा हो कर उसका जन्मदिन मनाया करता था और अब उनकी अनुपस्थिति में हो अपना जन्मदिन मनाना नहीं चाहता था। पर हर्षा का कहना था कि दुःख तो आते जाते रहते हैं पर हमें खुशियों के अवसर जाने नही देने चाहिए। ना जाने कब वो लौटें।

हर्षा उसे जबरदस्ती उस जगह ले गई थी, यहां इंद्रजीत के आस पास काफी खाली जगह थी। हर्षा ने वहां जगह कर एक टेबल पर केक रखा था और उससे केक काटने का कहा था। उसने आस पास भी सजावट की हुई थी। इंद्रजीत करना तो नही चाहता था पर वो हर्षा को माना भी नहीं कर पाया था क्योंकि उसने उसके लिए इतनी तैयारी की थी। फिर उसने सबसे पहले कुछ केक के टुकड़ों को पक्षियों के लिए डाला था। इंद्रजीत ने इसका कारण पूछा

"तुमने ऐसा क्यों किया?"

हर्षा ने मुस्कुरा कर कहा

"देखो यहां कितने तरह के पक्षी है। वहां कमेड़ी भी है। ये शांति का प्रतीक होती है। वैसे भी यूं कहा जाता है कि किसी भी खाने की पहली गास पक्षियों को देनी चाहिए। वो हमारे मृत परिवार जनों तक उसे पहुंचने का काम करते है और अपने भविष्य को बनाने का भी काम करते है।"

इंद्रजीत ने पहली बार मुस्कुराते हुए हां में सिर हिलाया था और फिर जोर जोर से खिलखिलाने लगा था। फिर हर्षा ने उसके लिए जन्मदिवस गीत भी गाया था

"आज तुम्हे जन्म दिवस की मंगलमय बेला आई है!!"

फिर उसने उसे भी एक डायरी देते हुए कहा था कि कभी उसे लगे कि कोई उसकी बातें सुनने या समझने वाला नही है तो उसे इस डायरी के जरिए खुद से ही बातें कर लेनी चाहिए। इंद्रजीत ने ना में सिर हिलाया। उससे वो डायरी खो गई थी। उसने उसे ढूंढने की बहुत कोशिश की थी। अब जाकर उसे समझ आ रहा है कि हर्षा ये बात अनुभव से कह रही थी। वो उसका दिया पहला तोहफा था पर वो उसे संभाल कर ना रख सका। यही सब सोचते सोचते उसको कब नींद आ गई पता ही नही चला।

*****

इधर हाश्मी रात के 12 बजे नुसरत को फोन कर बता रहा था कि कैसे उन्हें कोटा में हर्षा मिली। नुसरत को भी ये जान कर बहुत खुशी हुई। वो जानती है, इंद्रजीत ने हर्षा की अनुपस्थिति में अपना क्या हाल बना लिया था। वो ये जानकर भी हैरान हुई कि उसकी हालत अभी भी अच्छी नहीं है। हाश्मी से कुछ देर बात करने के बाद वो घर में बने पूजाघर में गई और एक दिया जलते हुए बोली

"हे भगवान अब उन दोनो के साथ कुछ गलत ना हो और वो एक दूसरे से जुदा ना हो!"

उसने खुद से कहा

"मुझे हर्षा के घर आने की खुशी में गृह प्रवेश की तैयारी करनी चाहिए!!"

*****

सुबह हुई तो इंद्रजीत की आंख कुछ हरकत से खुल गई। उसने देखा वो हर्षा को गले लगाए सोए हुए है। उसका हाथ हर्षा की कमर पर है और हर्षा ही नींद में छटपटा रही है। शायद वो किसी तरह का बुरा सपना देख रही थी। वो बस बार बार ना में सिर हिला रही थी। इंद्रजीत थोड़ा घबरा गया। वो उसके गाल थपथपाते हुए बोला

"हर्षा! हर्षा! उठो! देखो सब ठीक है! मैं यहां हूँ तुम्हारे पास!"

उसने हर्षा के बालों को सहलाना शुरू किया। साथ ही वो उसे अपने करीब करते हुए बुदबुदाया

"आखिर उसे किस चीज का सपना आ रहा है?"

कुछ देर बाद हर्षा अचानक जाग गई। जब उसने अपने आपको किसी की बाहों में देखा तो और परेशान हो गई। फिर जब उसने गहरी सांस ली तब उसे अहसास हुआ कि ये तो इंद्रजीत है। वो उसके और करीब हो गई। थोड़ी देर बाद वो सामान्य हुई तब उसे अहसास हुआ कि थोड़ी धूप निकल आई है। उसने नजर उठाकर इंद्रजीत को देखा। वो बुदबुदाई

"तो ये सपना नहीं था। सच था! मैंने इंद्रजीत को चुना!!"

तभी उसका ध्यान उसकी स्थिति पर गया। उसने एक झटके से इंद्रजीत को धक्का दिया। इंद्रजीत उससे थोड़ा दूर हो उसे हैरानी से देख

रहा था। उसे समझ नही आया वो ऐसी हरकत क्यों कर रही है। वो कुछ पूछ पता उससे पहले ही दरवाजे पर दस्तक हुई। इंद्रजीत एक गहरी सांस लेकर दरवाजे पर पहुंचा। दरवाजा खोलने पर उसने देखा कि वहां तो एक रूम सर्विस है। उसे इस तरह तिलमिलाया हुआ देख कर वो रूम सर्विस वाला हड़बड़ाते हुए ट्रॉली दिखाते हुए बोला

"वो... वो... वो हाश्मी सर ने... कहा था कि 6:30 पर... आपको नाश्ता देना है..."

इंद्रजीत ने एक बार अपना सिर मसला और फिर सहमति जताते हुए हैं ट्रॉली अंदर करने दी। उस रूम सर्विस वाले लड़के ने देखा कि इंद्रजीत बस पैंट में है और उसके सीने पर कुछ निशान भी है। वो तेज़ी से वहां से निकल गया क्योंकि उसे गप्पे के लिए एक मुद्दा जो मिल गया था। उसने पहले व्यक्ति को ही जल्दी से कहा

"अरे तुम्हें पता है वो इंद्रजीत सर है ना, उनका और उस लड़की बहुत करीबी रिश्ता है। मैं इसके सबूत खुद अपनी आँखों से देखे हैं।"

बस अब ये खबर पूरे होटल स्टाफ में पहुंच गई।

*****

इधर अपने लिए उड़ती अफवाहों से अनजान इंद्रजीत ने ट्रॉली को थोड़ा आगे किया और करे में आया। हर्षा खोई खोई बिस्तर पर बैठी थी। उसने उसके सामने हाथ हिलाते हुए कहा

"हर्षा? क्या हुआ?"

हर्षा ने एक नजर उसे देखा तो जोर से चिल्लाते हुए अपनी आँखों पर हाथ रखते हुए बोली

"भोलेनाथ! ये मैने क्या देख लिया। अब मुझे गंगा जल की जरूरत पड़ेगी।"

फिर उंगलियों के बीच से जगह बनाकर उसे देखने लगी। अचानक वो उठी और आँखें फाड़ कर इंद्रजीत के तराशे हुए शरीर को देखने लगी। इंद्रजीत को कुछ समझ नहीं आ रहा था कि यहां क्या हो रहा है। कहीं सपने का बुरा असर हर्षा के दिमाग पर तो नही पड़ा? हर्षा खुद से बोली

"अपने होने वाले पति को देखने में कैसी शर्म?"

हर्षा उसे निहारने लगी। भारतीय मानक के अनुसार आकर्षक चेहरा, कंधे की उभरी हुई मांसपेशियां, मजबूत बाजू जिनसे वो उसे आसानी से उठा सकता है (अहम, उठाया भी था बस हमारी हर्षा को याद नहीं है।), भारतीय शारीरिक बनावट और उस पर उकेरे हुए टैटू। वो उस बांह के घाव को अभी भी वो पहचान सकती है। इंद्रजीत ने हाथ बांधे और फिर गला साफ किया तो उसे निहार रही हर्षा को होश आ गया। उसने शरमाते हुए अपना सिर नीचे झुका लिया। वो उठने लगी तो अचानक ही उसे चक्कर आ गए। तभी इंद्रजीत उसके पास तेज़ी से आया और उसे पानी पिलाते हुए बोली

"मेरी जान। अपने आप पर इतना बोझ मत डालो। आराम से उठो। जाओ स्नान आदि से निवृत हो जाओ! नाश्ता आ गया हैं।"

हर्षा उसे ही देख रही थी। अचानक उसने हां में सिर हिलाते हुए कहा

"तुम दिल के बहुत अच्छे हो इंद्र। काश दुनियां तुम्हें मेरी नजर से देख सके।"

इंद्रजीत उसके करीब आते हुए बोला

"मुझे किसी और से कोई फर्क नही पड़ता। मेरे लिए सिर्फ तुम्हारे विचार मायने रखते हैं।"

हर्षा मुस्कुरा दी। इंद्रजीत ने प्यार से उसे देखा तो हर्षा को अपने पेट में तितलियां उड़ती महसूस हुई। उसने नज़रें नीची कर ली। अब इंद्रजीत उसके करीब आ रहा था। हालांकि उसके भी कान लाल हो रहे थे क्योंकि उसे भी शर्म आ रही थी। तभी हर्षा बाथरूम में भाग गई। फिर वो नहाकर ही बाहर निकली। इंद्रजीत भी खिलखिला उठा। वापस आने के बाद वो खाना लेने के लिए आगे बढ़ने वाली थी कि इंद्रजीत ने उसे शांति से बैठना का कहा और फिर खुद ही उसे बिस्तर पर बैठा कर खाना खिलाया। हर्षा पूरे समय उसे ही देखती रही। बीच बीच में वो उसे भी कुछ ना कुछ खिला रही थी। इंद्रजीत काफी गंभीर लगा रहा था। उसे ऐसा देख हर्षा अचानक से खिलखिला कर हंस पड़ीं। इंद्रजीत बोला

"तुम किस बात पर हंस रही हो?"

"सोच रही हूँ अगर मेरे बीमार होने की वजह से तुम मुझे खाना खिला रहे हो तो मैं फिर से उतनी ही बीमार हो जाती हूं!"

"हर्षा!!!"

इंद्रजीत एक दम से गुस्से में बोला

"भूल के भी ये बात दुबारा मत कहना! तुम्हारी जो इच्छा है वो मुझसे कहना! मैं पूरी करूंगा! खाना खिलाना या गोद में उठाना। बस ये दुबारा मत कहना!"

उसकी चेतावनी सुन कर हर्षा के चेहरे से भी मुस्कुराहट गायब हो गई। वो गंभीरता से उसको देखते बोली

"तुम चिंता मत करो! मेरा कोई इरादा नहीं है पूरी जिंदगी तुम्हें इस तरह परेशान करने का!"

फिर थोड़ा रुककर बोली

"और भी तरीके से परेशान करने का इरादा है!"

खाना खाने के बाद हर्षा को इंद्रजीत ने दवाइयां दी। हर्षा की आँखों में नींद नहीं थी इसलिए वो इंद्रजीत के पास बैठ गई। इंद्रजीत जनता है कि राम काफी समय से गाड़ी चला रहा था। वो उम्र में भी उसे बड़ा है तो उसने फैसला किया कि वो 9 , 10 बजे चलेंगे। इंद्रजीत ने टीवी शुरु किया तो उस पर पर प्रेम प्यार से जुड़े गाने और फिल्में आ रहे थे। इंद्रजीत ने चैनल बदला तो गाना बजने लगा

"तेरे संग यारा। खुश रंग बहारा। तू रात सुहानी मैं नजर विस्तार!"

इंद्रजीत ने अगला चैनल बदलने की कोशिश की तो अगला गाना बज उठा

"सपना जहाँ दस्तक ना दे!!"

क्योंकि वो दोनों गाने ही उनकी स्थिति पर सटीकता से बैठते थे इसलिए इंद्रजीत के कान शर्म से लाल होने लगे। हर्षा कुछ सोचते हुए बोली

"क्या तुम्हें जब शर्म आती है तो तुम्हारे गाल लाल हो जाते हैं?"

इंद्रजीत ने तेजी से हर्षा की तरफ देखा और जल्दी जल्दी अपना सिर ना में हिला दिया

"नहीं न नहीं ऐसा कुछ नहीं है!"

मगर उसके हकलाने से हर्षा समझ गयी कि ऐसा ही होता है। वो खिलखिलाकर हंसने लगी। फिर खुद को इंद्रजीत के शरीर से चिपकते

हुए बोली

"पर तुम ऐसे बहुत प्यारे लग रहे हो! ऐसा है ना एक खतरनाक डॉन एक शर्मीली लड़की की तरह शर्मा रह है! सोचो लोगों को जब ये पता चलेगा तब क्या होगा?"

यह सुनते ही इंद्रजीत के गाल और लाल होने लगे हैं पर वो हकलाते हुए बोला

"क्या... क्या कह रही हो? ऐसा कुछ भी नहीं है!"

"अच्छा!!!"

हर्षा ने उसके गाल खींचे तो उसने अपना चेहरा हर्षा की गर्दन में छुपा लिया। कुछ देर तक वो ऐसे ही बैठे रहे। इंद्रजीत की तेज़ सांसें उसे कुछ अलग महसूस करवा रही थी। उसने गला साफ करते हुए गंभीरता से पूछना

"हम लोग अभी कहां है"

"होटल में! तुम सो गई थी और मुझे लगा हमें भी आराम करना चाहिए!"

"तो इसके बाद हम क्या करने वाले हैं?"

इंद्रजीत सोचते हुए बोला

"पहले मैं तुम्हें कल सुबह सुबह डॉक्टर कौशल के यहाँ लेकर जाऊंगा। पहले तुम्हारी अच्छे से जांच कर लेंगे और वो तय करेंगे कि तुम ठीक हो और घर जा सकते हो तो हम लोग घर चलेंगे।"

हर्षा ने इंद्रजीत को देखा और बोली

"फिर मुझे लेकर अपने घर चलोगे!"

इंद्रजीत थोड़ा हैरान हुआ और बोला

"मतलब!"

हर्षा ने फिर से उसका गाल खींचते हुए कहा

"जहाँ तुम वहां मैं! जहाँ तुम्हारा घर है वहां मेरा भी घर है।"

इंद्रजीत की आँखों में हल्की नमी आ गई। हर्षा ने उसके चेहरे को अपने हाथ में लिया और प्यार से उसके माथे को चूमते हुए कहा

"तुम मेरा परिवार हो, जान!!"

कुछ देर तक वो लोग वैसे ही बैठे रहे फिर इंद्रजीत ने उससे पूछा

"क्या मैं तुम्हारी गोद में सिर रख सकता हूं?"

हर्षा ने भी हां में सिर हिला दिया। इंद्रजीत ने हर्षा की गोद में अपना सिर रख लिया। हर्षा उसके बालों में हाथ फिराने लगी। हर्षा के चेहरे पर शांत भाव थे। इंद्रजीत ने अचानक पूछा

"तुम मुझसे पहली बार कहाँ मिली थी, हर्षा? तुम मुझसे पहली बार मेरे ऑफिस के सामने नहीं मिली थी ना?"

हर्षा के चेहरे के भाव गायब हो गए और वह गंभीर होते हुए बोली

"हाँ मैं तुम से ऑफिस से बाहर पहली बार नहीं मिली थी!"

इंद्रजीत ने थोड़ा सा हैरान हो कर हर्षा की ओर देखा। उसे लगा था कि हर्षा इनकार करेगी या बिल्कुल ही मना करेगी कि ऐसा कुछ भी नहीं है लेकिन निश्चित है हर्षा झूठ नहीं बोल सकती। ये उसकी सबसे बड़ी कमजोरियों में से एक है। उसने उसकी आँखों में देखते हुए पूछा

"इंद्रजीत! तुम्हें 4 साल पहले की सब चीजें याद आ गई?"

इंद्रजीत ने थोड़ा हिचकिचाते हुए हां में सिर हिलाया और बोला

"हाँ! बीते दिनों ही सब याद आया! जब मिहिका की मौत हुई!"

हर्षा यह सुन कर चुप हो गई। दोनो काफी देर तक शांत रहे। वो दुःखी लग रही थी। इंद्रजीत ने उसके हाथ को अपने हाथ में लेते हुए कहा

"क्या सोच रही हो? परेशान मत हो! उसे मरे हुए एक साल होने को आया है। जब तुम गायब थी तब मुझे मिहिका के बारे पता चला था। मुझे लगा था कि शायद तुम किसी कारण से गायब हुई हो। और ये भी लगा था कि तुम ही मिहिका हो!"

हर्षा ने फिर भी कुछ नहीं कहा तो वो उठ बैठा। उसने उसकी तरफ देखते हुए पूछा

"क्या हुआ? तुम नाराज हो?"

हर्षा ने ना में सिर हिलाया और मुस्कराते हुए बोली

"सोच रही हूँ उसने मेरी बातों पर ध्यान क्यों नहीं दिया। मुझे लगा था कि वह समझ जाएगी कि शायद वो आगे बढ़ सकती है पर शायद तुम्हारी मौत का सदमा उसके लिए ज्यादा खतरनाक था। तो तुम्हें यह सब कुछ याद आ गया?"

उसने ये प्रश्न इंद्रजीत से पूछा मानो किसी खास बात के बारे में पूछ रही हो। इंद्रजीत ने हल्का हल्का याद करते हुए जो जो उसे याद आया था और पता चला था वो सब बता दिया। अचानक उसे हर्षा की आँखों में कुछ दिखाई दिया मानों और भी कुछ था जो उसने अभी भी नहीं सुना। हर्षा नजरें नीची कर बोली

"चलो अच्छी बात है आखिरकार तुम्हें याद आया कि हमारी पहली मुलाकात कहाँ हुई थी!"

इंद्रजीत ने चेहरे पर संतोष दिखने लगा और बोला

"तुम्हारा शुक्रिया हर्षा! अगर उस समय तुम मुझे नहीं बचाती तो शायद मैं जिंदा ही नहीं होता।"

"ना!!! शुक्रिया कैसा! जब मैंने पहली बार तुम्हें वहां फसे देखा था तभी तय कर लिया था कि तुम्हारी आँखों के वो खालीपन भरे भावों को दूर कर दूंगी। जब तुम कार में अटक गए थे तुम निराश होने वाले थे। उस से पहले भी तुम्हारी आँखों में मौत के लिए कोई डर नहीं था। ऐसा लग रहा था जैसे वो तुम अपना सब कुछ खो होने के कारण तुम्हारा दिल पत्थर का हो गया। जैसे तुम्हें किसी चीज़ से कोई मतलब नहीं है। भले ही वहां तुम स्वयं मर जाते हैं।"

ये बोलते बोलते वो अचानक रुक गई। ऐसा लग रहा था जैसे वो कुछ और ही सोच रही है। किसी और ही तंद्रा में खो गई है। पर इंद्रजीत का ध्यान इस बात पर नहीं था। वो उस से अभी भी बात कर रहा था

"एक बात समझ नहीं आई! तुम चुप के से मिहिका से कैसे मिलने गई थी?"

हर्षा पलके झपकाते हुए बोली

"तुम से उसके बारे में पता चलने के बाद मैंने उसे तुम्हारे बारे में सब बताने की कोशिश की मगर उसका स्वास्थ्य बिगड़ गया था।"

"अच्छा!!"

दोनो में कुछ देर और बात हुई। फिर दोनो ही सुकून भरी शांति में 10 बजने का इंतजार करने लगे।

*****

इंद्रजीत ने कसमसाते हुए अपनी हाथ घड़ी देखी! 10:15 हो गए थे। उसे पता ही नहीं चला कि कब उसे झपकी आ गई। उसने उठने की कोशिश को तो अपने ऊपर वजन महसूस हुआ। उसने देखा हर्षा उसके ऊपर सो रही है। उसका चेहरा इंद्रजीत के सीने पर है। उसने उसके गालों को छुआ तो हर्षा की भी नींद खुल गई। उसने भी अपनी स्थिति देखी। इस बार उसने इंद्रजीत को धक्का नहीं दिया क्योंकि वो इंद्रजीत की आँखों में खो गई थी जो उसे बड़ी ही शिद्दत से देख रही थी। तंद्रा में लीन इंद्रजीत के हाथ हर्षा की कमर पर जा टिके। अचानक हुए स्पर्श से हर्षा सहसा ही शर्मा गई पर उसने उसके हाथ को दूर नही किया। ऐसा नहीं था कि हर्षा पहले नही शरमाई थी पर इंद्रजीत के लिए ये वो दुर्लभ मौका था जो बहुत कम आता है। हर्षा का मिजाज शर्माने का नहीं था। फिर भी इंद्रजीत के दिल में एक अजीब सी हलचल हुई ये सोचकर कि उसका हर्षा पर इस तरह का असर है। उसने गला साफ करते हुए कहा

"शायद अब हमें नीचे चलना चाहिए!"

हर्षा ने भी सहमति जताई और दोनो जल्दी ही नीचे पहुंच गए। राम और हाश्मी भी बस कुछ देर पहले ही आए थे। जल्दी ही उन्होंने आगे का सफर शुरू किया।

*****

वो लोग सीधे ही डॉक्टर कौशल के पास पहुंच गए। हाश्मी ने पहले ही हर्षा की सारी रिपोर्ट्स उसे भिजवा दी थी। कौशल ने कुछ मामूली जांच करने के बाद इंद्रजीत को कहा

"वो अभी काफी ठीक है। हर्षा के शरीर की कमजोरी को पूरा करने के लिए कुछ विटामिन और टॉनिक लिख रहा हूं। बाकी कुछ खास परेशानी नहीं है। आराम करने से वो बिल्कुल ठीक हो जाएगी है। वैसे अभी उसे डिहाइड्रेशन हो गया है। बेहतर रहेगा अगर उसे ड्रिप चढ़ा दी जाए।"

हर्षा भी अपना ब्लड सैंपल देने के बाद वहां आई। इंद्रजीत को याद है की उसे चक्कर आया था। वो कोई जोखिम नहीं लेना चाहता। कौशल ने उसके सिर हिलाने ही हर्षा को वीआईपी रूम में भर्ती किया और आइवी जोड़ दी। इंद्रजीत यहां पहले भी आया है इसलिए वहां के स्टाफ के पुराने लोग उसे जानते है। वो भी उसका अभिवादन कर रहे थे। पर उनमें भी डर

ज्यादा था। इंद्रजीत हर्षा को देख रहा था। नर्स ड्रिप लगाने के बाद चली गई। इंद्रजीत ने कौशल से कहा

"इसे नींद बहुत आ रही है! क्या ये नॉर्मल है?"

कौशल ने सहमति में सिर हिलाते हुए कहा

"हां! हमारा शरीर खुद को ठीक करता है। इसे ऑटो फेजी कहते हैं। वैसे भी किसी बड़े हादसे या जख्म के बाद डॉक्टर यही कोशिश करते हैं कि मरीज को ज्यादा से ज्यादा नींद मिले।"

इंद्रजीत ने हां में सिर हिलाया। हर्षा की आँखों में फिर नींद दिखाई दे रही थी। तभी इंद्रजीत को एक जानी पहचानी आवाज आई।

"क्या हर्षा यहां है?"

इंद्रजीत ने देखा नुसरत यहां आ गई थी। हाश्मी उसके साथ साथ चल रहा था। इंद्रजीत ने सहमति जताई तो वो सीधा ही अंदर घुस गई। वो उसे रोक भी नहीं पाया कि हर्षा को नींद आने वाली है। हाश्मी उसके भाव समझते हुए बोला

"भाई औरतें बड़ी अजीब होती हैं। कभी आपकी सब बात सुनती हैं तो कभी आपको बोलने भी नही देती। तू भी तैयार हो जा। एक बार शादी का लड्डू खा लिया तब मेरी बात समझ आएगी।"

इंद्रजीत ने उसे चौंक कर देखा तो हाश्मी ने एक भौं ऊंची करते हुए पूछा

"क्या? तू अब हर्षा से शादी भी तो करेगा! या ये रिश्ता ऐसे ही रहेगा।"

इंद्रजीत ने कोई जवाब नही दिया और वो बाहर निकल है।

*****

कमरे में हर्षा ने नुसरत को देखा जो बड़े प्यार से उसे देख रही थी। वो शायद उससे एक या दो साल ही बड़ी होगी। नेट का सलवार सूट, कानों में चांद बाली, बीच की मांग निकाल कर बनाए गए खुले बाल और माथे में बिंदी। नुसरत मुस्कुराते हुए उसके पास बैठी। हर्षा भी उठ बैठी। नुसरत ने अपना परिचय दिया

"कैसी हो तुम हर्षा!! मैं नुसरत, हाश्मी की पत्नी। मेरी तुमसे मिलने की दिली ख्वाहिश थी। वो आज पूरी हो गई। तस्वीर तो पहले भी देखी थी पर मिलने का मौका आज मिला है।"

हर्षा ने भी मुस्कुरा कर अभिवादन करते हुए कहा

"नमस्ते दीदी! वैसे तो आप मुझे जानती ही हैं पर फिर भी... मैं हर्षा, इंद्रजीत की होने वाली पत्नी!"

नुसरत खिलखिले हुए बोली

"अब समझ आया कि तुम्हारे अंदर क्या खास है! मैंने इंद्रजीत को देखा है।"

हर्षा मुस्कुरा दी। दोनो में कुछ इधर उधर की बातें हुई। फिर नसरत ने हर्षा को बताया

"पता है। उसने तुम्हें जब खून से लथपथ देखा था तब उसकी हालत पागलों जैसी हो गई थी। ऊपर से तुम्हारे गायब होने से वो बौखलाया हुआ था। मानो अपनी खोज में रोड़ा बनने वाले हर किसी को मार देगा। उसका गुस्सा उसके आँखों से, उसके चेहरे से यहाँ तक कि चाल ढाल से भी झलक रहा था। धीरे धीरे वो गुस्सा असहायता बदल गया। वो 3 दिन में भी तुम्हें नहीं ढूंढ पाया तो पूरी तरह से परेशान रहने लगा। उसने ठीक से खाना भी बंद कर दिया था। बड़ी मुश्किल से हाश्मी ने समझा कर कहा कि तुम्हारे वापस आने पर तुम्हें ध्यान की ज्यादा जरूरत होगी। उसे बहुत कुछ कह कर सामान्य होने के लिए मनाया। पुलिस, डिटेक्टिव, उसकी गैंग और उसके खुद के आदमी, यहां तक कि खबरी सब लोग तुम्हारी खोज में लगे हुए थे। इस दौरान हमने इंद्रजीत तो फिर से एक बार टूटते हुए देखा। हाश्मी ने बताया था कि वह अपने परिवार की मौत के बाद टूट गया था। उसका दिल पत्थर का हो गया था मगर तुम ने उसकी कठोरता को भी पिघला दिया था। उसमें ऐसी गर्माहट भरी थी जिसने उसे फिर से जलने नहीं दिया मगर अब जब उसने तुम्हें खो दिया था तो मानो वो फिर से वैसा ही हो गया था। यह कहना गलत नहीं होगा कि उसने तुम्हारे साथ ही अपना जीवन का लक्ष्य भी खो दिया था। उसने उन लोगों को भरपूर प्रताड़ित किया जो तुम्हारे गायब होने वाली जगह पर थे मगर किसी को नहीं पता है कि वो लोग कौन थे?"

ये सुन कर हर्षा की आंखें भर आईं। इंद्रजीत उसकी अनुपस्थिति में कितना कुछ झेल रहा था। वो शारीरिक और मानसिक रूप से उसके लिए कितना परेशान था। समय बड़ा विचित्र होता है। ये सच्चे की प्यार परीक्षा

लेता है मगर वो नहीं चाहती थी कि उसके इंद्रजीत को किसी भी तरह की परीक्षा देनी पड़े। वो खुद उसके लिए कुछ भी करने को तैयार थी मगर वह निश्चित रूप से अभी खुश हैं। नुसरत ने उसे और बताया कि कैसे इंद्रजीत धीरे धीरे फिर से अपने पुराने निर्दयी स्वरूप में लौट गया था, कैसे वो ठीक से किसी से बात नहीं करता था, हालांकि उसने नुसरत से अभद्रता से बात तो नहीं की मगर उसको अब अनदेखा करने लगा था। खैर उन सभी को उसकी चिंता थी क्योंकि उसने फिर से अपने आपको अपनी भावनाओं को कठोर परत के बीच कैद कर लिया था।

इंद्रजीत को समझ नहीं आ रहा था कि आखिर उसका प्यार "हर्षा" किस तरह से उसके पास लौट आएगी। वो बेशक उस के लिए पिछले डेढ़ साल से तड़प रहा था। नुसरत जैसे जैसे बता रही थी वैसे वैसे हर्षा को अपने दिल पर बोझ महसूस हो रहा था। उसे होश में आने के बाद भी इस बात का एहसास भी नहीं था। आखिर उसने इतनी मानसिक प्रताड़ना कैसे झेली होंगी? कितने लोग उसके गुस्से शिकार हुए होंगे? उसके फिर से वैसे ही बन जाने की वजह से उसका शरीर कितना टूटा होगा? ना जाने कब हर्षा की आँखें भर आई और वो बिलख बिलख कर रो उठी। नुसरत पहले तो घबरा गई कि कहीं उसने उस को सब बता कर कोई गलती तो नही कर दी। पर फिर उसने उसे गले लगा लिया। उसकी नजर में वो उसकी छोटी बहन जैसी ही है। कुछ देर रो लेने से हर्षा का मन हल्का हुआ। अब आगे ना नुसरत कुछ बोली ना हर्षा। दोनो शांति में बैठे रही।

*****

थोड़ी देर में इंद्रजीत उसके पास आया। उसके आते ही नुसरत बाहर चली गई। बाहर हाश्मी उसका ही इंतजार कर रहा था। उसकी भी हल्की नम आँखों देख कर वो समझ गया कि उसने बीते डेढ़ साल की बातें संक्षिप्त में हर्षा को बता दी होंगी। उसने पूछा कुछ नही और अपनी बाहें फैला दी। नुसरत भी तुरंत ही उसके गले लग गई। वो भी भावुक हो गई थी।

*****

इधर इंद्रजीत ने सूप टेबल पर रखने के बाद जैसे ही हर्षा की सूजी हुई लाल आंखें देखी तो चिंता करते हुए उससे पूछा

"क्या हुआ? तुम्हारी आंखें लाल हो रही है? क्या तुम्हें कहीं तकलीफ है?"

"न... नहीं!"

हर्षा की आवाज कांप रही थी। वो भी उस सब दर्द को महसूस कर पा रही थी जो इंद्रजीत को तड़पा रहा था। उसने सिर हिलाते हुए कहा

"मुझे घर जाना है!"

इंद्रजीत थोड़ा रुका फिर उसने हां में सिर हिलाया और कौशल से बात की। कौशल ने उसका ध्यान रखने की हिदायत दी और हर्षा को डिस्चार्ज कर दिया।

*****

कुछ ही देर में वो लोग घर पहुंच गए। वहां मौजूद सब लोग नौकर, माली, इंद्रजीत के आदमी हर्षा को कौतूहल से देख रहे थे। उनके मन में बस यही था कि इस दुबली पतली लड़की ने इंद्रजीत के साथ साथ उन्हें भी हिलाकर रख दिया था। हर्षा मुस्कुराते हुए सबसे मिली। सभी उसके व्यवहार से खुश थे। सभी से मिलने के बाद हर्षा घर को निहारने लगी। ये एक आलीशान बंगला था। बीच में भवन बना हुआ था, चारों तरफ बगीचे, कई महंगी गाडियां पार्किंग में खड़ी थी। अचानक हर्षा ने कहा

"कुछ देर टहल आएं!"

इंद्रजीत भी सहमत हुआ और दोनो बगीचे में टहलने चले गए। नुसरत और हाश्मी खिड़की से उन्हें जाते हुए देख रही थी। उन्होंने भगवान से प्रार्थना करते हुए कहा

"हे भगवान! इन दोनों के साथ कभी कुछ गलत ना हो! इनके प्यार को मुकद्दर मिले। ये भी प्यार के लायक हैं!"

*****

बगीचे में कुछ देर टहलने के बाद जब हर्षा थक गई तो वो एक बेंच पर जा बैठे। हर्षा ने इस बात का जिक्र नहीं किया कि वो उसकी तकलीफ और परेशानियों के बारे में जानती है। वहीं इंद्रजीत तो पूरे समय हर्षा को ही देख रहा था। इंद्रजीत उसे इस तरह से देख रहा था जैसे मानो वो कोई सपना हो और कुछ ही देर में गायब हो जाएगी। शायद उसने पिछले डेढ़ साल में ऐसा सपना कई बार देखा होगा। शायद इसी वजह से वो डर रहा

होगा। वो दोनो कुछ देर बैठने के बाद फिर से टहलने लगे। हर्षा ने उसका ध्यान भटकाने के लिए कहा

"मैं तुम्हारे कमरे में रहना चाहती हूं।"

इंद्रजीत के कदम रुक से गई। उसने हर्षा की तरफ अजीब और संदेहास्पद नजरों से देखा। हालांकि वो हर्षा से प्यार करता है, फिर उसके खयालात पुराने जमाने के है और उन्ही के अनुसार हर्षा फिलहाल उसके कमरे में नहीं रह सकती। उसने सामने की तरफ देखते हुए कहा

"हर्षा!!"

"हाँ?"

"तुम मेरे कमरे में...."

हर्षा ने उसकी बात काटते हुए कहा

"और अब ये मत कहना कि मैं तुम्हारे कमरे में नहीं रह सकती।"

"वो..."

"क्या दिक्कत है? अब मैं नुसरत भाभी के कमरे में तो नहीं सो सकती ना? मुझे तुम्हारे ऊपर पूरा भरोसा है। सब ठीक रहेगा। हम दोनों एक दूसरे से प्यार करते हैं और हम जानते हैं कि हम अपनी सीमाओं का उल्लंघन नहीं करेंगे।"

"तुम्हारा कहना सही है मगर शादी से पहले साथ रहना अच्छा नहीं होता।"

"क्यों? तुम्हारा भी कोई नहीं, मेरा भी कोई नहीं। हम एक दूसरे का परिवार है तो हम क्यों नहीं रह सकते एक कमरे में?"

"फिर भी..."

"अच्छा तुम्हारे कहने का मतलब ये है कि अगर हमारी शादी हो जाती है तो हम लोग एक कमरे में आसानी से रह सकते हैं, ना?"

इंद्रजीत ने हां में सिर हिलाया तो हर्षा ने तुरंत कहा

"चलो शादी कर लेते हैं!"

इंद्रजीत उसकी बात सुनकर हैरान हो गया था। हर्षा के इस प्रस्ताव से उसके दिल की धड़कन बहुत तेज़ चलने लगी हर्षा उसका जवाब सुनना चाहती थी जिससे वो और भारी दबाव महसूस कर रहा था।

वो अगर ख़ुद को हर्षा को सौंप देगा तो? अगर वो उसे अपनी बाहों में लेता है तो शायद कुछ ऐसा हो जाए जिससे वो पीछे नहीं हट पाएंगे। इसी सब ने उसे फिर से सोचने पर विवश कर दिया। उसने एक बार फिर उसे समझाने की कोशिश करते हुए कहा

"अगर हम लोग एक साथ जाएंगे तो अकेले में हम शायद कुछ ऐसा कर दें जिससे बाद में पछतावा हो।"

वो नहीं चाहता कि हर्षा किसी भी जल्दबाजी के कारण उसे नापसंद करे। एक बार खो कर वो देख चुका है अगर दूरी बार भी उसने हर्षा को खो दिया तो वो मर जाएगा। वो ये भी नहीं चाहता है कि हर्षा को कभी भी अफसोस हो उसकी जिंदगी में आने का। हर्षा उसके मन की दुविधा को समझ पा रही थी। उनके रिश्ते को एक अगले स्तर पर ले जाना उसके लिए भी उतनी ही बड़ी बात है जितनी इंद्रजीत के लिए है। फिर भी वो जानती है उनकी सीमाएं उन्हें पता है। वो उसकी मन की बात का जवाब देते हुए बोली

"मेरी बात का यकीन करो इंद्र! मुझे कभी भी अफसोस नहीं होगा। ना कभी हुआ है। "

हर्षा ये कहकर आगे बढ़ते हुए आई और फिर उसके गले लगते हुए बोली

"अगर तुम..."

इंद्रजीत ने उसे रोकते हुए कहा

"देखो मुझे परेशानी नहीं है। तुम चाहती हो तो मेरे कमरे में रह सकती हो। वैसे भी नुसरत को परेशानी नहीं होगी थोड़े समय तुम्हारे साथ कमरा साझा करने में। उसके पास वाला कमरा भी तैयार हो रहा है।"

"और अगर रात को अचानक मेरी तबियत खराब हो गई और मुझे किसी की मदद की जरूरत हुई तो? और अगर नुसरत भाभी की नींद ना खुली तो?"

इंद्रजीत ने इस बारे में तो सोचा ही नहीं था। उसे थोड़ी घबराहट भी होने लगी। बात तो हर्षा सही कह रही है। वो यही सब सोच रहा था कि हर्षा ने उसे अपने करीब खींच कर उसकी गर्दन मे अपनी बाहें डाल कर

बोली

"हमने शादी कर ली है! अपने मन में। और वैसे भी कमरा साझा करके तुम उन्हें तो एक और झटका दोगे जो तुम्हें हमेशा निशाने पर लेते हैं। तुम्हें लगता है कि कुछ दिनों के लिए हमारा प्यार पनपेगा और फिर हम उनकी एक दूसरे से बोर हो कर एक दूसरे को छोड़ देंगे?"

इंद्रजीत ने एक झटके में अपना सिर ना में हिलाते हुए कहा

"हाश्मी नुसरत और बाकी किसी को कोई गलत फहमी न हो जाए!"

हर्षा ने चिढ़ते हुए कहा

"हमें क्यों किसी और के बारे में सोचना है? क्या हमें किसी और के साथ जिंदगी बिताने के बारे में सोचना है?"

इंद्रजीत ने जल्दी से कहा

"मैं किसी और के साथ अपनी जिंदगी को सोच भी नहीं सकता। तुम नहीं जानती कि तुम्हारे प्यार ने मेरे साथ क्या किया है? तुम्हें देखना जिंदगी है तो छूना आत्मा। तुम्हारे अलावा किसी और को अपने खयालों में भी नहीं ला सकता हूँ।"

"तो हम शादी कर ले!"

"हां पर ये सब जल्दी नहीं होगा?"

"मतलब!"

हर्षा बोलीं और इंद्रजीत की बात का जवाब देते हुए आगे बोली

"तुम्हारे कहने का मतलब है कि हम जब एक दूसरे को अच्छे से जानते हैं और जब हम ये अच्छे से जानते हैं कि हम एक दूसरे से बहुत प्यार करते हैं, किसी और को हम एक दूसरे की जिंदगी में नहीं आने देंगे तो फिर क्या परेशानी है? क्या तुम्हें लगता है कि मैं अभी तैयार नहीं हूँ? या तुम्हें लगता है कि तुम अभी तैयार नहीं, और तुम्हे और भी ज्यादा समय की जरूरत है?"

इंद्रजीत ने अभी भी ना में सिर हिलाया तो हर्षा उसके और करीब होते हुए बोला

"तुम मेरी तबियत को लेकर परेशान हो और डर रहे हो कि कहीं मेरी चोट बिगड़ ना जाए।"

इंद्रजीत ने थोड़ा हिचकिचाते हुए हाँ में सिर हिलाया। हर्षा जानती थी कि इंद्रजीत उसके स्वास्थ्य से जुड़े मामले को लेकर ही इतना परेशान हो सकता है। हर्षा ने एक गहरी सांस लेकर उसे समझाते हुए कहा

"देखो मेरी जान! मैं कांच की गुड़िया नहीं हूँ जो हाथ लगाते ही टूट जाएगी और वैसे भी मुझे तुम पर पूरा यकीन है। तुम मेरा अच्छे से ख्याल रखोगे और शादी हम अभी मन से तो कर नहीं सकते हैं। कुछ नियम मानने पड़ते हैं। जैसे अगर हमे शादी करनी होती है तो रजिस्ट्रार ऑफिस में पहले अपना रजिस्ट्रेशन कराना होता है, फिर वो लोग हमारी फोटो वहाँ नोटिस बोर्ड पर लगा देंगे सूचना के साथ कि अगर किसी को शादी से आपत्ति हो तो आकर इस की शिकायत वहाँ कर सकते हैं। फिर वो लोग हमें 21 दिन देंगे हमारे फैसले के बारे में फिर से सोचने का और फिर जाकर गवाहों की उपस्थिति में हमारी शादी होगी। "

फिर उसने एक गहरी सांस ली तो पाया इंद्रजीत उसे अचरज से देख रहा था। उसने आगे कहा

"तब जाकर हमारी जिंदगी में शांति होगी और सब कुछ इतना अचानक हो मैं ये भी नहीं कह रही हूँ। तुम्हे अच्छे से इस बारे में सोचो और मैं तुम्हें ये इसलिए बता रही हूँ ताकि तुम्हें पता चले कि मैं तुम से इसी पल यहीं खड़े खड़े, अभी भी शादी करने के लिए तैयार हूँ क्योंकि मुझे पता है अगर एक बार मैंने हम दोनों को अपने अपने पक्ष में जाने दिया तो मैं तुम्हें कभी वापस नहीं पाऊंगी।"

"तुम ऐसा क्यों कह रही हो?"

वो सकपका गया और हर्षा के चेहरे को अपने हाथों में लेते हुए बोला

"मैं तुम्हें कभी कहीं नहीं जाने दूंगा। मैं तुम से वादा करता हूँ पिछली बार मैं तुम्हें बचाने में सक्षम नहीं रह पाया पर अब ऐसा नहीं होगा। मैं किसी को भी तुम्हें मारने क्या छूने भी नहीं दूंगा। मैं तुमसे बहुत प्यार करता हूँ।"

उसने थोड़ा सकुचाते हुए ये बात बोली थी। हर्षा मुस्कुरा कर बोली

"मैं जानती हूँ। मैं भी तुम से बहुत बहुत बहुत ज्यादा प्यार करती हूँ। और इसी वजह से मुझे ऐसा महसूस होता है कि ये प्यार मेरे दिल की धड़कनें बढ़ा देगा। चलो अब चलते हैं।"

वो दोनों एक बिस्तर पर चुपचाप लेट गए। दोनों अपने ख्यालों में खोए हुए हैं। इंद्रजीत को यकीन नहीं हो रहा था कि हर्षा से मिलने के ठीक अगले दिन यह हर्षा उस से शादी का प्रस्ताव रख दें। ये सब कुछ किसी सपने से कम नहीं था। जब हर्षा ने अपनी बाहें उसकी कमर में डाली तब उसे यकीन हुआ कि शायद ये सपना नहीं है। फिर भी वो धीरे से उठा और ठंडे पानी से मुंह धोने लगा। जब उस ठंडक से उसे झुरझरी महसूस हुई। वो अचानक ही मुस्कुरा उठा। ये ना तो सपना था, ना भ्रम और ना किसी तरह का छलावा। हर्षा उसके बिस्तर पर उसके कमरे में सो रही थी। उसने अपने कमरे को देखा जो हर्षा की खुशबू से महक रहा था। उसने हल्के से सिर हिलाया और फिर हर्षा के पास जाकर लेट गया। वो सोई नहीं थी। उसने उसके मनोभाव भांपते हुए कहा

"ये हकीकत है इंद्रजीत! मैं तुमसे शादी करने को तैयार हूँ। हां अगर तुम नहीं करना चाहते तो!!"

हर्षा का इतना कहना था कि इंद्रजीत ने उसे खुशी से अपने करीब खींच लिया। वो उसके माथे को चूमते हुए बोला

"ओह हर्षा! तुम नहीं जानती तुम मुझसे ये सब कहकर मुझे कितनी खुशी दे रही हो!"

हर्षा ने हल्के से उसके होठों पर अपने होंठ रख दिए और कहा

"मुझे तुम पर भरोसा है!!"

कुछ देर में ही दोनो फिर नींद के आगोश में चले गए।

*****

अगले दिन सुबह जब इंद्रजीत उठा तो उसने अपने सामने एक अलग नजारा देखा। हर्षा वही जींस और कुर्ती पहने थी जैसे हमेशा पहना करती थी। वो अपने लंबे बालों को चोटी में गूंथ रही थी। उसने अपनी आँखों में लेंस लगाए और काजल लगाते हुए खुद की बलाएं ली। इंद्रजीत उसे देख रहा था। हर्षा ने जब उसकी तरफ देखा तो मुस्कुराते हुए बोली

"सुप्रभात!!"

इंद्रजीत भी सुप्रभात बोलते हुए उठा। उसने उसके करीब आकर उसकी आँखों को देखते हुए कह

"तुमने लेंस लगाने शुरू कर दिए!?"

हर्षा ने हां में सिर हिलाते हुए कहा

"चश्मा अच्छा नहीं लगता!"

"ओके!!"

दोनो नीचे आए। हाश्मी और नुसरत भी वहां मौजूद थे। सभी ने नाश्ता किया और वो लोग एक दूसरे के साथ हँसी मजाक करते हुए बात करने लगे। फिर कुछ देर बाद फिर इंद्रजीत और हाश्मी अपने काम पर निकल गए।

*****

हर्षा काफी देर तक सोचती रही कि उसे क्या करना चाहिए आखिर उसे याद आया कि उसकी एक सहेली भी है। उसने नुसरत से कहा

"भाभी!! मैं अपनी एक सहेली से मिल कर आना चाहती हूँ!"

"हां जाओ! पर अपना ख्याल रखना और ध्यान से जाना। अब्बास तुम्हें ले जाएगा। वैसे तो इंद्रजीत किसी को लगाने की बात कर रहा था पर अभी तुम अब्बास के साथ ही चली जाना।"

"ठीक है!"

हर्षा इनकार करना चाहती थी पर उसने उसका मान रखते हुए ये बात मान ली। हर्षा अब्बास के साथ आनंद ऐक्टर्स पहुंची। यहां से उसकी बहुत से यादें जुड़ी है। उसने चारों तरफ देखा। बस पकड़ना, इंद्रजीत का इंतजार, खट्टी मीठी यादों को याद करते हुए उसकी आंखें हल्की नम हो गई। उसने एक नजर इंद्रजीत के ऑफिस को देखा "अमायरा रियल एस्टेट"। क्या वो यहां होगा? या कहीं गया होगा? उसने अपना सिर झटका। वो महिमा का इंतजार करने लगी। वो जानती थी वो लंच में सामने के कैफे से कॉफी पीने आती है। कुछ ही देर के इंतजार के बाद महिमा वहां आई। हर्षा ने उसे देखते ही आवाज दी

"ऐ माही!!"

उसने जैसे ही अपना नाम सुना तो उस दिशा में देखा। वहां हर्षा को देखा तो एक पल को भौंचक्की रह गई। वो तेज़ी से उसके पास आई फिर उसके गले लग कर फूट फूट कर रो पड़ी। कुछ देर बाद उसने जैसे तैसे खुद को संभाला और फिर हर्षा का हाथ पकड़ सामने के कैफे में ले गई। वहां उसने जल्दी से कोल्ड काफी और पिज्जा का ऑर्डर दिया और हर्षा

की तरफ मुंह करके बैठते हुए बोली

"अब मुझे सब शुरू से बताओ हर्षा? आखिर तुम्हारे साथ क्या हुआ था? कहां गायब हो गई थी तुम?"

उसे जानना ही था कि हर्षा के साथ क्या हुआ था। हर्षा ने उसे बताया कि उसे एक डॉक्टर ने उसे सहारा दिया था और उसका इलाज करवाया है जिस की वजह से वह जिंदा वर्ष है और क्योंकि उसका एक्सीडेंट हो गया था। वो महिमा को कुछ ऐसा नहीं बताना चाहते थे जिससे वो इंद्रजीत को गलत समझे! महिमा ने सिर हिलाते हुए पूछ

"और तुम्हारा एक्सीडेंट कैसे हुआ था?"

हर्षा ने नजरें नीची करते हुए कह

"अरे यार तुझे तो पता ही है कि मैं कितनी बेपरवाह हूं। जब मैं सड़क पार कर रही थी तब एक गाड़ी ने टक्कर मार दी थी। मेरा ध्यान कहीं और था इस वजह से मुझे हॉर्न सुनाई नही दिया। उस वक्त मैं उछल कर सड़क के दूसरी तरफ गिर गई थी तो किसी का ध्यान रखा गया ही नहीं। उस ड्राइवर ने शराब पी रखी थी इसलिए वो भी ये जानने के बाद की उसने मुझे टक्कर मार दी है बिना गाड़ी रोके चला गया था।"

महिमा ने उसके हाथ को कस कर पकड़ लिया और बोली

"ओह तुम्हारे साथ तो बहुत बुरा हुआ। पता है इंद्रजीत तुम्हारे बारे में पूछताछ करने ऑफिस में कई बार आया था। अरे हाँ तुम अपने घर गयी?"

हर्षा को पहले तो कुछ समझ नहीं आया। फिर उसे अहसास हुआ कि वो पांडेय परिवार के बारे में कह रही है। उसने सिर हिलाते हुए कहा

"मैं बस अब उन्हीं से मिलने जाऊंगी। मैं कल रात ही वापस आई हूं। अभी मैं पहले इंद्रजीत से मिली थी क्योंकि जहाँ मैं भर्ती थीं वहीं पर उसका डॉक्टर काम करता था तो उसने मुझे बताया कि इंद्रजीत को मुझ से कोई बहुत जरूरी काम है। इसलिए मैंने सबसे पहले उस से मिलना ठीक समझा।"

महिमा ने कुछ कहा तो नही पर वो अभी भी सहमत तो नही थी। हर्षा इंद्रजीत के लिए नहीं बनी है। वो बहुत अच्छी है और कहीं ना कहीं इंद्रजीत का साथ उसके लिए कोई मुसीबत ना खड़ी कर दी। कुछ देर तक

दोनो में बातें होती थी। फिर महिमा को याद आया

"अरे याद! मैं भूल गई थी कि सिर्फ लंच हुआ है छुट्टी नहीं। इसलिए तुमसे इतनी बातें करने में लग गई। चलो मैं चलती हूं। तुम अपना ध्यान रखना और कोई जरूरत हो तो जरूर बताना!!"

हर्षा ने हां में सिर हिलाया। महिमा के जाने के बाद उसने कुछ देर अकेले में समय बिताया फिर वो पांडेय परिवार से मिलने चल दी।

*****

अब्बास ने उस घर से थोड़ी दूर कर रोक दी। लता ने दरवाजा खोला तो हर्ष को देख बहुत खुश हो गई। जल्दी ही मनोहर, आयुष और अनुश्री भी आ गए। वो भी हर्षा से मिलकर खुश हुए। हर्षा से उन्होंने भी वही सवाल किए को महिमा ने पूछे थे और हर्षा ने उन्हें भी वही जवाब दिए जो उसने माही को दिए थे। उन्होंने भी एक अच्छा सा साथ बिताया। जब हर्षा की नजर घड़ी पर गई तो उसने देखा 7 बज गए हैं। वो उनसे विदा लेकर बाहर निकली। लता उसे छोड़ने बाहर आई। जाने से पहले वो बोली

"देखा हर्षा तुम मेरी बेटी जैसी हो इसलिए मैं तुम्हें कुछ सुझाव देना चाहती हूं। मैंने तुम्हारी आँखों में उस लड़के के लिए प्यार देखा है। उससे भी भी ज्यादा एक कर्तव्यबोध देखा है। मैं नहीं जानती तुम्हारी क्या भावनाएं है। मैं बस ये कहना चाहती हूँ कि मैंने उसको देखा था। वो जिस तरह से बेचैन हुआ तुम्हें ढूंढ रहा था इतना तो मैं दावे से कह सकती हूँ कि वो तुमसे बहुत प्यार करता है। ये अच्छी बात है। वो तुम्हें खुश रखेगा। बस अपने अतीत को कभी अपने वर्तमान पर हावी मत होने देना। सबका एक अतीत होता है। कोई जाहिर कर देता है या साझा कर देता है और कोई नही करता।"

ये कहकर उसने उसके सिर पर हाथ रख दिया। हर्षा जानती है लता का इशारा किस तरफ है। उसने हां में सिर हिलाते हुए कहा

"मैं आपकी सलाह पर जरूर गौर करूंगी!!"

वो घर के लिए रवाना हुई।

*****

इंद्रजीत हाश्मी के साथ घर पहुँच चुका था। उसकी नजरें बस हर्षा को ही ढूंढ रही थी। उसकी मनोदशा समझ कर नुसरत ने हर्षा के अपनी

दोस्त से मिलने जाने की बात का बता दिया। इंद्रजीत को थोड़ी तसल्ली हुई पर जब उसे पता चला कि वो सुबह के 11 बजे से गई हुई है तो वो हर्षा के लिए काफी परेशान हो गया। करीब साढ़े सात बजे हर्षा घर आई। इंद्रजीत अभी तक सोफे पर ही बैठा था। यहां तक कि उसने बाहर के कपड़े तक नही बदले थे। वो लगातार पैर भी हिला रहा था। उसने जैसे ही हर्षा को देखा तो तेजी से उसके पास गया और उसे डांटते हुए कहने लगा

"तुम समय देख रही हो!! आठ बजने को आए है!! तुम इतनी बेपरवाज कैसे हो सकती हो!! तुम्हें ज्यादा सफर नही करना था। तुम्हें आराम करना है। अभी तुम पूरी तरह से ठीक नही हुई हो। तुमने ठीक से कुछ खाया तो नही होगा! और जब खाया नहीं है तो दवा भी नहीं ली होगी!"

इंद्रजीत अपनी चिंता में बहुत कुछ कहता जा रहा था तभी हर्षा ने उसके मुंह पर हाथ रखते हुए कहा

"शांत हो जाओ। मैं बिल्कुल ठीक हूं। और वैसे भी जब तक तुम मेरे साथ हो तो मुझे क्या डर!!"

हर्षा ने उसके चेहरे पर हाथ रखा। उसे ऐसी हरकतें करते देख इंद्रजीत थोड़ा असहज हो गया। वहां और भी कई लोग मौजूद थे। वो उनके सामने सहज महसूस नहीं कर रहा था। उसने हर्षा को गुस्से में घूरा मगर कुछ बोला नहीं। फिर उन लोगों ने खाना खाया और हमेशा की तरह सोने चले गए हैं।

*****

उनका यह कार्यक्रम तब तक चला जब तक इंद्रजीत को यकीन नहीं हो गया कि हर्षा बिल्कुल ठीक हो गई है, यानी एक महीने तक। हर्षा उसके बिस्तर पर तो सोती थी पर इंद्रजीत उससे एक दूरी बनाकर रखता था। हां कभी कभी वो उसे बाहों में भर लेता था पर उससे ज्यादा कुछ नहीं। ऐसा भी नहीं था कि हर्षा को किसी तरह की बेकरारी थी पर कुछ था जिस वजह से वो इंद्रजीत के साथ ज्यादा से ज्यादा समय बिताना चाहती थी। एक दिन वो और नुसरत बैठी मटर छील रही थी। हर्षा ने मायूसी से पूछा

"भाभी! क्या इंद्र मुझसे शादी नही करना चाहता?"

नुसरत ने चौंकते हुए पूछा

"तुम ऐसा क्यों कह रही हो?"

हर्षा तिरछा होते हुए बोली

"वो शादी की बात को टालता रहता है। कोई जवाब भी नही देता कि वो कब इस बारे में खुलकर बात करेगा।"

नुसरत ना में सिर हिलाते हुए बोली

"ऐसा तो हो ही नही सकता। वो तुमसे बहुत प्यार करता है हर्षा। बस उसे तुम्हारी की चिंता है। वो 15 साल घुट घुट कर जिया है हर्षा। मैं नहीं जानती आखिर हुआ क्या था। पर उसके परिवार को खोने के बाद वो किसी के भी ज्यादा करीब नही आता। वो डरता है कि उसके परिवार के साथ हुआ हादसा दोहराया ना जाए।"

हर्षा कुछ पल को शांत हो गई। अचानक उसे कुछ याद आया और वो बोली

"इंद्रजीत मेरे लिए क्या कुछ नहीं कर रहा। अब मेरा फर्ज बनता है मैं भी उसके मन की शांति और दिल के सुकून को सुनिश्चित करने के लिए कुछ करूं।"

नुसरत ने उसके चेहरे को देखा और पूछा

"तुम क्या करने वाली हो?"

"आप बस देखते हुए जाओ! आप मेरी मदद करना!!"

ये कहकर वो उठ खड़ी हुई। उसने हाश्मी और घर में काम करने वाले दंपती कमला और रमेश को भी बुला लिया!! वो मन ही मन बोली

"तुम्हें ये जरूर पसंद आएगा इंद्रजीत!!"

*****

अपने काम समेटने के बाद इंद्रजीत हर्षा से मिलने की बेताबी के साथ घर पहुंचा। उसने आज रास्ते में एक बच्चे को गुलाब बेचते देखा था। वो उससे बात करना चाहता था पर मौका नहीं मिल पाया। इंद्रजीत ने इस पर गौर करने का फैसला किया। नुसरत का कहना गलत नही था। हर्षा पर हमला करने वाले कौन लोग थे ये अभी तक उसे पता नही चला है। ऐसे में कहीं वो उससे शादी कर उसकी जिंदगी को खतरे में डाल दे। वो बस यही सब सोच रहा था। वो हर्षा को नहीं खो सकता। जब वो घर पहुंचा

तो उसने देखा सारी लाइट बंद है। वो थोड़ा घबरा गया पर फिर खुद को संभालते हुए उसने आवाज दी

"हर्षा!! हर्षा!! कहां हो तुम? नुसरत? राम? कमला? विनोद!!!"

जब उसे कोई जवाब नही मिला तो वो और परेशान हो गया।

"कहां गए सब? कहीं कुछ गलत तो नहीं हो गया?"

उसने हर्षा को फोन मिलने के लिए फोन निकाला ही था कि उसे एक आवाज सुनाई दी। उसने उस दिशा में देखा तो उसकी सांसें अटकी की अटकी रह गई। हाल के बीचों बीच एक स्टूल पर हर्षा बैठी हुई थी। फोकस लाइट उसी पर पड़ रही थी। उसने सफेद रंग का एक सुन्दर गाउन पहना हुआ था और सबसे बड़ी बात उसके पास एक वॉयलिन था। हर्षा की आँखें बंद की हुई थी। खुले लहराते बाल, हल्का मेक अप और हल्के खुले होठ। इंद्रजीत तो मंत्र मुग्ध उसे ही देख रहा था। हर्षा ने आँखें खोली तो उन दोनो की आँखें मिली। इंद्रजीत के लिए तो बाकी सब ठहर गया था। हर्षा उसे बेहिसाब प्यार के साथ देख रहा था। हाश्मी और नुसरत भी वहीं थोड़े अंधेरे में खड़े थे। उनके अलावा यहां कुछ जाने पहचाने चेहरे थे जो अपने सामने घटित हो रहे दृश्य का अगला पड़ाव देखना चाहते थे।

अगले ही पल शांत हाल में वायलिन की आवाज गूंजने लगी। कुछ ही देर में धुन के साथ हर्षा की आवाज भी गूंजने लगी जो सिर्फ इंद्रजीत को देख रही थी।

"ये ज़मीं रुक जाए... आसमाँ थम जाए... तेरा चेहरा जब नजर आए.. हो तेरा चेहरा जब नजर आए...."

गाना पूरा करने के बाद वहां तालियों की गड़गड़ाहट फेल गई। इससे दोनो प्रेमियों की तंद्रा भंग हुई। वहां महिमा भी थी जो इस सबको रिकॉर्ड कर रही थी। जब हर्षा ने उसे बताया था कि वो कुछ ऐसा करने जा रही है तो उसे यकीन नही हुआ था। उसे कुछ करने की क्या जरूरत है। पर हर्षा अपने फैसले पर अडिग थी। उसने उसी से ये वायलिन मंगवाया था और कई बार इसका अभ्यास किया था। हालांकि महिमा का कहना था कि वो निश्चित ही पहले से वायलिन बजाना जानती है। कोई भी बिना किसी वाद्‌ययंत्र की बारीक परख हुए उसे बजा नही सकता। पर हर्षा ने ये सवाल बस एक रहस्यमय मुस्कान के साथ टाल दिया था। हर्षा स्टूल

पर चढ़ कर ताली बजाते हुए बोली

"सुनो सुनो सुनो!"

फिर उसने सब का शुक्रिया करते हुए इंद्रजीत को इशारे से अपने पास बुलाया। इंद्रजीत को थोड़ा अजीब तो लग रहा था पर वो फिर भी उसके पास आया। वो धीरे से बोला

"हर्षा क्या कर रही हो? नीचे उतर जाओ!!"

हर्षा ने ना में सिर हिलाया और बोली

"आज मैं आपको बताना चाहती हूँ कि मैं आप के इस गैंगस्टर ऑफ टाउन इंद्रजीत से एक बात कहने वाली हूं!"

फिर उसने इंद्रजीत की आँखों में गहराई से देखा और बोली

"मुझसे शादी करोगे, इंद्रजीत भारद्वाज?"

इंद्रजीत की आँखें आश्चर्य से बड़ी हो गई। तो क्या हर्षा ने सिर्फ उसे प्रपोज करने के लिए इतनी तैयारी की है। वो भला उसे मना कैसे कर सकता है। वो भी तो यही चाहता है। इंद्रजीत ने एक बार नजरें झुकाए और फिर सिर उठाकर स्टूल पर चढ़ी हर्षा की आँखों में देखते हुए कहा

"हां, हर्षा। या कहूं होने वाली श्रीमती जी!!"

ये सुनकर हर्षा के चेहरे पर लालिमा छा गई और वो जोर से चिल्लाते हुए इंद्रजीत के ऊपर कूद गई। इंद्रजीत बड़ी मुश्किल से खुद को संभाल पाया पर उसने भी हर्षा की कमर पर अपनी पकड़ कस दी। नुसरत को याद आया कि कैसे वो उसके साथ योजना बना रही थी कि वो आज इंद्रजीत को शादी के लिए प्रपोज कर देगी। इंद्रजीत ने महसूस किया कि हर्षा रो रही है। उसकी भी आंखें भर आई। वो भी कुछ ऐसा करना चाहता था पर हर्षा ने बाजी मार ली। पर जल्दी ही उसे एहसास हुआ कि हर्षा तो ज्यादा ही रो रही है। उसने उसे खुद से अलग किया और उसके चेहरे को अपने हाथों में लेते हुए पूछा

"क्या हुआ जान? रो क्यों रही हो तुम?"

हर्षा ने आंसू पोंछते हुए कहा

"मुझे लगा तुम मुझसे शादी नही करना चाहते! मैं तुम पर कोई दबाव नहीं डाल रही पर मैं सच में तुमसे शादी करना चाहती हूं!"

इंद्रजीत ने चौंकते हुए पूछा

"तुमसे किसने कहा मैं तुमसे शादी नही करना चाहता! मैं अगर तुमसे शादी नही करूंगा तो हमारे रिश्ते को सामाजिक स्वीकृति कैसे मिलेगी। लोग मुझ पर तो सवाल वैसे भी नही उठाएंगे पर तुम क्या करोगी। मैं ये सब जानता भी हूँ और समझता हूं। मैं भी बस तुमसे पूछने की ही योजना बना रहा था। बस तुमने पहले पूछ लिया।"

हर्षा ने उसके होठों को हल्के से चूमते हुए कहा

"तो कल हम शिव मंदिर में शादी करेंगे। आधिकारिक शादी कभी भी हो पर मैं तुमसे कल ही शादी करना चाहती हूं। कल अच्छा मूहर्त भी है और सोमवार भी।"

इस बार इंद्रजीत ने भी हां में सिर हिला दिया। हर्षा ने उसे भोजन मेज की तरफ ले जाते हुए कहा

"आज मैंने तुम्हारे लिए क्या बनाया है जरा देखो तो। मसूर की टंमाटर के छौंक वाली दाल, मटर पुलाव, पालक पनीर और काले गुलाब जामुन। बस इन्हें बनाते समय थोड़ी गड़बड़ हो है।"

इंद्रजीत ने एक भौं ऊंची करते हुए पूछा

"ये सब तुमने बनाया है?"

हर्षा ने हां में सिर हिलाया तो वो बोला

"तुम क्यों थकी! कमला को या किसी और को कह देती!"

हर्षा ने उसके कंधे पर हाथ रखते हुए कहा

"अपने होने वाले पति के लिए एक डिनर डेट तैयार करनी थी तो मैंने सोचा क्यों ना घर पर ही तैयार कर लें। जरा रुको मैं परोसती हूं!!"

हर्षा ने खाना परोसा तो ये देख वहां गौजूद सभी लोग तित्तर बित्तर हो गए। इंद्रजीत के लिए हर्षा जो कर रही थी वो सब तो एक पत्नी ही कर सकती है। अचानक इंद्रजीत ने हर्षा को अपने करीब खींच लिया। हर्षा धक्के के कारण उसकी गोद में जा गिरी। उसने अचकचाते हुए इंद्रजीत को देखा जिसने अगले ही पल अपने होठ हर्षा के होठों पर रख दिए। वो इस लम्हें से बाहर नहीं आना चाहता। हर्षा ने भी अपनी बाहें इंद्रजीत की गर्दन के चारों तरफ़ लपेट दी। दोनो काफी देर तक एक दूसरे को चूमते रहे फिर ऑक्सीजन की कमी के चलते दोनों अलग हुए। इंद्रजीत और हर्षा दोनो के चेहरे पर एक अलग ही लालिमा छा गई थी। इंद्रजीत ने हर्षा

के हाथ सहलाते हुए पूछा

"ये क्या था?"

हर्षा बुदबुदाई

"फ्रेंच किस!!"

इंद्रजीत भी फुसफुसाया

"कहां से सीखी??"

हर्षा ने कुछ देर सोचने के बाद ना में सिर हिलाते हुए कहा

"कहानियों उपन्यासों से!!!"

इंद्रजीत ने हर्षा के चेहरे को देखा जिसके चेहरे पर एक एक शरारती मुस्कान तैर रही थी। इंद्रजीत बोला

"खाना खा लेते है।"

हर्षा भी सहमत थी। दोनों खाना खाकर सभी के पास आकर बैठे। डॉक्टर कौशल भी वहां मौजूद थे। उन्होंने कहा

"अहम!! इंद्रजीत वैसे अब हर्षा काफी ठीक है!"

इंद्रजीत को तो काफ़ी शर्म आ रही थी पर हर्षा तो सोफे पर पैर ऊपर कर इंद्रजीत की गोद में सिर रखकर लेट गई है! ये देख वो हैरान था पर बाकी सब नही। बाकी सब ने भी खाना खा लिया था। हर्षा ने नुसरत से पूछा

"सबने खाना कब खाया?"

नुसरत बोली

"जब तुम दोनो एक दूसरे से खेल रहे थे तब मैं बाकी खाना बाहर ले आई थी। चिंता मत करो!!"

सभी लोग हंसते हुए बातें करने लगे। इंद्रजीत को तो ऐसा लग रहा था मानों वो एक छोटा बच्चा बन गया और आसपास सभी लोग से ऐसे बाते कर रहे हैं मानो वो दूल्हा नहीं बल्कि बस एक दोस्त है। उसने अचानक ही कहा

"हर्षा जरा कमरे में तो आना कुछ बात करनी है।"

सब उसके ऐसे अचानक खड़े होने से डर गए। हर्षा ने भी परेशानी से उसे देखा। सभी ने इंद्रजीत के कुछ कहने का इंतजार किया पर वो सीधा अपने कमरे में चला गया। हर्षा भी जल्दी उसके पीछे पीछे गई। सब दूसरे

से इसकी वजह पूछ रहे थे। हाश्मी आराम से तिरछा होते हुए बोला

"वो बस भावुक हो गया है और अपने भाव हमारे सामने दिखाना नही चाहता। मुझे तो मुश्किल लग रहा है उनका यहां लौटना। अब हमें सोचना है कि हमें क्या करना चाहिए।"

*****

हर्षा इंद्रजीत के पीछे पीछे कमरे में पहुंची। उसने घबराते हुए पूछा

"क्या हुआ इंद्र!!?"

इंद्रजीत ने दरवाजा बंद होते ही हर्षा को अपनी बाहों में जकड़ लिया। हर्षा कुछ देर तक बस वैसे ही खड़ी थी। फिर वो उसकी पीठ सहलाते हुए बोली

"बाहर लाओ! अपने भावों को बाहर लाओ इंद्र। यहां कोई नही है जो तुम्हें इस तरह से देखे। मुझसे कहो। मैं सुनूंगी!!"

इंद्रजीत ने कोई जवाब नही दिया। उसे आज अपना परिवार बहुत याद आ रहा था। अगर वो हादसा ना हुआ होता तो वो हर्षा को अपने परिवार से मिलवाता। वो हर्षा को जरूर पसंद करते। वो ना में सिर हिलाते हुए बस आंसू बहाता रहा। फिर थोड़ा सामान्य होते हुए पीछे हुआ और हर्षा की नाक को हल्का सा काट लिया। हर्षा को ऐसी किसी हरकत की उम्मीद नहीं थी। वो अपना नाक सहलाने लगी। वो बोली

"तुमने ऐसा क्यों किया?"

"मजा आया! देखो तो कैसे लाल हो गई, तुम्हारी नाक!"

हर्षा ये सुन तकिया उठाकर उसके पीछे भागने लगी तो इंद्रजीत ने भी एक तकिया उठा लिया। दोनो कुछ देर तक इसी तरह एक दूसरे के आगे पीछे दौड़ने लगे। आखिर थककर हर्षा बिस्तर पर लेट गई तो इंद्रजीत भी उसके पास ही लेट गया। वो थका नहीं था क्योंकि वो तो व्यायाम करता है। कुछ देर और इसी तरह मस्ती करने के बाद वो लोग सो गए। आज काफी दिन बाद इंद्रजीत काफी हल्का महसूस कर रहा था। शायद उसे इसी की जरूरत थी। हर्षा उसे सोते देख रही थी। वो उसके लिए खुश थी पर उसके भी तो जज्बात है। वो चुप चाप बाथरूम में आई और नल चला कर सिसकते हुए वहीं बैठ गई। वो रोते हुए बोली

“मां मैं सही कर रही हूं ना अब!!”

*****

अगले दिन इंद्रजीत को हाश्मी तैयार कर रहा था। इंद्रजीत कहना तो नहीं चाहता था पर वो थोड़ा घबरा रहा था। हाश्मी ने भी उसका कोट ठीक करते हुए कहा

"जानते हो! मैं भी अपनी शादी पर बहुत घबराया हुआ था। हां मैं उसे सच में पहले से ही प्यार करता था पर शादी के दिन जब उसे जब लाल जोड़े में देखा था तो ऐसा लग रहा था जैसे कुछ अलग ही जज्बात जाग गए हों।"

इंद्रजीत बस मुस्कुरा दिया। उसने एक नजर अपनी परिवार की फोटो की तरफ देखा जो उसके पास बची थी। आज अगर वो यहां होते तो शायद उसकी शादी धूमधाम से हो रही होती। उसके भाई उसके साथ हंसी मजाक कर रहे होते, उसकी बड़ी बहन उसे हर्षा के नाम से छेड़ रही होती, उसकी माँ उसे एक अच्छा पति बनने की सीख दे रही होती और भावुक हो रही होती, उसके पिता उसे जिम्मेदारियों का अहसास करवा रहे होते और उसके दादा दादी उसे आशीर्वाद दे रहे होते। उसकी आंखें भर आई थी। जैसे ही हाश्मी दूसरी तरफ मुड़ा इंद्रजीत ने अपने आंसू पोंछ लिए। वो कभी भी अपने परिवार की यादों से बाहर नहीं आ सकता पर कम से कम उसके वो बुरे सपने हर्षा की उपस्थिति से खत्म से हो गए है। हर रात वो सुकून की नींद सोता है। उसने पानी पीकर पूछा

"हर्षा और नुसरत कहां हैं?"

हाश्मी कंधे उचकाए हुए बोला

"नहीं पता। उन्होंने कहा था कि वो मंदिर में ठीक मुहूर्त पर पहुँच जाएंगे। हमें वहाँ 11:00 बजे से पहले पहुँचना है। तुम जल्दी तैयार हो जाओ!"

इंद्रजीत ने खुद को शीशे में देखा। उस ने एक गहरे नीले रंग का थ्री पीस कोट पहना था। रोलेक्स की घड़ी, चमचमाते जूते, सेट किए हुए बाल। हाश्मी सलेटी रंग के कोट पैंट में तैयार हुआ था। उस ने उसकी जेब में तैयार रुमाल और गुलाब लगाते हुए कहा

"इस शुभ दिन की बधाई हो, मेरे दोस्त!"

दोनों एक दूसरे के गले लग गए! इंद्रजीत बोला

"धन्यवाद!! अच्छा तुम्हें नहीं लगता कि ये सब जल्दी या हड़बड़ी में हो रहा है।"

हाश्मी हंसते हुए बोला

"कोई कुछ नहीं कर सकता है। तुम्हारी तेज तर्रार और उल्टी सीधी हरकतें करने वाली प्रेमिका से तुम एक होने वाले हो, सब ठीक ही होगा!!"

इंद्रजीत यह सुन कर मुस्कुरा उठा। उसने एक दो बार अपने आपको शीशे में निहारा। फिर दोनो कुछ और लोगों के साथ शिव मंदिर की ओर चल दिए।

*****

शिव मंदिर के पास पहुंच कर उन्होंने देखा मंदिर में कुछ कुछ सजावट हुई है। वो लोग सीढियां चढ़ते हुए ऊपर जाने लगे। इंद्रजीत ने दहलीज पर सिर टिकाते हुए वंदन किया। हाश्मी और अन्य भी ऐसा करते हुए उसके पीछे पीछे अंदर आए। वो और अंदर गए थे तो पुजारी उन्हें देखकर थोड़ा हैरान हुआ क्योंकि वो इंद्रजीत को पहचान गया था। उसके तो मानो हाथ पैर कांपने लगे और उसने बड़े हिचकिचाते हुए उनके अभिवादन का उत्तर दिया। एक साल पहले इंद्रजीत का जो रूप शहर ने देखा था उससे सभी डर गई थे। उन्होंने इंद्रजीत को वेदी पर बैठने के लिए कहा, इंद्रजीत वहां बैठा तो बाकी सब चारों तरफ खड़े हो गए। अब चूंकि ये सब काफी हड़बड़ी में हो रहा था तो हर्षा ने ज्यादा लोगों को नहीं बुलाया था। इंद्रजीत के करीबी लोगों यानी कि रॉकी, हाश्मी, नुसरत, महिमा, लता और मनोहर पांडेय, अनुश्री, आयुष, राम, कुणाल, राधेश्याग, भास्कर और इंद्रजीत के करीब 6 करीबी लोग।

हालांकि कुणाल, राधेश्याम और भास्कर, तीनो बहुत गुस्सा थे कि हर्षा इस तरह हड़बड़ी में शादी कर रही है मगर हर्षा ने उन्हें समझाया कि वो और इंतज़ार नहीं कर सकते हैं और वैसे भी वो 21 दिन बाद धूम धाम शादी रिसेप्शन करने वाले हैं जब उनकी शादी पंजीकृत हो जाएगी। उसमें वो लोग सभी को बुलाएंगे इसलिए उन्हें चिंता करने की जरूरत नहीं है। उन्होंने उसके भाव महसूस कर हामी भर दी थी। पुजारी जी ने मंत्रोचार के साथ पहले गणेश वंदना की, फिर सभी देवी देवताओं का आवाहन करते हुए इस शादी हेतु आमंत्रित किया। इसके बाद उन्होंने इंद्रजीत से

कुछ आहुतियां हवन में डालने का कहा और शादी का संकल्प दिलवाया। फिर वो बोले

"अब दुल्हन को बुलाया जाए!"

बस ये कहने की देर थी कि इंद्रजीत को पायल की छम छम सुनाई दी। उसने पीछे पलट कर देखा तो एक लाल खूबसूरत बनारसी साड़ी में हर्षा वहाँ आ रही थी। इंद्रजीत तो सांस लेना ही भूल गया। उसका दिल जोर से धड़कने लगा। उसने पहली बार देखा कि हर्षा के बाल खुलने के बाद कितने सुन्दर लगते हैं। वो गहरे भूरे रंग के हैं और बालों में सजे गहरे के साथ तो उसकी खूबसूरती दुगनी हो गई है। हर्षा की आँखें काजल से सुशोभित प्यार में सराबोर उसकी तरफ ही देख रही थी। उसके होठ आज लाल लिपस्टिक से सजे थे। हल्का मेकअप और माथे में सुंदर लाल बिंदी। हाथों में दर्जन लाल कांच की चूड़ियां और उसके साथ शादी का चूड़ा और उसमें लटके कलीरे। गले में एक चोकर सहित दो लड़ा हार और कानों में भारी झुमके। पैरों में घुंघरू वाली पायल। वो धीरे से फुसफुसाया

"हाए!!! हे भगवान मेरी हर्षा बहुत खूबसूरत लग रही है पर उसने ये सब खर्चा कम किया है!"

इंद्रजीत सोचने लगा तभी उसे याद आया कि हर्षा ने कुछ पंद्रह दिन पहले उस से उसका क्रेडिट कार्ड मांगा था। यह कह कर कि उसे कुछ खरीदारी करनी है। इंद्रजीत जिसे अपनी दौलत का ज्यादा अंदाजा नहीं था उसने बिना हिचक के एक विशेष ब्लैक कार्ड हर्षा को दे दिया था। इसमें काफी सारे पैसे होते हैं जिससे वह चाहे तो दो बंगले भी खरीद सकती थी हालांकि उसने कितने पैसे खर्च किए इसका नोटिफिकेशन और इंद्रजीत के पास आता था मगर एक दो बार के बाद उसने ध्यान देना छोड़ दिया था। हर्षा जरूरत का हो सामान लिया करती थी। अब उसे कोई अफसोस नहीं है अपना कार्ड हर्षा को देने का। उसकी जान आज बहुत खूबसूरत लग रही है। वो समझ गया कि थोड़ी देर पहले हाश्मी क्यों कह रहा था कि शादी के दिन अलग जज्बात बाहर आते हैं। उसकी नजरें तो उससे हट ही नही रही थी। हर्षा के लंबे बाल भी उसके कूल्हों तक लटक रहे हैं। वो वहां आकर बैठ गई और बोली

"क्यों हैरान रह गए ना?"

उसने पलके झपकाते हुए इंद्रजीत को देखा। जो मंत्र मुग्ध अपनी होने वाली पत्नी को देख रहा था। इंद्रजीत तुरंत ही अपने सदमे से बाहर आया और उन्होंने आगे की रस्में शुरू की। पुजारी जी ने हर्षा से भी शादी का संकल्प दिलवाया और फिर आगे की प्रक्रिया शुरू की। दोनो को साथ देख नुसरत की आँखें भर आई। उसने आज एक बैंगनी रंग का शरारा सूट पहना था। उसने चुन्नी से अपने आंसू पोंछे और फिर उनकी कुछ तस्वीरें ले ली। हाश्मी ने उसके कंधे पर हाथ रखते हुए कहा

"इतनी भावुक क्यों हो रही हो? अब तो उनकी शादी भी हो रही है!"

नुसरत ने हाश्मी के कंधे पर सिर रखते हुए कहा

"तुम नहीं जानते हाश्मी जब मैं उसे तैयार करने के गई थी तब वो कैसे तड़प कर रो रही थी। उसके दिल में कोई तो दर्द और है जो वो किसी को भी नही बता रही। वो सांस भी नही ले पा रही थी इतना रो रही थी। जब मैं उसे तैयार कर रही थी तब उसने मुझसे एक अजीब बात पूछी!!"

"क्या??"

"क्या मुझे मेरी माँ ने दुल्हन के रूप में तैयार किया था? हाश्मी क्या तुम्हें उसके माँ बाप के बारे में कुछ पता है!!"

हाश्मी ने ना में सिर हिलाते हुए कहा

"नहीं। उनके बारे में बस ये पता है कि वो अब इस दुनिया में नहीं है।"

नुसरत ने हां में सिर हिलाया। जल्दी ही उनकी वरमाला हुई। इंद्रजीत और हर्षा के गठबंधन के लिए कुणाल आगे आया। उसने उनका गठबंधन किया। कन्यादान के लिए राधेश्याम ने आगे आकर पूजा की। कुणाल ने गठबंधन कर हर्षा के सिर पर स्नेह से हाथ रखा। फिर उसने इंद्रजीत को देखते हुए कहा

"मैं अपनी बहन तुम्हें दे रहा हूं। उसे कोई तकलीफ नहीं होनी चाहिए!"

उसके धमकी भरे लहजे को सुन इंद्रजीत के आदमी आगे बढ़े पर इंद्रजीत ने उन्हें इशारे से रोकते हुए कहा

"फिक्र मत करो!!! मैं मेरी जान को खुद ज्यादा संभाल कर रखूंगा!!"

फिर दोनो के फेरे हुए। फेरों के समय दोनो के चेहरे पर एक स्थाई मुस्कान थी। आस पास खड़े लोग उन पर फूल बरसा रहे थे। फेरों के बाद

वो फिर अपने स्थान पर बैठे पुजारी जी बोले

अब आप दुल्हन को मंगलसूत्र पहनाए और मांग में सिंदूर भरे!"

इंद्रजीत ने थाली से मंगलसूत्र उठाया। दरअसल ये मंगलसूत्र वो कल हर्षा के कहने के बाद विशेष ऑर्डर पर लेने गया था। उसने हाश्मी कोई खास तरह का मंगलसूत्र बनवाने का कहा था। उसने हर्षा को मंगलसूत्र पहनाया। फिर सिंदूरदानी से सिंदूर अपनी चुटकी में भरा और हर्षा की मांग में सिंदूर भरा। कुछ सिंदूर उसके नाक पर भी गिर गया तो पुजारी जी मन ही मन बोले

"यानी इंद्रजीत हर्षा से बेहद प्यार करता है और आगे भी करता रहेगा।"

हर्षा की आँखें बंद थी। उसके चेहरे पर संतोष के भाव थे। उसकी आंख से एक आंसू बह निकला। इंद्रजीत ने वो आंसू पोंछ लिया और हर्षा के माथे को चूम उसके माथे से अपना माथा सटा लिया। दोनो के चेहरे पर मुस्कान थी। फिर उसके हाश्मी को इशारा किया। हर्षा इंद्रजीत को देखने लगी। इंद्रजीत ने हर्षा का हाथ मांगा जो उसने बिना किसी झिझक के उसके हाथों में दे दिया। इंद्रजीत ने हर्षा को एक अंगूठी पहनाई जो उसने मेल की बनवाई थी। हर्षा ने भी इंद्रजीत को वो अंगूठी पहनाई। हर्षा अपना हाथ देखते हुए बोली

"तुम्हें मेरी उंगली का नाप कैसे पता?"

इंद्रजीत मुस्कुराते हुए बोला

"मैं देख कर ही बता सकता हूं!"

फिर उसने मन ही मन कहा

"वैसे मैं तो तुम्हारे कपड़ों का भी...."

उसने सिर झटककर अपनी सोच को विराम देते हुए थोड़ा गला साफ़ किया। पंडित जी ने उन्हें पति पत्नी घोषित कर दिया।

"आज से आप पति पत्नी हैं। अब बड़ों का आशीर्वाद ले लीजिए!!"

वो दोनो खड़े हुए। सबसे पहले उन्होंने शिव पार्वती की पूजा अर्चना कर उनका आशीर्वाद लिया। फिर पुजारी जी, पांडेय दंपत्ति, राधेश्याम का भी आशीर्वाद लिया। हाश्मी और नुसरत ने उन्हें गले से लगा लिया। उन्होंने साथ में काफी तस्वीरें खिंचवाई!! फिर सभी लोग एक होटल में

खाना खाने गए। वहां से सभी अपने अपने घर को चल दिए।

*****

जब हर्षा और इंद्रजीत घर पहुंचे तो इंद्रजीत के परिवार की परंपरा अनुसार नुसरत ने उनका स्वागत किया। हर्षा ने चावल के कलश को तिरछा किया और फूलों के आसन पर पैर रखा। इंद्रजीत आगे आया। उनके आगे अलग अलग आकार की थालियां रख दी गई। इंद्रजीत हर एक में पैर रख आगे बढ़ता और हर्षा बिना किसी आवाज के उन थालियों को उठा रही थी। उसके सफलता पूर्वक ये रिवाज पूरा कर लेने पर हर्षा के पैर महावर भरे थाल में रखवाए गए। फिर उसके पैरों की छाप को एक कपड़े पर लिया गया को इंद्रजीत अपनी तिजोरी में रखने वाला था। इसके बाद उसके हाथों की छपाई पूजा घर में ली गई। नुसरत और हाश्मी के बखूबी ये सब करवा रहे थे।

भले ही उनका धर्म अलग है पर वो उनके सभी रीति रिवाजों को पूरे सम्मान से निभा रहे थे। उनके साथ रहते रहते हुए वो सब एक परिवार की तरह है। इंद्रजीत नुसरत को अपनी बहन जैसा मानता है। इसके बाद उनकी अंगूठी ढूंढने को रसम हुई जिसमें तीन बार इंद्रजीत जीता और चार पर हर्षा। हर्षा खुश होते हुए बोली

"अब तो जिंदगी भर मेरा ही राज चलेगा!"

इंद्रजीत मुस्कुराकर उसे ही देख रहा था। उसने अचानक ही हर्षा को अपने करीब खींचते हुए कहा

"मुझे कोई आपत्ति नहीं है, मेरी जान!"

हर्षा भी हंसने लगी। सच कहें तो नुसरत को इस सब में बहुत मजा आ रहा था। कुछ देर बाद इंद्रजीत को हाश्मी अपने साथ टहलाने ले गया और नुसरत हर्षा को लेकर कमरे में पहुँच गई। हर्षा ने उसका धन्यवाद दिया और अन्दर गई। उसने एक बार अपनी आंखें बंद कर ली। अचानक उसकी आँखों से आंसू बह निकले। उसने अपनी मुट्ठियां कस के भींच ली। उसने दो तीन गहरी सांस लेकर अपने आप को शांत किया। उसने अपने कपड़े बदल लिए और रात के लिए आरामदायक गाउन पहना और बिस्तर पर जाकर बैठ गई। वो अब इंद्रजीत का इंतजार कर रही थी। उसने अपने कमरे को फूलों से सजाया हुआ था, खुशबूदार मोमबत्ती जल

रही है और रोशनी भी मद्धम है। हर्षा नजरें नीचे कर मुस्कुराने लगी। आखिर आज उनकी सुहाग रात जो है।

कुछ देर में इंद्रजीत कमरे के अंदर आया। कमरे की सजावट और मध्यम रोशनी को देखकर उसे अहसास हो गया कि आज क्या होने वाला है। तभी उसकी नजर हर्षा पर गई जो उसे ही कामुकता से देख रही थी।

"मैं क.. कपड़े बदल कर आता हूँ!!"

ये कह कर वो तेजी से बाथरूम में घुस गया। उसे पता नहीं क्यों उसकी धड़कनें तेज हो रही है। वो अभी तक कुंवारा है, किसी लड़की को कभी छुआ तक नही पर वो इतना बेवकूफ नहीं है कि उसे पता नहीं है कि क्या होता है। दरअसल वो इस बारे में हो बात करने बाहर आया था। यूं तो उसे शर्म आ रही थी पर फिर भी उसने कुणाल से पूछ लिया था कि अगर वो अपने रिश्ते को पूर्ण करते है, अपनी अपनी के साथ संबद्ध बनाता है तो हर्षा को कोई तकलीफ तो नही होगी। कुणाल का कहना था कि हर्षा अब काफी हद तक ठीक है और उसे इस तरह के काम से कोई दिक्कत नही होगी। फिर भी वो चाहे तो शुरुआत धीरे कर सकता है। उसने कपड़े बदले और अपने मुंह पर कई बार पानी डाला। उसने खुद को थोड़ा शांत किया। वो बाथरूम में बाहर आया और हर्षा के करीब गया। उसकी हिचकिचाहट को देख हर्षा उसके सामने आई। उसने उसके चेहरे को देखते हुए कहा

"इंद्र!! मैं तुमसे प्यार करती हूं। अपने आप को तनाव मत दो। जैसे सब होता है होने दो। मैं तुम्हें महसूस करना चाहती हूं। पूरी तरह से। इसलिए तुम फिक्र मत करो। फिर भी अगर तुम सहज नहीं हो तो हम रुक सकते हैं।”

ये सुनकर इंद्रजीत ने उसे बाहों में भर लिया। उसके उसके होठों को शिद्दत से चूमना शुरू किया। हर्षा ने धीरे धीरे उसकी टी शर्ट को उतार दिया और अपने गाउन के श्रृग को भी हटा दिया। इंद्रजीत ने उसके होठों से अलग होते हुए अपने होठ हर्षा के जबड़े, कान गाल, गर्दन हसली पर फिराने शुरू किए। हर्षा भी मदहोश हो रही थी और इंद्रजीत भी। फिर इंद्रजीत ने उसे बिस्तर में लिटा दिया। उसने एक आखिरी बार उसके चेहरे पर हिचकिचाहट को ढूंढा पर जब उसे कोई हिचकिचाहट नहीं

दिखाई दी तो उसने हर्षा और खुद के शरीर से कपड़े पूरी तरह से हटा दिए। फिर वो हर्षा के शरीर को अपने होठों से सहलाने लगा। हर्षा बेचैन होते हुए आहें भरने लगी। इंद्रजीत के होठ उसके शरीर पर जादू सा कर रहे हैं। वो लंबी सांसे लेते हुए बोली

"इंद्र! मुझे अपने प्यार का अहसास करना है। मुझे तुम्हारे साथ एक होना है। मुझे भी जानना है कि वो आनंद क्या होता है जो दो प्यार करने वाले महसूस करते हैं।"

इंद्रजीत हल्की मुस्कान से उसे देखने लगा। उसने कभी नहीं सोचा था कि वो लड़की होते हुए इतनी मुखर होकर अपनी बात कहेगी। वो उसके कान के नीचे गर्दन के पास चूमने लगा और उसके साथ आनंद सागर किलहरों को महसूस करने लगा। उसने सहमति से सिर हिलाया और धीमी रोशनी को भी बंद कर दिया। मोमबत्ती की रोशनी में दो परछाई प्रेम की परिसीमा को दर्श रही थी। धीरे धीरे वो दोनो एक दूसरे में प्रेम में डूब गए।

*****

अगले सुबह से दोनो एक परिवर्तन के साथ जीवन जीने लगे। हर्षा इंद्रजीत की खुशियों का ध्यान रखती थी तो इंद्रजीत उसकी हर छोटी मोटी जरूरतों का ख्याल रखता। हर्षा के वापस आने के बाद सब कुछ ठीक हो रहा था। इंद्रजीत मुस्कुराने लगा था। हर्षा और वो काफी समय साथ बिताना चाहते थे पर इंद्रजीत का काम उसे इसकी इजाजत नही देता था। इंद्रजीत और हर्षा भले ही हनीमून के लिए कहीं ना गए हों पर वो शाम को खाना खा कर टहलते हुए बातें किया करते। इसी दौरान इंद्रजीत को पता चला कि हर्षा कुछ काम करना चाहती है। इंद्रजीत भी जानता था कि वो सिर्फ एक ग्रहणी बनने के लिए नहीं बनी है। वो जो भी करना चाहेगी वो उसका पूरा सहयोग करेगा। वो रोज देरी से ही आता था और थक भी जाता था। कई बार तो वो हर्षा से कुछ बात करते करते उसकी गोद में सिर रखकर सो जाता था। ना जानें क्यों इंद्रजीत को हर्षा की गोद में सिर रखना अच्छा लगता था। रात को भी वो हर्षा के साथ काफी नर्माई से पेश आता था। वो जानता है किसी भी लड़की के लिए शुरुआती दिनों में प्रेम करना सहज नहीं होता। उसके शरीर को समय देने की आवश्यकता

होती है जिससे वो इस परिवर्तन में ढल सके।

*****

एक दिन नाश्ते के खाने के दौरान इंद्रजीत हर्षा से बोला

"हर्षा तैयार हो जाना। हम लोग रजिस्ट्रार ऑफिस चलेंगे ताकि हमारी शादी का रजिस्ट्रेशन करा सके।"

"ठीक है!"

हर्षा तुरंत कमरे में गई और तैयार होने लगी। दरअसल जब से वो यहाँ इंद्रजीत के साथ रहने को आई है। तब से इंद्रजीत ने उसके लिए सबसे महंगे कपड़े, गहने और उसकी जरूरत की हर चीज़ घर में मुहैया करवाई है। मगर हर्षा को इन सब में से कुछ दिलचस्पी नहीं है पर आज उसने सिल्क की बहुत महंगी साड़ी पहनी जिस पर एक तस्वीर बनी हुई है जो किसी समुद्र किनारे की है। उसने अपने बाल खुले छोड़ दिए और बस उन्हें ऊपर से क्लचर लगा कर चेहरे पर आने से रोकते हुए बांध लिया। जब वो नीचे आई तो उसने पहली बार इंद्रजीत को सफेद कोट पैंट में देखा। हर्षा उसे देखते ही हैरान रह गई। उसने कभी भी इंद्रजीत को सफेद रंग में नहीं देखा था। वो उस के पास आई और उसके गाल को छूते हुए बोली

"जान निकालनी है क्या मेरी इंद्र!!"

इंद्रजीत बोला

"और तुम क्या कर रही हो!!!"

नुसरत गला साफ करते हुए बोली

"तुम्हें जल्दी जाना चाहिए!!"

दोनो अपनी तंद्रा से बाहर आए और तेज़ी से बाहर निकले। उन्होंने पीछे से नुसरत, कमला और हाश्मी के हंसने की आवाज सुनी! इंद्रजीत ने अपनी नई रेंज रोवर निकाली जो उस ने अपनी शादी के तोहफे के रूप में उसे दी थी मगर उसने उसे इस्तेमाल करने से मना कर दिया था। अंदर बैठते हुए उसने इंद्रजीत से पूछा

"आज हम इसमें क्यों जा रहे हैं?"

इंद्रजीत मुस्कुराते हुए बोला

"यह तुम्हारे लिए शादी का तोहफा है तो कभी तो इस्तेमाल करेंगे ना!!"

हर्षा ने हां में सिर हिलाया और बोली

"जैसा तुम्हें ठीक लगे।"

इंद्रजीत ने हर्षा की तरफ देखा तो हर्षा बोली

"सामने देख कर गाड़ी चलाओ मेरी जान!!"

इंद्रजीत हंसते हुए सामने देखते हुए बोला

"तुम इस तरह के कपड़ों में बहुत अच्छी लगती हो!! तो तुम मुझे ये बताओ कि तुम और लड़कियों की तरह कपड़े, गहने या खरीदारी करने की जिद क्यों नहीं करती हो। मेरे पास बहुत पैसा है और जो भी है वो तुम्हारा ही तो है। और कार्ड से भी तुमने सिर्फ जरूरत की चीजें ही खरीदी है। सच कहूँ तो थोड़े दिन पहले मैं अपने एक अच्छे बिजनेस पार्टनर रवींद्र* से मिला था। उसने बताया था कि कैसे वो अपनी पत्नी को बिगाड़ना चाहता है। मैं भी वैसे ही तुम्हें बिगाड़ना चाहता हूं। तुम वो सब तो पहनती ही नही हो जो मैं लाया हूं। ना उन गहनों इस्तेमाल करती हूँ। क्या मेरी पसंद तुम्हें पसंद नहीं आती?"

(*अपहर्ता)

हर्षा खिलखिला कर हँसी और बोली

"तुम्हारी पसंद मैं हूँ और मैं खुद को ना पसंद कैसे कर सकती हूँ।"

ये सुन कर इंद्रजीत भी मुस्कुरा उठा। हर्षा ने देखा कि इंद्रजीत के चेहरे पर एक अलग सी खुशी छाई रहती है और वो इस खुशी को कभी धूमिल नहीं होने देना चाहती। उसकी इच्छा है कि इंद्रजीत और वो हमेशा इसी तरह रहे हैं भले ही उनकी जिंदगी में कुछ भी होता रहे मगर वो इंद्रजीत के चेहरे से हँसी गायब नहीं होने देना चाहती। उसी समय हाश्मी का फ़ोन आ गया जिसे देखकर इंद्रजीत ने सिर हिलाया और फ़ोन बंद कर जेब में डाल लिया। हर्षा खिड़की से बाहर देखते हुए बोली

"काम कभी खत्म नहीं हो सकता है।"

वो लोग हॉस्पिटल के सामने से गुजर रहे तो अचानक इंद्रजीत को कुछ याद आया और वो हर्षा को देखते हुए बोला

"अरे तुम्हारा चेकअप कराना था ना!!"

हर्षा मुंह बिगाड़ते हुए बोली

"तुम्हें पता है ना मुझे हॉस्पिटल जाना बिल्कुल पसंद नहीं है। बीमार हो ऐसा लगता है। अब तो मैं ठीक हूँ और अगर कुछ परेशानी होगी तो मैं तुम्हे बता दूंगी। सच्ची!!"

इंद्रजीत ने बस हां में सिर हिलाया। कुछ ही देर में वो लोगों में रजिस्ट्रार ऑफिस पहुंच गए। इंद्रजीत ने अपनी गाड़ी पार्किंग में खड़ी की तो पार्किंग वाला पैसे लेने आ गया पर इंद्रजीत का चेहरा देख वो घबराकर एक तरफ़ हट गया। वो अंदर जाने लगे तो चौकीदार ने इंद्रजीत को देखा मगर उसके पांव भी कांपने लगे। बीते डेढ़ साल हुए, जब से हर्षा गायब रही थी तब से इंद्रजीत की क्रूर छवि और भी प्रचलित हो गई थी। कोई भी उसे नाराज कर के उससे अपनी दुश्मनी नहीं करना चाहता था, अपनी जान को खतरे में नहीं डालना चाहता था। वहां मौजूद नोटरी और स्टांप वाले लोग भी उसे यहां देख हैरान थे। पर उन दोनो को किसी की कोई परवाह नही थी।

अचानक ही हर्षा की साड़ी उसके सैंडिल में अटक गई और वो लड़खड़ा गई। वो अपनी साड़ी ठीक करने के लिए नीचे झुकने वाली थी कि इंद्रजीत ने उसे रोकने का इशारा किया और खुद नीचे झुक कर हर्षा की साड़ी ठीक करते हुए उसे मुस्कुरा कर देखा। ये देखकर तो आस पास खड़े लोगों के मुंह खुले के खुले रह गए। कुछ के हाथ से सामान भी गिर गया। पर एक बात तो थी जब उन्होंने देखा कि हर्षा उसके साथ और इंद्रजीत के चेहरे पर मुस्कुराहट है तो सभी तसल्ली हुई। वहीं वहां मौजूद कुछ और लोग अपना मुंह छुपाने लगे जो इंद्रजीत के हाथों पिट चुके थे क्योंकि वो अनैतिक अपराधों में लिप्त हो समाज को खोखला कर रहे थे। इंद्रजीत ने उन्हें अनदेखा किया। हालांकि वो उन्हें पहचान गया था पर वो कुछ भी नही बोला क्योंकि यहां कोई ठेला लगा रहा था तो कोई फोटोकॉपी की दुकान पर बैठा था।

वो दोनो मैरिज रजिस्ट्रार के सामने पहुंचे। वहां कुछ और लोग भी रजिस्ट्रेशन करवा रहे थे। उनकी तस्वीर नोटिस बोर्ड पर लगाई जा रही थी पर जैसे ही वहां के कर्मचारियों ने इंद्रजीत को देखा वो खड़े होते हुए बोले

"आप... आप लोग!!"

इंद्रजीत शांत आवाज में बोला

"मैं अपनी पत्नी के साथ शादी का रजिस्ट्रेशन करवाने आया हूं।"

वो अधिकारी बोला

"अरे तो आप पहले आ जाएं। वैसे आप को एक फॉर्म भरना होता है और कुछ डॉक्यूमेंट भी लगते हैं पर हम आपके लिए तो नियमों में भी बदलाव कर सकते है!"

इंद्रजीत कुछ कहना चाहता था पर तभी हर्षा ने उसके हाथ पर अपना हाथ रख दिया तो वो बोलते बोलते रुक गया और हर्षा को देखने लगा जो कुछ सोच रही थी। उस ने बस रजिस्ट्रार की तरफ चेहरा कर के कहा

"नहीं हम काम नियमानुसार ही करेंगे। हम इंतज़ार कर लेंगे। वैसे भी हमसे पहले भी लोग यहां मौजूद है। कोई परेशानी नहीं है।"

हर्षा ने ये कहा तो वो लोग थोड़ा शांत हुए पर उनके चेहरे पर अभी भी शिकन नजर आ रही थी। हर्षा मुस्कुराते हुए बोली

"कैसा रहेगा अगर आप में से कोई अनुभवी अधिकारी हमें सारे नियमों की सूचना दे या जानकारी दे। वैसे तो हम सारे डॉक्यूमेंट लाए है पर फिर भी पुष्टि बेहतर रहेगी।"

इंद्रजीत तो अपनी पत्नी को निहार रहा था। तभी एक उच्चाधिकारी वहां आया और उसने उन्हें केबिन में आने कहा। उनके लिए चाय नाश्ता भी मंगवा लिया था। हालांकि हर्षा को ये सब बिल्कुल भी पसंद नही था। वीआईपी कल्चर उसे बुरा महसूस करवाता है। उसे पता है इंद्रजीत का रुतबा उन्हें ये सब दिलवा रहा है पर फिर भी वो इसे रोक नही रहा। शायद वो समझ गया है कि जब तक आपके पास ताकत, सत्ता या पैसा ना हो तब तक कोई आपको गंभीरता से नहीं लेता। अगर आपके पास ये तीन या इनमें से एक भी चीज है तो आप किसी भी समस्या से बड़ी ही आसानी से निकल सकते है। दोनों वहां बैठे नियम समझ रहे थे तो बार-बार हाश्मी इंद्रजीत को फ़ोन कर रहा था। पर वो बार-बार उसका फ़ोन काट रहा था। पर इस बार हर्षा ने देख लिया था कि इंद्रजीत किसी वजह या कहें हाश्मी के लगातार फोन करने की वजह से परेशान हो रहा है। हर्षा ने एक नजर नजर रजिस्ट्रार डेस्क को देखा वहां अब बस एक ही जोड़ा

बाकी था। हर्षा ने इंद्रजीत के हाथ पर हाथ रखा जो परेशान हो बाहर देख रहा था। उसने उससे कहा

"तुम जा के फ़ोन उठा लो। हो सकता है कोई जरूरी बात हो!!"

ये सुन इंद्रजीत ने असहायता भरी नजरों से हर्षा को देखा और फिर फोन उठाकर बाहर निकल गया। वो निष्काम भाव से हाश्मी से बातें कर रहा था। हर्षा बीच बीच में उसे देख रही थी। वो उच्चाधिकारी ये देख कर बोला

"देखिए अगर ये शादी आपको मर्जी से नही हो रही है या उसने आपको बरगलाया है तो हम शिकायत कर सकते है!"

हर्षा समझ गई कि वो बस अच्छे भाव से ये कह रहे है। वैसे भी उनकी उम्र 50 के आस पास की होगी। वो उन्हें तसल्ली देते हुए बोली

"नहीं! मैं अपनी मर्जी से ही ये शादी कर रही हूं। और हां मुझे उसकी पहचान के बारे में सब पता है!"

ये कहकर उसने फॉर्म भरकर जमा कराया और अपनी शादी के दिल की एक फोटो और दो पासपोर्ट साइज भी लगा दी। रजिस्ट्रार बोला

"अब बस आपके साइन और 21 दिन का इंतजार जिसके बाद आपका मैरिज सर्टिफिकेट आ जाएगा!"

हर्षा ने हां में सिर हिलाया और बोली

"वैसे मैंने सुना है कि हम ऑनलाइन भी मैरिज सर्टिफिकेट के लिए अप्लाई कर सकते हैं।"

रजिस्ट्रार बोला

"हां कर तो सकते है मगर उसके लिए भी वेरिफिकेशन टाइम लगभग इतना ही पड़ता है। आमतौर पर शादी के रीति रिवाज शुरू होने के साथ लोग अप्लाई कर देते हैं तो शादी के दिन तक सर्टिफिकेट आ जाता है।"

"अच्छा है!!"

तभी इंद्रजीत वहां तेजी से आया। उसने उसे देखते हुए कहा

"सॉरी वो थोड़ा समय लग गया!!"

हर्षा ने मुस्कुराते हुए ना में सिर हिलाया। दोनो ने जल्दी साइन किए और वहां से बाहर निकल गए।

*****

रास्ते के दौरान इंद्रजीत थोड़ा उखड़ा उखाड़ा था। हर्षा ने उसके कंधे पर हाथ रखते हुए पूछा

"क्या बात है? कुछ परेशानी है?"

इंद्रजीत ने ना में सिर हिलाया और कहा

"तो वो बस ये है कि मैं तुम्हें शाम को कहीं बार खाना खाने ले जाना चाहता था मगर..."

"मगर?"

एक ठंडी सांस छोड़ते हुए इंद्रजीत बोला

"हाश्मी मुझे बुला रहा है। कुछ जरूरी काम है।"

हर्षा ने भौं सिकोड़ते हुए कहा

"हां तो चले जाओ!"

इंद्रजीत थोड़ा हैरान होते हुए उसे देखते हुए कुछ कहना चाहता था

"मगर मैं तुम्हारे साथ समय बिताना चाहता था।"

हर्षा उसे आश्वस्त करते हुए बोली

"चले जाओ। फिर जब काम हो जाएगा तब हम आराम से चले जाएंगे।"

इंद्रजीत ये सुनकर मुस्कुरा दिया। उसने हर्षा को घर छोड़ा तो हर्षा ने उसे रोकने का इशारा करते हुए कहा

"ध्यान से जाना और अपना ख्याल रखना!!"

इंद्रजीत भी ये सुन सिर हिलाते हुए मुस्कुरा दिया।

*****

इंद्रजीत के जाने के बाद हर्षा बगीचे में गई और कुछ देर वहां बिना कुछ कहे बैठे रही। ना चाहते हुए भी उसकी आंखें भर आई! वो हाथ फैलाकर वहां लेट गई और आसमान को देखते हुए बुदबुदाई

"यही सही है!!"

*****

हर्षा को घर छोड़ने के बाद इंद्रजीत सीधे वहाँ से अपने बेस ऑफिस गया। उसे पूरा दिन लग गया। हर्षा शाम के खाने पर इंद्रजीत का इंतजार कर रही थी तो नुसरत को भी हाश्मी का इंतजार था। नुसरत ने हाश्मी को फोन करने की कोशिश की पर आज तो वो भी आउट ऑफ नेटवर्क

एरिया बता रहा था। वो उसे बता देता था अगर उन्हें देर होने वाली होती थी तो पर आज तो उन्होंने ये भी नहीं बताया था। हर्षा जब तक ठीक हो रही थी तब तक उसने इस सब पर इतना ध्यान नहीं दिया था पर अब धीरे धीरे उसे इंद्रजीत की जिंदगी समझ आ रही थी।

*****

दरअसल कुछ और गुंडे बगावत कर रहे थे जिन को सबक सिखाने इंद्रजीत और हाश्मी वहाँ गए थे। इंद्रजीत कुछ लोगों के साथ वहां आया था तो बगावत करने वाले अली ने हंसते हुए कहा

"अरे देखो देखो आवारा आशिक को अब लोगों की मदद की जरूरत पड़ गई है। क्या हुआ सारा दम रात में ही खत्म कर देते हो क्या?"

इंद्रजीत मुस्कुराते हुए गर्दन तिरछी करते हुए बोला

"वैसे मैं अपना दम तुम्हें तुरंत ही दिखा सकता हूँ पर मैं अपना समय बर्बाद नही करना चाहता। मुझे अपनी ताकत तुम्हें दिखाने की जरूरत नही है। मैं तुम्हें तुम्हारी औकात बताने आया हूं।"

ये कह कर उसने कार का सहारा लिया और अपने हाथ में पहने रुद्राक्ष को देखते हुए आगे बढ़ने का इशारा कर दिया। ऐसा होते ही वहां गोलाबारी शुरू हो गई। इंद्रजीत वहां शांति से खड़ा था। वो जानता है ये लोग उसे उकसा रहे हैं। तभी उसे कुछ आहट महसूस हुई। उसने एक झटके से पलट कर पीछे देखा तो वहां अली का छोटा भाई आदिल था जो पीछे से एक लोहे की रोड के साथ उस पर हमला करना चाहता था।

इंद्रजीत को पीठ में खंजर घोंपने वालों से नफरत है। उसने घूमकर आदिल की पीठ के पीछे जाते हुए उसके पेट की तरफ से पकड़ कर उसे धोबी पछाड़ दे दिया। आदिल दर्द से कराह उठा पर उसके हौसले मंद नही हुए। उसने चाकू निकाला और इंद्रजीत के ऊपर तेजी से हमला करना शुरू कर दिया। बचपन से ही गुंडागर्दी करने के कारण आदिल को चाकू चलाना बहुत अच्छा आता है। उसने इंद्रजीत के सीने और पेट पर कुछ घाव कर दिए थे। इंद्रजीत ना में सिर हिलाते हुए बोला

"ये सही नही किया तुमने! मेरी पत्नी भड़क जाएगी। वैसे तुम नाराज क्यों हो? क्योंकि मैंने तुम्हारे उस धंधे को बंद करवा दिया जहाँ तुम मासूम लड़कियों को खाड़ी देशों वैश्यावृति के लिए भेज दिया करते थे?"

आदिल गुराते हुए बोला

"अब तुम्हारे अंदर वो बात नही रही। वैसे भी उन लड़कियों से तुम्हें क्या लेना देना है। वैसे मैंने सुना है तुम्हारी पत्नी बहुत सुन्दर है। थोड़ी अनाड़ी है पर कोई ना। तुम उसकी डील कर लो मैं तुम्हें करोड़ों दिलवा सकता हूं। वैसे..."

इस बार वो अपने वाक्य को पूरा नहीं कर पाया क्योंकि इंद्रजीत ने उसके माथे में सीधी गोली मार दी थी। गोली की आवाज सुनकर वहां सन्नाटा पसार गया। अली जो हाश्मी से उलझा हुआ था वो तुरंत अपने भाई के पास आया। इंद्रजीत के चेहरे और कपड़ों पर आदिल का खून उछल का पड़ा था। अली चिल्लाते हुए बोला

"हराम खोर। मेरे भाई को क्यों मर दिया।"

रॉकी वहां आया और बोला

"वो गलत बोल रहा था लेडी बॉस के लिए।"

अली वितृष्णा से हंसते हुए बोला

"क्या बोला उसने? मैं जानता हूँ मेरा भाई कभी कुछ गलत बोल ही नहीं सकता। वो तो बस तुम हो जिसमें सच सुनने की हिम्मत नही है।"

रॉकी ने एक भौं ऊंची करते हुए पूछा

"कैसा सच??"

इंद्रजीत ने अभी तक आगे कुछ भी नही कहा था पर हाश्मी समझ रहा था की ये बस तूफान से पहले की शांति है। अली ने वातावरण में आए परिवर्तन को ना भांपते हुए कहा

"यही कि तुम्हारा ये डॉन एक आशिक आवारा बन गया है। ये नामर्द बन गया है। हमेशा अपनी औरत के पल्लू से बंधे रहने वाला। उसके ना रहने पर कैसा हो गया था ये तो हमने देखा ही था। हमें कोई ऐसा चाहिए जो हमें आगे ले जाए ना इसकी तरह झूठी नैतिकता की बेड़ी पैरों में डाल दे। हम सभी अपराधी, हत्यारे हैं। तो कैसी नैतिकता? और रही बात इसकी उस दो कौड़ी की औरत की तो देखा है मैंने उसे। ऐसी तो कोई हूर भी नहीं है। औरतें तो पैरों की जूती होती है। आजकल ज्यादा ही उछल रही हैं। उन्हें औकात में रखना जरूरी है। वो बस मर्द को खुश करने और बच्चे पैदा करने के लिए बनी हैं। उन्हें वही करना चाहिए। तुम्हें खुद पर

शर्म नहीं आती इंद्रजीत जो अपनी बीवी के तलवे चाटता रहता है!!!"

इंद्रजीत का खून तो खौल रहा था। पर वो समझ गया कि जिसकी सोच ही ऐसी हो उसे बदला नहीं जा सकता। इंद्रजीत उसके पास आया और उसकी आँखों में गहराई से देखते हुए बोला

"अपनी पत्नी की परवाह करना, उसका सम्मान करना नामर्दी नहीं है। नामर्द तो तू है कमीने जो बेबस लड़कियों की जिस्मफरोशी करता है। और वैसे भी मैं सुनना चाहता था कि तू कितनी घटिया सोच वाला है। अच्छा हुआ तो रॉकी ने तेरी बीवी को बचा लिया। बच्चे पैदा करने की मशीन बना रखा था उसे तूने। 9 बच्चे!! खैर अब मैं तेरा उदाहरण देने वाला हूं। औरतों का सम्मान हमारा सबसे बड़ा गौरव होना चाहिए पर अफसोस तेरे जैसे नामर्द ये कभी समझ नही सकते।"

इंद्रजीत ने सभी को देखते हुए कहा

"रामबाग सर्किल पर इसे लटका दो साथ ही इसके सारे अपराधों के सबूत भी और हां ये तब तक नहीं मरना चाहिए जब तक कि पुलिस इसे गिरफ्तार नही कर ले। कोर्ट जाने के बाद इसे मार दो। पर उसे सजा तो मिलेगी ही इसने मेरी पत्नी के के लिए अपशब्द कहे हैं!"

ये कहकर उसने हाश्मी से एक बड़ा कसाइयों वाला चाकू लिया और अली के एक पैर और एक हाथ को काट कर अलग कर दिया!! वो हाश्मी के साथ घर जाने को निकल गया। घर जाने से पहले उसे अपने गुस्से को कहीं तो निकालना था। उसने उन लोगों की सूची निकलवाई जो अनैतिक अपराधों में लिप्त थे और उसने उन्हें बेस पर बंद करवाया हुआ था। फिर वो सीधा वहां गया। उसके गाड़ी चलाने की स्पीड को देखकर हाश्मी को थोड़ा डर लग रहा था। पर कहीं ना कहीं वो ये भी जानता है इंद्रजीत के लिए कोई मायने रखता है तो वो हर्षा है। कोई उसके लिए कुछ कहेगा तो वो परेशान हो ही जाएगी ना। बेस पर पहुंच कर उसने उन्हें बहुत पीटा। हाश्मी भी अपनी मुट्ठी चबाते हुए उसे देख रहा था। तभी रॉकी ने आकर बताया कि जैसा इंद्रजीत चाहता था वैसा हो गया है। फिर उसने उसका रुद्र रूप देखते हुए पूछा

"ये नॉर्मल कब होंगे बॉस!!"

हाश्मी बोला

"पता नही। वो हर्षा के लिए किसी की भी जान ले सकता है और खुद की भी जान दे सकता है।"

वहाँ काफी खून खराबा हुआ था और दोनों ही ऐसी स्थिति में अपनी पत्नियों के सामने नहीं जाना चाहते थे। हालांकि नुसरत हाश्मी के सब कामों से वाकिफ है क्योंकि ये सब छुपाया नहीं जा सकता पर फिर भी उसे ज्यादा ना डराने के लिए हाश्मी ने उसे बस इतना ही बताया हुआ था कि उस के हाथ खून से रंगे हुए हैं। वो दोनो कार में बैठे यही सोच रहे थे कि वो उन्हें क्या कहेंगे। हालांकि वो एक होटल में रुककर नहा धो कर अपने कपड़े बदल चुके हैं फिर भी। इंद्रजीत गहरी सांस छोड़ते हुए बोला

"मुझे हर्षा को इस सबके बारे में बताना चाहिए!!"

हाश्मी बोला

"मुझे नहीं पता मैंने नुसरत को जब आधी बात बताई थी तब वो काफी परेशान हो गई थी। ऊपर से हर्षा तो लगभग बिना सोचे समझे कुछ भी कर देती है।"

इंद्रजीत ने कोई जवाब नही दिया। हर्षा एक आदर्श पत्नी और प्रेमिका है। एक ग्रीन फ्लैग। ना वो बेवजह की जिद करती है ना बेवजह गुस्सा करती है। ऊपर से उसे समझती भी है। वो इन से बातों को नज़रअन्दाज़ करती है। पर उसे ये नहीं पता है कि हर्षा को जब पता चलेगा कि इंद्रजीत अब तक कितने लोगों की अपने हाथों से, पूरे होशोहवास में हत्या कर चुका है तो उसे कैसा महसूस होगा। क्या वो ये सब सह पाएगी?

*****

जब वो लोग पहुंचे तब तक हर्षा और नुसरत सोफे पर ही बात करते करते और टीवी देखते देखते सो चुकी थी। उन दोनों को ही बुरा लगा और वो दोनों अपनी अपनी पत्नियों को लेकर कमरे में चले गए। इंद्रजीत का स्पर्श पा कर हर्षा को मानो आराम मिल गया हो। इंद्रजीत भी उसके बचपने पर स्नेह से मुस्कुरा उठा। उसने उसे बिस्तर पर लेटाया और खुद कपड़े बदलने उठने लगा पर उस से पहले ही हर्षा उसके शरीर से चिपक गई। उसने गहरी सांस ली और फिर से नींद में चली गई इसलिए इंद्रजीत जैसे तैसे फिर से अपने आपको से छुड़ा कर कपड़े बदल कर उसके पास

आकर लेट गया। वो उसे निहारते हुए फुसफुसाया

"हर्षा!!"

हर्षा के चेहरे पर कोई शिकन या शिकायत के भाव नहीं थे। पर इंद्रजीत के चेहरे पर थे। वो आज सच में अपनी हर्षा को बाहर खाना खिलाने ले जाना चाहता था। उसने एक नया रेस्टोरेंट देखा था। वो वाकई हर्षा के अनुसार था। वो एक अलग ही तरफ की थीम पर था जो शहर के अंदर में बना हुआ था। परावर्तन नाम के उस रेस्टोरेंट का नाम उसने बहुत नाम सुना था कि वहां हर टेबल अलग तरह का इसलिए उसने खास कर हर्षा की पसंद को देखते हुए एक टेबल भी बुक कराई थी मगर अब क्या... कुछ नहीं! उसने गहरी सांस ली और सोने चला गया।

*****

हर्षा रात में एक अजीब सपने से उठ बैठी। वहाँ उसने इंद्रजीत को बुरी तरह से तड़पते हुए देखा। वो किसी बीमारी या परेशानी की बजाय किसी के गम में तड़प रहा था मगर इस से पहले कि वो ये देख पाती की वो किस वजह से दुखी हैं या क्यों इस तरह से रो रहा है तो उसकी आंखें खुल गई। उसने देखा कि इंद्रजीत ने उसकी कमर में अपनी बाहें डाल रखी है। उसने एक गहरी सांस छोड़ते हुए ख़ुद से कहा

"ये तो सच नहीं सपना था।"

उसने प्यार से उसके सिर पर हाथ फेरा और माथे को चूम कर वो भी नींद के आगोश में चली गयी। पर थोड़ी देर में उसे एक दूसरा सपना आया। उसने खुद को देखा वो रोते बिलखते हुए शीशे में खुद को देख रही थी। उसने अचानक कुछ शीशे के ऊपर फेंका। शीशा तेज आवाज के साथ टूट गया। हर्षा ने उसमें से एक बड़ा टुकड़ा उठाया। उसने रोते हुए उसे कस कर पकड़ा तो उसके हाथ से भी खून आने लगा। उसने बिना किसी देरी के एक झटके से तीन बार अपनी कलाई पर वार किया! हर्षा को सिर हल्का लग रहा था। कुछ ही पलों में वो जमीन पर गिर गई। उसका खून लगातार बह रहा था। उसे अपनी आत्मा शरीर से दूर जाते हुए महसूस हो रही थी। तभी वहां कुछ लोग आ गए पर हर्षा अब बेहोश हो गई थी। अचानक हर्षा की आंख खुल गई। उसने घबराकर इंद्रजीत को देखा। वो सो रहा था। हर्षा पसीने पसीने हो गई थी। वो उठकर बाहर आ गई। उसने

कई गहरी सांस ली और खुद को शांत करते हुए बोली

"ये इतने दिनो बाद क्यों याद आया। मेरा अतीत... कहीं इंद्र को... नहीं नहीं मैं ऐसा नहीं होने दे सकती!!"

हर्षा ने मुंह धोया और फिर इंद्रजीत के पास आकर उसे निहारते हुए उसके चिपक कर सो गई।

*****

अगले पांच छ दिन काफी हड़बड़ी में बीते। जो कांड इंद्रजीत ने करवाया था वो लगातार टीवी पर आ रहा था। हर्षा का कहना था कि अली के साथ जिसने भी ये किया है वो बिल्कुल सही है। इंद्रजीत को ये सुनकर थोड़ी तसल्ली तो थी पर वो आगे कुछ नहीं बोला कि ये सब उसी की कारस्तानी है। इंस्पेक्टर अभय को ही ये केस मिला था। उसे अंदाजा तो था ये किसने किया है पर बिना सबूत वो कुछ कर नही सकता था। वैसे ही कुछ बलात्कारियों के भी शव ऐसे ही मिले जिन्हें इंद्रजीत ने ही इतना पीटा था कि वो मरने की हालत में थे। ये वो थे जिन्होंने छोटी बच्ची से लेकर बूढ़ी औरत तक कइयों के दुष्कर्म किया था और उन्हें बेदर्दी से मार दिया था। पुलिस ने इन्हें सबूतों या शिकायत के अभाव में छोड़ दिया था तो इंद्रजीत ने इन्हें कैद कर लिया था। वो लोग जानते थे अगर वो पुलिस के साथ रहेंगे तो सुरक्षित रहेंगे। उनके साथ एक चीज जो की गई थी कि उनके जनन अंग बुरी तरह से नष्ट कर दिए गए थे। वैसे ये इंद्रजीत ने नही बल्कि उसके आदमियों ने किया था। इस सबके चलते इंद्रजीत और हाश्मी को बार-बार आना जाना करना पड़ रहा था और इसी वजह से वो लोग काफी थके हुए भी लग रहे थे। नुसरत और हर्षा ने तय किया कि वो लोग अब उन्हें कुछ समय के लिए आराम करने के लिए कहेंगे। हर्षा ने नुसरत और हाश्मी के लिए एक अच्छे से होटल 'द पार्क' में पूरे दिन के लिए बुकिंग कर दी थी। वहां उन्हें किसी की मदद लेने की जरूरत नहीं पड़ेगी क्योंकि वो ये करना जानते हैं। इंद्रजीत को अपने फ़ोन पर पैसे कटने का मैसेज आया तो उसने देखा कि हर्षा ने कोई होटल की बुकिंग की है मगर वो तो जा नहीं रहा। उसे अच्छे से याद है हर्षा को उसने बताया था कि वो कहीं नहीं जा पायेगा तो फिर उसने ये किस के लिए क्या होगा। तभी हाश्मी वहाँ आया और बोला

"सुनो इंद्रजीत!! नुसरत ने मुझे किसी जरूरी काम से जल्दी घर बुलाया है। वो मुझे कहीं ले जाना चाहती है तो मैं तो निकलता हूं। अगर कोई जरूरत हो तो कॉल कर देना।"

हाश्मी की बात सुन कर इंद्रजीत तुरंत समझ गया कि हर्षा ने किस के लिए होटल बुक किया होगा। उसने उसे सिर हिलाते हुए जाने की अनुमति दे दी मगर हाश्मी उसके केबिन से निकल पाता उस से पहले ही रॉकी तेजी से वहां आया। उसने चेहरे पर तनाव दिखाई दे रहा था। उसने आगे आकर इंद्रजीत को बताया

"बॉस!! गलत है!!!"

"क्या??"

"कुछ लोग धांधलेबाजी कर मानव तस्करी करने की कोशिश कर रहे थे। और वो लोग मानव अंग के लिए छोटे बच्चों को ले जा रहे थे। अच्छा हुआ अनुभव ने उन पर शक करते हुए रोक लिया।"

यह सुन कर इंद्रजीत का खून खौल उठा। हाश्मी भी पूरी बात सुनना चाहता था मगर उसने हाश्मी को नहीं रोका। उसने उठते हुए कहा

"लगता है सभी अपना प्रदर्शन करवाने पर तुले है! कौन है उनका सरगना?"

रॉकी मुंह दूसरी तरफ करते हुए बोला

"क्रिस्टोफर!"

इंद्रजीत ने भी दांत पीस लिए और वो वहां से अपने बाकी साथियों, रॉकी, जय, विवेक और अभिषेक के साथ चल पड़ा। रास्ते में उसके पास हर्षा का फोन आ रहा था। इंद्रजीत ने बिना किसी देरी के तुरंत फोन उठा लिया

"हां हर्षा!!"

हर्षा उसकी आवाज समझते हुए बोली

“कोई काम करने जा रहे हो तो ध्यान से जाना।"

इंद्रजीत ने एक गहरी सांस लेकर खुद को शांत करते हुए कहा

“कहो क्या बात है?"

हर्षा ने धीमी आवाज में कुछ कहा जो कुछ

"मैं तुम्हें नहीं बता सकती"

जैसा सुना पर फिर उसने कहा

"मैं बस ये कह रही थी कि कोई आया था जिसने कहा कि तुम्हारा कोई पार्टनर रवींद्र अपनी पत्नी के साथ शाम को खाना खाने आने वाला है!!"

इंद्रजीत सीट पर सिर टिकाते हुए बोला

"हां मैं उसे जानता तो हूँ पर पता नही मैं टाइम पर आ पाऊंगा या नहीं! कुछ और!!"

हर्षा ने चीर परिचित आवाज में कहा

"नहीं!! ठीक है!"

ये कहकर उसने फोन काट दिया। इंद्रजीत ने कुछ देर फोन को घूरा फिर फोन अपनी जेब में रख लिया। जब वो मौका ए वारदात पर पहुंचा तो उसने देखा अनुभव और उसके लोगों ने उन सारे गुंडों की अच्छी धुनाई कर दी जो मानव तस्करी करने की कोशिश कर रहे थे। इंद्रजीत को इस बात से परेशानी है कि कोई भी बच्चों का इस्तेमाल अपराध में नहीं करेग। जो भी अपराधियों के साथ अपनी इच्छा से शामिल हुए उसमें वो कोई रोक टोक नहीं करेगा। उस से कोई फर्क नहीं पड़ता वो लोग किस मजबूरी के चलते शामिल हो रहे हैं मगर वह नहीं चाहता कि छोटे बच्चों का जीवन खराब हो जाए। आखिर वो खुद भी इस बात का शिकार है तो समझता है। उसके लोग क्या कर रहे है ये उसके हिसाब से तय होगा। उसने हमेशा कहा है, उसके लोग चोरी, बैंक डकैती, रंगदारी की मांग, हफ्ता वसूली या कुछ करे मगर छोटे बच्चों को किसी तरह शामिल नहीं करना है और खास कर उस परिवार को नुकसान नहीं पहुंचा सकते जिस में बच्चे बहुत छोटे हो। उसने उनसे कहा

"अगर तुम्हें इतनी परेशानी हो रही है कमाई की तो हफ्ता वसूली शुरू कर दो!!"

यह सुन कर किस्टोफर और उसके गुंडे भी मानो खुशी से हो गए। वो लोग जानते थे कि इंद्रजीत के कुछ उसूल हैं और जो उनका पालन नहीं करते इंद्रजीत उसे कड़ी सजा देते हैं। वैसे वो गलती कर रहे थे पर पीटने के बाद और मौका मिलने के बाद उनका दिमाग खराब नही है। वैसे भी वो इंद्रजीत की सजा का पात्र नहीं बनना चाहते हैं। इंद्रजीत उन्हें कुछ

सजा देना चाहता था पर अभी वो एक हफ्ते रुकेगा क्योंकि उसने कुछ प्रदर्शनी तो पहले ही हुई है।

*****

इधर हाश्मी जब घर पहुंचा तो नुसरत सामान पैक कर तैयार किए बैठी थी। हाश्मी ये देखकर बहुत परेशान हो गया। वो उसके पास जाते हुए बोला

"नुसरत क्या हुआ है?"

वो थोड़ा घबरा भी गई था कि कहीं वो अपने पीहर तो नहीं जा रही। नुसरत भी उसके मनोभाव समझते हुए बोली

"मैं जा रही हूँ।"

ये कह कर नुसरत ने अपना बैग उठाया और हाश्मी के सामने खड़ी होते हुए बोलीं

"हाश्मी! मेरे प्यारे शौहर!! आखिर हम लोग आगे कब बढ़ेंगे! हमारे रिश्ते में तुम सारा समय इस काम को देते हो। मेरा समय कहाँ है? क्या मेरी तुम्हारी जिंदगी में कोई अहमियत नहीं है।"

ये कहते कहते उसके आंसू बहने लगे। इधर हर्षा जो खिड़की के पीछे बैठ कर ये सब देख रही थी वो मुश्किल से अपने मुँह को दबा कर हँसी रोक पाई।

"नुसरत भाभी तो एक नंबर की कलाकार हैं। मुझे तो पता ही नहीं था कि वो इतना अच्छा नाटक कर लेंगी। मैंने तो सिर्फ सुझाव दिया था कि वो हाश्मी से नाराज होने का दिखावा कर के अपने साथ ले जाये!!"

हाश्मी उसके चेहरे को अपने हाथ में लेकर बोली

"नहीं बेगम!!"

हाश्मी उसे कभी कभार ही बेगम कहता था। वो भी तब जब वो बहुत गंभीर होता था। उसने हाश्मी की आँखों में देखा। वो उसके माथे को चूमते हुए बोला

"तुम भी जानती हो तुम मेरे लिए क्या मायने रखती हो। मुझे बताओ मुझे क्या करना चाहिए। तुम मुझे जैसा कहोगी मैं वैसा ही करूंगा!!"

जैसा कि नुसरत को यकीन था, हाश्मी तुरंत उसे मनाने के लिए कुछ भी करने को तैयार हो गया। उसने ड्राइवर को इशारा किया जो हाश्मी

की पसंदीदा स्कॉर्पियो कार लेकर वहां आ गया। नुसरत के चेहरे पर एक कुटिल मुस्कान आ गई। उसने ड्राइवर सीट पर जाकर बैठते हुए हाश्मी को अंदर बैठने का इशारा किया। हाश्मी कुछ हिचकिचाते हुए बैठ गया। उसे नुसरत पर कोई शक नही है। औरों से उलट नुसरत को बहुत अच्छी कार चलानी आती है मगर वो आमतौर पर गाड़ी नहीं चलाती थी। पहले उसे घर में कोई रूढ़िवाधिता के चलते नही चलाने देता था और यहाँ उसे हाश्मी डर के मारे नहीं चलाने देता कि कैसे कुछ ना हो जाए। उसने तेज गति से गाड़ी दौड़ाई और हाइवे पर स्थित द पार्क होटल में पहुँच गई। उसने कार पार्क की। तभी हाश्मी के पास रॉकी का फोन आने लगा। हाश्मी ने देखा नुसरत उसे ही घूर कर देख रही है। उस ने घबराते हुए उसके फ़ोन को रख दिया और हंसते हुए बोला

"क्या पता वो किस काम के लिए कॉल कर रहा था।"

नुसरत मुस्कुराई और बोली

"चुपचाप अंदर चलो!!"

जब वह अंदर पहुंचा तो उसने देखा कि कुछ कर्मचारी वहाँ आकर उनका सामान लेकर चले गए हैं। उसने पूछने की कोशिश की

"यह सब क्या हो रहा है??"

नुसरत ने कुछ नहीं कहा और उसे वहाँ के रेस्टोरेंट में ले गई। फिर उसने हाश्मी को एक जगह बैठने के लिए कहा। जब हाश्मी नुसरत को देख रहा था तभी उसने देखा कि कुछ ही देर में वेटर खाना लेकर आ रहे हैं। दोनो ने प्रार्थना की और फिर बातें करते हुए खाना खाना शुरू किया। हाश्मी भी प्रसिद्ध ही है इसलिए उसे भी लोग जानते है पर यहां वो बस एक पति के रूप में बैठा था जो अपनी पत्नी के साथ बाहर खाना खाने आया है। काफी लंबे समय बाद उसने इतनी शानदार शाम बिताई थी। हाथ धोते समय वो सोचने लगा कि शायद नुसरत उससे सच में नाराज नहीं है। ये जानकर उसके दिल को काफी तसल्ली मिल रही थी। वो बस उसके साथ समय बिताना चाहती थी इसलिए उस से नाराज हो कर वो यहाँ आ रही थी। खैर सही समय पर वो आ गया इसलिए नुसरत ने तभी अपना इरादा बदल लिया। इस के बाद वो दोनो वहाँ के स्विमिंग पूल के पास गए। नुसरत को एक शरारत सूझी और उसने हाश्मी को स्विमिंग

पूल में धक्का दे दिया। उसे पता नहीं था कि हाश्मी तैराकी में बहुत अच्छा नहीं है। हाश्मी भी जानता था कि नुसरत उसकी इस कमजोरी के बारे में नही जानती। हालांकि पानी ज्यादा गहरा नही था फिर भी वो डूबने का नाटक करने लगा। नुसरत तो ये देखकर घबरा गई और उसने जल्दी से हाश्मी को बाहर खींच कर निकाला। अब हाश्मी ने बेहोश होने का नाटक किया तो नुसरत बेचैन हो उसके चेहरे को थपथपाते हुए बोली

"हाश्मी!! तुम ठीक तो हो!!"

वो उसके हाथ पैर रगड़ने लगी। उसके चेहरे की घबराहट देखकर हाश्मी बड़ी मुश्किल से अपनी मुस्कान को रोक पाया। तभी नुसरत ने उसकी छाती पर ज़ोर देना शुरू किया ताकि हाश्मी के मुँह और पेट में भरा पानी निकल जाये। वो बड़बड़ाई

"ये होश में क्यों नहीं आ रहा!!!"

तभी से याद आया कि उसने एक फ़िल्म में देखा था कि ऐसे हीरो के बेहोश हो जाने पर हिरोइन उसके मुँह से सांस लेकर जिंदा करती है। वो ठिठक गई और बुदबुदाई

"क्या मुझे भी यही कहना होगा? हाश्मी मेरा पति है? वैसे तो कोई परेशानी नहीं है।"

ये कहते हुए उसने अपनी आंखें बंद की और गहरी सांस लेकर मुँह में हवा भरी। वो जैसे ही हाश्मी के मुंह में। फूंक मारने वाली थी उसे थोड़ी सांस महसूस हुई। उसने अपनी आंख खोल कर देखी तो हाश्मी के चेहरे पर बड़ी मुश्किल से रोकी गई मुस्कान देखकर उसको गुस्सा आ गया। वो मन ही मन बोली

"अच्छा!! तो ये मेरे साथ मजाक कर रहा है! अभी बताती हूँ!"

नुसरत उसके ऊपर से हट गयी। हाश्मी थोड़ा हैरान हुआ। उसने आंखें खोलकर देखी तो हड़बड़ा कर फिर से स्विमिंग पूल में गिर गया। दरअसल नुसरत वही पड़ा एक फावड़ा उठाकर लेकर आ रही थी। वो जल्दी से बाहर निकलते हुए बोला

"ये क्या कर रही हो तुम? तुम अपने पति को मारोगी??"

"जब मेरा पति मार खाने के ढंग कर रहा है और उसे इतना शौक है मरने का तो मुझे कोई पर परेशानी नहीं है। मेरे शौहर के खत्म होने के

बाद मैं दूसरी शादी कर लूँगी।"

ये सुनते ही हाश्मी तुरंत उसके करीब आ गया और उसने नुसरत को कस कर पकड़ा और बोला

"ऐसा कभी मत सोचना। तुम मेरे अलावा किसी और से शादी नहीं कर सकती।"

उसने उसे अपने शरीर से चिपका रखा था जिस वजह से वो उसकी बढ़ी हुई धड़कने सुन सकती थी। यह सुन कर उसके चेहरे पर एक कुटिल मुस्कान आ गई और वो बोली

"अच्छा! अगर मैं कहूँ कि मैं कर लूंगी तो? अगर तुम ने मुझे अपना समय नहीं दिया तो मैं किसी और के पास चली जाऊंगी।"

"नुसरत!!"

हाश्मी गंभीरता से बोला तो नुसरत ने उसके गंभीर चेहरे को देखा तो नुसरत जाकर हँस पड़ी और उसके गाल खींचते हुए बोली

"अरे मेरे प्यारे शौहर! तुम मुझे ये बताओ कि कोई भी बीवी अपने पति की मौत की कामना कर सकती है क्या? और वो भी इस वजह से कि उसे कोई और आदमी पसंद हो? पर तुम तसल्ली रखो। मुझे कोई और पसंद नहीं है। बस शादी में थोड़ा सा समय बिताओ इसलिए मैंने आज एक बहुत अच्छी तैयारी कर रखी है।"

वो लोग भीग भी गए थे। वो लोग अपने कमरे में पहुंचे तो नुसरत ने बिना लाइट जलाई हाश्मी को कुछ कपड़े देकर बाथरूम में धकेल दिया। कुछ देर बाद हाश्मी कपड़े बदल कर बाहर आया तो उसने देखा कि कमरा बहुत सुंदर सजा हुआ है और साथ ही बिस्तर पर चिप्स, कोला और पॉपकॉर्न खोल रखे हैं। उसने एक ठंडी सांस छोड़ी। वो तो कुछ और ही सोच रहा था मगर लगता है नुसरत का इरादा कुछ और है। उसने नुसरत की ओर देखा जो घर के से आरामदायक कपड़ों में खड़ी थी। उसने मुस्करा कर हाश्मी बैठने के लिए कहा तो उसने बैठते हुए पूछा

"वैसे ये तुम्हारा सुझाव तो नहीं लगता है!!"

क्योंकि नुसरत काफी अलग तरीके के ख्याल रखती है। नुसरत ने सिर हिलाया और बोली

"ये हर्षा का आइडिया था! अच्छा लगा ना। आज हम फ़िल्म देखेंगे साथ में!"

हाश्मी ने मन ही मन अपना सिर पिट लिया। उसे लगा ही था कि ऐसी बचकानी तकनीकें हैं हर्षा ही बता सकती है। खैर वो नुसरत का मन खराब नहीं करना चाहता है इसलिए वो उसके साथ बैठ कर फ़िल्म देखने लगा।

*****

इधर इंद्रजीत जब घर पहुंचा तो उसने देखा कि हर्षा आज भी उसका इंतजार करते समय सोफे पर सो गयी। उसने उसे उठाया और धीरे से कहा

"हर्षा!"

हर्षा कसमसाते हुए उठी और बोली

"हाँ!! हाँ!! ओह इंद्र तुम आ गए।"

उसने घड़ी को देखा जिसमें 1 बज रहे थे! वो उसे देखते हुए बोली

"देर कर दी!!"

इंद्रजीत ने हां में सिर हिलाते हुए कहा

"वो समय का पता ही नही चला। तुम मेरा इंतजार कर रही थी?"

हर्षा हां में सिर हिलाते हुए बोली

"तुम ने खाना खाया?"

इंद्रजीत ने झिझकते हुए ना में सिर हिलाया तो हर्षा प्यार से बोली

"अच्छा ठीक है। हाथ मुंह धो लो और पहले खाना खा लो। मैं खाना गर्म कर देती हूं।"

इंद्रजीत वाशबेसिन के पास जाते हुए बोला

"रसोइया कहां है? कमला होगी उसे कह दो?"

हर्षा ने कोई जवाब नही दिया और जल्दी से रसोई में जाकर खाना गर्म करने लगी। हाथ मुंह धो कर इंद्रजीत उसके पास गया और उसे खाना गर्म करते देखने लगा। उसने देखा कि हर्षा नींद की लटके ले रही है यानी उसकी नींद अभी भी गहरी थी। उसने हर्षा से पूछा

"तुम... तुम कितनी देर से मेरा इंतज़ार कर रही थी?"

उसकी सवाल में ग्लानि झलक रही थी। हर्षा ने ना में सिर हिलाते हुए कहा

"नुसरत भाभी ने मुझे बताया था कि वो और हाश्मी भाई आज रात घर नहीं आएँगे तो मैंने सोचा तुम्हारा इंतज़ार करती हूँ। और बाकी सब लोग घर जा सकते हैं तो इसलिए मैंने उन्हें भेज दिया। मुझे लगा ही था कि तुम ने कुछ खाया नहीं होगा इसलिए मैंने सोचा हम दोनों साथ ही खा लेंगे।"

यह सुन कर इंद्रजीत स्तब्ध रह गया। उसने खाना नहीं खाया मगर उसे कुछ कहते नही बना और वो बस उसे खाना गर्म करते देखने लगा। पहले भी ऐसे दिन बीतते थे जब वो रात में कुछ नहीं खाता था। उसे कोई खास फर्क नहीं पड़ता था और वो अगले दिन थोड़ा ज्यादा खा लेता था जिससे उसकी ऊर्जा बनी रहती है तो इसलिए हर्षा का ये कहना कि वो उसके साथ ही खाएगी, ये सुन कर इंद्रजीत को थोड़ा बुरा लगा।

"तो तुम मेरे लिए अभी तक इंतज़ार कर थी और इसलिए तुम ने खाना नहीं खाया!!"

हर्षा ने एक नजर उसे देखा और हंसते हुए बोली

"तुम ऐसा मत समझना कि मैं वो परंपरागत, तथा कथित पतिव्रता पत्नी हूँ जो अपने पति के इंतजार में खाना नहीं खाएगी!!"

मगर इंद्रजीत को ऐसा लगा जैसे हर्षा ने यह टिप्पणी जान बूझ के की जिससे इंद्रजीत उसके लिए परेशान न हो। उसने देखा है जब वो देर से भी आता है तो ज्यादातर खाना ठंडा ही रहता है और मात्रा भी ज्यादा रहती है। क्या हर्षा उसकी वजह से खाना छोड़ रही हैं? उसने एक गहरी सांस लेकर कहा

"मुझे लगता है तुम्हे खाना खा लेना चाहिए, पहले ही। मैं नहीं कह सकता कि अभी कितने दिन यह सब समस्या और चलेगी। और हो सकता है यह सब लंबा खिंच जाए।"

इंद्रजीत की बात सुन कर हर्षा मुस्कराते हुए बोली

"तुम परेशान मत हो। मुझे कोई परेशानी नहीं है और वैसे भी जब मुझे भूख लगती है तो मैं खा लेती हूँ और कई बार जब मुझे लगता है कि तुम्हें ज्यादा देर हो गयी तो भी मैं खा लेती हूँ!"

इंद्रजीत ने सोचा

'आज कोई है भी नहीं! हाश्मी और नुसरत भी नहीं। तो हम लोग अकेले में समय बिताते हैं। जब हाश्मी गया था तो उसने मुझे बताया नहीं कि उसे कितनी देर लगेंगी। मुझे लगा था मेरा काम भी जल्दी हो जाएगा। ज्यादा से ज्यादा एक घंटा या डेढ़ घंटा लगेगा मगर मगर उम्मीद नहीं की थी कि मुझे 1 बज हो जाएंगे।'

हर्षा मानो उसके मनोभाव समझ गई हो वो उसे बोली

"इंद्र मैं तुम्हारे साथ खाना चाहती हूं। मुझे कोई दिक्कत नही है अगर तुम देर से आते हो पर एक तय समय तो सोचा चाहिए। जैसे तुम रोज़ की तरह 11.05 या 11.15 तक आ जाओगे तो अच्छा रहेगा।"

वो प्लेट में खाना सजाने लगी तो इंद्रजीत उसके करीब आया और उसको पीछे से गले लगा कर उसके कंधे पर सिर रख कर लंबी लंबी सांस लेने लगा। वो धीरे से बुदबुदाया

"ओह हर्षा"

उसके हाथ हर्षा के पेट पर छोटे छोटे गोले बना रहे थे। हर्षा को अंदर ही अंदर बड़ा अजीब सा लग रहा था। उसने अपने आपको सहारा देने के लिए रसोई के पट्टे को पकड़ा और बोली

"इंद्र!! पहले खाना खा लेते!!"

इंद्रजीत कुछ देर वैसे ही रहा। फिर दूर होते हुए बोला

"हां!!!"

उसके बाद वो दोनों बैठे और खाना खाने लगे। हर्षा ने एक नजर इंद्रजीत को देखा। वो काफी थका हुआ लग रहा था या शायद वो काफी पहले से थका हुआ है। उसका ध्यान रखने वाला कोई यहां नहीं था इसलिए उसकी थकान दिखाई नहीं देती थी। अब उसके पास हर्षा है इसलिए वो दिखाई दे रही है। खाना खाने के बाद वो कुछ देर में ही टेबल पर बैठा था। वैसे तो हर्षा जानती है कि खाते ही नहाते नही है पर फिर भी। वो उसके लिए बाथ टब में गर्म पानी तैयार करके आई और उसे वहां चलने को कहा। इंद्रजीत अपने शरीर को घसीटते हुए वहां तक ले गया। जब वो बैठा था तभी उसे दरवाजा खुलने की आवाज आई। उसने जब पलट कर देखा तो वहां हर्षा को खड़े पाया। उसने रात के कपड़े पहन लिए

थे।

"तुम यहाँ क्या कर रही हो?"

उसे यह थोड़ा अजीब सा लगा हर्षा ने उसे चुप कराते हुए हाथ में तेल की बोतल को दिखाकर कहा

"शांत रहना और कोई भी उलटी सीधी हरकत मत करना और पानी से बाहर आए तो सोच लेना।"

"पर तुम कर क्या रही हो?"

हर्षा ने कोई जवाब नही दिया तो वो उस की पीठ की तरफ जाकर बैठ गई है। उसने अपने दोनों हथेलियों पर तेल डाला और उसे मसलते हुए इंद्रजीत के कंधों पर रखते हुए मालिश करने लगी।

"ओह आह!!!"

इंद्रजीत की कसी हुई मांसपेशियाँ धीरे धीरे खुलने लगीं और उस से बहुत आराम आया। हर्षा धीरे धीरे उसकी पूरी पीठ पर मालिश कर रही थी। इंद्रजीत भी आगे झुक गया था क्योंकि उसे बहुत आराम मिल रहा था। हर्षा के स्पर्श को महसूस कर उसे कुछ अलग ही अहसास हो रहा था जिसे उसने अपने मन से झटक दिया। इंद्रजीत की सारी कसी और तनी हुई मांसपेशियों को आराम आ गया था और उसे बड़ा अच्छा लग रहा था। वो और देर पानी में बैठना चाहता था मगर तब तक पानी ठंडा होने लगा था। हर्षा उठी और बाहर जाते हुए बोली

"इंद्र!! जल्दी बाहर आ जाना! पानी ठंडा हो गया है!"

इंद्रजीत ने हां में सिर हिलाया। कुछ देर में वो भी कपड़े बदल कर बाहर आ गया। उसने ऊपर कुछ भी नहीं पहना था। हर्षा ये देखकर मुस्कुराते हुए बोली

"अब थोड़ी थकान कम है!"

इंद्रजीत ने हां में सिर हिलाया और हर्षा को बाहों में भर कर लेट गया। दोनों को ही नींद नहीं आ रही थी। दोनों उस सुकून भरे सन्नाटे में लेटे हुए थे। हर्षा ने अपना हाथ इंद्रजीत के हाथ पर रखते हुए पूछा

"तुम्हारा काम अभी और कितने दिन का बचा है।"

हर्षा इंद्रजीत के कंधे को सहला रही थी। उसने उसका हाथ पकड़ कर कहा

"अभी तो शायद कुछ दिन और लगेंगे। मैं जानता हूँ हमारी शादी को कई दिन हो चूके हैं और तुम इस वजह से परेशान हो, है ना। हम लोग वो कुछ भी नहीं कर पाए जो हमने तय किया था कि हम एक नवविवाहित जोड़े की तरह कोई और जगह जाएंगे..."

"कोई बात नहीं!"

यह सुन कर इंद्रजीत ने हां में सिर हिलाया। हर्षा को लगा माहौल ठीक है तो उसने कहा

"ऐसी कोई बात नहीं है। मैं ये सोच रही थी अगर तुम थोड़े दिन छुट्टी ले लो तो?"

हर्षा के कहने का मतलब यह था कि इंद्रजीत को कुछ समय तक आराम लेना चाहिए और अपने आपको इन सब चीजों से दूर करना चाहिए मगर इंद्रजीत को लगा कि हर्षा को उसके इतनी देर से आने-जाने से उसके करीब ना होने से परेशानी हो रही है और वो उसे काम छोड़ देने के लिए कहना चाह रही हैं। वो सीधे सीधे इसलिए नहीं कह रही क्योंकि वो जानती है कि इंद्रजीत के पास एक जिम्मेदारी है मगर इंद्रजीत काम छोड़ कर एक सामान्य इंसान की तरह उस के साथ रहे।

"ठीक है। मैं इस बारे में सोचूंगा।"

हर्षा को लगा वो समझ गया कि उसे छुट्टी लेनी चाहिए। हर्षा तो ये कह कर सो गई पर इंद्रजीत काफी देर तक इस बारे में सोचता रहा।

*****

अगले दिन नाश्ता करने के बाद वो अपने ऑफिस में पहुंचा। आज हर्षा उससे कई तरह की और बातें कर रही थी पर उसके दिमाग में तो रात को ही बात चल रही थी। हर्षा ने कहा था कि वो आज महिमा के साथ घूमने जाने वाली है इसलिए वो जल्दी ही ऑफिस आ गया था। इंद्रजीत पेपरवेट घुमाते हुए इसी बारे में सोच रहा था। रॉकी कुछ बताने वहां आया तो इंद्रजीत को खोया खोया देख उसने पूछा

"बॉस! क्या बात है? कुछ हुआ है क्या?"

इंद्रजीत ने एक गहरी सांस लेकर हर्षा के बारे में उसे बताया। वो उस पर विश्वास कर सकता है। रॉकी ने कुछ सोचते हुए कहा

"मैंने कभी ऐसा कुछ सोचा नहीं, बॉस! पर दुनिया के हर लड़की यही चाहती है कि वो जिससे उस से प्यार करे, जिस से शादी करे वो शख्स बुरा ना हो या जिस की आपराधिक पृष्ठभूमि ना हो। और शायद लेडी बॉस ने उसे स्वीकार कर लिया मगर अब आप दोनों पति पत्नी हैं और उनकी जिंदगी शायद और अलग हो सकती अगर हम लोग इस काम को छोड़ देते हैं तो उन्हें खुशी मिले।"

हाश्मी भी तब तक आ गया था और उसने भी सारी बात सुन ली थी। वो भी आगे आया और बोला

"मैं जानता था कि मेरे साथ भी ऐसा हो सकता था इसलिए उसने नुसरत को पहले से बता दिया था कि मैं इस काम को नहीं छोड़ूंगा इसलिए मुझे उस की कोई चिंता नहीं है मगर हर्षा का क्या? मेरे ख्याल से तुम्हें उसे सब कुछ अच्छे से समझना चाहिए जिससे वो इसका महत्व समझ सके।"

इंद्रजीत सिर हिलाते हुए कहा

"उसे सब पता है पर शायद उसे ये दिनचर्या पसंद नही आ रही। वैसे भी मुझे कोई शिकायत नहीं। अगर वो चाहती है मैं इस काम को छोड़ दूं तो मैं छोड़ दूंगा। मेरे लिए वो ज्यादा जरूरी है। मैं उससे दूर नहीं होना चाहता।"

हाश्मी ने सिर हिलाया और कहा

"फिर भी मेरे ख्याल से तुम्हें उसे इस बारे में खुल कर स्पष्ट तौर पर बात करनी चाहिए। अगर एक बार साफ हो गया कि वो ऐसा चाह रही है तो तू भी राब शांति के छोड़ पाएगा। हो सकता है हर्षा का छुट्टी लेने का मतलब कुछ और हो!"

इंद्रजीत ने कुछ देर और उन से इस बारे में बात की और फिर उन्हें बाहर भेज दिया। अकेले में उसने कई बार सोचा कि क्या करे पर उसने आखिर ये तय किया कि हर्षा को दिखाने के लिए वो कुछ समय के लिए इस काम को छोड़ देगा मगर चोरी छुपे इस काम को करता रहेगा।

*****

अगले दिन उसने इसी योजना पर अमल करते हुए घर पर रहना शुरू किया। वो सुबह नाश्ता करता है और उसके साथ काफी समय बिताता,

उसके साथ खेलता, फ़िल्म देखता। साथ ही वो लोग घूमने जाते, बाहर खाना खाते, फोटो खिंचवाते। हर्षा को लगा कि इंद्रजीत छुट्टी लेकर उसके साथ समय बीतता है। इंद्रजीत भी इस बात को नकार नहीं सकता कि उसने हर्षा के साथ बीते 2 दिन में जो समय बिताया है उसे अच्छा लग रहा था। वो इस दौरान एक और बात समझ पाया है। हर्षा उसे हर स्थिति में प्यार करती है। उनका दिन रोमांच और रात प्रेम से भरी होती।

*****

अगले दिन दोपहर में हर्षा इंद्रजीत से कुछ बात कर रही थी कि दरवाजे पर दस्तक हुई। कमला ने दरवाजा खोला तो वहां एक दंपत्ति खड़े थे। कमला उन्हें नहीं पहचानती थी पर वो आदमी को देख वो थोड़ा डर रही थी। इंद्रजीत वहां आया तो उसके चेहरे पर मुस्कान आ गई। वहां रविन्द्र देवनानी अपनी पत्नी उर्वशी देवनानी के साथ खड़ा था। हर्षा भी वहां आ गई। इंद्रजीत ने उनका स्वागत किया। इंद्रजीत उससे गले मिला। हर्षा ने देखा रवींद्र सहज नहीं है। इंद्रजीत मुस्कुराते हुए बोला

"हर्षा! ये मेरा बिजनेस पार्टनर और दोस्त रवींद्र देवनानी है और ये उसकी पत्नी उर्वशी देवनानी है। और ये है मेरी पत्नी हर्षा भारद्वाज है!"

हर्षा आगे बढ़कर उर्वशी के गले लग गई। रविन्द्र ने अचानक ही उर्वशी को हर्षा से गले मिलने से रोक दिया तो उर्वशी ने उसे सांत्वना दी। तब वो उससे दूर हुआ। हर्षा को ये थोड़ा अजीब तो लगा था पर उसने ज्यादा ध्यान नहीं दिया। रविन्द्र ने इंद्रजीत की तरफ देखते हुए कहा

"मुझे तुमसे कुछ बात करनी है। जल्दी!!"

इंद्रजीत सिर हिलाते हुए उसके साथ एक तरफ आ गया। इंद्रजीत ने रवींद्र को देखा जिसकी नजरें उर्वशी पर ही टिकी थी। इंद्रजीत ने मजबूती से उसके कंधे पर हाथ रखते हुए कहा

"वो हर्षा के साथ है।"

रविन्द्र बिना इंद्रजीत की तरफ देखते हुए बोला

"मैं जानता हूं। पर तुम तो जानते ही हो डर एक ऐसी चीज है जो कभी खत्म नहीं होती।"

इंद्रजीत ने हां में सिर हिलाया। वो दोनो भले ही एक जैसा अतीत साझा ना करते हो पर अनुभव एक जैसा ही है। दोनो ने 15 साल की उम्र

में अपने माता पिता को खो दिया था और अपने दम पर मुकाम हासिल किया था। इंद्रजीत ने उसे सांत्वना देते हुए कहा

"धीरे धीरे सब ठीक हो जाएगा। वैसे तुम यहां क्यों आए हो? मैं नहीं चाहता कि तुम किसी तरह से असहज महसूस करो।"

रविन्द्र ने हां में सिर हिलाते हुए कहा

"जहांगीर तुम पर हमला करने की योजना बना रहा है। वो मुझसे हथियार लेने आया था। ये तुम्हारा इलाका है इंद्र। मैं किसी और पर विश्वास नहीं करता। अब जब तुम्हारी जिंदगी में कोई और भी है। ज्यादा सतर्क रहना होगा तुम्हे।"

इंद्रजीत ने हां में सिर हिलाते हुए कहा

"ठीक है। वैसे तुम अब खाना खा कर ही जाना हर्षा खाना बहुत अच्छा बनाती है। वैसे भी ये जगह सुरक्षित है और कभी जरूरत हो तो तुम मुझसे मदद ले सकते हो।"

रविन्द्र ने इस बात को हंस कर टाल दिया।

*****

हर्षा और उर्वशी सोफे पर बैठे तो हर्षा ने देखा कि उर्वशी गर्भवती है। उसने मुस्कुराते हुए कहा

"बधाई हो!"

उर्वशी ने सिर झुकाकर अपने पेट को सहलाया। हर्षा ने उत्सुकता से पूछा

"क्या मैं छू सकती हूं?"

उर्वशी ने एक नजर रवींद्र को देखा जो इंद्रजीत की तरफ देख रहा था तो उसने हां में सिर हिला दिया। हर्षा की आँखें चमक उठी और उसने उर्वशी के पेट को छुआ। उसे एक अलग ही अहसास हुआ। हर्षा ने रवींद्र के व्यवहार को याद करते हुए पूछा

"वैसे एक बात कहूँ बुरा मत मानना!"

"हां कहो!"

हर्षा ने उसकी तरफ देखते हुए कहा

"ये रिश्ता टॉक्सिक नही है? मैं वैसे कुछ कह नहीं रही पर वो तुम्हें अकेला नहीं छोड़ रहा। हर वक्त तुम्हें ही देख रहा है और..."

उर्वशी मुस्कुराते हुए बोली

"मैं समझ रही हूं। पर हर किसी की कहानी एक जैसी नहीं होती। मैं बहुत कुछ तो नही जानती पर इंद्रजीत का अतीत कुछ अच्छा नही है। वैसा ही रविन्द्र के साथ है। वो अनाथ था और जब उसे गोद लिया गया तब उसने कई सालों तक प्रताड़ना झेली है। ये उसका ट्रॉमा है कि वो मुझे खुद से दूर नही होने देता। मुझे कोई शिकायत नहीं उसके व्यवहार से। हर किसी की प्रेम कहानी अलग और अनोखी होती है।"

हर्षा ने भी सिर हिला दिया। दोनो काफी देर तक अलग तरह की बात करते रही। फिर हर्षा ने उनके लिए खाना तैयार किया। खाना खाते समय दोनो लड़कियों ने अपनी मुस्कुराहट रोकते हुए कहा

"हमने कुछ सोचा है!"

उनके पतियों ने उन्हें देखा तो हर्षा बोली

"हमने तय किया है कि हम हमारी दोस्ती को रिश्तेदारी में बदल देंगे। अभी रवींद्र भाई पिता बनने वाला है। और जब इंद्र पिता बनेगा तब हम हमारे बच्चों का रिश्ता तय कर देंगे।"

उर्वशी बोली

"और हां! लड़का लड़की से बड़ा होना चाहिए।"

दोनो के हाथ से चम्मच छूट कर नीचे गिर गए। दोनो अपनी पत्नियों को हैरानी से देख रहे थे। फिर दोनों ने एक दूसरे को देख कर ना में सिर हिलाया। वो दोस्त हैं पर इतने करीबी भी नही कि रिश्तेदारी की बात करे। कुछ देर बाद उर्वशी और रवींद्र चले गए। उनके जाते ही इंद्रजीत ने हर्षा को गोद में। उठते हुए कहा

"अगर हमें अपने बच्चों का रिश्ता करवाना है तो हमें मेहनत भी करनी होगी।"

ये सुनकर हर्षा ने अपनी बाहें इंद्रजीत की गर्दन में लपेट दी और दोनो अपने कमरे की तरफ चल दिए।

*****

अगले तीन दिन बाद आखिर इंद्रजीत को फिर जाना पड़ा। वो हर्षा से कोई बहाना करके ही बाहर निकला था। दरअसल एक और बागी था जिसका नाम जहांगीर था। वो भी अली की तरह अब इंद्रजीत को अपने

नेतृत्व का स्वीकार नहीं करता। इंद्रजीत के लिए इस तरह के बागियों की हरकतों से काफी परेशानी था। अब तक हाश्मी भी आ चुका था और उसका कहना था कि जहांगीर को धमकी देने या उसे बार-बार सावधान करने से कुछ नही होगा। उन्हें उसे सबक सिखाना होगा। वही मुख्य है इन सभी बागियों का। वो अपनी तरफ से गैर कानूनी कामों की फेहरिस्त बढ़ाता ही जा रहा है। और यह किसी भी तरह से मानवीय नहीं रहेगा जैसे इंद्रजीत को जाना जाता था। इंद्रजीत इस सब से जल्दी निपटकर जल्दी से हर्षा के पास लौटना चाहता था जो कुछ खरीददारी करने बाजार के लिए निकली थी। उसने वैसे तो कुछ लोगों को पीछे से उसकी सुरक्षा में लगा रखा है फिर भी वो उसे इस बारे में कुछ नहीं बताना चाहता।

*****

हर्षा खुले बाजार में खरीदारी कर ही रही थी कि अचानक उसे महसूस हुआ कि कोई उसका पीछा कर रहा है। उसने जल्दी से सामान लिया और आगे की ओर बढ़ने लगी। जब उसे लगा कि अभी भी उसका पीछा हो रहा है तो वो तेजी से आगे जाने लगी। वहां काफी भीड़ थी जिस वजह से उसकी सुरक्षा कर रहे इंद्रजीत के आदमी पीछे ही रह गए। उन्होंने तुरंत रॉकी को इस बारे में बताया। हर्षा भीड़ से निकलते हुए एक गली में चली गई और लंबी लंबी सांसें लेने लगी। वो डर गई थी।

"शुक्र है बच गई!!"

"अभी कहां??"

ये सुनकर उसने सामने देखा तो वहां तीन गुंडे उसी का इंतजार कर रहे थे। उन्होंने बिना कोई मौका दिए हर्षा पर हमला शुरू कर दिया हर्षा जैसे तैसे अपने आपको बचाने की कोशिश करने लगी। इसी सब में उसका सारा सामान गिर गया। उसने अपनी भरपूर रक्षा की पर वो तीन थे। वो थक गई थी। ज्यादा भागदौड़ के कारण उसके पेट में दर्द होने लगा और उसकी पुरानी चोट भी दुःखने लगी। उन्होंने यही मौका देखा और उस पर वार करना चाहा कि तभी अचानक वहाँ पर रॉकी आ गया और उसने हर्षा को उन लोगों से बचा लिया। उसे देख वो पीछे हट गए पर उनमें से एक जो उसका पीछा कर रहा था, वो शख्स चिल्लाते हुए बोला

"अपने प्रेमी इंद्रजीत को समझा लो वो हमारे काम में दखल ना दें। उसकी टांग अड़ाने की आदत तो जाएगी नहीं और अगर वो अपने आपको डॉन मानता ही है तो उसे हमें भी खुश करना होगा। उसने अभी तक इस काम को छोड़ा नहीं है तो उससे कह दो कि वो कायदे कानून में काम करने के बारे में बात करना बंद कर दे। आया बड़ा हमें नैतिकता का पाठ पढ़ाने वाला।"

ये बोलते हुए वो तीनो बाइक पर बैठ कर भाग गई। रॉकी तो ये सुन कर काफी हड़बड़ा गया। वो इंद्रजीत को अब क्या जवाब देगा कि हर्षा को पता चल गया है कि वो अभी भी यह सब काम कर रहा है। अगर ये लोग उस पर हमला ना करते तो ऐसा कभी ना होता।

शायद रजिस्ट्रार के ऑफिस के नोटिस बोर्ड पर लगी हर्षा की फोटो से ही उन्होंने उसे पहचाना होगा वरना इंद्रजीत तो उसकी हर तरह से रक्षा कर रहा है। उसने सिर हिलाते हुए हर्षा की ओर देखा जिस के चेहरे पर कोई भाव नहीं दिखाई दे रहे थे। वो उससे पहली बार नहीं मिला है पर उसने पहली बार उसे इस तरह देखा था। अब उसे हर्षा से भी काफी डर लग रहा था। उसने सिर झुक लिया मानो किसी शरारती बच्चे की पोल खुल गई हो। हर्षा ने रॉकी को गंभीरता से देखा और बोली

"इंद्रजीत अभी ऑफिस आया हुआ है?"

उसकी ऐसी गंभीर आवाज सुन कर रॉकी थोड़ा सकपकाया। वो झूठ बोलना चाहता था पर हर्षा की आँखों की तल्खी उसे झूठ कहने से रोक रही थी। उसे अहसास है कि इंद्रजीत के करीबी लोगों को यह बात पता थी कि इंद्रजीत हर्षा के लिए इस काम को चोरी छुपे तरीके से कर रहा है। हर्षा जैसे शांत लग रही है उससे उसे लग रहा था कि आज तो जरूर कोई तमाशा होने वाला है।

"हम.. हां!"

वो सब जानते हुए कुछ बोल नहीं पाया। हर्षा ने उसे कुछ और बोलने का मौका भी नही दिया और बोली

"इंद्रजीत के ऑफिस चलो!"

उसने अपना सामान उठाया और रॉकी की जीप की तरफ चल दी। उसने सामन जीप में पीछे रख दिया। फिर वो आगे आकर रॉकी के साथ

बैठ गई। रॉकी को समझ नहीं आ रहा कि इस बारे में हाश्मी को बताना चाहिए या इंद्रजीत को। वो दोनों भी जहांगीर का मसला सुलझाने गए होंगे तो वो लोग फ़ोन उठाएंगे ही नहीं और मैसेज तो बिल्कुल भी नहीं देखेंगे तो वो क्या करे?

अब वो हर्षा की बात को भी नहीं टाल सकता। अगर इंद्रजीत को पता चला कि उसने हर्षा के आदेश को टाला है तो उसकी तो फिर से शामत आ जाएगी इसलिए उसे जल्दी से अमायरा रियल एस्टेट ऑफिस में लेकर आ गया। हर्षा पहली बार इस ऑफिस में आई थी। ऑफिस में काम करने वाले ज्यादातर लोग इंद्रजीत के लिए उसके गैरकानूनी काम में सहयोग करने वाले थे। हर्षा की उम्मीद से विपरीत यहां कम से कम 50 से 60 कर्मचारी थे जो अलग अलग तरह का काम किया करते थे। खैर उसमें सारे कर्मचारी नहीं थे बल्कि कुछ गुंडे थे जो जगहों पर कब्जा करने का काम किया करते थे और वो लोग हर्षा की पहचान से बिल्कुल अंजान नहीं थे। वो लोग जानते थे कि हर्षा कौन है। उन्हें अच्छे से याद है कि वो डेढ़ साल! जब इंद्रजीत बड़ी ही शिद्दत से हर्षा की खोज करने में दिन रात एक कर रहा था। तो वो लोग स्वाभाविक तौर पर जानते हैं कि हर्षा ही उनकी लेडी बॉस हैं। अब भले ही उनका बॉस इस समय यहां नहीं है मगर उनकी लेडी बॉस जो कहेंगी उन्हें वो ही मानना पड़ेगा। हर्षा ने इधर उधर देखा। इंद्रजीत का ऑफिस काफी व्यवस्थित और साफ सुथरा है। उसे मन ही मन गर्व हुआ कि इंद्रजीत इस काम को इतने अच्छे से संभाल रहा है। उसने बिना रॉकी को देखे पूछा

"इंद्रजीत का ऑफिस कौन सा है?"

सकुचाते हुए रॉकी ने एक शख्स को इशारा किया तो उस ने हर्षा को इंद्रजीत का ऑफिस दिखा दिया। उसका नाम वंश है और वो इंद्रजीत का एक और आदमी था जो यहाँ आधिकारिकतौर पर उसका सेक्रेटरी था और काम संभालना था। हर्षा ने उसके हाव भाव और वेशभूषा को देखते हुए पूछा

"तुम्हारी तारीफ?"

वंश को इंद्रजीत के साथ काम करते काफी समय हो गया है पर उसे कभी ऐसा डर नहीं लगा था। उसने अपना थूक निगलते हुए कहा

"जी मेरा नाम वंश अग्रवाल है। मैं बॉस का सेक्रेटरी हूं!"

हर्षा ने हां में सिर हिलाया और इंद्रजीत के कैबिन में जाकर बैठ गयी। कुछ देर तक वहाँ पर बैठना अच्छा अच्छा नहीं लगा तो वो बाहर आकर वहां बैठ गई जहाँ इंद्रजीत को मिलने वाले लोग बैठा करते हैं और वो जगह दूसरों को दिखाई नहीं देती थी, खास कर बाहर से आने वाले को तो बिल्कुल भी नहीं।

*****

उसकी अपने ऑफिस में उपस्थिति से अनजान इंद्रजीत और हाश्मी वहाँ पहुंच रहे थे। उन्हें जहांगीर से निपटने का रास्ता मिल गया था। हाश्मी ने कुछ कहा तो सीढियां चढ़ रहे इंद्रजीत ने सिर हिलाते हुए बोला

"रॉकी का प्लान सही था। पर पहले मुझे एक बार जहांगीर से बात करनी चाहिए। मुझे लगता है इस मसले को सुलझाने में ज्यादा वक्त नहीं लगेगा।"

हाश्मी एक ठंडी सांस छोड़ते हुए बोला

"तुम ठीक कह रहे हों मगर वो मेरा फ़ोन नहीं उठा रहा है।"

इंद्रजीत जब अपने ऑफिस में घुसा तो उसने देखा कि आमतौर पर सभी लोग उस के स्वागत हेतु खड़े हो जाते हैं मगर आज वो लोग पहले से ही खड़े हैं और आश्चर्यजनक रूप से पूरे ऑफिस में शांति हो गई। रॉकी केबिन दरवाजे के दरवाजे पर खड़ा था

"यहां क्या हो रहा है?"

हाश्मी ने उस से पूछा तो उसने देखा रॉकी के पसीने छूट रहे थे। रॉकी वहाँ खड़ा था जहाँ हर्षा बैठी हुई थी। अब चूंकि उसका शरीर बड़ा था इसलिए हर्षा दिखाई नहीं दे ने दे रही। ऊपर से वो दुबली पतली भी है। वो तो इंद्रजीत के पीछे भी खड़ी हो जाए तो दिखाई नहीं देती।

"क्या बात है?"

हाश्मी ने इस बार सभी से पूछा तो सभी ने एक दूसरे की तरफ देखा मगर कुछ बोल नहीं पाई। इंद्रजीत एक गहरी सांस छोड़ते हुए बोला

"क्या हुआ है? अगर तुम लोग इस तरह से परेशान हो कि जहांगीर के कारण हम लोगों को फिर से परेशानी आ सकती है कि वो सरकार को या पुलिस को जाकर कुछ बता दे तो तुम्हें चिंता करने की जरूरत नहीं

है। उसका इंतज़ाम मैंने कर दिया है। उसके चमचों के ऐसी धमकी दे कर आया हूँ कि अब वह फिर से हमारे रास्ते में नहीं आएगा और कुछ गलत करने की नहीं सोचेगा भी नही। क्योंकि मैंने उसके सबसे करीबी आदमी को मार दिया, वो भी उसके सामने ही ताकि उसे इस सब का ख्याल रहे। अच्छा हां वंश वो कपाड़िया की प्रॉपर्टी वाला फोल्डर तो देना।"

ये कह कर उसने हो उसने वंश से फोल्डर मांगा जो उसने ने तुरंत ही उसे दे दिया। हालांकि इंद्रजीत इस बात पर गौर करना भूल गया कि वंश के हाथ भी पसीने पसीने हो रहे थे। फिर उसके उससे हाथ तौलिया मांगा और अपने खून लगे हाथों को साफ करने लगा। उसे बड़ा अजीब लग रहा था। उसके आदमी खासकर वंश आमतौर पर उसकी बात सुन कर या तो खुश होता या फिर उसका स्वागत करता मगर आज ऐसा कुछ नहीं हुआ। उसने इस बार गंभीरता से एक भौं ऊंची करते हुए पूछा

"क्या हुआ तुम्हें? सांप सूंघ गया क्या?"

वहीं हाश्मी ने रॉकी को देखा जो आँखों ही आँखों से कोई इशारा कर रहा था।

"रॉकी क्या बात हो गई है?"

हाश्मी ने उससे गंभीरता से पूछा तो इंद्रजीत भी उसे ही देखने लगा। रॉकी कुछ कहता उससे पहले ही एक आवाज आई जिसे सुनकर हाश्मी हैरान और इंद्रजीत भौंचक्का रह गया।

"हां साफ साफ बताओ ना क्या बात है?"

तभी उन्हें पायल की आवाज सुनाई थी। आवाज को इंद्रजीत भ्रम समझ भी ले पर ये पायल भ्रम नहीं है। ये वहीं है जो हर्षा तब पहनती है जब भी वो बाहर जाती। इंद्रजीत ने जब उसे इसका कारण पूछा था तो उसने कहा था कि वो सुहाग के हर श्रृंगार को धारण करेगी क्योंकि इससे सुहाग की उम्र लंबी होती है। इस के अलावा भी वो पूरा 16 श्रृंगार करती है मगर इस तरह से की चीज़ो में विवाहित ना दिखाई दें क्योंकि लोग फिर उससे उनकी शादी को लेकर सवाल पूछेंगे। और वो कोई सवाल जवाब नही चाहती। इंद्रजीत बिना कुछ बोले कुछ मिनट वहां ऐसे ही खड़ा रहा। उसे जिसका डर था वही हो गया जब उसने भाव हीन चेहरे से वहाँ खड़ी हर्षा को देखा।

दरअसल उसे बातों को सुनकर एक अंदाजा लग गया था कि इंद्रजीत क्या करने की कोशिश कर रहा है। और वो ये सुन कर बहुत आहत थी कि लोगों का उस के बारे में कहना है कि उनकी लेडी बॉस की वजह से उन के बॉस काम छोड़ने की कोशिश कर रहे हैं। वो भी दूसरी लड़की की तरह है जो यही चाहती कि उसका पति या प्रेमी भले ही पहले कितना भी ताकतवर रहा हो मगर बाद में वो बहुत विनम्र बन जाए और सादगी से जीवन जिए। इंद्रजीत थोड़ा हिचकिचाते हुए बोला

"हर्षा!! तुम यहां!!"

अपने कड़क और रौबदार बॉस को इस तरह से हिचकिचाते देखकर सभी हर्षा को आश्चर्य से देखने लगे। वो कोई बहुत ताकतवर और माफिया डॉन नही लग रहा था। उनका बॉस जो कमिश्नर तक से नही डरता वो अपनी पत्नी के सामने निशब्द खड़ा है। उसे ऐसे देखकर उनके मन यही आ रहा था कि सच कहते है, प्यार में बहुत ताकत होती है। हाश्मी ने वंश और रॉकी को देखा ये जानने के लिए कि क्या वही है जिसे अचानक ठंड लगने लगी है पर वो दोनो भी कांप रहे थे। कोई शक नही वो सब बेझिझक उसके लिए खड़े थे। हर्षा का औरा तो इंद्रजीत की टक्कर का है। रॉकी धीरे से फुसफुसाया

"हे भगवान! किस मुसीबत में फंस गए हम।"

हर्षा को इस तरह शांत देखकर इंद्रजीत को उसकी थोड़ी चिंता हुई। वो उसके पास गया और बोला

"तुम इतना शांत क्यों हो? क्या बात हो गई है? और तुम यहाँ क्या कर रही हो? वैसे तो हम केबिन में बैठकर भी बात कर सकते हैं। आओ!!"

वो जबरदस्ती हर्षा को लेकर केबिन में ले गया। उसने हर्षा के हाथ को पकड़ा हुआ था पर ना तो हर्षा ने उसका हाथ नहीं छुड़ाया, ना कोई पलट कर जवाब नहीं दिया! कैबिन में जाकर उसने जल्दी से चपरासी को हर्षा के लिए कुछ ठंडा लाने के लिए कहा। हर्षा ने नींबू सोडा मंगवाया तो चपरासी सरपट लेने चला गया। ऐसा लग रहा था मानो उसके पैरों में पहिए लगे होंगे। फिर वो जल्दी से नींबू सोडा ला कर उसके सामने रख दिया और वहाँ से उतनी ही तेजी से रफू चक्कर हो गया मानो हर्षा कोई खतरनाक राक्षसी है जो उसे काट खाएगी। सभी उत्सुक और जिज्ञासु

कर्मचारी अपने कान लगाए कैबिन के पास खड़े थे। उनमें से एक हाश्मी और रॉकी भी थे। वो भी जानना चाहते हैं कि उनकी लेडी बॉस और उन के बॉस के बीच क्या बात होती है।

"देखो हर्षा मैं समझा सकता हूँ।"

इंद्रजीत ने बोलना शुरू किया। जब उसने देखा कि हर्षा ज्यादा कुछ बोल नहीं रही है और वो बस उसकी कुर्सी को घूर रही है जो उसने अपनी डेस्क के पीछे रखी हुई थी तो वो एक ठंडी सांस छोड़ते हुए बोला

"सुनो हर्षा!"

इंद्रजीत हर्षा के पास गया और उसके हाथ को अपने हाथ में लेते हुए बोला

"मैं जानता हूँ तुम चाहती थीं कि मैं इस काम को छोड़ दूँ और मैं तैयार हूँ... मगर मैं एक दम से इस सब को नहीं छोड़ सकता। तुम जानती हो ना! मैं शहर का डॉन हूँ और ये मेरी जिम्मेदारी है कि मैं सुनिश्चित करूँ, शहर में कोई अपराध ऐसा ना हो रहा हो जो नैतिकता या मानवता के खिलाफ़ हो... इसलिए बस.... इसलिए मैं थोड़ा समय ले रहा था... मैं तुम्हें यकीन दिलाता हूँ... मैं सच में कुछ समय बाद इस सब को छोड़ दूंगा और इस काम को किसी और को दे दूंगा....और फिर इस ओर देखूंगा भी नहीं..."

मगर हर्षा ने उसे एक दम से घूर कर देखा तो इंद्रजीत हैरान रह गया। हर्षा ने अपने हाथों से छुड़ाया और दोहराते हुए बोली

"क्या कहा तुम ने?"

इंद्रजीत को समझ नहीं आया कि क्या हो रहा है। उसका दिल ज़ोर से धड़क रहा है। हर्षा पहली बार उस से नाराज हुई है। कुछ भी हुआ हो, कुछ भी हर्षा कभी भी उस से नाराज नहीं हुई थी। आज क्या हो गया? वो एक गहरी सांस लेते हुए बोला

"माफ करना... मैंने गलती कर दी... मैं मानता हूँ कि मैंने तुम से झूठ कहा कि मैं अभी काम नहीं कर रहा हूँ और मैं उस वक्त भी लगातार काम कर रहा था... मगर यकीन मानो मैं अब ये काम छोड़ दूंगा और फिर से शुरू नहीं करूँगा..."

हर्षा ने अपने अपनी आँखें बंद की और फिर गहरी सांस लेते हुए बोली

"मिस्टर इंद्रजीत भारद्वाज!"

इंद्रजीत अंदर तक सिहर गया। आज उसे न जाने क्यों अपना नाम हर्षा के मुंह से सुन कर अच्छा नहीं लग रहा था। वो अपने दांत पीसते हुए बोली

"तुम्हें लगा मैं तुम्हें काम छोड़ने के लिए कह रही हूँ!!"

ये सुन कर ना केवल इंद्रजीत बल्कि बाहर कान लगाए खड़े सभी लोग हक्के बक्के रह गए और एक दूसरे का मुँह ताकने लगे।

"... तो तुम क्या कह रही हो?"

इंद्रजीत थोड़ा हकलाते हुए बोला। वो हर्षा के पास जाने की कोशिश करने लगा पर हर्षा उस से दूर हुई और केबिन के बीच में जाकर खड़ी हो गई। उसने उसकी सीट की ओर देखकर कहा

"तुम्हें क्या लगता है... मैं ये चाहती हूँ कि तुम ये छोड़ दो या किसी और को दे दो। हां?"

फिर वो एक झट के से पीछे की ओर मुड़ी और बोली

"सच बताओ... क्या तुम यही लगा था कि मैं हर दूसरी तीसरी लड़की की तरह यह चाहूंगी कि मेरा प्रेमी भले ही मेरी पसंद इसलिए बना हो कि वो ताकतवर है मगर बाद में वो शादीशुदा जीवन में एक घरेलू आदमी बन कर रहे.... हाँ?"

इंद्रजीत अब असमंजस में पड़ गया। हर्षा क्या कह रही है? वो बोला

"... तुम... तुम क्या कहना चाह रही हो? मुझे समझ नहीं आ रहा है। तुम्हीं ने तो कहा कि छुट्टी ले लेना तो मैं वही तो कह रहा हूँ कि एक बार इस काम से छुट्टी मिल जाती तो हम दोनों अच्छे से समय बिता पाएंगे।"

हर्षा ने एक व्यंग्यात्मक हँसी हंसते हुए कहा

"इंद्रजीत!!! और तुम्हें लगता है कि तुम मुझे जानते हो!!"

फिर उसने और उसने निराशा भरे भावों से इंद्रजीत की ओर देखा और बोली

"क्या सच में तुम्हें ऐसा लगता है कि मैं वैसा चाहूंगी!!!"

अब उस की आवाज थोड़ी टूटने लगी थी। इंद्रजीत का दिल करूणा से भर गया। वो उसे दुःखी नहीं देख सकता। आज तो वो हमेशा से ज्यादा

भावुक लग रही है। वो उसके पास जाने लगा मगर हर्षा उसे दूर धकेलते हुए बोली

"अभी मुझे छूना मत! मैंने तुम से छुट्टी का कहा था। उसका मतलब ये नहीं था कि तुम ये काम छोड़ दो!!!"

वो एक दम से गुस्से में चिल्ला कर बोली जिसे सुन कर बाहर खड़े सभी लोग हड़बड़ाकर दूर हटने लगे कि कहीं हर्षा चिल्लाते हुए दनदनाती बाहर न आए और उन्हें देखकर उन्हें कुछ न कह दे। अब उन के बॉस की चुप्पी ही उन्हें अहसास दिला रही थी कि उनकी लेडी बॉस में कितनी ताकत है। इंद्रजीत हिचकिचाते हुए बोला

"तुम्हारे कहने का मतलब फिर क्या था?"

हर्षा ने खिड़की की तरफ देखते हुए कहा

"मैं ये चाहती थी कि इस सब काम के खत्म होने के बाद... हम दोनों... तुम और मैं... किसी ऐसी जगह चले जहाँ हमारे अलावा कोई ना हो... ना तुम्हारा फ़ोन... ना तुम्हारा काम... मेरे कहने का मतलब था कि तुम्हारी छुट्टियां नहीं होती इसलिए तुम कभी आराम नहीं करते.... तुम एक आम इंसान हो... तुम मेरे पति हो... जाहिर तौर पर मैं चाहूंगी कि तुम पर्याप्त आराम करो... तुम पर्याप्त ऊर्जा इकट्ठी करो.. तुम कोई अजर अमर इंसान नहीं हो जिस की शक्तियां असंख्य हो... ना तुम्हारी ताकत बढ़ती रहेगी.... तुम एक आम आदमी हो थकने के बाद तुम्हें आराम की जरूरत होती है... तुमने खुद को देखा है कभी आराम करते... मुझे नहीं पता तुम मेरे तुम्हारी जिंदगी में आने से पहले तुम कैसा जीवन जीते थे मगर अब मैं तुम्हारे जीवन का हिस्सा हूँ... तुम्हारे हर काम से मुझे फर्क पड़ता है... और मुझे इस बात से फर्क पड़ता है कि मेरा पति ठीक नहीं है... उसे थकान होती है तो आराम नहीं करता है... कुछ भी परेशानी की बात होती है तो मुझसे किसी वजह से साझा नहीं करता.... तुम्हें लगता है कि मैं डर जाऊँगी.... सच में तुम्हें लगता है कि मैं तुम्हारे बारे में कुछ भी नहीं जानती थी... मैं जानती थी तुम कौन हो फिर भी मैं तुम्हारे साथ थी ना... और अभी भी मुझे पता है ये क्या जिम्मेदारी है? एक माफिया गैंगस्टर होने का क्या मतलब होता है... और यकीन मानो मैं सच कह रही हूँ कि मुझे पता है इसका क्या मतलब होता है... तो मुझे पता है...."

अब हर्षा के भाव वैसे ही थे जैसे वो जब भी अपने दादा दादी का जिक्र किया करती थी तब होते थे। इंद्रजीत को फिर से वही रहस्यमय अहसास हुआ। उसे लगा मानो हर्षा अभी भी उससे कुछ छुपा रही हो। वो ख़ुद से ही बोला

'क्या हर्षा का कहना ठीक है? क्या मैं उसे सच में जानता हूं? मैं हर्षा को बहुत अच्छे से जानता हूँ तो ये क्यों नहीं समझ पाया कि वह क्या चाहती है!'

उसने शर्म से नजर झुका ली। वो बोला

"मैं माफी चाहता हूँ मेरे कहने का मतलब वो नहीं था... मुझे लगा कि जैसे सब लोग चाहते हैं या हर लड़की चाहती है कि उसका पति उसके साथ समय बिताए और एक आम जिंदगी जिए तो तुम भी वैसे..."

वो आगे कुछ बोलता उससे पहले ही हर्षा ने हाथ का इशारा कर उसे रोकते हुए कहा

"मुझ में एक आम लड़की जैसा कुछ नहीं है... मुझे तुम्हारा प्यार चाहिए बस.... मैं तुम्हें बता दूँ मैं ऐसा नहीं कह सकती कि तुम ये काम छोड़ दो! मैं तुम्हारी जिंदगी में तब आई जब तुम इस सब में पहले से ही स्थापित हो चूके थे... मैं जानती थी... हमेशा से जानती थी कि तुम्हारा जीवन एक आम लड़के जैसा नहीं है... और ये मत समझना कि मैं तुम्हारे साथ कोई सहानुभूति दिखाने की कोशिश कर रही हूँ.... नहीं... मैं समझती हूँ... और जब मैंने कहा मैं समझती हूँ इस का मतलब है मैं सच में ही समझती हूँ... मुझे कुछ शौक नहीं हैं बातें घूमाने का... और ये तुम अच्छे से जानते हो... मेरे दिमाग में जो होता है, मैं वो बोलती हूँ.... और अभी सच यही है कि मुझे कोई परेशानी नहीं थी जो तुम काम करते हो उससे... बस मेरा इतना मानना था कि तुम जो कुछ तुम्हारे साथ हो रहे हो उसका कुछ भाग साझा मत करो... मैं जानती हूँ तुम मुझको कई बातें नहीं बता सकते भले ही मैं कोई भी हूँ... पर तुम कुछ तो साझा करो... तुम्हारे मन का बोझ हल्का हो जाएगा... तुम्हारा दिमाग हल्का हो तो तुम्हे आराम मिले... तुम्हें शारीरिक रूप से नहीं मानसिक रूप से भी आराम की जरूरत है... और ठीक है..."

वो गहरी सांस लेने लगी। आज उसकी सांस ऊपर नीचे चढ़ रही थी। ऐसा उसके साथ कभी नहीं होता। वो शायद ज्यादा गुस्से में थी। फिर वो एक दम गहरी सांस लेकर बोलीं

"देखो इंद्रजीत माना लड़की का सपना होता है उसका पति उसके साथ समय बिताए कम से कम शादी के शुरुआती दिनों में... पर मैं तुम्हारी ज़िंदगी में तब आई जब यह सब तय हो चुका था कि तुम कौन हो और तुम्हारा काम क्या है... अब मैं कितनी भी कोशिश कर लूं मगर मुझे ये हक नहीं है कि मैं तुम्हें यह काम करने से रोक दूं!"

उसका ये वाक्य सुन कर इंद्रजीत ने एक झटके से हर्षा की ओर देखा। वो ही नहीं अब बाहर खड़े सभी लोग सदमे से दरवाजे की ओर देख रहे थे। उसके कहने का मतलब है कि वो नहीं चाहती कि इंद्रजीत ये सब काम छोड़ दे। क्यूँ? हर लड़की चाहती है कि उसका पति ऐसे गैरकानूनी काम छोड़ दें तो फिर ये हर्षा अलग कैसे है? उसे इसके अलावा और क्या चाहिए? हर्षा की आँखों में आंसू आ रहे थे मगर उसने जल्दी से उन्हें पोंछा और बोली

"ये नहीं कह रही हूँ कि तुम मेरी परवाह नहीं करते हो या तुम जो काम कर रहे हो उसकी वजह से मुझे अनदेखा कर रहे हो... बिल्कुल नहीं... मैं जानती हूँ कि मेरी वजह से तुम्हारा बहुत समय बर्बाद हुआ है और तुम काफी बदल गए थे... मगर मैं... कुछ भी हो जाये भले ही मैं तुम्हारी पत्नी बन जाऊं या भविष्य में अलग हो जाएं... तो भी मेरा ये हक नहीं होगा कि मैं तुम्हें ये सब करने से रोक दूं... बस मैं ये चाहूंगी कि तुम मुझे बताओ कि तुम्हारे जीवन में क्या खतरे हैं? क्या है जो इस काम से जुड़ा हैं? तुम्हारे क्या क्या फैसले जरूरी है? हो सके तो मुझसे कभी सलाह लो? क्या पता मैं तुम्हें ऐसी कोई सलाह दूं जो तुम्हारे लिए अच्छी साबित हो? और यकीन मानों मैं तुम्हें पुलिस का सहारा लेने या कानूनी तौर पर चलने का कभी नहीं कहूंगी..... जब तक कि वो बहुत बहुत बुरी स्थिति ना हो। और ये मेरा तुम से वादा है... मैं तुम्हारी पत्नी... किसी नाम के लिए... तुम्हारी दौलत के लिए या सिर्फ तुम्हारे प्यार के लिए नहीं बन रही हूँ... पर साथ में मैं तुम्हारी जिम्मेदारियां साझा करना चाहती हूं... तुम्हारे बहुत कुछ साझा करना चाहती हूं... मैं तुम्हारे जीवन को साझा

करना चाहती हूं... पत्नी का मतलब अर्धांगिनी इसलिए होता है क्योंकि वो पति के हर काम में उसका सहयोग करते हैं और..."

यह कह कर हर्षा फिर से लड़खड़ाने लगी। उसे ऐसे देख इंद्रजीत उसके करीब जाने की कोशिश करने लगा तो हर्षा ने बड़ी ही कमजोरी से अपने हाथ उठाकर उसे रोक दिया और फिर जब उसने इंद्रजीत को देखा तो उसकी आँखों में आंसू थे। शायद उसने वाकई हर्षा से ये छिपा कर या यह सोचकर कि वो उस को ये क़ाम करने नहीं देना चाहती, उसने गलती कर दी। पर हर्षा के दुःख की केवल यही वजह नहीं थी। वो बोला

"मेरा मतलब तुम्हें आहत करने का नहीं था मुझे लगा..."

हर्षा ने बड़ी ही धीमी आवाज में कहा

“मुझे लगता है हम दोनों को ही थोड़ा समय देना चाहिए... थोड़ा समय..."

"अच्छा देखो..."

इंद्रजीत फिर से उसके करीब आते हुए बोला तो उसने कहा

"मैंने कहा आप मेरे पास मत आओ... मुझे थोड़ा समय दो... मैं शांत हो जाउंगी... तब मैं खुद तुम से बात करूँगी... मेरा वादा है पर अभी नहीं..."

"हर्षा समझने की कोशिश करो... मेरा इरादा तुम्हें चोट पहुंचाने का नहीं था... मैं तुम्हें परेशान नहीं करना चाहता था... बस इसलिए..."

"तुमने कैसे तय कर लिया कि मुझे किस बात से परेशानी होगी और किससे नहीं? क्या तुम्हे अच्छा लगेगा अगर मैं कल को ये कहूँ कि तुम आज इस काम से जुड़े फैसले मत करना यह तुम्हारे लिए अच्छा नहीं है या फिर मैं तुम्हारे ऊपर शगुन अपशगुन का बोझ लाद दूं कि नहीं आज ये जमीन मत खरीदना तो तुम्हे अच्छा लगेगा कि मैं तुम्हारे निर्णय कर रही हूँ..."

इंद्रजीत बिना झिझक के बोला

"मुझे कोई परेशानी नहीं होती!!"

हर्षा कुछ भी नहीं बोली और फिर एक गहरी सांस लेकर बोली

"वास्तविक जीवन में होती है... और मैं तुम पर नियंत्रण करने की कोशिश नहीं करूँगी... कम से कम इस कारण तो समझो कि तुम अपनी

बातें मुझसे साझा कर सकते हो, अपनी तकलीफ अपने तकलीफ़ साझा कर सकते हो.... शायद मैं गलत थी।"

हर्षा गुस्से में अपना बैग लेकर निकली। इंद्रजीत वहीं खड़ा बस उसे जाते हुए देख रहा था। इधर जैसे ही उसके कदमों की आहट सुनाई दी। कर्मचारी जो कान लगाए सब सुन रहे थे। इधर उधर होने लगे। हर्षा ने दरवाजा खोला तो सभी को अजीब तरीके से इधर उधर खड़े देखते पाया तो एक दम से चिल्ला कर बोली

“कोई तमाशा लग रहा है क्या? सब अपना काम करो और आइंदा मुझे इस तरह से खाली दिखाई दिए तो बस सच कह रही हूँ मैं तुम्हारे बॉस से भी बुरी हो सकती हूं।”

उसकी आँखों में अंगारे बरस रहे थे। उसकी आवाज़ में तल्खी थी जिसे सुन कर सभी घबराए हुए हिरणों की तरह इधर उधर भागे और अपनी सीट पर जा बैठे। हर्षा ने इंद्रजीत के कैबिन की तरफ एक बार देखा और फिर हाश्मी को देखा। हाश्मी हड़बड़ा कर इधर उधर देखने लगा। वो हर्षा से नजरें नहीं मिला पा रहा था।

"तुम्हें तो मैं देखती हूँ..."

"धम्म!!!"

इंद्रजीत का तो पता नहीं मगर हाश्मी को अपने दिल की धड़कन बहुत तेज सुनाई दे रही थी।

"ये भगवान! क्या ये असली हर्षा है? कोई शंका नहीं कि बॉस चुपचाप सुन रहे थे।"

"सच्ची!!!"

"ज़रा ध्यान से बोलो वो हमारी लेडी बॉस है!"

"सोचो लेडी बॉस एक दिन के लिए भी हमारे ऊपर नियंत्रण करने आ गयी ना तो हमें बहुत परेशानी हो जाएगी!!!"

हर्षा गुस्से में ऑटो लेकर अपने घर पहुंची तो उसने नुसरत को बाहर निकलते देखा। उसे देख वो बोली

"अरे हर्षा! कहाँ से आ रही हो?"

हर्षा ने नुसरत को देखा मगर तुरंत ही अपने आपको संयमित करते हुए बोली

"वो अ.... कुछ नहीं... आप कहां जा रहे हो?"

"वो क्या है ना मेरी भाभी है सलीमा और उसको कुछ समय से थोड़ी तकलीफ है... घर पर कोई दिखा के आने वाला नहीं है.. और मेरा भाई जावेद इंद्रजीत के साथ काम करता है... "

हर्षा ने हां में सिर हिलाया तो वो आगे बोली

"वो इंद्रजीत के कहने पर एक हफ्ते से कहीं गया हुआ है तो मेरी मम्मी ने कहा कि मैं उसको दिखा आऊं। तुम चलोगी? हॉस्पिटल जाना है! वैसे तुम्हारा मूड कुछ अच्छा नहीं लग रहा है..."

"हूँ!! हाँ मैं ठीक हूँ पर चलो।"

"ठीक है चलते है।"

उसने सोचा यह अच्छा तरीका होगा, उस का मन बदलने का।

*****

हॉस्पिटल में बड़ी लंबी कतारें थीं। जावेद फ़ोन नहीं उठा रहा है। नुसरत ने एक कतार में लगे लगे अपनी भाभी से कहा

"वैसे तुम्हें परेशानी क्या हो रही है?"

"पता ही नहीं। अम्मी जान है ना उन्हें नहीं लगता है मैं बीमार हूँ। सच कहूँ तो उन्हें लगता है आलस कर रही हूँ..."

"अच्छा!! मैंने तुम्हें हर्षा ने नहीं मिलवाया। इससे मिलो ये हर्षा है इंद्रजीत की पत्नी!!"

"ओह लेडी बॉस..."

"क... क्या??"

हर्षा ने थोड़ा सकुचाते हुए नुसरत से पूछा तो उसने समझाते हुए कहा

"मतलब इंद्रजीत हमारे बॉस है तो तुम हमारे लिए लेडी बॉस हो!"

हर्षा ने ये सुना तो अपनी आँखें बंद कर ना में सिर हिलाया और बोली

"अभी मुझसे इस बारे में कुछ बात मत करो।"

उसकी घबराहट को देखकर नुसरत तुरंत समझ गई कि कुछ तो गड़बड़ हुई है। वो ख़ुद से बोली

"क्या इस प्रेमी युगल ने पहली लड़ाई की है? सच में?"

वो इस बात की पुष्टि हाशमी से करना चाह रही थी। उसने तुरंत उसे बहाना करते हुए मैसेज किया

"क्या हर्षा और इंद्रजीत ने पहली बार लड़ाई की है?"

"शायद..."

उसने मुस्कुराता हुई इमोजी भेजी तो सामने से हाश्मी ने रोता हुआ इमोजी भेजा।

"क्या हुआ?"

उसने तुरंत ही हाश्मी को फ़ोन लगाया

"तुम ठीक तो हो?"

"पूछो मत! अगर आज तुम यहाँ होती ना हो तो सच्ची तुम डर से कांप रही होती।"

"क्यों? क्या हो गया ऐसा?"

"किसी ने हमला कर दिया!!"

"इंद्रजीत पर? क्या वो ठीक है? तुम ठीक हो?"

"हां हम सब लोग फिलहाल शरीर से तो ठीक है और हमारे मन ही कांप रहे हैं!"

"किसने तुम्हें इतना दहला कर रखा है?"

"तुम्हारे लिए भी झटका होगा।"

"अब बताओ भी!"

"हर्षा ने!"

"हर्षा ने?"

नुसरत ने हर्षा की ओर नजर उठाकर देखा जो हंसते हुए उसकी भाभी से बात कर रही थी। जो एक वास्तविक सी हंसी लग रही थी, बनावटी नहीं।

"वो किसी को क्यों दहलाएगी?"

"तुम यहाँ नहीं थी!! तुमने सच्ची कुछ नहीं देखा। वो इंद्रजीत से सच में बहुत नाराज थी।"

"क्या हुआ?"

हाश्मी कुछ बताता उससे पहले ही सलीमा ने तुरंत ही नुसरत को आवाज़ देते हुए कहा

"हमारा नंबर आ गया!! जल्दी चलो!!"

अपनी भाभी की आवाज सुन कर उसने जल्दी से फ़ोन रखा और उन के साथ गई। वो हर्षा को घूर कर देखने लगीं कि कहीं से भी उसके गुस्सा होने का कोई प्रमाण मिल जाये मगर ऐसा नहीं होते देखकर उसने नज़र घूमा ली।

"क्या हुआ नुसरत भाभी? आप मुझे ऐसे क्यों देख रही है? क्या मेरे चेहरे पर कुछ लगा हुआ है?"

हर्षा ने अपनी हमेशा वाली बचकानी आवाज में पूछा। उसे सुन कर नुसरत सोच में पड़ गई है। ये किसे डरा सकती है। उसे कोई भ्रम हुआ होगा! शायद इंद्रजीत और हर्षा की कोई लड़ाई हुई होगी जिस की वजह से वो लोग घबरा गए हैं। वो असल में इंद्रजीत के कारण घबराए होंगे। वो लोग अंदर पहुंचे तो महिला डॉक्टर वहाँ बैठी थी

“हाँ बताइए किस को परेशानी है?”

“जी मुझे!”

सलीमा आगे बढ़ते बोली

“क्या परेशानी है? देखिये आप खुल कर बता सकतीं हैं कोई परेशानी नहीं होगी!"

“जी बात ये है कि मेरी सास को लगता है मैं बहाने कर रही हूँ। मगर मुझे आजकल बहुत थकान महसूस होती है... कभी-कभी ऐसा लगता है कि बस कुछ भी ना करूँ और कभी-कभी लगता है बहुत सारे काम कर लूं.. और जिस दिन कर लेती हूँ उसके अगले दिन मैं बहुत ज्यादा थकी हुई होती हूं... जब मैं कुछ नहीं करती तो मेरी सास को लगता है कि मैं बहाने बना रही हूँ..."

“और?”

“और आजकल मुझे भूख बहुत लग रही है। मुझे नॉन वेज खाने की बहुत इच्छा होती है मगर मुझे तो मछली देखते ही वो अच्छी नहीं लगती है।"

"अच्छा! और?"

"और क्या बताऊँ... मेरे पति गए हुए है... काम से बाहर... बहुत याद आती है उनकी... उन को देखने की इच्छा होती है मगर जब वो फ़ोन करते हैं तो मैं उन से बात करने की जगह झगड़ा करने लगती हूँ क्योंकि

उन से काफी समय से दूर हूँ तो मुझे हर छोटी बात पर गुस्सा आ जाता है... और कभी-कभी तो मैं बहुत उदास हो जाती हूँ... कई बार मुझे भूख बहुत लग रही होती है पर मैं कुछ खा नहीं पाती..."

ये सुन कर डॉक्टर मुस्कुराने लगी तो सलीमा भोला चेहरा बनाकर बोली

"आपको भी लगता है बहाने कर रही हूँ!"

"अपना हाथ आगे दो!"

डॉक्टर ने उसे हाथ आगे करने का कहा तो उसने तुरंत हाथ आगे कर दिया। वो फिर से नुसरत को समझाते हुए बोली

"अगर उन्होंने कह दिया कि मैं नाटक कर रही हूँ या मेरे को कोई ऐसी बड़ी परेशानी नहीं है तो सच्ची तुम्हारी अम्मीजान ना मेरी खाल उधेड़ देनी है।"

डॉक्टर ने नब्ज देखने के बाद उसके हाथ को छोड़ कर पर्ची पर कुछ लिखना शुरू किया

"डॉक्टर क्या मुझे काम करते रहना चाहिए? नहीं तो मेरी सास को फिर से लगेगा कि मैं आलस कर रही हूँ और मुझसे काम नहीं होता..."

डॉक्टर ने गंभीरता से उसको देखा और बोली

"तुम्हें काम नहीं करना चाहिए!"

"क्यों?"

"अगर तुम्हारे मन में करे तो भी ज्यादा काम मत करना तुम्हारे शरीर के लिए अच्छा नहीं होगा..."

"क्या हुआ है डॉक्टर?"

नुसरत ने पूछा तो डॉक्टर मुस्कराते हुए बोली

"ये गर्भवती है! ये सब जो कुछ भी उसके साथ हो रहा सामान्य प्रक्रिया है। बहुत सी महिलाओं को ऐसा होता है और इसमें कोई गुस्सा होने वाली बात नहीं है। बस कुछ कुछ महिलाओं की स्थिति थोड़ी अलग होती है। किसी को बहुत थकान महसूस होती है और कभी-कभी बहुत कुछ करने का मन करता है। ये सब इन के साथ शुरुआती महीने में होता है। कुछ दवाइयां लिख कर दे रही हूँ जो इन के शरीर में पोषण की पूर्ति करेंगे आप लोग एक बार जाके जांच करवा कर पुष्टि भी कर सकते हैं!"

"जी शुक्रिया हम अभी करवा लेते "

ये कह कर वो दोनों जांच करवाने गई मगर वो ये देखना भूल गईं कि हर्षा तब तक वहीं खड़ी थी। जो कुछ भी सलीमा डॉक्टर को बता रही थी हर्षा की स्थिति उस से कुछ अलग नहीं थी। जब दोनों करीब होते हैं तो वो आजकल इंद्रजीत के शरीर के लिए काफी तड़प रही है। ना जाने क्यों वो उससे चिढ़ने लगती थी कि वो उसके पास नहीं है। उसे बहुत भूख लगती थी। अब वो नॉनवेज तो नहीं खाती मगर फिर भी उसे कुछ चीजों को देखकर उल्टियां होने लगती। उसे आजकल खट्टा बहुत पसंद आ रहा था। अब उसके दिल की धड़कन तेज हो गई। उसे कुछ चीजों को देख कर अच्छा लग रहा है तो कुछ को देखकर बुरा। आज अचानक से उसका इतना तेज गुस्सा करना, शायद सब हार्मोन्स के बदलाव कारण हो रहा था। उसने एक नज़र पलट कर सलीमा और नुसरत की ओर देखा जो जांच करवाने जा रहे थे। उसने कुछ सोचा और वो उनके पीछे वहां गई जहाँ जांच कराने वो लोग अंदर गए थे। उसने डॉक्टर की पर्ची और दवा लेने का बहाना किया और दुकान पर गई। फिर उसने दुकान से जांच के लिए किट ली क्योंकि वो नहीं चाहती थी कि अभी किसी को इस बारे में पता चले। एक बार वो पहले ख़ुद इस बात की पुष्टि करेगी। फिर उसने जल्दी से किट को अपने बैग में रखा और नुसरत और सलीमा के पास आ गई। तब तक जांच के नतीजे आ गए। सच में सलीमा गर्भवती थी। ये सुन कर वे दोनों बहुत खुश हुई। हर्षा ने भी उन्हें बहुत बधाई दी। नुसरत उन दोनों को लेकर घर पहुंची। वो पूरे रास्ते अपने रिश्तेदारों को और जावेद को शुभकामनाएं दे रही थी। उसने घर पहुंचते ही नौकरों से कह कर मिठाइयां बनवाई ताकि वह अपने घरवालों को भेज सके। वो ये सुन कर काफी खुश थे क्योंकि नुसरत उनसे बात करते समय काफी खुश नजर आ रही ।

"चल ठीक..."

नुसरत ने फ़ोन रखा तब उसकी नज़र हर्षा पर गई। उसका चेहरा कुछ उतरा उतरा लग रहा था। उसने हर्षा से पूछा

"हर्षा!! क्या हुआ तुम्हें? तुम ठीक तो हो?"

हर्षा ने चौंककर उसे देखा और फिर बोली

"... हाँ..."

नुसरत को लगा वो इंद्रजीत के साथ हुई अपनी लड़ाई के कारण परेशान है। हर्षा ने एक गहरी सांस ली और बोली

"मैं ऐसा करती हूँ, कपड़े वगैरह बदल लेती हूँ।"

उसका ऐसा व्यवहार नुसरत को खटक जरुर रहा था और उसे अजीब भी लग रहा था पर फिर भी उसने कहा

"यहां ये ठीक रहेगा! तुम जाओ और आराम करो!"

हर्षा अपने कमरे में गई और उसने दरवाजा अंदर से बंद कर दिया। उसके दिल की धड़कन बहुत तेज़ हो गई थी। वो जल्दी से जांच करना चाहती थी। वो सीधा स्नानघर में चली गई। कुछ ही देर में जांच का नतीजा उसके सामने था।

"हे भगवान।"

उसी वक्त नीचे नुसरत ने तेज़ आवाज़ में गाना चला दिया

"...पल एक पल में थम सा गया... तू हाथ में हाथ जो दे गया...."

हर्षा के चेहरे पर अनायास एक मुस्कान आ गई। उसने शीशे में अपने आपको देखा। इंद्रजीत का अंश उसके अंदर पल रहा है ये सोचकर ही वो भावुक हो रही थी। सभी जांच यही दिखा रही थी कि वह गर्भवती है। खुशी से उसके हाथ कांपने लगे।

"ओह इंद्रजीत!"

हर्षा ज्यादा देर अपने आपको रोक नहीं पाई और एक दम से चिल्ला बैठी। उसकी चीख सुन कर नुसरत को उसकी चिंता हुई तो वो दौड़ कर आए और दरवाजा ज़ोर से बजाते हुए बोली

"हर्षा! तुम ठीक तो हो? क्या हुआ तुम्हें? तुम्हें कहीं चोट तो नहीं आयी?"

हर्षा बड़ी मुश्किल से खुद को रोक पा रही थी। वो थोड़ी टूटी फूटी आवाज में बोली

"हाँ!! हां भाभी! मैं ठीक हूँ! बस कॉकरोच था। आप नीचे जाओ और अपनी खुशियां मनाओ और मुझे कुछ थकान है!"

नुसरत ने राहत की सांस लेते हुए कहा

"ठीक है। तुम कुछ देर आराम कर लो। और हाँ अगर कुछ चाहिए हो तो तुरंत बुला लेना, ठीक है?"

"हां हां!!"

नुसरत को कुछ अजीब लगा पर उसने इस बात पर ज्यादा ध्यान नहीं दिया। शायद उस की इंद्रजीत से हुई लड़ाई के कारण हर्षा को बुरा लग रहा होगा और इसलिए वो कुछ समय अकेले बिताना चाह रही होगी या फिर शायद हॉस्पिटल में जाने के कारण उसको वहाँ की गंध चढ़ गयी होगी और वो उनका मन खराब नहीं करना चाह रही होगी। ऐसे बहुत से लोग होते हैं जिन्हें हॉस्पिटल में फैली हुई है एंटीसेप्टिक की गंध अच्छी नहीं लगती। शायद हर्षा भी उन्हीं में से एक हो। नुसरत नीचे आकर बड़ी खुशी से अपने रिश्तेदारों को इस बारे में बता ने लगी है। उसने हाश्मी को फ़ोन कर घर बुलाया मगर उसने मना कर दिया

"बहुत बहुत बधाई नुसरत पर माफ करना मैं अभी घर नहीं आ सकता। शाम को ही आ पाऊंगा।"

"ओके! अपना ध्यान रखना!"

मगर उसने सलीम को और दूसरों को भी बताया और साथ ही जावेद को भी वापस आने को कहा। हालांकि जावेद ने अगले दिन से पहले नहीं आ सकता था मगर फिर भी वो बहुत खुश था ये जान कर कि वो पापा बनने वाला है।

"ये बहुत खुशी की बात है!!"

हाश्मी काफी खुश था। और इंद्रजीत? वो अभी तक अपने सदमे से नहीं निकल पाया था कि हर्षा ने उससे पहली बार लड़ाई की। उसे बुरा नहीं लगा कि हर्षा ने उस से चिल्ला कर कुछ बात कही पर उसे ये दुख हुआ कि उसने हर्षा को गलत समझा और कहाँ वो ये दावा करता है कि वो हर्षा को जानता है। खैर उसके पास ज्यादा समय नहीं था क्योंकि रॉकी ने उसे बताया कि जहांगीर के एक गुंडे ने हर्षा पर हमला किया था जिस के जरिए उसे यह पता चला कि इंद्रजीत अभी भी काम कर रहा हैं। उसने एक गहरी सांस ली। खैर एक तरह से अच्छा ही हुआ था जिस की वजह से इंद्रजीत को हर्षा के असली भाव पता चल गई। उसके अपनी भावना भी उसे पता चल गई। उसे पता चल गया वरना शायद वो हमेशा इसी

गलत फहमी में रहता है कि हर्षा उसे सब कुछ छोड़ देने का कहना चाह रही थी। इसी भागादौड़ी की वजह से वो काफी थका हुआ था।

*****

जब वह घर पहुंचा तो उसने देखा कि नुसरत काफी ज्यादा खुश हैं। उसने मुस्कुरा कर उसे और सलीमा को बधाई दी। साथ ही उसने जावेद और उसकी माँ से भी नुसरत की बातचीत को सुना जहाँ वो अपनी माँ को भी हिदायत दे रही थी कि वो सलीमा ज्यादा काम नहीं करवाए। डॉक्टर ने उन्हें सख्त चेतावनी दी है कि सलीमा का शरीर अलग तरह का है और अगर उसे काम करवाया गया तो उसको परेशानी हो सकती है इसलिए उसकी अम्मीजान भी अपने पोते/पोती के आने की खुशी में खुशी खुशी सारा काम खुद करने को तैयार हो गई। नुसरत आते ही हाश्मी के गले लग गई और उसे खुशी की बात को बताई। इंद्रजीत भी इस वार्तालाप को देख रहा था। उसे भी ऐसा ही कुछ महसूस करने की तीव्र इच्छा हुई। उसने एक गहरी सांस ली। इंद्रजीत की नजर अब हर्षा को ढूंढ रही थी मगर वो उसे कहीं भी दिखाई नहीं दी। उसे जल्द से जल्द उससे बात कर उसे मनाना होगा। वो उससे थोड़ी दूरी भी सहन नही कर सकता। उसने एक बार फिर चारों तरफ नजर दौड़ते हुए देखा।

"हर्षा कहां है?"

उसने कमला से पूछा तो उसने रसोई को तरफ इशारा कर दिया। तब तक नुसरत भी वहां आई और बोली

"वो रसोई में है। तुम्हारे लिए खाना बना रही है।"

इंद्रजीत ने हां में सिर हिलाया और वो कपड़े बदलकर नहाकर नीचे टेबल पर आकर बैठ गया। उसकी आँखों में थकान साफ झलक रही थी। पहले जहांगीर की समस्या और फिर हर्षा से हुई बहस ने उसे मानसिक रूप से थका दिया था। उसका शरीर भी काफी ढीला लग रहा था! हाश्मी की हालत कुछ अच्छी नहीं थी मगर खैर उसे एक खुश खबरी मिली है तो थोड़ा उत्साह शरीर में दिखेगा ही। जब इंद्रजीत अंदर जाने लगा तो नुसरत ने उसका हाथ पकड़ लिया और बोली

"तुम ने हर्षा से लड़ाई की!!"

ये सुन कर न सिर्फ इंद्रजीत बल्कि हाश्मी भी दंग रह कर वहीं अटक गए मानो किसी ने उन को रोक दिया हो। हालांकि दोनों की वजह अलग थे। इंद्रजीत को डर था कि बात ज्यादा बढ़ ना गई हो वहीं हाश्मी को वो लम्हा याद आ रहा था। सच में वो अब हर्षा को पहले वाली नजरों से नही देख पाएगा। नुसरत ने फिर पूछा

"तुम ने उससे किस बारे में लड़ाई की है। जब वह घर आई तो काफी परेशान और बेचैन लग रही थी। उसकी आँखों में आंसू देखे थे मैंने। भले ही वो कितना ही छिपा ने की कोशिश करें। तुम ने उसे कुछ ऐसा कहा है जो तुम्हें नहीं कहना चाहिए था, इंद्रजीत!!"

इंद्रजीत को कुछ बोलते नहीं बन पा रहा था इसलिए हाश्मी ने नुसरत को पूरी बात बताई और समझाया कि हर्षा ने इंद्रजीत को छुट्टी लेने का कहा था और उसे गलतफ़हमी हो गई थी कि हर्षा उसे ये सब काम छोड़ने का कहना चाह रही है। और इसी वजह से उसने चोरी छुपे काम करना शुरू किया। और अब हर्षा इसी बात से नाराज हैं कि इंद्रजीत ने हर्षा को गलत समझा और वो ये नहीं जान पाया कि हर्षा वास्तविकता में क्या चाहती है। नुसरत ने ना में सिर हिलाया और बोली

"तुम दोनों बहुत अच्छी जोड़ी हो। पर किस भी तरह की वार्तालाप की रुकावट रिश्ते को बिगड़ सकती है। कोशिश करो की ऐसा कुछ ना हो। ईश्वर करे तुम्हारे रिश्ते को किसी की नजर ना लगे।"

फिर वो लोग खाने के लिए बैठे तो इंद्रजीत ने देखा कि हर्षा अब उस से नाराज नहीं लग रही है और मुस्कराते हुए उसे खाना परोसने लगी है। हर्षा ने फैसला किया था कि अगर वह इंद्रजीत के बाद बता पाई तो आज ही बता देगी वरना वो 7 दिन बाद होने वाली अपनी शादी के बाद ही बताएगी। 7 दिन बाद दोनों एक दूसरे के पूरी तरह से हो जाएंगे और इसलिए उसने ही तय किया था। मगर जब उसने इंद्रजीत को इतना ज्यादा थका देखा तो उसने अपना इरादा बदल लिया। एक खुशखबरी इंतजार कर सकती है मगर अभी वो उसे परेशान नहीं देख सकती। इसलिए उसने खाना खाने के बाद इंद्रजीत के कमरे में आने का इंतज़ार किया। जब वो कमरे में आया तो हर्षा को बैठे पाया। वो कुछ कहता उससे पहले ही हर्षा ने उसको बिस्तर पर मोधा (पेट के बल) लेटने

के लिए कहा और फिर उसके शरीर पर तेल लगाते हुए बोली

"आ...मैं दोपहर के लिए माफ़ी चाहती हूँ। मैं थोड़ी नाराज हो गई थी कि तुम ने मुझे गलत समझा मगर इस में तुम्हारी भी कोई गलती नहीं है। अब सही मायने में तो दुनिया में यही होता है कि हर लड़की चाहती है कि उसका पति प्रेमी ये सब काम छोड़ कर एक अच्छा इंसान और कानून को मानने वाला नागरिक बन जाए।"

इंद्रजीत कुछ भी नहीं बोला तो हर्षा ने उसे सीधा होने के लिए कहा। वो चुपचाप सीधा हो गया। हर्षा फिर उसकी छाती से लेकर पेट पर भी मालिश करते हुए बोली

"और अगर तुम मुझसे नाराज हो तो तुम मुझे बस इशारा दो... कि तुम मुझसे बात नहीं करना चाहते हो। मैं कुछ नहीं कहूंगी... पर मैं सच कह रही हूँ... जो कुछ भी मैंने तुमसे तब कहा था वो बस निकल गया था और मैं तुम्हें इतना कुछ नहीं सुनाना चाहती थी... वो बस मुझे थोड़ा सा अच्छा नहीं लगा और..."

इतने में इंद्रजीत ने हर्षा को अपने करीब खींच लिया और उसके चेहरे पर हाथ रखते हुए बोला

"इतनी हिम्मत नहीं मुझमें जो मैं तुमसे बात ना करूं। तुम तो मेरी जान हो। मैं तुमसे नाराज नहीं हूँ बल्कि मुझे इस बात का अफसोस हो रहा है कि मैं तुम्हें पूरी तरह समझ नहीं पाया।"

ये सुन कर हर्षा के चेहरे पर एक मुस्कराहट आ गई। वो नीचे झुकी और उसके माथे पर होठ रखते हुए बोली

"कोई जरूरी नहीं है... हम पूरी जिंदगी में किसी शख्स को पूरी तरह से समझ पाए... बस इतनी सी बात है कि तुम यह जानते हो... मैं तुम्हें इस काम से कभी भी नहीं रोकूंगी... बस मैं चाहूंगी कि तुम इस बारे में मुझे बताओ ताकि मुझे पता चले कि क्या क्या संभावनाएँ हैं? या कौन सा खतरा है जो मुझ पर... तुम पर... या किसी पर भी आ सकता है?"

फिर उसने उसके माथे को प्यार से चूम लिया। उससे ये सुनने के बाद इंद्रजीत को काफी अच्छा लग रहा था। उसने उसे कस के अपनी बाहों में समेटा और जल्द ही वो गहरी नींद में चला गया। हर्षा उसे हो देख रही थी। वो जानती थी कि इंद्रजीत अभी जल्द नहीं उठेगा। उसने मुस्कराते

हुए उससे कहा

"तुम्हें मैं एक ऐसा तोहफा देने वाली जिससे मुझे यकीन है उसके बाद तुम सब कुछ भूल जाओगे...."

*****

अगले दिन इंद्रजीत जब नहाकर बाहर निकला तो उसने देखा हर्षा तैयार हो रही है। उसके बाल आज खुले हैं। उसने अपना सिर पोंछते हुए पूछा

"तुम कहीं जा रही हो?"

उसने हर्षा को तैयार होते देखकर उस से पूछा तो हर्षा ने मुस्कुरा उसे देखा और उसे पास बुलाया। फिर उसको स्टूल पर बैठकर वो खुद उसके बाल पोंछने लगी। फिर वो बोली

"हाँ! वो दरअसल मैं बाजार जा रही हूं। कुछ सामान वहां से लेना और फिर मॉल से कुछ चीजें खरीदनी हैं। अगर मैं तुम्हारा कार्ड इस्तेमाल कर लूं तो परेशानी तो नहीं होगी ना। पैसा तो है ना उसमें?"

इंद्रजीत ये सुन कर हंसते हुए बोला

"मेरी प्यारी लेडी बॉस के लिए उसमें बहुत पैसा है। तुम्हारा ही है वो। आखिर जो मेरा है वो तुम्हारा भी तो है। उसका जो चाहे इस्तेमाल करना। जो चाहे खरीदना। क्या तुम अकेले जा रही हो?"

"अ... नहीं नुसरत भाभी के साथ जा रही हूं। उन्हें सलीमा के लिए कुछ चीजे खरीदनी है तो उनका कहना था कि यह सही समय है और वो हाश्मी के लिए भी उसके कार्ड से खरीदारी कर लेंगे तो... हमें कोई परेशानी नहीं है।"

"ठीक है ध्यान से जाना और अपना ख्याल रखना।"

ये कह कर उसने उसके माथे को चूमा और वहाँ से चला गया है। इस के बाद इंद्रजीत तो अपने ऑफिस आ गया। रात के बाद से अब उसके मन में काफी सुकून और शांति थी कि हर्षा उस से नाराज नहीं हैं। अब बेफिक्र हुआ इंद्रजीत अपने काम में व्यस्त हो गया है।

*****

नुसरत और हर्षा खरीदारी करने एक प्रसिद्ध स्क्वायर मॉल में गई। वहां वो पहली बार नहीं आई पर खास खरीददारी का ये पहला अवसर था।

जब वो एक दुकान में पहुंचे तो उसने देखा कि नुसरत तो छोटे बच्चों के लिए चीजें खरीद रही हैं। वो उन सब चीजों की अच्छे से जांच परख कर रही थी। उसने जिज्ञासा से पूछा

"आपको अनुभव है कि छोटे बच्चों को कैसे संभालते हैं?"

नुसरत ने मुस्कुराते हुए हां में सिर हिलाया और बोली

"दरअसल मेरे परिवार में बहुत छोटे बच्चे है और मेरी चाचा के तो छोटा बच्चा तब हुआ था जब मैं 17 साल की थी। वो सबसे छोटी चाची थी तो मैंने देखा था कि उन्हें क्या क्या चीज़ की जरूरत पड़ती है। मैं सोच रही हूँ कि सलीमा के लिए एक अच्छा सा बेबी गिफ्ट सेट तैयार करवा लें। जब वो लोग पहली ही सोनोग्राफी करवा कर आएँगे। तब मैं उन्हें तोहफे में दे दूंगी। वैसे भी इन सब चीजों को जरूरत तो पड़ती ही है।"

हर्षा ने हां में सिर हिलाया। वो अच्छे से देख रही थी कि नुसरत क्या क्या चीजें ले रही है। आखिर उसे भी जरूरत पड़ेगी और वो जानती है कि नुसरत को एक बार पता चला तो वो उतनी ही मेहनत उसके लिए भी करेगी पर वो अभी इस बारे में सबसे पहले इंद्रजीत को बताना चाहती हैं और किसी को नहीं। इसलिए वो पूरा ध्यान रख रही थी कि कैसे भी यह विशेष सूचना उसके मुँह से ना निकले और ना ही उसकी हरकतों से किसी को पता चला। खरीदारी करने के बाद हर्षा को थकान महसूस होने लगी। नुसरत जो अभी भी ऊर्जा से पूरी तरह भरी हुई थी उसने देखा कि हर्षा थोड़ा धीरे चल रही है तो उसने चिंतित स्वर में पूछा

"तुम ठीक तो हो?"

हर्षा ने हड़बड़ी में जवाब दिया

"मैं.. मैं ठीक हूँ। आप परेशान मत हो।"

नुसरत थोड़ा रुकते हुए बोली

"ठीक है अगर तुम कहती हो! तो पर अभी थोड़ी देर बैठ लेना चाहिए! क्या कहती हो?"

हर्षा कुछ कहती उससे पहले ही उसे वहाँ वो डॉक्टर भी दिखाई दिए जो अपने परिवार के साथ खरीदारी करने आई थी। हर्षा ने देखा कि नुसरत के पास उसके भाई का फ़ोन आया था। वो उससे बच्चे से जुड़ी ही कोई बात कर रही थी जो शायद लंबी चलने वाली थी। हर्षा मौका देखकर

उस डॉक्टर के पास पहुंची और बोली

"डॉक्टर!!!"

"हाँ!!"

अचानक पुकारे जाने से वो डॉक्टर थोड़ा सकपका गई। फिर डॉक्टर ने उसे ध्यान से देखते हुए कहा

"अरे तुम तो मैंने तुम्हे कहीं देखा है। क्या तुम इंद्रजीत को जानती हो?"

हर्षा ने हां में सिर हिलाया और बोली

"हम शादी करने वाले हैं जल्दी ही। वैसे हम ने कर ली है पर हम आधिकारिक तौर पर कुछ दिनों में पति पत्नी कहलाएंगे।"

डॉक्टर ने एक मुस्कुराहट के साथ कहा

"ओह! बधाई हो! मुझे यकीन नहीं हो रहा है कि इंद्रजीत को कोई लड़की मिल गयी है!"

हर्षा ने असमंजस में पूछा

"आप उसे जानती है? कैसे?"

डॉक्टर ने नर्म आँखों से देखते हुए कहा

"दरअसल मेरा नाम रागिनी है और मैं और डॉक्टर कौशल जो इंद्रजीत के डॉक्टर है काफी करीब हैं। मैं उस वक्त वहाँ पर थी। जब वो तुम्हारी जांच करवाने आए थे। तब मैंने तुम्हें वहाँ देखा था।"

हर्षा ने गर्दन तिरछी करते हुए कहा

"आप से मिल कर बहुत अच्छा लग।"

"शुक्रिया!"

थोड़ी हिचकिचाहट के बाद हर्षा ने उस से पूछा

“मैं आप से कुछ पूछना चाहती हूँ थोड़ा निजी है!"

रागिनी ने हां में सिर हिलाया और अपने परिवार से थोड़ा अलग हट कर वो उसके पास आई और पूछा

"क्या बात है?"

हर्षा अपनी उंगलियों से खेलते हुए बोली

"मैं चाहती हूँ कि आप इस बारे में भी किसी को भी नहीं बताए!"

रागिनी ने सिर हिलाया और बोली

"ठीक है!"

एक गहरी सांस लेकर हर्षा बोली

"दरअसल बात यह है कि मैं माँ बनने वाल हूँ और मुझे इस बारे में पता चल चुका है..."

"क्या?"

डॉक्टर रागिनी के चेहरे पर सदमा साफ दिखाई दे रहा था। उसने सिर हिलाते हुए पूछा

"तुम क्या हो?"

हर्षा ने हां में सिर हिलाया और अपने पेट पर हाथ रख कर बोली

"ये सच है पर मैंने अभी इस बारे में इंद्रजीत को नहीं बताया। वो बीते कुछ दिनों से काफी व्यस्त है तो मैं उसे एक अच्छे समय पर बताने वाली हूँ तो क्या आप मेरे लिए इस बात को राज़ रख पाएंगी और किसी से भी इस बारे भी जिक्र नहीं करेंगी। डॉक्टर कौशल से भी नहीं। मुझे यकीन है कि अगर उन्हें पता चला तो इंद्रजीत को पक्का पता चल जाएगा।"

"ह.. हाँ ठीक है!"

थोड़ा हिचकिचाते हुए डॉक्टर रागिनी ने पूछा

“तो तुम अब क्या करने वाली हो? ये इंद्रजीत का बच्चा है? क्या तुम इसे गिर...”

“नहीं!!"

हर्षा ने उसकी नजरों को देखा तो उसे पता चल गया कि डॉक्टर को लग रहा है कि हर्षा इस बच्चे को गिराने का सोच रही है।

"ऐसा नहीं है... मैं बस ये जानना चाहती थी कि इस दौरान मुझे क्या खाना है? क्या पीना है? ताकि मैं गलती से कुछ ऐसा न लूं जिससे उसे नुकसान हो..."

डॉक्टर रागिनी कुछ देर सोचने लगी और फिर अपने बैग से एक पर्ची निकाल कर उसमें कुछ चीजें लिख कर बोली

"ये कुछ चीजें हैं। वैसे मेरा सुझाव है कि बाहर की कोई भी ज्यादा तली भुनी या फिर ज्यादा तीखी चीजें मत खाओ.. उस से नुकसान हो जाता है, कई बार। और बहुत ज्यादा ठंडा या बहुत ज्यादा मीठा भी मत खाना। बाकी तुम जो चाहो वो खा सकती हो... जिस चीज़ से तुम्हें परेशानी हो

उसे बिल्कुल पास मत आने देना और तेज गंध वाली जैसे लहसुन प्याज उन से कुछ दिनों तक दूरी बनाए रखना जब तक एक ख़ास समय बीत नहीं जाएगा।"

और भी कुछ ज़रूरी बातें लिख कर डॉक्टर साहिबा ने हर्षा को दे दिया। हर्षा ने उसे सावधानी से अपने बैग में रख लिया है और एक ऐसी जगह छिपाया ताकि किसी को पता न चले कि वो कहाँ पर है।

"शुक्रिया! इस बारे में एक बार फिर आप से कहूंगी कि आप इस बारे में किसी को मत बताएगा। मैं चाहती हूँ सबसे पहले जो शख्स इस बारे में जाने वो इंद्रजीत हो। हालांकि अभी आपको बताया...."

"घबराओ मत! मैं जानती हूँ कि हर पत्नी यही चाहती है कि ये खुशखबरी सबसे पहले उसका पति सुनें। मैं इंद्रजीत को नहीं बताऊंगी।"

डॉक्टर रागिनी वहाँ से घूम कर अपने परिवार की ओर बढ़ने लगी है। हर्षा ने भी मुस्कराते हुए उनसे विदा ली और वो नुसरत के ओर बढ़ी। उसने बड़े ही गौर सब चीजों के दाम पढ़े हैं जो उसे नहीं खानी है इसलिए उसने वहाँ से हर कुछ हल्की फुल्की चीज़ ही खाई।

इधर डॉक्टर रागिनी जैसे हर्षा से दूर हुई उन के चेहरे के भाव बदल गए। उन्होंने पलट कर हर्षा की ओर देखा और मानो उन के आसपास का माहौल ही बदल गया हो। डॉक्टर रागिनी की जगह पर अब वहाँ पर एक देवी खड़ी थीं जिन्हें हम बेमाता के नाम से जानते हैं। उन्होंने धीरे से कहा

"वैसे ये काफी जल्दी ही हुआ। और ये होना भी नही था। खैर!!"

ये कहते हुए वो वहाँ से चली गयी। क्योंकि हर्षा को इंद्रजीत से गर्भवती नहीं होना था।

*****

अगले दिन उसने हर्षा को साड़ी पहन कर तैयार होते देखा। हर्षा शीशे में अपने पेट को निहार रही थी तो इंद्रजीत मुस्कुराते हुए उसके पास आया और उसकी कमर में बाहें डालते हुए बोला

"तुम ज़रा सी भी मोटी नहीं हो रही हो... पता है तुम्हे कितना भी खिला दो तुम मोटी ही नहीं होती!"

"अच्छा!"

हर्षा ने उसे प्यार से देखते हुए पूछा

"तुम्हें कैसे पता कि मैं मोटी नहीं हो सकती? क्या पता मैं मोटी हो जाऊं... फिर तो तुम्हे मुझे घर पर ही ऐसे बंद कर के रखना पड़ेगा..."

इंद्रजीत हंसते हुए उसे अपने करीब खींच कर बोला

"अगर तुम बहुत मोटी भी हो जाओ या तुम्हारे चेहरे पर झुर्रियां पड़ जाए तो भी मैं तुम से प्यार करूँगा..."

जब से हर्षा के मन की बात उसे पता चली है उसके मन को बहुत सुकून था और वो काफी अच्छा महसूस कर रहा था। हर्षा ने इस दौरान ये महसूस किया कि उसके अंदर एक अच्छा प्रेमी भी छिपा हुआ है जिसे पता है कि कब क्या बोलना चाहिए। जिससे आप की प्रेमिका या पत्नी पिघल जाये। उसने पूछा

"तो क्या आज भी तुम पूरे दिन व्यस्त हो?"

"हाँ..."

"और?"

"वैसे सच कहूँ तो मुझे पता नहीं कि यह समस्या कब तक निपटेगी क्योंकि ये समस्या प्रतिदिन बढ़ती जा रही है। उसने धमकी दी है कि वो सारे सबूत पुलिस को दे देगा। उस चक्कर में हमें थाना अधिकारी अभय से भी बात करनी होगी।"

"ठीक है!"

"तुम नाराज नहीं होना?"

“नहीं!”

"सच्ची!!!"

"मुच्ची।"

पहली बार बोल कर जाने से वो बिल्कुल भी तनाव में नहीं था। इंद्रजीत के जाने के बाद हर्षा फिर से अपने आपको देखने लगी। इंद्रजीत के ना में सिर हिलाया और मन ही मन कहा

"उसे क्या लगता है कि थोड़ा सा खाने और पीने से वो मोटी हो गयी है। उस हादसे के बाद वो अभी काफी मुश्किल से ठीक हुई थी।"

यही सब सोचते हुए वो वहाँ से चला गया पर हर्षा अपने आपको शीशे में देख रहीं थी। फिर वो बोली

"तुम्हारे पापा बहुत प्यारे है। है ना!"

यह कह कर वो मुस्कुराने लगी और बोली

"कितना अलग है ये अहसास! काश मैं अभी बता पाती पर नहीं। सब्र का फल मीठा होता है। उसे मैं हमारी शादी पर सबसे खूबसूरत तोहफा देने वाली हूं।"

*****

इसी तरह कुछ दिन और बीत गए और अब शादी में बस 3 दिन बाकी थे। नुसरत और हाश्मी कुछ काम कर रहे थे और हर्षा, इंद्रजीत के जाने के बाद सोफे पर बैठ कर अखबार और मैगज़ीन पढ़ रही थी कि अचानक इंद्रजीत वापस आया। उसे वापस देख वो थोड़ी परेशान हो गई और उठते हुए पूछा

"क्या हुआ?"

इंद्रजीत के साथ कोई और भी था जो वकील लग रहा था। इंद्रजीत उसके पास आया और उसका माथा चूमते हुए बोला

"दरअसल मैं तुम्हें एक तोहफा देना चाहता हूँ!"

"तोहफा?"

"हाँ हमारी शादी के लिए!!"

हर्षा ने हैरान हो कर इंद्रजीत की ओर देखकर। उसकी भौंहे सिकुड़ गई। उसने पूछा

"कैसा तोहफा!"

इंद्रजीत का खिला चेहरा देखकर हर्षा को थोड़ा शक हुआ कि कहीं उसे कुछ पता तो नहीं चल गया। फिर खुद को तसल्ली देते हुए वो बोली

'नहीं नहीं मैंने पूरा ध्यान रखा कि किसी को इस बारे में कोई शक ना हो और मुझे यकीन है डॉक्टर रागिनी भी इस बारे में कुछ भी नहीं बताएंगी! फिर?'

इंद्रजीत ने उसके आगे एक गिफ्ट का डिब्बा किया और उसे खोलने का इशारा किया। हर्षा ने उसे खोला तो उस में किसी तरह के कागजात पाए। इंद्रजीत मुस्कुराते हुए बोला

"ये तुम्हारे नाम पर एक बहुत अच्छी कॉलोनी में शांत जगह पर एक घर लिया है।"

“क्या?"

हर्षा ने हड़बड़ाते हुए इंद्रजीत की ओर देखकर कहा

"ये सब क्या क्या कह रहे हो तुम?"

इंद्रजीत उसकी मनोदशा समझ गया। उसने इशारा किया। फिर वकील को आगे बताने के लिए कहा। वकील आगे आते हुए बोला

"दरअसल इंद्रजीत सर 2 दिन पहले मेरे पास आये थे। मेरा नाम दिनेश सिंघवी है और मैं आपको बता दूँ कि मैं इंद्रजीत सर का वकील हूं।"

हर्षा ने हां में सिर हिलाया तो वकील आगे बोला

"इंद्रजीत सर चाहते थे कि वो आप के साथ काफी समय अकेले में बिताए तो उन्हें उसके लिए कोई बड़ी महंगी जगह नहीं बल्कि कोई ऐसी जगह चाहिए थी जिससे घर का एहसास हो इसलिए उन्होंने एक खास घर खुद खोज कर ढूंढा था और इसे खरीद कर उन्होंने आपको तोहफे के रूप में दिया है। इस के अलावा धीरे धीरे कर के आप इंद्रजीत सर की जमीन में भी अपना हिस्सा जमा लेंगी!"

ये सुन कर हर्षा ने हैरान हो कर इंद्रजीत की ओर देखा तो वो उसे देखकर मुस्कुरा रहा था। उसे पसंद आया कि हर्षा ऐसे हैरान है। हर्षा ने सिर झटकते हुए कहा

"घर तो खैर ठीक है। पर बाकी सब विशेष कर तुम्हारी दौलत में हिस्सा वो मुझे नहीं चाहिए!"

इंद्रजीत ने प्यार से उसके बालों को संवारा और बोला

"मुझे पता है तुम्हें कुछ भी नहीं चाहिए। लेकिन यकीन मानो ये मैंने सिर्फ इसलिए किया है ताकि मैं तुम्हें सारी खुशियां दे सकूं और मेरे बा..."

तभी तो हर्षा ने एक दम से उसकी अनुभूति देखकर उसके होठों पर हाथ रख दिया और बोलीं

"भगवान ना करे तुम्हें कभी कुछ हो है। और नहीं मुझे तुम्हारी प्रॉपर्टी में कोई हिस्सा नहीं चाहिए और खास कर तब तक तो नहीं जब तुम इस तरह की बातें कर रहे हो!"

वो नाराज हो गयी और बुदबुदाई

"अगर तुम्हारी मौत भी आ रही होगी तो मैं चाहूंगी कि वो पहले मेरे पास आ जाए। तुम्हें कुछ नहीं होना चाहिए!"

यह सुन कर इंद्रजीत भी गंभीर हो गया और उसने अपना इरादा बदल लिया। वो अब ऐसा करता भी है तो वो हर्षा को कुछ नही बताएगा। हर्षा को अच्छा खासा तोहफा मिल गया था। इंद्रजीत भी इसके बाद हाश्मी के साथ ऑफिस चला गया।

*****

हर्षा और नुसरत के साथ जाकर हर्षा शादी का लहंगा और इंद्रजीत के लिए शेरवानी खरीदने गई। उसने उसके लिए रोज गोल्ड रंग की शेरवानी ली। इस पर सोने की जारी का काम हुआ था। हर्षा ने अपने लिए खूबसूरत गाजरी रंग का लहंगा लिया जो नीचे जाते जाते गहरा हो जाता था और उसके ऊपर सोने के तारों से कढ़ाई की हुई है। दरअसल ये भी इंद्रजीत की ही योजना थी कि वो उसे इतनी बड़ी और मांगी दुकान पर भेजेगा। क्योंकि वो चाहता था कि हर्षा अपने लिए दिल खोल कर खर्चा करे। यहां वो कुछ भी खरीदती उसकी कीमत कम से कम साठ हजार तो थी। मान्यवर की शेरवानी, किशोरी से लहंगा और मोतीसंस के गहने, बाटा के जूते, लक्में का मेक अप इत्यादि। ये सब देखकर हर्षा को समझ नहीं आ रहा था कि उसे हंसना चाहिए या रोना। इंद्रजीत के पास पैसा है इसका मतलब ये थोड़ी है कि वो यूंही कोई खर्चा कर दे। या ऐसे ही गैर जरूरी खर्चा करे। खैर हर्षा ने पूरी खरीददारी कर ली थी। इंद्रजीत ने उसके लिए विशेष कर गुलाबी मोतियों का हार मंगवाया था जो काफी महंगा था और ये बात तो हर्षा बिना रसीद देखे भी बता सकती थी कि वो कितना महंगा होगा।

*****

आखिर शादी वाला दिन भी आ गया। दरअसल उन्होंने शादी के लिए सिर्फ एक पार्टी रखी जिस में उन के करीबी लोग आए थे है। जहाँ इस बार भास्कर, कुणाल, राधेश्याम, अनुश्री, आयुष, लता और मनोहर पांडेय, महिमा, रॉकी, वंश, जावेद, रागिनी, कौशल, हाश्मी, कमला, नुसरत और भी बहुत से करीबी लोग थे जिनमें इंद्रजीत के घर की नौकरी आदि भी थे क्योंकि इंद्रजीत ने ये पार्टी अपने घर के सामने रखी थी। उन दोनों नवविवाहित की तरह तैयार हुए और रजिस्ट्रार ऑफिस में गए। फिर उन्होंने शादी के सर्टिफिकेट के लिए खूबसूरत फोटो खिंचवाया और

दस्तखत किए हैं। हर्षा ने खरीदारी के वक्त ये ध्यान रख रही थी कि कोई ऐसी चीज़ न खरीदे जिससे उसके बच्चे को नुकसान हो। वो जानती थी कि इस समय हील्स उसके लिए अच्छे नहीं होंगे इसलिए विशेष तरह की स्पोर्ट्स शूज लाई जो उसके लहंगे के साथ मैच कर जाएं। और जिससे इंद्रजीत को कुछ शक ना हो। प्रकिया पूरी होने के बाद वो लोग अपनी आधिकारिक एकल जिंदगी से निकलकर शादी शुदा के रूप में पर पहुंचे। वहां सभी लोग उन के स्वागत के लिए तैयार थे। ये जगह काफी खूबसूरती से सजाई गई थी। चारों तरफ सफेद और रानी गुलदाऊदी से सजावट की गई थी। बीच में हर्षा और इंद्रजीत के बैठने के लिए एक सफेद रंग का सोफा भी लगाया गया था। दोनो बेहद खुश और संतुष्ट लग रहे थे। उनके चेहरे अपने जीवनसाथी को पाकर दमक रहे थे।

“बधाई हो!!"

"बधाई हो!"

"शुभकामनाएं !!"

चारों तरफ से बधाइयों का तांता लगा हुआ था। तोहफों की तो ढेरी ही लग गई थी। उस ढेरी को देखते हुए हर्षा जानती थी कि कुछ तो ब्रांड्स के कपड़े होंगे, कुछ गहने होंगे, कुछ जूते चप्पल घड़ी आदी एक्सेसरीज। इस के अलावा कुछ और तोहफ़े जैसे क्रॉकरी या कप प्लेट का सेट आदि भी हो सकते हैं। वो ये सब इंद्रजीत को बता रही थी तो वो खिलखिला का हंस रहा था। ये सब बताते हुए हर्षा बहुत प्यारी लग रही थी मानो उसे बस तोहफे खोलने की जल्दी हो। उसे हंसते देख वो भी हंसने लगी। उसकी हंसी दुगनी तब हो गई जब उसे पता चला कि उनके माली ने उन के लिए विशेष तरह के गुलाब उगाए थे और वो उन्हें देने भी वाला था पर यहाँ लाते लाते ही वो काफी घबरा गया था इसलिए वह घर के बाहर ही उसे कहीं भूल आया। तभी हाश्मी वहां बने छोटे से स्टेज पर आया और माइक हाथ में लेकर उसे चेक करने के बाद बोला

"तो भाइयों और बहनों! जैसा कि आप सब जानते है यहां हम आधिकारिक नवविवाहित जोड़े को शुभकामनाएं देने के लिए इक्कट्ठा हुए है। मैं बस कुछ शब्द इनके लिए कहना चाहता हूं!"

उसने उन दोनो की तरफ देखा जो हाथों में हाथ डाल कर बैठे थे। हर्षा ने अपना सिर इंद्रजीत के कंधे पर रखा हुआ था। हाश्मी आगे बोला

"इनका प्यार बड़ा अनोखा है। एक अनाड़ी लड़की और हमारा माफिया डॉन।"

हर्षा को अनाड़ी कहने पर इंद्रजीत ने हाश्मी को घूर कर देखा। हाश्मी खिसियाते हुए मुस्कुरा दिया। नुसरत ने आगे आते हुए कहा

"मैं तुम दोनो के लिए खुश हूं। बस तुम्हारी जोड़ी हमेशा बनी रहे।"

लता और मनोहर वहां आए और उन्हें देखते हुए बोले

"वैसे तो हर्षा हमारी अनुश्री जैसी है पर उसमें एक अलग बात भी है जो उसे अनोखा बनाती है। वो है उसका बेपरवाह अंदाज। जब मुझे पहली बार पता चला था कि वो इंद्रजीत को पसंद करती है तो मैं घबरा गई थी। उसने मुझे तसल्ली दी थी कि वो जानती है वो क्या कर रही है!!"

महिमा आगे आते हुए बोली

"सच कहूँ तो शुरुआत में मैं इस रिश्ते के खिलाफ थी और कुछ हद तक अभी भी हूँ पर वो मेरी दोस्त है और उसकी खुशी जिसमें होगी मैं उसका समर्थन करूंगी।"

कुणाल भास्कर और राधेश्याम स्टेज पर आए। कुणाल बोला

“हर्षा मेरी बहन है। उसकी खुशी में ही हमारी खुशी है। और अब तो इंद्रजीत भी हमारा परिवार है।"

भास्कर बोला

"फूफाजी मेरी बुआ का अच्छे से ध्यान रखना!!"

इंद्रजीत की आँखें हल्की सी नम हो गई। हर्षा ने उसके हाथ को हल्के से दबाया। इंद्रजीत को आज अपने परिवार की याद आ रही थी। उसकी आंखें नम हो गई थी। हाश्मी ने ये देखा तो एक बार फिर स्टेज आया और बोला

"अब हम सब देखेंगे इस खूबसूरत प्रेमी युगल का एक डांस!!"

उस ने ताली बजाकर हर्षा और इंद्रजीत को स्टेज पर बुलाया। हर्षा ने हड़बड़ा कर इंद्रजीत की ओर देखा। उसकी आँखें चमक रही थीं मानो उसे वैसे ही डांस करते देखना चाह रहा हो जैसा हर्षा ने उस दिन बारात में किया था। उसने आहिस्ता से बिना किसी को पता चले अपने पेट को

छुआ और फिर गहरी सांस लेकर बोली

"अगर डांस होगा तो आज मेरी मर्जी से। मैं आज बाराती डांस नहीं करूंगी।"

सभी लोग एक दूसरे को देखने लगे। इंद्रजीत ने इतना बढ़ा चढ़ा कर कहा था कि हर्षा बहुत अच्छा बाराती डांस करती है। उसने उनके मनोभाव समझते हुए इंद्रजीत को देखते हुए कहा

"मैं बाराती डांस ना करने के लिए माफ़ी चाहती हूँ। पर मैं आज एक अलग तरह का डांस करना चाहूंगी, इंद्रजीत के साथ!"

एक बार को इंद्रजीत को लगा कि पहले हर्षा अकेले ही कुछ करना चाहेंगी पर जब उसने उसे अपने पास बुलाया तो वो भी मुस्कराते हुए उसके करीब आया। उसने एक साफा भी पहना हुआ था जिसका गाजरी रंग था। हर्षा ने नुसरत की ओर देखकर मुस्कराते हुए उसे कहा

"गाना चला दो!"

फिर वो इंद्रजीत की तरफ देखते हुए बोली

"तैयार हो?"

इंद्रजीत हर्षा को देखते हुए बोली

"मुझे ऐसा क्यों लग रहा है कि तुम ने इस के बारे में पहले से ही तैयारी कर ली थी।"

हर्षा खिलखिला कर हंस पड़ीं और बोली

"हाँ तुमने ठीक समझा कि मुझे कहीं ना कहीं अंदेशा था कि तुम क्या कहना चाहोगे। देखा मैं तुम इतने अच्छे से जानती हूँ, इंद्रजीत!"

इंद्रजीत ने प्यार से उसे देखा। तभी गाना बजने लगा

"मैं तेरी बन जाउंगी... सौं तेरी मैं कसम यही खाऊंगी...."

इंद्रजीत और हर्षा बाहों में बाहें डाले एक धीमा युगल डांस करने लगे। उन दोनों को देखकर कोई भी बता सकता है वो दोनों एक दूसरे से कितने प्यार में हैं। उन दोनों की नजरें एक दूसरे से हट ही नहीं रही थी। वहीं हर्षा काफी राहत महसूस कर रही थी। इंद्रजीत ने मन ही मन इस लम्हें के लिए, हर्षा के साथ के लिए इतने सालों के बाद उसने भगवान धन्यवाद दिया। हर्षा ने भी मन ही मन कहा

"जितनी ये अभी खुशी महसूस कर रहा है बस वो खुशी बरकरार रहे और मैं जो उसे खुशखबरी सुनाना चाहती हूँ वो अच्छे से सुना पाऊं।"

वो दोनों 15 मिनट तक इसी तरह नाचते रहे। इस के बाद बाकी सभी ने भी कुछ डांस किए। कुछ देर नाच गाना करने के बाद। इंद्रजीत और हर्षा खाने के लिए तैयार की गई। उन्हें विशेष लंबी टेबल पर बैठाया गया जहाँ बाकी सब जने भी धीरे धीरे कर के आकर बैठ गए। भास्कर तो अपनी बुआ को देखकर बहुत ज्यादा खुश था और उन के आस पास की उछल कूद कर रहा था। कुणाल ने जब हर्षा से हाथ मिलाया तो उसे उसके तापमान में थोड़ा अंतर महसूस हुआ और उसने हर्षा की नजर में आए बगैर उसकी नब्ज देखी थी और वो तुरंत ही हर्षा के चेहरे पर छायी चमक और खूबसूरती का राज़ जान गया। उसके चेहरे पर एक मुस्कान आ गयी मगर उसने भी इस बात को राज़ ही रखा कि उसे पता चल गया है कि हर्षा की दमकते हुए चेहरे का राज़ क्या है। उसने उसे गले लगाया और उसे बधाई देते हुए कहा

"दुगनी बधाई हो मेरी प्यारी बहना तुझे!!"

"दुगनी!"

हर्षा को लगा मानो उसका राज़ खुल गया मगर वो बोला

"दोहरी इसलिए क्योंकि तुमने दो बार शादी की थी!"

हर्षा ने राहत की सांस ली। उसकी प्रतिक्रिया देखकर वो समझ गया कि उसने अभी तक इंद्रजीत को नहीं बताया है। उसने समझते हुए सिर हिलाया। खैर जब सभी लोग खाना खाने लगे तो भास्कर जिद्द कर हर्षा के पास बैठ गया। पांडेय परिवार भी उसके लिए खुश था। माही ने जब हर्षा को खुश देखा तो अपनी पुरानी बातें भुला कर उन दोनों को बधाई देते हुए तोहफे दे रही थी। सब अच्छा चल रहा था तभी हाश्मी इंद्रजीत के पास आया और उसने एक शैम्पेन की बोतल निकाल कर उसे हिलाना शुरू किया और बोला

"आज तो पीना बनता है और हर्षा तुम भी लोगी।"

ये सुनते ही हर्षा के होठों से मुस्कान गायब हो गई। नहीं वो नहीं पी सकती मगर उसने कुछ प्रतिक्रिया नहीं दी। वो जानना चाहती है कि इंद्रजीत क्या चाहता हैं। कुछ ही देर में ये सब के प्रोत्साहित करने

पर इंद्रजीत ने शैम्पेन की बोतल खोली और सभी के गिलास में शैम्पेन डाली। उसने हर्षा के लिए भी डाली मगर उसने उसकी इच्छा समझते हुए धीरे से मना करते हुए कहा

"मैं शैम्पेन नहीं लूंगी क्योंकि मैंने कभी भी ये सब नहीं पीती हूं!"

और वो भी ये सब पीना भी नहीं चाहती थी। वैसे उसने भले ही कभी कुछ न लिया हो मगर वो देख कर सकती है कि ये अकेली शैम्पेन नहीं है। उन्होंने उसमें कुछ मिला रखा है। शायद किसी और तरह की शराब को शैम्पेन में मिलाया था। इंद्रजीत भी इसे पीते ही ये समझ गया था पर उसे समझ नही आया हर्षा मना क्यों कर रही है। उसने एक बार फिर हर्षा को पीने का कहा। हर्षा मना करके इंद्रजीत की इच्छा की अवहेलना करना नहीं चाहती। हर्षा किसी की सहायता के लिए चारों तरफ देखने लगी।

तभी कुणाल ने उसकी इस मनोदशा को देखा। वह जानता था कि हर्षा क्यों ये नहीं पी रही है। मगर वो ये भी जानता था कि अगर वो नहीं पीती हैं तो इंद्रजीत को अच्छा नहीं लगेगा। वो हर्षा के पास आया और उसके कान में कुछ कहते हुए वहाँ से चला गया। हर्षा ने शैम्पेन ले ली तो इंद्रजीत भी मुस्कुरा उठा। इंद्रजीत आराम से शैम्पेन पी रहा था। वो शराबी नही है पर वो थोड़ा बहुत पी लेता है। हर्षा ने उसकी देखम देख पीने का नाटक किया मगर उसके धीरे से पास के गमले में डाल दिया। वैसे वो शैम्पेन चखना चाहती थी। उसे ऐसा करते देख भास्कर ने उसे देखा और धीरे से उसके पास जाते हुए पूछा

"आप ने वो गिलास वाली चीज़ गमले में क्यों डाली?"

हर्षा ने उसे शांत होने इशारा किया और आंख मारते हुए बोली

"क्या है ना तुम्हारे फूफा जी जो मुझे पिला रहे थे, वो मुझे अपने पीना नहीं था।"

"क्यों??"

भास्कर ने अपनी मासूम आवाज में पूछा तो हर्षा ने जवाब दिया

"वो तो बाद में पता चलेगा। ठीक है।"

हर्षा ने भास्कर से अपने मुँह को सिलने का इशारा किया और चुपचाप खेलने चल दिया।

*****

कुछ देर बाद वो लोग बाहर आए तो इंद्रजीत ने हर्षा को एक और तोहफा दिया। हर्षा ने एक बार में नींद में इंद्रजीत से कहा था कि उसे कार नही मोटर साइकिल पर अपने घर में जाना है तो इंद्रजीत उसके लिए एक नई बुलेट लेकर आया था जिसे देखकर हर्षा कि तो हँसी हो नहीं रुक रही थी। उसके चेहरे की खुशी देख इंद्रजीत का दिल शांति से भर गया। बस वो यही तो चाहता है। अगर कुछ साल पहले कोई उससे कहता कि किसी की एक मुस्कान उसके लिए सुकून लेकर आएगी तो वो यकीन नही करता। पर अब देखो। सच में प्यार एक अलग और सुंदर अहसास है। हर्षा ने इंद्रजीत को सबके सामने गले लगा लिया और फिर उसके माथे को चूमते बोली

"हमारे नए रिश्ते की शुरुआत का इससे अच्छा तोहफा नही हो सकता मेरी जान।"

इंद्रजीत भी उसे बाहों में भर कर मुस्कुरा रहा था। यह सुन कर सब लोग खिलखिला कर हंस पड़े हैं। हर्षा ने बुलेट पर साथिया करते हुए उसकी पूजा की। फिर इंद्रजीत बुलेट पर सवार हुआ तो हर्षा उसके पीछे बैठ गई। कुणाल ने दोनो का तिलक किया और गाड़ी के पहिए पर पानी डालते हुए बोला

"वैसे पहली दुल्हन हो जिसे अपनी विदाई की इतनी खुशी है।"

हर्षा ने मुस्कुराते हुए इंद्रजीत को पीछे से गले लगा लिया। वो लोग वहाँ से विदा हुए। हर्षा उसकी पीठ से लगे लगे गुनगुनाने लगी

"ले जाएं जाने कहां हवाएं... हवाएं... हवाएं...."

इंद्रजीत के चेहरे पर भी एक मुस्कान आ गई। वो अपने उस घर में पहुंचे।

*****

ये कॉलोनी काफी शांत थी और यहाँ के रहवासी भी काफी अच्छे नजर आ रहे थे। पड़ोसियों को पता चल गया था कि इस घर में एक नई दुल्हन आएगी तो उन्होंने पारंपरिक अंदाज में हर्षा का स्वागत किया। इंद्रजीत को उम्मीद नहीं थी कि ऐसा कुछ होगा। मगर उसने उन्हें रोका नहीं। हर्षा इस सब से काफी खुश नजर आ रही थी। फिर घर में प्रवेश करने के

बाद हर्षा ने देखा ही ये घर आलीशान बंगलों जैसा नहीं है पर उसे सौम्य तरीके से सजाया गया। चारों तरफ सब वैसा ही था जैसा उसे पसंद था। हर्षा ने असमंजस में इंद्रजीत जो उसी की तरफ आ रहा था से पूछा

"तुमने ये सब काम करना कब शुरू किया था!!"

इंद्रजीत ने कंधे उचकाते हुए पूछा

"कुछ खास पहले नहीं बस जब से तुम ने मुझसे छुट्टी ले ने का कहा था तब मैं सोच रहा था कि तुम्हें कहाँ ले जाऊंगा? फ़िल्म दिखाने, समुद्र किनारे, देश विदेश में घूमने, किसी प्राचीन इमारत को दिखाने तो मुझे लगा कि शायद तुम्हारी छुट्टी का मतलब एक नाम था, घर! इसलिए मैंने ये घर तभी से खरीद कर मैंने एक डिजाइनर के जरिए डिजाइन करवाया है। अच्छा है?"

हर्षा ने तेजी से हां में सिर हिलाते हुए कहा

"ये बहुत खूबसूरत लग रहा है!"

इंद्रजीत उसे बाहों में भरते हुए बोला

"मुझे खुशी है तुम्हें ये पसंद आया!"

इंद्रजीत ने बहुत सी चीजो का चुनाव में खुद किया है और सच में हर्षा इस बात को समझ भी गई। वो उसके होठों को चूमते हुए बोली

"तुम तो काफी मजेदार हो।"

इंद्रजीत उसकी कमर पकड़ते हुए बोला

"तो फिर चलो तुम्हारे लिए एक और तोहफा है।"

उसने हर्षा की आँखों पर हाथ रखा और वो उसे वहाँ के पीछे के बगीचे में ले गया।

"अब आंखें खोलो!!"

बगीचा बहुत सुंदर था और सफेद फूलों से सजा हुआ था। उसके बीच में उन के खाने की गोल मेज तैयार थी। हर्षा ये देखकर हंसने लगी क्योंकि उसे ऐसा लग रहा जैसे वो अपनी पसंदीदा किताब में आ गई हो। उसने इंद्रजीत को देखते हुए प्यार से कहा

"अब रुलाओगे क्या?"

इंद्रजीत ने उसके चेहरे को अपने हाथों में लेते हुए कहा

"मेरी वजह से कभी भी तुम्हारे आँखों में आंसू नहीं आएंगे, हर्षा!!"

हर्षा उसे गले लग गई। खुशी के मारे उसका दिल मचल रहा था। इंद्रजीत उसे वहां तक लेकर गया। उन्होंने खाना खाते हुए बहुत अच्छा समय बिताया। खाना खाने के बाद वो लोग टहलने के निकले। इस दौरान उनका आस पड़ोसियों से भी परिचय हुआ। गनीमत यह थी कि आस पड़ोस के लोगों ने इंद्रजीत को एक डॉन के रूप में देखा नही था। हर्षा उन के साथ तुरंत ही घुल मिल गई। वो सभी लोग भी रात को टहला करते थे। हालांकि इंद्रजीत की छवि और उसका व्यक्तित्व काफी प्रभावशाली था मगर फिर भी हर्षा के कारण वो लोग उसके साथ भी सहज महसूस कर रहे थे। टहलने के बाद वो लोग अंदर आए और इंद्रजीत ने उसे एक रेडियो दिखाया। वो उंगलियां चटकाते हुए बोला

"मुझे लगा कि तुम एक गाने सुनने का शौक होगा इसलिए मैं तुम्हारे लिए रेडियो लेकर आया!"

हर्षा ज़ोर ज़ोर से हंस ने लगी और बोली

"ओह!! इंद्रजीत!! एक ही तो दिल है मेरे पास कितनी बार जीतोगे। तुम इतने प्यारे क्यों हो। तुम्हें मेरी नज़र ना लग जाए।"

ये कह कर उसने अपनी आँखों से काजल निकाला और इंद्रजीत के माथे पर लगाते हुए बोली

"सारी बुरी बलाएं तुमसे दूर रहे!"

रेडियो में बड़े ही अच्छे पुराने गाने बज रहे थे। फिर चैनल बदलने पर बीच के गाने आने लगे जिसमें गाना बज रहा था

"मोहब्बत में खुद कुर्बान किया है... तुझे भी ज्यादा तुमसे प्यार किया है..."

हर्षा ने बर्तन धोने में इंद्रजीत की मदद की। हालांकि वो खुद बर्तन धोना चाहती थी पर इंद्रजीत ने उसे ऐसा करने से मना कर दिया था। उन्हें बिलकुल ऐसा अहसास हो रहा था मानो एक सामान्य युगल है जहाँ पति पत्नी की मदद करा रहा है। इसके बाद इंद्रजीत उसे बाहों में उठाकर ऊपर कमरे में लेकर गया। हर्षा ने कमरा खोला तो हैरान रह गई। उसे उनकी सुहागरात के हिसाब से सजाया गया था। जब वो ये सब देख रही थी तब इंद्रजीत ने दरवाजा बंद किया। उसकी सांसें तेज़ चल रही थी। उसने अपनी शेरवानी और साफा एक तरफ रखा और अपना

गठीला बदन दिखाते हुए हर्षा की तरफ बढ़ने लगा। उसने चेहरे पर एक अलग तरह के भाव थे। हर्षा काफी समय से वो खुशखबरी इंद्रजीत के सुनाना चाह रही थी मगर जब उसने देखा कि इंद्रजीत की इरादे कुछ और है, यानी पहले उसे घर ले गया, फिर उसके लिए बढ़िया खाना खुद बनाया और भी बहुत कुछ तब उसने सोचा क्यों इस बात को कल ही उसे सबसे पहले बताएगी। सुबह उठते ही है और आज वह जो चाहे वो करेंगे। इसके बाद इंद्रजीत ने उसे शिद्दत से चूमना शुरु कर दिया। हर्षा ने थोड़ा रुककर कहा

"जरा आराम से करना।"

इंद्रजीत ने मुस्कुराते हुए उसे देखा और हां में सिर हिलाया। फिर उसने उसे गोद में उठाते हुए बिस्तर पर लेटाया और उसे नरमाई से अपने प्यार का अहसास करवाने लगा। थोड़ी देर बाद दोनो एक चादर में लिपटे एक दूसरे के स्पर्श को महसूस कर रही थी। हर्षा इंद्रजीत के सीने पर गोले बना रही थी। वो उसके मन की टोह लेना चाह रही थी। जब इंद्रजीत थोड़ा उसके माथे को चूमते हुए उसकी पीठ को सहलाने लगा तो हर्षा ने उससे पूछा

"इंद्र क्या तुम ने कभी हमारे भविष्य के बारे में सोचा है।"

इंद्रजीत ने अपनी पकड़ पर कसते हुए कहा

"मैं बस कुछ तुम्हारे बारे में तो सोचता हूँ। तुम्हारे साथ कैसे रहूंगा! हमारे आगे वाली जिंदगी में कैसे क्या होता है ये मुझे ज्यादा नहीं सोचना?"

हर्षा ना में सिर हिलाते हुए बोली

"मेरा मतलब है हमें हमारे बच्चों के बारे में सोचना होगा ना।"

वो अपना दिल थाम कर बैठी थी। उसने पूछ तो लिया है पर अब उसे इंद्रजीत की प्रक्रिया से डर लग रहा है। वो यह भी जानती थी कि अभी वो थोड़ी नशे की हालत में है क्योंकि उसने अपने दोस्तों के साथ शैम्पेन भी पी रखी है जिसमें थोड़ी शराब भी मिली हुई थी तो इंद्रजीत जो वाकई अभी थोड़े नशे वाली स्थिति में था। वो बोला

"जब तक तुम खुश हो मुझे किसी बात से कोई परेशानी नहीं है। मगर मैं पहले तुम्हारे साथ समय बिताना चाहता हूँ पर अगर किस्मत, नियति

या भगवान ने हमें एक ऐसी खुशी दी तो मुझे कोई परेशानी नहीं।"

ये कहकर उसके हर्षा को और करीब खींचा और प्यार से उसके माथे को सहलाते हुए बोला

"अब सो जाओ।"

ये कह कर वो नींद में चला गया। हर्षा भी मुस्कराहट के साथ संतुष्ट हो नींद के आगोश में चली गयी।

*****

अगले दिन उसने मीठे लम्हें को याद करते हुए गुनगुनाना शुरू किया। उसने रेडियो चलाया तो उसमें गाना बज रहा था

"दिल दियां गल्लां... हो करांगे रोज रोज वेखे सचियां मोहबता...."

वो जल्दी से पानी पी कर कमरे में आई। उसने हल्के गुलाबी रंग का सलवार कुर्ता पहना, उसके हाथ गहरी मेहंदी में रचे थे, उसने मंगलसूत्र पहना, मांग में सिंदूर भरा और अपनी चूड़ियों को देखते हुए उसने एक नजर बिस्तर में अर्धनग्नवस्था में सो रहे इंद्रजीत को देखा। वो नीचे रसोई में आई, रेडियो एक तरफ रखा और नाश्ते की तैयारी करने लगी। उसके गीले बाल जूड़ें हुए बंधे हुए थे। वो गानागुनगुनाते हुए इंद्रजीत के लिए खास आलू के पराठे तैयार कर रही थी। वो इंद्रजीत को बहुत पसंद है। इस के अलावा उसने साथ में खाने के लिए दही भी जमाई थी, उसने हरी और लाल चटनी भी तैयार की फिर उसने ट्रे में सब अच्छे से जमाया और एक कार्ड ट्रे में सजावटी छोटे फूलदान के साथ रखा जो तोहफ़े में पड़ा हुआ था और साथ ही उसने को जांच के परिणाम भी रख दिए। अपनी तैयारी से हर्षा काफी मुस्करा रही थी। आखिर आज वो इस खास खुशखबरी को इंद्रजीत के साथ साझा कर सकती है। उसने अपने पेट पर हाथ फेरा और बोली

"मेरी नन्ही जान! तुम्हारे पापा को जब तुम्हारे बारे में पता चल जाएगा वो बहुत खुश होंगे। मैं जानती हूँ मेरे बच्चे! तुम्हारे पापा दुनिया के सबसे अच्छे पापा हैं। मुझे यकीन है।"

उसने देखा कि घड़ी में अभी 8:30 बज रहे हैं। वो बुदबुदाई

"इंद्रजीत ने कहा था कि वो जल्दी उठ जाएगा। उसे अभी तक तो आ जाना चाहिए मगर कल के कार्यक्रम में वो थक भी गया था। उसने मेरे

लिए कितना कुछ किया। शायद इसी वजह से वो थक गया होगा। मैं ही ऊपर जाऊं क्या?"

उसने ट्रे उठाई और इस खबर का सोचकर वो अपने आप में मुस्कुराने लगी। तभी दरवाजे पर किसी ने दस्तक दी। उसने भौंहे सिकोड़ते हुए सोचा

"कौन हो सकता है? हम ने तो दूध या अखबार वाले को भी नही कहा। तो कौन होगा?"

वो ट्रे रखते हुए दरवाजा खोलने गई

"कौन?"

*****

उधर ऊपर इंद्रजीत सो रहा था कि अचानक उसे एक में सपना आया जिस में उसने अपने आपको खून से लथपथ पाया और वो बहुत दुखी था। ऐसा लग रहा था कि उसने किसी अपने करीबी को दिया है।

"हर्षा!!"

उसके मन में न जाने क्यों हर्षा का ही नाम आया। वो एक दम से हड़बड़ा कर उठ बैठा। उसने कुछ लंबी सांस लेते हुए कहा

"बस एक बुरा सपना था। है ना हर्षा?"

उसने हर्षा की तरफ का बिस्तर देखा। वो ठंडा था। यानी वो काफी पहले उठ चुकी है। वो जल्दी से तैयार हुआ और घर के कपड़े पहन इधर उधर हर्षा को देखने लगा।

"हर्षा!! हर्षा!!! कहां हो तुम? देखो मजाक मत करो!! फिर कभी कर लेना! प्लीज बाहर आ जाओ।"

उसने उसे हर तरफ देखा। कमरे में, बालकनी में, पीछे के बगीचे में मगर उसे हर्षा कहीं दिखाई नहीं दी। वो रसोई में गया तो उसने देखा कि रसोई में नाश्ता तैयार है यानी वो नाश्ता तैयार कर रही थी। रेडियो भी चालू था इसका मतलब है वो अभी यहाँ पर थीं। उसने अपने मन की बेचैनी को नजरंदाज करते हुए हर्षा को फिर से आवाज दी

"जान!! हर्षा!! हर्षा कहां हो तुम?"

तभी उसकी नजर एक तरफ है। उसने दरवाजा खुला देखा तो उस तरफ बढ़ने लगा और हांफते हुए एक गहरी सांस ली। शायद हर्षा बाहर

किसी से बात कर रही होगी। वो एक बार उसे देख ले तो उसे तसल्ली हो जाएगी। तभी अचानक उसकी नजर दीवार पर गई और उसकी आंखें आश्चर्य से बड़ी हो गयी। पहले उसे लगा था कि हर्षा किसी काम से बाहर गई होगी मगर दीवार पर खून के छींटे थे।

"नहीं!!"

इंद्रजीत तेजी से चिल्लाते हुए बाहर हर्षा का नाम पुकारते हुए भागा। उसने घर के आस पास देखा पर वो कहीं दिखाई नहीं दे रही थी। बेचैनी से वो इधर उधर देख रहा था।

"हर्षा!!!"

वो उसे पुकारते हुए ढूंढने बाहर निकल गया जब तक उस की आवाज घर में किसी को कुछ सुनाई नहीं दे रही थी।

*****

इधर हर्षा तो वहीं पास में ही कैद थी। उसकी आँखों से आंसू बह रहे थे। उसे किसी ने कस कर पकड़ा हुआ था। उसके माथे से खून आ रहा था। इस बार उसने अपने मुंह पर रखे हाथ को कस कर काट लिया और जैसे तैसे अपने आपको छुड़ाया और बाहर की तरफ भागी

"इंद्र!! कोई है!!! इंद्रजीत!! बचाओ!!!"

वो और ज़ोर ज़ोर से चिल्लाने लगी। शायद आस पड़ोस के लोग टहलने गए होंगे इसलिए किसी को उसकी आवाज सुनाई नहीं दी। तभी वहाँ पर आ गया वो हमलावर शख्स। ये वही था जिसने हर्षा पर पहले भी हमला किया था और उसे 1 साल तक कोमा में पहुंचा दिया था। और अब वो फिर से हर्षा की तरफ बढ़ रहा था। हर्षा ज्यादा बाहर जा पाती उससे पहले ही उसने हर्षा के बाल कस कर पकड़ लिए और उसे खींचते हुए अंदर लेकर आया। हर्षा फिर से उम्मीद में चिल्लाई

"इंद्रजीत!!"

तभी उस शख्स से उसे एक जोरदार थप्पड़ मारा पर छोड़ा नहीं। हर्षा ने उसका हाथ इतनी जोर से पकड़ा की उसके नाखून उसके हाथ में घुस गए फिर भी उसने उसे नही छोड़ा तो हर्षा दांत पीसते हुए बोली

"मुझे छोड़ दो नचिकेता!!!"

नचिकेता मुकुराते हुए बोला

"चलो अच्छा है तुम्हें मैं अभी भी याद है कि मैं कौन हूं। मुझे तो लगा था 3 साल पागलखाने रही तो भूल गई होगी। ओह हां याद आया तुमने तो मुझे उस दिन भी पहचान लिया था।"

हर्षा उसे सुलघती आँखों से देख रही थी तो नचिकेता ने भी उतनी ही तीव्रता से उसे घूरते हुए कहा

"तुम जानती हो पर इंद्रजीत तो नही जानता।"

हर्षा ने पास से एक फूलदान उठाया और नचिकेता के सिर पर दे मारा। नचिकेता थोड़ा दूर हो गया। हर्षा ने बिना किसी देरी के फिर से उसके सिर पर हमला कर दिया। वो गुस्से में फुक्कारते हुए बोली

"तुमने मेरे इंद्रजीत को काफी नुकसान पहुंचाया है। तुम यह सब क्यों कर रहे हो!"

नचिकेता गुस्से और दर्द से सिर पकड़ गुर्राया

"बदले के लिए। क्या तुम्हें नहीं पता उसने मेरे साथ क्या किया है। कितना बुरा किया उसने मेरे साथ!!"

हर्षा भी एक चाकू उठाकर उस पर वार करते हुए बोली

"बदला एक बुरा अनुभव होता है। तुम्हे भी तो उसकी नजर से देखना चाहिए था पर तुम ने क्या किया?"

नचिकेता व्यंग्य के साथ बोला

"मैं तुम्हारे जैसा नहीं हूं। तुम ने अपने बदले की आग को ठंडा कर दिया है!!"

हर्षा अचानक थोड़ा रुक गई। एक पल में ही उसकी आँखों में ढेरों भाव आ गए। अगले ही पल उसने नचिकेता को घूरते हुए कहा

"इस सबसे तुम्हारा मतलब नहीं है। मैं क्या करती हूँ, ये मेरी जिंदगी का फैसला है, तुम्हारा नहीं है। तुम अभी के अभी यहां से चले जाओ। इंद्रजीत की बेरंग जिंदगी में बड़ी मुश्किल से खुशियाँ आयी है। मैं नहीं चाहती कि तुम उसे फिर से नष्ट कर दो। यहां से चले जाओ नही तो मैं तुम्हें अभी मार दूंगी। और मुझे यकीन है मेरा गैंगस्टर पति मुझे सजा होने से भी बचा लेगा।"

ये सुन कर नचिकेता एक व्यंग्यात्मक हँसी हंसते हुए बोला

"तो तुम्हे क्या लगता है कि मैं इतने वक्त तक यू ही इंतज़ार कर रहा था। मैंने उसे सालों साल अकेले में तड़पते देखा जिससे मुझे बेहिसाब सुकून मिल रहा था पर एक दिन अचानक से तुम उसकी जिंदगी में आ गई है। मैंने उसका एक्सीडेंट ये सोच कर करवाया कि वो मर जाएगा। खबर भी यही आई। मगर तुम वहाँ आ गई और तुम ने उसे बचा लिया। तुम तो शुरू से ही उसकी सच्चाई से वाकिफ थी ना। और मुझे अभी तक समझ नही आया वो अपने आप को डॉन कहने वाला इंद्रजीत जब मेरे बारे में पता नही लगा पाया तो तुमने कैसे लगा लिया।"

ये कहते ही उसके उसके सिर पर एक लकड़ी से मारा जिससे हर्षा पीछे हो गई। उसका सिर घूम रहा था क्योंकि चोट कनपटी पर लगी थी। नचिकेता उसे थप्पड़ लगाते हुए बोला

"तुमने मुझे धमकाने की कोशिश की कि मैं इंद्रजीत के पीछे ना आऊं। तुम अपनी मौत से नही डरती क्या? याद नहीं मैंने डेढ़ साल पहले तुम्हारी क्या हालत की थी? किस्मत अच्छी थी जो बच गई पर आज नही!!"

हर्षा उठने को कोशिश करते हुए उस पर चाकू से वार करने लगी पर उसका सिर घूमने की वजह से वो निशाना नही लगा पा रही थी। नचिकेता ने उसके हाथ को पकड़ा और एक झटके से मरोड़ते हुए चाकू दूर फेंक दिया। वो बोला

"मैं उसे तड़पते देखना चाहता था पर नही!!"

उसने ना में सिर हिलाया। हर्षा का भी सिर घूम रहा था। वो आगे बोला

"फिर मैंने सोचा कि शायद उसकी यादाश्त जाने की वजह से वो तुम्हें याद नहीं रख पाएगा और हुआ भी ऐसा ही। उसने तुम्हें याद नहीं रखा। तुम्हें गुस्सा नहीं आया। तुम्हें दुख नहीं हुआ और उसकी वो प्रेमिका मिहिका। उसके बारे में मुझे लगा था कि वो उसके पास जाएगा। इसी लिए मैंने उसके लिए भी योजना बना रखी थी। मैंने उसे एक ऐसी दवा दी थी जिससे जब भी वो कोमा से उठे, उसके बाद जिंदा नहीं बच पाए...."

यह सुन कर हर्षा की आंखें आश्चर्य से बड़ी हो गई और वो बोली

"तुम कितने नीच और जलील इंसान हो... उस लड़की ने कुछ भी नहीं किया था..."

"कुछ नहीं किया? उसने एक सबसे बड़ी गलती की थी।"

"वो इंद्रजीत को हमेशा प्यार करती थी और तुम ने उसे मार दिया!"

"मैं क्या करता... बदला बदला बदला... बस बदला ही चाहिए था मुझे..."

हर्षा सिसकते हुए पीछे हटी। वो समझ गई थी कि वो उसका मुकाबला नहीं कर पाएगी। नचिकेता बदले की आग में सब कुछ भूल बैठा है। वो दर्द से करहाते हुए बोली

"देखो मुझे छोड़ दो..."

नचिकेता हंसते हुए बोला

"कैसे छोड़ दूँ? तुम इंद्रजीत की जिंदगी और उसकी चाहत हो।"

ये कहकर उसने अपने पास से एक खंजर निकाला और हर्षा को देखा। हर्षा ये देखकर लड़खड़ाते हुए नीचे गिर गई। नचिकेता ने जैसे ही उसने खंजर हर्षा की ओर बढ़ाया अचानक ही प्राकृतिक तौर पर हर्षा के हाथ अपने पेट के ऊपर बचाव के लिए चले गए। नचिकेता को उसकी ऐसी प्रतिक्रिया का मतलब समझ नही आया। उसने रूककर उसे घूरा। फिर जब उसे एहसास हुआ कि हर्षा ने ऐसा क्यों किया है, तब तक बहुत देर हो चुकी थी। हर्षा ने फिर से चाकू उठा लिया था।

"ओह!!"

नचिकेता जरा भी परेशान नहीं लग रहा था। उसने अपने बालों मे हाथ फेरा और फिर बोला

"तो... तो... तुम उस कमीने को ये खुशी और देने वाली को..."

फिर सिर हिलाते हुए बोला

"अफसोस!!! इस समय कोई और चारा नहीं है। पहले मुझे लगा था कि मैं तुम्हें अपने साथ ले जाऊंगा। खैर तुम तो बेवकूफ निकली और इतनी जरुरी बात ऐसे ही मुझे बता दी।"

हर्षा ने मजबूत बनकर उसके ऊपर हमला करने की कोशिश की मगर नचिकेता कुछ ज्यादा ही ताकतवर हो गया था।

"तुम्हें लगता है कि मैं उसे खुश होने दूंगा?"

उसमें हर्षा को ज़ोर से धक्का दिया जिससे वो एक धम्म की आवाज़ के साथ रसोई के फर्श पर गिर गयी। उसके पैर में मोच आ गई थी। वो खड़ी नहीं हो पा रही थी। वो गिड़गिड़ाते हुए बोली

“मुझे छोड़ दो मुझे कुछ मत करो।"

"क्यों न करूँ?"

"क्योंकि...."

हर्षा के कुछ कहने से पहले ही वो बोला

"इंद्रजीत तुम्हारी जान है ना! मैं देखना चाहता हूँ जैसा चालाक और धूर्त वो पहले था क्या अभी भी वैसा है।"

हर्षा तेज़ आवाज़ में बोली

"उसमें उसकी कोई गलती नहीं थी... जो कुछ हुआ था वो तुम ने और तुम्हारे परिवार ने शुरू किया था।"

नचिकेता हर्षा की बात सुन कर एक दम से गुस्से में बोला

"और अब मैं इसे खत्म करूंगा..."

ये कहकर वो हर्षा की ओर बढ़ गया। हर्षा को जब अहसास हुआ कि वो उसकी कोई बात नहीं सुन रहा तो वो जोर से चिल्लाने लगी

"इंद्र!!!! इंद्र!!! छोड़ो!!!! मुझे बचाओ!!!! बचाओ!!!! इंद्रजीत!!! नहीं!!! इंद्रजीत!!! इंद्रजीत!!!"

इंद्रजीत काफी दूर निकल गया था मगर उस का मन कह रहा था कि कुछ तो गलत है और वो गलत दिशा में जा रहा है। तभी उसे बीच में ही हर्षा का दुप्पटा पड़ा दिखाई दिया। उसने जैसे उसे उठाया उसमें एक पत्र था। उसने उसे खोल कर देखा तो उसमें बड़े बड़े। अक्षरों में लिखा है ‘शादी मुबारक’। उस पर खून के छींटे पड़े थे। इंद्रजीत को अहसास हुआ कि किसी ने उसे जानबूझ कर घर से बाहर निकाला है। वो तुंरत दौड़ कर घर के पास पहुंचा तो पाया आसपास के लोग इकट्ठा होने शुरू हो गए थे। वो पीछे के दरवाजे से अंदर गया। लोगों ने किसी को अंदर जाते हुए तो नहीं देखा था मगर अंदर से आ रही बचाव के पुकार सुनी थी इसलिए उन्होंने तुरंत पुलिस को बुला लिया था।

इंद्रजीत अंदर पहुंचा तो उसका सामना एक बहुत भयानक दृश्य से हुआ। हर्षा रसोई में पड़ी थी। वो भी खून में लथपथ और मृत! इंद्रजीत

लड़खड़ाकर गिर गया

"नहीं!!! नहीं!!! नहीं!!! नहीं!!! नहीं!!!"

वो घुटनों के बल चलते हुए उसके पास गया। वहां सब उसके खून के कारण लाल सा हो गया था।

"हर्षा... ह... हर्षा..."

इंद्रजीत तड़प उठा और एक दम से चिल्लाया

"ये सब सपना है! ये सब सपना है! हर्षा!!!!"

वो कंपकंपाती हुई आवाज़ में बुदबुदाता हुआ वहाँ पहुंचा। रेडियो पर गाना बज रहा था

"कैसी खताएं दिल में बसी है.... मैं ही हूँ वो जो रहमत से गिरा!!!"

ये गाना उसकी दयनीय स्थिति पर बिल्कुल सटीक बैठ रहा था। इंद्रजीत अपनी हथेलियों फर्श पर पटकने लगा। नचिकेता एक कोने में खड़ा था। जब उसने इंद्रजीत को इस तरह से टूटा और बिखरा देखा तो उसके चेहरे पर एक संतुष्टिभरी मुस्कान आ गई और वो वहाँ से चला गया। इंद्रजीत हर्षा के करीब गया। हर्षा का पेट बुरी तरह से छलनी हो चुका था। इतना कि जब इंद्रजीत ने हर्षा को उठाने के लिए उसे छूने की कोशिश की उसका हाथ उसके शरीर के अंदर जाने लगा। इंद्रजीत को समझ नहीं आ रहा कि वो करे तो क्या करे। वो ये सोच ही रहा था कि तभी उसकी नजर वहाँ पड़े चाकू पर गयी। उसने जैसे ही उसे उठाया तभी पीछे से पुलिस आ गई। उन्हें लगा कि इंद्रजीत ने ही अपनी पत्नी को हत्या कर दी है। आसपास के लोगों ने भी यही कहा था कि हर्षा बार-बार इंद्रजीत से खुद को छोड़ ने की गुहार लगा रही थी। बाहर खड़े लोगों में कानाफूसी हो रही थी। तभी

"अच्छा ये तो वही डॉन हैं!"

"ये इंद्रजीत है ना!"

"कल तो कैसा शांत लग रहा था!"

"हां देखो क्या कांड कर दिया।"

"वैसे इस तरह के अपराधियों से और उम्मीद भी क्या की जा सकती है।"

पास में पुलिसकर्मी खड़े बात कर रहे थे तो वहाँ के स्थानीय निवासी हक्के बक्के रह गए। एक तो उन के मोहल्ले में डॉन ने घर लिया था और उसने अपनी पत्नी को शादी के अगले दिन मार दिया।

"कल तो वो कितने खुश लग रहे थे!"

"हां! कितने प्यार में लग रहे थे!"

इंद्रजीत ने चाकू छोड़ दिया और फिर हर्षा के शरीर को अपनी बांहों में भर कर रोने लगा। उसकी करुण पुकार इतनी दुःखद थी कि वहाँ खड़े कुछ पुलिसकर्मियों की भी आंखें भर आईं। हालांकि वो जानते हैं कि इंद्रजीत एक अपराधी है मगर वो अपनी पत्नी को इतनी बुरी तरह मारेगा... यह उन्होंने सोचा भी नहीं था। तब इंद्रजीत की नजर हर्षा के हाथ पर गई। उसने अपने खून से कुछ लिखा था। ये कोई शब्द था। दरअसल हर्षा जानती थी कि नचिकेता अपने यहां होने का एक भी सबूत नहीं छोड़ेगा इसलिए उसने अपनी बची हुई जान लगा कर वहां अपने खून से उसका नाम लिखा था क्योंकि वो चाहती थी कि इंद्रजीत नचिकेता से बचकर रहे। इंद्रजीत ने उसका नाम पढ़ लिया

"नचिकेता!!"

पर वो अब इस स्थिति में नहीं था कि उसे कुछ और पता चले। तभी उसकी नजर में वहाँ नीचे पड़ी है बिखरे हुए है नाश्ते पर गयी। साथ ही उसे वो कार्ड दिखाई दिया।

वो आसूंओं के कारण उसे धुंधला नजर आ रहा था मगर धीरे धीरे जब उसकी नज़रें साफ हुई तब उसने उसमें लिखा संदेश तो उसकी आंखें आश्चर्य बड़ी हो गई। उसने हर्षा की ओर देख। हर्षा की सांसे और धड़कने बंद हो गई थी। वो मर गई थी। उसको बचाने का कोई रास्ता नहीं था। एंबुलेंस आ गई थी। इधर हाश्मी और नुसरत को भी न जाने किसने ये ख़बर दे दी थी। वो लोग हड़बड़ाते हुए वहां पहुंचे तो सदमे में थे। हर्षा के पूरे कपड़े ख़ून से रंगे हुए थे। पैरामेडिक ने बड़ी मुश्किल से हर्षा के शरीर को स्ट्रेचर पर रखा और एंबुलेंस से ले जाने लगे।

"रुको!! कहां ले जा रहे हो उसे!!! हर्षा!!!"

इंद्रजीत उस की ओर बढ़ना चाह रहा पर पुलिस ने उसे पकड़ कर रखा था। आसपास के लोग बातें कर रहे थे

"कैसा आदमी है जिसने अपनी ही पत्नी को मार दिया!!"

"आखिर ऐसा क्या हो गया था शादी के एक दिन में ही कि ये अपनी पत्नी को इतनी बुरी तरह से..."

"छी!!"

हाश्मी यह सुन कर हैरान रह गया। इंद्रजीत हर्षा को मारे, ये हो ही नहीं सकता। एक पल को वो उसके लिए खुद को खत्म कर सकता है मगर उसे खरोंच भी नहीं दे सकता। वो उसकी जिंदगी की उम्मीद की किरण है, उसका उजाला है, उसकी रौशनी है, वो उसे कुछ नहीं कर सकता। कभी भी नहीं है। मगर यह किसने किया और इंद्रजीत को क्यों फंसाया जा रहा है। पुलिस ने इंद्रजीत को तुरंत गिरफ्तार कर लिया। इंद्रजीत ने बार-बार विनती की कि उसे हर्षा के पास जाने दिया जाए मगर पुलिसवालों को लगता था कि वह बुरी तरह से उसके शरीर को नष्ट करने की कोशिश करेंगा। वहीं उसे तो ऐसा लग रहा था कि हर्षा उसे बुला रही है और यह सब किसी बुरे सपने की तरह है जिससे वह जल्दी ही बाहर आ जाएगा। उसने कई बार अपने आपको थप्पड़ भी मारे ताकि उसे सपने से बाहर आने में मदद मिल सके। पर जल्द ही उसे अहसास हो गया कि ये सपना नहीं है तो वो एक दम से टूट कर वहीं बैठ गया। उसे ऐसा लगा कि हर्षा ने उस से कहा कि वो उस से बहुत प्यार करती है। ये सोचकर वो फिर से रोने लगा। उसे कोई फर्क नहीं पड़ता उसके कपड़े गंदे हो रहे हैं या वो सड़क पर बैठा है। उसका दर्द इतना ज्यादा था कि वो सहन नहीं कर पा रहा था।

इधर हाश्मी को भी समझ नहीं आ रहा था कि वो क्या करे। इंद्रजीत का भी कुछ ऐसा ही हाल था। जब हर्षा पहले गायब हुई थी तब उसे कहीं न कहीं मन में उम्मीद थी कि वो जिंदा हो सकती है मगर आज तो उसके शरीर को देखने के बाद उसे यकीन है कि हर्षा किसी कीमत पर जिंदा नहीं हो सकती।

आगे जो कुछ हुआ वो सब कुछ उसे धुंधला दिखाई दे रहा था। पुलिस आई हर्षा के शरीर को ले गयी। उसका पोस्टमॉर्टम किया गया। अंतिम संस्कार के लिए इंद्रजीत को बड़ी मुश्किल से अनुमति मिली थी। इंद्रजीत ने अंत्येष्टि की सभी क्रियाएं पूरी की और पूरी करने के बाद पुलिस

उसे ले जाने लगी तो उसने विनती की कि वो कुछ देर रुक जाये। बड़ी मुश्किल से उसे थोड़ा समय दिया गया। वो बीते वक्त को याद करने लगा। उस समय हालांकि इंद्रजीत का मन कर रहा था कि हर्षा को तुरंत हॉस्पिटल ले जाया जाए ताकि उसका इलाज शुरू हो सके मगर उसका बचना असंभव था। उस के पेट से लेकर सीने तक कितनी ही बार वार किए थे कि अगर गलती से भी निशाना बच गया होता और दिल बच जाता है तो भी उसके जीने की संभावना बहुत कम थी। इंद्रजीत अपने आपको कोसने लगा। ना ही वो हर्षा से शादी करता ना ही ऐसा कुछ होता। उसके घर को क्राइम सीन होने के कारण सील कर दिया गया था। कोई भी अंदर नहीं जा सकता था। हाश्मी और नुसरत तो अभी तक टूट गए थे। उन्हें नहीं पता कि उन्हें क्या कहना चाहिए। हाश्मी ने जैसे तैसे इंद्रजीत को संभाला। पुलिस अंत्येष्टि क्रिया पूरी होने के बाद इंद्रजीत को जेल में ले जाने लगी तो उसने हाश्मी को अपने करीब बुलाया और बोला

"मेरा एक काम करोगे!"

वो टूट गया था। उसकी आवाज़ की टूटन महसूस कर हाश्मी अपने होठ काटते हुए अपने आंसू थामते हुए बोला

"चिंता मत करो। मैं पता लगाऊंगा कि वो आखिर कौन था... वो जलील इंसान कौन है जिसने हर्षा और तुम्हारी एक दिन की बसी हुई गृहस्थी को... बसे बसाए घर को उजाड़ दिया।"

वो जानता है इंद्रजीत की ज़िंदगी में हर्षा के क्या मायने हैं। आखिर कौन था जिसने यह सब किया है। अगर एक बार वो उसे मिल जाए तो वो उसे बुरी तरह से मारेगा। अगर उसे हर्षा को मारना ही था तो कोई आसान तरीका चुनता उसे इतना प्रताड़ित करने की क्या जरूरत थी। खुद को संभालते हुए इंद्रजीत बोला

"ह... हर्षा की अस्थियां इकट्ठी कर उन्हें सुरक्षित रखना... मेरे लिए प्लीज़ उन्हें अभी प्रवाहित मत करना..."

इंद्रजीत की इस बात को सुनकर तो हाश्मी अब अपने आंसू नहीं रोक पाया। उसने बस हां में सिर हिलाया। इंद्रजीत को पुलिस लेकर चली गई।

*****

हाश्मी वहीं बैठकर तब तक बिलखता रहा जब तक कि हर्षा की चिता की आग ठंडी नहीं हो गई। वो उसकी अस्थियों को एकत्रित करवाया और सम्मान से घर लाया और इंद्रजीत की बताई जगह पर रख दिया। उसने किसी को उनके उस घर का ख्याल रखने का कह दिया। वो वहां था जहाँ इंद्रजीत और हर्षा का कमरा हुआ करता था। आज पूरा घर सुनसान दिखाई दे रहा था। उस की भी आँखों से आंसू झरने की तरह बह रहे थे। मगर उसके होठों से कोई आवाज नहीं निकल रही थी। नुसरत का भी कुछ ऐसा ही हाल था। उसकी रुलाई तो रुकने का नाम ही नही ले रही थी। वो हाश्मी के सीने से लगी बिलख रही थी। मगर वो हर्षा को जितना याद कर रही है ये कोई नहीं जान सकता। हर्षा के रूप में उसे एक छोटी बहन मिली थी। एक ऐसी बहन जो उसकी बातें समझती थी। सब कुछ जानते हुए उस हिसाब से ही काम करती थी। छोटी बच्ची की तरह हरकत करना मगर फिर भी समझदार होना हर्षा की खूबी थी।

*****

इंद्रजीत जेल में बंद था। इधर पुलिसवाले अपने ही आनंद में डूबे हुए गाने सुन रहे थे

"बेख्याली में भी तेरा ही ख्याल आए... क्यों बिछड़ना है जरूरी ये सवाल आए..."

इंद्रजीत फिर से रोने लगा मगर उसके मुँह से आवाज नहीं निकल रही थी। उसकी आँखों से झरझर आंसू बह रहे थे। फिर पुलिसवालों ने अचानक ही कोर्ट से आदेश निकलवाया और उसे केंद्रीय कारागार में डालने का फैसला किया। इंद्रजीत को सब कुछ महत्वहीन लग रहा था। सच कहें तो उसे कुछ भी पता ही नहीं चल रहा था कि उसके आसपास हो क्या रहा है।

*****

एक दिन उस से मिलने हाश्मी आया। तब इंद्रजीत को एहसास हुआ कि हर्षा को गए अब 10 दिन से ज्यादा हो चूके है। उसे तो सारे दिन एक जैसे लगते हैं और उसे अब कोई फर्क नहीं पड़ता। उसे अब इस बात से भी कोई मतलब नहीं है कि वो शहर का डॉन है। वो अपने प्यार को, अपनी पत्नी को, अपनी उम्मीद को नहीं बचा पाया तो फिर वो किस

काम का... कैसा डॉन? कैसा ताकतवर व्यक्ति? उसने ये खुद से वादा किया था कि वो इतना ताकतवर बनेगा की कोई कभी उसे नुकसान नहीं पहुंचा पाएगा।

पर देखो किस्मत ने उसके साथ कैसा खेल खेला इंद्रजीत से मिलने उसका वकील दिनेश सिंघवी और हाश्मी आए। कौशल भी वहाँ आया था। वही था जिसने हर्षा का पोस्टमॉर्टम रिपोर्ट की एक प्रति अपने लिए रखवा ली थी। हाश्मी ने हिम्मत जुटाकर ना में सिर हिलाते हुए बोला

"मेरे को तो लग रहा है यहां कुछ अजीब हो रहा हैं। सारे सबूत तुम्हारे खिलाफ़ है। सभी सबूतों से यही साबित होता है कि तुम ने गुस्से में आकर हर्षा का कत्ल किया है!"

हालांकि यह बोलते वक्त हाश्मी की जुबान लड़खड़ा रही थी मगर इंद्रजीत जिस के चेहरे पर सिवाए बेबसी के कुछ भी दिखाई नहीं दे रहा था। उसने कुछ देर तक जब कुछ नहीं कहा। फिर वो बोला

"मैं यहाँ से बाहर कब आ सकता हूँ।"

"अभी समय लगेगा..."

"हमें नचिकेता को ढूंढना होगा!"

"नचिकेता कौन हैं?"

"हर्षा ने उसका नाम अपने खून से लिखा था। निश्चिततौर पर वह वही है जिसने उस पर हमला किया था।"

दिनेश ने हाश्मी को कुछ इशारा किया तो वो हां में सिर हिलाते हुए बोला

"इंद्रजीत मुझे लगता है कि कोई और भी है जो तुम्हें जेल से बाहर नहीं आने देना चाहता..."

"चाहता..."

इंद्रजीत एक दुखद और व्यंगात्मक हँसी हंसते हुए बोला

"आज कोई मेरा सब कुछ ले ले तो भी मुझे कोई फर्क नहीं पड़ता। मुझे कुछ भी नहीं चाहिए। मैं जेल से उसे मारने के लिए बाहर आना चाहता हूँ।"

हाश्मी ये सुनकर चौंक गया और बोला

"इंद्रजीत तुम पर पहले से ही बहुत से आरोप साबित हो चूके हैं और अब तो..."

इंद्रजीत ने कुछ नहीं कहा। उसने अपनी पत्नी की हत्या की थी। उन्होंने हाल ही में शादी रजिस्टर की थी। अदालत से सजा मिलने वाली थी। इंद्रजीत दिन गिन रहा था। अदालत में उस पर सुनवाई हो रही थी मगर वहां क्या हो रहा था उसे कुछ सुनाई नहीं दे रहा था। हालांकि सारे पड़ोस वालों का यही कहना था कि उन्होंने हर्षा को इंद्रजीत का नाम लेते हुए सुना था, उसे छोड़ने के लिए चिल्लाते हुए सुना था। इंद्रजीत के साथी जानते थे ये सच नहीं था वो उसे मदद के लिए पुकार रही थी इसलिए उसके मुंह से सिर्फ दो शब्द निकल रहे थे। इंद्रजीत और बचाओ। कोर्ट इस बात से बहुत परेशान थी। इंद्रजीत ने हाश्मी को कुछ कहा। हाश्मी ने बड़ी मुश्किल से अभय से संपर्क किया और उस से इस मामले में जांच करने को कहा मगर अभय अपनी अनभिज्ञताव्यक्त करते हुए कहा

"मैं इस मसले में शामिल नहीं होना चाहता। इंद्रजीत के ऊपर हर्षा के कत्ल का आरोप है जिसे ढूंढने के लिए इंद्रजीत कितना तड़प रहा था। मुझे भी यही लगता है कि इंद्रजीत ने गुस्से में हर्षा का कत्ल किया है इसलिए उसकी मदद करने के लिए मैं तैयार नहीं हूं।"

हाश्मी ने डिटेक्टिव विशाल को नचिकेता के बारे में जानकारी इकट्ठा करने के लिए भेजा।

*****

एक दिन इंद्रजीत के पास उस से मिलने नुसरत आई। उसे समझ नहीं आ रहा कि वो उसको सांत्वना दे या खुद को। इंद्रजीत उसके मनोभाव समझ रहा था इसलिए वो कुछ भी नहीं बोला। वो बिल्कुल शांत रहे। दोनो के पास शब्द नहीं थे। उसने बस इंद्रजीत के हाथ पर अपना हाथ रखा और फिर समय पूरा होने पर चली गई। देखते ही देखते इंद्रजीत के केंद्रीय कारावास में जाने का फैसला निकट आ गया। सारे सबूत इस तरह से तैयार किए गए थे जिन से इंद्रजीत की छवि एक आक्रामक व्यक्ति के रूप में पेश की गई थी जिसे जल्दी ही गुस्सा आ जाता है। बहुत से लोगों ने अपनी गवाही दी और यह बताया कि इंद्रजीत एक आक्रामक और जल्दी उत्तेजित होने व्यक्ति है और उसने कई बार

हर्षा को परेशान भी किया है। हालांकि इंद्रजीत के करीबी लोग जानते थे कि इंद्रजीत दुनिया में किसी को भी मार सकता है, किसी को भी नुकसान पहुंचा सकता है मगर हर्षा!! वो आखिरी इंसान होंगी जैसे इंद्रजीत कुछ करेंगा। कहते हैं एक हीरो दुनिया की भलाई के लिए अपने प्यार की कुर्बानी दे सकता है मगर इंद्रजीत वो विलेन है जो अपने प्यार के लिए दुनिया को कुर्बान कर सकता है। अफसोस किसी ने उसका पागलपन देखा नही था।

*****

थोड़ा समय बीता और हाश्मी कौशल के साथ इंद्रजीत से मिलने आए। हाश्मी ने एक लिफाफा आगे बढ़ाया और बोला

"ये हर्षा की पोस्टमॉर्टम रिपोर्ट है।"

हाश्मी ने जानबूझ कर एक पन्ना छुपा लिया था। इंद्रजीत ने पोस्टमॉर्टम रिपोर्ट खोली तो उसे तुरंत पता चल गया एक पन्ना गायब है क्योंकि पीछे से फटने के निशान थे। इंद्रजीत ने उसे लेने के लिए हाथ आगे बढ़ाया। हाश्मी ने हिचकिचाते हुए वो पन्ना इंद्रजीत को दे दिया। इंद्रजीत पोस्टमॉर्टम रिपोर्ट को पढ़ने लगा

"उम्र.... 26... आँखों का रंग... भूरा... बाल... काले.... शरीर... बनावट... दुबली पतली... रंग... गोरा ..."

वो उसके हर एक अंग से वाकिफ था और उसकी हर एक छोटी से छोटी बारीकी से भी। उसे यह सब पढ़ने की जरूरत नहीं थी। जब उसने आगे पढ़ा कि हर्षा को कितनी बेरहमी से मारा गया तो उसकी पकड़ उस रिपोर्ट पर कस गई और वो आगे पढ़ने लगा

"हर्षा के दिल से लेकर निचले पेट तक 72 बार वार किया गया था।"

नचिकेता उसे मारने के लिए ही आया था।

"उसकी कलाई और हाथ को हड्डी टूटी हुई थी। सिर पर काफी गंभीर चोटें थी। कुछ और भी फ्रैक्चर थे। मरने से पहले हाथापाई के भी सबूत पर गई थे। इस के अलावा उसके शरीर की अंदरूनी अंग पूरी तरह से खराब हो चूके थे... जो किसी भी तरह से ठीक नहीं किया जा सकता और उसे बचाया नहीं जा सकता था।"

इंद्रजीत की आंखें भर आई। हर्षा को उसके साथ होने की कीमत चुकानी पड़ी थी और इतनी बेरहम कीमत चुकाई... इंद्रजीत का खून खौल उठा। उसने थोड़ा हिचकिचाते हुए आखिरी पन्ना देखा। डॉक्टर कौशल और हाश्मी भी घबराए हुए थे। उस पन्ने को देखकर इंद्रजीत हंसने लगा और धीरे धीरे उसकी हँसी ऐसी हो गई मानो वो गहरे दर्द में हैं। बहुत दर्द में। वो बोला

"तो यह सच था...."

"तुम.. तुम्हें पता था?"

हाश्मी ने हैरान हो कर इंद्रजीत से पूछा पर ऐसा लग रहा था कि वो उसकी कुछ सुन ही नही रहा। वो आगे बोला

"सच में! मैं बेवकूफ था... सब कुछ मेरे सामने हो रहा था... कैसे उसने वो बाराती डांस करने से मना किया... शराब लेने से मना किया... ज्यादा उछल कूद करने से मना किया... सब कुछ उसके सामान्य व्यवहार के विपरीत था... मैं समझ क्यों नहीं पाया कि वह मुझे... मुझे सबसे बड़ी खुशी देने वाली थी... हमारे प्यार की निशानी.... एक नन्ही जान जो अभी तक अपने स्वरूप में भी नहीं आयी थी... वो उसके पेट में पल रही थी..."

उसकी आवाज अब उखड़ने लगी और वह फिर एक घातक हँसी हंसते हुए आसमान की ओर देखकर बोला

"क्या तुम यही चाहते थे कि ये खबर मुझे मिले और मैं पूरी तरह से टूट जाऊं।"

ये बोलकर उसने चीखते हुए गुस्से में दीवार पर मुक्के मारने शुरू कर दिए

"ये... क्यों... क्यों... क्यों.... मेरे साथ ऐसा क्यों किया आपने? अगर मुझसे कोई परेशानी थी तो मुझसे बदला निकालना चाहिए था... उसकी क्या गलती थी... हर्षा की क्या गलती थी... उस नन्ही जान की क्या गलती थी जिसने तो अभी इस दुनिया को देखा भी नहीं था... उसका तो इस दुनिया में हो रहे अपराधों से कोई लेना देना भी नहीं था... फिर क्यों....?"

उसकी दयनीय और दर्द भरी पुकार सुन कर वहाँ सुरक्षा कर रहे कर्मचारी की भी आंखें भर आईं। उसका नाम दीनानाथ था पर बहुत से

लोग उसे भीना कहते थे। वो थोड़ा थोड़ा बुजुर्ग था। वो इतने दिनों से इंद्रजीत को देख रहा था और उसे पूरा यकीन था कि इंद्रजीत अपनी पत्नी की हत्या नहीं कर सकता मगर उसको यकीन होने से क्या होता है। वो कुछ नहीं कर सकता। हाश्मी और डॉक्टर कौशल के जाने के बाद इंद्रजीत को वापस अपने कमरे में बंद कर दिया गया।

*****

शाम को जब उसे खाने खाने के लिए बाहर निकाला गया तो आसपास के कैदी उसके बारे में हंसते हुए बात कर रहे थे।

"तुम्हें पता है इसने अपनी पत्नी को मारा..."

"आखिर डॉन है ये!"

"हां। वैसे इनके इस रवैये के लिए तो सभी को इनका सम्मान करना चाहिए।"

"तालियां बजाओ सब!"

"हां भाई! और पता है इस ने अपनी पत्नी को ऐसे मारा है कि दुश्मन की भी रूह कांप जाए। क्या तुम्हें उसके साथ मज़ा नहीं आया था?"

एक कैदी ने गरिमा की सीमा लांगते हुए बड़े गंदे ढंग से ये बात कही। वो यहीं नहीं रुका। उसने आगे कहा

"ऐसा था तो उसे छोड़ देते... कोई और ले लेता जो तुम्हे पसंद आ रही थी वो जरुर सुंदर तो होगी ही।"

ये सब सुन कर इंद्रजीत का पारा सातवें आसमान पर चढ़ गया। वो वैसे ही दुखी था। ऊपर से वो अपने दुख, पीड़ा, क्रोध और ग्लानि को निकालने का कोई रास्ता ढूंढ रहा था और यह बेवकूफ़ कैदी उसका गुस्सा झेलने के लिए अपने आप ही आगे आ गए थे। इंद्रजीत ने उन्हें बुरी तरह से मारना शुरू किया। वो अपने मनोभावों को एक साथ निकाल देना चाहता था। अपनी भड़ास निकाल देना चाहता था। कुछ ही देर में वहां पुलिस आ गई। उस समय इंद्रजीत को पुलिस ने बुरी तरह से मारा मगर उस के चेहरे पर एक बार भी शिकन तक नहीं। उसके चेहरे के भाव ऐसा थे मानो उस से कोई दर्द ही नहीं हो रहा हो। पुलिस ने बाकी सब कैदियों को भी चेतावनी दी कि वो इंद्रजीत से पंगा ना लिया करें। जिन कैदियों ने पहले इंद्रजीत से मार खायी थी, उन्होंने तो कसम खा ली थी कि वो

इंद्रजीत के शरीर तो क्या उसकी परछाईं के आसपास भी नहीं जाएंगे।

*****

उधर कुछ समय और बीत गया। सभी में इंद्रजीत का खौफ था। एक दिन इंद्रजीत से मिलने कोई और आया। इंद्रजीत मिलने वाली जगह पर पहुंचा तो वहां एक अपरिचित व्यक्ति वहाँ खड़ा था। उसकी उम्र इंद्रजीत जितनी ही थी। इंद्रजीत उसे भावहीन चेहरे से देख रहा था। उस शख्स ने मास्क लगा रखा था और अभी तक नहीं हटाया था। वो बोला

"मैं तुम्हें कुछ दिखाना चाहता हूँ...."

ये कह कर उसने अपना टैबलेट आगे किया और जेल की दीवार के सामने इस तरह से रखा कि इंद्रजीत उसे देख सकें। इंद्रजीत को पहले समझ नहीं आया कि वह शख्स क्या दिखाना चाहता हैं। थोड़ी देर में उसे हर्षा की दयनीय दर्द भरी चीख सुनाई दी।

"... दूर रहो मुझ से.... एक.... ऐसा मत करो.... इंद्रजीत खुशी का हकदार है... और उसे खुश रहने का... हक है... जो कुछ किया उससे मैं... वो पूरी तरह से सही नहीं था... मगर वो गलत नहीं था... वो गलत नहीं था.... ऐसा मत करो... उसे कुछ खुशी से जीने दो... उसे इस बच्चे के बारे में..."

ये सुनते ही इंद्रजीत की पकड़ जेल के जालियों पर कस ने लगी जब तक कि उस की मुठियां सफेद नहीं हो गई है! इसमें पूरी घटना की रिकॉर्डिंग थी सिवाय उस हिस्से के जिसमें वो उसे संबोधित कर रही थी और बचने की कोशिश कर रही थी। ये उसके बाद से रिकॉर्डिंग थी जब नचिकेता को हर्षा के गर्भवती होने का पता चला।

"... तुम जो कर रहे हो सही नहीं है.... अगर इंद्रजीत को..."

तब इंद्रजीत की नजर हर्षा की स्थिति पर गयी। वो अपने पेट को सम्भालते हुए पीछे हटने की कोशिश कर रही थी। उसके सामने कोई खड़ा है जिसने हाथों में दस्ताने पहने हुए हैं। उसके हाथ में वही चाकू था जो इंद्रजीत के खिलाफ़ सबूत बनाया गया था। अब इंद्रजीत को याद आया कि यह वही चाकू था जिसे उसने रात को धोने के बाद बिना पोंछे ही रख दिया था। यानी उसकी उंगलियों के निशान पहले से ही चाकू पर हैं। हर्षा बचकर भागने की कोशिश कर रही थी तो उस शख्स ने एक जोरदार

प्रहार किया जिससे हर्षा का सिर वहाँ की मेज़ से जा लगा। इंद्रजीत जोर से चिल्लाया

"नहीं!!!"

मानो ये सब अभी उसके सामने हो रहा हो। कुछ ही देर में उसने देखा कि उस शख्स ने हर्षा के बालों को कस कर पकड़ लिया है। उसके लंबे बाल खुल गए और साफ़ दिख रहा था कि उसे दर्द हो रहा था। वो शख़्स बिना उस पर कोई ध्यान दिए गुस्से में बोला

"तुम्हे उसका साथ निभाने का शौक था ना तो जाओ निभाओ... मैं इधर अपनों का ही साथ निभाऊंगा।"

ये कह कर उसने हर्षा के हाथ को पकड़ा और मरोड़ दिया। हर्षा तड़प उठी। इंद्रजीत की भी भुजाएं फड़कने लगी। उसे बहुत गुस्सा आ रहा था। उसकी आँखें अंगारे बरसा रही थी। मगर वो इस बात से अंजान था कि जो शख्स अभी अभी आया था वो नचिकेता ही था और वो इंद्रजीत के चेहरे पर आते हुए भावों को देखकर बड़ा ही खुश हो रहा था। मानों उस के दुख दर्द से नचिकेता को आराम मिल रहा हो। सुकून मिल रहा हो। तभी इंद्रजीत ने देखा कि वो कुछ कह रही है। उसने और ध्यान से देखा। हर्षा बड़ी मुश्किल से आवाज निकाल कर अपने आपको बचाने की कोशिश कर रही थी मगर जब उसे लगा कि वो खुद नहीं बच पाएगी तो उसने अपने हाथ को अपने पेट पर रखते हुए सिसककर कहा

"तुम जो.... चाहो वो.... मेरे साथ कर.... सकते हो... मारना चाहते हो.... मुझे मार दो.... बस इस बच्चे को...."

मगर इस से पहले कि वो आगे कुछ कह पाती, उस शख्स ने बड़ी ही बेरहमी से लगातार बिना रुके उसके पेट पर चाकू से हमला किया। इंद्रजीत ये देखकर तड़प उठा। उसका दिल तो मानों जम सा गया था। वहीं उसका खून धधकते अंगारों जैसे गर्म हो उबल रहा था। वो जोर जोर से चीखते हुए बोला

"आह!!!! खोलो मुझे!!! कौन है ये?"

तब उसे कुछ और सुनाई दिया। उसने देखा कि हर्षा की सांसे धीरे धीरे गायब हो रही थी और उसने आखिरी वक्त में भी मरते हुए भी यही कहा था

"मैं तुम... से बहुत... बहुत... प्यार करती हूँ... इन्द्र!!!"

बस इस आखिरी पुकार जो सामान्य से ज्यादा तड़प से भरी हुई थी के बाद उसका दम टूट गया था। इंद्रजीत ने के गुस्से के साथ उस टैबलेट को दूर उठाकर फेंका। उसकी आंखें लाल हो गई। उसने अपनी मुट्ठियां इतनी कस के भींची कि हड्डियां चटखने तक की आवाज़ आने लगी। फिर उसने अपने सामने खड़े शख्स को देखा और उसका कॉलर पकड़ते हुए उससे लगभग चीखते हुए पूछा

"कौन। हो। तुम???"

गुस्से के कारण उसकी आवाज लड़खड़ा रही थी। नचिकेता ने उदासीन भाव से मुस्करा कर इंद्रजीत को देखा और फिर हंसते हुए बोला

"सच में जानना चाहते हो... हूं? इंद्रजीत?"

फिर वो उसके करीब आया और बोला

"तो चलो मैं तुम्हें बताता हूँ... मैं ही हूँ नचिकेता!"

ये सुनना था कि इंद्रजीत ने कोई रहम नहीं दिखाया और गुस्सा में जोर से चीखते हुए उसने नचिकेता के शरीर को ज़ोर से दीवार पर दे मारा। उसने भयानक आवाज़ में पूछा

"क्यूँ?? तुम ने उसके साथ ऐसा किया क्यों किया??"

नचिकेता बिना कोई भावनाएँ लिए बोला

"मैं तुम्हें इस तरह..."

उसने उसकी हालत की तरफ इशारा करते हुए आगे कहा

"... इस तरह... तड़पता हुआ देखना चाहता था... तुझको... ऐसी हालत में देख दिल को जो ठंडक मिल रही है उसका तुम्हें कोई अंदाजा ही नहीं है... मैं आज तुम्हें बता ही देता हूँ कि ये सब कैसे शुरू हुआ। तुम्हें याद है 15 साल पहले का वो हादसा...."

उसने इंद्रजीत के बरसों पुराने जख्म हरे करते हुए कहा

"वो हादसा इसलिए हुआ था क्योंकि तुम्हारे पिता ने मेरे पिता को धोखा दिया था... उन्होंने उन लोगों को बता दिया था कि हम लोग उनका पैसा हड़पने वाले हैं... इससे हमारा बहुत नुकसान हुआ था... और इसलिए का बदला लेने के लिए मेरे परिवारवालों ने तुम्हारे परिवार की हत्या कर दी मगर अफसोस तुम बच गए।"

सही मायने में यहां नचिकेता और उसका परिवार गलत था। किसी पैसे के नुकसान के लिए उन्होंने एक परिवार को तबाह कर दिया। वो ऐसे बोल रहा था जैसे पीड़ित वो है। वो आगे बोला

"अपने बदले की आग में तुमने कुछ भी नहीं देखा। ये भी नहीं कि तुम्हारे पिता ने क्या किया था और न ही ये कि तुम क्या कर रहे हो। उस बदले की आग में तुम ने मेरे परिवार के 12 जनों को मारा था। कुछ याद आया..."

इंद्रजीत उसे उदासीन भाव से देख रहा था। अब उसे याद आ गया कि नचिकेता कौन है। दरअसल उसे भी काफी वक्त बाद पता चला था कि उसके पिता का उन के परिवार की हत्या में थोड़ा बहुत योगदान रहा था। उन्होंने एक शख्स को धोखा दिया था और वो शख्स कोई मामूली इंसान नहीं बल्कि शहर का एक गैंगस्टर था हालांकि उसके पिता ने सच में धोखा नहीं दिया था उन्होंने बस काम करने से मना कर दिया था और उस गैंगस्टर को लगा कि वो धोखेबाज़ है। इसलिए उसने उन के पूरे परिवार की हत्या करवा दी मगर इंद्रजीत ये सब जानने के बाद वो काफी परेशान हो गया था। इसी वजह से उसने उसके परिवार के 12 लोगों की हत्या कर दी है। नचिकेता आगे बोला

"मैं तुम पर हर समय नजर रखता... तुम्हें अकेले देखकर, तुम्हारी तकलीफ को देखकर मुझे काफ़ी सुकून मिलता कि मेरे अलावा भी कोई है जो अकेलेपन से जूझ रहा है..."

उसने एक कड़वी मुस्कान के साथ कहा

"फिर एक दिन में हर्षा तुम्हारी जिंदगी में आयी। मैं नहीं जानता कि वो कौन थी... मगर उसमें कुछ बात थी। वो मेरी असली कहानी जान कर मुझ तक पहुँच गई... और पता है उसने क्या किया..."

उसने ना में सिर हिलाया और बोला

"उसने मुझे चेतावनी दी कि मैं तुम्हारे करीब ना जाऊं... बेवकूफ लड़की! जब खुद के पास सुरक्षा नहीं थी तब वो तुम्हारी रक्षक बनी हुई थी... उसने तुम्हारे जीवन में फिर से खुशियों के रंग भरें और यह मैं सहन नहीं कर सकता था... इसलिए मैंने उसे तुमसे अपने प्यार का इजहार करने से पहले उठवा लिया..."

इंद्रजीत के चेहरे की हैरानी देखकर वो बोला

"हाँ!! वो मैं ही था जिसने उसकी उसकी हड्डिया तुड़वाई और उसकी बुरी हालत करवाई मगर उसकी किस्मत बड़ी अच्छी थी। बच गयी साली.... जब मुझे पता चला कि तुम ने शादी कर ली है और एक ऐसी जगह पर जा रहे हों जहाँ तुम्हारी सुरक्षा बिल्कुल भी नहीं है तो मुझे अच्छा मौका मिला... अपनी दुश्मनी खत्म करने का.... और मैंने तुम्हें इस तरह से बहलाया कि तुम घर से निकल गए... तुम्हारी पत्नी ने मुझसे मुकाबला करने की कोशिश की मगर बेवकूफ कुछ कर नहीं पाई... मुझे पता चला है कि वो माँ बनने वाली है... मुझे अहसास हुआ कि...."

वो पागलों की तरह हंसते हुए बोला

"इससे तो तुम्हे और खुशी होगी और उनके मरने पर मुझे... मैं इसी सोच में था कि तुम्हारी क्या हालत होगी जब तुम अपने परिवार के दो बेहद करीबी सदस्यों को खो दोगे। इसलिए मैं बहुत खुश हुआ और मैंने उसे वैसे ही अपने परिवार का बदला लेने के लिए मार दिया!!"

ये कह कर वो खिलखिला कर हंसने लगा मगर वो फिर एकदम से उसके करीब आया और किसी सनकी की तरह इंद्रजीत को देखने लगा। इंद्रजीत ने एक झटके से उसे सलाखों के चिपका कर पकड़ लिया। पर नचिकेता हंसते हुए बोला

"मुझे संतुष्टि मिल रही है तुम्हें ऐसे देख कर... तुम उसे बचाने के लिए कुछ नहीं कर पाए थे और अभी भी तुम यहां से निकल नही पाओगे। तुम्हें जिंदगीभर यहीं तड़पना होगा और मैं तुम्हारी हर्षा का असली कातिल बाहर आजादी से घूमूंगा। मैंने तुम्हारे खिलाफ़ ऐसा जाल बुना है कि तुम इससे बाहर नहीं आ पाओगे।"

ये बोल उसने अपने हाथ फैलाएं और एक झटके से खुद को उससे दूर किया फिर वो गंभीरता से बोला

"अब तुम्हें पता चलेगा कि अपनी जिंदगी को अपनी आँखों के सामने खत्म होते देखना कैसा होता है। पता है मैं शायद उसे पूरी तरह नहीं मारता मगर उसने अपने बच्चे को बचाने लिए मुझसे मिन्नत की थी। और फिर तो मुझे उस पर दया आ गई। मैंने उसे तड़पने का मौका ही नही दिया। वार पर वार करते हुए मैंने उसे ख़त्म किया था।"

इंद्रजीत चिल्लाया मगर वो कुछ भी नहीं कर सकता था। नचिकेता मुस्कुराया और वहाँ से चुपचाप निकल गया। उसके जाने के थोड़ी देर बाद हाश्मी वहां आया। इंद्रजीत से तुरंत उसे नचिकेता का पीछा करने का कहा मगर तब तक वो वहाँ से गायब हो चुका था। इंद्रजीत बस गुस्से और ग्लानि के सागर में अकेला डूबता रह गया।

*****

आखिरकार अदालत ने इंद्रजीत को उम्रकैद की सजा सुनाई क्योंकि उसने जानते बूझते अपनी पत्नी की हत्या की थी। हाश्मी और बेहतरीन वकील भी अपने दलीलों से फैसला नहीं बदल पाए। उधर जेल में कैदियों की बहुत संख्या थी जो उससे मार खा चूके थे। अब किसी में हिम्मत नहीं तो उस से लड़ने की। वो अकेले बैठा हुआ था कि एक दिन वहां का एक सुरक्षाकर्मी दीनानाथ या कहें भीना जो उसके बारे में सकारात्मक विचार रखता है है वहां आया और उससे बोला

"दरअसल वो तुम्हारी जो भाभी है वो ये देकर गई थी।"

उसने इंद्रजीत को एक पैकेट पकड़ाया। उसने एक गहरी सांस ली और बोला

"वैसे तुम्हें कुछ भी देना नियमों के विरुद्ध है मगर फिर भी मैं तुम्हें दे रहा हूँ मुझे यकीन है कि तुम ने अपनी पत्नी को नहीं मारा है। तुम्हें फंसाया गया है!"

इंद्रजीत एक फीकी हँसी हंसते हुए बोला

"क्या फायदा?? मैं उसको तो बचा नहीं पाया।"

दीनानाथ को दुख तो बहुत हो रहा था पर वो कुछ कर नही सकता था। वो सुरक्षाकर्मी वहां से चला गया तो इंद्रजीत ने एक गहरी सांस ली और उस पैकेट को खोला तो उसने देखा उसमें एक सुंदर सी डायरी रखी हुई थी। उसने उसे संभालकर खोला और उसकी लिखावट को देख उसकी आँखों में पानी आ गया। उसने खुद को संयमित किया और उसका पहला पन्ना खोलकर पढ़ने लगा। हर्षा ने डायरी में आश्चर्यजनक रूप से अच्छी लिखावट लिखी थी। उसने डायरी को संबोधित करते हुए लिखा था

"डायरी... ये मैं तुम्हें इसलिए बता रही हूँ क्योंकि मैं जानती हूँ कहीं और इस बात ज़िक्र नहीं कर सकती। मम्मी पापा को गए पूरे 6 साल हो

गए है। अगर इंद्रजीत को इस बारे में पता चलेगा तो वो बहुत दुःखी हो जाएगा। हो सकता है उसे वो सब याद भी ना हो कि उस समय क्या हुआ था।"

हर्षा ने आगे लिखा

"दरअसल इंद्रजीत और एक दूसरे गैंगस्टर की मुठभेड़ के दौरान ही इंद्रजीत की गोली से मेरे माता पिता की मौत हुई थी।"

ये पढ़ते ही इंद्रजीत को गहरा सदमा लगा। वो बाकी सबसे दूर एक पेड़ के नीचे बैठा और डायरी को पढ़ने लगा। उसे यह बात सुन कर बहुत गहरा सदमा लगा था। हर्षा ने आगे लिखा था

"मैं हमेशा से जानती थी कि इंद्रजीत ही वो वजह है जिस वजह से मेरे परिवार की मौत हुई है... मेरे माता पिता मुझसे हमेशा हमेशा के लिए दूर हो गए... जब मैं सब छोड़कर अपने गांव पहुंची... मेरे दादा दादी इस खबर को सुन कर सदमे में चले गए थे.. इसी वजह से वो अपना मन हल्का करने के लिए मेरे साथ बच्चों की तरह खेल खेला करते.... और मैं... अपना गम छुपाने के लिए बचकानी हरकतें कर दिया करती। मेरे माँ बाप मेरे साथ ही बाहर गए थे। 18 की थी मैं... जब इंद्रजीत ने उत्तेजना में मेरी ही आंखों के सामने उन्हें गोली मार दी थी। मैं बस सदमें से उन्हें मरते देख सकती थी। उन्हें हॉस्पिटल भी ले जाया गया पर उन्होंने दम तोड़ दिया। मैं टूट गई थी पर मैं मेरे माँ बाप के हत्यारे का चेहरा नहीं भूल सकती थी... इंद्रजीत भारद्वाज। मैंने कसम खाई थी कि मैं उससे बदला लेकर रहूंगी।

मगर शायद मेरी किस्मत कुछ और ही कह रही थी। जब एक दिन मैं किसी काम से लौट रही थी तब मैंने एक कार को पलटे देखा। मैं उत्सुकता से वहां गई... पर वहां मैंने किसी ऐसे को देखा जिसे मैं कभी नहीं देखना चाहती थी। मैं ठहर गई थी... मुझे समझ नहीं आया मुझे क्या करना चाहिए... मैं शायद.... मैं चाहती तो इंद्रजीत से बदला ले सकती थी मगर उसकी आँखों में मैंने कुछ देखा.... मैंने एक अजीब से अहसास को देखा.... ऐसा लगा मानो वो इंतज़ार कर रहा हो कि कोई आए और उसे मार दें ताकि वो किसी तरह अपने इस दुखी जीवन का अंत कर सके... मैं नहीं जानती फिर मुझे क्या हुआ मगर उस दिन मुझे समझ

आया कि सिर्फ मैं ही नहीं हूँ जो दुख में जी रही है... और... मैंने खुद से वादा किया... कसम खाई कि मैं उसे खुश कर के रहूंगी... भले ही उसके लिए मुझे कुछ भी क्यों न करना पड़े..."

इंद्रजीत ने एक पन्ना पलटा जिसमें उसने बताया था कि कैसे उसके साथी की मौत हुई। उसके पिता लेखाकार कार्यालय में काम करते थे। इसलिए उसके लिए जानकारी निकालना कोई बड़ी बात नहीं थी... मगर उसने अभी भी अपने स्रोत का नाम कहीं नहीं लिखा था। क्योंकि वाकई कोई तो और था जो उसकी मदद कर रहा था। इंद्रजीत ने उस डायरी के पन्ने यह जानने के लिए गिने कि उसमें कितने पन्ने थे। उसने हर दिन दो या तीन पन्ने पढ़ने का तय किया ताकि हर्षा के जन्मदिन तक पहुँचते पहुंचते डायरी को पूरा पढ़ सकें।

और बस इस तरह से यही उसका एक नया काम बन गया। हर दिन वो जेल में उठता, जो भी काम उसे बताया जाता है वो करता, बिना किसी से बहस के। फिर खाली होने पर उस डायरी को लेकर बैठ जाता और उसको पढ़ता रहता। उसी से उसे पता चला कि हर्षा को उसने अपने जीवन की त्रासदी के बारे में उसको आराम करने के दौरान बताया था। उसके साथ जो कुछ हुआ... या उसके इस सबके लिए क्या विचार थे, वो हर एक चीज उसे बताने लगा था। हर्षा को जब मिहिका के बारे में पता चला तो वो हर सीमा तक गई और मिहिका को ढूंढ कर उसे इंद्रजीत की स्थिति का बताया मगर मिहिका ठीक नहीं थी इसलिए वो लौट आई थी। उसी दौरान हर्षा को नचिकेता के बारे में पता चला तो उसने निजी तौर पर अपनी खोज शुरू की। जब वो घर लौटी तो उसे पता चला उसके दादा दादी को एक अजीब सी बिमारी हुई है। वैसे तो वो एक मौसमी बिमारी थी मगर चूंकि वो पहले सदमे में रहे थे इसलिए वो लोग उस बिमारी से चल बसे। पर बाद में पता चला कि उसके चाचा ताऊओं ने लालच के चलते हर्षा की लापरवाही का फायदा उठाया और उन्हें मार दिया था।

"...अब मेरे पास अपना कहने को कोई भी नहीं था.... मुझे आगे बढ़ना होगा...."

इंद्रजीत ने आगे पन्ने पलटे। हर्षा ने डायरी में अपने हर एक दिन का बहुत बारीकी से वर्णन किया हुआ था। खास कर कि कैसे वो उससे पहली

बार मिली... फिर उसे बचा कर लाई और वहाँ उस छोटे से अस्पताल में भर्ती कराया। यह जानते हुए भी कि वह कौन है उसने कोई ऐसी कोशिश नहीं की थी जिससे उसके साथियों तक पहुँच सकें।

"सच कहूँ तो मेरा मन कर रहा था कि.... मैं किसी दिन मौका देखकर इंद्रजीत को चाकू मार कर उसे ख़त्म कर दूं.... मुझे बार-बार मेरे माता पिता का खून से लथपथ शरीर नजर आता था और मैं कई कई रातों तक चैन से सो नहीं पाते थी.... जब मैंने अपने माता पिता के हत्यारे को अपने सामने देखा तो... मैंने भी ये निश्चय कर लिया था कि.... मैं उसे पहले इस हादसे से बचा लूंगी ताकि मैं फिर उसे अपनी मर्जी के अनुसार मार सकूँ... और किया भी यही था.. मगर जैसा सोचा था वैसा हुआ नहीं। वो होश में आ चुका था मगर उसे अम्नेशिया हुआ था... जिसकी वजह से वो सब बातें भूल गया था... क्यों भगवान? क्या कोई खेल चल रहा था? जब मैं उस से बदला लेने की कोशिश करने वाली थी भगवान ने उसकी यादों में हो ही मिटा दिया... जो उसे कभी पता ही नहीं चलता कि मुझे किस बात की सजा मिल रही है... मुझे इस बात से फर्क नहीं पड़ता था कि मेरे साथ क्या होने वाला है... मुझे बस उस से बदला लेना था.... रात के समय जब सब सो गए थे तो मैं वहाँ अंदर आ गई.... सब लोग मुझे जानते थे इसलिए किसी ने मुझे रोका नहीं... यहाँ तक कि चौकीदार भी इस बात से अनजान था कि मैं क्या मकसद लेकर अंदर आई हूं.... सब को यही लग रहा था की मैं इंद्रजीत के प्रति बहुत संवेदनशील हूँ.... मैं उसके हर जानकारी रखती हूँ... मैंने अपने आपको मजबूत किया है और उस को मारने के लिए आगे बढ़ी है... मैं जैसे ही उसके करीब पहुँची... मैं जड़ सी हो गयी... मुझे समझ नहीं आया कि मैं उसे क्यों नहीं मार पा रही हूँ.... क्या यह वजह है कि वो मेरे जैसा है और मैं उसके बारे में सब कुछ जानना चाहती थी? मुझे उसके बारे में थोड़ा अलग ख्याल आ रहे हैं... ऐसा नहीं था कि मैं उसे मारना नहीं चाहती थी पर मैं चाहती थी कि पहले उसे याद आए कि उसे किस बात की सजा मिल रही है और फिर मैं उसे मारू.... मगर जब मैं वहाँ पहुंची तो मैंने देखा उसका पूरा शरीर पसीने से भीगा हुआ था... वो बार-बार अपना सिर हिला रहा था... शायद कोई बहुत बुरा सपना देख रहा था.... वो बार-बार किसी को बचाने की गुहार लगा

रहा था... मेरा हाथ उस से कुछ ही दूरी पर था... अचानक उसने एक दम से मेरा हाथ पकड़ लिया... उसकी आंखें उनींदी थी मगर उसने जब मुझे देखा तो चेहरे पर एक सुकून सा आ गया... उसने मेरे हाथ को पकड़ कर लिया.... मगर वो ऐसे तड़प रहा था जैसे उसे कोई बड़ी तकलीफ हो.... वो बोला... प्लीज़ कहीं मत जाना... वो एक बड़ी ही दयनीय और कमजोर आवाज में बोला था... जब मैंने सहमति में सिर हिलाया तो उसने एक गहरी सांस छोड़ी... कुछ देर में ही वो बड़े सुकून की नींद सो गया... उस रात मैं असमंजस में वहीं बैठी रही... अगले दिन जब मैंने उस से इस बारे में पूछा तो उसने मुझे उसके परिवार के साथ हुए हादसे के बारे में बताया... उसे एक एक चीज़ याद थी कि कैसे वह घर के पीछे दरवाजे से घुसा था... और कैसे उसने अपने परिवार के सदस्यों की लाश देखी और कैसे वह अपनी बहन की लाश देखने से पहले ही डर गया था... और कैसे उसने अपने परिवार के हत्यारों में से एक को भरे बाज़ार पत्थर से कुचल कर मार दिया था... उसकी आपबीती सुनकर ना जानें क्यों मेरी आँखें भर आई... मैं उसके लिए दुखी हुई... उसके लिए जिसने मेरे माता पिता को मुझसे छीन लिया.... मैं अपने आपको समझाती रहती कि यह सिर्फ उसके प्रति मेरी संवेदनाएं हैं और सहानुभूति है जिस वजह से मैं उसे नहीं मार पा रही हूँ... धीरे धीरे मैं उसकी बातें हर रोज़ सुनने जाया करती जब वो मुझे बताता कि कैसे वो गैंगस्टर बना और क्यों उस ने यही रास्ता चुना। मैं उसकी बातों में मेरे धीरे खोती जा रही हूं... एक दिन जब मैंने उसकी तबियत बिगड़ती देखी तो मैं घबरा गई... उसके लिए मैंने एक अजीब भाव को महसूस किया... उस समय मुझे अहसास हुआ कि मैं शायद अपने बदला लेने के भाव से निकल कर किसी और भाव में प्रवेश कर चूके हूं... ये बिलकुल भी अच्छा नहीं था... मुझे उस शख्स से बदला लेना था ना कि उस से प्यार करना था...."

ये पढ़कर इंद्रजीत की भौंहे करीब हो गई। उसे आश्चर्य हुआ। वो बुदबुदाते हुए बोला

"हर्षा मुझसे तब से प्यार करती थी...."

पहले उसे सिर्फ इस बात का अंदेशा था मगर अब उसे ये सब जानकर यकीन ही नहीं हो रहा था कि वो क्या करे। उसने अपना सिर पकड़ लिया

और पेड़ से टेक लगाकर अपनी आंखें बंद कर ली। फिर उसने नीचे नजरें कर कहा

"ये बहुत बुरा मजाक था... सच में बहुत बुरा मजाक!!"

इस के बाद उसने आगे पढ़ना जारी रखा।

"... मैं अनजाने में ही उसका ख्याल रखने लगी... वो मेरे साथ काफ़ी सहज हो गया था... तो मैं धीरे धीरे अपने आपको उसके प्रति खींचता हुआ महसूस करती... उससे आकर्षित महसूस कर रही थी... और मुझे नहीं पता कि ऐसा कब तक चलेगा... पर जब एक दिन इंद्रजीत ने मुझे मिहिका के बारे में बताया... तो ऐसा लगा जैसे मेरे दिल के अंदर कुछ टूट गया हो और मेरे सारे बदले की भावना तीव्र गति से वापस आने लगी... मुझे यकीन नहीं हो रहा है कि मैंने इंद्रजीत को इस तरह से अपने दिल में प्रवेश दे दिया जबकि उसके दिल में पहले से ही कोई और है... खैर मैंने अपने तरीके से मिहिका का पता लगवाया... तो मालूम चला कि वो एकांतवाली जगह पर सुरक्षा के बीच थी मगर मेरे लिए उसे ढूंढना ज्यादा मुश्किल नहीं था... मैं जानती थी ये मेरे लिए काफी मुश्किल होने वाला है मगर इंद्रजीत के लिए किसी ऐसे की जरूरत थी जो उसको ठीक करने में मदद कर सके.... शायद वो मैं नहीं थी... आज मैं इंद्रजीत से कह कर मिहिका से मिलने गई... मिहिका से मिली तो मुझे अपने आप पर शर्म सी आने लगी। वो इंद्रजीत के प्यार में इतनी बीमार हो चुकी थी कि उस के हादसे वाली खबर सुनी तो वो उसकी मौत के डर से जीने की उम्मीद छोड़ चुकी थी... मैं वहाँ गयी... पहले मेरा मन था कि मैं उसे निराश कर दूं कि वो और इंद्रजीत कभी एक नहीं हो सकते... वैसे भी वो पहले ही बीमार थी... मैं उससे कहना चाहती थी कि उसकी और इंद्रजीत की दुनिया एक नहीं है... उनका कोई मेल नहीं है.... मैं नहीं चाहती थी कि वो दोनों भविष्य में कभी मिलें... पर ये जानते बूझते हुए कि मेरी और मिहिका की भावनाएं आपस में टकरा रही है... मैंने वो किया जो मैं आमतौर पर किया करती हूं... मैंने उसे समझाया कि उसे इस सबसे बाहर आना होगा... अगर कल को इंद्रजीत उस के पास वापस लौटता है तो मिहिका को ऐसे देख वो परेशान होगा.. उसे उसके लिए ठीक रहना होगा... वो भी उसकी ही बातें करता है... और वो मेरी बातें मान भी गई

थी... वो बातें काफी समझदार लड़की थी... इसलिए मैंने उसे मेरे हाथ से बनाया हुआ किचेन दिया... ये शुभकामनाओ का प्रतीक होता है और इसे मैंने खुद बनाया था... जब मेरे माता पिता की मौत हो गई थी तब हर कोई मेरे पास आकर मेरे परिवार की संपत्ति हड़पना चाहता था... अगर वह सच में मेरी फिक्र करते तो मुझे संभालते... मैंने अपने आपको समझाया था... मेरे दादा दादी इंद्रजीत के बारे में जान गए थे... वो इस बात से बिल्कुल भी खुश नहीं थे... यह देखने के बाद कि उनकी पोती को क्या कुछ सहना पड़ा था... उन्होंने मुझे बचाने की कोशिश की तो वो लोगों के हाथों की कठपुतली बन कर रह गए...वो मेरे लिए ही जी रहे थे और मैं... मैं उनके करीब नहीं थी... उन्होंने मुझे अपनी विरासत का कुछ करने का कहा... मैंने बिना समय गंवाए वैसा ही किया भी था... मुझे हादसे को लेकर कुछ और बातें पता चली... अपने सभी नेटवर्क्स के जरिए बातों का पता लगाने की कोशिश की... पर जब मैं ये सब कर रही थी मेरे परिवार में कुछ और हो रहा था... मैं इन सब में खोई हुई थी कि मुझे दादीजी दादाजी की मौत का पता चला... मैं टूट गई थी... और जब उनकी हत्या का पता चला तो बस खुद को हारा हुआ महसूस कर रही थी... मैं चाहती तो नहीं थी मगर मैं इंद्रजीत को ही इस सबके लिए दोष दे रही थी... उनकी मौत कहने को प्राकृतिक थी मगर मैं इस बारे में पता नहीं लगा पाई क्योंकि मेरी ज़िंदगी में इंद्रजीत आ गया था... ना वो मेरी ज़िंदगी में वापस आता ना मेरे परिवार के अन्य लोग मुझे छोड़ कर जाते... मेरा घर मुझे खाने को दौड़ता... ऐसा लगता था कि वहां का हर हिस्सा मुझे कोस रहा होता था... बस कोई सुकून का लम्हा होता तो वो तब होता जब आम के पेड़ पर लगे झूले पर झूल रही होती थी... मैं वहीं से अपने घर को देखती तो मुझे मेरे परिवार के सदस्य दिखाई देने लगते थे मगर फिर आभास होता कि वो तो बस एक छलावा था... मैं घटों रोती क्योंकि जो हुआ उसमें इंद्रजीत का कोई दोष नहीं था... मैं केवल अपनी बुरी किस्मत को ही कोस सकती थी... मैं जानती थी जो लोग चले गए वो लोग वापस नहीं आ सकते थे... मेरा दिल बेबस लाचार जानवर की तरह इंद्रजीत को ही पुकार रहा था... मुझे इस बात से नफरत हो रही थी कि मैं उससे प्यार रही थी... जिसके कारण माता पिता की हत्या की हत्या हुई... मेरे दादा दादी

का मैं ध्यान नहीं रख पाई... जिस के कारण मेरे परिवारवालों में से कोई नहीं बचा... मुझे इतना सब नहीं सोचना पड़ता अगर उसको सब कुछ याद आ जाता तो... मैं उससे बदला ले सकती थी... कई बार कल्पना की कि मैंने उसे मार दिया है... मगर फिर मेरे हाथ कांप उठते... मैं उसे कैसे कुछ कर सकती थी... वो मेरा प्यार था... मेरा पागलपन मुझे सोने नहीं देता था... मेरे परिवार के लोग मुझे सपने में ऐसे देखते जैसे मैंने कुछ गलत कर दिया... और... उसकी याद में मैं तड़प उठती... मेरा मन उस तक जानें की कोशिश करने लगा... एक कशिश मुझे उसे सब बताने को को बेकरार कर रही थी... वो मिहिका को चाहता था... मेरी बात सुनकर वो ज्यादा से ज्यादा क्या करता... मेरे प्यार को अस्वीकार करता मगर मैं इस बारे में... अपनी भावनाओं के बारे में उसको बताना चाहती थी... कहना चाहती थी कि मैं उससे प्यार करती हूं.... पर मैं कुछ नहीं कर पाई और वो यहाँ से चला गया... मुझे ऐसा लग रहा था कि कोई मुझसे मेरा सब कुछ छीनकर ले गया... वो मेरा दिल अपने साथ ले गया था... मुझे लगा था कि वो इस घटना के बारे में जल्दी ही भूलने वाला है और ऐसा ही कुछ हुआ भी... मगर..."

एक घंटी बाजी तो इंद्रजीत को अहसास हुआ कि कैदियों के खाना खाने का समय हो गया था। खाना खाने के बाद सभी कैदी एक जगह इकट्ठे हुए। आज शुक्रवार है इसलिए सभी कैदियों को फ़िल्म दिखाई जानी थी और उन्हें फ़िल्म दिखाई गई "आवारा" पर इंद्रजीत इस पूरे वक्त के दौरान खोया खोया लग रहा था। तभी आवारा फिल्म का गाना आया

"तो फिर आओ... मुझको सताओ..."

इंद्रजीत अपने आपको इस गाने से जुड़ा महसूस कर रहा था। वो हर्षा के प्यार में हद से ज्यादा डूब गया है। अब तो जब उसे पता है कि हर्षा के परिवार को मौत का जिम्मेदार वो है तो, वो और भी ग्लानि से भर गया है। हालांकि वो सच में याद नहीं कर पाया कि 4 साल पहले क्या घटनाएं घटी थी। तो क्या वो हर्षा को ठीक से याद नहीं कर पाएगा? क्यों उसने उसके उस वक्त के भावों पर ज्यादा ध्यान नहीं दिया? क्यों उसने कभी उसके बारे में जानने की कोशिश नहीं की? ये समझा कि वो जो जानता है

वह काफी है? इंद्रजीत ने एक गहरी सांस ली। फ़िल्म खत्म होने के बाद सभी को वापस उन के कमरे में भेज दिया गया। इंद्रजीत के पास वाले कैदी को इस फ़िल्म को देखकर कुछ ज्यादा ही रोना आ रहा था तो वो गाना गाने लगा

"जो भेजी थी दुआ वो जाके आसमाँ से यूं टकरा गई कि आ गई लौट के सदा..."

इंद्रजीत को भी ये गाना सुनाई दिया। तो वो अपने ही विचारों में खो गया और जल्दी ही उसे झपकी आ गई। पर उसे वहां भी चैन नहीं मिला क्योंकि उसे एक बुरे सपने ने घेर लिया। जहाँ पहले उसे अपने परिवार की मौत दिखाई देती थी अब अपने परिवार की मौत के ठीक बाद उसे हर्षा का क्षत विक्षत हुआ शरीर दिखाई देता है। साथ ही उसे हर बार एक छोटे बच्चे के रोने की आवाज सुनाई देती। उसकी रातों की नींद उड़ जाती है और इसी वजह से धीरे धीरे उसे अनिद्रा की बिमारी हो रही थी।

*****

दीनानाथ उसकी गतिविधियों पर नजर रखता हुआ उसकी रक्षा करता था। पर इंद्रजीत को तो जैसे किसी और चीज से कोई मतलब ही नहीं रह गया था। उसने नुसरत या हाश्मी से मिलना या बात करना भी छोड़ दिया था। इस वजह से दोनो को उसकी बहुत फिक्र हो रही थी। वो अब खोया खोया रहने लगा था। वो अपनी अलग दुनिया में आगे बढ़ने लगा था। अब वो हर दिन थोड़ी थोड़ी जानकारी पढ़ रहा था।

“पर क्या ये इतना आसान था? बिलकुल नहीं। सबको खो देने के बाद मेरा मानसिक संतुलन बिगड़ रहा है और एक ही ख्याल आ रहा था कि मैं अपनी जिंदगी को ख़त्म कर लूँ। और मैंने इसकी कोशिश की भी! कुल आठ बार अलग अलग तरह से। कभी नस काट कर तो कभी जहर पीकर, कभी छत से कूद कर तो कभी किसी और तरीके से। मुझे जीने की कोई इच्छा नहीं बची थी वैसे भी किस के लिए जीती। परिवार मर गया था और प्यार दूर चला गया था। ये सब कम नहीं था कि मेरे लालची परिवार वालों ने मुझे 3 साल के लिए पागलखाने में डाल दिया और सारी संपत्ति हड़प ली थी...“

उसे पता चला कि हर्षा जब अपने घर वापस गई तो गांव में उसके कुछ पुराने परिवार के लोग भी इकट्ठे हुए हैं और उन्होंने बड़ी ही बेरहमी से हर्षा से उसके माता पिता की जमीन जायदाद पर दस्तखत करा लिए थे। हर्षा सोचने समझने की क्षमता में नहीं थी इसलिए उसने अपने माता पिता की संपत्ति पर हस्ताक्षर कर दिए। इंद्रजीत को पता चला है कि हर्षा के माता पिता कि वो कुछ जमीन थी जो उन्होंने खेती के लिए किराये पर दे रखी थी और इस के अलावा उन के तीन चार घर और है जिन्हें वो किराये पर देते थे। हर्षा के परिवार वालों की नजर उन घरों पर इसलिए क्योंकि वो अच्छी जगह पर थे और केवल वहाँ से वो किराये से और ज्यादा कमा सकते थे। उसने देखा कि यहां हर्षा की लिखावट थोड़ी बिगड़ रही थी। उसे ये सब जानकर अच्छा नही लग रहा था कि हर्षा ने क्या कुछ नहीं झेला है। उसने एक पन्ना देखा जो बाकी पन्नों से थोड़ा मुड़ा हुआ सा लग रहा था। उसमें लिखा था

"मैं नहीं जानती हूँ कि मैं क्या करूँ... मैंने ऐसा कौन सा गुनाह कर दिया है जो भगवान मुझे ऐसी सजा दे रहे हैं... मेरे माता पिता मुझे छोड़ कर हमेशा के लिए चले गए... मेरे दादा दादी मुझसे छिन गए... जिससे प्यार किया उसने ही मेरे माता पिता की हत्या की थी... मैं ना उस से नफरत कर पा रही हूँ ना ही उसे भूल पा रही हूँ... मैं क्या करूँ! ये घर मुझे काटने को दौड़ता है.... हर जगह मुझे यादें ही नजर आतीं है... कभी अपने माता पिता के साथ तो कभी अपने दादा दादी के साथ... क्या मेरी किस्मत में ये सब था?"

आगे के कुछ पन्नों पर लिखावट खराब हो रही थी। शायद उस पर बारिश का पानी या हर्षा के आंसू गिरे होंगे। इस वजह से इंद्रजीत उन्हें नहीं पढ़ पाया। वो कमरे रहे या बाहर, वो अब और भी ज्यादा शांत रहने लगा था। वो किसी से कोई बात नहीं करता था। फिर उसने आगे पढ़ा। ये तब की घटना है जब 2 साल पहले हर्षा उस से पहली बार मिली थी। उसने लिखा था

"देखते देखते इतना लम्बा समय बीत गया उसे पता ही नहीं चला... हाय मैं पहले जब उसे देखा था वो कितना सुन्दर लग रहा था, कितना आकर्षक... अब पता नहीं कैसे कोई उसके प्यार में नहीं पड़ा... बीते दिनों

से विनम्रता तो उसके अंदर बिल्कुल खत्म सी हो गई... मैंने मेरे लोगों से उसके बारे में जानकारी निकाली तो मुझे पता चला कि जितना उसने बताया वो उस से कहीं ज्यादा परेशानियों से गुजर रहा है... अब ऐसी स्थिति में कोई भी होता है तो उसके मन पर उसके स्वास्थ्य पर असर पड़ना स्वाभाविक है... शायद इसलिए वो इतना भावहीन हो गया है... उसकी आँखे एक गहरा राज़ छुपाए रखती... आश्चर्य की बात यह है कि मैं अपने आप में पागलों की तरह उस अहसास को महसूस करने की कोशिश करती हूँ... वो मुझे भूल गया... तो क्या हुआ मैं उसे सब वापस याद दिला दूंगी... मैं उसके बिना नहीं रह सकती... मैं कुछ संदेशों और सबूतों के आधार पर उसे याद दिलाने की कोशिश किया करती थी कि हम लोग पहले भी मिले थे.... मैं उससे वैसे ही अंदाज में मिली जैसे पहले मिली थी... मगर जब 2 दिन बाद भी इंद्रजीत की मेरे प्रति प्रतिक्रिया सामान्य रही तब मुझे अहसास हुआ ये काम थोड़ा मुश्किल होने वाला है... मैने मन ही मन तय कर लिया था कि मुझे मेहनत तो करनी होगी.... मैंने आंनद एडिटर में काम शुरू कर दिया। मैं वहां के कुछ लोगों को पहले से जानती थी तो उन्होंने मुझे जल्दी ही काम दे दिया था.... मुझे काम तो करना ही पड़ेगा क्योंकि मैं जानती थी इंद्रजीत के ऑफिस के सामने बस वही एक की कंपनी है... इंद्रजीत से मिलने का इस से अच्छा मौका मुझे कभी नहीं मिल सकता..."

इंद्रजीत ने एक पल में आँखें बंद करके फुसफुसाया

"हर्षा!!"

उसने आगे पढ़ा

"ये मेरे प्यार के लिए भी अच्छा था.... जानती हो प्यारी डायरी कैसे.... मैं उसका दिल जीतने के काम अच्छा कर सकती थी... लगता है ऐसा होने में समय लगेगा... वो पहले इस तरह से नहीं था... पता नहीं कि वो कब तक मेरे साथ असहज रहने वाला है और कब तक मैं अपने बेचैन दिल को संभाल पाऊंगी.... मगर मैं कोशिश कर रही हूं... मैं एक भी मौका नहीं छोड़ रही उसके करीब जाने का... अब धीरे धीरे ऐसा हो रहा था... हम करीब आ रहे थे... वो धीरे धीरे मुझ से खुल कर बातें करना शुरू कर चुका है... पहले ही कहा था कि इंद्रजीत अच्छा है.... वो मुझ से अच्छे से बात

करने लग गया तो अपनी खुशी में बहुत सी बातें भूल गयी थी और उसे होली के पहले दिन उसके रंग लगा दिया... मुझे बहुत दुख हुआ था... भले ही उसने मुझे धक्का दिया... पर मुझे बुरा नही लगा... मैं बूझकर उसकी भावनाएं आहत नहीं करना चाहती थी... और जैसे ही मुझे अपनी गलती का एहसास हुआ... मैं वहाँ से निकल गई... 2 दिन मैं उससे नहीं मिली... इस दौरान मुझे अहसास हुआ कि मैं उसे अपने प्यार का इझर करने में और देरी नहीं कर सकती.... ये फैसला कर मैं इंद्रजीत से मिलने गई... मैं उसे अपनी सच्चाई बताना चाहती थी... उसे बताना चाहती थी कि मैं उससे करना प्यार करती हूं.... मगर ऐसा होता उससे पहले ही.... एक बार अपने गांव भी गई... ये याद करने के लिए कि आखिर मेरे साथ क्या क्या हुआ है... वैसे तो अब गांव में मेरे लिए कुछ बचा नही है पर.... मैं अपने गांव के घर पहुंची और अपने परिवार की यादों को याद करने लगी... मेरा परिवार... मुझे अचानक अहसास हुआ कि मैं तो अनाथ हो चुकी हूं... मेरे पास अगर बचाए हुए पैसे नहीं होते तो शायद मैं दर बदर की ठोकरें खा रही होती... मुझे नहीं लगता कि अब रुकने का कोई मतलब है.. पर मैं उसे कभी दोष नही देती... उसे जैसा जीवन देखने के मिला वो वैसा ही तो जिएगी... यहां भी अगर कुछ ख्याल आ रहा था तो वो था इंद्रजीत का... मेरे दिलो दिमाग पर उसका अधिकार है... में उसके लिए कुछ भी कर जाने को तैयार हूं..."

इंद्रजीत ने गौर किया कि हर्षा ने उसके लिए सभी अच्छी बातें ही लिखी है। ये उसकी डायरी है वो चाहती तो उसकी बुराई कर सकती थी, उसे गाली दे सकती थी, कोस सकती थी पर उसने ऐसा कुछ नही किया। शुरू से अब तक उसने उसके लिए सब अच्छा ही लिखा था! कुछ शुरुआती शब्दों के अलावा हर्षा ने एक ही बार इंद्रजीत की बुराई नहीं की थी तब भी नहीं जब वो इंद्रजीत से नफरत कर रही थी। इंद्रजीत को अहसास हुआ कि हर्षा के तब खुशी होती है जब वो खुश होता और जब वो उसे नजरंदाज करता तो वो दुःखी हो जाती थी। वो उसके आने पर झूठी खुशी नहीं दिखाती थी। वो सच में उसके साथ खुश होती थी! उसने ये भी लिखा था

"जब इंद्रजीत के हाथ में चोट आई थी... तब उसे देखकर मुझे सच में बहुत डर लगा था... एक ऐसा डर जो मैं फिर से महसूस नहीं करना चाहती... इंद्रजीत को खोने का डर.... मैं उस डर से कांप उठी थी... मेरे मन में बस एक बात थी कि मुझे उस पर हमला करने वाले को पकड़ने में सहायता करनी है... मुझे कोई फर्क नहीं पड़ता मेरा लैपटॉप खराब हो जाए या कुछ और पर इंद्रजीत को कुछ नहीं होना चाहिए... "

इंद्रजीत की आँखें बार बार उन वाक्यों को ही पढ़ रहा था। उसकी आंखें नम होने के चलते बार बार बंद हो रही थी। उसने आगे पढ़ने के लिए पन्ने पलटे। उसे धीरे धीरे और फिर बातें पता चली। जैसे कि हर्षा इंद्रजीत को खुश करने के लिए ही उसे कई जगह ले जाया करती थी उसे सच में कई जगहों पर जाना पसंद नहीं था जैसे सर्कस मगर सिर्फ इस वजह से कि कभी इंद्रजीत वहां अपने अपने परिवार के साथ गया था। वहाँ जाते हुए एक या दो बार टिकट मिलने के बाद भी हर्षा की अंदर जाने की हिम्मत नही होती थी क्योंकि जो वो इंद्रजीत के लिए करती थी वो तो उससे अपनी पुरानी यादों को जीता था पर हर्षा के लिए ये सब ट्रॉमा था। इंद्रजीत को समझ नहीं आ रहा था कि ये सब जानने के बाद उसे क्या कहना चाहिए। पर उसे एक बात तो समझ आ गई थी कि हर्षा का प्यार उसके प्यार से कई गुना ज्यादा था। फिर उसने वो वाला दिन पढ़ा जब हर्षा के साथ वो हादसा हुआ था और कुणाल और उसे ले गए थे।

"आज मैं इंद्रजीत से मिलने वाली थी... मुझे लगता है कि मैं अपनी भावनाओं को लेकर पूरी तरह से संतुष्ट हूं... मैं इंद्रजीत से बहुत प्यार करती हूँ और ऐसे ही उस से प्यार करते रहना चाहती हूँ... इस वर्ष मेरी इच्छा यह है कि वो अगर मुझसे प्यार ना भी करे तो भी मैं उसे खुद से दूर नही जानें दूंगी... कोई ना कोई रास्ता तो निकल ही लूंगी... अगर वो मुझ से दूर गया तो मैं शायद ये झेल नहीं पाऊंगी... मैं थोड़ा जल्दी निकल गई... मुझे इंद्रजीत के निकलने का समय पता था... मैं उसका इंतजार ही कर रही थी... पर शायद नियति को ये मंजूर ना था... और उसके बाद मुझे अगवा कर लिया गया था और बुरी तरह से घायल कर दिया गया ..."

उसके बाद आगे कुछ पढ़ने लगा। उसने बारीकी के साथ लिखा था कि उसके साथ क्या हुआ था। इंद्रजीत हर्षा की लिखावट के साथ था उसे हर एक घटना की याद दिला रहे थे कि कैसे हर्षा उसके साथ हमेशा मुस्कुराते हुए रहती थी। कभी मुश्किल ही अपने चेहरे पर उदास या दूसरे भाव देखे थे। शायद क्योंकि वो हमेशा उसे खुश करने के लिए कुछ न कुछ करती थी। इंद्रजीत के मुताबिक उसने डेढ़ साल बाद इस सबके बारे में लिखा था। उसने शायद एक लंबे अरसे बाद डायरी लिखी थी। उसकी लिखावट में भी कुछ अंतर महसूस हो रहा था। उसने ये लिखा भी था

"पूरे डेढ़ साल बाद आज मेरे दिल में सुकून है... और मैं तुमसे बात कर सकती हूं... डेढ़ साल बाद... मुझे इस समय यकीन ही नहीं है... मैंने अपने प्यार का इजहार कर दिया है... और जानती हो वो भी मुझसे बहुत प्यार करता है.... और जानती हो आज क्या हुआ... आज हमारा पहला किस हुआ... ये ऐसा था जब उसके होठ मेरे होठों टकराए थे तो वो लम्हा बहुत खूबसूरत था और उसके आसपास के सामने तो कई चीजें या कोई भी महसूस होना बंद हो गया था.... और मेरे और इंद्रजीत के अलावा सब धूमिल पड़ गए... क्योंकि मैं महसूस कर पा रही थी कि वो अपने प्यार के सुनहरे अहसास को अपने होठों के जरिए दर्शाना चाहता है कि... वो मुझसे कितना प्यार करता है..."

इंद्रजीत की तंद्रा टूटने के बाद उसे अहसास हुआ कि उसके आस पास छह कैदी काम कर रहे थे। उनमें से एक कैदी बिचारा नया नया आया था इसलिए बाकी सब कैदी उसे गाने का कह रहे थे। वो हिचकिचाते हुए गाने लगा

"अब तो आदत सी है मुझ को ऐसे जीने में..."

इंद्रजीत को ऐसा लगता है कि जब भी उसको अपनी भावनाओं को व्यक्त करने के लिए शब्द नहीं मिलते हैं तो प्रकृति के उन भावों को व्यक्त करने का साधन उस तक पहुंचा देती हैं। इंद्रजीत ने आसमान में देखा तो वहां बारिश का मौसम हो रहा था। शायद प्रकृति भी उसकी स्थिति पर भावुक थी। जो भी उसको इस वक्त देख एक पल में उसके भाव पहचान जाए। एक पेड़ के सहारे बैठा, सिर आसमान की तरफ, एक घुटना मुड़ा हुआ और उस पर टिका हुआ हाथ। वो किसी चित्रकार की

तस्वीर सा लग रहा था।

तभी बरसात भी शुरू हो गई। सभी छायां में भागने लगे। इंद्रजीत ने बस डायरी को अपने कपड़ों में छुपा लिया। सभी उसे ही देख रहे थे। दीनानाथ को उसकी चिंता हो रही थी। अचानक इंद्रजीत को हर्षा दिखाई दी जिसने प्यार से उसके चेहरे को छुआ और फिर बारिश में भीगने लगी। इंद्रजीत भी उसके पीछे पीछे बारिश में खड़ा हुआ। इंद्रजीत को ऐसा लगा जैसे हर्षा उसके करीब आ रही है। जब उसने अपना हाथ उठाया और उसे छूना चाहा तो वो गायब हो गई। हर्षा के गायब होते ही इंद्रजीत को जैसे होश आया हो। वो अपने कमरे की तरफ चला गया। उसने वहां एक कुर्सी पर बैठ गया। उसका दिल रो रहा है। उसने एक गहरी सांस लेकर आगे पढ़ना शुरू किया

"हम घर आ गए... दिन खूबसूरत थे... मैं गाने में बहुत बुरी हूँ पर फिर भी उसके लिए गाना गया क्योंकि मैं उसे अपनी भावनाओं का अहसास करवाना चाहती थी... वो ये ना समझे कि मेरा प्यार बस सहानुभूति है... और मैने उसे शादी के लिए भी पूछा... उसके चेहरे के भाव देखने लायक थे... ना... नहीं... मैं हंस नही रही हूं..."

हर्षा ने अपनी सारी भावनाओं का बखूबी वर्णन किया था। किस तरह से वो उससे शादी के लिए तैयार हो रही थी और कैसे उन्होंने अपनी रात बिताई थी। उसने आगे पढ़ा

"सब कुछ अच्छा था... बहुत मजा आ रहा था... हालांकि वो मेरे साथ कम समय बीतता है... हमेशा देर से घर आता पर मैं शिकायतें करना नही चाहती... ये उसका काम है... पर वो काफी थक जाता है... में उसे ऐसे नहीं देखना चाहती... क्या मैं उसे कमजोर बना रही हूं... शायद... मैंने उससे छुट्टी का कहा तो है... पर कोई बात नहीं... वो बचा हुआ समय तो फिर भी मेरे बिताता था...मगर मुझे यकीन है एक वक्त ऐसा आएगा जब वो अपने काम से फुरसत लेकर आएगा और तब हम कहीं घूमने जायेंगे... साथ में काफी समय बिताएंगे... शादी की रात हमारे प्रेमअलाप के बाद वो सो गया था पर मैं नहीं से पाई थी... वैसे तो वो हर रात को ही संतुष्ट सोता था पर पहली रात उसके चेहरे पर जो भाव थे उससे किसी को भी पता चल जाएगा कि वो अपनी शादी वाले दिन किसी की भी कल्पना

से बहुत ज्यादा खुश था... ऐसा लग रहा था... मानो उसे अब किसी की जरूरत नहीं होगी और वो बस ऐसा समय भी था जिससे हम दोनों में से ही कोई बाहर नहीं आना चाहता था...."

वो एक दुखद मुस्कान के साथ हर्षा की बातें पढ़ रहा था। वो भी अपने आपको हर्षा से जोड़ पा रहा था। अगर हर्षा उसकी खोज में ना आई होती तो उसकी इस तरह से निर्मम हत्या ना हुई होती। वो अभी भी जिंदा होती पर क्या अब उसके ये सब सोचने से कुछ अंतर हुआ है। उसे पहले ही खुद से दूर कर देना चाहिए था। वो सच में एक अपशगुन है। उसका परिवार खत्म हो गया और अब हर्षा भी उसे छोड़कर चली गई। सही मायने में उसे समय का कोई खयाल ही नहीं था। मुरारी उसे खाने के लिए बुलाने आया। इंद्रजीत की बिल्कुल इच्छा नहीं थी फिर भी वो गया और बिना किसी से कुछ कहे खाना लेने लगा। आसपास के कैदी उसे देख एक तरफ है गए और उसे पहले खाना लेने दिया। इसके बाद उन्होंने उसके लिए टेबल भी खाली कर दी। दरअसल कुछ लोगों की पिटाई कर देने से यहां के सभी कैदी डर हुए थे। किसी की हिम्मत नही हुई उसके आसपास भी बैठने की। खाना खा कर वो वापस कमरे में आ गया। एक कैदी ने पूछा

"ये तो शहर का डॉन था ना अब क्या हुआ इसे?"

"अरे तुझे नहीं पता। डॉन की को पत्नी को किसी ने बेरहमी से मार दिया और इल्जाम आया है डॉन पर।"

"पर मैने तो सुना था ये डॉन की ही करस्तानी थी?"

उस कैदी ने ना में सिर हिलाते हुए कहा

"जो भी डॉन को पहले से जानता है वो ये बात भी जानता है कि वो किसी भी कीमत पर अपनी पत्नी को नहीं मार सकता!"

"क्यों?"

"लंबी कहानी है!!"

इंद्रजीत के पास करने को कुछ भी नही है। वो बस उन यादों को याद कर सकता है। इंद्रजीत ने डायरी निकली और आगे पढ़ा

"आजकल बगावत की घटनाएं बढ़ रही है... मैं इंद्रजीत की भागा दौड़ी देख पा रही थी... मैं थोड़ा डरती भी थी कि कहीं उसे कुछ ना हो जाए... मैं उसके लिए कुछ करना चाहती थी... वो फिर आज जल्दी में निकला

था... मैं देख सकती थी कि वो मेरे साथ समय बिताने के लिए बेताब है पर मुझे सच में उससे कोई शिकायत नहीं है... मैं उसका मन ठीक करना चाहती थी इसलिए कुछ सामान लेने बाजार गई थी... पर मुझे नहीं पता था कि कुछ गुंडे मुझ पर... द हर्षा इंद्रजीत भारद्वाज पर हमला कर देंगे... खैर अच्छा ही हुआ क्योंकि मुझे इंद्रजीत के इरादों का पता चला... उसे लग रहा था कि मैं उससे काम ना करने का कह रही हूं.... उससे ये सब छुड़वाना चाहती हूं... और मेरा पारा हाई हो गया... फिर मैं जाकर मेरी जान इंद्रजीत को काफी कुछ सुना आई जो मुझे नहीं सुनाना चाहिए था.. वापस आते समय मुझे नुसरत भाभी मिली... वो अपनी भाभी को डॉक्टर के ले जा रही थी... मैं अपना मन बदलना चाहती थी। अकेली रहती तो सारी बातें दिमाग में घूमती रहती... जो मैं नहीं चाहती थी... वहां जाकर मुझे झटका ही लग गया.... कुछ ऐसा पता चला जिसकी मुझे जरा भी उम्मीद नही थी... मेरी धड़कने तेज हो गई... जो डॉक्टर रागिनी ने सलीमा से कहा था अगर उसे सही माना जाए तो इसका मतलब था कि मैं माँ बनने वाली हूं... इंद्रजीत के बच्चे की... मैं पक्का करना चाहती थी... कोई झूठी उम्मीद नही बांधना चाहती थी खुद को... मैने कुछ प्रेग्नेंसी टेस्ट किट खरीद ली और घर लाकर उनसे जांच की... मेरा शक सही साबित हुआ और पक्का पता चलने पर मैं खुशी से फूले नहीं समा रही थी... मैं सच में इंद्रजीत के बच्चे से गर्भवती हूं... मेरा और इंद्र का नन्हा अंश मेरे पेट में पल रहा है... हमारे प्यार की निशानी.. शायद ये भगवान का इशारा था कि अब बस खुशियां ही खुशियां आयेंगी... मैं इंद्रजीत के साथ ये खुशी साझा करने को बेताब थी... मैंने तय कर लिया था कि अगर शाम को ही इंद्रजीत को ये बात बता पाई तो बता दूंगी पर नहीं तो हमारी शादी वाले दिन बताऊंगी... नुसरत भाभी को शक तो हुआ था कि कुछ गड़बड़ है पर मैं ये खबर सबसे पहले अपनी जान को बताना चाहती थी... जब वो आया तो काफी थका हुआ लग रहा था... मैं उसे परेशान नहीं करना चाहती थी... उसे आराम की जरूरत थी... मेरे इंद्र ने ज्यादा खाना भी नहीं खाया था... इसलिए मैंने उसे ये शादी के उपहार के तौर पर बताना ही सही समझा.... समय तेजी से बीत रहा था और मेरी धड़कने भी बढ़ रही थी... एक दिन मैं शीशे के सामने खड़ी होकर अपने सपाट पेट

को निहार रही थी... छू रही थी... तब वो मेरे पास आया और मुझे बाहों में भर लिया था... मैं एक बार को डर गई थी कि कहीं उसे कुछ पता ना चल जाए.... मैं उसे शादी के इनाम के तौर ही ये खुश खबरी बताना चाहती थी... वो सोच रहा था कि मैं इसलिए परेशान हूँ कि मेरा वजन बढ़ा है पर उसे नही पता अभी तो मेरा वजन बढ़ने वाला है... उसने अनजाने में ही अपना हाथ मेरे पेट पर रख दिया था... मैं इस भाव को नहीं समझा सकती... ना मुझे पता कि इतनी जल्दी बच्चे कुछ महसूस करते है या नहीं पर मैंने कुछ महसूस किया था... अपने आपको शीशे में देख मैं परिवार की कल्पना कर पा रही थी... मेरा परिवार.. मेरा इंद्रजीत... उसके लिए ये बाद एक आम दिन था पर मेरे लिए नही!"

इंद्रजीत बिना पलक झपकाए उन्हें आगे पढ़ें जा रहा था

"मेरी जान को पता नहीं था कि मैं इतनी बड़ी खुशी उसे देने वाली हूँ और अगर उससे लड़ाई करने से मैं उसके लिए ऐसी खुशियां ला सकती हूँ तो मैं उससे और भी लड़ाई करने वाली हूं... हालांकि मैं ऐसा करने वाली नही हूँ क्योंकि इससे मेरे इंद्र को अच्छा नही लगेगा पर देखेंगे... वो अब ठीक है और खुश भी है... मैं ये खुशी महसूस कर उछलना चाहती हूँ पर मैं ऐसा नहीं कर सकती... एक बार इंद्रजीत को पता चल जाए फिर मैं उसकी पीठ पर चढ़ कर घूमने वाली हूं..."

ये पढ़कर यकायक ही इंद्रजीत की हंसी छूट गई पर अगले ही पल वास्तविकता ने उसके गाल पर तमाचा मारा और वो शांत हो गया। वो बस इन दृश्यों के सच होने की कल्पना ही कर सकता है। उसने आगे पढ़ा

"मैंने डॉक्टर रागिनी से बात की थी... उनका कहना था कि मेरा शरीर कमजोर है... मुझे ज्यादा पोषण की जरूरत थी... उन्हें तो ये भी लगा था कि मैं इस बच्चे को नही रखूंगी क्योंकि ये मेरी सेहत से खिलवाड़ होगा या शायद मैं एक डॉन के बच्चे को जन्म ना देना चाहूं.. पर उन्हें कौन समझाए कि मैं उसके बच्चे की माँ बन बहुत खुश हूं... मैं किसी भी कीमत पर बच्चे को जन्म देना चाहती हूं... और इंद्रजीत को बताना चाहती हूं... पर कमबख्त ये अहसास... मैं कई बार अकेले में बातें करती... उसे अच्छी अच्छी बातें बताती... रामायण महाभारत की कथाएं सुनाती... और इंद्रजीत की तारीफ करती... जिससे जब हमारा बच्चा पैदा होगा तो

उसे अपने पिता के लिए सिर्फ अच्छी बातें और खुशी के भाव के सिवा कुछ और अहसास को ही जाने.. मैं यही चाहती हूं... मैंने सुना है... माँ जो सोचती है जिसका विचार करती है उसका बच्चे पर प्रभाव पड़ता है जब वो अपनी माँ के पेट में होता है... मैं उसे सब कुछ अच्छा अच्छा बताना चाहती थी.... और अगर वो बड़ा हो कर इंद्रजीत जैसा भी बनता है... शहर का डॉन बन जाता है तो भी मुझे कोई परेशानी नहीं है... जब तक कोई अनैतिकता पर जा कर भटकता नही है किसी के साथ बिना कसूर बुरा नही करता है तो मुझे कोई चिंता नहीं है.. इंद्रजीत का तो पता नहीं पर मुझे लड़का पसंद है... पर मुझे पता नहीं की इंद्रजीत के मन में क्या है... अगर उसकी ख्वाहिश कुछ और हुई तो... खैर ये तो सब बाद में देखेंगे... मैं आगे जा कर शादी वाले दिन की घटना देख सकती हूँ अगर मैं उसे ये खबर तब सुनाती हूँ तो... आखिर हम आधिकारिक तौर पर पति पत्नी घोषित हो गए... कितना अच्छा लग रहा है... हमें बहुत सारे तोहफे भी मिले... सच कहूँ तो अंदाजा होते हुए भी मुझे तोहफे खोलने में मजा आने वाला है... इंद्रजीत ने मुझे इतना कुछ दिया है कि मेरा दिल बल्लियों उछल रहा है... वहां जब हम आशीर्वाद समारोह में बैठे थे तब इंद्रजीत मुझसे बराती डांस करवाना चाहता था मगर अब मैं हमारे होने वाले नन्हें प्यारे से फरिश्ते को खतरे में नहीं डाल सकती हूं... इंद्रजीत का उतरा हुआ मुँह देखकर मुझे अच्छा नहीं लगा... मगर मैं ये भी नहीं चाहती थी कि मेरी किसी छोटी सी लापरवाही से या इस छोटे से डांस की वजह से मैं एक बड़ी खुशी को खतरे में डाल दूं.... तुम्हें पता है मेरे प्यारे बच्चे!! तुम्हारे पापा मुझ से बहुत प्यार करते हैं... इतना कि उसको पाते ही ऐसा लगता है कि मेरा दिल बेहद प्यार से ही धड़कना बंद हो जाएगा..."

हर्षा ने आगे भी लिखा था

"इंद्रजीत के रूप में एक ऐसा शख्स मिला जो मेरी तमाम खुशियों का कारण है।"

यह पढ़ कर इंद्रजीत की आँखों में आंसू आ गए।

"... खुशियों का कारण?"

इंद्रजीत ने उसके माता पिता की हत्या की। उसके कारण उसके दादा दादी की मौत हुई। इतनी बार वह घायल हुई। मौत के मुँह में गयी। फिर

भी वो ये कह रही है? ये लिख रही है? उसने आगे पढ़ा। आगे उन के घर का भी वर्णन लिखा है। इंद्रजीत ने उसके लिए क्या क्या तैयारियां की थी। कैसे सब कुछ उसे भावुक कर दे रहा था। उसके लिए लिए भाव विभोर कर देने वाला अहसास हो रहा था। हर्षा ने आगे लिखा

"दरअसल हमारे पास मौका ही नहीं था कि मैं विशेष कर इस खुशी के बारे में इंद्रजीत को बता पाऊं... सभी लोग इतने ज्यादा खुश थे कि मैं किसी को टोक नहीं पाई.... कुछ देर में हम घर के लिए चल दिए थे... मैं अब इंद्र की आधिकारिक पत्नी हूं.... मैंने सोचा था अकेले में होते ही उसे सब बता दूंगी पर उसकी तैयारियों को जाया करना मुझे भा नहीं रहा था.... फिर मैंने सोचा कि उसको अगले दिन ही ये बात बताऊंगी... इंद्रजीत को सुबह उठते ही अच्छी खबर मिले और फिर उसका पूरा दिन अच्छा रहे.... चलो हम घर में है तो उसने मेरे लिए इतनी सारी तैयारियां की है.... मुझे ऐसा लगा रहा था जैसे मैं किसी कहानी या किताब में हूँ जो मुझे पढ़नी अच्छी लगती हैं.... मैंने सोचा उसे बता दूं पर उसकी तैयारियों के बजाय किसी और बात की खुशी मनाएंगे तो कहीं उसके मन में ये बात रह ना जाए.... वो हैरान होगा लेकिन मुझे पता है कि वो बहुत खुश होगा। उसने ना केवल मेरे लिए स्वादिष्ट भोजन बनाया बल्कि बर्तन भी खुद ही मांजे... हाए ऐसा पति सिर्फ मुझे मिले..."

ये पढ़कर इंद्रजीत के चेहरे पर हल्की सी मुस्कान आ गई।

"मगर जब उस सबके बाद रात को इंद्रजीत मेरे करीब आया था.... ये जानते हुए भी कि वो क्या करना चाहते हैं मैं सोच में पड़ गई... वो मेरे साथ एक हसीन रात बिताना चाहता था... मैंने इस बार यह डॉक्टर रागिनी से पूछ लिया था कि अगर कभी इंद्रजीत मेरे करीब आने चाहे या मुझसे प्यार दिखाना चाहे तो मुझे क्या करना चाहिए.... ऐसा नहीं था कि अगर मैं उसे मना करती तो वो मेरे साथ जबरदस्ती करता पर मुझे ये जान कर अच्छा लगा कि ऐसा कुछ करने में मुझे कोई परेशानी नहीं थी.... वो प्यार महसूस करना और करवाना चाहता था... सच कहूँ तो मैं भी यही चाहती थी... जब वह सो गया तो मैं उसके रूप को निहार रही थी... मैं मुस्कुराने से खुद को रोक नही पाई.... कौन कह सकता है कि यही वो सबसे क्रूर और निर्दय माफिया और डॉन है... जो मेरे पास ही

शांति से सो रहा है..... काश ये शांति और सुकून कभी खत्म ना हो मगर मुझे लगता है कि यह सब किसी सपने की तरह...."

इंद्रजीत को भी ये सब किसी सपने की तरह हो लग रहा था। उसने आगे पढ़ा

"चलो मैं तुम्हें पहले ही बता देती हूँ कि मैं क्या करने वाली हूँ... उसे हमेशा उन दो चटनी और दही के साथ आलू के पराठे पसंद है... तो मैं सबसे पहले कल उसके लिए वही बनाऊँगी... और उसके बाद मैं उसे नाश्ते के साथ ही खुशखबरी को सुनाऊंगी... मुझे यकीन है ये योजना काम करेगी... वैसे उसने मेरे लिए एक रेडियो भी खरीदा है.... उसमें सारे अच्छे अच्छे गाने आते हैं.... और उसमें ही ऐसा कुछ सेट कर रखा होगा जिमें मेरी पसंद के हिसाब के गाने आते है.... खैर जब तक वो खुश है, मैं खुश हूँ। मुझे निराश नहीं होना चाहिए मैं हर तरह से उसके साथ हूं... मैं कई तरह से उसे बताने का सोच रही हूं... शब्द ढूंढ रही हूं... पर मुझे कुछ खास नहीं सूझ रहा... पर अब मुझे नींद आ रही है...खैर मुझे बहुत खुशी है और इंद्रजीत को देने के लिए मेरे पास भी खुशी है.... कल के बाद हमारी जिंदगी में सब कुछ अच्छा ही होगा... बस कोई हादसा न हो जाए... चलो सब अच्छा है... अच्छा ही होगा.... शुभ रात्रि डायरी!"

हर्षा की लिखावट यहां खत्म हो चुकी है और डायरी के आगे के पहले खाली थे। पर हर्षा ने आगे का सब कुछ इंद्रजीत के बारे में लिखने के लिए इस मोटी डायरी को खरीदा था। इंद्रजीत डायरी बंद कर कुछ देर गहरी सांस लेने के बाद वहीं बैठ गया। उसके चेहरे पर कोई भाव नहीं थे मगर उसकी आँखों से आंसू झरने की तरह बह रहे थे। पीछे खड़ा हो वो कैदी भी ये सब देख रहा था। वो बिना जाने हर्षा के लिए दुख महसूस करने लगा। जिस लड़की ने इंद्रजीत के अपने परिवार की कातिल होने के बावजूद भी प्यार करने के साहस किया उसके साथ ऐसा कुछ हो जाएगा नहीं लगा था। कोई भी शख्स हर्षा की सराहना, उसकी तारीफ करेगा। इंद्रजीत जब वो डायरी लेकर उठा तो उसमें से एक पन्ना गिर गया। मुरारी ने देखा कि इंद्रजीत का ध्यान इस पन्ने पर नहीं गया है। कारण था कि कल हर्षा का का जन्मदिन था और वो एक दूसरे साथ भी नही थे। मुरारी बोला

"जरा रुकना!!"

इंद्रजीत हल्का ठिठका पर ना उसने पीछे मुड़ कर देखा ना उसे कुछ कहने का मौका दिया। मुरारी ने जब उसे जाते देखा तो तेजी से उसके पास आया और लेटर उसकी तरफ बढ़ते हुए बोला

"ये लेटर तुम ने अपनी डायरी में से गिरा दिया।"

इंद्रजीत ने एक नजर उसे और लेटर को देखा फिर लेटर लेकर वो अपने कमरे में जाने लगा। इंद्रजीत को जाते देख मुरारी उसके पीछे पीछे जाने लगा। उसने थोड़ा झिझकते हुए पूछा

"वैसे तुम्हारी पत्नी हर्षा को क्या हुआ था?"

इंद्रजीत ने ठंडी निगाहों से उसे घूर कर देखा मगर कुछ बोला नहीं तो मुरारी अफसोस से बोला

"मुझे अफसोस है तुम्हारी पत्नी की मौत हो गई।"

इंद्रजीत ने कोई प्रतिक्रिया नहीं दी और चलता रहा। मुरारी ने गहरी सांस ली और फिर अपने काम में लग गया। इंद्रजीत अपने कमरे में आया और उस लेटर को पढ़ने लगा। हर्षा ने ये लेटर अपने होने वाले बच्चे के लिए लिखा था। शायद उसे इन सब तरीकों में खासी दिलचस्पी थी। उसने लिखा था

"मेरे प्यारे बच्चे,

मैं नहीं जानती कि तुम लड़की हो या लड़का। तुम इसे पढ़ रहे हो इसका मतलब है कि तुम किसी परेशानी में हो या हमसे नाराज हो। मैं तुमसे कुछ कहना चाहती हूं। तुम्हारे पिता इस दुनिया के सबसे अच्छे पिता है। वो भले ही कम समय साथ हो पर वो जरूरत के समय हमेशा तुम्हारे साथ होंगे। वो एक अच्छे इंसान है। किसी भी परिस्थिति में तुम्हें अपने पिता यकीन करना होगा। उनका सहारा बनना बोझ नहीं। वो कभी कभी कठोर महसूस हो सकता है पर वो बस तुम्हारे पिता के अतीत का प्रभाव है। तुम्हें अपने पिता का उतराधिकारी बनना है। उनके जैसा बनना है। जिस तरह से वो औरतों की इज्जत करता है, दूसरों की तकलीफ समझता है बिल्कुल वैसा ही तुम्हें भी बनना है। कभी किसी परेशानी में पड़ जाओ तो अपने पिता को बता देना। कोई तुम्हारा बाल भी बांका नहीं कर सकता। कई लोग तुम्हारे पिता के साथ बहुत बुरा कर चूके हैं इसलिए कभी उनसे नाराज मत होना अगर वो बाहर का भाव में

तुमसे गुस्सा करे तो। तुम उसे समझना उसे इस दुनिया ने ऐसा बनाया है। तुम चिंता मत करना वो तुम से बहुत प्यार करते हैं। मैं जानती हूँ इसलिए तुम्हें यह सब इसलिए बता रही हूँ क्योंकि मैं चाहती हूँ कि तुम एक बार अकेले में यह सब पढ़ो जिससे तुम्हें पता चले कि तुम्हारी माँ तुम्हारे पिता के लिए क्या महसूस करती है और तुम्हें क्या महसूस करना चाहिए! तुम्हें किस की बात माननी चाहिए! तुम्हारे पिता से मैं इतना प्यार करती हूँ कि उनके लिए अपनी जान भी दे सकती हूं!!

खुश रहो!"

इंद्रजीत ने भावुक कर देने वाले उस लेटर को पढ़ते पढ़ते बिस्तर पर लेट गया। उसकी आँखों से आंसू बहने बंद नहीं हुए थे।

वो रात के खाने के लिए भी बाहर नहीं आया तो उसकी कमरे में मुरारी आया। उसे इंद्रजीत से हमदर्दी सी हो गई थी। उसने उसे देखा कि इंद्रजीत तो इस लेटर को पकड़े पकड़े सो रहा था। उसने धीरे से लेटर और डायरी उठाकर रख अपने पास रख ली पर उसे खोल कर नहीं देखा। कहीं ना कहीं उसे कुछ आभास हो रहा था। वो जानता था कि इंद्रजीत की विशेष करीबी लोगों को सूची में सिर्फ कुछ लोग हैं जिन पर इंद्रजीत भरोसा करता है जिनमें हाश्मी, नुसरत, कुणाल और उसका बेटा भास्कर है। उसने देखा था एक दिन जब वो मिलने आया था तो इंद्रजीत ने काफी देर तक उसे गले से लगाए रखा था। वो सच में उस बच्चे से प्यार करता है। शायद उसे हर्षा की छवि उसमें नजर आती थी। उसे याद करके भी उसके चेहरे पर भी एक मुस्कान आ है। भास्कर के साथ का लम्हा ही वो एक लम्हा था जब उसने इंद्रजीत को हल्का सामान्य देखा था जब उसके चेहरे पर मायूसी, ग्लानि या गुस्सा नही था। ना जाने क्यों ऐसा लग रहा था कि जैसे जल्दी इस डायरी को किसी को सौंपने की जरूरत पड़ने वाली है। उसने एक एक बार उसे जगाने की कोशिश की पर वो जगा नही और सिर हिलाते हुए सो गया। उसने उसे ऐसे सोते देखा तो कुछ नहीं बोला। उसने जेल कर्मचारी से रेडियो चलाने का कहा। इस पर गाना बजने लगा

"तू सफर मेरा... है तू ही मेरी मंजिल... तेरे बिना गुजारा... ए दिल है मुश्किल..."

इंद्रजीत सोते हुए भी कल्पना कर रहा था कि ये सब एक सपना है और जब वो जागेगा तो हर्षा उसकी बाहों में थकी हुई सोई होगी। वो उसे कितनी खुश रखेगा। उसे दिखाई देता है कि वो हर्षा और अपने बच्चे के साथ खुश है।

वो एक के बाद एक, तरह तरह के भाव से गुजर रहा था। तकलीफ, गुस्सा, प्यार, चिंता, ग्लानि, असहायता और हाँ कुछ कुछ उसकी तरफ से कुछ हर्षा की तरफ। वो इस बात को नकार नहीं सकता कि हर्षा सम्माननीय है। अपने माता पिता की हत्या होने के बावजूद पहचान कर भी उसने उस से प्यार किया, उसे माफ़ किया और ये सब उसके जाने बगैर ही।

इंद्रजीत को कुछ ही देर में ऐसा एहसास हो गया कि वो जिंदगी से थक चुका है। वो हर्षा के पास जाना चाहता है। अब उसे इस दुनिया से कुछ लेना देना नहीं है। वो तड़प रहा है। अब जब उसे अहसास हो रहा था कि हकीकत क्या है तो उसकी आंखें भर आई थी। कौन कहता है कि मर्द को दर्द नहीं होता है। हो सकता है अगर उसे ऐसे कोई देख ले तो यही कहता है कि वो कायर है और वो किसी भी तरीके से गैंगस्टर तो बिलकुल भी नहीं लग रहा। पर शायद वो किसी और के अपने प्रति विचार से काफी आगे निकल गया था। अब वो ना कोई गैंगस्टर बचा था, ना कोई अपराधी। अब वो बस एक असहाय प्रेमी था जिसका प्यार अधूरा रह गया। जिसकी प्रियसी अपने साथ उसका सब कुछ ले गई और छोड़ गई तो बस एक टूटा हुआ दिल। आखिर जब उसकी नींद गहरी हुई तो उसे एक सपना आया। उस सपने में उसने खुद को हर्षा की बाहों में पाया। जहाँ वो दोनो एक साथ बगीचे में बैठे पौधे रोप रहे थे। ये देख इंद्रजीत के चेहरे पर एक मुस्कान आ गई।

*****

अगले दिन सुबह भी इंद्रजीत बाहर नही आया तो दीनानाथ को चिंता होने लगी। वो उसके कमरे की तरफ जाने लगा तो उसे मुरारी मिला। मुरारी उसे हड़बड़ाते देख कारण पूछता है। जब उसने इंद्रजीत की अनुपस्थिति का बताया तो वो भी चिंता में पड़ गया। वो दोनो उसके कमरे में पहुंचे तो उसे चैन से सोता पाया। ये देख उन्हें थोड़ी तसल्ली हुई।

दीनानाथ उसे उठते हुए बोला

"इंद्रजीत उठ जाओ! देखो सुबह हो गई!"

मुरारी ने उसके चेहरे पर एक हल्की मुस्कान को देखा। उन्होंने उसे काफी देर तक उठाने की कोशिश की पर वो नहीं उठा। अचानक मुरारी ने पूछा

"आज क्या तारीख है, भीना जी?"

"8 सितम्बर!"

"ओह नहीं आज तो हर्षा का जन्मदिन है! आप जल्दी से डॉक्टर को बुलाओ!!"

"पर हुआ क्या है?"

दीनानाथ जल्दी से डॉक्टर को लेकर आ गया। मुरारी कमरे में एक तरफ खड़ा अपने दाएं पैर को हिला रहा था और नाखून चबा रहा था। कहीं उसका अंदेशा सच ना हो जाए। दीनानाथ ने उससे पूछने की कोशिश भी की पर वो कुछ भी नही बोला। कुछ ही पल बाद डॉक्टर ने उसके डर को सही साबित करते हुए कहा

"इंद्रजीत की मृत्यु हो चुकी है!"

मुरारी सदमें से नीचे बैठ गया। नियमनुसार दीनानाथ जेल प्रशासन को इसकी सूचना देने पहुंच गया। जल्द ही यह खबर आग की तरह फैल गई कि इंद्रजीत ने अपनी पत्नी को जन्मदिन पर अपने प्राण त्याग दिए। ये खबर हाश्मी तक भी पहुंचाई गई। हाश्मी को तो ये सुनकर झटका लगा। वो हड़बड़ाते हुए बोला

"ये नही हो सकता। वो हर्षा के कातिल को मारना चाहता था वो कैसे मर सकता है।"

कुणाल और राधेश्याम तक भी ये खबर पहुंच गई थी। वैसे आज सुबह का मौसम बहुत अच्छा था। भीनी भीनी खुशबू चारों तरफ फैली हुई थी। ये ऐसा मौसम था जिसमें कोई भी समय बिताना चाहेगा। शायद यही वजह रही इंद्रजीत की मौत की। वो हर्षा से कितना प्यार करता है ये किसी से छिपा नहीं था। जब हर्षा उसके जन्मदिन के लिए काफी कुछ कर रही थी तब उसने भी कुछ योजनाएं बनाई थी पर शायद किस्मत को ये मंजूर ना था। या शायद इंद्रजीत सही समय का इंतजार कर रहा था

जिससे वो भी सब सच जानकर अपनी पत्नी, अपने प्यार के पास लौट सके। वहां जेलर के रेडियो पर गाना बज रहा था

"आसमाँ के परे एक जहाँ है कहीं, झूठ सच का वहां कायदा ही नहीं... रोशनी में वहां की अलग नूर है साए जिस्मों से आगे जहाँ जाते हैं... चल वहां जाते हैं... चल वहां जाते है... प्यार करने चलो हम वहां जाते हैं!"

बहुत बहस करने के बाद कुणाल ने जेल प्रशासन को मना लिया और खुद भी उस दल में शामिल हो गया जो इंद्रजीत का पोस्टमॉर्टम करने वाले थे। इंद्रजीत का पोस्टमॉर्टम किया गया और डॉक्टरों ने जांच की तो उन्हें कोई भी गलत या विषाक्त पदार्थ या ऐसा कोई कारण नहीं मिला जिससे उसके कारण इंद्रजीत की मौत हो गई। रॉकी और हाश्मी को ये बात हजम नही हो रही थी और वो बवाल खड़ा कर रहे थे। कुणाल भी भास्कर के साथ वहां मौजूद था। उसे भी इस बात का यकीन नही था पर सब कुछ तो उसके सामने ही हुआ था। मुरारी भी वहीं पर खड़ा था। आखिर वो बीच में आया और उसके हाश्मी को बताया

"इंद्रजीत अपनी पत्नी को बहुत याद करता था शायद उसी कारण उसकी मौत हुई थी हो।"

ये सुनकर हाश्मी बुदबुदाया

"हां ये तो हर्षा का जन्मदिन था।"

जब वो शांत होकर काम करने लगे तो मुरारी ने चुपके से वहां खड़े नन्हें भास्कर को हर्षा की डायरी देते हुए कहा

"हर्षा तुम्हारी बुआ थी ना!"

भास्कर ने हां में सिर हिलाया तो उसने कहा

"ये तुम्हारी बुआ की डायरी है। तुम्हें इसका ध्यान रखना है!"

भास्कर पहले तो इंद्रजीत से नाराज था क्योंकि उसने उसकी बुआ को छोड़ दिया था मगर जब उसकी भी मौत हो गई तो उसे दोनो की मौत का सही अहसास हुआ कि वो कभी लौट कर नहीं आएंगे।

*****

घाट पर हुई इंद्रजीत का अंतिम संस्कार किया गया। जेल प्रशासन ने हाश्मी को इंद्रजीत का सामान पकड़ाया जिसके साथ में इंद्रजीत का एक लेटर भी। दीनानाथ ने वो उसकी तरफ बढ़ते हुए कहा

"ये इंद्रजीत का लेटर है। ना जाने कब से ये लिखा हुआ था पर जब से उसने तुमसे मिलना बंद किया था उसके कुछ समय बाद ही ये मुझे दिया था जिससे मैं तुम्हें दे सकूँ।"

हाश्मी ने हाँ में सिर हिलाया और लेटर को खोलकर पढ़ा जिसमें उसने बहुत सी बातें कही थी पर आखिर में लिखा था

"अगर मैं कभी मर जाऊं तो मेरी इच्छा है कि हर्षा की अस्थियों के साथ मिला कर उस जगह पर दफना देना।"

इंद्रजीत ने इस तरह का जिक्र किया था। वो और कोई जगह नहीं हो सकती। ये वही गांव है जहाँ हर्षा पहले रहा करती थी। जहाँ उसकी और हर्षा की पहली मुलाकात हुई था

"और उसके ऊपर एक पेड़ लगा देना।"

ये पढ़कर तो खुद को एक मजबूत, भावनाहीन और ताकतवर व्यक्ति मानने वाला, वो भी रो पड़ा। उसे पता चल गया था कि हर्षा के रिश्तेदारों ने उससे जबरदस्ती उसकी जमीन के कागजात पर दस्तखत करवा लिए थे। उसे बहुत गुस्सा आ रहा था पर वो भावुक भी था जिस वजह से उसे किसी सहारे की जरूरत थी। उसने नुसरत को भुला लिया। इंद्रजीत की इच्छा अनुसार नुसरत और हाश्मी उस जगह पहुंच गए। उन्होंने हर्षा के गांव में हर्षा की पारिवारिक संपत्ति का एक बड़ा सा खेत खरीद कर उसके बीच में उनकी अस्थियां दफना कर, पेड़ लगाया। फिर बाड़ेबंदी कर, उनकी समाधि तैयार की कर दी। दोनो काफी देर वहीं बैठे रहे। नुसरत ने एक सफेद फूलों का गुलदस्ता उनकी समाधि पर चढ़ाते हुए कहा

"भले ही तुम दोनों अब यहां नहीं हो पर तुम्हारा प्यार अमर है। तुमने एक दूसरे के प्रति जो प्रेम प्रदर्शित किया है वो आज की उस पीढ़ी के लिए प्रेरणादायक है यहां वो बस जिस्मानी रिश्ते को प्यार समझने की गलती कर बैठते है। मैं तुम दोनो को बहुत याद करती हूं।"

ये कहते कहते वो फूट फूट कर रो पड़ी। हाश्मी भी सुबक रहा था। वो भी बोला

"यार तूने तो गजब ही किया। कोई किसी से इतना प्यार कैसे कर सकता है कि उसके पीछे अपनी जान दे दे। मुझे तेरी बहुत याद आती है

इंद्र!!"

दोनों काफी समय तक वहां शांति में खड़े रहे। उनके अलावा भी जो इंद्रजीत और हर्षा से स्नेह रखते थे वो कभी ना कभी उस समाधि पर गए।

*****

इंद्रजीत की मौत की खबर शहर में फैलते ही कुछ अपराधी खुश हुए तो कुछ पुलिस वालों को खुशी नहीं हुई क्योंकि इंद्रजीत के खौफ में वो अपराधी नियंत्रण में थे पर अब वो बेलगाम हो जाएंगे। और कुछ को खुशी इसलिए कि एक काले व्यवसाय का नियंता और एक बड़ा अपराधी मारा गया। शहर का डॉन मारा गया था और शहर में कोई खतरे की बात नहीं है और अफसोस इसी के डर के कारण बहुत से अपराधी अपनी सीमा में रह कर अपराध किया करते थे। मगर अब उसके ना रहने पर उन्हें डर है अब वो बेलगाम होकर अपराध करने लगे। हाश्मी और नुसरत उसी घर में रहते हैं मगर उन्होंने इंद्रजीत और हर्षा के उस कमरे को हमेशा के लिए बंद कर दिया। वहाँ उनकी सभी यादें सहेज कर रख दी गई। उन्हें पता चला कि इंद्रजीत एक डायरी पढ़ रहा था मगर उनमें से किसी को वो डायरी नहीं मिली। मिलती भी कैसे, वो भास्कर के पास थे।

*****

इधर नचिकेता एक टीवी की दुकान के पास से गुजर रहा था। वहाँ वह सभी टीवी पर यही खबर चल रही थी कि कम उम्र में ही इस शहर का सबसे बड़ा डॉन की मौत बड़ी दयनीय स्थिति में हुई है। अपनी पत्नी को खो देने के बाद वह मानसिक रूप से कमजोर हो गया था। वो बहुत प्यार करता था अपनी पत्नी से। उसके लिए उसने बीते साल पूरे शहर को हिला दिया था क्योंकि वो गायब हो गई थी। अपनी पत्नी के जन्मदिन पर उसने भी अंतिम सांस ली। नचिकेता के चेहरे पर मुस्कान थी। टीवी में इंद्रजीत के अंतिम संस्कार से लेकर उसे जेल से निकालने की वीडियो चल रही थी।

इंद्रजीत भले ही डॉन था मगर उसके कामों से ज्यादा उसकी छवि प्रसिद्ध थी। बहुत से लोग उसकी मौत से दुखी थे। उन में इंद्रजीत के आदमियों से लेकर, वो लोग जिनकी कभी इंद्रजीत या हर्षा ने मदद की

थी, पांडेय परिवार, भास्कर का परिवार, हाश्मी और नुसरत भी शामिल थे। उनके आंसू थमने का नाम ही नही ले रहे थे। पर एक तरफ ऐसा शख्स था जो मुस्कुरा रहा था और जिसे इस अप्रिय घटना से अच्छा लगा। वो नचिकेता ही था। वो बीच सड़क पर खड़े हो कर तालियां बजाने लगा और पागलों की तरह नाचने लगा। अब उसका बदला पूरा हो गया था। सड़क पर गाडियां आ जा रही थी पर उसे कोई परवाह नही थी। वो इसी तरह खुशी से झूमते हुए जा रहा था। वहीं उसी तरफ आ रहे ट्रैक का ड्राइवर शराब पी कर गाड़ी चला रहा था। उसके चक्कर में नचिकेता को टक्कर लगी और वो हवा में चलता हुआ दूर जा गिरा और उसकी मौके पर ही मौत हो गई....

*****

“... तो आगे क्या हुआ?"

जो कुछ हुआ था उस बारे में पूरी बात कह रहा भास्कर खड़ा हुआ। वो बड़ा होने के बाद एक काबिल इंसान बना। उस डायरी को उसने बाद में प्रकाशित किया था। इसमें उसकी पार्टनर ने भी मदद की थी जो और कोई नहीं हाश्मी और नुसरत की बेटी हृदया थी। इंद्रजीत ने मरने से पहले उसके नाम काफी बड़ी संपत्ति कर दी थी जिससे भास्कर ने अपना व्यापार शुरू किया था और अब तो मीडिया वालों को ये राज़ जानना था कि उसको इतनी संपत्ति कहाँ से मिली। उस के पिता डॉक्टर हैं जो प्रसिद्ध तो थे पर उन के पास इतना पैसा नहीं था। इस कहानी को सुनाते हुए भास्कर इसके समापन पर आ गया तो सभी ने उससे पूछा

"अच्छा! आपको ये सब कैसे पता चला है..."

उसने अपने पास से एक डायरी को दिखाते हुए कहा

"हर्षा बुआ ने अपनी पूरी कहानी इसमें लिखी थी।"

फिर वो थोड़ा रुककर बोला

"और बाकी मुझे उनके करीबियों से पता चली।"

उसने आगे कहा

"मुरारी जैसे कुछ कैदियों ने, हाश्मी आदि जिन्होंने बाकी सारी कहानी को शुरू से अपने नजरिये से देखा था। उन्होंने भी मुझे सब बताया। ख़ासकर नुसरत से मुझे इंद्रजीत जी और हर्षा बुआ के प्यार की

पराकाष्ठा का पता चला। कैसे उनका प्यार आजकल की दुनिया में एक सच्चे प्यार का प्रतीक था। उनकी जिंदगी बहुत छोटी थी। छोटी नहीं होता तो शायद उनका भी एक परिवार होता।"

वहां बैठे लोगों में खुसफुसाहट होने लगी है। तभी एक महिला ने पूछा

"अच्छा तो फिर क्या आप बता सकते है कि इस के बाद उन लोगों का क्या होगा?"

भास्कर के चेहरे पर एक मुस्कान छा गई और उसने आसमान की तरफ देखते हुए कहा

"क्या हुआ होगा? वो लोग हमेशा के लिए मिल गए होंगे.... आसमान में।"

कहते हैं कि मृत्यु के बाद वो सब मिल जाता है। जो जीते जी नहीं मिलता वो मरने के बाद मिल जाता है।

*****

मौत के बाद इंद्रजीत एक झटके से उठा तो वो बादलों के बीच था। उसने सब तरफ देखा वहां कई लोग थे। वो अन्य लोगों के साथ आगे बढ़ने लगा। आसपास के लोग उसे ही देख रहे थे। वो एक अलग ही व्यक्तित्व था। तभी एक जगह उसे कुछ जानें पहचाने लोग नज़र आए। वो उनके करीब आया तो उसकी आँखों में आंसू भर आए। वो उसका परिवार था। उसका अपना परिवार जिसका कत्ल हो गया था। वो लोग रास्ते के दूसरी तरफ खड़े उसे बड़े प्यार से देख रहे थे। वो जरा भी नहीं बदले थे। वैसे ही वात्सल्य से भरे चेहरे और शरारत से आँखें मटकाते भाई बहन। वो उनकी तरफ जाने को आगे बढ़ा तो उसे अपने कंधे पर किसी का स्पर्श महसूस हुआ। उसने पलट कर देखा तो वहां एक बुजुर्ग व्यक्ति खड़े थे। उन्होंने उसे रोकते हुए कहा

"तुम्हारा परिवार तुम्हारे लिए होने वाले फैसले को देखने ही यहां आया हुआ है। उन्हें तुम्हारे करीब जानें या तुमसे मिलने की अनुमति नहीं है। और तुम यहां के नियम तोड़ भी नही सकते। चिंता मत करो वो आगे भी तुम्हें दिखते रहेंगे।"

इंद्रजीत को उस व्यक्ति की बात और स्पर्श से एक दबाव और आदेश महसूस हुआ। उसने एक नज़र भर अपने परिवार को देखा फिर आगे

बढ़ गया। थोड़ी दूर जाते ही उसके कदम फिर से ठिठक गए। उसके ठीक सामने एक मुस्कुराता हुआ दंपत्ति खड़ा था। भले ही वो उससे नाराज़ नहीं लग रहे थे मगर इंद्रजीत सच जानने के बाद कभी भी उन्हें भूल नहीं सकता। वो हर्षा के माता पिता थे। वही जिन्हें उसने अपनी लापरवाही और उत्तेजना में मार दिया था। वो आगे नहीं बढ़ना चाहता था कि तभी उसे एक आवाज़ सुनाई दी। उसने उस आवाज़ को पूरे एक साल बाद सुना था। वो उसकी बाईं तरफ से आ रही थी। वो उस तरफ देखना चाहता भी था और नहीं भी। वो अपनी सजल आँखों से उस तरफ़ देखने लगा तो उसकी दुनिया ही मानो ठहर सी गई। वहां हर्षा खड़ी थी। उसकी हर्षा, उसका प्यार, उसकी जान। वो जड़ सा हो गया। सिर्फ़ वही जानता है कि उसका बेजान दिल कितना तड़प रहा है उसे देख कर। हर्षा ने एक नजर इंद्रजीत की दूसरी तरफ देखा जहाँ उसका और इंद्रजीत का परिवार था। फिर वो तेज़ी से दौड़ते हुए आई और इंद्रजीत के गले लग गई। इंद्रजीत ने भी उसे अपने शरीर से ऐसे चिपका लिया मानो उसे अपने अंदर समा लेना चाहता हो। हर्षा ने उसके माथे को चूमते हुए कहा

"तुम बहुत बहादुर हो।"

इंद्रजीत ने कुछ नहीं कहा वो तो बस डबडबाई आँखों में बेहिसाब प्यार लिए उसे देख रहा था। हर्षा की आँखों में ना उसके लिए कोई नफरत थी ना कोई गिला। वो सीधे बोला

"क्या तुम मुझसे नाराज़ नहीं हो?"

हर्षा ने चौंकते हुए पूछा

"मैं भला तुमसे क्यों नाराज़ होने लगी!"

इंद्रजीत अपने माथे को उसके माथे पर रखते हुए बोला

"मैं तुम्हें बचा नही पाया। मेरे कारण तुम्हारी जान चली गई। मेरे कर्मों की सजा तुम्हें मिली। मैं जानता हूँ ये मेरा स्वार्थ है मगर तुम्हारी डायरी से सब पढ़ने के बाद मुझे नहीं लगता कि मैं तुम्हारे काबिल हूं, फिर भी मैं तुमसे अलग नहीं होना चाहता। जीते जी एक नहीं हो सके तो मरने के बाद सही। मुझे माफ करना पर मैं तुमसे दूर नहीं हो सकता। चाहे मुझे नर्क ही क्यों ना मिले।"

हर्षा एक खिलखिलाहट भरी हँसी के साथ बोली

"ओह मेरे इंद्र! मैं तुमसे नाराज़ नहीं हूं। मैं तुमसे कभी नाराज़ नहीं हो सकती और अगर तुम्हारा मेरा साथ मांगना स्वार्थ है तो मैं तुमसे भी ज्यादा स्वार्थी हूं। खैर ये सब छोड़ो। तुम जल्दी चलो। तुम्हें न्यायिक प्रक्रिया के तहत फैसला सुनाया जाना है। पर यकीन रखो तुम नर्क नहीं जा रहे!"

"वो भला क्यों?"

इंद्रजीत ने अपने और हर्षा के जुड़े हाथों को गौर से देखते हुए पूछा तो वो रहस्यमय अंदाज में बोली

"इंतज़ार मेरी जान। अभी सब पता चल जाएगा।"

वो सभी के साथ आगे बढ़ने लगी। उनके परिवार भी साथ ही चल रहे थे। हर्षा ने बात बदलते हुए उससे पूछा

"अच्छा ये बताओ। अगर हम ज़िंदा होते तो तुम क्या चाहते हमारे बेटा हो या बेटी?"

इंद्रजीत रुक गया। वो कैसे भूल सकता है इतनी बड़ी खुशी के बारे में को हर्षा उसे देने वाली थी। उसने कुछ सोचा फिर बोला

"बेटी!"

हर्षा मुंह बनाते हुए बोली

"अच्छा। मगर मुझे तो बेटा चाहिए होता।"

"पर क्यों?"

"क्योंकि वो तुम्हारे जैसा ही होता नेकदिल, दमदमदार और ताकतवर।"

इंद्रजीत कुछ जवाब दे पाता उससे पहले ही वो एक दरवाज़े के आगे पहुंच गए। हर्षा ने उसका हाथ छोड़ते हुए कहा

"अब इससे आगे तुम्हें ही जाना है! जाओ!"

ना जाने क्यों इंद्रजीत को कुछ गड़बड़ लगी। वो हर्षा से पूछना चाहता था कि क्या बात है मगर तब तक उसे आगे भेजा जा चुका था। जब वो अंदर पहुंचा तब उसे उसके सारे अपराध और कुकर्म गिनवाए गए। इंद्रजीत सब सुन रहा था। हालांकि उसने कुछ अच्छे काम भी किए थे। उसे फैसला सुनाया गया:-

"तुम्हारे कंधों पर पाप का बोझ है मगर किसी ने तुम्हारा भार साझा कर तुम्हें सजा से बचा लिया है। तुम्हें बहुत से लोगों से माफी मिल गई है। इसलिए तुम्हें स्वर्ग भेजा जा रहा है, तुम्हारे परिवार के पास।"

इंद्रजीत के चेहरे पर मुस्कान तैर गई मगर उसने कुछ सोचते हुए विनम्रता से पूछा

"और मेरी पत्नी? क्या वो स्वर्ग जा चुकी है?"

उसे उत्तर मिला

"नहीं!"

इंद्रजीत का दिमाग सुन्न सा रह गया। उसने घबराहट भरे स्वर में पूछा

"क्यों?"

"क्योंकि उसने अपने प्रण को तोड़ा। उसने भगवान के आगे कसम खाई थी कि वो तुम्हें मारकर अपने परिवार की मौत का बदला लेगी मगर उसने ऐसा नहीं किया। वही वो इंसान है जिसने तुम्हारे सारे पाप अपने ऊपर लिए और तुम्हें माफ कर सभी कष्टों से मुक्ति दिला दी है। वो अब नर्क जाएगी।"

ये सुनते ही इंद्रजीत उल्टे पांव दौड़ा मगर कोई फ़ायदा नहीं हुआ। उसे रोक लिया गया। वो एक बार फिर बेबस और लाचार खड़ा हर्षा को ख़ुद से दूर जाते देखता रहा। सच में, ऐसा हो जाएगा उसने कभी सोचा भी नही थी। हर्षा की वो आंसुओं से छलकती आँखें उसे शिद्दत भरे प्यार से ही देख रही थी।

"नहीं! नहीं! तुम ऐसा नहीं कर सकती! हर्षा तुम मेरे साथ ऐसा नहीं कर सकती! एक बार और नहीं!"

वो उसे देख भराई आवाज़ में पुकारता रहा मगर हर्षा के चेहरे से दर्द भरी मुस्कान गायब नहीं हुई। इंद्रजीत वापस वहीं आया जहाँ पर उसका फैसला सुनाया गया था। उसने वहां रखी मेज पर हाथ मारते हुए कहा

"मुझे कोई मौका चाहिए!! एक मौका!!! मुझे यमराज जी से बात करनी है!!! कृपया मेरी उनसे बात करवा दीजिए!!! मुझे यह जानना बहुत जरूरी है कि क्या कुछ ऐसा हो सकता है कि मैं समय में पीछे जा सकूं!! मैं सब ठीक करना चाहता हूँ।"

तभी उसके पीछे से वही जानी पहचानी बुजुर्ग आवाज आई

"तुम्हें प्रकृति के नियमों के साथ छेड़छाड़ नहीं करनी चाहिए। इंद्रजीत!! यह इंसानी दुनिया नहीं है। यह यमलोक है। यहां वह नहीं होता जो तुम चाहते हो। यहां सिर्फ वह होता है जो सदाशिव या यमराज चाहते हैं। इसलिए बेहतर होगा कि तुम फैसले को सहर्ष स्वीकार करो और अपने गंतव्य की और आगे बढ़ो।"

इंद्रजीत ने उनकी तरफ देखा था और जल्दी से जाकर उनके पैरों में गिरते हुए बोला

"मैं जानता हूँ आप कोई सामान्य व्यक्ति तो नहीं है। कृपया करके मेरी मदद कीजिए। मैं जानता हूँ मैंने जिंदगी भर बहुत बुरे काम करें और इतना कुछ किया जिसकी भरपाई, कोई भुगतान... कोई मुआवजा नहीं कर सकता... मगर मैं आपसे विनती करता हूँ मुझे एक मौका दीजिए... मैं हर्षा से दूर नहीं होना चाहता... वह मेरे सारे कर्मों की सजा खुद भुगतने वाली है... मैं ऐसा कैसे होने दे सकता हूं... मैं उसे पहले ही अपने कारण इतनी तकलीफ में डाल चुका हूं... अब मरने के बाद भी मैं उसे चैन से नहीं रहने दे सकता तो मेरे जीवन का क्या मोल... क्या औचित्य? मुझे पता है... मैं चाहूँ तो भी अपने आप को सजा के लिए चयनित नहीं कर सकता... मुझे माफी मिल गई है और यह सब भी उसी के कारण हुआ है... मेरा परिवार... उसका परिवार... सब की दुआओं के कारण मुझे मुक्ति मिल जाएगी और वह हमेशा के लिए नर्क में फंस जाएगी... जहाँ वह ऐसे कर्मों की सजा भुगतेगी... जो उसने किया भी नहीं है। कृपया करके मेरी मदद कीजिए।"

तभी अचानक वहां पर बादलों की गड़गड़ाने की आवाज आई और वह बुजुर्ग व्यक्ति अचानक से यमराज में बदल गए। उन्होंने संजीदा आवाज़ में कहा

"इंद्रजीत!"

इंद्रजीत को यकीन था कि वह कोई पहुंचे हुए व्यक्ति हैं पर वह स्वयं यमराज होंगे इसकी उसे आशा बिल्कुल नहीं थी। वह अपने सिर को उनके चरणों में झुकाते हुए बोला

"मैं मानता हूँ कि यहां जो कुछ हो रहा है वह मेरी समझ से परे हैं... पर मैं उसके बिना एक पल नहीं रह सकता... क्या कुछ ऐसा नहीं हो सकता कि मैं समय के पीछे चला जाऊं? मैं उसे कुछ नहीं होने दूंगा! यह वादा है मेरा!"

यमराज ने हंसते हुए कहा

"उसने भी कुछ ऐसा ही कहा था!!!"

इंद्रजीत को कुछ समझ नहीं आया कि इसका क्या मतलब है। उसने यमराज को असमंजस में देखा तो उन्होंने ना में सिर हिलाया और बोले

"अच्छा तो तुम यह सोच रहे हो कि तुम वापस जाकर उसे कुछ भी होने से बचा लोगो! क्या मैं सही सोच रहा हूं?"

"हां!!"

"ठीक है। मैं ऐसा कर सकता हूं।"

यमराज की बात सुनकर इंद्रजीत हैरान रह गया। उसने पूछा

"सच में!"

उसकी आवाज में कंपकंपाहट और खुशी साफ झलक रही थी। वो आगे बोले

"तुम एकादशी को पैदा हुए थे। इसी वजह से हर एकादशी के दिन तुम्हें भयंकर पीड़ा से गुजरना पड़ेगा जो मूल्य होगा तुम्हारे पुनर्जन्म या पुनर्जीवन का। मैं तुम्हें ये मौका इसलिए नहीं दे रहा कि मुझे तुमसे कोई खास हमदर्दी है अपितु... मैं तुम दोनों के प्यार पर बहुत हैरान हूं... एक जिसे तुमसे बदला लेना चाहिए था वह तुम्हारी प्यार में इस कदर डूब चुकी है कि उसने अपने आपके लिए क्या सही है यह भी नहीं समझा और सिर्फ तुम्हारे बारे में सोचकर कदम उठाया.... और एक तुम हो जो उससे मरने के बाद भी अलग नहीं होना चाहते। सच कहूँ तो भाग्य का खेल भी अनोखा है। तुम दोनों की जिंदगी के कुछ साल अभी भी बचे हुए थे और तुम्हारी मृत्यु असमय हुई थी। तुम लोगों को एक मौका और दिया जा सकता है इसलिए तुम लोगों को मैं एक मौका देता हूं।"

इंद्रजीत से सुनकर खुशी से उछल पड़ा। उसने यमराज के पैरों में झुककर बार-बार उनका अभिवादन करते कहा

"धन्यवाद मैं इस मदद को कभी नहीं भूलूंगा!!"

यमराज ने उसे टोकते हुए कहा

"नहीं!!! तुम बिल्कुल भूल जाओगे... यहां पर जो कुछ हुआ... जो कुछ तुमने देखा... हर्षा के साथ बताएं अंतिम पल या उसकी मौत के बाद का सब कुछ... तुम सब भूल जाओगे.... बस तुम्हारे अंदर हर एकादशी को एक असहनीय पीड़ा उठेगी जो तुम्हें याद दिलाएगी कि तुम्हारा पुनर्जन्म हुआ है।"

यह सब सुनकर इंद्रजीत ने ज्यादा कुछ सोचा नहीं। उसने कहा

"मुझे जल्द से जल्द वापस भेज दीजिए! मुझे हर्षा को सही सलामत देखना है। मैं उसके लिए कुछ भी करने को तैयार हूं। सच में!!!"

"इस बार अगर उसे कुछ हुआ तो तुम लोगों को ना तो पुनर्जन्म का मौका मिलेगा और ना ही स्वर्ग जाने का... तुम लोग जीवन और मृत्यु के बीच के चक्कर में एक जगह फंस कर रह जाओगे.... और उससे कभी निकल नहीं पाओगे..."

यमराज के ये कहते ही एक तेज़ रोशनी चारों ओर फैल गई।

*****

".... नहीं.... हर्षा...."

इंद्रजीत एकदम से उठ कर बैठ गया उसका पूरा शरीर पसीने से भीगा हुआ था। उसे नहीं पता कि उसने अभी क्या देखा या अनुभव किया पर उसे ऐसा लगा जिसे वह एक नींद में.... एक सपने में.... एक जिंदगी जी आया है। ऐसा लग रहा था जैसे उसने आगे का बहुत कुछ देख लिया जो उसे ना तो देखना चाहिए था ना ही समझना चाहिए था पर अब उसे आगे क्या करना है उसे इस पर ध्यान देना होगा। उसे ज्यादा कुछ याद नहीं बस हर्षा का खून से सना शरीर उसे याद आ रहा था। वह हड़बड़ा कर बिस्तर से उठा तो उसने देखा कि उसने कपड़े नहीं पहने हैं तो उसने फटाफट अपना पजामा पहना और तेजी से नीचे दौड़ने लगा। उसके मन में डर था कि कहीं कुछ ऐसा ना हो जाए जिस पर उसे पछताना पड़े और वो अपने हाथ से इस मौके को सिर्फ अपने आप को संयमित करने में गंवा दे। उसे सिर्फ इतना याद था कि इसे हर कीमत पर हर्षा को बचाना है उसकी रक्षा करनी है। उसको उतना ही प्यार देना है जितना वो उसे देती है। इंद्रजीत दौड़कर नीचे आया। तभी उसे दरवाजे पर घंटी की आवाज

सुनाई थी। नीचे रेडियो पर मध्यम संगीत "दिल दिया गल्ला" चल रहा था।

"कौन??... आ रही हूं!"

उसे हर्षा की आवाज सुनाई थी जिसे सुनने को तरस गया था। वो दरवाजा खोलने जा पाती उससे पहले ही इंद्रजीत ने उसे रोक कर गले से लगा लिया। हर्षा एक दम से चौंक गई। पर उसको कांपते हुए महसूस कर उसने उसको कस कर गले लगा लिया। इंद्रजीत ने तय कर लिया था कि वो इस बार किसी भी कीमत पर उसे कुछ नहीं होने देगा। वो वही गलतियां दोबारा नहीं करेगा। वो उसे जाने नही देगा

चरित्र छवियों पर एक नज़र

इंद्रजीत का टैटू

इंद्रजीत और हर्षा शादी रजिस्टर करवाने जाने के लिए तैयार

नुसरत और हाश्मी

शादी के दिन हर्षा और इंद्रजीत

इंद्रजीत की गैंग

इंद्रजीत और हर्षा

मिहिका

पांडेय परिवार :- लता, मनोहर, आयुष, अनुश्री

कुणाल, राधेश्याम और भास्कर

महिमा (माही)

ड्राइवर राम

डॉक्टर कौशल और डॉक्टर रागिनी

नचिकेता

अपने प्रेम की अभिव्यक्ति करती हर्षा

हर्षा की डायरी

इंद्रजीत की बाइक

इंद्रजीत का घर

हर्षा को इंद्रजीत का दिया तोहफा

ऑफिस

पहली तस्वीर

अंत ही आरंभ है एक नई कहानी का.........

www.ingramcontent.com/pod-product-compliance
Lightning Source LLC
LaVergne TN
LVHW090216051026
849517LV00001B/88
9798889095620